La Collection Orobolan
Édition Kelach

Le cycle des Gardiens (*Mestr Tom*)

Sourtha (*Mestr Tom & Richard Mesplède*)

Les terres promises (*Mestr Tom & Richard Mesplède*)

La geste d'un tisserand (*Mestr Tom & Frédéric Gobillot*)

Le retour de Pandore (*Mestr Tom & Guillaume Fourtaux*)

L'épopée du Chien à 3 Pattes (*Mestr Tom & Richard Mesplède*)

Lune Bleue (*Mestr Tom & Sklaerenn Baron*)

Pierre Grise (*Mestr Tom & Anthony Boulanger*)

Le secret de l'Ancien (*Mestr Tom & Sklaerenn Baron*)

La chute des Maspian (*Mestr Tom & Richard Mesplède*)

Le Code de la propriété intellectuelle n'autorisant, aux termes de l'article L. 122-5 (2° et 3° a), d'une part, que les « copies ou reproductions strictement réservées à l'usage du copiste et non destinées à une utilisation collective » et, d'autre part, que les analyses et les courtes citations dans un but d'exemple et d'illustration, « toute représentation ou reproduction intégrale ou partielle faite sans le consentement de l'auteur ou de ses ayants droit ou ayants cause est illicite » (art. L. 122-4).

Cette représentation ou reproduction, par quelque procédé que ce soit, constituerait donc une contrefaçon sanctionnée par les articles L. 335-2 et suivants du Code de la propriété intellectuelle.

ISBN 979-24-90647-49-1

EAN 9792490647491

Editions Kelach

Collection Bois des Héros

Série Orobolan

Juin 2019

Avertissement

———

Ce roman fait partie de l'ensemble de tous ceux issus de l'univers d'Orobolan, créé par Mestr Tom. Il s'inscrit donc dans une grande saga et ne représente qu'un petit morceau de cet univers. Cependant, il peut être lu indépendamment des autres tomes.

Néanmoins, si vous désirez en savoir plus sur l'univers d'Orobolan, vous pouvez consulter le site qui lui est consacré, à cette adresse : www.orobolan.fr.

———

Mestr Tom

———

Le Cycle des Gardiens

———

D'après le conte et l'univers d'Orobolan

de

Mestr Tom

Retour aux sources

« *À mes parents.* »

Chapitre 1

Conversation divine

Par une chaude nuit d'été, le divin Érébios, grand prêtre des royaumes et ancien conseiller du Roi Cœur de Loup, sursauta. Quelque chose venait de le réveiller.

Sentant sa mort prochaine, Érébios s'était retiré de Bénézit, première ville du petit royaume humain, cernée par les immenses montagnes au nord et la forêt du peuple invisible au sud.

Quand la guerre se termina, Érébios choisit de demeurer dans cette montagne. Une grotte, qu'il avait aménagée, lui servait d'abri. Elle était modeste mais cela lui suffisait : une couche pour dormir, un fauteuil pour lire, une table pour manger et, partout dans la grotte, un tas de manuscrits qui s'empilaient.

Érébios se leva, surpris que quelqu'un ose déranger la quiétude de ce lieu. L'apparition était un être d'allure humaine mais d'origine magique.

Érébios fut soulagé que cela ne ressemble pas à un démon. Le mage ressentait son pouvoir. Il se décida à parler. Sa voix se fit murmure :

« Qui ose perturber la retraite du divin Érébios, conseillé du Roi Cœur de Loup, premier conseiller du Roi Athan et prêtre des cinq divinités ?

— L'une d'elles, justement.

— Pardon ?

— Je suis l'une des cinq divinités. En fait, je suis la dernière à avoir accédé à ce rang.

— Fenrir, le gardien de l'équilibre ?

— Oui.

— Mes excuses. Je ne m'attendais pas à une visite. Je suis peu vêtu et...

— Je ne me suis pas annoncé, c'est vrai. Vous auriez préféré des chérubins, des trompettes, une ou deux licornes, annonçant ma venue ? Cela aurait plu à ma consœur Élénia, mais je répugne à utiliser ces artifices.

— Que me voulez-vous ?

— Te confier un message d'en haut, enfin, des divinités.

— Bien ! Mais je suis vieux, j'ai plus de cent trois ans maintenant.

— Je sais. Et si tu as atteint cet âge-là, alors que tes semblables meurent vers la cinquantaine, c'est pour une bonne raison. En fait, tu n'es pas humain.

— Je ne suis pas humain ?

— Non. Tu es ma création. Je t'ai créé à l'image d'un être humain, t'ai donné une vie humaine pour que lui ne te trouve pas.

— Qui ça, lui ? Et si je ne suis pas humain, que suis-je ?

— La toile est divisée en quatre vents ou puissances : la vie, la mort, le feu créatif et l'eau sacrée, tous gardés par une divinité. Chaque divinité a l'apparence d'une race d'Orobolan. La cinquième est l'absorption complète des quatre essences. Elle est appelée divinité de l'Équilibre.

— C'est moi Cela, je le sais.

— Bon. Eh bien, tu as été créé à partir de cette essence. Tu es un homme enfant, une créature de l'équilibre.

— Bien sûr !

— Tu doutes de moi. Prononce les mots que tu vois apparaître.

— Barat salith rotom okum. Bien, voilà, mais qu'est-ce que ce sortilège ?

— Regarde-toi. »

La créature divine tendit un miroir à Érébios. Celui-ci avait les traits d'un enfant :

« Voilà donc pourquoi je voyais des sortilèges apparaître quand j'en avais besoin.

— Oui. Prononce le mot Orum et tu vieilliras. Le mot Okum te fera rajeunir.

— Je serais une créature, bon, si vous le dites … mais « lui » c'est qui ? demanda Érébios, de plus en plus affolé.

— J'y viens. Le créateur a placé les créatures sur Orobolan, puis il a décidé d'élever quatre gardiens au rang de divinité, qui seraient ses yeux et ses oreilles, et un cinquième pour être l'équilibre, ça tu le sais. Mais ce que tu ne sais pas, c'est que je ne suis pas ce gardien de l'équilibre. Le gardien de l'équilibre était un enfant innocent. Mais il s'est fait corrompre par le mal, au point de devenir ce mal. Il a été renversé et j'ai pris sa place. Je vais te raconter comment. Mais, avant, je vais jeter un sortilège sur cette grotte. Ce sera un sanctuaire et le mal ne pourra pas y pénétrer. Si toi ou ta descendance le désirez, retourne le sablier et cent ans te paraîtront une journée. Je vais le ralentir juste un peu pour nous donner le temps, car le temps presse. Il a réussi à sortir de sa prison et il projette de détruire Orobolan, alors nous devons faire vite. »

La divinité montra au vieil homme une vision du passé : quelque part, en dehors du monde d'Orobolan, quatre personnes discutaient. Un homme immense, la barbe et les cheveux blancs, déclara :

« J'aimerais que l'on reparle de la distribution des dons. Quand Orobolan a été reconstruit, nous avons tous choisis des dons pour nos peuples, ainsi qu'un territoire. Il a fallu d'ailleurs reconquérir ce territoire aux démons. Mais, moi, je trouve dommage que mon peuple ne sache pas chanter et que le don de la création soit limité à mon peuple. »

Une jolie jeune femme aux oreilles pointues répondit d'une voix mélodieuse :

« C'est l'équilibre qui veut cela. Nos peuples pour- raient se battre entre eux, ou pire ! Imagine que nos peuples deviennent comme les humains…

— Oui, en effet. Polinas, mon ombre préférée, comment va ton peuple ? »

Un homme en robe de bure, le visage, blafard, en partie caché par sa capuche, arriva :

« Si vos peuples se font la guerre, j'aurais trop de travail. Je suis chargé de récolter les âmes pour vous tous, je vous le rappelle, et j'ai déjà bien à faire avec mon peuple. Il a une vie très courte, il n'arrive pas à vivre dans ces montagnes. Et, en plus, au lieu de s'entraider, ils s'entretuent ! Je trouve que, côté malédictions, mon peuple en a reçues une bonne part.

— Eventuellement, tu pourrais leur envoyer un homme qui les guiderait près des forêts, du moment qu'ils ne touchent pas à la forêt sacrée, répondit la jeune femme.

— C'est à voir. La dernière fois, je leur ai donné le feu et les armes, ils n'ont fait que se taper dessus ! déclara le géant.

— Là, c'est vrai… Mais bon, ils ont reçu le territoire le plus austère d'Orobolan. Ils ont une vie courte et une faible constitution, fit remarquer la douce Élénia.

— J'ai une solution, déclara un cinquième homme, qui venait d'arriver. Si les hommes étaient des vecteurs de dons ? Je m'explique : ils recevraient les dons des Élénians et ceux des dragons, et auraient pour mission de les faire circuler.

— Krystal, aussi séduisante que soit ton idée, j'ai peur que la contrepartie ne soit trop chère à payer. Si le créateur en a décidé ainsi, je pense qu'il doit y avoir une raison. Mais il est vrai que les hommes ne vivront pas vieux sur la montagne. »

La dernière à s'être exprimé se nommait Mogdolan la Sage. Son peuple était minoritaire car elle avait été la dernière à le créer. Il vivait dans une région à l'est du monde. Ce peuple possédait la ruse des Élénians, l'agilité du peuple dragon, mais également l'apparence humaine. Comme elle n'était pas très grande, elle décida de faire un petit peuple : les gnomes.

« Ma petite moitié, répondit le géant, il y a un risque évidemment, mais mon peuple aimerait entendre de la musique et faire bénéficier tout le monde de son savoir de création.

— Donnons une chance aux hommes, déclara Krystal. »

Il fut décidé par tout le monde que les pouvoirs seraient redistribués, pour que chaque peuple ne soit pas lésé. Mogdolan n'était pas d'accord. A part les conflits internes du peuple humain, il n'y en avait pas sur Orobolan.

Krystal s'ingénia ensuite à les monter les uns contre les autres et Mogdolan, la pauvre petite Mogdolan, essaya, du mieux qu'elle put, de calmer les conflits. Non, les humains ne détruiront pas la forêt sacrée, et non, ils ne domestiqueront pas les dragons. Personne n'asservira non plus son peuple. L'Équilibre était là, pour préserver tout le monde de la guerre. Mais l'Équilibre, c'était Krystal, et Krystal contrôlait fort bien le peuple humain. Il lui restait encore du chemin à faire avant de contrôler tous les peuples d'Orobolan et d'évincer ainsi les quatre autres gardiens. La vieille Mogdolan était trop rusée pour se laisser berner. Elle s'inquiétait de voir Krystal diriger les autres peuples, car leurs gardiens étaient trop occupés à se quereller. Quand Krystal lança une malédiction sur son peuple, elle se décida à parler :

« Mes frères, Krystal a lancé une malédiction sur mon peuple.

— Moi, je crains que le peuple de Polinas n'empiète sur la forêt. Je sens qu'une guerre va éclater. Je leur ai laissé la plaine, pas la forêt, tempêta Élénia, furieuse.

— Et qui a donné l'idée aux tiens de vouloir nous chevaucher ? Jamais un askari, ou un humain, ne chevauchera un dragon, rugit Tholl.

— Et les armes, hein ? Tu les as bien offertes aux humains pour détruire la forêt. Pourquoi des maisons en bois et pas en pierre ? Y en a trop dans ta montagne !

— Assez ! Vous ne voyez pas que Krystal contrôle tous les pouvoirs, tous les peuples ? Tout ça parce que vous ne pouvez pas vous entendre. Grâce aux humains, vos peuples ont créé une discorde, et vous êtes toujours aussi aveugles !

— Ce n'est pas moi, c'est les autres, répondit Tholl, fâché que la naine le réprimande, lui, le géant. »

D'un seul coup, la dame des eaux s'effondra, comme touchée en plein cœur :

— Un malheur vient d'arriver. Mogdolan avait raison, Krystal vient de faire un terrible don à mon peuple.

— Quoi ? S'inquiéta Polinas.

— Le meurtre, l'envie de tuer un de ses semblables, répondit Élénia terrorisée. C'était la malédiction des humains. Aucun autre peuple ne devait l'avoir.

— Il vient de donner la cupidité à mon peuple, dit Polinas complètement affolé.

— Et il vient de donner le goût du pouvoir au mien, déclara Tholl, livide.

— La malédiction de la servitude au mien, mais ça, je vous l'avais déjà dit. Vous ne m'avez pas écoutée. Evidemment, ici, je compte pour une demi-personne.

— Tu nous as prévenus et on ne t'a pas écoutée. Pardonne-nous, Mogdolan, tu es la plus sage d'entre nous et nous t'avons ignorée. Krystal a donné un terrible don à chacun d'entre nous.

— Que faire ? demanda Tholl désemparé.

— Aller voir le créateur, répondit Élénia. »

En chemin, Élénia raconta aux autres comment Krystal avait pris deux frères, vivant ensemble dans la forêt, Ikan et Leba, et leur avait dit de faire un sacrifice à Dieu. Leba sacrifia une de ses bêtes et Ikan donna tous ses joyaux. Krystal, ensuite, dit à Ikan que le créateur avait plus apprécié le cadeau de Leba, car il se séparait de quelque chose qu'il aimait, de la chose pour laquelle il avait eu beaucoup d'affection. Alors Ikan, voulant montrer sa loyauté au créateur, tua la chose qu'il aimait le plus sur terre, son frère Leba.

Le créateur fut attristé par cette nouvelle. Il convoqua les divinités près de lui :

« Après la chute de Sourtha, je pensais recréer un monde d'harmonie, mais il n'en est rien. Vous vous chamaillez pour des futilités au lieu d'apprendre à vos peuples à se respecter. En châtiment, vous devrez des- cendre sur terre pour trouver le gardien de l'équilibre, un enfant innocent qui n'a jamais fait le mal. Pendant tout le temps où vous serez sur terre, et à chaque fois que vous devrez y retourner, vous n'aurez aucun de vos pouvoirs divins. Telle est ma décision. Aucune des malédictions ne sera levée.

Toi, Krystal, au crépuscule de Sourtha, tu étais l'homme le plus innocent. Le pouvoir t'a corrompu, je te chasse donc. Tu seras le gardien de la dimension du mal que tu as créée. Tu auras la charge des âmes maléfiques. Mais je te laisse une chance : tous les deux mille ans, tu pourras sortir de ta dimension. Si tu réussis à faire le bien alors tu pourras revenir ici. »

Krystal prit très mal le bannissement de l'Unique, et se jura de tout faire pour le renverser. Puis l'éternel se tourna vers Ikan, qui se demandait qui était cette voix venue d'en haut, dans cette lumière aveuglante.

« Quant à toi, Ikan, je te maudis. Tu seras immortel, tu ne pourras plus voir le soleil. Celui-ci te consumera à l'infini. Tu auras toujours le goût du sang de ton frère dans la bouche, et chaque mets te le rappellera »

Pendant leur recherche, les gardiens n'eurent plus de pouvoirs. Ils furent des hommes parmi les hommes. Cela faisait trois ans qu'ils étaient descendus sur Orobolan, trois ans à parcourir les froides montagnes du bord du monde. Le créateur leur avait dit que l'enfant était dans un village humain. Or les humains habitaient le territoire le plus inhospitalier d'Orobolan. Un soir, alors qu'ils conversaient au coin du feu :

« Le feu va bientôt mourir. Dis-moi, Polinas, comment ton peuple vit-il ici ?

Il ne vit pas, il survit. À cause de Krystal, je n'ai pas eu le temps de les descendre dans la forêt.

— Bon, où pourrait-on chercher ? soupira Élénia qui regrettait son lac.

— À chaque fois, nous pensons toucher au but, et à chaque fois, l'enfant possède une part de mal en lui, fit remarquer le géant.

— En plus, le fait que les hommes se battent entre eux ne rend pas notre tâche facile, lâcha à son tour Mogdolan. Quelle triste malédiction.

— Et ton peuple, comment va-t-il ?

— Il grandit, mais la malédiction qui s'abat sur lui va le forcer à venir près des hommes et à devenir leurs esclaves.

— Je repensais au dernier village. L'enfant paraissait le plus innocent du monde et pourtant, il avait assassiné ses frères et sœurs pour avoir plus à manger.

— Quelle tristesse, soupira la dame des eaux. »

Tholl remit une bûche dans le feu et regarda ses amis s'endormir.

Ils finirent par trouver un enfant chétif, dans un petit village au bord de la montagne. L'enfant aidait le village courageusement, et sans jamais se plaindre. Il fournissait le travail de trois hommes, aidant aux champs, dans la hutte, et il était attentionné pour ceux qu'il considérait comme ses frères. Il savait déjà tout ce qui était juste, et chacun venait le voir pour lui demander conseil.

Les gardiens, fatigués par leur voyage terrestre, arrivèrent dans la hutte faite de peaux qu'on leur avait indiquée. L'enfant cessa le jeu qu'il faisait avec ses frères pour venir accueillir les nouveaux arrivants. Patiemment, il leur lava les pieds et s'occupa d'eux. L'enfant avait été découvert parmi les loups. On pensait qu'il était le survivant d'un groupe de nomades, massacré par les animaux.

Les gardiens surent que c'était lui et ils le nommèrent Fenrir le Loup. Ils le ramenèrent dans leur dimension. L'enfant reçut alors le médaillon de pouvoir, la source de la toile.

Il n'en voulut pas et le brisa en cinq morceaux. Chaque morceau renfermerait une essence divine : celui de Polinas l'essence de la mort, celui d'Élénia celle de la vie, Mogdolan reçut celle de la sagesse et Tholl celle de la création. Pour le cinquième morceau, l'enfant y enferma, non point l'équilibre, mais l'espoir, et il le confia à une bête immonde, chargée de parcourir Orobolan sans jamais assouvir sa faim : Ikan, à qui il promit que, s'il protégeait le médaillon, il serait sauvé. Chaque gardien confia son morceau à un être sur terre. Je dois avouer que je fus très critiqué d'avoir pris cette décision, car les autres pensaient qu'Ikan était responsable de leur malheur.

Le créateur fut content de la paix retrouvée, mais il nous prévint que Krystal avait conservé le pouvoir de revenir sur Orobolan grâce aux mauvaises actions des peuples d'Orobolan. Et là, seuls les cinq médaillons, attestant de la bonne entente des peuples, pourront sauver le monde et repousser Krystal. Ta mission est donc de prévenir le collège des six. Ils doivent retrouver les médaillons et fermer le portail.

— Comment vais-je faire ?

— Prends une apparence jeune pour le voyage et ensuite reprends ton apparence au temple. Dis-leur que le mal est revenu et que seuls les médaillons divins peuvent sauver le monde.

— Soit, je vais le faire, mais le mal, quelle forme a-t-il ?

— Le mal a la forme d'un général barbare. Son armée de séides attend de l'autre côté du portail. Il va certainement faire appel à des brigands pour retrouver les médaillons. Il a également cinq généraux et des dragons dont la robe reflète la noirceur de leur âme.

— Des dragons noirs ?

— Maintenant, tu en sais assez, il te faut partir. »

Le divin posa son doigt sur le sablier et le temps se déroula de nouveau normalement. A voir l'état des bougies, Érébios sut qu'il ne s'était pas passé cinq minutes, alors que cela faisait bien trois heures qu'ils conversaient.

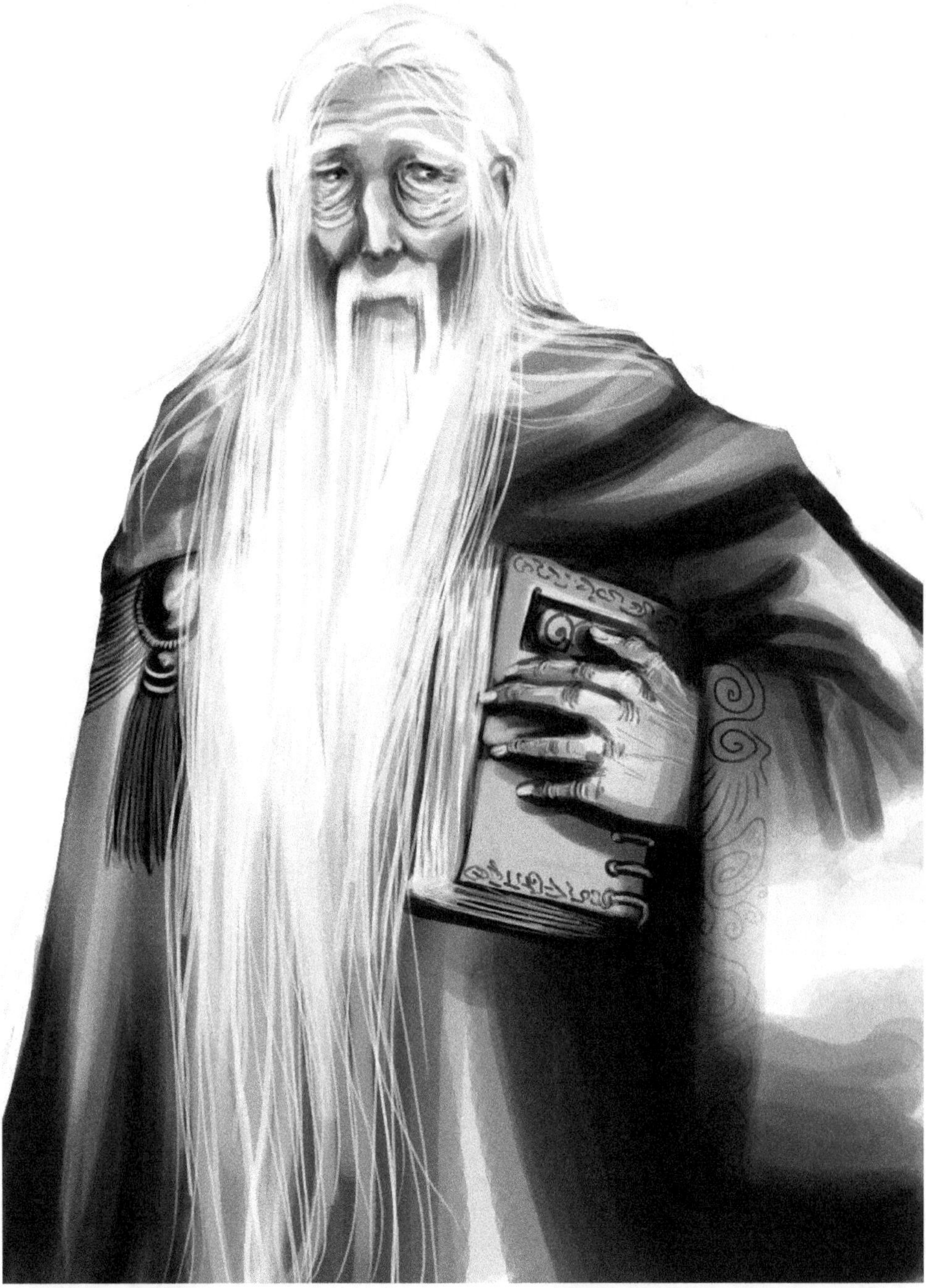

Chapitre 2

Le vieux moine Érébios

Érébios ne comprenait pas vraiment ce qui lui arrivait. Il venait d'apprendre que le livre saint, retrouvé durant la guerre contre les Élénians, était erroné ou incomplet. Ainsi le mal existait. Érébios se demandait comment le grand prêtre, qui avait pris sa suite au temple, prendrait cette nouvelle. Et même si Athan avait réuni la plupart des nations barbares, il restait quand même des clans dissidents à éviter. Enfin, Fenrir le divin lui avait donné quelques sorts qui l'aideraient dans sa quête.

Il prit donc la direction du temple de la sainte réconciliation. Ce temple, venu du fond des âges, avait été bâti par le peuple des dragons, en hommage aux divinités. Cinq immenses statues ornaient l'entrée du bâtiment. Au-delà, un temple servait de lieu de culte tant aux hommes qu'aux dragons qui avaient choisi de rester là. Dans ce temple, le collège des six mages du royaume siégeait. Aux abords, des maisons basses servaient de logement aux autres prêtres du culte. Lui, Érébios, avait fondé le collège des six.

Érébios ne se rappelait pas ses vrais parents. Maintenant, il comprenait pourquoi : il se souvenait de deux braves gens qui l'avaient pris chez eux. Ils ne pouvaient avoir d'enfant et ils étaient heureux de s'en occuper. Quand la communauté l'eut découvert, seul dans le froid glacé des montagnes, ils avaient été de braves parents, ne se plaignant pas de son allure chétive, ni du fait qu'il ne pouvait pas beaucoup aider aux champs ni à la chasse.

Les autres pères battaient leurs enfants pour un rien, mais son père adoptif voyait en Érébios le cadeau des dieux. On ne frappe pas un tel cadeau. Il se souvient aussi des moqueries de ceux du village, les jeux brutaux des autres garçons qui, par contre, ne se gênaient pas pour lui tomber dessus.

A la mort de ceux qu'Érébios appelait Nani et Padi, le chaman du village le recueillit et commença à lui apprendre les signes de la nature et les baumes qui guérissent. Le chaman était stupéfait par son élève, qui avait de grandes aptitudes pour la magie. Le chaman, l'hiver suivant, annonça qu'il quittait le clan pour les grandes plaines du bout du monde, et qu'il laissait sa place à Érébios.

Le village fut attristé par son départ, et laisser un adolescent au poste de chaman, ce n'était pas sage. Pourtant, le chaman avait déjà eu d'autres apprentis, mais aucun de la trempe d'Érébios. Sans parler de ceux qui, lassés de la vie sédentaire du chaman, préféraient partir à la chasse pendant de longs jours.

Les attaques du village étaient courantes, d'autres clans venaient se bagarrer, surtout au retour d'une chasse. Certains étaient d'ailleurs réputés pour ne survivre que de la chasse des autres. Le clan d'Érébios souffrait de ces vols répétitifs.

Puis un clan vint. Leur terrible chef ne laissa pas une hutte debout. Beaucoup d'hommes furent tués au combat. Il ne restait plus que quelques braves. Érébios soigna de son mieux les survivants et se rendit compte que les baumes étaient inefficaces, mais que son corps, qui cicatrisait plus vite que ses camarades, pouvait les guérir. Mais cette opération le fatiguait beaucoup, aussi ne s'en servait-il qu'en dernier recours.

Le clan devait partir à la chasse une nouvelle fois, et très loin, car il ne restait plus rien aux alentours. Mais laisser peu d'hommes au village, pour assurer la protection des femmes et des enfants, n'était pas une solution non plus. Pourtant, un jour qu'ils croyaient ne plus pouvoir laisser les chasseurs s'en aller, des hommes et des femmes d'autres clans arrivèrent. Ils avaient été chassés par le chef noir et avaient fui, espérant trouver ici une terre plus clémente.

Le chef du village accueillit ces nouveaux arrivants comme une bénédiction et composa deux équipes. Il partit avec la première pour chercher de la nourriture, la seconde restant au camp. Les chefs des autres clans voulurent prendre la tête et se demandèrent qui resterait au camp et qui partirait à la chasse. Il fut décidé, pour calmer les esprits, que tous les chefs partiraient et que la moitié des hommes valides de chaque clan les accompagnerait. Bien entendu, c'était Érébios qui avait trouvé la solution.

Érébios avait maintenant fort à faire et il était épuisé. Il allait dormir quand une troupe de guerriers arriva au village et demanda à voir le chaman. Sans attendre, on leur répondit que celui-ci se reposait, qu'il avait soigné toute la journée, mais les guerriers répliquèrent que c'était urgent. Érébios se leva difficilement de sa couche et il alla voir le combat qui commençait entre les deux chefs. Son clan était prêt à en découdre, tandis que les « assaillants » n'avaient rien de bien valide.

Quand Érébios demanda péniblement la raison de ce bruit, l'homme dont il avait entendu la voix, un géant de deux mètres avec une tresse unique rouge sang et une pierre placée dans les cheveux, lui répondit.

« Nous avons été attaqués par le diable et notre chef est gravement blessé. Depuis l'aube, nous cherchons un village avec un chaman pour le sauver, mais Polinas voulait déjà le mener à lui. »

Érébios, bien qu'épuisé, se pencha sur le chef. L'homme, grand à la chevelure rousse, avait lui aussi une seule tresse ; une pierre plus ouvragée que l'autre était elle aussi prise dans ses cheveux. Il était inconscient et sa blessure lui parcourait tout le flanc. Le sang avait cessé de couler et, vu la pâleur de l'homme, il ne devait pas lui en rester beaucoup. Érébios demanda à être seul avec le malade. Il nimba le corps de celui-ci et récita une incantation. Pour la première fois de sa vie, il connut la véritable douleur physique, mais la blessure se soignait, le malade récupérait des couleurs pendant qu'Érébios perdait toute énergie et finit par s'évanouir.

Quand il se réveilla, il vit un homme se pencher doucement vers lui :

« Enfin vous êtes sauf.

— Qui êtes-vous ? Demanda Érébios, l'esprit encore embrumé.

— Je suis Cœur de Loup, que vous venez de sauver de la mort.

— Pourquoi suis-je ici ?

— Votre clan vous a fait porter dans votre hutte pendant votre sommeil, qui était très profond. Je vous ai veillé dès que Wolfgar m'a prévenu de ce que vous avez fait pour moi.

— Notre clan est ouvert à tous ceux qui viennent en paix.

— Aux dires de votre clan, Wolfgar n'était pas si paisible quand il est arrivé. Vous êtes jeune pour être chaman, mais vos pouvoirs sont grands. Votre maître devait être puissant. »

Érébios riait intérieurement. Il avait acquis beaucoup plus de pouvoir que son maître :

« Et vous n'avez pas de chaman ?

— Le nôtre, comme celui de beaucoup de clans, a été tué lors de la bataille.

— Bien. Depuis combien de temps suis-je ici ?

— Cela fait trois jours, heureusement vous êtes réveillé sinon je n'avais plus de clan.

— Comment cela ?

— Mon clan a été fait prisonnier par le vôtre à cause de votre long sommeil.

— Je vais faire le nécessaire pour qu'on vous laisse repartir.

— Merci, mais je crois que nous allons rester un peu si votre chef le permet.

— Les chefs sont partis à la chasse. Je reste seul maître du village, je verrai avec eux à leur retour. En attendant, vous êtes nos hôtes. »

Le clan de Cœur de Loup était actif. Il construisit des huttes assez grandes pour tout le monde et s'assura que personne ne manquait de rien. Cœur de loup était très apprécié de tout le monde, Érébios le sentait bien. Il se demandait comment les autres chefs allaient prendre sa venue dans le village. A leur retour, deux batailles commencèrent : l'une pour savoir quel clan aurait le plus de viande et l'autre pour savoir si le clan de Cœur de Loup allait avoir droit à une part du butin, alors qu'il n'avait pas pris part à la chasse. Cœur de Loup ne fit même pas valoir que, s'il y avait des abris, c'était de son fait. Il ne dit rien et commença à préparer ses bagages pour partir. Érébios lui demanda de rester un moment avec lui dans sa hutte :

« Alors, vous partez ?

— Oui. Vos clans se battent alors qu'il faudrait être soudés, et le mien n'est pas bien accueilli. Nous allons partir chasser dans le sud. Je vais essayer de rallier un autre clan et de passer par le mont blizzard. Derrière, la terre est peut-être plus hospitalière. »

Érébios repensait à cet instant. Ainsi, Cœur de Loup était l'envoyé de Polinas sur terre, celui qui allait les mener vers la plaine :

« Bien, je vous accompagne. Je vous serais plus utile qu'aux autres, qui se disputent le moindre bout de viande que l'on peut leur reprendre s'ils ne se préparent pas à le défendre. »

Quand Érébios avait annoncé son intention de partir, les chefs l'avaient pris en haine et l'avaient laissé quitter le village, mais le peuple ne pouvait s'y résoudre. Ainsi, une bonne partie des hommes se rallièrent à Cœur de Loup.

Ils arrivèrent près du passage du blizzard qui, pendant longtemps, avait été réputé comme hanté par l'âme des défunts. Des soi-disant monstres ignobles, venus des enfers, séjournaient au bord du monde inférieur. Cœur de Loup ne croyant pas à ces superstitions et, plutôt que de mourir de faim sur une montagne, il tenta sa chance.

La descente s'amorçait quand l'armée du chef noir arriva pour les massacrer. Ils avaient sans doute décimé tous ceux qui étaient restés au village, vu le peu de défenseurs que l'exode y avait laissés.

Érébios vit en pensée un brouillard dense et les mots de pouvoirs. Cela l'intrigua. Il prononça les mots et un brouillard dense, tel qu'il l'avait vu, protégea la fuite du clan de Cœur de Loup.

Érébios demanda à ce qu'on ne l'attende pas, il devait lutter. Le chef noir était immense. Il devait mesurer dans les deux mètres, et Érébios était encore un adolescent chétif. Il prit son épée et défia le chef noir en duel. Le monstre rugit :

« Chaman, ne sais-tu pas que seul un guerrier peut défier un chef de guerre ?

— Je le sais, mais je dois protéger mon peuple. Aurais-tu peur de moi ?

— Moi, peur ? Sache que je n'ai peur de rien.

— Pas même peur des chamans ?

— Peur d'un simple guérisseur, tu plaisantes ?

— Alors, pourquoi les fais-tu tous tuer par ta horde ?

— Un clan sans chaman est plus facile à contrôler.

— On raconte que l'on t'a prédit qu'un chaman te tuera. »

Érébios bluffait. Il n'en savait rien, mais, à voir la pâleur soudaine du chef noir, il comprit qu'il avait vu juste. Profitant de l'effet de surprise, il passa à l'attaque et transperça le chef noir de son épée, avant de disparaître dans le brouillard et rejoindre son clan.

Le passage du col du blizzard n'en fut pas moins difficile. Les jeunes enfants mouraient de faim et de froid, et tout le monde était très affaibli. Cœur de Loup eut bien du mal à motiver tout le clan à continuer. Heureusement, il avait l'appui d'Érébios, qui avait du mal à soigner tous les malades ou blessés. Mais, au bout du quatorzième jour de marche, ils arrivèrent enfin près d'une source d'eau ainsi que d'une grotte dans la montagne. La plaine s'offrait à eux. Ils étaient sauvés. Au loin, une forêt luxuriante s'étendait à perte de vue.

Érébios se reposait à Bénézit. L'installation du village était terminée.

Les hommes qui étaient descendus de la montagne avaient refondé neuf villages, dont le centre était Bénézit. Tous étaient d'accord pour reconnaître l'autorité de Cœur de Loup. Chaque chef de clan lui jura ainsi fidélité. Alors que tous les villages avaient préféré la plaine, le chef du clan de Bukheron préféra s'installer près de la grande forêt. Érébios trouva celle-ci étrange. Le fluide qu'il avait découvert dans la grotte y était très présent. Il devait provenir de ces arbres.

Il remarqua aussi que ceux-ci étaient disposés en cercles de cinq, qui se répétaient à l'infini. Érébios savait aussi que des créatures habitaient ces lieux. Une rumeur parlait de monstres ressemblant à des hommes mais en plus grand, avec des cheveux longs, bleutés et des oreilles en pointe. Lors de ses visites au village, plusieurs guerriers qui chassaient en forêt lui avaient raconté la même chose.

Cœur de loup décida de faire partir une équipe au plus profond de la forêt. Deux mages partirent avec eux : personne ne revint.

Deux jours plus tard, une troupe de ces mystérieuses créatures vint à la rencontre du Roi Cœur de loup. L'un des hommes, sans doute le souverain de ce peuple étrange, leur dit :

« Moi, Roi du peuple des askaris, fils d'Élénia, demande à voir le chef. »

Érébios comprenait le langage mais, visiblement, il était le seul. Il répondit au Roi que le chef était Cœur de loup, mais qu'il traduirait pour lui, car lui seul connaissait leur langue. Le Roi acquiesça.

Cœur de loup et Érébios s'approchèrent de lui. Des serviteurs amenèrent des sièges et les disposèrent pour la réunion. Le Roi du peuple que l'on surnommera par la suite le peuple invisible, à cause de leur façon de se déplacer dans la forêt sans qu'un humain puisse l'apercevoir, expliqua que les nouveaux habitants ne le dérangeaient pas, tant qu'ils n'agressaient pas la grande forêt dont son peuple était le gardien.

Or, le peuple de Cœur de loup avait envoyé le premier des émissaires dans la forêt pour tuer les askaris. Cœur de loup parla du village massacré et des bergers disparus. Le Roi Askari, qui se nommait Tyraslin, jura que son peuple n'était en rien responsable de ces massacres. Cœur de loup accepta la parole de la créature, mais il s'en méfiait. La réunion se termina avec un accord de paix entre les deux peuples. Cœur de loup se retira, les askaris firent de même.

Cœur de Loup envoya plusieurs groupes explorer la plaine.

Un de ceux-ci vint quérir Érébios. Ils avaient trouvé un temple avec cinq statues. L'une d'elles représentait Polinas, leur divinité protectrice. Érébios se rendit au temple et vit les statues. Elles devaient représenter d'autres divinités. L'une d'elles, plus particulièrement, attira le mage. Elle semblait plus récente que les autres et représentait un homme tenant une balance, deux loups à ses pieds.

Un des hommes lui avait rapporté un livre ; il n'en avait jamais vu auparavant. Cela ressemblait à un amoncellement de parchemins, tenus par du cuir. En le feuilletant, il reconnut un texte écrit en askari et comprit la signification de ces statues.

Le géant avec un marteau représentait Tholl, gardien du feu et de la création.

La jeune femme, prénommée Élénia, était gardienne de la vie et du pouvoir.

La petite femme âgée se trouvait être Mogdolan, la dame des égarés, gardienne de la lumière.

Le jeune homme s'appelait Fenrir, gardien de l'équilibre.

Pendant les deux ans qui suivirent, Érébios fonda un Conseil de mages, ainsi qu'une école, sur le temple. Il fut décidé que le Conseil serait seul juge des querelles entre les clans. Même Cœur de Loup lui jura allégeance. Son lieutenant, Athan, fit de même quand il lui succéda.

Chaque membre du Conseil avait donc pour tâche d'étudier une partie de la toile : l'un, les invocations de guérison, l'autre celles de protection, un autre celles de destruction, ou encore un dernier les sorts noirs interdits du monde des morts. Mais des dissensions existaient, surtout avec les nouveaux clans. Le Conseil avait fort à faire.

L'école servit à former des prêtres qui devraient, comme les chamans l'avaient fait, propager la parole inscrite dans le livre et régler les conflits intérieurs des villages. Érébios réfléchissait à la création de ce temple. Pourquoi les pièces étaient-elles si grandes ? Qui avait bien pu le construire, et quand ? Le Roi des Askaris lui dit que, dans les grottes des montagnes, vivait un peuple magnifique mais solitaire. Peu nombreux, ils ne voulaient surtout pas se mêler aux autres. Érébios voulut en savoir plus. Tyraslin décida de lui présenter, dès qu'il le pourrait, le peuple des dragons.

Ceux-ci en prirent ombrage et une guerre éclata. Les nouveaux clans furent décimés. Se battant avec des masses faites d'os, ils ne pouvaient rien contre les épées fines et légères des Askaris.

Pendant la guerre, les hommes découvrirent le secret du peuple des Dragons. Ainsi, les créatures immenses qu'ils avaient rencontrées n'étaient pas les gardiens mais le peuple Dragon lui-même. Il fallait donc faire attention, car les dragons arrivaient dans les villages, se faisant passer pour des êtres blessés, ils se transformaient et détruisaient tout. La guerre dura près de sept ans. L'hiver, les combats cessaient, mais même les renforts de la montagne n'empêchaient pas la population de décliner.

Érébios s'en inquiétait. Des rumeurs parlaient d'un peuple de petits hommes. Érébios envoya des équipes d'explorateurs avec des traités d'amitié.

La Reine du peuple accepta l'entente avec Érébios. Son peuple, les gnomes, pouvait se protéger des dragons grâce à des sortilèges.

La paix vint des Askaris. La guerre leur coûtait en vies, surtout que les dragons visaient parfois les gnomes, qui se cachaient dans la forêt et qui, contrairement aux hommes, leurs répliques miniatures n'avaient pas peur d'aller l'explorer.

Un pacte fut scellé.

Le peuple Dragon fournirait aux hommes des maisons de pierre. Les Askaris aideraient à exploiter la forêt, à la condition que les hommes replantent des arbres et ne brisent plus les cercles. Les gnomes eurent la moins bonne part. Ils reçurent un lopin de terre à l'ouest. Le pouvoir en place leur offrit des maisons abandonnées, à la périphérie de Bénézit.

Athan signa un traité de paix avec les quatorze clans de la plaine, qui reconnaissaient le pouvoir central de Bénézit, ainsi que celui du Conseil. Il instaura un pouvoir guerrier dans la capitale. Il monta une armée, ainsi qu'une garde de protection de la ville de Bénézit. Chaque entité devenait indépendante l'une de l'autre. Érébios, estimant que les nouveaux mages pouvaient gérer le Conseil sans lui, prit sa retraite.

C'était il y a cinq ans. Pour lui, cela semblait être hier.

Le clan allait de nouveau changer de place. Mon père, Orgar, le chef, avait annoncé que tous devraient suivre les renkars. Le gibier manquait dans cette région. Beaucoup de clans de la région avaient déjà passé le brouillard, mais mon père avait toujours refusé ; il en voulait à Cœur de loup et à Érébios d'avoir conduit les guerriers vers une chimère.

Cela faisait dix printemps que le jeune chef Alkar, mon oncle, avait convaincu une partie de la tribu de partir avec lui. Orgar était de plus en plus taciturne, il fallait filer droit. J'allais partir pour ma première chasse. Ma mère avait essayé toute la nuit de repousser cet instant tant redouté :

« *Orgar, mon époux, Thalar est trop jeune !*
— *Alanoah, ma femme, il est grand temps. Depuis que le chef aux vingt printemps est parti avec une bonne partie de nos hommes, nous manquons de guerriers, le clan a faim.* »

Pendant que nous nous apprêtions à partir chasser le renkar, les femmes de la tribu commencèrent à démonter les tentes de peaux. Je ne savais pas ce qui allait se passer lors de ma première chasse, mais cela allait à jamais changer la vie du clan du Chacal, l'un des derniers clans à survivre sur la montagne céleste.

A l'aube des temps, il y avait vingt-deux tribus sur la montagne sacrée. Il y a trois générations, le chef noir décima six tribus en tuant leur chaman. Cœur de loup, le jeune chef de la tribu des lapins blancs, avait conduit des hommes dans la plaine, en traversant l'épais brouillard du bord du monde. Nul ne les avait jamais revus.

La chasse commençait mal : pendant deux jours d'une marche harassante, dans le froid, nous n'avons rencontré aucun renkar. Les vivres commençaient à manquer. Avec les plus jeunes, je partis chercher quelques lapins pour le repas du soir. J'en attrapais deux moi-même, mais le reste du groupe fut moins chanceux : nous revenions au campement avec seulement cinq lapins pour une quinzaine d'hommes et six jeunes chasseurs. Bien que ma prouesse fût louée et que j'eus fait ma part de travail, je fus privé de repas comme tous les autres. Les hommes mangeaient avant nous, ils ne laissaient pas grand-chose pour les plus jeunes. Certains rongèrent les os, mais cela ne remplissait pas un estomac.

Mon père profita de son tour de garde pour m'amener un peu de viande, prélevée sur sa part. En tant que chef, il avait eu droit à plus de lapin.

C'est le lendemain que le drame survint. Nous trouvâmes un troupeau de renkars. Les chasseurs se cachèrent dans des arbustes, leurs lances affûtées, l'œil aux aguets. Notre mission était de rabattre les renkars vers les chasseurs en faisant le maximum de bruit. Les jeunes étaient très affaiblis par la faim. L'un deux s'écarta de notre groupe et s'effondra, alors que les renkars, affolés par nos cris et le bruit que nous faisions, se dirigeaient, furieux, vers notre abri de fortune.

L'un des renkars, qui semblait être le plus furieux de la horde, se dirigea vers le jeune chasseur. Il rua devant le pauvre adolescent effrayé, qui tentait désespérément d'échapper aux coups de sabots de l'animal. Reprenant mes esprits, j'essayai de faire peur à l'animal en m'approchant de lui à toute vitesse, bâton levé. J'eus bien du mal à ne pas moi-même me faire tuer par les renkars qui fuyaient.

Anilar se releva au bout d'un instant, voyant le danger écarté et me remercia. Nous repartîmes diriger la fin de la horde vers les chasseurs.

La chasse se terminait : une demi-douzaine de renkars gisaient morts sur le sol, mais je ne voyais aucun chasseur. Soudain, je reconnus la voix du chaman du clan :

« Dieu à la faux, accueille notre frère parmi les tiens, il est mort bravement.

Que son âme soit gardée des tourments et que son corps retourne au cycle de la vie. »

La panique s'empara de nous, l'un de nos pères avait péri lors de la chasse.

Il fallut que Polinas, notre dieu, choisisse le mien. Comble de malheur, la tribu se retrouvait sans chef, car j'étais trop jeune pour succéder à mon père, et mon oncle n'était plus là. Il y aurait de nouveaux combats entre tous pour savoir qui commanderait le clan. Des jours sombres nous attendaient.

Sur une branche, un corbeau croassa. Polinas était venu prendre l'âme de mon père.

Le retour au clan fut triste. Même la charge de viande nous parut légère, par rapport à la tristesse qui nous pesait. Au campement, une surprise nous attendait : Alkar se tenait parmi les femmes. Il avait des habits bizarres, et une arme étrange pendait à sa ceinture, mais c'était bien lui. Je savais que, grâce à lui, le clan irait vers des jours meilleurs et que, enfin, je verrais la plaine.

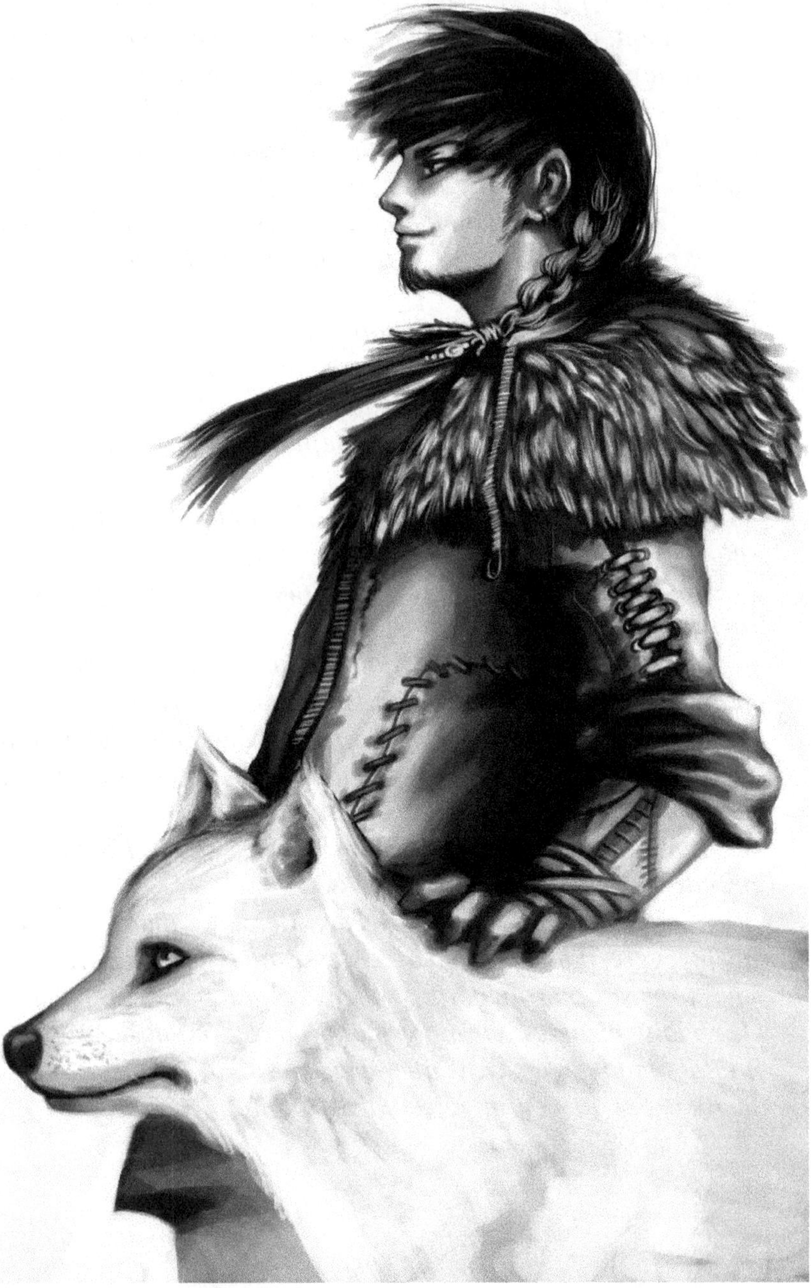

Chapitre 3

Le conseil des mages

Érébios arriva près d'un village où des soldats poursuivaient un gnome. Pensant que c'était un esclave en fuite et profitant de son déguisement, Érébios le protégea des gardes, leur demandant de le laisser partir. Il dut les désarmer, mais ne les tua point et les laissa libres. Le gnome revint vers Érébios :

« Merci, ami, je te dois une vie. Dis-moi ce que tu veux, je t'aiderai.

— Je dois me rendre à la garde sainte et nous ne serons pas trop de deux contre les brigands et les voleurs.

— Je vois. Toute une aventure. C'est à deux jours de marche. Sais-tu manier les armes ?

— Oui et bien d'autres choses. Je suis Ourokos, agile de ses dix doigts, mais tu peux m'appeler Ourokos simplement, et toi ?

— Je suis Fen le preux. Pourquoi t'appelle-t-on « agile de ses dix doigts » ?

— Bah ! Parce que je suis agile de mes dix doigts, pardi. T'es lent ou quoi ? T'es bien un humain, va ! »

Après avoir récupéré une des armes pour Ourokos, les deux nouveaux amis se mirent en route. Par politesse, Érébios ne demanda pas au petit homme pourquoi il était poursuivi. La première journée se déroula sans encombre. Aucun des deux n'ouvrait la bouche.

Pour avancer, ils se contentaient de regarder le paysage.

Pendant la nuit, alors qu'Érébios prenait son tour de garde, une demi-douzaine de brigands les attaqua. Ils étaient sales et repoussants, armés d'épées rouillées.

L'un d'eux, que les autres appelaient Birgen, semblait être le chef. Il regarda Érébios et lui dit :

« Alors, voyageur, on s'est perdu ? Où est ton équipage ?

— Je suis seul avec mon compagnon. Nous nous rendons en pèlerinage à la garde de la réconciliation.

— Réconciliation ! Tu le vois, c'est contre ces Tholliens que j'ai perdu mon œil, et mon père est mort sous les flèches de ces créatures de la forêt ! Alors que me parles-tu de réconciliation ? Tu vas là où ce traité a été signé ?

— Oui.

— Eh bien, tu ne verras qu'un parchemin minuscule, qui ne sert à rien.

— Il y a la paix depuis cinq ans.

— Et pour combien de temps ? Combien d'anciens guerriers estropiés sont, comme nous, sur les routes ?

— Je t'offre un travail si tu veux. Escorte-nous et je t'aiderai à trouver de quoi vous loger. J'ai des relations.

— Freluquet, donne ton or et tes victuailles, et cela m'évitera de te trancher la gorge. On est six et vous êtes deux. En plus, ton pote ronfle, donc tu es tout seul »

Érébios aussi se demandait comment le gnome pouvait dormir avec tout ce bruit. En jetant un coup d'œil, il vit que le petit homme avait les yeux entrouverts et qu'il tremblait. Érébios récita une incantation :

« Attention, ce maigrichon est un jeteur de sort !

— Laissez, c'est de la poudre aux yeux. Seul le conseil pourrait lancer des sorts et le freluquet n'en fait pas partie. »

Érébios récita une incantation et prit l'apparence d'un enfant. Devant la magie, les bandits prirent peur et voulurent partir. Le chef ne lâcha pas sa proie. Il bondit sur le petit homme qu'il réveilla et lui mit son couteau sous la gorge :

« Sorcier, fais attention ou je tue ton ami »

Érébios récita une nouvelle incantation et reprit forme normale. Il dégaina :

« Un combat à la loyale entre toi et moi. Si je gagne, tu me sers d'escorte,

— Et si tu perds ?

— Alors tu gagnes tout ce que nous possédons.

— D'accord. »

Les hommes firent le cercle. L'un d'eux maintenait encore Ourokos en respect. A peine réveillé, le gnome se demandait ce qui lui arrivait. Il ne rêvait pas quand il avait vu cet enfant prendre l'apparence de son ami. Le combat commença. Le chef se battait encore avec des méthodes humaines, Érébios lui, qui avait passé pas mal de temps dans la forêt, se battait à la manière des Askaris. Pour un seul assaut meurtrier du chef des brigands, Érébios en plaçait deux.

Mais, même s'il n'était pas aussi rapide, ses coups étaient d'une puissance redoutable. Érébios commençait à faiblir. Il pensa à dire une incantation, mais il avait demandé un combat à la loyale et il respecterait son adversaire. Ourokos semblait prier pour sa vie et elle seule.

Érébios se dit qu'il devait prier Mogdolan, la mère des gnomes. Il avait vu sa statue au temple. Elle représentait une petite femme, vieille comme le temps. Elle regardait d'un air mélancolique la statue de Polinas, qui se trouvait à côté d'elle, géant aux allures de vieillard avec sa faux inversée.

Le combat touchait à sa fin et Érébios commençait à perdre pied. Mais les coups de son adversaire faiblissaient. L'énorme épée, empruntée au peuple dragon, était lourde à soulever ; celle d'Érébios était une épée askarie, solide et légère. Érébios se servit de l'épuisement de son adversaire pour lancer une attaque et désarmer celui-ci.

Le chef des bandits se soumit à Érébios et loua son honneur. Le lendemain, tout le monde se dirigeait vers le temple quand une bête énorme, ailée et monstrueuse, les attaqua. Érébios reconnut là une mantigore, une créature venue de l'enfer. Les faibles bandits, harassés par la faim et le froid, ne tardèrent pas à succomber. Ourokos ne savait plus où donner de la tête. Ce n'était pas un grand guerrier mais un poltron. Pourtant, quelque chose laissait à penser à Érébios qu'Ourokos allait faire de grandes choses par la suite.

Il récita une incantation pour calmer la bête, mais elle était puissante et le charme ne tint pas longtemps. Il dut se résoudre à la tuer. Il incanta de nouveau, et un déluge de feu et de flammes s'abattit sur la mantigore.

Ourokos revint vers son ami :

« T'es pas normal pour un messager. Cette nuit, ce n'était pas un rêve, je t'ai vu, ma parole, je t'ai vu te transformer en enfant et là, tu es plus puissant que le Conseil. Qui es-tu ? Dis-le-moi.

— Je suis un messager de Dieu, avec plein de pouvoirs, poltron !

— Je ne suis pas un poltron, mais je ne suis pas fou. Contre une bête énorme, que pouvais-je faire ?

— Rien, il est vrai. Allez, creusons une tombe pour ces braves bandits. »

Cela leur prit le reste de la journée, pour enterrer les corps des anciens soldats. Puis Érébios lia leurs âmes, comme il avait vu les Askaris le faire pour leurs guerriers. Le combat avec les bandits n'était pas le pire que les deux compères auraient à disputer. Des barbares menaçaient la région et ils étaient conduits par un chef redoutable. Érébios se demandait si ce n'était pas le fameux chef noir, qui avait passé toutes ces années à se reconstruire une armée. Pourtant cela semblait impossible, ce chef-là était déjà âgé quand Érébios était adolescent, et cela faisait plus de cent ans qu'il vivait. Et s'il était une création de Krystal ? Érébios comprenait maintenant les actions de l'ancien seigneur de l'Équilibre. Mettre le chaos dans le monde des hommes, en poussant les trois autres races contre lui. Ainsi, il tirait toutes les ficelles, même après son bannissement. Une demi-journée de marche plus tard, ils arrivèrent en vue du temple. Érébios reprit sa forme originelle, au grand désarroi du petit homme. Le garde à l'entrée du temple le reconnut. On le fit passer devant la queue des fidèles. Érébios regarda les tentes des fidèles, venus parfois de loin, pour voir le Conseil des sages. Il répugnait à ainsi passer devant eux, mais sa mission était d'une haute importance.

Il examina la salle : après son départ, le nouveau haut mage, Danathor le sage, avait ainsi changé les membres.

Celui-ci s'adressa à Érébios :

« Alors, mage, que nous vaut votre visite ? »

Tout en parlant, Érébios regarda le visage des nouveaux. Il en connaissait quelques-uns pour les avoir formés.

Il fut étonné de voir que le maître Topaze soit encore un gnome, chargé d'étudier les sorts offensifs et les sorts du tonnerre, très utiles contre les créatures immenses. Au bout de la table, se trouvait un petit vieux rondouillard, le mage Rubis. Il était chargé d'étudier la magie du peuple de Tholl. Érébios le trouva tout de suite antipathique. Il conversait, sans l'écouter, avec le mage Sépia, chargé des sorts de protection. Celui-ci portait une robe d'un blanc immaculé, ce qui était d'une prétention impensable pour Érébios. Ces deux mages venaient de clans récemment descendus de la montagne et souvent dissidents du pouvoir central de Bénézit. Plus près d'Érébios, se trouvait un nouveau, on lui avait donné la charge de consigner dans un livre les sorts interdits et d'étudier l'au-delà. Sa peau blafarde et sa robe sombre lui donnaient un air sinistre.

Le dernier mage, un jeune homme habillé de violet, était intimidé de se trouver devant le célèbre mage. Il avait été chargé d'étudier la magie élénianne, ainsi que la toile, visiblement source de tout le pouvoir magique.

Érébios leur déclara donc :

« Je suis sorti de ma retraite pour vous amener un message des gardiens. Une guerre ne va pas tarder à éclater. En fait, deux guerres : le chef noir, qui a décimé tant et tant de clans sur la montagne, va revenir à la tête d'une grande armée, il menacera les peuples d'Orobolan.

Mais ce n'est pas tout, une armée composée de démons va déferler. Ceux-ci font partie des guerriers d'un ancien dieu déchu, qui veut reconquérir ce continent. Pour le vaincre, les gardiens m'ont affirmé qu'il fallait retrouver les cinq médaillons de l'équilibre et les unir tous.

— Bien sûr, maître Érébios, bien sûr. Mais pourquoi le grand livre ne parle-t-il pas de ce dieu déchu ? Pourquoi les gardiens ne sont-ils pas venus me parler à moi, je suis le haut mage tout de même ? Et enfin, le cavalier noir, qui aurait décimé tous les clans possédant un chaman, a agi il y a plus de cent ans. Il doit être mort à l'heure qu'il est.

— Je sais bien que je vous demande de me croire aveuglément et que je n'ai pas de preuve de ce que j'avance. Mais je vous répondrais que j'ai été à votre poste plus longtemps que vous. J'étais grand mage que vous n'étiez pas nés, et je vous ai presque tous formés.

— Et vous avez passé la main.

— Je le sais. Et Ontha vous a nommé à ma place et, par contradiction avec moi, vous en avez nommé d'autres au Conseil.

— Insinuez-vous que vous êtes le seul mage à même de décider de la valeur des membres ?

— Non, mais le conseil doit aussi juger des affaires de justice. Et je n'en vois, ici, aucun issu des premières tribus, pas plus des askaris, ni issu du peuple de Tholl.

— Je crois que vous devriez en rester là. Je peux décider de vous renvoyer à votre retraite et vous interdire d'approcher tout chef de clan pour lui faire part de vos divagations de vieillard.

— En plus, vous nous parlez de cinq médaillons. Or, quand nous avons trouvé ce temple, le seul médaillon existant était celui de Polinas, fit remarquer le maître Rubis.

— Vous ne pensez pas que les autres peuples d'Orobolan puissent avoir déjà le leur ?

— En plus, je ne compte que quatre peuples sur Orobolan.

— Je n'en compte que trois. Le mien ne vous sert que d'esclave. Sommes-nous encore réellement un peuple ? Déclara le gnome.

— Vous, contentez-vous de faire votre travail.

— Je suis mage du Conseil.

— Je vous ai nommé, je peux vous révoquer.

— Excusez-moi, mais si Érébios nous apporte la preuve qu'il existe d'autres médaillons et celle de l'existence de ce chef noir, qui peut être un descendant de l'ancien, ou l'ancien tout simplement, le mage est âgé lui aussi, proposa timidement le mage Violet.

— Bien sûr ! On voit que vous avez la naïveté de la jeunesse. Érébios est un vieillard sénile qui rêve encore de sa gloire passée. Le Conseil a plus urgent à faire. Ainsi, retournez à votre retraite et laissez-nous ou je décide de votre bannissement.

— Dois-je vous rappeler que, tout haut mage que vous êtes, je suis votre aîné, et que la révocation d'un mage doit être décidée par le Conseil tout entier ?

— Procédons tous à un vote, proposa le maître Blanc.

Qui souhaite que maître Érébios reste en retraite ? »

Le vote ne donna pas avantage à Érébios. Le maître Topaze et le maître Violet votèrent en sa faveur, le haut mage et le mage pourpre ne votèrent pas, Sépia et Rubis votèrent pour la révocation, sans doute pour pouvoir continuer à dormir.

Le haut mage avait un problème, car il ne pouvait décider de la révocation d'Érébios. Son vote décisif pourrait lui attirer les foudres d'Ontha :

« Haut mage, que décidez-vous ? S'il y a effectivement une guerre qui se prépare, nous devrons faire face.

— Ma décision est la suivante : Érébios a trente lunes pour prouver ce qu'il avance. Si, dans trente lunes, il n'a pas fait la preuve ni d'une invasion ni de l'existence de plusieurs médaillons, alors il devra continuer sa retraite et ne plus nous déranger. »

Le Conseil approuva. Le mage violet avait envie de suivre Érébios, mais il n'osa pas déroger à la décision du haut mage. Érébios partit alors, déçu.

Il avait fondé tant et tant d'espoirs dans celui-ci. Le nouveau mage voulant asseoir sa position, se servait du Conseil pour contrôler toutes les tribus. Il avait renvoyé le mage thollien ainsi que le mage askari. Bien entendu, Érébios vit qu'il était inutile de demander au Conseil de lui prêter le médaillon de Polinas. Quand il sortit de la salle, certaines personnes l'accostèrent, lui demandant son avis. Il répondit chaleureusement à chacune d'entre elles. Puis il rejoint Ourokos. Celui-ci vit bien que le mage était soucieux, cela ne présageait rien de bon :

« Mage, vous n'avez pas l'air content de votre visite.

— Ce que je craignais le plus est arrivé. Le haut mage a perverti le Conseil. Ainsi, le peuple travaille pour lui, et non l'inverse. Un événement terrible se prépare, et ils ne réagiront que quand cela touchera leur petite personne, et ce sera sans doute trop tard. En plus, je comptais leur demander le médaillon de Polinas, mais ils ne me le donneront pas. On doit pourtant se trouver en possession de tous, pour sauver le monde.

— Le médaillon, cela peut s'arranger. Si vous voulez, je peux vous l'obtenir.

— Comment ? Moi, j'ai échoué. Tu penses que, à toi, un gnome, il va le donner.

— Non, mais j'ai quelques talents qui me permettent de prendre ce que je veux.

— Ainsi, tu es un voleur ! C'est pour cela que le garde te poursuivait. Et dire que je t'avais pris pour un esclave en fuite !

— Eh bien non. Tu as devant toi Ourokos agile de ses dix doigts, voleur de renom.

— Eh bien ! Tu comptes voler le trésor le mieux gardé du royaume de Bénézit ?

— Bien sûr !

— Je ne pourrai pas t'aider. Si je te jette un sort, le Conseil le détectera.

— Je n'ai pas besoin de ta magie. Tu vas voir ce qui se passe quand on s'appelle agile de ses dix doigts. »

Le petit homme avait son plan. Il lui faudrait une journée, sans doute, pour le mettre au point. Il ne pouvait dérober le collier la nuit, car la garde était importante, pas plus que la journée : avec tous les pèlerins qui venaient le voir, c'était impossible. Érébios, perdu dans ses pensées ne vit pas le gnome aller d'étal en étal, échangeant avec les marchands, pour obtenir ce dont il avait besoin.

Les gnomes n'étant pas très riches, le troc était devenu pour eux une seconde nature. Sur un marché, Ourokos savait exactement qui voulait quoi et comment, par de simples échanges, avoir ce qu'il voulait à moindres frais. Ainsi, au bout de deux heures, il possédait quelques bouts de ferrailles, des cordes et du charbon. Il se rendit alors à l'étal du forgeron. Le brave homme lui laissa utiliser son four, en échange du charbon. Le petit homme forgea de son mieux une réplique du médaillon fabriqué par Tholl. Puis il se rendit dans la queue des pèlerins, qui attendaient pour embrasser le médaillon divin. L'un venait demander de bonnes récoltes, un autre venait demander que son troupeau ne tombe pas malade, un autre encore la guérison pour lui-même ou un proche.

A l'époque d'Érébios, le fait de venir embrasser le médaillon ne coûtait rien. Tous les mages parcouraient la foule, pour voir quelle aide ils pouvaient apporter à ces pauvres gens. L'élu ne sortait jamais au contact de la foule. Seuls, les mages topaze et violet sortaient de temps à autre.

Érébios était songeur. Il réfléchissait à la façon dont s'était déroulée la réunion. Quelque chose ne collait pas. Il avait ressenti la corruption du Conseil, mais quelque chose de plus noir encore semblait masqué par cette corruption

Il prit alors une décision qui allait lui coûter sa retraite. Il irait lui-même de par les royaumes chercher les médaillons. Quand il avait quitté le Conseil, il au- rait dû lui-même choisir son remplaçant. Cela lui aurait évité une fois encore d'arpenter les routes comme du temps de sa jeunesse. Érébios ne se doutait pas alors, qu'il aura encore une vie bien remplie.

Fort de sa décision, il regarda le gnome avancer dans la queue pour aller voir le médaillon. Il jeta un œil aux pèlerins dans la foule. Le plus grave pour Érébios était que, maintenant, on faisait payer les pèlerins, qui s'étaient déjà endettés pour venir jusqu'ici. La moindre obole leur coûtait beaucoup.

Le Conseil vivait sur ces offrandes, et grassement, alors qu'à l'entrée du temple, des fidèles mouraient de faim. Ourokos ne voulait pas voler quelque chose à ces pèlerins, bien qu'il ne craigne pas la colère d'Érébios. C'était sa propre morale qui le lui interdisait. Il avait toujours volé ceux qui possédaient. Il déroba juste de quoi avoir une offrande acceptable, pour que le garde le laisse passer. Il était presque arrivé quand une vieille femme fut repoussée sans ménagement par les gardes. Elle n'avait pas rien à offrir et elle venait demander conseil, car, dans son village, plusieurs personnes avaient disparu. Érébios, entendant les pleurs de la vieille femme, se dirigea vers elle et lui témoigna de l'affection. La brave femme se calma. Il l'assura qu'il passerait à son village pour faire quelque chose.

Érébios ne quittait pas Ourokos des yeux. Le petit homme donna son offrande au garde et baisa le talisman, puis il repartit vers le lieu où ils campaient. Érébios ne l'avait pas vu prendre le talisman. Le gnome avait-il renoncé, de peur de se faire malmener par les gardes ?

Laissant la vieille dame rentrer chez elle, il retourna près du feu.

Le gnome préparait leurs bagages :
« Trop risqué, ou as-tu eu peur ?

— Non, je l'ai.

— Comment ? Interrogea Érébios, plus que surpris par la révélation du petit homme.

— Pendant l'esclandre de la vieille femme. Je te l'ai dit, je suis Ourokos aux dix doigts agiles.

— Là, je dois dire que je m'incline. Mais, partons. Le Conseil ne va pas apprécier et je n'ai pas l'air d'être dans ses bonnes grâces, ces temps-ci. »

Ils quittèrent les abords du temple. Érébios se dit que si, cette femme les avait aidés, même involontairement, ce n'était pas un hasard. Il indiqua alors son intention d'aller vers ce village. Ourokos ne lui devait plus rien, il avait risqué sa vie pour le médaillon, mais celui-ci voulut encore rester avec le mage et lui déclara qu'il le suivrait.

Alkar fut triste d'apprendre la mort de son frère. Il réclama la tête du clan et personne n'osa lui refuser, vu les armes étranges qu'il portait. Il fit déposer la viande dans une tente et la fit préparer par les femmes, puis il demanda à ce qu'on dresse un bûcher funéraire pour son frère. Il ne parla que pour donner des ordres.

Je consolai ma mère, qui pleurait dans notre tente. Je trouvais que mon oncle aurait dû rester avec nous. Ce fut le soir venu que beaucoup de mes questions trouvèrent des réponses.

Le chaman commença la cérémonie de retour du corps dans le cycle de la vie.

Puis, une fois que le bûcher se fut consumé, dans le plus grand silence, les femmes distribuèrent le repas. Les hommes commencèrent à manger, les femmes et les enfants prendraient la suite.

Alkar prit la parole.

« Il y a dix printemps, j'étais encore tout jeune chasseur, jaloux de mon frère devenu chef. Je fus attiré par la légende de Cœur de loup, du clan du lapin des neiges.

Je pris avec moi trois familles, et décidai de descendre de la montagne et de défier le brouillard. En bas, je retrouvai nos frères. Des tribus se sont installées sur la plaine lointaine, et vivent là-bas depuis longtemps déjà.

D'autres peuples existent aussi, des hommes grands aux oreilles effilées, qui fabriquent ces armes et ces peaux légères, et bien d'autres merveilles encore. Bien sûr, il y a encore des guerres, le campement où je me trouvais a été attaqué par le clan des sanguinaires. »

Tout le monde frémit : des seize tribus restantes, le clan des sanguinaires était le plus féroce de tous. Le chaman du clan offrait aux guerriers une potion de champignons, qui les rendait féroces et insensibles à la douleur.

Alkar, une fois l'émotion passée, reprit :

« Cœur de loup pour se protéger des pilleurs a créé une communauté de clans, autonomes mais alliés, et des chamans puissants protègent les clans des pilleurs. Nous sommes amis avec les hommes étranges et cela n'est qu'une partie des merveilles de la plaine. »

La tribu ne savait que penser : fallait-il suivre Alkar pour tenter de nouveau de traverser le brouillard ? Mon oncle avait plein de bons arguments, mais beaucoup réfléchissaient encore.

Je savais déjà que ma mère le suivrait. C'était la coutume, car une femme sans la protection d'un homme ne pouvait survivre dans ce clan.

Le chaman, lui, avait choisi son camp. Depuis le début, il voulait que les meilleurs guerriers restent sur la montagne. Polinas serait furieux. Si mon père était mort lors de la chasse, c'était parce que l'impie était revenu au campement. Polinas réclamait un sacrifice.

Je commençais à être inquiet. Si le chaman continuait dans son raisonnement, mon oncle serait en position de faiblesse. Et le clan pourrait décider de le sacrifier au corbeau pour calmer sa colère, et nous avec, puisque nous étions de sa famille.

Ma mère se retira sous notre tente, comme si elle savait ce qui allait se passer.

Arkal regarda le chaman et déclara :

« Tu blasphèmes : Polinas le juste n'aurai jamais tué un innocent. Si je suis l'impie, que Polinas me terrasse. Toi, choisis le meilleur guerrier qui te défendra au nom du jugement de dieu. »

Arkal avait invoqué cette justice : si deux hommes avaient un différent de justice, alors il y avait combat à mort, Polinas ne faisait gagner que le juste.

Le chaman étant un homme sage, il ne devra porter aucune arme et il trouvera un guerrier pour le représenter au combat. Celui-ci était sûr de combattre pour Polinas.

Tous les guerriers hostiles à mon oncle se présentèrent, le chaman choisit Kurgar, le plus terrible guerrier de la tribu. On dit qu'enfant, il fut trouvé seul et qu'il avait appartenu au clan des sanguinaires. Ceux-ci l'avaient abandonné car trop faible pour eux.

Les deux guerriers se placèrent au centre du cercle, près du feu. Mon oncle ôta sa cape, et on put voir qu'il n'avait jamais perdu de sa force de guerrier. Il dégaina son arme étrange, composée ni d'os ni de bois. Le chaman exhorta ses guerriers qui hurlèrent tous :

« Kurgar, Kurgar » ou « à mort l'impie »

Ma vie dépendait de l'issue de ce combat et ma mère le savait aussi.

Pendant que Kurgar leva sa hache de pierre, mon oncle baissa son épée, pointe en bas, dirigée vers l'arrière.

Le chaman déclara :

« Polinas, gardien des âmes sur la montagne, sois seul juge de ce combat et que le juste reste parmi nous. »

Je priai, moi aussi, le dieu corbeau de nous accorder la victoire, ne voulant pas finir ma vie sur le bûcher de mon oncle, une lune seulement après la mort de mon père.

Le combat fut si bref que le clan en fut déçu. Kurgar leva sa hache et fonça en hurlant vers mon oncle, qui fit un pas de côté et leva son épée en la faisant tourner. Kurgar se retrouva en un instant à terre, sans sa tête.

Arkal demanda la soumission totale du chaman et de ses hommes, puis je courus prévenir ma mère qu'on avait gagné.

Le lendemain, le camp fut défait de nouveau. Nous partions pour la région du bord du monde afin de traverser le brouillard.

Pendant le voyage, je demandais à Arkal :

« *Mon oncle ? Comment, sur toute la montagne, nous avez-vous retrouvés ?*

— Cela fait trois printemps que je vous cherche partout.

— Trois printemps !

— Oui. J'ai suivi les troupeaux de renkars, je me disais bien que notre clan en suivrait un, et que je finirai par vous retrouver. J'ai prié Polinas aussi. Un jour, n'y croyant plus, j'allais redescendre sur la plaine quand j'ai aperçu vos tentes au loin.

— Il t'a guidé vers nous.

— Je crois que Polinas a envoyé Cœur de loup en bas et qu'il nous a fait comprendre que, désormais, nous devions vivre dans la plaine.

— Il y a des renkars dans la plaine ?

— Non, mais il y a plein d'autres animaux que nous pouvons chasser et manger.

— Pourquoi reste-t-il des tribus dans la montagne, alors ?

— Peut-être parce que tous les habitants ne peuvent pas descendre en même temps, il faut qu'ils comprennent les volontés du corbeau. Les gens ont peur, aussi, de laisser trop de choses derrière eux. Tu verras, certains d'entre eux nous quitteront avant la fin.

— Il y a combien de clans en bas ?

— Neuf en tout.

— Il en reste donc sept ici.

— Oui, mêmes si certains guerriers sont attirés, comme moi, par la plaine et quittent leur clan pour en fonder un nouveau. »

Je ne comprenais pas, les clans étaient sacrés. Il y avait vingt-deux clans et cela ne devait jamais changer.

La plaine était vraiment un nouveau monde.

Au bout d'une soixantaine de lunes, nous arrivions enfin sur le bord du monde. On apercevait, malgré le brouillard, une immense forêt au loin et, juste devant elle, la plaine.

Le clan ne comportait plus qu'une douzaine de familles. Certaines avaient préféré rester sur la montagne. Le brouillard était dense, on avançait péniblement contre le vent, sans rien y voir. Avant la traversée, un dernier renkar avait été sacrifié à Polinas. Le chaman avait demandé le pouvoir de commander au vent, mais Polinas emporta les plus jeunes et ne l'écouta pas. Certains pensaient que c'était pour se venger de la mort de Kurgar.

Je ne sentais plus ni mes doigts ni mes pieds, ma mère aussi commençait à faiblir. Combien d'entre nous allaient tomber lors de ce périple ?

Un matin, subitement, le vent se calma et nous vîmes le début de la plaine. Il restait encore une partie de la montagne à descendre, mais le brouillard avait disparu. Nous arrivâmes près d'une grotte et Alkar nous informa que le divin prophète de Polinas y vivait : c'était un endroit sacré.

Le chaman sacrifia un lapin devant la grotte, puis il soigna les nombreuses engelures de tout le clan.

Arrivés près d'un lac, deux surprises nous attendaient : les créatures qui s'y trouvaient, et les habitations bizarres des hommes du clan qui demeurait là.

Ma mère regardait le lac merveilleux avec le soleil couchant.

Elle pleurait, je ne savais pourquoi : peut-être aurait-elle voulu que mon père voit toutes ces merveilles, ou bien trop de changements lui faisaient regretter sa montagne. Mais comment se remémorer un endroit où huit de mes frères étaient morts de faim et de froid ?

Les créatures se classaient en deux catégories : celles qui étaient plus grandes que nous, qui protégeaient les hommes, et celles plus petites, qui les servaient.

Ce qui choqua tout le monde, ce fut les demeures. Comment pouvait-on transporter des tentes aussi grandes ? Elles paraissaient solides, mais il semblait qu'on devait en changer pour suivre la chasse : cela ne devait pas être pratique. Mon oncle nous apprit que certains clans ne changeaient plus de territoire de chasse, que le chasseur partait plus longtemps, mais que les autres restaient toujours au même endroit.

Les hommes aux oreilles étranges leur avaient appris à vivre ainsi.

Mon oncle, voyant que la vie sédentaire effrayait la tribu, décida de quitter le lac et sa sérénité.

Nous nous installâmes près d'un point d'eau. Les tentes furent remontées, les guerriers valides partirent à la chasse et ceux blessés et meurtris par la descente restèrent à se reposer. Ma mère était encore faible, je demeurai à son chevet. Le chaman était puissant, il pourrait l'aider.

Alkar partit voir le descendant de Cœur de loup, pour savoir où le clan pouvait se rendre.

Des hommes aux grandes oreilles vinrent et nous déposèrent de la viande. Ils soignèrent aussi nos blessures. Ma mère se rétablit, à mon grand soulagement.

Au bout d'une vingtaine de lunes, le clan avait retrouvé de quoi chasser. Alkar revint nous annoncer que, néanmoins, tous devaient repartir. Il avait prévenu le chef des clans de son arrivée et prêté serment. Il apprit que Polinas possédait une statue à l'ouest. Le chaman dit qu'il fallait aller la voir, et préparer un immense sacrifice pour remercier le corbeau de nous avoir guidés vers ce paradis.

Chapitre 4

Le village de la bête

Érébios connaissait bien le village de la vieille dame. Il était proche du royaume de Tholl. On racontait qu'Ikan le banni séjournait non loin de là, et que la malédiction de Tholl lui avait donné le goût du sang. Cela faisait deux jours qu'ils marchaient, se reposant souvent. Il leur aurait fallu des chevaux pour se déplacer avec aisance.

Heureusement, au matin du troisième jour, ils en trouvèrent dans un campement dévasté. Ils allaient les prendre, quand plusieurs enfants de moins de dix ans, armés jusqu'aux dents, sales et affamés, les attaquèrent. Les petits, rongés par la faim, étaient même prêts à en découdre. On voyait leurs côtes leur transpercer la peau. Ils étaient vraiment faméliques.

Érébios s'adressa au plus vieux, qui semblait être le chef :
« Que voulez-vous pour ces chevaux ?
— Rien, vous êtes des intrus à notre clan, et donc vous devez être tués.
— Le clan, mais lequel ?
— Celui de l'orbe rouge.
— Je vois. Polinas, protégez-nous.
— Battez-vous ou mourrez. »

Les enfants étaient prêts à mourir, fanatisés par les adultes. Enragés comme des animaux, ils frappaient sans relâche les deux hommes qui avaient du mal à riposter. Ourokos, pourtant aguerri au combat, eut du mal avec deux d'entre eux. Il n'osait tout simplement pas ôter la vie à de si jeunes enfants, même si ceux-là n'hésiteraient pas à lui enlever la sienne. Érébios entendit les gamins murmurer quelque chose et il comprit avec horreur que ces petits êtres innocents murmuraient « du sang, du sang ». Alors il sut qu'il n'avait plus le choix, il pensa à un sort de sommeil profond qu'il connaissait bien. Il le lança donc. Les enfants tombèrent tous endormis. Érébios en profita pour prendre les chevaux et quitter ce lieu le plus rapidement possible avec Ourokos :

« C'était quoi, ces gamins, et qu'est-ce qu'ils disaient ?

— Du sang.

— Quoi ?

— Ils disaient du sang. J'ai entendu parler de leur clan, c'est celui de l'orbe rouge. Ce sont des fanatiques guidés par un chaman complètement fou. A l'âge de six ans, les petits sont abandonnés dans la forêt aux loups et aux bêtes féroces. Ils sélectionnent ainsi leurs guerriers. On m'a raconté que, pendant une inspection, un jeune de ce clan n'a pas crié alors qu'un renard lui dévorait les entrailles. Il est mort peu après, mais cela a fait la fierté du clan. Ils ont aussi une potion magique qu'ils font boire aux guerriers. Seul le chaman en connaît la recette. Bien sûr, elle doit contenir beaucoup d'alcool et de puissants hallucinogènes. Ainsi les guerriers ne pensent qu'au combat et ne ressentent aucune douleur. Quand la souffrance arrive, il est trop t a r d .

— Par Mogdolan notre sainte mère. Comment peut-on faire cela à des enfants ? Vous êtes bizarres, vous les humains ...

— Non, pas un humain. Je suis un Fenrahim.

— Un quoi ?

— Un gardien de l'équilibre.

— Et moi je ne suis qu'un simple voleur.

— Non, tu es un élu, chargé de m'aider, et tu as déjà prouvé ta valeur. Au fait, pour un poltron, tu te bats plutôt bien quand tu veux.

— Lorsque je ne suis pas sûr de mourir, je participe aussi.

— Une chose m'inquiète.

— Quoi donc ?

— Eh bien. Comment ce clan de fanatiques a pu disparaître, ne laissant que quelques enfants ? Qui a pu être aussi fou pour seulement s'attaquer à eux ?

— Je vois. Je crois que l'on se dirige vers les ennuis.

— Oui. Mais à part nous, qui d'autre le fera ? »

Érébios et Ourokos montèrent à cheval. Tous deux partirent de ce sinistre endroit, en se demandant ce qu'il adviendra de ces enfants quand ils se réveilleront, laissés sans nourriture, à la merci des adultes.

Érébios semblait inquiet. Les quelques personnes qu'ils rencontrèrent sur la route parlaient d'une armée qui détruisait les villages au nord. La fin du monde approchait. De plus, les luttes entre les clans avaient recommencé. Les nouveaux, fatigués par leur descente de la montagne, trouvaient plus naturel de décimer les habitants d'un village plutôt que de construire le leur. Érébios et Ourokos traversèrent des territoires dévastés. Au sud, on parlait d'un village maudit.

Cette région avait été détruite par les Tholliens pendant la guerre. Sept habitants avaient même complètement disparu. Nul corps n'avait été retrouvé. A la fin de la guerre, un village humain avait été construit au même endroit. Érébios y était passé une fois. Il avait ressenti comme un malaise. Le même lui revint quand il arriva de nouveau près du village.

Des cris attirèrent son attention. Un jeune garçon était attaché, en plein milieu du village, à un poteau. Il tremblait de peur. Par quel châtiment l'avait-on accroché là ?

Ourokos voulut le libérer. L'enfant le regarda, puis lui dit mi-sanglotant :

« Vous êtes des hommes du seigneur noir ? Il fait pourtant jour. Je suis là parce que j'ai été choisi. Chaque lune ronde, un enfant est choisi. Celui qui tire la pierre noire doit être donné au seigneur noir.

— Qui est ce seigneur noir ?

— C'est un « grandes oreilles », mais il a la peau toute blanche et il ne vient que la nuit. Il est entouré de sept grandes oreilles comme lui.

— Ce n'est pas le démon.

— Partez et laissez-moi, sinon il détruira le village. La dernière fois, Jored s'est sauvé. On a vu la tête de sept hommes au bout d'une lance. »

L'enfant pleurait. Érébios ne savait que faire. Il fit signe à Ourokos de venir. Le gnome ne voulait pas laisser l'enfant qui allait bientôt mourir. Érébios lui fit comprendre qu'il n'en serait rien. Ils quittèrent le jeune garçon pour prendre un poste de surveillance non loin de là. L'enfant s'était calmé, il n'alerterait personne. Le mage profita du temps qui lui restait jusqu'au coucher du soleil pour expliquer son plan à Ourokos.

Sitôt que la nuit commença à tomber, une troupe vint à la rencontre du sacrifié. Celui-ci prit peur et commença à se débattre. La troupe était composée d'une dizaine d'enfants, appartenant sans doute au clan de l'orbe rouge, mais leurs traits avaient changé. Ils avaient dû être transformés en créatures que les askaris appelaient yanos, ce qui, dans leur langue, signifiait « sans âme ».

L'askari, qui dirigeait le groupe et coupait les liens de l'enfant terrorisé, avait le teint blafard et ses canines supérieures dépassaient de sa bouche. Il portait les habits typiques des askaris, mais les coloris étaient plus sombres et, par ailleurs, le bleu dominait alors que, traditionnellement, c'était le vert. Dans les deux cas, cela permettait d'être invisible dans l'environnement. L'être laissa voir le revers de sa cape et une lune bleue y était brodée. Érébios se dit qu'il était temps d'agir, mais la présence d'enfants, fussent-ils à l'état de non-vie, le gênait. Ourokos voulait bien se battre contre des hommes, des créatures géantes un peu moins, mais certainement pas contre des morts. Pour lui, quand on est décédé, on ne se relève pas.

Érébios se décida à approcher :

« L'ami, l'enfant ne veut pas te suivre. Laisse-le aller.

— Qui es-tu ? Je ressens un grand pouvoir en toi. Un mage ? Je vois, un mage humain. Non, pas humain. Mais qu'est-ce donc ?

— Oui, je suis un mage, pas humain. Mais toi, qui es-tu ?

— Mais qu'est-ce donc ? Est-ce que cela se mange ? Est-ce que cela a bon goût ?

— Oui, je crois. Mais fais-moi plaisir. Je veux savoir par qui je vais être mangé.

— Je suis Labior, répondit la créature. Sa voix sifflait. Elle était calme et douce, presque envoûtante.

— Bien. Et à quel clan appartiens-tu ?

— La créature ne le sait pas. Je suis du clan de la lune bleue, comme le maître. Mais qu'est-ce donc ?

— Ah bon, tu n'es pas le chef ? Je suis déçu. Je suis un mage, après tout, et j'ai le droit d'être mangé par le plus grand.

— Je suis le général des victuailles du maître. Le plus important, celui qui lui ramène les petites filles et les petits garçons.

— Quel est son nom ? Peut-être l'ai-je déjà vu.

— Non, le maître ne se montre pas. Il est banni. Il a tué son frère et, du coup, les gardiens l'ont puni. L'un lui a dit qu'il sentirait le goût du sang, l'autre que le soleil le brûlerait. Le feu aussi est mauvais. Le dernier a dit qu'il y aurait l'espoir.

— Je vois. Je sais qui il est. C'est la bête, Ikan karzithan, le dévoreur.

— Oui, tu connais le maître !

— Bien sûr, et je te dirai même qu'il ne voudra pas de cet enfant. Le village t'a eu, ils t'ont donné un garçon pas bon pour le maître.

— Ah oui ! Mais qu'est-ce donc ?

—Laisse-moi une journée, et je te ramènerai un jeunot délicieux. Le maître sera content de toi.

— Bien, je te fais confiance. Mais si tu mens, sept enfants disparaîtront. Pas un, mais sept. »

Labior et sa troupe s'en allèrent, laissant l'enfant qui ne comprenait rien à tout cela, sinon qu'il était sauvé. Érébios devait agir vite. Il avait une journée pour protéger le village et détruire Ikan. Accompagnés de l'enfant, ils suivirent Labior. Celui-ci les mena, non loin du bourg, à une construction de pierre. Cet édifice imposant était caché par la forêt touffue qui l'entourait. Érébios fit signe à Ourokos. Ils passèrent par les étables et attachèrent leurs chevaux. Le gnome voulut fouiller un tonneau. Bien mal lui en prit, car ce qu'il trouva le terrifia. Érébios regarda à son tour dans le tonneau. C'était des os, des os d'enfants. Seuls les crânes manquaient à cette macabre découverte. Depuis combien de temps le village approvisionnait-il ces créatures en nourriture ?

Érébios se demanda s'il devait sauver ces habitants ou les damner à jamais. De l'étable, un orifice dans le mur permit à Ourokos de voir ce qu'il se passait dans la pièce principale. Un feu était dressé au centre. Autour de ce feu, six askaris, dont Labior, étaient assis sur des troncs d'arbres. Un septième était assis sur un trône fait de bois, qui avait été finement sculpté avec des motifs macabres.

Quand Ourokos vit, sur des tables basses, les restes de repas, des lambeaux de chair humaine, il ne put réprimer un haut le cœur. Autour, sur des paillasses, les enfants du clan de l'orbe rouge suivaient la conversation, en mangeant. Et quelle nourriture ? Ces petits êtres dévoraient de la chair humaine, sans doute leurs propres parents, car aucun adulte n'était présent. Ikan prit la parole :

« Alors, que nous ramènes-tu, Labior ?

— Rien, maître, on a dû se tromper. Peut-être demain.

— Où le village n'a pas mis de sacrifié.

— Laissons demain.

— Labior, me caches-tu quelque chose ?

— Non, maître. Mais qu'est-ce donc ?

— Quoi ?

— Pardon, maître.

— Tu as dit « mais qu'est-ce donc ? »

— Un mage sur la route.

— Un mage humain ?

— Non, pas humain.

— Élénian, alors ?

— Non plus. Beaucoup de pouvoirs, mais pas Élénian.

— Un dragon ?

— Non plus.

— Quand même pas un gnome ? En plus, ils sont filandreux.

—C'est un « mais qu'est-ce donc ? »

— Je vois. Et ce mage n'aurait-il pas délivré l'enfant ?

— Non, maître, il est parti dans une autre direction.

— Bien. Pas très claire, ton histoire. Si demain le village n'a pas donné d'enfant, nous irons leur en prendre quelques-uns. J'ai faim, que reste-t-il ?

— Rien, maître. Plus d'enfant. Le maître veut-t-il un peu de guerrier ?

— Non. La viande est trop coriace. Donne-moi un de ceux que j'ai transformés.

— Bien, maître. »

Labior partit parmi les paillasses, et choisit l'un des plus jeunes. L'enfant avança, sans combattre, vers son funeste destin. C'en fut trop pour Ourokos, qui préféra ne pas voir le reste de la scène. Il fit le récit de ce qu'il avait vu à Érébios. Le petit qui les accompagnait paniqua. Le mage fit signe de quitter ce lieu maudit. Il fallait faire quelque chose, mais quoi ? Il décida d'aller voir ce qui se tramait au village. Arrivé peu avant l'aube, l'enfant les dirigea vers sa maison. Ses parents dormaient encore.

Un crâne était déposé sur la cheminée. L'enfant, devant la consternation des deux hommes, répondit d'une voix basse :

« Mon grand frère. Il a perdu l'an dernier. Ils ramènent le crâne au village, et le chef le redonne à la famille. Normalement, le mien devrait y être. »

L'enfant avait peur du massacre qui allait suivre. Érébios se mit près de la cheminée et pria. Il pria ce nouveau dieu qui l'avait envoyé là. Il devait trouver une réponse. Comment tout un village pouvait-il être complice d'un tel massacre d'enfants ? Ainsi, chaque mois, on choisissait, alternativement chez les garçons ou les filles, une victime qui était sacrifiée, torturée puis mangée par Ikan, dont la cruauté allait même jusqu'à rendre le crâne aux parents.

Érébios s'étonna que personne du village, à part cette vieille, ne soit venu prévenir le Conseil des mages. Et si cette pauvre femme ne venait pas de là-bas ? Elle avait parlé de disparitions et non pas de meurtres organisés, ni de sacrifices. Érébios comprit qu'il n'était que l'instrument du jugement divin. Fenrir voulait qu'il voit les atrocités de ce village, et Ikan devait avoir l'un des médaillons. Il comprit alors que sa quête avait déjà été décidé, qu'il n'avait pas de libre arbitre.

Il devait quand même prendre une décision concernant ce lieu. Il se décida. Prévenant l'enfant, il réveilla tout le monde dans la maisonnée. S'il était un envoyé du divin, alors il allait accomplir sa tâche. Les parents furent heureux de revoir leur petit. La mère le prit dans ses bras en murmurant :

« Galvin, mon petit, tu es vivant. » Elle pleurait de joie.

Le père était plus inquiet. Il pleurait de joie, mais on voyait bien qu'il redoutait le lendemain soir, quand ces maudits Élénians viendraient se venger. Et que dira le clan ? Érébios leur demanda de sortir de leur maison. Il fit ainsi sortir tous les habitants. Il prit tous les enfants et les mit au centre du village, puis annonça que chaque famille devrait mettre le feu au bûcher. Les hommes du clan se regardèrent et lui demandèrent pourquoi : un enfant avait été sacrifié, pourquoi cette colère ?

« Je ne suis pas du clan de la lune bleue, je suis l'instrument de la colère divine. Vous avez osé sacrifier des âmes innocentes et Polinas est mécontent. En plus, au lieu de leur donner une sépulture décente, vous gardez les crânes de vos proches, glorifiant ainsi le massacre. Le divin a décidé que vous n'aurez plus jamais d'enfants. Ils vont vous être enlevés. »

Et, comme pour appuyer ses dires, un corbeau, symbole de Polinas, se posa sur un arbre derrière Érébios. Les villageois tremblèrent de terreur, les enfants étaient affolés. Un homme de haute taille, marqué par de lourdes années à combattre, avança devant Érébios :

« Je suis Tarkis, le chef de ce village. Que devions-nous faire ? Le Conseil ne nous a fourni aucune aide.

— Et pour semer vos champs, avez-vous besoin du Conseil ?
— Non.
— Pour protéger vos moutons des loups, avez-vous besoin du Conseil ?
— Non, reconnut le chef du village, de plus en plus penaud.
— Pour vous nourrir, avez-vous besoin du Conseil ou doit-il, trois fois par jour, vous dire de manger ?
— Non, reconnut, cette fois, le village tout entier.
— Alors, le Conseil doit vous dire de sauver vos enfants ? Non, je suis désolé, le Conseil n'est pas là pour cela, il est là pour vous aider. Si vous aviez lutté, il vous aurait prêté main forte ! »

Les femmes pleuraient, les hommes comprenaient l'horreur de la situation et regardaient leurs petits, la larme à l'œil. Ils avaient été des lâches, ils en paieraient le prix. Érébios regarda tout ce monde : les enfants, en chemise de nuit, se demandaient quoi penser, certains pleuraient.

Érébios s'en voulait de leur infliger cette épreuve. Seuls les parents étaient responsables. Plusieurs d'entre eux se mirent à genoux et demandèrent que l'on prenne leur vie, plutôt que celles de leurs enfants. Érébios fut content, il avait sa réponse :

« Que les hommes préparent un convoi, les femmes vont partir, je garderai les enfants. Les créatures vont venir ici ce soir. Si les hommes se battent pour sauver leur vie, alors je rendrais les petits. Ourokos, emmène-les là où tu sais. »

Le gnome partit avec les enfants, ne sachant pas trop ce que préparait Érébios. Les hommes chargèrent des charrues avec le nécessaire vital. Ils enterrèrent les crânes, le chef prierait pour les morts. Puis les femmes partirent. On prépara le village pour le combat. Le plan était simple : attirer Ikan et sa bande dans celui-ci et brûler le tout. Galvin servirait d'appât. Il fut placé au milieu de la place centrale et laissé seul. L'enfant attendait patiemment, il savait quel serait son sort et, depuis longtemps, il l'avait accepté. Le soir venu, les hommes, armés de fourches et de pieux, attendaient. Les torches étaient prêtes. Érébios avait quitté le village, il attendait avec Ourokos et les enfants. Au loin, deux des « généraux » suivaient Ikan jusqu'au lieu des sacrifices. Ne voyant pas d'enfant, le maître fut pris d'une rage folle, laissant Labior à ses plates excuses et à ses « mais qu'est-ce donc ? » pathétiques. Ikan se dirigea alors vers le village et vit l'enfant. Il comprit que c'était un piège, mais trop tard. Le feu fut mis au village. Ikan résista un moment au feu, alors que ses deux généraux avaient déjà disparu dans les flammes. Il vit Érébios arriver au travers des flammes :

« L'envoyé de Fenrir.

— Tu me connais ?

— Oui, ma rédemption approche.

— Non Ikan, pas ta rédemption, ton bannissement. Je t'envoie dans une autre dimension. Là, tu pourras réfléchir. Je laisse tes descendants en vie, si je puis dire. S'ils font le bien autour d'eux, alors, je te le promets, je ferais tout pour leur rédemption et la tienne.

Ikan se tordit de douleur. Érébios incanta et le fit disparaître. Puis, il quitta le village. Il confia les enfants à Tarkis. A lui la charge de veiller sur eux. S'il leur arrivait quelque chose, alors il reviendrait.

Lui seul avait promis de laisser les descendants d'Ikan tranquilles, mais pas les enfants du clan de l'orbe rouge. Il se dirigea vers la tanière de ces créatures et incanta de nouveau. Les enfants moururent, le sourire aux lèvres, Polinas les accueillerait dans son royaume.

Érébios partit. En chemin, il rencontra Labior :

« Mais qu'est-ce donc ?

— Ta rédemption. Dis-leur qu'Ikan est mort, et qu'un gardien l'a tué. Je reviendrai vers toi et, ce jour-là, j'espère que tu auras travaillé pour moi, pour y avoir droit : trouve-moi le médaillon d'Ikan.

— Bien, le maître est mort donc je trouverai le médaillon. »

Érébios partit rejoindre Ourokos et les chevaux. Il fallait s'enfoncer dans la forêt enchantée et trouver le roi des invisibles.

* * * * *

Quand Ikan arriva dans la dimension démoniaque, il fut attiré vers une direction inconnue et ne put s'y soustraire. Il marchait depuis des heures lorsqu' une ombre l'arrêta :

« Que me veux-tu ? hurla l'ancien chef de guerre.

— Je te sauve de la damnation éternelle, cela ne t'intéresse-t-il pas ? répondit l'ombre.

— Qui es-tu pour oser me défier, moi, Ikan, chef du clan de la lune bleue ?

— Je suis le corbeau, maître des âmes et de la vie après la vie, celui qui n'a jamais vécu. Tes pas te dirigent vers la chambre de la souffrance éternelle. Je te propose quelque chose de mieux et, en plus, tu joueras un bien vilain tour à Krystal.

— Que devrais-je faire en échange ? répondit la bête, intéressée.

— Récupérer les âmes en peine et faciliter leur rédemption, ainsi, voler des âmes qui devraient aller à Krystal, et leur permettre de venir jusqu'à moi.

— Ce sera toujours mieux qu'ici. Je te suis, acquiesça l'ancien chef de clan. »

Polinas emmena Ikan sur un bateau immense, à l'allure spectrale. Celui-ci devra parcourir le monde, invisible pour l'éternité. Il lui remit une carte qui indiquait la localisation des âmes en peine.

Polinas, de la berge, regarda le bateau partir :

« J'espère que, grâce à cela, il obtiendra sa rédemption, déclara, d'une voix calme, le loup noir qui venait d'arriver près du dieu des morts.

— Tu as une dette envers moi, Fenrir, je vais avoir plus de travail.

— Je fournirai la carte, tout ce que tu auras à faire est de retarder ton jugement.

— Cela aura un prix, il arrivera un jour où tu devras l'honorer, répondit Polinas. »

Polinas se transforma en corbeau et retourna récolter les âmes. Le loup repartit vers Érébios.

Le clan changea quatre fois de lieu de chasse. Nous ne nous approchions pas des gros villages. Mon oncle nous expliqua comment le troc marchait dans la plaine. La tribu préférait troquer avec les grandes oreilles et avec les gnomes.

Les uns nous apprirent à manier les arcs et les épées, les autres nous donnaient des baumes de soins contre les peaux des renkars. Nous avions trouvé d'autres animaux pour prendre leur peau et nous vêtir.

Les grandes oreilles nous avaient proposé leurs vêtements, pareils à ceux de mon oncle, mais lui seul en portait, nous étions trop attachés à nos vêtements chauds de la montagne. En cachette de ma mère pourtant, j'avais pris un de ces habits et le portais quand j'étais seul, il était plus léger mais tout aussi chaud.

Le voyage vers le sanctuaire de Polinas fut long. À chaque halte, le chaman sacrifiait un animal au dieu à la faux, puis il se retirait ensuite pendant trois jours, avant de repartir.

Un matin, nous arrivâmes devant Bénézit, la capitale. Nous ignorions ce qu'était une capitale. C'était immense, des centaines d'habitations en un seul campement. Un grand bâtiment en pierre se trouvait au centre. On apprit que le Roi, le chef de toutes les tribus, demeurait là. Que c'était dans cette demeure que mon oncle avait prêté serment de suivre ce Roi, en échange de sa protection et de l'arrêt des guerres. Le chaman fut attristé. Il nous rappela que la nature était notre force, que ces humains l'oubliaient, qu'il n'y avait pas de ruisseau proche pour se laver le corps et l'âme. Que trop de monde entassé en si peu d'espace, ce n'était pas bon. Le chaman, après avoir trouvé un nouveau campement loin de la capitale, jeûna pendant trois jours, puis il sacrifia un bitzak entier à notre juge : quatre familles auraient pu le manger.

Au bout d'un long voyage, nous arrivions enfin au temple sacré et là, quel ne fut pas notre étonnement, il n'y avait pas une statue, mais cinq. Polinas était l'une d'entre elles, mais pas la seule.

Mon oncle parla des autres statues, mais la tribu n'écoutait pas. Le chaman criait au blasphème.

Comment ces êtres pouvaient être l'égal de notre dieu. Mon oncle, voyant que la tribu ne le suivrait pas se décida à aller vers les statues tout seul. Je regardai ma mère : que pensait-elle ?

Elle hésita : son devoir d'épouse la forçait à suivre son second mari, mais elle écoutait aussi l'avis du chaman. Polinas était notre dieu : comment pouvait-on ainsi le trahir ? Moi je me décidai à suivre mon oncle et jusqu'au bout. Je pris dans mes affaires mon habit askari et l'enfilai avant de le rejoindre.

Ma mère fit alors son choix : trahir son époux était une chose, mais perdre son dernier enfant une autre, ainsi elle me suivit.

Il y avait une certaine agitation dans le temple. Un mage renégat avait volé le médaillon de Polinas, on envoyait des gardes le chercher. Mon oncle vit qu'une nouvelle tribu, et en plus nomade, ne ferait pas bon dans le paysage, il décida donc de retourner voir les autres.

Le chaman avait déjà fait lever le camp. De nouveau, il essaya de prendre la place de mon oncle mais cette fois tout le clan le suivait. C'était trop de changements pour eux. Depuis la descente de la montagne, mon oncle ne savait plus quoi faire. Il tricha alors avec la vérité. Il dit que les cinq statues étaient Polinas, mais la représentation de Polinas vu par chaque peuple de la plaine.

Nous, les hommes de la montagne, vénérions celui à la faux. Les grandes oreilles pensaient que Polinas était une dame, et ainsi de suite.

Le chaman parut calmé.

Ma mère, croyant que j'avais froid, me mit des peaux sur les épaules. Je n'arrivais pas à lui faire comprendre que ces nouveaux vêtements tenaient chaud.

Le chaman décida alors d'envoyer la tribu au sud, vers la forêt des grandes oreilles : un nouveau campement de chasse y sera dressé. Dès que celle-ci aura été productive, il reviendra sacrifier devant la statue de Polinas.

Je partis à la chasse tuer un ou deux lapins pour le soir.

Je découvris deux corps. Leurs habits me rappelaient ceux que j'avais vus au temple. L'un deux était bien ornementé. Je me demandai ce qui avait pu arriver à ces deux hommes.

Je prévins rapidement mon oncle qui fit venir le chaman. Celui-ci lia leurs âmes pour que Polinas les trouve enfin. Le chaman prit les objets des deux hommes qui semblaient sacrés et me laissa le reste.

Je ne sus quoi faire d'un tel trésor : je pris le tissu, le lavais au ruisseau et demandais à des femmes de la tribu d'en faire une robe pour ma mère.

Elle hésita longuement à porter cette étoffe aux couleurs vives. Mon oncle l'y encouragea ; cela prit quatre lunes. Mais, après cela, je n'eus plus à porter des peaux sur mes vêtements askaris pour avoir chaud. Elle avait compris.

Une vingtaine de lunes plus tard, toute la tribu avait adopté les habits askaris.

Chapitre 5

Le village de Maspian

Érébios essaya de retrouver le chemin de la capitale sans passer aux abords de petits villages, car il ne voulait s'adresser qu'à sa majesté, le Roi des askaris. La forêt lui semblait bien silencieuse, ce qui l'inquiéta. Ourokos aussi était soucieux. Les askaris n'avaient pas bonne réputation chez les fils de Mogdolan. Un de leurs jeux favoris était de jeter un des siens en l'air et de voir celui qui le lancerait le plus loin. Ourokos n'avait jamais assisté à ce jeu, mais c'était ce que l'on répétait parmi son peuple.

Érébios arriva enfin aux abords de la capitale. Là, un garde lui demanda de se présenter. Le mage, qui avait repris sa forme initiale peu de temps avant, se nomma. Le soldat en appela un autre et lui demanda de prévenir le Roi. Avant toute réponse, il leur intima l'ordre de ne pas bouger, ce qui vexa Érébios, lui qui avait tant fait pour la paix entre les deux peuples.

Le Roi askari se déplaça au-devant d'Érébios, ce qui était mauvais signe, car cela voulait dire qu'il n'était pas admis à entrer. Mais cela aurait pu être pire, il aurait pu envoyer un chambellan. Le Roi regarda Érébios et déclara :

« Vous étiez un grand ami de mon père et je vous ai toujours estimé. Mais depuis que vous avez pris votre retraite, rien ne va plus. Les hommes abattent de plus en plus d'arbres sacrés, la forêt se meurt et, en plus, maintenant, il y a pire. Une horde de vos pillards est entrée, armes à la main dans notre forêt. Elle a brûlé des dizaines d'arbres, pourquoi ? Pour rien ! L'abattage pour faire vos maisons, je veux bien le concevoir, nous le faisons aussi quand il n'y a pas assez de bois mort. Mais juste pour le plaisir, je ne peux le tolérer. Mon peuple est le gardien de la forêt sacrée. Ainsi, Érébios, même si je vous tiens en grande estime, je vous demanderai de partir et de ne plus revenir. Si les humains franchissent encore le seuil de la grande forêt, ils seront exterminés.

— Votre majesté, je comprends votre colère. Mais j'étais venu vous entretenir d'un problème qui nous concerne tous. La horde dont vous parlez n'a rien à voir avec le royaume de Bénézit. Ce sont des séides du mal, des hommes du dieu maudit, Krystal.

— Assez ! Ignorez-vous que ce nom maudit ne doit pas être prononcé ? Nous avons même enlevé ce nom de nos écrits. Qui vous en a parlé ?

— J'ai reçu la visite de la divinité de l'Équilibre. Cela a mis fin à ma retraite. Elle m'a prévenu du danger. Je vous demande ainsi de me donner un délai pour résoudre ce problème, et de me confier le médaillon divin.

— Vous perdez la tête ! On m'a dit que cela arrivait aux gens de votre race. Jamais nous ne confierons le médaillon sacré à un humain.

— Sire, je ne le suis pas. Vous ressentez le fluide de la toile, alors que ressentez-vous en moi ?

— Un grand pouvoir, il est vrai, anormal pour un humain. Mais cela ne fait pas de vous un askari. Pour votre délai, je veux bien faire une chose et une seule : nous n'attaquerons ni la plaine, ni les hommes, s'ils ne franchissent pas les limites que nous avons fixées.

— Je vous remercie, votre Majesté. »

Érébios sentit bien qu'il n'arrivait à rien avec les askaris. Et dérober le médaillon, avec l'aide d'Ourokos, ne servirait qu'à précipiter une nouvelle guerre. Et cela, il ne le fallait à aucun prix. Il commença à comprendre le plan du chef noir. Il voulait qu'une nouvelle guerre éclate. Même après la signature du traité la moindre offense pouvait provoquer une nouvelle guerre. Le chef noir et ses troupes attaquaient les askaris, en se faisant passer pour des humains. Et les généraux noirs, une fois transformés en dragons, attaquaient soit les hommes, soit les askaris, pour les pousser contre le peuple de Drakinar.

Érébios décida de retourner à Bénézit et de persuader le Roi de se mettre en route contre les démons. Car, même si le Roi askari lui avait donné sa parole, une nouvelle guerre était proche, trop proche.

Le soleil se couchait quand Érébios fut attiré par le chant d'une jeune fille. Elle devait avoir une douzaine d'années et chantait pour le jeune homme qui l'accompagnait. Elle avait la peau blanche et fine, ce qui indiquait qu'elle ne devait pas beaucoup travailler aux champs. Ses cheveux étaient tressés, faisant ressortir ses beaux yeux verts. Le garçon avait lui aussi la peau claire. De près, on aurait dit la peau d'un nouveau-né. Ses cheveux, d'un roux flamboyant, étaient correctement peignés. Ses yeux, quant à eux, étaient d'un gris très pâle. Tous deux portaient des habits d'apparat que l'on met uniquement pour les fêtes, mais cela semblait être leurs vêtements de tous les jours. Peut-être les enfants du chef du village, mais il ne semblait pas y avoir de parenté entre eux. Le chant de la fille l'intriguait. Il ressentait le pouvoir de la toile pendant ce chant, mais la jeune fille ne faisait aucune magie. Elle attirait la toile en elle, cela sublimait son chant, et la toile repartait. Érébios prit une apparence très jeune pour aller à leur rencontre. Surpris, les deux enfants se figèrent :

« Qui êtes-vous ?

— Je suis le mage conteur, et voici mon suivant, Ourokos.

— Vous êtes-vous égarés ?

— Non, nous nous rendions à la capitale quand votre chant nous a attirés. Nous avons dévié notre route. Comme il va faire nuit, nous accepteriez-vous, dans votre village, pour la nuit ?

— Certainement. Je suis Brewal et voici Jalora. Mais ne dites pas que nous étions ensemble.

— Pourquoi ?

— C'est mal. Nous ne devons pas. Jalora est une chanteuse et une musicienne, je suis un érudit. Nous ne devons pas nous marier ensemble. Notre don serait amoindri.

— Comment cela ? Chez les humains, on ne se marie pas avec qui on veut ?

— Pas toujours, Ourokos, lui répondit Érébios.

— Les humains, vous êtes bizarres.

— Et vous, vous êtes petit, répliqua Brewal, le regrettant aussitôt.

— Oui, et alors ? Je le sais, répondit Ourokos.
— Revenons à cette histoire de mariage.
— Oui, chez nous, répondit Jalora, d'une voix douce emplie de respect, la Sayan décide de qui doit se marier avec qui. Elle voit nos dons et les harmonise : un musicien et une chanteuse donneront une fille qui aura les deux dons, mais un érudit et une danseuse ne donneront rien, alors le bébé sera au mieux un guerrier, au pire une cuisinière.
— Et l'amour, dans tout cela ?
— Nous nous aimons, avec Brewal, mais nous ne pourrons pas avoir d'enfant. Ce serait une perte de nos compétences.
— C'est désastreux, se lamenta Ourokos. »

Érébios ne lui avait jamais demandé s'il avait de la famille. Il se promit de rattraper cet oubli et de mieux connaître le gnome. Ils arrivèrent au village et furent conduits tout de suite chez la Sayan.

Visiblement, ce village était un matriarcat, où toutes les femmes commandaient les hommes. La Sayan était le chef du village.

En traversant le village, Érébios regardait chacune des personnes qu'il croisait. Certaines semblaient contemplatives, d'autres priaient, certaines jouaient de la musique. Une dernière catégorie attirait l'œil d'Érébios : celle qui ne portait que des vêtements de peaux ou des tabards de grosse toile. Les hommes, visiblement, étaient des guerriers, et les femmes s'occupaient du potager et du village. Les enfants ne jouaient pas avec ceux qui semblaient instruits, mais gardaient les bêtes qui paissaient dans une prairie, non loin de là. Érébios entra dans la maison de la Sayan. Là, une vieille femme le reçut. Elle était âgée physiquement, mais, à la voir se déplacer et parler, il crut regarder une jeune femme :

« Je suis la Sayan Orthanna, et voici mon apprentie, la Si Sayan Dolina. Bienvenus au village de Maspian. »

Il fut subjugué par la beauté de Dolina. Il ne sut dire pourquoi, mais il savait déjà qu'il finirait ses jours avec elle.

La vieille dame reprit :

« Que me vaut la visite du divin Érébios ? »

Érébios recula. Il se prépara même à réciter une incantation :

« Ne craignez rien, je suis aveugle depuis l'âge de huit ans, mais j'ai le don de voir la toile. Et vous seul pouvez avoir une liaison aussi forte avec elle.

— Je comprends, Sayan, mon apparence est plus jeune que la vôtre. J'aimerais que vous m'expliquiez ce que vous faites dans ce village.

— Bien sûr, divin Érébios. La Si Sayan va vous conduire à votre hutte et elle vous fournira toute l'aide dont vous avez besoin »

Dolina les mena à une cabane à l'entrée du village. Érébios remarqua que deux lits y avaient été déposés. L'un des lits était plus petit, et convenait parfaitement à Ourokos, qui s'y allongea pour dormir. Érébios le laissa à son sommeil et, emboîtant le pas à Dolina, il visita le village. Elle lui expliqua que, quand un don était découvert chez un adulte, alors on l'accouplait avec le plus de femmes possibles pour garder le don. Il devait, par ailleurs, l'enseigner à ceux de son groupe. Le village englobait huit groupes. Érébios les remarqua de suite. Les tuniques étaient portées différemment, c'était à peine perceptible. Même les enfants ne jouaient qu'avec ceux de leur groupe. Érébios pensa que c'était plus à cause de la discipline des adultes :

« Ma fille Jalora vous a mené à nous, c'est un signe, lui confia Dolina.

Comment cela ?

— Très peu d'étrangers arrivent dans ce village avec des dons intéressants.

— Et si vous n'en avez plus, que se passe-t-il ?

— C'est arrivé. Alors nous allons dans les autres villages et nous demandons à prendre une partie du don, contre des vivres ou des inventions. Pour avoir celui de lire les étoiles, nous avons aussi détourné une rivière pour un village. L'un des nôtres dut faire trois essais avant de l'acquérir. Des fois, nous prenons le porteur, s'il veut bien venir, c'est plus simple. Nous avons pu conserver ce don en le mariant à six femmes. Des fois, ils viennent seulement pour l'enseigner.

— Ce doit être pour cela qu'il y a beaucoup d'enfants.

— Oui, chaque femme donnera naissance à cinq enfants avec des pères différents pour conserver le don.

— Votre fille ne pourrait pas vivre avec un homme et ne pas avoir d'enfant avec lui, mais avec cinq autres hommes ?

— Vous pensez à Brewal ?

— Qui ? s'étonna Érébios.

— Ne vous en faites pas, je le sais. Quand une femme attend un enfant d'un homme, elle doit vivre avec lui, ainsi le don se transmet plus facilement. »

Le reste de la journée, Érébios visita les différents groupes. Puis, le lendemain, il annonça qu'il repartait. Quand la Sayan apprit cela, elle dit à Dolina :

« Suis-le, va avec lui et essaye de récupérer son don. »

Dolina annonça qu'elle suivrait Érébios jusqu'à la capitale. Elle devait y chercher de nouveaux dons. Il en fut enchanté, elle était belle et, comme il avait pris une forme proche de son âge, il espérait qu'il ne lui était pas indifférent.

Mais il repensa au village de Maspian, comment des hommes et des femmes pouvaient accepter cela ? L'amour n'existait plus dans ce village, Jalora et Brewal seront condamnés à s'aimer en secret.

Érébios se guida grâce aux oiseaux, et retrouva assez vite le chemin qui menait à Bénézit, avec les chevaux fournit par les Maspian. Ils y seront dans trois jours ; on avait offert un poney à Ourokos, qui fut content de ne plus être perché si haut. La nuit, chacun prenait un tour de garde. Bien que sortie de la classe des musiciens, Dolina devait avoir du sang guerrier. Le premier soir, Érébios et elle s'étaient livrés à un duel amical après qu'il se fut moqué d'elle et de son épée. Il dut avouer qu'elle se défendait très bien, mélangeant les techniques de danses des askaris à celles plus brutales des Tholliens. Là aussi, le forgeron du village avait fait des merveilles. L'épée de Dolina avait à la fois la force et la rudesse des épées Tholliennes, mais également la légèreté des épées askaries. Ourokos trouvait Dolina bizarre. Il l'avait surprise une fois à lancer un sort à une bouteille, enfin pas exactement un sort comme ceux d'Érébios. Elle avait entonné un chant très doux devant la bouteille, et le liquide contenu dans cette dernière avait disparu. Il l'avait vu sortir discrètement de la chambre d'Érébios. Il n'en parla pas à celui-ci, ne voulant pas le gêner.

Le troisième soir, alors qu'ils approchaient de la capitale, Érébios ne se coucha pas quand Ourokos vint le relever. Il resta avec lui :

« Pourquoi m'as-tu suivi ?

— Tu m'avais défendu contre les soldats et tu m'as sauvé la vie.

— Mais encore ? Tu as compris que me suivre serait dangereux, mais tu es encore là.

— Elle aussi.

— Elle est là par devoir. J'ai senti son pouvoir magique. Ce n'est pas une musicienne et sa fille non plus. Brewal est peut-être le pantin de leur jeu.

— Cruel. Les humains sont fous.

—Et toi, alors pourquoi me suis-tu ? Rien à voler, aucun profit à tirer.

— Au début, je me suis dit que tu pourrais m'aider à refaire ma vie ailleurs, et puis je comptais te dérober ta bourse.

— Et après ?

— Après, j'ai compris que tu devais sauver le monde et ce serait sympa si Ourokos le benêt sauvait le monde.

— Je croyais que ton surnom c'était : agile de tes dix doigts.

— Ça, c'est mon surnom de voleur, mais chez les miens au nord, je suis connu comme Ourokos le benêt. Enfant, les autres me tapaient dessus et les adultes me méprisaient. Mon père se lamentait. De ses cinq enfants, j'étais le seul à ne pas savoir nouer une corde, garder les vaches et même porter un seau d'eau.

— A ce point ?

— Oui, une fois, il m'a demandé de porter de l'eau à la jarre devant la maison, alors j'ai pris un seau et je suis allé à la rivière. Ne me voyant pas rentrer, mon père vint voir ce que je faisais. Moi, fièrement, je ramenais encore de l'eau. Il me frappa et me traita d'âne : j'avais pris un seau percé, alors je perdais la moitié de mon eau en chemin.

— En effet, je comprends d'où vient ton surnom de benêt. Mais je voulais te demander, tu n'as ni femme ni enfant ?

— Si, j'ai une femme qui m'a aimé. Elle travaille à la capitale, elle est servante dans une auberge près de chez mère Abigaël, elle doit savoir pour le médaillon.

— Ta femme ?

— Non, mère Abigaël. Elle sait tout sur nous, les fils de Mogdolan.

— Bien, j'aimerai la rencontrer dès que possible. »

Érébios était inquiet, mais n'en laissait rien paraître. Il n'avait pas fait l'amour avec Dolina, pourtant Ourokos l'avait vue sortir de sa chambre... bizarre. Et les pouvoirs de la jeune femme l'inquiétaient. Décidemment, ce village ne recelait pas que de bonnes surprises. Et si Jalora avait été mise là pour le trouver ?

« Parle-moi de ton village natal, demanda le vieux mage.

— Je viens d'un petit bourg au nord, près du lac de lune.

— Le lac de lune ?

— Oui, le lac. Tu as l'impression que c'est de là que l'astre sort. Sa surface fait comme un miroir et la lune se reflète toute entière dedans.

— Et tu me parlais de Bénézit, tu y as vécu ?

— Oui, tu vois quand j'ai eu quinze ans, mon père me demanda de garder les vaches. Et, un jour, il faisait tellement chaud, les vaches étant trop sales, alors j'ai décidé de les amener au lac pour les laver. Elles ont pris peur et se sont toutes enfuies. Mon père m'a chassé du village malgré les pleurs de ma mère. Ensuite, j'ai été pris par des hommes et vendu comme esclave puis conduit à Bénézit. Là, je fus acheté par un seigneur qui voulait que je divertisse ses enfants pendant que lui allait à la guerre contre les dragons. Bref, j'étais leur souffre-douleur, alors je me suis enfui et Oline m'a recueilli et caché. Enfin, j'ai connu pour la première fois quelqu'un qui m'aimait, et je voulais tellement lui faire plaisir que j'ai volé deux trois personnes. J'étais déjà très habile, alors je me suis engagé dans la guilde des voleurs de Bénézit. Je me suis fait prendre, y a pas longtemps, alors j'ai dû fuir de nouveau. Je voulais voler assez d'argent pour faire croire à ma famille que j'étais marchand.

— Et qu'avais-tu volé quand je t'ai sauvé ?

— Bah ! Une charrette remplie de marchandises, quelle question ! »

Érébios rit d'un rire franc qui faillit réveiller Dolina. Il partit s'allonger sur sa couche et laissa le petit homme. Il lui avait promis qu'avant la fin de l'aventure, il rentrerait chez lui en héros, même si cette promesse n'avait aucune chance d'aboutir.

Érébios trouvait le village de Dolina très étrange. Il se demandait d'où venait ce clan. Pourquoi les Askaris l'avaient-ils laissé se bâtir en pleine forêt ?

Il s'endormit. En rêve, il vit le village de Maspian ruiné par la guerre. Le chef, étendu sur la table, ses maigres guerriers revenus du front l'entouraient. Ils laissèrent la veuve pleurer et emportèrent le corps sur une civière.

Un enfant entra :

« Dame, ne pleure pas.

— Merci, petit, tu es bien gentil mais mon époux vient de décéder, le village est détruit.

— Dame, si je vous disais qu'en cinq ans le village sera reconstruit et flamboyant ?

— Petit, les rêves sont beaux, mais irréalisables.

— Si vous m'écoutiez, cela pourrait changer.

— Peux-tu me laisser maintenant, dit-elle d'une voix calme mais autoritaire.

— Bien, ma Dame » répondit le jeune homme qu'Erebios reconnut de suite.

Fenrir avait reconstruit un nouveau village en cinq ans, où il instaura des superstitions et le goût pour l'équilibre : le but étant d'instruire des leaders dans différents domaines et de favoriser certaines décisions. Il avait aussi annoncé que le gardien de l'Équilibre viendrait et que la plus puissante des jeunes filles devrait le suivre et lui donner une descendance. Érébios était donc lui aussi un pantin.

La tribu décida de s'installer définitivement en territoire askari. Nous avions passé de nouveaux accords, le plus gros problème étant que les askaris ne mangeaient pas de viande mais des racines. La tribu eut du mal à se faire à ce nouveau régime.

Le chaman était parti au temple faire son sacrifice. Il revint maussade, avec d'étranges nouvelles : la tribu allait devoir apprendre ce qui s'était passé depuis la première descente. Pendant des lunes, il enseigna de nouvelles choses, les lois des clans, celles des grandes oreilles et surtout les nouveaux dieux. La tribu acceptait mal ces changements. Certains parlaient même de retourner sur la montagne, car ils trouvaient que les paroles du chaman étaient différentes de son cœur.

Un matin, alors que la tribu se rapprochait des montagnes de l'ouest, nous découvrîmes une habitation complètement brûlée. Des corps étranges se trouvaient à côté. Ils ressemblaient à des hommes, mais avec des écailles sur le corps. Le chaman lia leur âme. Mon oncle était inquiet, il avait entendu parler de ce peuple de la montagne, qui était contre la guerre. Mais qui avait pu les terrasser ainsi ?

La tribu s'installa près d'un ruisseau tout proche.

Le lendemain, alors que les plus jeunes ramenaient de l'eau, le soleil fut masqué pendant un bref instant. Des cris se firent entendre et une odeur de brûlé âcre emplit nos narines

Il y avait le feu dans la forêt. Le chaman vit le bâton, qu'il avait récupéré sur le cadavre du mage, se mettre à briller. Il pria Polinas de lui indiquer la bonne voie. Soudain, nous vîmes les flammes se rapprocher, mon oncle courut à la rivière. On se dépêcha, on prit des outres et on essaya tant bien que mal d'éteindre ce feu, qui se propageait rapidement. Mon oncle revint avec une mauvaise nouvelle : les enfants, partis chercher l'eau, avaient brûlé d'un seul coup, il n'en restait plus rien.

Qu'avait-il pu se passer ?

La réponse vint une fois le campement installé tout près de l'eau : une bête énorme, toute noire, se dressa devant nous. Elle avait des ailes immenses et un long cou et de sa gueule sortait de petites flammes : le tueur était devant nous. En un souffle, le campement prit feu, les petits hurlaient, les femmes essayèrent de les regrouper et se mirent en rempart devant les flammes. Les hommes tiraient des flèches, mais aucune ne semblait inquiéter la créature.

Le chaman essayait toujours de comprendre l'utilité de son bâton. Je remarquai que celui-ci brillait quand il s'approchait de la créature. Je décidai d'agir : en un instant, je pris le bâton des mains du chaman et le lançais sur la créature. Il se planta dedans, provoquant un éclair immense et la bête disparut.

Des askaris, ayant vu le monstre et le feu, vinrent nous aider à sauver notre campement.

Un nouveau changement fut nécessaire, le peuple des forêts, se servant du bois mort, nous construisit un campement : j'étais émerveillé de voir comment chaque bout de bois, chaque pierre de ce lieu dévasté, était réutilisé par les askaris pour en faire un village, un havre de paix. Il leur fallut cinq lunes, aidés par nos survivants, pour le terminer. Pendant ce temps, le chaman s'occupait des morts avec ceux qui ne pouvaient travailler. Il ne restait plus grand monde dans la tribu, surtout des femmes et des jeunes enfants.

Le clan mit une vingtaine de jours à se redresser et à repartir à la chasse. Mais plus jamais nous ne voulions de la vie sur la montagne, nous resterions ici, et nulle part ailleurs.

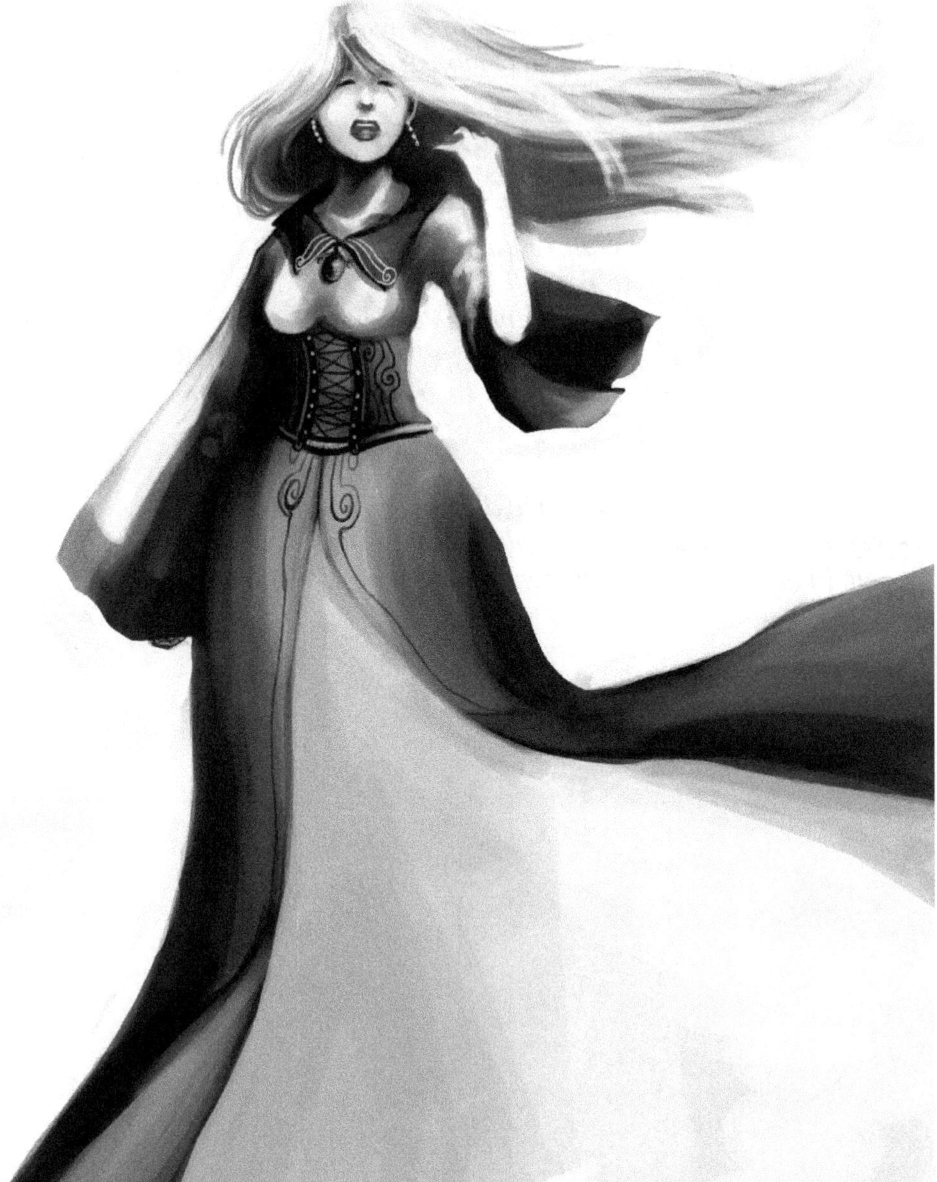

Chapitre 6

Rencontre avec les divinités

Érébios se demandait quel était le clan qui faisait tout pour recommencer une guerre qui avait fait tant de morts. La description des askaris le laissait songeur. Il lui semblait que le chef barbare était celui qu'il avait vaincu des années auparavant.

Il se dirigeait vers Bénézit quand il aperçut une troupe de cavaliers venant vers lui. Quand il voulut sonder leurs âmes, il tomba de cheval : ces hommes n'en avaient aucune. Le mal absolu les possédait, leur vraie nature était monstrueuse. Des êtres décharnés, maléfiques, pâles comme la mort : des séides. Érébios avait l'impression qu'ils étaient faits de morceaux humains recousus ensemble. Dolina dégaina son épée, pressentant aussi cette oppression. Ourokos se pencha vers le mage, qui se releva avec peine.

Le gnome se demandait pourquoi des hommes les poursuivaient ainsi, quand il remarqua l'équipage askari : une femme, accompagnée de cinq hommes, arrivait vers eux. Il fit signe à Dolina qui se préparait à combattre. L'équipage arriva à hauteur d'Érébios qui, enfin, avait réussi à se relever.

« Maître, je suis Tyridan, j'accompagne la Princesse en mission diplomatique auprès du Roi Dragon.

— Soit, je crois que nous allons devoir combattre vos poursuivants. »

Il devait y avoir une vingtaine de créatures contre cinq gardes, plus eux. Érébios se décida à intervenir. Il incanta, mais son sortilège n'eut aucun effet, et trois des séides arrivaient déjà sur eux. Ils furent vite dépassés par les événements. Déjà, Dolina était à terre, son cheval s'étant cabré. Le combat tournait à leur désavantage. Érébios, tirant son épée, se jeta dans la bataille, prêtant main forte aux askaris. Il avait été désarçonné, et se battait contre deux séides encore à cheval. Déjà, trois askaris étaient tombés sous les coups des séides. Le capitaine se battait comme un fou, pour empêcher quiconque d'approcher de la couche de la princesse qu'il convoyait. Même Ourokos, qui voulut lui prêter main forte, fut repoussé. Le combat semblait inégal. Il ne restait plus que trois personnes pour protéger la princesse : le capitaine, Érébios et Ourokos. Mais, finalement, les séides affaiblis furent vaincus. Érébios se demandait qui étaient ces apparitions. Le capitaine s'occupa de ses hommes et Ourokos de Dolina.

« Excusez-moi, ma maîtresse voudrait rencontrer le mage qui nous a aidés.

— Bien, capitaine. »

Érébios se rapprocha de la couche et s'inclina, Dolina et Ourokos en firent autant :

« Relevez-vous, mage Érébios. Si je suis ici, c'est pour demander votre aide.

— Mon aide ?

— Oui. Voyez-vous, mon père a changé d'avis. Une terrible guerre se prépare. J'ai déjà perdu ma mère dans la dernière guerre, tuée par un dragon. Je ne veux pas perdre une autre personne chère à mon cœur. »

Érébios comprit qu'Orlanna parlait du capitaine, et non de son père :

« Mon père veut attaquer les humains et les dragons dans une grande offensive. Il est sûr que l'appui du nombre lui est acquis.

— Le peuple askari est le plus nombreux, il est vrai.

— Oui, mais j'ai déjà vu un unique dragon tuer, en un seul coup, cinquante des miens. Je vous demande de venir avec moi au royaume des dragons, et de convaincre leur Roi de ne pas entrer en guerre avec mon père.

— Et pour le peuple humain ?

— Mon père vous honore et sait qu'il ne peut mener deux batailles de front. Il n'attaquera les humains qu'en second.

— Bien. Allons donc voir le peuple dragon, capitaine ?

— Tyridan. Je vais avoir besoin d'aide pour enterrer les corps. »

La princesse attacha les morts aux arbres, selon la tradition askarie, et Érébios fit disparaître les corps des séides dans un torrent de flammes. L'équipage prit la route des montagnes.

Le soir même, le bivouac fut dressé. Érébios, ayant ressenti une forte présence magique, laissa ses compagnons et se dirigea vers la source. Mal lui en prit, il fut attaqué par un démon. Il n'arrivait pas à prendre le dessus et allait périr, quand un corbeau fondit sur son attaquant et commença à l'aveugler. Un loup se mit devant Érébios, blessé. L'aura magique du démon était grande, mais celle de l'animal et de l'oiseau était immense. Venant les aider, un vieil homme, perché sur une tortue gigantesque, brisa avec son marteau la tête du démon. Érébios vit ensuite un cheval d'un blanc immaculé, portant une corne dorée à son front, se pencher vers lui. Ses blessures se refermèrent, il sentit la béatitude. Quand il rouvrit les yeux, le vieil homme et la tortue avaient disparus, ainsi que la magnifique licorne. Le corbeau se tenait sur une branche et une vieille askarie le soignait. Érébios se releva.

« Encore du travail pour moi, déclara le corbeau.

— Érébios, je te présente Polinas, le vieux ronchon.

— Vous êtes dame Élénia ?

— Oui. »

Érébios fut surpris. Elle était l'une des cinq divinités et conversait avec lui comme avec un ami :

« Pourquoi êtes-vous intervenus ?

— Nous voulions te voir, toi, notre enfant et te dévoiler ce qui sera, mais pas tout de suite. Tu dois détruire l'envoyé de Krystal.

— Alors depuis le début, j'étais destiné à poursuivre cette quête ?

— Il en a été décidé ainsi. »

Le loup était couché à ses côtés. Tyridan, épée au poing, arriva :

« Maître Érébios, vous n'avez rien ? »

Voyant la vieille dame, il rangea son arme.

« Ma Dame, que fait une prêtresse si loin d'Égémina ?

— Je me rendais en visite et j'ai vu cet homme attaqué, je suis venue le soigner. Maintenant, je dois repartir.

— De nuit ? Cela me parait peu sûr.

— Le loup veille sur moi, veillez sur votre ami. »

Tyridan accompagna Érébios au camp. Ce dernier se demanda pourquoi Élénia avait choisi de ne pas lui révéler sa vraie nature.

Plus au nord, un camp barbare était dressé. Leur chef regardait la montagne. Il se souvenait de ce jeune chaman qui avait osé le défier. Il se souvint aussi être resté aux portes de la mort. Polinas ne venant pas prendre son âme, un être noir était venu, l'avait porté sur son dos. Le chef barbare s'était réveillé au pied de la montagne, près d'un ravin immense. Un être d'une beauté infinie l'accueillit.

« Veux-tu un bol de soupe ?

— Suis-je mort ? avait-il répondu, êtes-vous Polinas ?

— Non. J'ai vécu il y a bien longtemps, on m'appelait Abadon Barathonvan Adriken, seigneur de la Tour de Krystal, mais tu peux m'appeler Krystal.

— Qui êtes-vous ?

— Le gardien d'un abîme sans fond, où t'aurais dû atterrir, mais j'ai décidé de te sauver. Tu seras mon envoyé sur le monde, je t'offrirai une armée et même certaines créatures. Mais tu devras m'obéir, et me venger d'un chaman.

— Vous voulez mon âme ?

— Je l'ai déjà, je veux ton corps et ton nom. Peu importe qui tu as été, tu seras connu, désormais, sous le nom de Krystin le Noir.

— Où est ma future cible ? Je vais vous le sacrifier.

— Ce jeune chaman est ton pire ennemi, il est le fils de mon remplaçant. Avant de le battre, tu devras trouver cinq pierres. Je vais te laisser mes plus fiers guerriers pour cette tâche.

— Et moi, que vais-je faire ?

— Cela fait des années que tu as été vaincu, crois-moi. Ces hommes sont descendus de la montagne et vivent ici. Mais une guerre avec d'autres habitants en a dégouté certains. Regroupe-les et écoute-moi bien, voici mon plan. »

Celui-ci était simple, refonder le clan et tout faire pour recommencer la guerre.

Krystin avait réussi, mais aucun de ses lieutenants ne lui avait encore ramené de médaillon. L'un d'entre eux avait même perdu le seul qu'il avait. La vengeance le tenaillait, il avait tenté de tuer le chaman, mais le risque de tout perdre était trop grand.

Érébios réfléchit : il y avait presque un membre de chaque peuple dans cette quête. Qui serait l'élu askari, la princesse ou le capitaine ? L'élu du clan de la lune bleue devait être Labior, mais que devenait-il ? Érébios essaya de le savoir. Il fut surpris par la vitesse de son déplacement mental. Il était en fuite avec le médaillon. Érébios prit alors contact mentalement avec Labior, et lui indiqua comment les rejoindre. Le vieux sage avait une guerre à empêcher et, ensuite, il devrait s'occuper des horribles monstres du clan de la lune bleue. Le chemin jusqu'aux montagnes allait être très long. Combien de fois Érébios devra-t-il encore traverser Orobolan pour sauver le monde ?

La nuit s'organisait en tours de garde. Contre l'avis de Tyridan, la princesse abandonna son véhicule pour chevaucher. Elle prit dans sa malle des habits de guerrier, ainsi personne ne pouvait deviner qui elle était. Dolina voyait en Orlanna une rivale. Elle devait tout faire pour être le plus possible avec Érébios, qui préférait faire les gardes avec Ourokos.

En chemin, ils apprirent que le Roi ne s'était toujours pas décidé à lever une armée. Pourtant, tous les villages frontaliers de la grande forêt avaient brûlé, les uns après les autres. Érébios se sentait impuissant face à un tel désastre. La guerre s'annonçait longue et difficile et, déjà, des dizaines de familles se retrouvaient sur les routes, sans logis. On parlait d'un chef barbare, Krystin le noir. A sa description, Érébios comprit que c'était son ancien ennemi et, en le sondant, il reconnut l'ombre de Krystal. Le dernier combat avec le mal avait donc commencé.

Érébios, bien qu'il connaisse le but du village de Maspian, se méfiait de Dolina.

Il se demandait si elle ne lui cachait pas quelque chose d'autre. Lors du combat contre les créatures démoniaques, son attitude avait été étrange, elle chantait en combattant. Elle avait chanté, d'ailleurs, jusqu'à l'épuisement.

Érébios préférait faire les veillées avec Tyridan, qu'il voulait connaître, ou avec Ourokos qu'il affectionnait plus.

Le voyage avançait bien depuis un moment, lorsque le malheur arriva. Une attaque des dragons noirs eut lieu et, cette fois, personne ne put rien y faire. L'un des dragons descendit en flèche sur la princesse, qu'il emporta dans ses serres. Tyridan fut atterré. Quand son Roi apprendra la nouvelle, lui serait mis à mort, et la guerre éclaterait pour de bon, sans espoir de retour.

Érébios s'en voulait. Il avait le pouvoir, mais quelque chose le poussait à ne pas agir pour sauver la princesse. Il aurait pu détruire les démons, mais les plans divins l'en empêchaient.

Il consola donc Tyridan et indiqua que le plan des démons était clair : faire croire que la princesse était enlevée par les Tholliens. Il fallait chevaucher au plus vite jusqu'à la ville des Dragons, et demander l'appui du Roi sous la montagne, en espérant que la princesse n'envoie pas un messager à son père pour l'avertir de ce qui lui arrivait. L'équipe arrivait près du village d'Ikan. Du village, il ne restait plus que des cendres. Labior était là. Il portait deux médaillons, l'un avec une pierre violette, il la remit à Érébios. L'autre, il le garda pour lui :

« Collier magique. Grand pouvoir lui donner à Ikan par démon noir. Ikan pas brûlé par le soleil.

— Merci, Labior, tu pourras nous suivre, alors ?

— Oui, Labior aider. Rédemption à moi.

— Quelle est cette chose ? Demanda Tyridan.

— Elle ne va pas nous accompagner ? S'enquit Dolina, parcourue de dégoût.

— Cette chose est, ou plutôt, était un askari, mon cher Tyridan, banni par la malédiction d'Ikan. Si, chère Dolina, elle vient avec nous, je ne peux me séparer d'un allié précieux par les temps qui courent.

— Ce truc-là, un allié précieux ? C'est un démon, oui !

— Non, c'est un être mort, qui ne demande qu'à rejoindre les terres de Polinas.

— Eh bien, je vais l'aider à y aller, comme cela on n'en parlera plus.

— Dolina, si je dois me séparer de quelqu'un, ce sera de vous »

Dolina ne dit plus rien. Elle comprit qu'elle n'aurait pas gain de cause avec Érébios, et elle avait encore besoin de lui. Elle espérait qu'il ne la forcerait pas à faire ses gardes avec la chose. Elle ne fut pas déçue. Érébios décida qu'il les ferait seul, et que Tyridan et Labior pourraient être ensemble. Il confia Dolina aux bons soins d'Ourokos.

La montagne des dragons approchait. Tyridan annonça que la guerre était déclarée. Tout askari qu'il était, il avait deux moyens de communication avec son peuple. Les oiseaux de la forêt lui en apprenaient beaucoup, mais aussi les songes. En effet, les askaris ne dormaient pas, ils entraient dans un coma très profond, qui leur permettait de joindre toute personne de leur peuple. Tyridan, peu attiré par l'aspect repoussant de Labior et par sa façon de parler, ne fut pas enchanté de se voir attribuer ce compagnon de garde. Il aurait, de loin, préféré le gnome. En effet, les gnomes, bien qu'associés aux humains, savaient rester neutres dans les conflits qui ne les opposaient pas directement. Ils savaient se fondre dans la masse. Mais il découvrit, à sa grande surprise, des qualités askaries en Labior : son sens du dévouement, son respect de la nature. Labior faisait, il est vrai, office de larbin dans la troupe, mais il aimait ce rôle, le général des nourritures, comme il aimait à le rappeler.

Le premier matin, Tyridan ne put s'empêcher de retourner discrètement à la clairière qu'ils venaient de quitter pour remettre tout en ordre, comme le veut la tradition askarie. Mais Labior s'en était déjà chargé, enterrant le feu, replaçant chaque pierre à l'endroit même où il l'avait prise la veille pour dresser le foyer.

Dolina n'aimait pas ses compagnons. Elle avait une mission et ne s'en détournerait pas. Elle devait, pour la survie de son village, réussir cette tâche. Elle deviendrait la prochaine Sayan du village, elle le voulait. Ourokos, quant à lui, ne se posait pas trop de questions. Cela faisait longtemps qu'il avait compris que la mission dans laquelle il s'était lancé risquait de lui coûter la vie. Il l'acceptait et suivrait Érébios même dans la pire des dimensions démoniaques. Il devait protéger le sommeil du mage, surtout que, depuis peu, celui-ci était de plus en plus agité. Des cauchemars l'envahissaient. Il s'en était ouvert au petit homme. Ourokos avait apprécié. Pour la première fois, il se sentait utile et important. Il devait être le seul à ne pas rire du surnom de Labior. Le pauvre était comme lui, il était détesté de tous et ce surnom le rendait important : général de la nourriture. Alors, si ce grade permettait de mettre de la joie dans son cœur, pourquoi devrait-on en rire ?

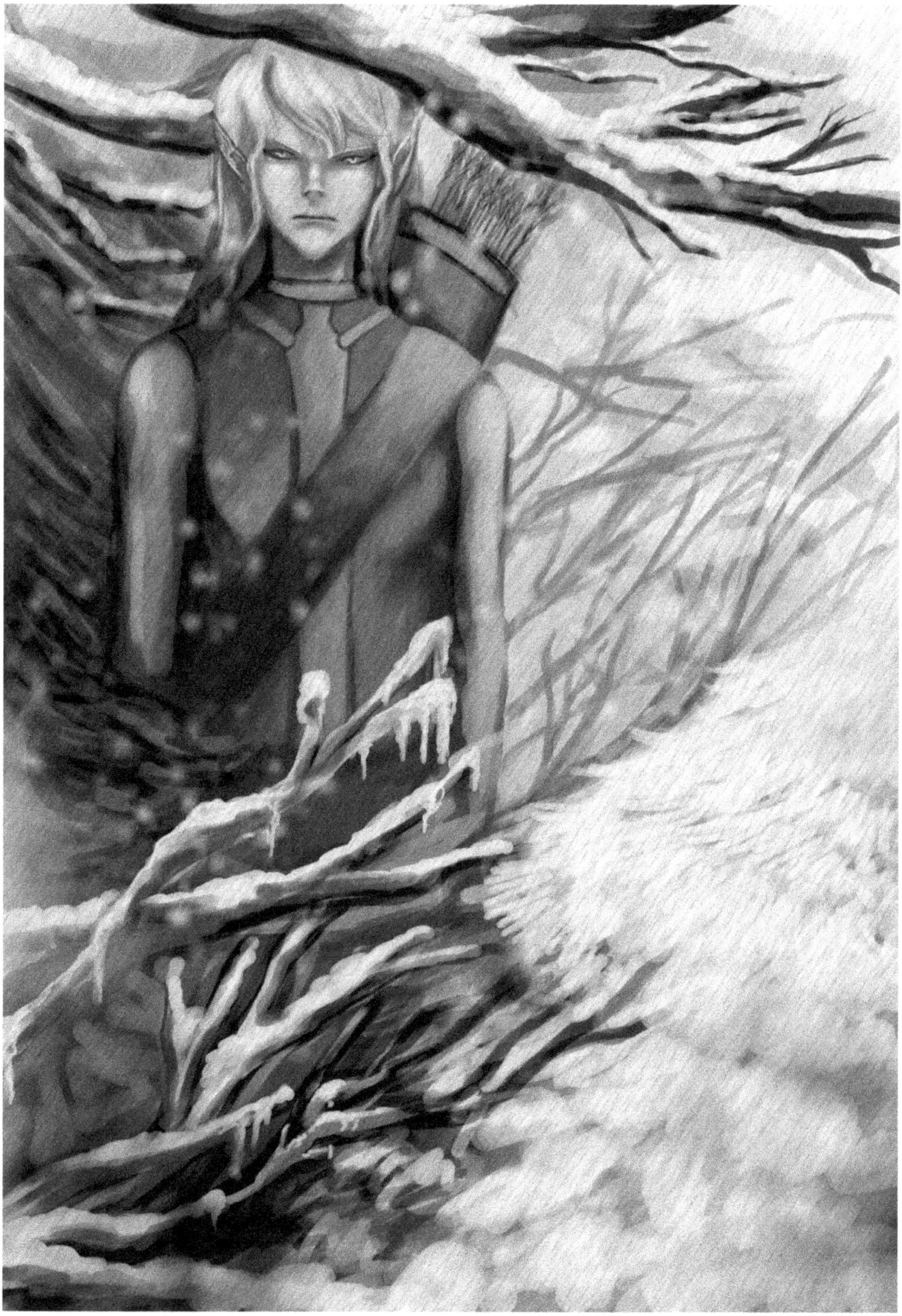

Chapitre 7

Les mal aimés

Le jour suivant, nous arrivâmes enfin aux abords du village des dragons. Ce que nous vîmes ne laissait rien présager de bon. On laissa Labior avec les chevaux sous le prétexte de les surveiller, mais son aspect repoussant aurait pu ne pas plaire aux Tholliens. L'entrée du village montrait des marques de combat récent. Les gardes armés, à l'entrée du village, étaient en nombre suffisant pour faire comprendre à Érébios que les askaris avaient déjà tenté de l'attaquer. Il indiqua à Tyridan d'être prudent. Les gardes se mirent en position d'attaque :

« Qui va là ?

— Je suis le mage Érébios, ami du Roi de la montagne.

— Et qui vous accompagne ?

— Des ambassadeurs, qui désirent parlementer.

— Des ambassadeurs ? Il y a un Élénian parmi vous.

— Oui, le prince Tyridan, mais j'en réponds sur ma vie.

— Très bien, mais je dois vous prendre vos armes et je dois vous imposer un cercle magique. »

Tout le monde confia ses armes. Érébios fut impressionné par la quantité d'armes que le petit homme avait sous son manteau. Dolina confia son épée. Le garde la regarda longtemps avec envie. Tyridan hésita avant de remettre son arme, surtout que tous les gardes avaient l'air de vouloir le tuer. Combien de Tholliens étaient morts sous les coups des siens ? Un garde appela un mage qui posa une bague au doigt d'Érébios. Cette bague deviendrait rouge si celui-ci récitait une incantation.

Le mage regarda longtemps Dolina et, sans un mot, lui mit une bague au doigt. Elle ne dit rien. Sous bonne escorte, on leur fit traverser le village. Celui-ci était somptueux. Des maisons avaient été construites sous la terre, dans la roche même et des tentures en protégeaient l'entrée. Les plus cossues d'entre elles avaient deux étages, et on voyait les gens, à leur fenêtre, dominer la foule. En cent ans d'existence, c'était la première fois qu'Érébios était accepté dans leur ville.

Mais, en général, les maisons restaient petites. Les Tholliens y vivaient comme les humains, mais, à l'extérieur, tout était si immense que des dragons pouvaient circuler librement. Ourokos semblait minuscule devant ces géants.

Tous les hommes que le groupe croisa portaient des armes. On voyait leurs épées pendre à leur flanc, leurs armures en fer devaient être beaucoup plus résistantes que les armures humaines, faites de peaux tannées.

On approchait de la salle d'audience royale. Dolina était perdue dans ses pensées, elle regardait Érébios. Tyridan, quant à lui, était très inquiet. Il avait entendu les murmures de la foule, l'appelant « assassin ». Visiblement, le Roi des askaris avait lancé une attaque contre des marchands Tholliens non armés, puis il avait essayé de pénétrer dans leur ville sainte. Les dragons l'avaient vite repoussé. La princesse avait échoué dans sa mission diplomatique, elle avait voulu protéger les humains de la colère de son père. Elle n'avait pas pensé que les Tholliens seraient les premières victimes. Le grand chambellan vint à leur rencontre :

« Maître Érébios, merci d'être venu si vite.

— Si vite ?

— Oui. Nous avons fait mener un de nos hommes à votre grotte pour vous demander de l'aide.

— Je vois. Je n'étais plus dans ma retraite, je l'ai quittée il y a déjà un mois. Le royaume et tout Orobolan sont en danger.

— Je veux bien le croire. Les Élénians ont brisé la trêve, mais je vois que l'un d'entre eux vous accompagne, votre prisonnier, je suppose.

— Non, c'est un ambassadeur.

— Qui vient pour ?

— Faire son travail d'ambassadeur.

— Bien. Malheureusement, vu le climat actuel, j'ai bien peur que vous seul puissiez approcher notre souverain.

— J'ai avec moi un ambassadeur humain, un ambassadeur des gnomes et un ambassadeur du peuple askari et moi seul pourrais entrer ?

— J'en ai bien peur, vu les récents événements.

— Bien. Je serai donc le seul à entrer, mais je vous tiens pour responsable de la sécurité de mes confrères et vous savez que ma colère pourrait être terrible.

— Bien, ne vous inquiétez pas, ils demeureront au salon d'attente »

On fit entrer Érébios dans la salle royale, somptueuse, immense. Des colonnes de pierre descendaient du plafond, finement décorées de motifs dorés. Des pierres précieuses étaient ciselées dans le fer brut. Sur une hauteur, un dragon rouge immense se lovait sur lui-même, écoutant un thollien à taille humaine. Plus loin, deux autres, verts, faisaient office de gardes. Nul n'avait le droit d'être en animal auprès du Roi de la montagne. Dès que le thollien eut fini, le chambellan introduisit le mage auprès de sa majesté :

« Maître Érébios, comment allez-vous ?

— Bien.

— Vous avez appris le désastre qui nous est arrivé ?

— Oui. C'est d'ailleurs pour cela que je suis ici.

— Ah ! Une alliance humaine contre les Élénians, ce serait nouveau, mais je ressens un grand pouvoir en vous. Vous ne semblez plus humain.

— En effet, non. L'ambassadeur humain est dans le salon. Elle s'appelle Dolina.

— D'autres ambassadeurs pour de simples marchands ?

— Il y a autre chose de plus grave, majesté.

— Oui. Cela a brisé la trêve, mais si vous êtes là, tout devrait s'arranger.

— Non. Voilà, puis-je vous exposer ce dont j'ai été témoin depuis que j'ai quitté ma retraite, il y a un mois ?

— Un mois ? Je ne vous ai fait chercher qu'hier.

— Je suis venu par mes propres moyens. Votre sujet trouvera ma grotte vide.

— Fâcheux, très fâcheux pour lui.

— J'en conviens. Mais si on devait être là pour recevoir tous les messages, alors il faudrait que l'on nous prévienne de rester parce qu'un messager arrive, et c'est le message qui nous prévient de rester qui risque de ne pas nous trouver.

— Un messager royal devrait avoir plus d'importance.

— Bref, je suis là pour vous parler de l'innommable.

— Comment ? On avait décidé de ne point en parler aux humains. J'ai moi-même remplacé sa statue par celle de Fenrir, à la sainte garde.

— Moi seul suis au courant.

— Bien. Et alors ?

— Un chef barbare et des séides ont massacré plusieurs villages à la frontière entre le royaume de Bénézit et le royaume Élénian.

— Cela ne nous regarde pas. Que les humains s'entretuent, c'est votre problème. Jamais un dragon ne tuera un autre dragon.

— Je le sais. Mais, voyez-vous, cela provoquerait une guerre entre les Élénians et les humains.

— Oui, sans doute. Mais comme les humains vont nous aider à donner une leçon aux Élénians, il y aura une guerre de toute façon.

— Ce même chef possède quatre dragons noirs avec lui.

— Mon peuple sous les ordres d'un humain ?

— Ces dragons ne font pas partie de votre peuple, ce sont des démons de l'innommable.

— Des dragons, des démons, Érébios, auriez-vous perdu la tête ?

— Non, majesté, et dans le seul but de provoquer une autre guerre meurtrière. Pour ce faire, la princesse askarie a été enlevée par ces dragons, afin de précipiter une guerre entre les askaris et les Tholliens.

— Ça a réussi, mais qu'y pouvons-nous ? Nous avons été attaqués, alors nous devons répondre. »

Un vacarme assourdissant coupa court la conversation. Érébios se dirigea vers la source du bruit, entendant la voix d'Ourokos l'appeler à l'aide. Quand il arriva, il vit que la foule s'était emparée de Tyridan pour le pendre. Le gnome, lui, essayait de se débattre et Dolina chantait. Certains Tholliens se tordirent de douleur. Érébios comprit. Dolina attirait la toile par son chant et non par une incantation.

C'est pour cela que sa bague n'avait aucun effet sur elle. Lui, par contre, ne pouvait jeter de sort. À moins que ses nouveaux pouvoirs soient si puissants que… Oui, c'était cela, briser l'anneau puis lancer un sort. Il se concentra donc sur l'anneau et le brisa mentalement, ce qui eut pour effet de briser l'anneau physique. Érébios lança alors un sort de silence, puis un sort de grosse voix. Tout le monde s'arrêta. Le chambellan essaya de lui dire quelque chose :

« Bien, puisque personne ne peut parler, je vais le faire. Des sauvages, voilà ce que vous êtes. Vous critiquez les humains, mais vous ne valez pas mieux qu'eux. Cet askari est un ambassadeur de son peuple, venu pour apporter la paix. Il est mon confrère et ami et, en l'offensant, vous m'offensez. Ressentez-vous tous mon pouvoir ? Je suis la sixième race d'Orobolan, je viens du divin Fenrir, remplaçant de l'innommable. »

D'un geste de pouvoir, Érébios rendit la parole à tout le monde. Le Roi, sur la montagne, avait pris forme humaine et avait suivi le mage, accompagné de ses deux gardes :

« Bien, Érébios, je crois que votre présence n'est plus souhaitée ici. Néanmoins, j'ai besoin de quinze jours pour rassembler mes troupes. Vous avez jusque-là pour détruire ce chef barbare. Je vous apporterai mon aide. Quand mon précieux Fyrdinin sera revenu de son périple, alors je vous l'enverrai. Je vous confie également le médaillon sacré de Tholl. Je vais envoyer des émissaires à mon confrère de la forêt, lui indiquant mon soutien, et je vais envoyer des dragons chasser ces dragons noirs. Cela vous va-t-il ?

— Bien. Cela devrait nous suffire. »

Érébios indiqua à sa troupe qu'il valait mieux quitter les lieux. Dolina regardait Érébios avec honte. Elle avait dévoilé ses pouvoirs de sorcière :

« De quel sortilège te sers-tu ?

— Du chant de l'âme. Une technique ancienne qui repose sur la puissance du chant pour attirer la toile. Mais plus il y a de voix, plus il y a de puissance. Il faut quand même un mage pour jeter le sort. Si tout un peuple chantait, il pourrait déplacer des montagnes.

— Je vois. »

Sans plus de question, Érébios continua son chemin. Quand ils rejoignirent Labior, ils lui racontèrent l'entrevue avec le Roi. Tyridan était encore souffrant et en colère devant cette intolérance. Il aurait voulu tous les détruire. Le Roi ne lui avait même pas présenté d'excuses. Érébios n'avait rien dit, sans doute pour ne pas envenimer le conflit. Enfin, il était sauf. Mais que deviendra sa colère quand le Thollien les rejoindra ? La réponse viendra plus tard. Il indiqua à son cheval de suivre la troupe.

Érébios était perplexe. Ainsi, ce village étrange cachait un autre secret. Quel était ce pouvoir qui leur permettait d'utiliser la toile ?

— Dolina, quel est ce don, d'où vient-il ?

— Ce n'en est pas un à proprement parler mais un chant. Il fait converger vers le chanteur les énergies de la toile. Plus il y a de chanteurs, plus le don que tu utilises est grand.

— Et c'est au village que vous l'avez découvert ?

— Non, une autre Si Sayan l'a détecté dans un petit village proche des dragons.

— Est-il loin d'ici ?

— Non, il doit se trouver à une journée de marche sur notre route.

— Alors j'aimerai m'y arrêter. »

Au bout de deux jours, personne n'avait encore trouvé trace du village :

« Dolina, es-tu sûre de toi, demanda Tyridan ?

— Oui, parce que ce n'est pas pour me plaindre, mais mes jambes marchent moins vite, renchérit Ourokos.

— Ces hommes doivent vivre cachés. Ma consœur les a trouvés car une de leur maison avait été détruite par un orage. Ils chantaient pour aider à sa reconstruction.

— Je vois, déclara Érébios. »

Il psalmodia quelques mots. Un écureuil arriva jusqu'à lui, il lui parla dans une langue étrange et celui-ci repartit vers la forêt. Ils le suivirent.

Le village apparut devant eux. Il ressemblait plutôt à un hameau, avec une trentaine d'habitants. Les compagnons ressentirent comme un malaise. Tous ces gens étaient difformes. L'enfant qui vint à leur rencontre était roux, avec de jolies taches de rousseur sur une moitié du visage. L'autre moitié était recouverte d'écailles de dragon. Il en était de même pour le reste de son corps. Son bras droit était humain, son bras gauche recouvert d'écailles. A l'inverse, sa jambe gauche était humaine, contrairement à la droite. L'enfant, parlant comme Érébios, semblait gronder l'écureuil qui lui répondit, furieux. L'enfant resta perplexe et dévisagea le mage :

« Vous êtes réellement Érébios le Divin ?

— Oui, et toi qui es-tu ?

— Simaï. Je dois vous conduire à Gablen, notre chef.

— Quel est ce secret que l'écureuil nous a dévoilé ?

— L'emplacement du village. Un homme enfant nous a lancé un sortilège. Nul ne peut trouver ce village s'il n'est pas invité par quelqu'un qui y vit.

— Je vois.

— Une fois, cela a échoué, le chant a été plus fort que le sort. »

Ils s'arrêtèrent devant la plus grande maison. Elle servait de résidence au Chef et de salle de réunion, ainsi que de dispensaire. Une vieille femme y était soignée par un homme qui avait la tête couverte d'écailles, ainsi qu'une queue de dragon. Un enfant, qui avait dû se blesser, attendait qu'on le soigne. En clopinant, Dolina se porta vers lui et regarda sa blessure.

Le Chef, prévenu, vint accueillir le mage. Il avait les traits askari adulte mais était aussi grand qu'Ourokos.

« Divin Érébios, je suis Gablen, fils de Sefos. Soyez le bienvenu. Qui sont les glorieux voyageurs qui vous accompagnent ?

— Tyridan, ambassadeur de la forêt. Ourokos, ambassadeur du petit peuple. Labior, général des chevaux.

— Et de la nourriture, précisa ce dernier.

— Et, pour finir, Dolina de Maspian. » Le visage de Gablen se rembrunît.

« Tristan, fais attention, c'est une voleuse de don. »

L'enfant eut un geste de recul, apeuré.

« Karnaï, immobilisez-la. »

Le médecin s'empara de Dolina qui, malgré ses efforts, ne put se dégager. Tyridan allait dégainer, mais Érébios arrêta son geste.

« Chef Gablen, pouvons-nous discuter de tout cela calmement ?

— Soit. Fenrir nous a fait confiance.

— Pourquoi une voleuse de dons ?

— Nous sommes, nous ne le cachons pas, des erreurs de la nature, des bâtards, fruits de relations sans amour, abandonnés par leurs parents. Fenrir a permis que nous nous réfugiions ici au lieu de vivre dans les poubelles. Il nous a donné deux pouvoirs : celui de protection et celui du chant sacré. Ce chant ne doit servir qu'en cas de danger et pour vous aider. A cause d'un accident, une femme du village de Maspian nous a découverts. Elle en est repartie avec l'un des nôtres. Elle lui a promis le grand amour. Il est revenu atterré, désabusé, après avoir révélé ce don si précieux.

— Je vois, qu'est devenu cet homme ?

— Il s'est pendu. »

Dolina baissa la tête. Sa consœur avait pris le don par la force, elle allait sans doute en payer le prix.

« L'équilibre n'ayant pas été respecté, je vous promets que ce don vous sera rendu. Par ailleurs, cette femme a commis un crime, elle vous sera livrée.

— Nous garderons cette dame jusqu'à ce jour, pour la paix du village. »

Érébios comprenait le Chef. Il demanda à parler à Dolina. Après un bref entretien, il parla de nouveau à Gablen.

Tout le village se réunit sur la place autour d'Érébios. Simaï commença le chant, puis Tristan, puis un autre enfant, tous, même Gablen. Érébios ressentit la toile comme le jour où il était dans la grotte. Il se trouva en un instant à Maspian. Le temps d'expliquer à la Sayan, il revint avec la Si Sayan qui se livra.

Les compagnons quittèrent le village en saluant tout le monde. Personne, pas même Dolina, ne voulut rester pour connaître le triste sort de la Si Sayan, voleuse de don.

Chapitre 8

La bataille de Bénézit

Érébios devait tenter le tout pour le tout et intervenir auprès du Roi, malgré l'interdiction du haut mage. Ils prirent donc tous la direction de la capitale, Bénézit.

La première nuit, le mage parla avec Ourokos. Celui-ci comprit et prit son tour de garde avec Dolina. Érébios, lui, prit le sien avec Tyridan. Il voulait sonder son âme. L'askari semblait en peine. Érébios alluma sa pipe et laissa le jeune homme se détendre un peu. Puis, calmement, il demanda :

« Mon ami, je te vois soucieux et il n'est pas bon de l'être durant une guerre.

— Des choses me préoccupent.

— La princesse ?

— Oui, entre autres choses.

—Vous avez presque le même âge ?

— Nous sommes nés le même jour, moi en premier, elle ensuite. Elle m'a toujours appelé grand frère, dans l'intimité.

— Mais tu voudrais qu'il en soit autrement ?

— Oui, je... Il hésita... Non, je ne dois pas. Elle ne peut épouser qu'un chef de village, pas moi, simple garde.

— Si tu es l'élu de son cœur, alors pourquoi ne devrait-elle pas t'épouser ?

— La loi.

— Je connais beaucoup de lois askaries, mais pas celle-là.

— C'est plus une coutume qu'une loi. Et puis, il est rare qu'un Roi n'ait pas de fils pour lui succéder.

— Je comprends. Moi, je ne tairai pas mes sentiments envers une si jolie fille.

— Dolina est beaucoup plus jeune que vous, et pourtant vous la désirez. »

Érébios ne répondit pas. Il resta un instant songeur :

« Je vous prie de me pardonner, divin, cela ne me regarde pas.

— Ce n'est rien. Nous parlions librement. Oui, j'ai des sentiments pour dame Dolina. Mais je doute qu'elle ait des sentiments sincères à mon égard.

— Je comprends.

— D'autres choses te causent du souci. Ta colère envers moi et envers les Tholliens...

— Vous savez tout, alors pourquoi vous répondre ?

— Tu te trompes. Je ne sais rien, mais je devine. Le Roi aurait dû te faire des excuses, voire sanctionner son peuple. Et moi, tout puissant que je suis, j'aurais dû l'y obliger.

— Il y a un peu de cela.

— Mais, vois-tu, nous devons sauver le monde. Si le Roi s'était excusé, il aurait perdu la face et nous en aurait voulu. Si je l'avais contraint à perdre la face, ce n'aurait plus été un allié, mais un ennemi. Ce que tu oublies, c'est que j'ai moi-même été insulté par le chambellan, qui ne s'est pas non plus excusé de ne pas t'avoir protégé.

— C'est sûr que, si on voit les choses comme cela, alors c'est plus simple.

— Si tu regardes le monde de deux façons, et que l'une te rend triste, alors regarde le de l'autre façon.

— Vous êtes vraiment un sage.

—Je suis d'essence divine, ne l'oublie pas. As-tu d'autres préoccupation ?

— Quand le thollien va nous rejoindre dans une ou deux lunes, comment vais-je l'accueillir ?

— Le plus simplement du monde. Regarde, nous, nous avons un être maudit, un petit homme, une humaine et moi, créature de l'équilibre. On s'entend bien, non ? Vois-tu une quelconque querelle ?

— Non, c'est vrai.

— Alors laisse les soucis du lendemain au lendemain. Allons, prenons un peu de repos.

— Une dernière question.
— Oui ?
— Pourquoi ne pas chercher la princesse ?
— Car elle n'est pas en danger.
— Comment cela ?
— Elle n'a pas le médaillon de pouvoir des Élénians, donc ils pensent pouvoir l'échanger contre ce dernier. Mais le Roi ne l'a pas non plus, donc ils doivent attendre pour faire l'échange.
— Qui a ce médaillon ?
— C'est toi.
— Comment ? Mais non, je ne l'ai point, monseigneur. Pourquoi l'aurais-je ? Répondit le capitaine, troublé.
— Regarde dans ta besace. Ouvre le mouchoir bleu. »
Tyridan s'exécuta et fut surpris de l'y trouver :
« Comment ? demanda-t-il de plus en plus étonné.
— Elle l'y a glissé avant de disparaître. Elle connaissait l'importance de ce collier. Il nous faut trouver celui de Mogdolan à Bénézit, et je veux l'appui du Roi pour stopper le massacre du chef barbare à la frontière du royaume. »

Érébios nettoya sa pipe, laissant Tyridan à sa réflexion. Il réveilla Ourokos et Dolina, puis s'endormit. Un sommeil peuplé de cauchemars. Il y voyait plein de morts, tués à la guerre générale qui ne tarderait pas.

Le deuxième soir fut plus animé. Le groupe s'arrêta dans une auberge, non loin de la capitale. Là aussi, les tensions entre les races se firent sentir. Pour commencer, on prit Ourokos pour le domestique et, quand Érébios demanda également une chambre pour le petit homme, on l'installa dans la plus mauvaise, près de l'écurie. Tyridan ne fut pas mieux logé. On le regardait bizarrement, comme si on allait encore atteter à sa vie. Il se décida, remerciant Érébios, et lui dit qu'il ne dormirait pas dans sa chambre. Il irait avec Labior dans le bois voisin. Le mage en fut peiné. Mais il comprenait le capitaine. Cela ne l'enchantait guère. Il voulait que l'Élénian reste entre lui et Dolina. Après le souper, Tyridan partit voir Labior. Et tout le monde monta se coucher. Ourokos, sa colère passée, se dit que si l'Élénian ne prenait pas sa chambre, alors il pouvait y dormir. Cela faisait une heure qu'Érébios s'était endormi, quand on frappa doucement à sa porte :

« Qui est là ?

— C'est moi, Dolina. Faut que je te parle.

— Cela ne peut pas attendre demain ?

— Non, s'il te plaît, Érébios.

— Bien, entre. »

Érébios sonda la jeune fille et sentit le trouble en elle :

« Qu'avez-vous, dame Dolina ?

— Appelle-moi Dolina, hésita-t-elle.

— Je sais, même le petit homme me vénère, toi non.

— Je te vois toujours en jeune homme et non en vieillard, ancien haut mage du royaume.

— Je vois. Et tu voulais me parler de …

— Tu sais maintenant que je suis magicienne.

— Oui, je le sais. J'avais des doutes et notre altercation à Drakinar les a confirmés.

— Pourquoi ne m'as-tu pas tuée alors ?

— Pourquoi ? Sache que le fait d'avoir des pouvoirs n'est pas encore un crime.

— Non. Mais je ne suis pas là pour t'aider, ni pour aller chercher quoi que ce soit à la capitale. Ma mission, c'est toi.

— Ah, bon ! Et qu'est-ce que tu devais faire ? Me tuer ?

— Non, je devais te prendre.

— Me prendre, hum ! Je vois, mais encore plus que cela, non ?

— Oui j'ai pris ta semence une nuit et j'en ai envoyé à deux autres femmes, pour que tu aies des descendants, qui auront tes pouvoirs ou, tout du moins, une partie.

— Bien. Et tu devais me séduire pour que je te prenne ?

— Oui.

— Alors, où est le trouble ?

— Je suis tombée amoureuse de toi.

— Je vois.

— C'est tout, tu ne me tues pas, tu n'es pas en colère ?

— Non, sinon ta mission ne fonctionnera pas et j'ai besoin de l'enfant. Celui-là sera le mien et, au moment voulu, il aura tous mes pouvoirs.

— Tu savais ?

— Je l'ai deviné. Ourokos m'y a aidé. Tu t'es laissé prendre le premier soir.

— Pourquoi alors ne pas m'avoir tuée ?

— Parce que je t'aime aussi. »

Alors, Dolina avança jusque sur le lit d'Érébios. Et ce qu'il ressentit cette nuit-là, il ne l'avait jamais ressenti, et ne le ressentirait plus jamais.

Au matin, il vit que Dolina était encore à ses côtés. En lui-même, il espérait que la jeune femme resterait avec lui, au lieu de s'enfuir pour retourner dans son village de fous. Elle était restée et lui donnerait les descendants que les puissances attendaient. Mais ce que lui voulait, c'était cette guerrière aux talents mystérieux.

L'équipe rejoignit Labior et Tyridan, puis ils chevauchèrent vers la capitale. Ils l'atteignirent à la tombée de la nuit. Érébios, qui avait repris son allure de vieillard, se fit conduire au palais. Là, on lui dit que le Roi ne recevait personne. On lui prépara néanmoins des appartements décents pour sa suite, même si Labior attirait un peu trop la curiosité.

Le lendemain, Ourokos voulut aller voir celle qu'il aimait en secret. Partant avec Érébios et Dolina, il se rendit à la taverne où travaillait Oline. Le peuple de Mogdolan était traité en esclaves, chargés de nettoyer les ordures de la capitale. Ourokos faillit réagir quand il vit une femme de sa race se faire battre par un humain parce que le travail n'avançait pas assez vite. L'équipe fut encore plus indignée en voyant la taverne du cloaque. Ils obligeaient les filles à boire pour oublier les infamies qu'elles subissaient. Érébios agit, cette fois-là. Il lança un sort et, comme par magie, tous les vieux pervers de la taverne disparurent :

« Où les as-tu envoyés ?

— Je ne sais pas. Un peu n'importe où. Avec un superbe trou de mémoire, ils devraient mettre cinq ou six jours à revenir »

Ils entrèrent dans la taverne où tout le monde était surpris. Ils demandèrent à l'aubergiste ce qui s'était passé :

« Ben, j'avais des clients qui s'occupaient des très jeunes femmes que je loue et ils ont tous disparus.

— Donc, ces gamines sont disponibles ?

— Ma foi, oui, vous en voulez ?

— Oui, tous. Même les enfants qui travaillent pour vous.

— Tous ? Ah, bah, monsieur veut en faire quoi ?

— C'est mon affaire, je crois.

— Faut pas me les abîmer.

— Non, ne vous inquiétez pas et personne d'autre n'y touchera. Voilà une bourse avec de quoi finir tes jours sans employer d'autres jeunes gens.

— Bah, si vous voulez. Et j'en fais quoi, d'eux, maintenant ?

— Allez vite retrouver vos familles. Demain, rendez-vous dans la ville de Bénézit, et demandez le divin Érébios, vous aurez un nouveau travail.

— Vous le connaissez ? demanda l'aubergiste.

— Oui, très bien.

— Ben, mon vieux ! C'est quelque chose, je vous sers quoi ?

— On vient voir Oline, annonça Ourokos.

— Elle travaille plus ici, mon petit.

— Et où travaille-t-elle ?

— Elle m'a été rachetée par une femme gnome qui s'est installée dans le cloaque, une certaine mère Abigaël. Je me demande bien ce qu'ils font dans cette maison.

— Bien, merci. »

Le groupe partit de cette auberge :

« Cela m'étonne de toi, Érébios, de donner de l'argent à cette pourriture.

— Ne t'inquiète pas, Dolina. Ces pièces sont fausses, pur artifice magique. S'il emploie encore des esclaves, il subira un sort de vieillissement.

— Bien joué, tu devrais nettoyer tout le cloaque, dit Ourokos.

— Et le monde d'Orobolan ? Non, c'est aux hommes de le faire, moi je ne peux que leur apporter la sagesse.

— Tu as pourtant plein de pouvoirs.

— A trop s'en servir, on devient esclave de ses pouvoirs. Et puis, tu imagines le travail que j'aurais, si je devais m'occuper de tout ?

— C'est vrai. Trouvons la maison de mère Abigaël. »

Elle fut vite découverte, c'était la seule vraie bâtisse en pierre du quartier du cloaque. Les autres habitations étaient faites de misérables bouts de tissus sales, accrochés à des bouts de bois. Ils ne protégeaient ni de la pluie, ni du froid. Dans toutes les rues, on voyait des mères petits-gens laver leurs enfants ou leur donner à manger dans la saleté ambiante.

Ici, se retrouvaient toutes les ordures de Bénézit. L'horreur fut à son comble quand le groupe passa devant une femme qui enterrait son nouveau-né. Elle pleurait :

« Faites que je puisse en garder un, s'il-vous-plaît, c'est déjà le cinquième. »

Tout le monde fut choqué, mais que pouvaient-ils faire ? Ils arrivèrent dans la hutte de mère Abigaël. Là, une très vieille femme racontait des histoires aux enfants. Une jeune fille la secondait, s'occupant des plus petits :

« Oline, c'est moi.

— Ourokos ! Comment ? Je te croyais mort.

— Je suis vivant, comme tu peux le voir.

— Qui sont ces gens que tu nous amènes ? demanda la vieille dame.

— Ce sont des amis. Je te présente Tyridan, ambassadeur de la forêt élénianne Dolina, ambassadrice du village de Maspian ; Labior, grand général des chevaux et de la nourriture, et Fen le preux chevalier.

— Ourokos, je croyais te l'avoir dit, le mensonge est vraiment une chose détestable, déclara la vieille dame.

— Pardon, mère Abigaël, mais je ne vois pas où il y a eu mensonge. Cet homme s'est présenté à moi comme cela. Je dois donc le présenter ainsi.

— Bien, mais tu sais qui il est réellement ?

— Oui, grand-mère, répondit honteusement Ourokos.

Alors, présente-le-nous convenablement.

— Voici donc Érébios, ancien haut mage des royaumes, descendant de Fenrir le divin.

— Voilà qui est mieux. »

Soudain, un homme sortit d'une tenture derrière eux et partit dans le cloaque :

« Un de mes ouvriers. Il va sûrement dans une des tavernes de Bénézit, quoique l'une d'entre elles vient justement de fermer. Le patron est mort, pendu, il y a une heure. Une histoire de fausse monnaie, déclara la vieille dame en regardant Érébios.

— Je vois que vous êtes bien informée, dame Abigaël.

— Dans le cloaque, tout remonte à moi.

— Pendant qu'Ourokos va aller, avec Oline, prendre un peu de repos, montrez-moi donc ce souterrain, déclara le vieux sage.

— Quel souterrain ? répondit la vieille gnome.

— Votre homme avait les poches pleines de terre, et je crois que cela doit venir du souterrain que vous creusez pour protéger les vôtres de la folie des hommes.

— Vous êtes très sage, divin Érébios.

— Je crois d'ailleurs avoir déjà vu un dragon près de vous, Dame Mogdolan.

— Je vois qu'à vous non plus, on ne peut rien cacher. »

La vieille dame fit sortir les enfants dans la cour. Le dernier referma la tenture. Tyridan et Labior soulevèrent une planche de bois dans la dernière salle de la maison. Cela débouchait sur un souterrain en pente. Une petite caverne avait déjà été percée. Cinq gnomes travaillaient à consolider l'endroit. Érébios remarqua qu'ils utilisaient des techniques empruntées au peuple Thollien, les fameux maîtres des grottes :

« Il vous faudra mille ans pour en construire plusieurs.

— A quelques jours près. Les hommes qui auront commencé celui-ci seront morts, ainsi que leurs petits-enfants. Mais quand les souterrains seront finis, alors mon peuple aura un endroit à lui pour se réfugier lors des persécutions.

—Bien, cela me semble conforme au désir de l'équilibre. Je vous aiderai, dame Mogdolan.

—Appelez-moi grand-mère, comme tout le monde ici-bas.

— Entendu. »

Le petit groupe sortit à l'air libre. Un enfant d'une dizaine d'années s'approcha d'Érébios :

« Maître Érébios, c'est vous ?

— Oui, que me veux-tu ?

— Pas moi, mais quatre hommes encapuchonnés vous cherchent. Ils étaient à l'auberge et ils sont maintenant dans le cloaque.

— Bien, conduis-moi à ces hommes.

— Mais, s'ils vous veulent du mal ?

— Merci, mais je préfère connaître mon ennemi que le fuir, non ?

— Bien sûr, maître Érébios. »

L'enfant était si petit pour son âge que tout autre qu'Érébios eut cru qu'il avait six ans. L'enfant ne devait pas avoir mangé un seul jour à sa faim depuis sa naissance. Tyridan l'avait reconnu, c'était un de ceux qui étaient à l'auberge. Érébios remarqua la façon de travailler des gnomes. L'enfant demanda un renseignement à un autre qui, à son tour, en prévint trois autres, qui partirent en prévenir d'autres. En moins de cinq minutes, l'un deux revint, sans vraiment avoir bougé de sa place, avec l'information demandée :

« Suivez-moi, je sais où ils sont.

— Au fait, petit, comment t'appelles-tu ? demanda Tyridan.

— Pas petit, en tout cas.

— Je te demande pardon, répondit l'askari, comprenant la gaffe qu'il venait de faire.

— Je me nomme Albius le savant.

— Pourquoi le savant ?

— Je sais lire et écrire. Grand-mère m'a appris.

— Bien, lui répondit gentiment Tyridan. »

Albius conduisit le groupe à travers les dédales du cloaque, comme si les gens n'existaient pas. Il se fondait dans la masse, à tel point que les autres avaient parfois du mal à le suivre. Dolina faillit se perdre plusieurs fois. Tout le monde voyait bien qu'il s'était passé quelque chose entre Érébios et elle. Leurs regards et leurs comportements étaient différents depuis la nuit à l'auberge. Enfin, on trouva les quatre hommes au détour d'un chemin. Érébios se prépara à attaquer, surtout qu'il ressentait une aura magique autour de ces hommes :

« Je suis Érébios. Que me voulez-vous ? »

Les hommes retirèrent leur capuche et Érébios les reconnut alors :

« Je suis Hypos, le mage blanc du conseil. Je vous demande de vous soumettre et de nous rendre le médaillon sacré. »

Érébios tira de sa poche les médaillons qu'il possédait :

« Lequel est le vôtre ? »

Tous les mages se détendirent. Trois mirent un genou à terre :

« Avanos, mage topaze du Conseil. Je me mets à votre service.

— Gyrlef, mage violet du Conseil. Je me mets à votre service.

— Thanator, mage pourpre. Je me mets à votre service. J'estime que vous avez fait preuve de vos dires. La quête contre le démon peut alors commencer.

— Je voudrais quand même en référer au haut mage, avant de prendre une décision.

— Hypos, le haut mage est parti avec mage rubis, nous donnant pour mission de trouver Érébios. On ne sait où ils sont. Et, si le démon existe, alors ils sont peut-être en danger. Et qui, sur Orobolan, a assez de puissance pour nous aider à les retrouver ? Je ne vois que maître Érébios. »

Le divin se décida à ramener les mages au palais. Il apprit ainsi, de la bouche de Gyrlef, que le haut mage avait essayé de les monter contre lui. Quatre jours auparavant, les deux mages avaient disparu, laissant une note demandant aux membres du Conseil de poursuivre Érébios et de ramener le médaillon.

Érébios arriva au palais et demanda à parler au Roi. Le chambellan l'introduisit dans la salle royale. Là, des conseillers et des chefs de village demandaient au souverain de partir une nouvelle fois en guerre contre les Élénians :

« Majesté, voici le divin Érébios, accompagné des membres du Conseil, d'ambassadeurs des peuples d'Orobolan et d'un mystérieux général des chevaux.

— Et de la nourriture, précisa Labior, n'ayant que faire de l'étiquette.

— Érébios ? Mais le Conseil ne vous a-t-il pas désavoué ? Demanda le roi, étonné.

— Preuve que non, majesté. Le Conseil est avec moi. Je dois vous apprendre qu'une tribu, descendue du nord, commet des méfaits sur votre territoire pour que la guerre reprenne, et cela en votre nom.

— Des humains attaquant encore des tribus humaines, c'est impensable. Mon père s'est battu toute sa vie pour unifier les tribus du nord et de Khalonbleizh.

— Je le sais. J'étais présent, comme sa majesté doit s'en souvenir.

— Il suffit ! Je suis le Roi du royaume de Bénézit !

— Et moi, un membre du Conseil, répondit Thanator

— Je disais donc, reprit Érébios comme si son récit n'avait pas été interrompu, cette tribu agit auprès des Éléniens comme une tribu humaine. Et se fait passer pour des Éléniens auprès des humains et des Tholliens. Ainsi, la guerre pourra reprendre de plus belle.

— C'est idiot, pourquoi un soldat ferait-il cela ?

Interrompit un chef de village.

— Imaginez que la guerre reprenne, que vous y partiez tous. Qui protègera vos foyers et qui assurera la défense de vos villages ? J'ai la certitude qu'au nord, une armée de barbares venus de la montagne s'apprête à nous envahir. Mais avant cela, ils veulent anéantir au maximum les populations présentes.

— Pourquoi le Conseil ne l'a-t-il pas prévu ?

— Parce que le Conseil est rongé par des gens de cette tribu et que le haut mage est sans doute le chaman de celle-ci, répondit Thanator, à la grande surprise d'Érébios et des autres membres du Conseil.

— Bien, que dois-je faire ?

— Préparer une armée pour chasser ces intrus, envoyer des ambassadeurs aux deux autres Rois d'Orobolan, les assurant de votre loyauté envers eux.

— D'accord, que l'on fasse cela. »

Érebios avait joué de main de maître. Il n'avait rien révélé au Roi, contournant l'obstacle de sa rudesse :

« Pourquoi ne lui avez-vous pas dit la vérité, maître Érebios ? Demanda Gyrlef.

— Parce qu'il ne m'aurait pas cru. Si, des fois, un mensonge peut te mener au même chemin qu'une vérité, mais de manière plus facile, alors utilise le mensonge.

— Et vous, Thanator, êtes-vous fou ? Accuser le haut mage de sécession devant le Roi ? Reprit Hypos, au comble de la rage.

— Calmez-vous, cher confrère. Je n'ai pas accusé le haut mage, mais la personne qui l'a sans doute remplacé à notre insu. Rappelez-vous l'inquiétude que nous avons eue quand le haut mage et le mage Rubis n'étaient pas rentrés de la capitale, il y a peu, en fait avant l'arrivée de maître Érebios. Eh bien, je pense que ce n'étaient ni le haut mage ni Orthar qui sont revenus, mais d'autres ayant pris leur apparence.

— Je vois, maître Thanator, que vous parlez peu mais que vous n'en observez pas moins. Mais pourquoi le haut mage ne m'a-t-il pas tout de suite désavoué ?

— Parce qu'une fois que vous auriez trouvé tous les médaillons, ou du moins quelques-uns, je suppose qu'il vous les aurait repris, vu que ces démons les cherchent.

— Voyez, Maître violet, la déduction de votre confrère.

— En effet, je suis admiratif.

— Bien sûr, j'aurais pu aussi le trouver, répondit Hypos, jaloux. Mon collègue, le mage rubis, ronflait depuis peu, or Orthar n'a jamais ronflé.

— Et vous étiez trop occupé à dormir pour vous en soucier, répondit Thanator. Depuis quand avez-vous fait quelque chose d'utile pour le Conseil, ou les gens qui venaient ?

— Ma science est trop sensible, bafouilla Hypos, piqué au vif. Elle demande d'être testée maintes fois. Vous ne voudriez pas que, pour soigner une jambe gangrenée, je la fasse disparaître ?

— Bien sûr que non.

— Mes amis et chers collègues, je crois que l'heure n'est plus aux chamailleries. Nous avons quelques personnes à capturer et des dragons à retrouver.

— Bien sûr, mais par où commençons-nous ? » La réponse fut rapide. Un garde arriva :

« Des dragons noirs. Ils attaquent le cloaque.

— Venez, le Roi ne bougera pas tant qu'il ne s'agira que de celui d'Akilthan. Il oublie vite qu'après eux, la ville est là. »

Érébios et sa bande partirent pour la maison de dame Abigaël, pendant que les mages se massaient sur la palissade entourant la ville de Bénézit. Érébios entra dans le souterrain, demandant à tout le monde de rassembler le plus possible de petites gens. Mère Abigaël n'était pas là. Érébios commença à réciter une incantation, aidé par Dolina qui, grâce au chant, lui donnait de plus en plus de pouvoir. Mais, même avec celui d'Élénia, celui de Fenrir et celui de Dolina, Érébios commençait à chanceler. Il aurait fallu mille ans pour creuser de tels conduits. Il n'avait pas mille ans mais une heure, peut-être deux. Dolina finit par s'évanouir. Les gnomes arrivaient en masse dans le souterrain, affolés et en pagaille. Érébios était à la limite de l'épuisement. Il se réveilla dans la maison de mère Abigaël. Il mit un moment à comprendre où il était et à rassembler ses esprits. Elle était à son chevet :

« Noble Érébios, et pauvre fou.

— Que s'est-il passé ?

— Tu as perdu connaissance, et il s'en est fallu de peu pour que tu n'ailles rejoindre les champs de Polinas.

— Les dragons, la bataille …

— Tes mages ont protégé Bénézit. Mon peuple est sauf, il n'y a que peu de morts.

— Il y en a quand même eu.

— Oui. Mais combien y'en aurait-il eu si tu étais mort sans vaincre le démon ? Le Roi est parti résoudre les problèmes à la frontière, et tu es parti avec lui. Enfin, c'est le bruit que mon peuple a fait courir. Grâce à toi, ils ont un refuge car le cloaque est envahi d'humains venant de villages détruits par la horde. Quoique l'un deux a, paraît-il, été détruit par toi.

— Celui d'Ikan.

— Oui, ce village-là aussi, c'était dangereux. Les seigneurs d'Ikan, qui ont survécu, se sont abattus sur d'autres et tout est à recommencer. Enfin, tu pensais bien agir.

— Sauvez les innocents.

— Mais pour en sauver cent, il faut parfois en laisser mourir un. Nous laissions en vie cette bête car elle nous servait : le clan des sanguinaires, puis celui de l'orbe rouge, ainsi que le clan formé par des chasseurs bannis, tous ont disparu grâce à Ikan. Le prix à payer était mince par rapport à la stabilité de la région. Tu apprendras que même la pire des bêtes peut servir tes desseins, à toi de juste poser les bonnes limites. Un Thollien est venu pour toi pendant la bataille. Il a tué l'un des dragons, les autres se sont enfuis. Lui aussi a failli rejoindre les champs de Polinas.

— Je vais aller le voir. »

Érébios essaya de se lever, mais c'était inutile. Mère Abigaël sortit. Ses amis entrèrent le voir. Ils étaient accompagnés par un garde Thollien, paré de beaux habits :

« Maître Érébios, je vous trouve enfin.

— Bonjour, Fyrdinin.

— Vous m'avez reconnu ?

— Oui. Le petit garçon qui venait toujours espionner son père pendant les réunions.

— Je voulais jouer avec lui.

— Avoir un papa dans l'armée, cela a ses avantages. Mais on ne le voit pas aussi souvent qu'on le voudrait.

— Malheureusement pour moi. Comment allez-vous ?

— Je crois que cela va mieux. Mais dites-moi, il manque du monde. Hypos serait-il resté au palais ?

— Non, Hypos a été tué par l'un des dragons. Mais ce n'est pas le seul …

— Qui d'autre ?

— Le général.

— Oh non, pas lui, répondit Érébios, terriblement peiné par la nouvelle.

— Il est mort fièrement au combat, l'épée à la main. Il a fait rempart de son corps quand un dragon m'a attaqué, raconta Gyrlef, les larmes aux yeux.

— Je vois.

— On a prévu une cérémonie dans le village pour honorer leur mémoire. Nous t'attendions.

— Mes amis, je vais avoir besoin de votre énergie pour pouvoir me lever.

— Tu ne demandes pas à voir ton fils ? Demanda Dolina.

— Comment cela, mon fils ?

— Dolina s'est évanouie, je l'ai mise à l'écart, dit Ourokos, pour te laisser travailler sans t'inquiéter. Puis elle a eu des maux de ventre pas possible, et j'ai compris qu'elle allait accoucher. Mais aucune des femmes ne pouvait faire quelque chose. Alors, dans l'affolement, le cheval à une corne est revenu, et il a mis sa corne sur le ventre de Dolina qui hurlait. Enfin, le bébé est sorti et les femmes l'ont soigné.

— Je ne comprends pas. Notre nuit, c'était il y a si peu de temps.

— Érébios, n'oublie pas que ton sort accélérait le temps, et Dolina faisait partie du sort. En plus, tu n'es pas humain, lui répondit mère Abigaël.

— Puis-je le voir ? »

Dolina leva un bout de sa cape pour dévoiler le visage de l'enfant :

« Comment l'appellerons-nous ?

— Myrdhanos, souffla Ourokos.

— Qui est-ce ? Demanda Érébios à son ami.

— C'est le nom d'un homme qui a toujours été bon pour moi.

— Qu'en penses-tu, Dolina ?

— Je suis d'accord. »

Les mages soignèrent Érébios en y mettant toute leur énergie, puis on laissa seul le couple.

Le soir venu, Érébios et Dolina se rendirent à la soirée de recueillement.

Tout le monde avait mis des habits de circonstance : Tyridan avait une cape Askari bleu nuit. Ourokos était habillé à la mode des petits hommes, son châle était noir, le reste de ses vêtements de couleur sombre. Érébios pensa que ce devait être son habit de voleur nocturne. Fyrdinin avait passé une cape. Toutes les couleurs rappelaient une forêt la nuit : du marron de la terre, du vert des feuilles au bleu nuit parsemé de points blancs du haut de la cape. Tout le monde avait une attitude de rigueur. Mère Abigaël dit quelques mots sur les gnomes morts au combat.

Thanator prit alors la parole, rappelant les hauts faits du mage Hypos pendant la guerre, et ne disant mot sur ce qu'il était devenu une fois qu'il avait rejoint le cercle, à part une phrase qui clôtura son discours :

« Je crois que, pendant ce combat, Hypos s'est retrouvé et qu'il a rejoint Polinas en étant lui-même. »

Puis Tyridan approcha. Il se mit face au bûcher que l'on avait élevé pour Labior :

« Ami, ne pleure pas. Je vois devant moi la forêt qui m'attend. Heureux ceux qui ont vécu et qui m'attendent déjà. Et je ne crains pas la mort, car je les rejoins. »

Érébios reconnut la prière des morts askarie. Ainsi, Tyridan rendait un hommage à Labior, cet askari issu d'un clan maudit. Il prit sa cape et en recouvrit le corps de Labior, puis il se fit apporter cinq branches de différents arbres et les déposa sur le cercueil. Alors, il prit un couteau et se coupa une partie des cheveux, les posa sur le cercueil. Gyrlef hésita à s'avancer, il était en larmes. Tyridan lui tendit le couteau et lui fit signe d'avancer. Gyrlef rendit ainsi un dernier hommage à celui qui l'avait protégé en donnant sa vie. Puis on alluma les brasiers, et tout le monde se recueillit avant de se retirer pour dormir :

« C'est un enterrement royal que vous lui avez fait ? demanda Érébios à Tyridan.

— Presque, c'est celui d'un général. »

Tous pensaient que, le lendemain, ce serait peut-être la dernière bataille. On savait, grâce à Fyrdinin, où se cachaient l'armée noire et les dragons. C'était à moins d'une journée de marche vers le nord. Le combat final approchait.

Le clan avait décidé de rester près des askaris, il nous fallait des protections.

Le chaman partit pour la capitale d'Égémina avec une escorte. J'en fis partie. Je laissais ma mère et mon oncle, qui tentait en vain d'expliquer la nouvelle vie à la tribu. Le voyage fut de nouveau très long, la grande forêt était magnifique. J'avais réussi à abandonner l'envie de viande. Les racines et les fruits de la forêt faisaient partie maintenant de ma nourriture quotidienne. L'un des askari nous montra des chevaux, ces créatures pouvaient être montées pour nous déplacer plus vite. Le chaman hésita, il ne se sentait pas à l'aise et devait protéger son rang.

Finalement, nous continuâmes à pieds. Si la capitale des hommes nous semblait d'une saleté repoussante, la capitale des askaris était extraordinaire. De petits habitats, largement espacés et d'une simplicité rare, il n'y avait que le strict minimum dans chaque demeure.

Pendant son séjour, le chaman fut logé au pavillon des mages, le seul à se trouver au niveau du sol. Mes camarades et moi-même résidions un peu plus haut, dans une pièce avec un pot à feu au centre, garni de braises, ainsi que de trois couches, faites de feuilles, couvertes par un grand morceau de cette peau étrange et d'objets doux que les askaris nommaient des coussins.

Le chaman, d'abord très hostile à la nouvelle foi, devint, au contact des askaris, un fervent protecteur de la nature et un adepte du culte d'Élénia ; même si, chaque matin, il faisait toujours ses dévotions au corbeau.

Mes compagnons étaient plus nerveux que moi. J'accompagnais les rangers askaris dans leur longue balade dans la grande forêt, tout en m'imprégnant de leur culture, proche de la nôtre. J'adorais les rangers, mais je restais dévoué à Polinas. La dame des eaux ne me verrait pas dans ses rangs avant de nombreuses lunes. Mes compagnons ne quittaient que peu notre habitation, ils trouvaient le temps long, moi c'est ma mère qui me manquait.

Le chaman apprit à maîtriser la toile, source du pouvoir qui dominait la plaine. L'un des grands mages lui avoua que les voix chamaniques de la montagne n'avaient de puissance que sur celle-ci. Par contre, la toile était toute puissante dans la plaine et la forêt. Le chaman acquit de nouveaux pouvoirs, en tant que guerrier, grâce à elle. Je ne me croyais pas autorisé à l'utiliser, mais Tyrin, mon guide, m'apprit que tous les askaris se servaient d'elle. Chaque caste avait droit à certains sortilèges. Mes compagnons refusèrent. Ils se limitèrent à la protection du chaman, qui n'en avait pas besoin. Moi, j'apprenais les sortilèges pour protéger la nature.

Ce voyage chez les askaris dura six lunes. Puis le chaman, devenu prêtre de la dame des eaux, décida de revenir vers le clan. Le retour fut long, mais j'étais heureux de bientôt revoir ma mère. Le village nous sembla étrange, il n'y avait pas une personne dehors, aucune femme ne tannait les peaux ou préparait la soupe pour le soir. Une construction en pierre très étrange y avait été édifiée.

Nous entrâmes dans le bâtiment. Là, sur un trône de pierre blanche, se trouvait un askari, mais son aura était noire, pleine de poisse. Je reconnus alors son emblème, le ranger me l'avait expliqué. Si, chez nous, le clan des sanguinaires faisait office de clan maudit, pour eux c'était celui de la lune bleue. Leur chef était proscrit par les cinq divinités. L'être, devant nous, en faisait partie, et ce n'était pas un simple soldat. Ce que je vis ensuite m'effraya encore plus : ma mère, peu vêtue, caressait cette bête comme s'il était son amant. Je cherchais son âme mais elle n'en avait plus. Mon oncle aussi se trouvait là, sans âme, mais, pire que tout : sans volonté propre, simple jouet condamné à servir ce monstre. La peur nous envahit, le chaman se prépara à combattre. La créature nous regarda et déclara :

« Je suis le seigneur Arnudris, dernier des généraux d'Ikan et, dorénavant, vous m'appartiendrez. »

Le chaman lança un sort qui lui fut retourné. Les cris de douleur qu'il poussa avant de mourir ne devaient plus quitter mon esprit.

Ma mère vint à ma rencontre et me prit la tête entre ses mains, quelque chose dans son regard m'empêcha de réagir :

« *Mon petit, le seigneur va nous offrir une vie infinie, viens avec nous.* »

J'acceptais afin de rester en vie. Mes compagnons furent transformés en yanos, comme l'avait été mon oncle.

Le clan s'était divisé : d'une part ceux qui avaient résisté et n'avaient maintenant plus de volonté et, d'autre part, ceux qui avaient choisi la damnation.

Le seigneur Arnudris régnait ici en tyran. Je compris vite que le clan de la lune bleue était puissant. Mais il y avait une faille : il craignait la lumière. De jour, il ne pouvait rien. Je m'enfuis donc, avant ma transformation en yanos, durant la journée, pour rejoindre le clan askari le plus proche. Avec mon savoir de ranger, je n'eus aucun mal à me faire accepter et, si mon physique ne m'avait pas trahi, j'aurais pu passer pour l'un des leurs.

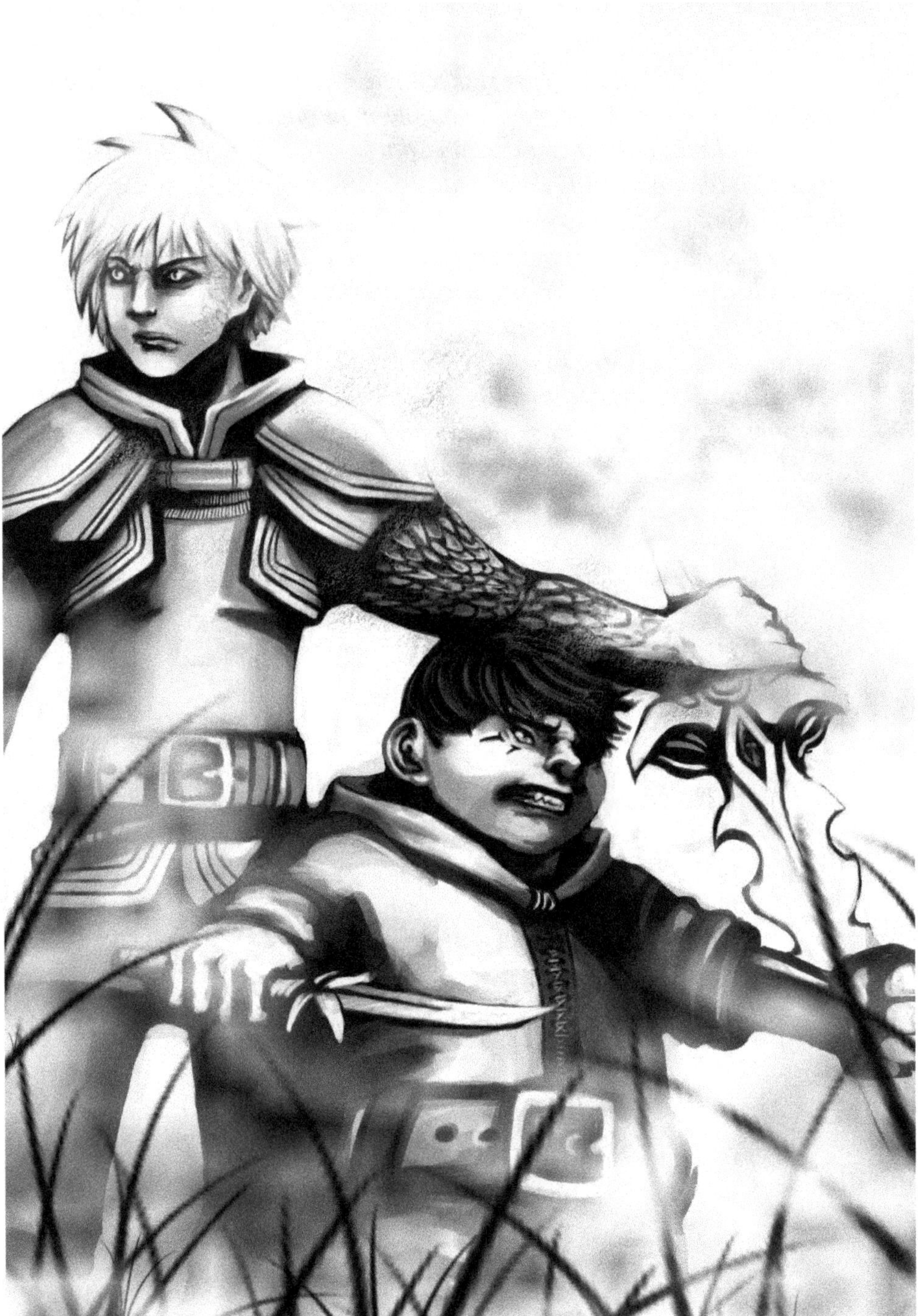

Chapitre 9

Chapitre de l'ombre

Krystal se réveilla ou, plus précisément, il fut réveillé par un cri inhumain et glacial. Il ouvrit les yeux et se demanda où il était. L'Unique l'avait-il renvoyé sur Orobolan ou était-il dans la grotte du Peuple Dragon ? Il regarda autour de lui, il était sur une colline, perdu dans une immensité noire. Des feux bleutés, minuscules, parcouraient la plaine au loin. Il scruta le ciel et n'y vit aucune étoile.

Il détendit ses membres du mieux qu'il put et, apercevant près de lui un petit ruisseau, s'y désaltéra. L'eau y coulait pure, la plus pure qu'il connut, mais glacée. Le cri retentit de nouveau.

Krystal regarda au loin vers le ciel et ne vit aucune paroi. Il ne se trouvait ni sur Orobolan ni sur Thaerith. La toile était inexistante en ce lieu. Pour la troisième fois, le sinistre hurlement retentit.

Comme il semblait de plus en plus proche, Krystal décida de s'en éloigner. Il erra pendant longtemps. N'ayant plus de repère, il ne sut dire si c'était des jours, des heures ou des mois.

Il ne ressentait ni le sommeil, ni la faim, ni la soif, juste le froid. Il en voulait à l'Unique : il n'avait fait que son travail, prouver que les autres étaient corruptibles et ne méritaient pas le titre de gardien, mais lui si.

Krystal ne savait toujours pas qui hurlait comme cela, à l'agonie. Il voulait les éviter, mais il avait été un savant, le désir de les observer fut le plus fort. Il ne pouvait les voir, mais il les entendait. Certaines vivaient en groupe, d'autres seules. Au bout d'un long moment, il arriva près d'un puit gigantesque, qui contenait un fluide bleuté paraissant vivant. Krystal ressentait une sorte d'énergie comparable à la toile. Il resta un moment à observer le fluide. Il allait partir quand une série de flammes bleues, venues de plus haut, tombèrent dans le puit. Les créatures à proximité hurlèrent, ce qui en fit hurler d'autres et d'autres encore.

Krystal voulut tenter une expérience. Il attendit qu'une flamme tombe près du bord et s'en empara : le silence ne fut pas perturbé. Krystal la jeta à ses pieds en pensant à un système pour l'empêcher de se diriger dans le puit. Elle disparut d'un coup et Krystal vit le puit se transformer. L'ébauche de sa pensée apparaissait. Au bout d'un moment, il réussit à prendre une autre flamme et repensa à son système, le projet avançait.

Krystal reprit espoir et, frénétiquement, il en attrapa de plus en plus. Plus il en prenait, plus son projet avançait. Quand il eut fini, plus une flamme ne tomba dans le puit. Chacune d'elles, ainsi récoltée, matérialisait une de ses pensées. Il imagina un palais, puis une ville, sa ville Sourtha, mais en plus grandiose que dans son souvenir.

Il était redevenu enfant quand il entendit les créatures : elles ne hurlaient plus, elles chantaient un air de sa vie d'avant, un air de Sourtha. Il voulut les voir, pensant que son peuple était arrivé ici après leur déchéance. S'attendant à voir des hommes, il se pencha mais il vit des monstres, mi-humain, mi-animal, des bêtes à cornes, à plumes ou à écailles. Certaines avaient les trois dans un mélange chimérique.

Krystal se terra dans son palais, il recréa tout ce dont il avait besoin pour vivre : la nourriture, la chaleur et, le plus important, le temps : une horloge immense sur le mur du palais. Il avait tout, sauf une chose : de la compagnie. Il essaya bien de rendre leur apparence aux habitants de Sourtha, mais il échoua à chaque fois. Il avait essayé de se rendre à Thaerith, mais cela n'avait pas abouti. Pour atteindre Orobolan, il avait réussi à créer une brèche, mais celle-ci était si infime qu'il faudrait deux mille ans pour la traverser. Pourtant un matin, il vit une femme depuis sa fenêtre, il la reconnut : c'était la reine maudite, celle que personne n'avait cru. Une bête la poursuivait. S'armant d'une flamme, il bondit pour la sauver. Il allait tuer l'ignominie quand la femme l'arrêta :

« Ne le tuez pas, c'est Balimun mon amant.

— Ma reine cette chose est votre amour ?

— Oui, le soldat dont je tombais amoureuse et qui précipita ma chute. »

La créature resta immobile, la peine se lisait dans ses yeux. Krystal emmena la Reine au palais, laissant Balimun les suivre jusqu'aux portes.

« Est-ce vous qui avez fait cela, demanda la Reine ?

— Oui, votre majesté.

— Je ne suis plus Reine depuis longtemps, appelez-moi Nekheb.

— Bien, dame Nekheb.

— Comment avez-vous pu créer tout ce domaine ?

— Grâce à ceci ma dame. »

Krystal lui montra la machine et lui expliqua comment il l'avait conçue. Il ressemblait à un enfant qui montre son nouveau jeu.

— N'avez-vous jamais souhaité libérer nos compatriotes ?

— Si, mais cela n'a jamais fonctionné, même en prenant un mois de flamme.

— Quel était votre souhait, alors ? Demanda la Reine.

— Celui de voir cette créature redevenir un Elios.

— Nous payons de cette apparence nos fautes passés. Pour quitter cette malédiction, il faudrait peut-être souhaiter enlever la faute.

— Je ne comprends pas, dame Nekheb ?

— Faites le souhait que Balimun se pardonne de m'avoir fait souffrir.

— Bien ma Rei..., voyant le regard peiné, il corrigea : dame Nekheb. »

Le souhait fut fait, avec une jarre contenant cinq mois de flammes. Nekheb attendait, impatiente, puis elle vit Balimun accourir à elle, redevenu semblable à son souvenir. Mais, plus il approchait, plus le visage de dame Nekheb la brûlait. Elle courut vers un miroir et vit celui-ci redevenir, non pas celui de sa vie de Reine, mais celui de sa vie d'assassin, ravagé par les brûlures de l'acide. Elle pleura en prenant un voile et s'en entoura. Balimun comprit en arrivant que la malédiction continuait encore ici, mais il l'enlaça amoureusement.

« Dame Nekheb, je suis heureux de vous avoir retrouvée, peu importe la malédiction. Je ne veux plus vous quitter. »

Aidé par les deux amants, Krystal fit venir la plupart des créatures. Avec certains souvenirs, il put rendre leur apparence à une centaine de personnes, les nouveaux donnant les indications pour en sauver d'autres. Puis il fallut créer des serviteurs, instaurer des lois. Le puit, qui ne servait plus, fut changé en chambre de souffrance, où désormais seraient enfermées toutes les créatures indociles, ne méritant pas leur entrée à Sourtha. Les années passèrent, Krystal garda l'amitié de Balimun et le respect dû à dame Nekheb, mais il les écarta du pouvoir et se choisit une Reine : Ashaïna.

La nuit tombait. Enfin, si tant est qu'il puisse y avoir une nuit dans cette dimension ! Ashaïna se réveilla et, encore en chemise de nuit, elle se rendit sur le balcon de sa chambre. Ce qui lui manquait le plus, de sa vie antérieure, c'était de voir les étoiles. Quand elle vivait encore sur Orobolan, elle aimait, le soir, quitter sa hutte et les regarder. Quand Krystal était tombé, elle avait rejoint son culte. C'était attrayant pour une prêtresse d'Élénia, qui n'avait jamais vu la dame des eaux, voir le seigneur de cristal la courtiser. Elle était naturellement devenue sa compagne et l'avait suivi dans cette dimension maudite.

Elle s'habilla pour se rendre au Conseil. Là, on lui donnerait des nouvelles de l'invasion d'Orobolan. Pourquoi le seigneur de cristal ne l'avait pas envoyée, elle, pour le seconder ? Lui s'était réincarné dans le corps, presque mourant, d un seigneur barbare, un chef à l'armure noire comme l'âme de Krystal. La divinité et l'homme se ressemblaient. Il lui avait dit qu'elle ne le suivrait pas. Il avait choisi une armée de dragons pour l'accompagner, commandée par Danathor. Ashaïna détestait les dragons.

Auparavant, Danathor avait été celui qui avait lancé l'armée Thollienne dans la guerre. Naturellement, Krystal n'avait eu aucun mal à enrôler ce dragon avide de pouvoir.

Ashaïna appela sa servante, Faminos. Elle avait besoin d'elle. Cette fille, d'une grande beauté, séduisait les hommes. C'était une véritable maîtresse du plaisir. Mais elle œuvrait pour Ashaïna, connaissant l'art divin des poisons, talent fort utile dans ce monde de cruauté.

Krystal avait passé ces dernières années à recruter, dans le monde d'Orobolan, les pires bandits de la planète, les transformant en démons. Arrivé dans ce lieu de désolation maudit, il avait réussi à créer une race qui servait les démons. Cette race était appelée communément les séides. De temps à autres, certains séides valeureux étaient promus au rang de démons, mais cela restait assez rare. Orthar, le servant de Danathor, était un séide, un être fait de mal à l'état pur, il n'avait jamais été humain.

Faminos arriva. Elle prépara sa maîtresse pour le Conseil, lui faisant une tresse :

« Ma dame a besoin de moi ?

— Oui, j'aimerais qu'il y ait un remaniement au Conseil. Tu vois, ce séide Antchou, je ne l'aime pas. Séduis-le et tue-le.

— Madame, pardonnez mon audace, mais j'ai peut-être une solution qui pourrait être moins dangereuse.

— Aurais-tu peur ?

— Non, ma dame, mais Antchou me connaît et se méfiera de moi. Il sait que vous lui en voulez d'avoir voté pour Danathor au dernier conseil.

— Alors, que proposes-tu, dame des poisons ?

— Balimun, l'amant de dame Nekheb.

— La vieille reine ?

— Oui, celle-là. Eh bien, Balimun a un lieutenant, un mage, Morthis. Il déteste Antchou. Un duel entre eux deux, pour une rivalité quelconque, ferait moins de bruit en ville.

— Soit. Fais venir discrètement ce Balimun dans le jardin. Je le rencontrerai là-bas.

— Bien, ma reine. »

— Faminos fit ce que lui demanda sa reine et, devançant sa demande, elle enduisit une épée d'un poison foudroyant. Une simple blessure de cette lame et Antchou ne serait plus.

La reine pleurait le départ de Krystal. Faminos, comme beaucoup, ne comprenait pas pourquoi leur maître avait décidé de ne pas prendre sa femme pour son retour à Orobolan. La vie dans cette dimension était agréable, pour le moins que l'on puisse supporter la chaleur et l'absence de lumière. Le seigneur Krystal, bien que dieu déchu, avait gardé certains privilèges. Ainsi, sur une terre désolée, il avait réussi à bâtir, avec les âmes des défunts emprisonnées dans cette dimension, une ville tout aussi belle que Bénézit.

Quand le pouvoir du mal arrivait au château, le maître s'en servait pour tisser une toile sombre et créer soit une maison, soit un séide. Chaque mauvaise action sur Orobolan lui permettait de se tisser un bout de toile. Les pires criminels, eux, étaient bannis dans cette dimension. Donc, le maître les mettait aux postes les plus importants.

Dans les jardins, pour le bonheur de sa reine, Krystal avait recréé des fleurs. Elles déclinaient toutes les nuances de bleu. Cette attention plut à Ashaïna, mais elle aurait voulu des couleurs plus chaudes. Quand elle arriva au jardin, un homme l'attendait :

« Seigneur Balimun, comment se porte votre compagne ?

— Bien, ma reine, je vous remercie. Même si son royaume lui manque. Elle serait enchantée de pouvoir vous seconder.

— Une place au Conseil ?

— Je n'oserais vous demander telle faveur. »

Balimun, pendant qu'il conversait, ne pouvait regarder la reine dans les yeux. Ashaïna intimidait tous les démons, même les plus féroces.

« J'ai une demande à te faire. Tu as un séide sous tes ordres ?

— J'en ai beaucoup.

— Un en particulier, l'hypnotiseur.

— Ah ! Celui-là, il est l'un des derniers mages de Sourtha.
— Tu sais qu'au Conseil il y a un homme, Antchou. Je ne l'aime pas. Un duel entre eux deux pourrait nous arranger mutuellement.
— Un séide ne peut tuer un membre du Conseil sans de graves conséquences, ma dame.
— Je décide des conséquences. Il me sera facile de trouver un prétexte pour calmer le jeu.
— Bien, ma dame. Il sera fait selon vos désirs. »
Ashaïna remit à Balimun la lame empoisonnée.

Le lendemain, Morthis bouscula dans la rue l'impotent Antchou, qui s'empressa de demander réparation :
« Je vous propose un duel, répondit le séide.
Antchou hésita. Il n'avait pas la même forme athlétique, et cela faisait bien longtemps qu'il n'avait pas combattu. Mais toute la populace commençait à venir se masser autour d'eux et, comme il ne voulait pas perdre la face, il dit :
« J'accepte le duel, au premier sang. »
Morthis tira son épée. Tout se déroulait comme son maître l'avait prévu.
Mais les conséquences pourraient être terribles. Antchou se fit donner une épée, la testa, la refusa et en exigea une autre. Il essayait de gagner du temps, espérant que quelque chose le sauverait de la honte de perdre le combat devant un séide, mais rien ne vint.
Le combat commença donc et, à la première touche de Morthis, Antchou s'effondra, les traits crispés. Les poisons de Faminos ne pardonnaient que rarement.
On arrêta Morthis, puis on manda un des membres du Conseil pour décider de son sort. Dame Ashaïna fut la première sur les lieux. Un témoin lui résuma l'affaire. Elle regarda le cadavre. Balimun arriva peu après, accompagné de Krouac, un sergent de la garde :
« Ma dame, pourquoi l'un de mes lieutenants est-il emprisonné ?

— Il semblerait qu'il ait tué un des membres du Conseil. Vous savez ce que cela signifie ? La mort pour lui, et le déshonneur pour vous.

— Ma reine veut-elle me laisser le soin de lui montrer mon respect en châtiant moi-même mon lieutenant ?

— Ma reine, permettez-moi de montrer mon indignation devant un tel procédé. Je pense que ce serait déloyal, et montrer bien peu de respect envers notre regretté confrère. Je pense que celui qui remplacera la victime décidera de leur châtiment, répondit le garde en s'emportant.

— En effet, vous avez raison sur ce point. Seigneur Balimun, vous et vos séides serez emmenés au cachot et le nouveau membre du Conseil prendra une décision juste à votre égard. »

Balimun, tout comme Morthis, pensait avoir été dupé. Mais le plan de Faminos et d'Ashaïna avait fonctionné à merveille. Bien entendu, dame Nekheb fut nommée au Conseil et choisit la punition de Balimun et du séide : un court exil pour son amant dans sa maison de repos à l'écart de la ville. Quant à Morthis, il entra en pénitence au service d'Ashaïna. Krouac, conformément à sa demande, reçut le titre de capitaine de la garde. Ainsi tout le monde fut content.

Chapitre 10

Le retour de Krystin le noir

Érébios et ses amis se dressaient en haut du campement allié. Les troupes étaient peu nombreuses, le temps avait manqué pour réunir plus de monde. Les Askaris avaient envoyé un petit groupe, qui se mit sous le commandement de Tyridan. Fyrdinin, quant à lui, pouvait compter sur cinq dragons amis de son père : des guerriers valeureux. Le reste de l'armée se composait de quelques soldats humains. Il devait y avoir trois cents âmes au maximum et, en face, plus loin près du gouffre, se dressaient cinq mille séides accompagnés de deux dragons noirs.

Tyridan, en bon chef d'armée, dirigeait les hommes. Mais cela devenait difficile, car il était askari et les humains refusaient son commandement. Il se mit alors sur le point le plus haut :

« Ecoutez-moi, écoutez-moi tous. Je suis Élénian et vous êtes humains. Nos deux peuples ont fait la guerre, mais nous n'avons pas fait la paix. Nous avons combattu le même ennemi, mais avons-nous combattu ensemble ? Je ne pense pas. Votre capitale a été attaquée. Certains d'entre vous ont peut-être perdu des êtres chers. Mais là, derrière cette colline, nous attend le pire combat que nous ayons eu à mener. Nous sommes le dernier rempart avant que notre monde soit dévasté. Si je vous aide, c'est parce que vous êtes aussi le dernier rempart avant la forêt de mes ancêtres. Je ne vous garantis pas la victoire mais, ce qui est sûr, c'est que si nous n'allons pas au combat, alors demain notre monde n'existera plus. »

Les hommes qui, au début, n'écoutaient rien, se turent. Tout le camp comprenait et quand Tyridan eut fini son discours, ils lancèrent des « vivas. »

Il avait gagné leur respect. Un jeune adolescent, d'à peu près quinze ans, se trouvant à côté de dame Dolina, fut content de la tournure des événements.

La rumeur d'une grande bataille arriva mais, avant, je voulais encore sauver les âmes du clan. J'arrivais avec quelques rangers au matin, et nous fondîmes sur les corps endormis des âmes maudites. Nous les sortions au soleil qui les consumait. Tous furent délivrés. Ma mère essaya de résister, de me mordre, ce qui m'aurait transformé en créature de la nuit. J'avais prévu cette éventualité. Je mis mon épée, pointe à terre, et, quand elle approcha, me souvenant de la technique de mon oncle, je lui tranchais la tête.
« Pardonne-moi, maman », finis-je par dire calmement.
Je sortais son corps au dehors, puis je priai Polinas pour que les derniers instants de sa vie ne soient pas pris en compte dans son jugement.
Il nous manquait quelqu'un : le seigneur Ardunis, mais nulle trace de ce maître, il devait être parti ailleurs.
Pendant le repas qui précéda l'assaut final, nous discutâmes du tertre de pierre où j'avais retrouvé mon clan. Nous apprîmes que quatre de ces créatures avaient fui un village après le bannissement de leur maitre par Érébios. Les clans askaris en avaient poursuivi et tué un, un était mort, il n'en restait que deux : Ardunis et Bakal. Je ne connaissais pas Bakal et il m'importait peu, mes nouveaux alliés s'en occuperaient. Mais Ardunis était pour moi, et il se trouvait sur le champ de bataille.

La nuit allait tomber. Le calme dans le camp adverse décida Érébios à se retirer pour se reposer.
Dans la tente du général Tyridan se tenait le petit groupe. Pendant de longues minutes, tout le monde se regarda en silence, inquiet du lendemain. Tous pensaient aussi aux disparus, Labior et les autres leur manquaient.
« Fyrdinin, commença Ourokos, parle nous un peu de toi.
— Je suis capitaine de la garde de Drakinar. Je suis affecté à la protection et au service du Roi. Étant le plus jeune de

l'équipe, c'est à moi que l'on confie les taches de coursiers. Mon père est le général en chef de l'armée. C'est la troisième personne par ordre d'importance, à Drakinar. Je regrette que le Roi ait décidé de le garder pour la défense de notre ville.

— Moi aussi, j'ai vraiment cru que tout ce petit monde ne pourrait pas s'accorder, déclara le général askari.

— Tu t'es bien débrouillé avec les hommes, ce soir, ne t'en fait pas. Ton père sera fier de toi. Il apprendra tes exploits, lui, au moins.

— Ourokos, ta famille sera fière de toi aussi, répondit Fyrdinin.

— Ma famille n'a pas entendu parler de moi depuis près de quarante ans. Pour eux, je suis et je resterais Ourokos le benêt.

— Je te garantis, mon ami, que j'enverrai nos plus célèbres troubadours jusqu'à eux, chanter nos exploits. Ils seront fiers de toi, même s'il faut les pendre par les pieds pour leur faire entendre raison, plaisanta Tyridan.

— Parlons de demain, déclara Dolina, encore épuisée par le voyage et par son accouchement rapide.

— Ma chère amie, laissons le futur, ce soir, certains vivent leur dernière nuit ici.

— Polinas a dû déjà écrire le nom de plusieurs d'entre nous sur de minuscules parchemins jaunes. Alors reposons-nous, évitons le désespoir et discutons tranquillement, lui répondit Thanator.

— Et toi, d'où viens-tu ? Demanda le jeune dragon.

— Moi, je suis né pendant la grande guerre. Je suis le fils d'un chef de village, resté longtemps sur la montagne. Je suis son dernier né. Ma mère, ne voulant pas que la folie meurtrière de mon père lui enlève son benjamin, me confia au prêtre du temple. Le dernier haut mage m'a pris sous son aile et je suis devenu membre du Conseil.

— De quel clan venez-vous ? Hasarda Dolina.

— D'un des plus néfastes. Je sais qu'il a envoyé plusieurs raids, visant les clans de chasseurs sur la montagne, et que, pendant la descente, il devait être au première loge pour massacrer les migrants.

— Pourquoi avoir choisi l'art interdit ?

— Le chaman de mon clan était puissant et, pareillement à celui de l'orbe rouge, il connaissait des transes qui permettaient aux guerriers de se faire tuer sans souffrir. Quand nous sommes descendus, nous avons appris ce qu'était la toile et le pouvoir que l'on pouvait en tirer. Le chaman a étudié l'art interdit et il en est mort. Pour combattre le mal, il faut d'abord le connaître. Alors j'ai décidé de l'étudier, afin de protéger nos peuples de ses effets néfastes.

— Érébios, demanda le capitaine, qui est notre ennemi ?

— Deux personnages : l'un est un chef de clan barbare, je crois bien le pire de tous. Encore enfant, le chaman de son clan lui a prédit qu'un jeune chaman le tuerait. Aussi plus tard, il partit en croisade contre tous. Le massacre fut énorme. Les chamans, tout comme nos prêtres, servent à apaiser les conflits à l'intérieur des clans, mais aussi entre eux. Sans cette protection, ils sont voués à s'entretuer pour des futilités. J'étais le jeune chaman de la prédiction et lors de la descente de la montagne, je l'ai tué. Mais l'autre entité a pris possession de son corps et lui a donné une armée. Son but est de rouvrir les vieilles blessures du temps de la grande guerre, et d'ouvrir un portail qui permettrait à ce démon de revenir ici, sur Orobolan, sous sa forme originelle.

— Et quelle est cette entité ? Demanda Dolina. Même notre réseau n'en a pas entendu parler.

— Pour cause, quand vous êtes descendus de vos montagnes, nous nous sommes consultés, avec le Roi des dragons, et nous avons décidé de ne pas mentionner cette divinité responsable de tant de malheurs. Il nous est interdit de la nommer. Au début des temps, cinq divinités existaient, mais une seule gardait tout pouvoir. Pour une raison inconnue, cette entité fut corrompue, elle invitât un askari a tuer son frère, pour la gloire de l'Unique. Celui-ci l'a bannie, mais le pouvoir de nos mauvaises actions lui permet de revenir. La grande guerre n'a rien arrangé, conclut Tyridan. »

Après s'être salués une dernière fois, chacun se rendit sous sa tente et tenta de dormir.

Aux premières lueurs de l'aube, il fut décidé de la marche à suivre.

Les mages, aidés de Dolina, incanteront de manière à interdire aux dragons noirs de se transformer. Les gnomes, arrivés le matin, aideront le collégial en se servant du chant de l'Âme. L'armée tentera, par tous les moyens, de vaincre le maximum de séides, en se faisant seconder par les dragons. Ourokos, soutenu par quelques-uns, se rendra près du portail pour y jeter les médaillons et, ainsi, empêcher la venue de nouvelles troupes.

Le combat s'engagea rapidement. La technique était de repousser au maximum les séides vers le gouffre, afin de les acculer dans un espace restreint et de les brûler grâce aux dragons. Elle fonctionnait bien, mais les mages noirs protégeaient de leur mieux leurs troupes du feu. Laissant le commandement à Fyrdinin, Tyridan partit dans leur direction afin de libérer sa princesse. Seul, il pensait y arriver plus facilement.

Krystin scrutait le champ de bataille, quand il aperçut cet adolescent qui l'avait défié quatre-vingts ans plus tôt. Il sentait la toile passer en lui, il ressentait aussi son propre pouvoir dans le jeune garçon. Krystal avait compris. Ainsi, les gardiens, ses anciens amis, avaient créé cet enfant. Une fois informé, Krystin comprit mieux sa défaite de jadis sur la montagne. Là-haut, la toile est pauvre, l'enfant n'avait eu que peu de pouvoirs. Mais ici, au contact de la forêt sacrée, celui-ci avait augmenté considérablement. Décapitant tout ce qui se trouvait sur son passage, ami ou ennemi, le chef barbare se trouvait, à présent, face à Érébios :

« Ainsi, tu es une créature de l'équilibre ?

— Bien vu, et toi une créature du mal. Je crois que notre combat est inévitable.

— Tu as déjà perdu, le mal est partout.

— C'est vrai. Mais je peux le contenir, et toi, tu vas retourner à jamais dans la cité sombre. »

Il était inutile aux deux hommes de recourir à la magie, le choc de leurs énergies ne serait bénéfique pour aucun des deux. Le barbare fit apparaître une épée noire, gigantesque mais légère. Sa lame avait la forme d'une flamme dansante, sa garde était garnie de piques tranchantes. Érébios, quant à lui, fit apparaître une épée askari. La lame bleue, parfaitement droite, avec sa garde protégeant au maximum la main, était garnie de cinq petites pierres rappelant les peuples d'Orobolan et, au centre, une balance lui rappelant qui il était.

Le premier coup d'épée fut donné par Krystin. Malgré son apparence, Érébios ne disposait pas de toute la vitalité d'un adolescent, le poids des années se faisait sentir. Alors que, pour Krystin, il n'avait vieilli que de peu de temps. Pour chaque assaut du vieux mage, le semi-démon en donnait deux. Le combat ne durerait pas longtemps, Érébios fatiguait vite. Soudain, sans comprendre d'où cela venait, il ressentit une chaleur en lui, la toile affluait de plus en plus, lui conférant l'énergie qui lui manquait. Au bout d'un bref instant, les deux belligérants revinrent à force égale. Bien que Krystal possédât la science des armes, l'ancien chef barbare la connaissait moins bien que le vieux mage. Ce dernier avait bénéficié de tout le savoir des askaris et du peuple dragon. Après un combat titanesque, les deux adversaires s'épuisèrent, les assauts furent moins nombreux et se limitaient, le plus souvent, à une parade et une riposte. Dolina, qui cherchait son amant, arriva près d'eux. Elle marchait en chantant, ce qui déconcentra le démon, lui rappelant un souvenir lointain. Érébios en profita pour porter l'estoc fatal, qui terrassa son adversaire.

Le soleil se couchait à présent. L'aide de Dolina avait permis de vaincre Krystin. Mais pour combien de temps ? Le pouvoir de Krystal ne lui permettrait-il pas de se relever à nouveau ?

« Érébios, si l'on referme le portail, les démons seront détruits et Krystin n'aura plus de pouvoirs.

— Les médaillons ? Interrogea le mage.

— Ourokos les a jetés dans le portail, mais il doit manquer quelque chose.

— J'ai compris. Chacun a donné de lui-même, sauf moi. Dolina, tu sais où est la grotte sacrée ?

— Oui.

— Amène notre fils là-bas, et protège-le.
— Et toi ? répondit la jeune femme inquiète.
— Moi, je dois mourir. »

Le gardien de l'équilibre disparut sans lui laisser le temps de répondre. Dolina ne comprit pas la dernière phrase de son amant, mais elle savait, au fond d'elle-même, que c'était la dernière fois qu'elle le voyait. En larmes, elle scruta le champ de bataille. Un démon se tenait encore en vie : celui qui se faisait passer pour le haut mage du Conseil. Elle fondit sur lui. Un duel s'engagea alors entre eux. Le mage noir était puissant mais Dolina était plus déterminée que jamais : Érébios allait donner sa vie pour fermer pour toujours ce portail, alors elle donnerait la sienne pour lui permettre d'y arriver. Se servant de ses dernières réserves, elle fit appel à son village, puis à celui des mal-aimés. Le chant de l'âme lui donna ainsi la puissance espérée. Elle donna ses dernières forces dans un ultime sort qui terrassa le démon. Elle mourut, contente de sa mission accomplie. Pas un seul moment, elle n'avait pensé à Myrdhanos, son fils. Il appartenait au clan, pas à elle.

Le sortilège émis par Érébios l'avait mené près du portail. A la sortie du gouffre, les choses tournaient mal, il ne restait plus grand monde de la fine équipe. Les séides allaient vite prendre le dessus. Thanator était tombé, utilisant toute son énergie vitale pour lancer un sort, puissant et interdit, afin de détruire l'un des mages noirs. Le démon remplaçant Orthar, quant à lui, avait été vaincu par Tyridan qui, bien que gravement blessé, était heureux d'avoir retrouvé sa princesse, saine et sauve. Au loin, on entendit le son des cors askaris, annonçant l'arrivée de renfort. Ourokos gisait sur le sol, il était mort, tué par le démon noir, pendant qu'il plaçait les pierres. Érébios versa alors de son sang sur celles-ci et il s'évanouit, heureux. Sa mort avait permis la fermeture du portail. Un à un, les séides disparaissaient devant le regard des soldats médusés.

L'heure du bilan approchait. Beaucoup de ceux du Conseil étaient tombés, il ne restait que Gyrlef et Alvador. Des élus ? Il restait Tyridan et Fyrdinin. Ce dernier avait perdu un bras dans la lutte, mais il ne le regrettait pas. Tout le monde rentra se reposer avec un gout amer dans la bouche, mais avec le sentiment que l'aube, qui approchait, s'ouvrirait enfin sur un monde nouveau.

Nous avons aidé le général Tyridan et le prophète Érébios, nos arcs envoyèrent une pluie de flèches sur les enfants du démon. Alors que nous pensions que l'innommable allait remporter la bataille et que nos frères tomberaient tous sur le champ de bataille, une lumière éblouissante déchira le ciel jusqu'au fond du gouffre. Et tout fut fini. Le silence, nous trouverons enfin la paix. Mais, pour moi, il restait un ennemi : Ardunis, du clan de la lune bleue. Cette créature paiera pour ses crimes, même si je dois y consacrer le reste de mon existence.

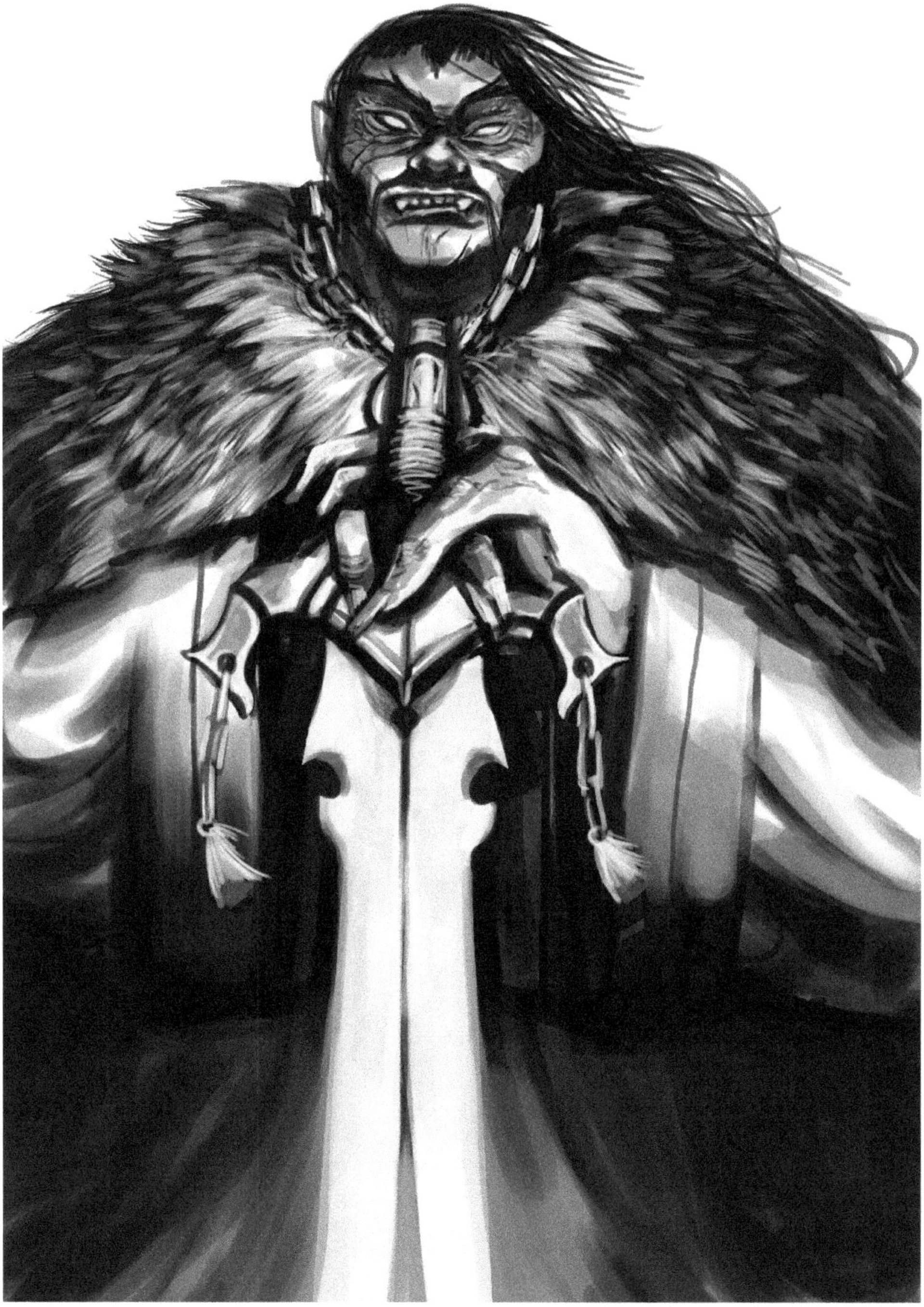

Chapitre 11

Entre deux mages

Le vieux mage se réveilla dans sa grotte, hébété et étonné d'être encore en vie. Après un moment, il vit que sa divinité l'observait.

« Combien de temps ?
— Cela fait une semaine que le portail a été fermé.
— Qui reste parmi nous ? Je me souviens du petit homme, je l'ai vu tomber, mais les autres ?
— Polinas a rappelé Thanator, ainsi que Dolina. Je suis désolé.

Comment ?
— Elle s'est sacrifiée pour te permettre de fermer le portail.
— Tant de morts ... Pourquoi suis-je toujours ici ?
— Érébios, la première partie de ta mission est achevée.
— Seulement la première partie ?
— Oui. Tu vas devoir diriger les royaumes, mais sans jamais intervenir. Tu devras forcer les hommes à respecter les autres peuples. Ton fils te sera rendu demain. Le temps n'a pas d'effet sur lui. Dans deux mille ans, il devra combattre.
— Le mal n'est pas vaincu ?
— Non, il est juste repoussé pour un temps. Tu devras écrire une prophétie. Tous les deux mille ans, il reviendra.
— Les médaillons devront alors être ramenés au portail et le vaincre. J'ai effacé de la mémoire des hommes la bataille contre le mal. J'ai rétabli le conseil. Gyrlef est à sa tête. C'est un brave petit.
— Tant de morts !
— Un petit nombre pour en sauver beaucoup, tu le sais bien. Tu surveilleras le monde depuis ta grotte et, quand tu le

pourras, agis pour limiter le mal. Cinquante ans avant la date fatidique, tu déposeras ton fils chez les Maspian. Comme tu l'as compris, ce village deviendra ce que nous voulons qu'il devienne. Ils veulent contrôler le monde.

— Alors, laissons-les faire et contrôlons les deux. »

Un homme, qu'Érébios reconnut comme étant Gyrlef, déposa Myrdhanos dans la grotte près de lui.

Le mal était vaincu, mais Érébios avait vu le futur, il savait tout. Fenrir l'avait prévenu, il ne devait pas intervenir plus que nécessaire, laissant aux êtres leur libre arbitre.

Érébios enleva le souvenir de Krystal aux humains, et demanda à Fenrir d'enlever le chant de l'âme de la mémoire des Maspian. Ainsi, seul le village des mal-aimés possédera ce don.

Érébios se rendit alors à la capitale, déguisé en simple savant. Il dirigea ses pas vers l'endroit qu'il affectionnait le plus, la grande bibliothèque. Ce temple du savoir, dédié à Élénia, avait été construit par les dragons, décoré par les gnomes et rempli de livres par les askaris. Même si, d'un seul toucher, Érébios pouvait emmagasiner le savoir d'un livre, il préférait toujours en parcourir les pages.

En entrant dans l'édifice, il se dirigea vers le secteur dédié à Tholl, peu de gens allaient dans cet endroit. Le silence y était presque pesant. Il prit un des ouvrages, le plus poussiéreux de la dernière armoire, du dernier couloir. Un passage s'ouvrit alors devant lui.

Il marcha un moment, se rendant dans les profondeurs de la Capitale. La sensation d'infinie sérénité l'envahit, comme ce picotement qu'il ressentait toujours. Il arriva dans une pièce à la décoration et au mobilier étranges. Un vieil homme était assis là, écrivant sur de fines feuilles de parchemin blanchâtre. L'homme, levant les yeux de sa copie, fut étonné par la vue de l'étranger :

« Monsieur, vous êtes-vous égaré ? Demanda-t-il.

— Non, je suis déjà venu, répondit le vieux mage.

— Mais n'es-tu point mort ?

— Tout comme toi mon frère.

— Érébios, comment vas-tu ?

— Bien j'ai empêché l'apocalypse. Et toi, toujours mort ?

— Oui. Je suis devenu le secrétaire des cinq, le gardien du savoir, je suis désormais Mestr Tom. »

Tom, de son vrai nom Urguk, était le voisin d'Érébios. Son frère, pour ainsi dire, ils avaient tout partagé dans leur jeunesse. C'était un guerrier de renom sur la montagne. Durant la descente, il avait tué plus de barbares ennemis que quiconque. Lorsque Érébios était entré dans la grotte sacrée, lui seul avait eu le courage d'y entrer pour l'en sortir. Il sut lire et écrire en un instant. A sa mort, cinquante ans auparavant, Polinas était venu le voir pour lui expliquer qu'il serait enfermé dans ce plan et deviendrait l'archiviste des royaumes, le secrétaire des divinités.

Les deux frères se regardaient dans les yeux, quand Érébios déclara :

« Polinas m'a déjà prêté longue vie, mais il ne m'accueillera pas encore. Je dois vivre deux mille ans, en servant l'Équilibre, et éviter au maximum les conflits.

Je veux que tu m'aides. Par trois fois, Krystal reviendra en Orobolan. Je veux que tu écrives six lettres. Trois seront des prophéties, qui préviendront les peuples de la venue de la divinité déchue. Ne les dévoile que peu de temps avant chaque retour. Les trois autres sont pour mon fils et ses deux descendants : Dolin et Thomic. Je n'ai pas tout vu de l'avenir et je ne veux les guider plus qu'il n'est raisonnable dans leur choix. Mais des événements importants doivent leur être révélés. »

Ainsi, pendant trois nuits, Érébios dicta ses prophéties et ses avis personnels pour ses remplaçants futurs.

Il revint au Conseil sous une nouvelle apparence et un nouveau nom. Tous les quarante ans, il présentait son remplaçant, un double de lui-même, et ainsi dirigeait dans l'ombre le pays.

Khalonbleizh, le royaume s'étendant des montagnes à la grande mer, prospéra un moment, mais un exode massif de la montagne créa un nouveau conflit. Bientôt, face au pouvoir central du Conseil, se dressèrent quatre grandes guildes d'influence. La plus puissante fut celle des marchands, créée par un certain Bakal, puis celle des assassins, suivie de peu par celle des voleurs. Mieux valait payer tribut à ces deux guildes, pour ne point avoir d'ennui. La dernière était celle des artistes. Elle était d'une grande importance, car ses membres propageaient les nouvelles dans tout le pays, aussi vite que le vent.

A chaque niveau de ces guildes, se trouvait un membre du village de Maspian. Le temps de la préparation était terminé, toutes les élites avaient quitté le village et commençaient leur travail d'aide pour Érébios.

Ainsi, pendant près de mille ans, l'entente cordiale avec les Askaris fonctionna. Les votes des différentes guildes et Conseils allaient dans ce sens.

Afin d'éviter un nouveau conflit meurtrier, il fallut renégocier le traité. En échange de minerais prélevés à la montagne, des concessions de bois furent octroyées aux hommes. Les Maspian créèrent une école à Bénézit. Des savants furent chargés d'améliorer le confort des humains.

Dans un premier temps, l'aide des Askaris et du peuple dragon fut précieuse. Mais, bien vite, les hommes dépassèrent leurs connaissances, notamment dans le domaine du transport maritime. Ces progrès permirent, vers la fin de l'ère d'Érébios, de découvrir deux autres continents sur Orobolan. Sur l'un d'eux, principalement peuplé de créatures monstrueuses, Érébios envoya sept sages aux grandes qualités, tous possédaient son sang. Puis sur l'autre continent, il trouva un peuple humain qui déclara ne pas venir de la montagne. Des temples immenses semblaient appartenir à une ancienne civilisation, un royaume nommé Sourtha, mais dont il ne restait aucune autre trace en Orobolan. L'une des dernières tâches d'Érébios fut de contrôler le clan prospérant de la Lune Bleue et de permettre, par un habile mariage, le rapprochement entre les hommes et le peuple Dragon.

L'ère d'Érébios s'achevait, celle de Myrdhanos arrivait et déjà dans une autre dimension, une Reine criait sa joie, elle allait revoir les étoiles.

L'apogée des Maspian

« À mon frère. »

Chapitre 12

Le garde et l'assassin

Hanlon profitait de sa pause pour se reposer. Cela faisait près de mille ans qu'il était garde. Hanlon avait le dos fatigué de parcourir les couloirs du palais pour surveiller que rien ne vienne troubler la quiétude de ses habitants. Depuis peu, on l'avait affecté au palais des hommes, lui, le plus vieux des dragons sous la montagne. Il devait protéger la dernière concubine du roi Alinor, premier souverain du royaume de Bénézit. Alinor avait choisi, cette fois, une concubine issue de son peuple à lui : les dragons. Les hommes étaient bizarres. Le Roi humain, bien qu'étant un vieillard respecté, avait toujours besoin de se montrer aux réceptions officielles avec une jolie femme. Cette dernière pouvait être mariée, avoir des enfants, car tout ce qu'on lui demandait, c'était d'apparaître, pour montrer que le Roi, qui ne pouvait plus avoir d'enfants depuis longtemps était encore en parfaite santé.

Hanlon avait été dépêché pour surveiller les intérêts de son peuple. C'était un jeu politique impressionnant que cette histoire-là. Les hommes s'étaient fâchés avec les Élénians, une guerre avait failli éclater. Mais les hommes voulaient avoir un accès à la mer, donc détruire une bonne partie de la forêt sacrée des Élénians pour pouvoir construire des routes, toujours de plus en plus loin.

Hanlon ne s'occupait pas de politique. On lui disait de surveiller une personne et de la protéger, il la suivait pas à pas et, le cas échéant, la défendait. Si, pendant sa pause, il pouvait fumer sa pipe, il était heureux et même le plus heureux des Tholliens d'Orobolan.

Fumant sa pipe donc, il admirait la fille de sa maîtresse. La douce Myrtha portait alors une magnifique robe bleue. Cela la gênait dans ses jeux, elle qui était un vrai garçon manqué, mais l'étiquette de la cour ne permettrait pas qu'elle mette une tenue d'homme. Cette robe, Hanlon l'apprendra plus tard, sera la dernière robe portée par la fillette. En ce moment, elle jouait avec un petit garçon que Hanlon n'avait jamais vu, mais comme c'était sa pause et qu'il n'y avait pas de danger imminent, Hanlon laissa faire.

« Tu sais grimper aux arbres ? Demanda Myrtha au jeune garçon.

— Oui.

— Peux-tu monter à celui-ci ?

— On ne se fera pas disputer ? Je croyais qu'il ne fallait pas monter aux arbres du palais.

— Alors, on ne pourra jamais rien faire. Tu sais, je ne suis pas comme toi, moi je suis une Thollienne.

— Tu es un dragon ?

— Et toi, tu dois avoir des pouvoirs. Je les sens. Nous les Tholliens, on ressent la Toile où qu'elle soit.

— Cool.

— Bon, tu grimpes à l'arbre ?

— Si tu y montes aussi.

— Mais je vais salir ma robe. La jeune fille hésita un moment, bon d'accord. »

L'enfant commença à s'accrocher aux branches. Hanlon se mit en retrait, ne voulant pas arrêter leur jeu. Le garçon se hissa jusqu'en haut de l'arbre, puis redescendit. A son tour, la fillette s'agrippa, faisant bien attention de ne pas dévoiler le dessous de sa robe. Arrivée au milieu de l'arbre, à cause de celle-ci justement, elle tomba. Hanlon réagit et rattrapa de justesse la jeune sauvageonne. Son père, qui avait assisté à la fin de la scène, se dirigea vers elle :

« Myrtha, combien de fois t'ai-je demandé de ne pas monter aux arbres ?

— Mais, papa, je m'ennuie.

— Regarde, tu aurais pu te faire très mal. Allez, partons voir ta mère. »

Hanlon, sa pause terminée, salua son capitaine et repartit à sa patrouille.

Le troisième jour, l'équipage royal partit à Calisma, la nouvelle ville des hommes. Le Roi devait y signer un nouveau traité. Hanlon admirait la beauté de la cité faite de bois. Elle était semblable à une cité askarie : la nature étant préservée au maximum, seuls quelques entrepôts près du port et quelques bâtiments officiels avaient été créés en pierre, par des ouvriers de son peuple, mais les askaris avaient recouvert la pierre de tellement de fleurs qu'elle paraissait se fondre dans le paysage.

Le soir venant, Hanlon voulut faire une dernière patrouille dans ce lieu qu'il ne connaissait pas, afin de s'assurer que sa maîtresse s'y trouverait en sécurité.

Tout à coup, le regard d'Hanlon fut attiré par un attroupement singulier. L'enfant se dirigeait vers une remise du palais, accompagné de personnes inconnues, toutes masquées. Celle-ci servait de cave à vin. Qu'allait faire un enfant dans un endroit pareil, à cette heure de la nuit, et, en plus, avec de drôles de gens ? Hanlon se décida à approcher. Une fois arrivé, il ne vit personne. Mais avec son ouïe fort développée, il réussit à entendre ce que les gens disaient :

« Maître, le Roi Alkavinor vous envoie ses profonds remerciements, mais s'inquiète. La forêt sacrée d'Élénia disparaît de jour en jour. Le Roi était d'accord pour une route vers la mer pour permettre aux hommes de naviguer. Les premiers bateaux ont été construits avec le bois coupé pour la route. Le Roi pensait que cette quantité suffirait à limiter l'abattage de la forêt, pendant au moins une dizaine de générations.

— Je comprends les inquiétudes du Roi, mais le Conseil n'est plus aussi puissant qu'avant. Il ne statue plus que pour les questions concernant la Toile et la défense des territoires. Je dois moi-même me rendre dans les territoires de l'Est, où je suis Agraba, le mage de la pluie, pour essayer d'éviter une guerre entre les indigènes et les colons, commandés par le général Tio, votre frère.

— Dalinda, pourriez-vous contrôler, tout du moins dans la région de Calisma, l'abattage du bois ?

— Je peux faire voter un impôt. Mais je pense que deux marchands du Conseil devront être changés, le commerce du bois leur rapporte beaucoup, trop à mon avis.

— Alors, s'ils tombaient malades le jour du vote ?

— J'aurais la majorité.

— Bien, cela est réglé. Déjà une partie du problème. Qu'avons-nous d'autre, Orpheus ?

— Le quartier du port de Calisma va bien. J'ai réussi à contrôler l'exportation d'esclaves vers les colonies. Mais les petits hommes veulent quand même se créer des souterrains, comme à Akilthan.

— Donnez-leur tout pouvoir. Aidez-les, grâce aux dockers, sans que cela ne se voit ni ne se sache.

— Bien, maître.

— Et parlons d'Akilthan justement, Pako ?

— Mes espions parlent d'une guilde de marchands, qui essaierait de prendre le contrôle d'Akilthan et des marchandises qui y arrivent, mais le troc est encore vivace. Je crois que la guilde se cantonnera à l'intérieur des murs de la cité haute. Ce qui m'inquiète, c'est l'afflux d'humains à la surface. Le bourg d'Akilthan devient énorme et la cohabitation pas toujours facile. Les épidémies sont graves et je crains une révolte. La prostitution m'inquiète aussi beaucoup.

— Je vois. Bon, je propose que nous réfléchissions à plusieurs solutions pour la prochaine réunion. Pour la guilde des marchands, nous devrions y faire rentrer deux ou trois personnes à nous. »

Quelle étrange réunion, pensa Hanlon : le premier mage du royaume et la famille de Maspian contrôlaient ainsi le monde d'Orobolan. Hanlon ne savait plus où il mettait les pieds. Effrayé, il voulut partir, quand il entendit une voix qu'il connaissait, la concubine du Roi des Tholliens, Akart le puissant. Quand les humains avaient pris une concubine Thollienne, le Roi Thollien avait tout naturellement, pour sceller l'alliance, pris une concubine humaine, dame Dolina. Ainsi, la concubine de son Roi et souverain faisait partie de la famille des Maspian :

« Je m'inquiète. Le peuple Thollien est mal considéré. L'alliance risque de ne pas durer. Les humains ont peur d'eux, le fait de ne pas savoir à qui vous vous adressez. La puissance des Tholliens fait peur aussi. La Reine a peur d'eux et elle essaye d'influencer le Roi contre les Tholliens.

— Bien, je surveillerai cela de près. Bon, en cas de danger, appelez-moi. »

Ainsi, quelque chose concernant son peuple se tramait. Hanlon décida que sa présence ne ferait que compliquer les choses. Il se retira. Le jour suivant, il demanda audience auprès de sa maitresse, la concubine du Roi :

« Pardon, madame, j'aurai dû vous en parler plus avant, mais j'ai un mauvais pressentiment. Il faut fuir le palais, retournez vers notre ville, chez nous. Je crains pour votre vie et, à vrai dire, pour celle de notre peuple.

— Donc, si notre peuple est en danger, il le sera partout. Et moi, ambassadrice de mon peuple, je ne peux te suivre. Mais, je t'en prie, sauve mon mari et ma fille. Demain, emmène-les loin d'ici, va au nord du pays, près du lac lune, et demande le sage Myrdhanos de Maspian, il pourra nous aider.

— Bien, ma dame. Si telle est votre souhait. »

Hanlon quitta la pièce, les larmes aux yeux. Il pleura toute la nuit. Au matin, Hanlon alla voir Kahor, le chef de la garde :

« Kahor, je t'apporte un message de ma maîtresse. L'heure est grave et je crains de plus en plus pour nos vies. Dans la relève de ce matin, aucun Thollien n'était affecté. Ma maîtresse souhaite que vous partiez au plus vite. Où est Myrtha ?

— Elle joue au jardin, encore à monter à l'arbre, je suppose. Dis-moi, qui était l'enfant avec elle, l'autre fois ? Elle voulait le revoir.

— C'était Myrdhanos, le suivant de Bérésio.

— Je comprends. Bien, je vais quitter le palais et emmener ma femme et ma fille.

— Ma maîtresse veut rester ici. Elle te demande de partir. Cachez-vous jusqu'à ce que cela se calme. Faites-vous passer pour des humains.

— Nous reverrons-nous, Hanlon ?

— Je vais donner ma vie pour sauver celle de ma maîtresse, comme j'en ai fait le serment.

— Que mes vœux t'accompagnent, Hanlon. Préviens le plus de monde.

— Non, Kahor. Tous les hommes sont d'accord. On en a fait le serment. Ta fuite et la vie de ma maîtresse seront protégées. Pars, le temps presse. »

Sur la route, un père et sa fille, habillés en humains, partirent pour le vaste monde. Ils ne devaient rencontrer une personne humaine que cent ans plus tard. Cent ans d'exil et de faim, à manger du petit gibier dans la forêt, avec la peur continuelle d'être découverts.

Hanlon partit vers la sortie de la ville. Il n'aurait pas été judicieux de se transformer en pleine ville, déguisé en humain. Il quitta Calisma. Le temps pressait, l'attaque contre son peuple était imminente. Arrivé dans une petite clairière, il se transforma en un immense dragon. Il adorait voler, avec ce sentiment immense de liberté.

A la tombée de la nuit, il choisit une clairière qui lui semblait inoccupée pour se détendre un peu. Mais, à peine s'était-il posé qu'il entendit une petite voix :

« Monsieur, excusez-moi, mais votre queue m'étouffe. »

Il remarqua alors un gnome, habillé de bien curieuse façon, tenant un petit livre à la main.

Hanlon, confus, reprit forme humaine.

« Merci, dit le petit homme.

— Veuillez me pardonner, répondit Hanlon, je suis désolé.

— Ce n'est pas grave. Le mal est réparé et je n'ai aucune blessure, juste une grosse frayeur.

— Je suis Hanlon, sergent de la garde de Drakinar.

— Je suis Alvador, prêtre du Divin. Je parcours les routes au secours des plus démunis.

— Lourde tâche !

— Oui. Cela fait deux cents ans que je suis parti de chez moi, mais je ne me plains pas. J'ai le ciel pour toit et la forêt pour maison.

— Eh bien, on croirait entendre un askari.

— Tu le penses vraiment ? Mais tu sembles inquiet, ta voix renvoie une profonde peine.

— J'ai peur pour les miens : ma dame m'a envoyé chercher un mage pour les sauver, mais je ne sais pas si je vais pouvoir y arriver à temps.

— Et où te diriges-tu ?

— Vers le lac de Lune.

— On dit que le Divin y serait descendu, il y a fort longtemps.

— Tu parles du Divin, mais qui est-il ?

— Le Divin est le Dieu unique. Il est le créateur de tous.

— Le grand créateur, c'est Tholl. Tout le monde sait cela.

— Oui, mais qui lui a donné le pouvoir de créer ?

— Tholl tient son pouvoir de la force de la Toile.

— Qui a créé la Toile ? Quand a-t-elle existé ?

— Je ne sais pas.

— C'est l'œuvre du Divin.

— Si tu le dis. Je ne m'occupe pas de ces choses-là, moi. On me donne une personne à protéger, je le fais, c'est tout.

— Nous pourrions peut-être voyager ensemble ?

— Je vais reprendre ma forme de dragon. Demain, je serais à lac Lune, dans la soirée. Peut-être, un jour, nous nous retrouverons ?

— Qui sait ? Dormons, maintenant. » Hanlon fit un feu et se coucha à côté.

Alvador récita une prière, puis s'endormit, lui aussi.

Le lendemain, Hanlon salua le petit gnome et s'envola en direction du lac de Lune.

Il se posa près du dernier village habité, avant les contreforts, et se transforma de nouveau en humain. Ici, dans ce bourg, le marché se tenait tous les jours. Il n'y avait pas de formalités comme dans la Capitale. On dressait son étal, en respectant la courtoisie, et on pouvait vendre. Hanlon se dirigea vers le premier commerçant, qui vendait des épices. Il appartenait à la famille des Maspian, et devait alors savoir où était la grotte du mage.

« Messieurs, dames, venez ici. Aujourd'hui, je répète, aujourd'hui seulement, venez goûter les épices venues des pays de l'ouest.

— Et à quoi cela sert, ces épices, petit ? Demanda une forte femme.

— A parfumer les plats, répondit le marchand. Puis, se penchant discrètement vers la brave ménagère : et certaines favorisent ... vous savez quoi ?

— Alors mettez-moi de celles-là. »

Hanlon surveillait les conversations. Personne ne fit mention d'un quelconque incident avec les dragons. Le village était là, presque autonome. Seuls, les rares marchands qui arrivaient ici devaient donner des nouvelles de la Capitale. Hanlon tenta quelque chose :

« Pas trop d'attaques des barbares, ces temps-ci ?

— Pas une. Cela fait dix ans que l'on n'en a pas vu. Qu'ils restent là-haut, sur la montagne. Notre bon Roi, Silthar le preux, les a bien fait chasser. »

Silthar était le père d'Alinor, le souverain actuel. Le décès du Roi n'était même pas parvenu jusqu'ici, et cela faisait bien cinq ans, maintenant :

« Eh, dites-moi, avez-vous entendu parler de la grotte du mage ?

— Oui, pour sûr. Mais il ne faut pas y aller. Certains sont partis là-bas, y sont jamais revenus.

— Et dans quelle direction se trouve-t-elle ? Demanda Hanlon.

— Vous voulez aller là-bas ?

— Non. Mais si personne n'en revient, je veux plutôt l'éviter, ma brave dame.

— Alors, retournez au sud. Ici, c'est le dernier village habité avant les montagnes. La grotte doit se trouver à quatre ou cinq jours au nord, pour le moins. »

Le marché commençait à être déserté, quand une enfant arriva. Elle devait avoir une quinzaine d'années, mais en semblait dix. La couleur autour de son œil gauche prouvait qu'elle était souvent battue :

« Ma maîtresse a entendu parler de vos épices. Elle en voudrait pour le peu.

— Pour le peu ? Questionna Hanlon.

– Bah, tout ce qui vous reste. »

Le vendeur prit les sachets d'épices concernés et demanda l'argent à la fillette. Celle-ci fouilla ses poches, mais ne trouva pas ce qu'elle cherchait. Elle prit peur et se mit à pleurer :

« Que se passe-t-il ? demanda le vendeur.

— J'ai perdu la bourse de ma maîtresse. On me l'a volée. Je vais être battue et je serai privée de nourriture.

— Ce n'est rien, petite. Tiens, voilà les épices. On te les offre, on a bien travaillé.

— Merci, mais, si elle veut sa bourse ? »

Hanlon fouilla du regard les environs. La bourse, vidée de son contenu, avait été laissée à l'abandon, près d'un étal :

« J'en vois une là-bas, elle fera peut-être l'affaire.

— Oh, merci. Je crois que c'est elle. Mais je serais grondée, elle est toute sale.

— Dis à ta maîtresse qu'un gentilhomme t'a bousculée et qu'il lui donne ceci en échange. »

Le vendeur lui tendit une pièce en argent :

« Et en voilà quelques-unes, pour ta famille.

— Merci, je vais de suite les porter à maman, qui est bien malade. »

Le vendeur donna encore un baume de soins puissant à la fillette :

« Vous êtes généreux. Une pièce d'argent pour la harpie et quelques pièces de bronze pour la pauvre fillette…

— La pièce d'argent est ensorcelée. Toute pièce qui entre en son contact devient fausse. Quant aux pièces de bronze, la bourse de la fillette délivrera une pièce d'or avant que le sortilège ne s'épuise.

— Je vois. Bon courage !

— Vous aussi, et bonne route. »

Hanlon quitta le village le lendemain matin, après avoir pris des provisions. En partant, il croisa le corps d'un voleur, qui bénira les champs par les pieds, pendant un bout de temps. Même dans ces contrées, la populace n'était pas tendre envers ceux qui défiaient la loi.

Cinq jours étaient passés, quand Hanlon ressentit une forte présence de la Toile, quelque part dans le voisinage. Cette présence l'attirait. Enfin, il trouva la grotte.

On racontait aussi qu'Érébios avait fondé l'actuelle ligne des Maspian, que le sang des Fenrahims coulait dans les veines des Maspian.

La grotte s'ouvrait devant lui, l'entrée semblait minuscule.

Hanlon sentait le pouvoir qui émanait de celle-ci.

Devant cet afflux, il aurait dû s'évanouir, mais là, il se sentait bien. La grotte immense était vide, à l'exception d'une inscription sur le mur du fond, bien en vue :

Ce langage paraissait très ancien et, pourtant, il le comprenait instantanément :

« Tous les deux mille ans, l'Élu sera nommé. Lui seul pourra vaincre le mal, aidé des cinq médaillons. Il sera accompagné par un dragon, un invisible, un être à la grandeur d'âme plus haute que sa taille, un être de la nuit et un des Fenrahims, tous Élus. »

Cette grotte était le sanctuaire du Divin Érébios, là où sa maîtresse l'avait envoyé.

Mais pourquoi ? Visiblement, le mage n'était plus là depuis un bon moment.

Les seuls qui peuvent aider Hanlon à trouver ce mage rapidement sont les Maspian eux-mêmes. Retournant au village, il se présenta de nouveau au vendeur d'épices, et lui demanda où se trouvait le village du clan de Maspian.

Il ressentit comme une vive douleur, au milieu de la nuit, comme si la Toile s'était effondrée.

Il se transforma rapidement et fonça vers le village, espérant qu'il ne fut pas trop tard.

* * * * *

La jeune femme se lava les mains, encore rouges du sang de sa victime. Ne voyant personne à proximité de la rivière, et sentant la fatigue de son périple, elle décida finalement de prendre un bain. Elle se dévêtit et plongea dans le cours d'eau cristallin. Cela faisait maintenant un mois qu'elle avait quitté la prison et son compagnon.

Sa mission était simple : elle devait aller au centre du village ennemi et en séduire le chef. Ainsi, les troupes de son compagnon pourraient semer la terreur en paix.

Une fois la moiteur et la fatigue du voyage envolées, elle se rhabilla de vêtements humains. Elle les trouvait vraiment horribles. Mais, déjà une femme voyageant seule sur les routes, ce n'était pas prudent, mais, en plus, si c'était une askari, cela devenait suicidaire.

Bien que, depuis un moment, la guerre entre les humains et son peuple fut terminée, la jeune femme savait que certains humains détestaient les siens, au point de tuer sans raison.

Les humains étaient vraiment des bêtes.

La jeune femme quitta le lieu de son crime, ayant pris soin de cacher sa victime sous des feuilles et de la mousse. Une fois hors de danger, elle trouva un arbre assez large et y monta pour faire un somme. De sa prison, si dorée fut-elle, la jeune femme n'avait pu voir les étoiles. Et cela lui avait manqué pendant tant d'années que, maintenant, elle préférait voyager de nuit, pour les admirer.

Au quatrième jour de son périple, alors qu'elle faisait un somme, trois gardes d'un village proche la trouvèrent :

« Regarde, Piotr, une femme !

Elle est jolie, rien que pour nous, en plus.

Regardez, les gars, c'est une oreille longue !

De mieux en mieux. »

La jeune femme regardait les hommes. Si, encore, ils avaient été beaux, elle se serait laissé faire. Mais là, ce n'étaient que des miliciens, sales et malodorants, chargés de la surveillance des abords des villages de bucherons. Ils n'avaient jamais dû prendre un bain de leur vie, et leurs habits n'avaient pas été nettoyés depuis belle lurette.

Quand elle se leva doucement, les hommes sortirent leurs épées :

« Tout doux, ma belle, déclara le dénommé Piotr, avançant vers elle, menaçant. »

La jeune femme se contenta de regarder les trois hommes dans les yeux et dit, dans une langue très ancienne qui semblait voler avec le vent : « Je veux que vous vous battiez pour moi. »

A peine eut-elle fini de prononcer ces paroles que les trois hommes entraient dans une transe frénétique, rien ne semblait pouvoir les arrêter.

Pendant que le combat faisait rage, la jeune femme, calmement, rassembla ses affaires pour partir, quand Piotr, qui venait de tuer ses deux comparses, l'arrêta :

« Ma douce, je crois que j'ai mérité ma récompense.

— Bien sûr, lui répondit la jeune femme. »

Elle lui fit fermer les yeux puis déposa, délicatement, ses doigts sur les lèvres du soldat, qui mourut heureux.

La jeune femme, tout en marchant, se remémorait sa jeunesse et les événements qui l'avaient conduite à suivre son amant en prison. Tout commença à l'âge de ses sept ans : c'était un matin de printemps. La jeune femme, encore petite fille, avait passé la nuit en dehors de la hutte familiale. À peine se glissait-elle dans ses draps que son père entra dans sa chambre :

« Toi, debout.

J'arrive, père. »

Son père savait qu'elle avait passé la nuit dehors, encore une fois, à contempler la voûte céleste.

Arrivée dans la pièce principale, elle vit que sa mère, agenouillée près du feu, pleurait.

« Ma fille, j'ai décidé que tu irais à Égémina. Tu serviras, comme prêtresse, au temple de notre déesse.

— Mais, père, je veux être un ranger.
— Tu ne le seras jamais. Tu deviendras prêtresse, un point c'est tout. »

Son père avait raison sur un point, jamais elle ne serait ranger. Sa mère se leva et prépara un petit sac de toile avec un pain, des baies et un peu de fromage. Son père, général dans l'armée royale, avait décidé du sort de sa fille contre l'avis de sa femme, elle servirait la dame des eaux. Alors que la coutume voulait que les parents amènent eux même leur enfant qu'ils confiaient au soin des prêtresses, le père de la jeune fille en décida autrement. Il confia sa fille à un simple soldat, même pas un archer ou un pisteur. Le soldat ne parla pas de tout le voyage, qui dura six jours dans la forêt. Tout en silence, hormis les pleurs de la jeune fille, qui était effondrée. Elle savait que les études pour devenir prêtresse étaient longues. Il fallait rester des heures en prière, à chanter des chants, que l'on devait réciter par cœur, sous peine de sanction. Il fallait alors passer encore du temps, à genoux, à prier.

Les aspirantes dormaient dehors, malgré le froid. La jeune fille était contente, malgré tout, car elle pourrait continuer à admirer les étoiles. Les aspirantes devaient faire toutes les tâches ménagères des prêtresses.

Etant toujours punie, la jeune fille en faisait beaucoup plus qu'elle ne l'avait imaginé.

Au temple, à cette époque, il y avait une quinzaine d'aspirantes au-dessus d'elle, des novices qui devaient préparer leurs vœux à la déesse, puis une vingtaine de prêtresses de tous âges. Enfin, la grande prêtresse, qui était la seule habilitée à rencontrer le Roi.

Aux grandes cérémonies, comme les couronnements, en règle générale, vu l'espérance de vie des siens, chaque grande prêtresse couronnait un Roi. C'était l'aboutissement d'une longue carrière.

La jeune fille fut bien obligée de céder aux prêtresses, et finit par se résigner.

Devenant novice au bout de trente ans, elle prépara ses vœux : elle fit le vœu que sa déesse la nomme protectrice des étoiles. Son choix fut trouvé bizarre, et les rares novices qui ne l'avaient pas prise en grippe ne lui adressèrent plus la parole, en dehors du stricte nécessaire.

La nuit n'était pas le moment préféré de la déesse. Mais, surtout, la nuit était le refuge du clan le plus sinistre de l'histoire du peuple askari : le clan de la lune bleue. Aussi, son vœu fut refusé par la grande prêtresse. La coutume voulait que la jeune fille quitte la prêtrise. Mais son père, qui devenait de plus en plus influent, ne voulut pas reprendre son unique fille, cinquante ans après.

Le conseil des prêtresses déclara donc la jeune fille apte à devenir « priante », pour chasser le démon qui l'avait égarée.

Les priantes étaient les prêtresses qui ne souhaitaient pas rencontrer le monde extérieur. Ainsi, elles vivaient toutes dans une grotte, dédiée à la dame des eaux, et priaient tous les jours.

La jeune fille, durant ses corvées, avait déjà rencontré les priantes. Ces vieilles femmes lui faisaient peur, encore plus quand elle apprit qu'elle devait passer sa vie avec elles. Elle pria donc Élénia de lui venir en aide. Mais la dame des eaux ne lui répondit pas.

Au bout de dix longues années, une aspirante vint enfin lui parler : son père était mort au combat. Et, si elle le souhaitait, la sainte règle voulait qu'elle puisse sortir pour lui faire ses adieux.

La jeune fille ne réfléchit pas une seconde. C'était sa chance. Elle informa la jeune aspirante qu'elle acceptait de renoncer une journée à son exil.

Le jour de l'enterrement, elle revit, pour la première fois en soixante ans, sa mère et ses frères.

Sa mère était devenue vieille, comme si le chagrin de perdre sa fille l'avait rongée. Ce fut la grande prêtresse qui présida la cérémonie, en belle tenue. D'ailleurs, tout le monde, autour du bûcher, était très bien vêtu. Il faut dire que le Roi présidait.

Une aspirante déposa, tôt le matin, une tenue de cérémonie pour la jeune fille, qui insista pour prendre un bain, après avoir quitté la robe de toile des priantes.

Après la cérémonie, un homme l'aborda :
« *Bonjour, mademoiselle, connaissiez-vous le défunt ?*
— *C'était mon père.*
— *Mes sincères condoléances.*
— *Ce n'est pas grave, je le détestais.*
— *Comment peut-on penser cela de son père ?*
— *Il m'a forcée à devenir priante. Je ne reconnais pas la déesse : malgré mes prières, elle ne m'a pas sauvée.*
— *Moi, j'ai entendu votre chagrin. Je l'ai ressenti tout au long de la cérémonie.*
— *Merci, mais je dois retourner à mon cachot.*
— *Et si je vous offrais une autre vie ? Une vie de princesse, dans une prison, certes, mais une vie de princesse quand même. Vous régneriez avec moi.*
— *Cela parait si vrai, quel piège y a-t-il ?*
— *Aucun. Sinon celui d'être aimée.*
— *Alors, j'accepte de vous suivre.*
— *Dites-moi d'abord votre nom.*
— *Je n'en ai plus, je prendrais celui que vous me donnerez.* »

L'homme lui chuchota un nom à l'oreille, avant de lui planter une dague en plein cœur.

Pour les aspirantes qui retrouvèrent son cadavre, elle était morte. Mais, pour elle, s'ouvrait une autre vie, une vie de pouvoir étonnant, une vie d'amour infini et sincère.

Au matin, elle arriva à destination. Elle chercha du regard la plus vieille femme du village, puis, se dirigeant vers elle, lui fit la révérence :
« *Sayan, je suis Shana, la sayan du village de Gorbians. Je viens pour épouser le grand mage.*
— *Ma fille, nous t'attendions. Je te présente le mage Myrdhanos, il descend en ligne droite du prophète.*
— *Je suis enchantée de le rencontrer.* »

Le mage était bel homme et Shana ressentait le pouvoir en lui, un immense pouvoir, qu'elle n'avait ressenti qu'une fois auparavant. L'homme lui plaisait, elle avait craint de devoir épouser un vieillard.

L'homme, sans faire montre d'une grande beauté, n'était pas désagréable. De toute façon, et selon leur loi, elle ne devait passer qu'une nuit avec lui. Au lendemain, elle repartirait vers sa destination.

La sayan lui demanda alors :

« Ma douce enfant, êtes-vous dans une phase bénéfique ?

— Oui, ma dame, je suis prête à donner la vie. »

L'homme semblait étonné de son aspect. Peut-être pensait-il que la si sayan, choisie pour lui faire un enfant, serait humaine. Le dénommé Myrdhanos, pour l'instant, se contenta de la dévisager. Shana vit, au bout d'un moment, qu'elle ne lui était pas indifférente.

« Le voyage s'est-il bien passé ? Je vois que le village de Gorbians ne vous a pas fourni d'escorte.

— Non, j'ai préféré voyager toute seule. Je n'ai pas vraiment confiance en la milice et ses soudards.

— Après la cérémonie, nous nous retirerons dans ma hutte, à l'écart du village, nous y serons plus à l'aise. Voulez-vous manger quelque chose ?

— Merci. Le voyage m'a ouvert l'appétit. »

Le jeune Myrdhanos claqua des mains et deux femmes, portant des tuniques ocres, quittèrent l'assemblée pour revenir, un moment plus tard, avec de quoi se restaurer.

Puis ce fut la cérémonie. On habilla Shana d'une robe outrageusement provocante. Puis la Sayan bénit son ventre, priant la déesse de la vie de donner un mâle comme héritier à la lignée des princes du clan. Shana ne put réprimer un sursaut d'agacement en entendant qu'ici aussi les hommes prévalaient sur les femmes. Elle décida de ne plus suivre la cérémonie pour se tourner vers le reste du village. Elle vit que, dressant un cercle autour d'elle, tous les habitants se tenaient là. Elle remarqua qu'ils se rassemblaient en fonction de la couleur de leurs habits.

Une famille portait en général la même couleur, parfois un enfant en avait une de plus que ses parents. Les couleurs les plus vives entouraient la Sayan, des bancs leur permettaient de s'asseoir, et leurs vêtements semblaient plus ouvragés, et surtout plus confortables. Deux personnes portaient du violet, couleur attribuée à la divinité de l'Équilibre : la Sayan et son futur époux.

La cérémonie terminée, les deux amants du jour se retirèrent. En chemin, Shana demanda la raison de ces couleurs.

« C'est simple : le clan veut préserver les talents pour le monde. Ainsi, nous ne mélangeons pas les artistes avec les soldats, les savants avec les forestiers. Chaque corporation possède sa couleur.

— Et ceux qui en possèdent deux ?

— Des mélanges, mais peu sont autorisés par la Sayan. Il faut des talents forts, pour ne pas perdre les dons lors de mélanges. Mais, si cela marche, l'enfant possédera les deux dons de ses parents.

— Vous pensez que les dons se transmettent par le sang : un forestier ne peut donc pas apprendre à jouer de la musique ?

— Comment pourrait-il avoir le temps ? Il est forestier : son travail est de couper du bois et d'entretenir la forêt pour votre peuple.

— Et si un enfant de musicien n'arrive pas à jouer d'un instrument ?

— Alors c'est une perte du don, c'est un échec : l'enfant sera adopté par une autre confrérie, les planteurs, les forestiers ou les soldats, si c'est un mâle. »

Là encore, Shana ne put réprimer un sentiment de dégoût, comme si une femme ne pouvait pas être soldat.

La nuit se passa sans incident. L'homme se dressa dans le lit, perturbé, sentant comme elle l'effondrement de la Toile. Mais, fatigué, il se rendormit aussitôt.

Au matin, les deux amants se quittèrent. Shana devait retourner dans son village et Myrdhanos partait pour la Capitale.

Shana avait aimé passer la nuit avec l'homme. Elle aurait voulu le garder pour elle, comme amant ou comme jouet.

Chapitre 13

La mort d'une divinité

Au petit matin, Hanlon arriva au village. Il fut étonné de voir tout le monde déjà levé.

Ce village avait la réputation d'être étrange : chaque personne du village portait une tunique de couleur, indiquant son rang et son métier. Il était interdit à une personne, d'un rang inférieur et ne possédant pas de talent, d'avoir un enfant avec les membres du clan qui en possédaient, afin de ne pas appauvrir le sang.

Au centre du village, il y avait une trentaine de pics dressés. Et sur ces pics, les têtes, fraîchement coupées, de femmes et d'enfants. Au même endroit, se trouvaient les corps des guerriers et des mages chargés de protéger le village. Hanlon se dit qu'il arrivait en enfer. Tous les êtres encore en vie étaient à l'état de zombie. Hanlon s'approcha, épée au poing, de la case du chef. Il vit un monstre, d'une laideur repoussante, attaquer un petit homme. Le monstre devait bien faire quatre ou cinq mètres de haut, son corps aurait pu être celui d'un humain, quoique recouvert d'écailles et de cornes. Sa tête, par contre, ressemblait à celle d'un rhinocéros. Le petit homme paraissait minuscule à côté du monstre. Hanlon reconnut alors Alvador.

« Serais-tu un démon de l'innommable ? Demanda Hanlon peu rassuré.

— Oui, je le suis. Je suis Boralk le tyran.

— Au nom du Roi des airs et de la montagne, je te somme de libérer ces villageois, ou je te renverrais d'où tu viens.

— Tiens ! Un homme courageux ! Ceux du village n'ont pas fait le poids, et il y avait des mages ... Crois-tu que cette épée puisse me vaincre ?

Le démon fit apparaître une épée immense. Hanlon savait que plus l'épée est grande, plus on a du mal à la manier, mais cela ne semblait pas déranger le démon. Le combat s'engagea entre les deux adversaires. Le jeune prêtre Alvador en profita pour aller se réfugier derrière une table, il ouvrit son livre et commença une litanie, implorant l'Unique de le sauver de ce mauvais pas. Hanlon essaya de toucher le démon, il fut à deux doigt de se faire décapiter. Les deux adversaires tournaient autour de la pièce, sans qu'aucun ne prenne l'initiative de l'attaque.

Hanlon se remémora sa jeunesse à Drakinar, alors que son père, pourtant manchot, lui apprenait le combat.

« Hanlon, plus ton épée est grande, plus elle est puissante. Mais aussi, plus elle est lourde à soulever. Ainsi, quand tu choisis ton arme, il faut que tu fasses un compromis entre la force de ton arme et sa rapidité. »

La première arme qu'Hanlon avait choisie était beaucoup trop lourde pour lui, son père avait eu le temps de lui faire trois jolies estafilades au bras, avant que Hanlon ait seulement réussi à la lever. La seconde était très rapide, une épée askhari, mais peu puissante. Si Hanlon avait le temps d'attaquer, cela ne causait aucun dégât et, en cas d'affrontement entre les deux lames, le poids de celle de son père lui faisait perdre la sienne.

Hanlon posséda huit épées, avant de trouver celle qui lui convint et qu'il utilisait encore.

Hanlon comprenait maintenant pourquoi le démon se contentait de parer les attaques. Si le démon attaquait, alors il serait emporté par le poids de son arme, et Hanlon aurait le temps de lui porter un coup fatal. Hanlon porta donc une fausse attaque, forçant le démon à se mettre en garde et, en le déstabilisant, il attaqua le flanc non protégé : l'épée de Hanlon se brisa en deux sur la peau du démon.

« Alors, humain, on est surpris ? Ma peau est indestructible, maintenant. Rends-toi et tu mourras sans souffrance.

— Je ne finirai pas en lâche, Tholl n'aura pas honte de moi. »

Soudain, le démon frémit et Hanlon le vit. Il comprit en une fraction de seconde toute l'horreur de la situation. La phrase du démon lui revint en mémoire : il était donc le dernier des siens ? Il était trop tard, le mal avait gagné. Ce démon payerait pour tous les autres. Sa femme Oksanna, son fils Tarki, qu'étaient-ils devenus ?

Hanlon partit en furie et prit alors sa forme originale. Puis, d'un souffle, détruisit le démon. Le petit homme, surpris par la transformation du dragon, prit peur. Hanlon détruisit une bonne partie de la hutte où il se trouvait.

Les villageois se demandaient ce qui venait de se passer. Certains sortaient d'une sorte de torpeur, dans laquelle le démon les avait plongés.

Hanlon, une fois sa fureur passée, se retransforma en humain. Il lui fallait une explication, il devait savoir, il se dirigea donc vers les humains.

Mais les humains commençaient à réagir. Si les tuniques aux couleurs ternes pleuraient leurs morts, d'autres, aux couleurs proches du gris, prenaient leurs armes.

« Le monstre a tué notre Sayan, tuons le monstre. »

Hanlon n'en croyait pas ses oreilles. Le village avait été dévasté par le démon, et il l'accusait du crime de leur chef.

« Regardez ce qu'il a fait au guerrier. Tuons-le, brûlons-le !

— Attention, déclara l'un deux, s'il reprend sa forme de démon, il faut prévenir le mage et la si Sayan. »

Deux hommes partirent en quête des deux personnes. Hanlon ne savait quoi penser : qu'allait-il faire, avec un village contre lui ? En plus, si les siens étaient tous morts, il ne fallait pas trop révéler sa vraie nature. Il pensa à son chef et à Myrtha, partis de Calisma pour disparaître dans la forêt. Espérons qu'ils fussent encore en vie.

Le mage arriva :

« Qui êtes-vous et pourquoi ce massacre ?

— Je suis Hanlon, sergent de Drakinar. Et vous ?

— Je suis le mage Myrdhanos. Que s'est-il passé dans mon village ?

— Il s'est passé qu'un démon a envoûté tous ces gens, que je viens de le vaincre et, qu'en remerciement, on m'accueille avec des épées et des lances. Mais vous, le mage, où étiez-vous ?

— J'étais avec la si Sayan hier soir. C'était notre fête sacrée, le premier mage du village doit prendre pour femme la Sayan du village, sinon sa suivante.

— Je vois. Pendant que les autres mages se faisaient massacrer par le démon, vous preniez du bon temps. En attendant, ma maîtresse voulait vous voir. Mais je crois que c'est trop tard, mon peuple a disparu. »

Hanlon aurait voulu tuer le mage sur place. Mais il l'avait sondé et, visiblement, il était puissant.

Myrdhanos incanta et fut pris d'une terreur soudaine : il vit ce qui s'était passé la nuit d'avant, la nuit de son éveil, la nuit où il devenait un homme.

A la fin de la journée, partout dans le vaste royaume, les 218 membres du peuple des dragons furent massacrés, leur Capitale fut le théâtre d'un bain de sang atroce. La Reine humaine avait convaincu Alinor de se débarrasser d'eux. Le Roi, faible, l'avait écoutée, car enfant il avait vu ces géants dans le ciel, leurs vols magnifiques. Mais il avait vu aussi un dragon en furie abattre une trentaine d'hommes en un seul coup. Dans toutes les villes et dans tous les villages, les gardes avaient ordre d'assassiner tous les Tholliens, les rues devinrent rouge sang. Sur la route, un père et sa fille, habillés en humain, partirent pour le vaste monde. Ils ne devaient rencontrer une personne humaine que cent ans plus tard. Cent ans d'exil et de faim, à manger du petit gibier dans la forêt, avec la peur continuelle d'être découverts.

Quelque part, dans une dimension inconnue, deux femmes et deux hommes parlaient :

« Il est redevenu un homme, il a perdu ses pouvoirs, déclara, horrifiée, la plus vieille.

— Oui, il aurait dû mourir. Mais l'Équilibre a préservé trois des siens : l'un pour la prophétie, les deux autres pour sauver Tholl.

— La Toile va disparaître.
— Il faut faire quelque chose.
— Si nous demandions aux Maspian d'aider Tholl à recréer un peuple plus secret, moins puissant, que les dragons ? Qu'en pense l'Équilibre ?
— Le mal a voulu nous déstabiliser et notre champion ne l'a pas vu venir. On va dire que, pour le peuple de Tholl, la partie est finie. Mais je pense que l'Équilibre doit survivre. Donc, dans mille ans, Tholl aura un nouveau peuple, mais pas avant.
— En tout cas je vais avoir du travail, moi, ce soir. Trois cents âmes à récupérer en un soir, cela fait beaucoup.
— Si nous votions la proposition de Fenrir ? Mille ans, cela fait beaucoup pour un exil.
— Surtout que ton géant va te manquer !
— Disons que Tholl pourra revenir parmi nous avant mille ans, mais son peuple ne foulera pas la terre d'Orobolan avant ce temps. Cela vous va-t-il ?
— Pour moi, cela me va. Tholl aura des descendants. Et quand trois générations commenceront à repeupler Orobolan, alors Tholl pourra revenir ? Proposa Élénia.
— Je pense que c'est juste, répondit Polinas.
— Moi aussi, déclara Mogdolan.
— Alors, c'est décidé. »
Les quatre gardiens passèrent la nuit à créer un autre peuple pour Tholl, mélangeant des traditions humaines et Éléniannes. Le lendemain, leur travail achevé, ils furent heureux de montrer leur résultat à leur compagnon, revenu parmi eux. Pour lui, cent ans s'étaient écoulés, pour eux, une nuit de labeur était passée.
Revenons à présent au mage.
Le prêtre gnome avait appuyé les dires de Hanlon, Myrdhanos semblait sortir d'un cauchemar. « Mes frères, je vais croire ces deux hommes. Car le temps de la prophétie est proche, la disparition des géants est avérée. Il est peut-être le dernier, quoique je ressente le pouvoir d'encore deux des siens. Notre ancêtre Érébios avait prévu cette prophétie : Krystal est de retour. »
Hanlon trembla en entendant le nom du dieu noir, il avait entendu dire que le dieu démon était déjà revenu et que son

propre père avait fait partie de l'entourage du prophète pour le repousser.

« Mes frères, il est temps de se remettre de cet affront. Je vais aller voir la si Sayan enterrer les corps de nos frères morts au combat. Que tous nos frères cachés dans le royaume soient prévenus.

— Mage, cela fait un moment que je vous cherche. Je suis entré dans la grotte de votre ancêtre.

— Vous avez pénétré dans la grotte d'Érébios ?

— Et j'ai lu la prophétie, je sais pour les médaillons.

— Très bien. Alors vous êtes l'Élu du peuple des dragons. Il nous faut faire vite, et trouver les médaillons »

Hanlon se dirigea vers Alvador :

« Et vous, mon ami, pourquoi êtes-vous ici ? Je croyais que vous étiez à lac lune.

— J'aurai dû. Mais, après vous avoir quitté, j'ai entendu une voix dans un rêve : l'Unique m'est apparu et m'a ordonné de me rendre ici.

— C'est étrange, répondit Myrdhanos qui avait écouté la conversation, comme s'il fallait que nous nous rencontrions. Dans la prophétie d'Érébios, un membre de chaque peuple sera appelé à chercher les médaillons et à repousser Krystal. Or, il y a déjà un gnome et un dragon qui semblent devoir ne plus se quitter.

— Je serai moi aussi l'Élu, l'Unique m'a finalement choisi pour servir une noble cause.

— Nous devons partir pour Bénézit, je dois en savoir plus sur ce massacre. Que quelqu'un parte prévenir la si Sayan que la prophétie a commencé.

L'un des enfants à tunique verte partit en courant à travers bois ; « Hanlon, je te conseille de rester sous forme humaine. Ici, personne ne dira ce qu'il a vu, mais d'autres humains pourraient prendre ombrage. Alvador, rends-toi à Akilthan, tu y es inconnu. Va voir mon frère Pako, et demande-lui de t'aider à trouver le médaillon des gnomes. Je te ferai prévenir quand nous serons au palais des hommes. Avant, il faut que je transforme un peu Hanlon, qui y serait trop reconnaissable. »

Les Maspian gouvernaient le monde, le temps des mages était révolu. La disparition des grandes créatures et la fin des guerres entre les peuples avaient rendu l'usage de la magie inutile. Seules subsistaient des guerres tribales entre certains clans d'Orobolan, surtout à la frontière nord du royaume. Ainsi, un tout petit village avait créé des sûretés capables de contrôler tout Orobolan.

L'être parfait leur avait été fourni par l'un des chefs fondateurs de la lignée, lui-même création divine. Il était entendu que ce chef épouserait, le moment venu, la Sayan, la femme parfaite.

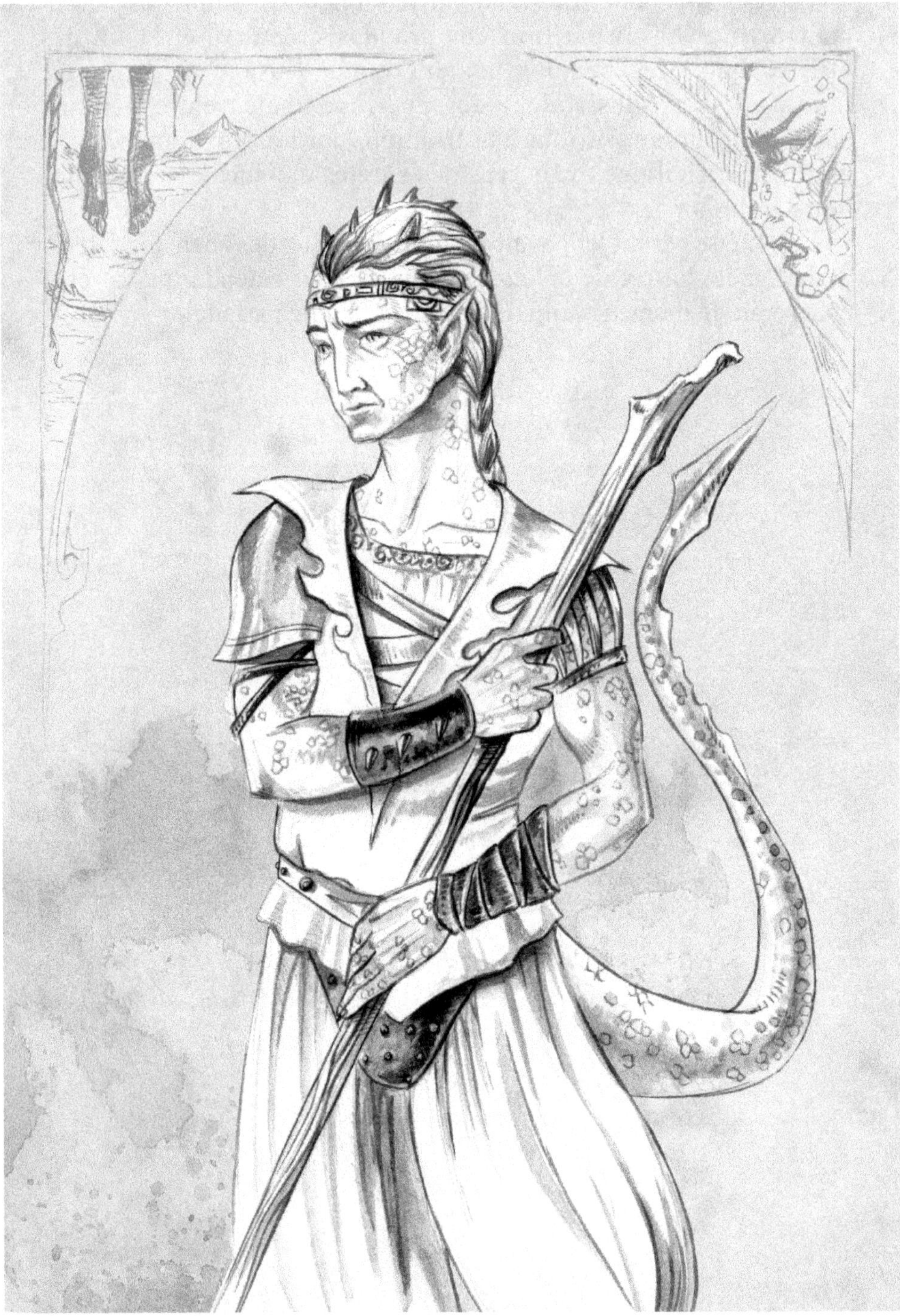

Chapitre 14

Un traitre à la cour de Bénézit

Le trio partit donc à cheval pour la Capitale. Alvador se contenta, il est vrai, d'un poney. Il les quitta en chemin. Il devait retrouver Pako de Maspian, le frère gnome de Myrdhanos, et essayer de récupérer le médaillon vert des gnomes.

Le soir tombant, Myrdhanos allait faire le repas quand Hanlon l'arrêta :

« Laissez, maître, c'est à un garde de faire cela. J'ai fait cela toute ma vie, je ne sais pas faire grand-chose d'autre, même pas sauver un peuple.

— Tu n'aurais rien pu faire quand le mal est de la partie. Espérons que les réponses viendront bientôt. Mais, Hanlon, fais-moi plaisir : appelle moi Myrdhanos, et soyons des compagnons de route. Moi aussi, j'ai échoué. Mon père, le chef du village des Maspian, m'avait demandé de préserver l'harmonie entre les peuples. Alors, tu vois, je suis plus à blâmer que toi.

— Non, vous êtes un homme, vous aussi. Personne n'est infaillible. Mais j'aurai du mal à vous appeler par votre nom. Je n'ai pas l'habitude, et ce n'est pas après 1500 ans que vous me changerez.

— Bien. Essaye seulement, et ne refuse point mon aide. »

Hanlon, à contre cœur, laissa Myrdhanos préparer le repas. Il eut du mal à manger. Hanlon pensait à son fils Tarki et à sa femme Oksanna, restés là-bas. Il songea au moment où le Roi l'avait nommé pour partir à la Capitale. Kahor avait été nommé capitaine, pas lui. Bien que plus vieux, Hanlon n'aurait pu être capitaine. Le commandement, c'était trop d'ennuis pour lui. Il se voyait mal donner des sanctions.

Déjà avec son propre fils, ça lui était dur, alors avec des hommes qu'il ne connaissait pas... Kahor avait réussi, lui. Non seulement il était respecté des Tholliens qui formaient l'escorte de la concubine, mais aussi des humains qui étaient gardés au palais.

Hanlon espérait que Tarki n'avait pas souffert, qu'il était mort rapidement. Oksanna, ce n'était pas pareil, c'était une louve, qui avait dû combattre jusqu'à la mort pour protéger son petit.

Myrdhanos ne savait pas comment gérer toutes les informations qu'il avait apprises ces derniers jours. Avant, pour lui, la vie était si simple : il était enfant au village des Maspian ; puis, après, élève à l'académie de magie de Bénézit auprès du divin grand sage Bérésio ; puis mage au Conseil, chargé des colonies et des découverte maritimes. Puis, après cela, il avait été nommé premier mage du royaume, et conseiller du Roi Alinor, quand celui-ci avait renversé son cousin, Brendan le fou.

Mais là, en l'espace d'une semaine, il avait perdu sa colonie des marais. Puis, dans le même temps, un décret royal avait fait tuer tous les dragons du pays, par peur de leur gigantisme. Le Roi était pourtant un allié du Roi dragon. Pour preuve, il avait pris sa fille pour concubine. Qu'est ce qui l'avait fait changer d'avis, ou plutôt qui ? Il fallait qu'il contacte au plus vite le réseau des Maspian. Quelqu'un, au palais, avait comploté contre les dragons.

Pendant ce temps, Alvador était arrivé à Akilthan. Là, la misère régnait, les petits gens étaient traités en esclaves et les humains qui naissaient-là ne voyaient pas, en général, arriver leur vingtième anniversaire. Le corbeau flottait au-dessus de leur tête en permanence.

Dès que cette histoire de combat contre les démons serait terminée, il s'installerait ici dans ce cloaque, où toute la misère du monde se rassemblait autour de la plus belle cité de Khalonbleizh.

« Monsieur, venez avec moi, pas cher bon temps, moi propre. »

L'enfant, d'une dizaine d'années, se prostituait pour survivre. Il tiendrait jusqu'à ce qu'un autre, plus grand, le tue pour s'emparer du peu d'argent qu'il avait récolté. Alvador lui caressa les cheveux et lui tendit quelques pièces de bronze :

« Tu sais où je peux trouver un petit homme très important ?

— Y a monsieur Pako qui s'occupe de l'école, c'est le seul qui soit libre ici.

— Tu peux me conduire à lui ? Tu auras d'autres pièces. »

Le petit hésita. Il avait réussi à garder sa place, mais sera-t-elle encore la quand il reviendra ? Il avait déjà eu beaucoup de pièces et il n'avait rien fait, juste parlé. Alvador, voyant que l'enfant hésitait, lui montra deux pièces d'argent, autant dire le salaire d'un an dans ce cloaque. Le petit fit signe à Alvador de le suivre.

L'école d'Akilthan était une petite pièce où quelques enfants recevaient surtout des soins et des conseils, voire un abri pour la nuit : un hôpital de fortune, dans cette misère. Les potions et la nourriture devaient venir grâce à la famille de Pako. L'enfant le désigna du doigt. Alvador remercia l'enfant et lui tendit les deux pièces. L'enfant se plaça parmi les autres, attendant que Alvador finisse de discuter avec Pako :

« C'est beaucoup d'argent que vous lui avez donné.

— Je sais, mais je devais vous voir.

— Bien, vous me voyez.

— Le village a été attaqué par un démon, Agraba m'envoie.

Entendant ce nom, le petit homme pâlit et regarda l'étranger. Il voulut détourner la conversation, le temps de cacher son trouble :

« Hifou, que me voulais-tu ?

— L'humain m'a donné deux jolies pièces, et je voulais savoir si vous pouviez les garder pour moi.

— D'accord, si tu viens à l'école. » L'enfant fit la moue :

« Un jour par semaine, alors.

— Quatre.

— Deux, pas plus.

— Trois, et tu prendras un bain.

— J'en ai pris un ce matin. Faut être propre pour travailler. »

Pako comprit :

« D'accord pour trois, et je te trouverai un autre travail.

— D'accord. »

Alvador était amusé de voir comment le pacte s'était scellé. Ainsi, Pako était une bouée de sauvetage pour beaucoup d'enfants du village. Combien allait-il en sauver et combien en resterait-il ? Alvador se demanda si Pako voudrait d'un prêtre de l'Unique pour l'épauler, ou si l'homme préférerait rester entre adorateurs de la petite déesse.

« Venez, allons chez mère Abigaïl. »

Alvador suivit Pako dans le labyrinthe que formait Akilthan. Pako semblait y être comme chez lui, se fondant dans la masse et personne ne faisait attention à lui. Arrivés devant une maison, ils poussèrent la porte et se retrouvèrent dans des souterrains habités. Là, logeait toute une communauté de petites gens, dans de minces constructions de toiles. Pako s'arrêta près de l'une d'elles :

« Tu te trouves ici dans le refuge des âmes perdues, construit par mère Abigaël et par le prophète. Ici, les petites gens sont en sécurité.

Ainsi la prophétie a commencé... J'aurai dû m'en douter, avec le massacre des géants. J'imagine que, si mon frère t'a conduit jusqu'à moi, c'est que tu es celui des nôtres qui doit accompagner l'Élu.

— Oui, c'est ce que l'on m'a dit. Mais je n'y comprends pas encore grand-chose.

— Myrdhanos te donnera plus de détails. Mais sache que le dieu démon Krystal peut revenir tous les deux mille ans pour demander pardon. Seulement Krystal veut toujours remplacer l'Unique. Selon la loi de l'Équilibre, si tous les peuples envoient l'un des leurs avec le médaillon de pouvoir contre Krystal, il sera banni de nouveau et devra attendre deux mille ans pour revenir.

— Je serais donc l'un de ceux appelés par les divinités. Mais pourquoi la petite déesse m'a-t-elle choisi, moi ? Je ne la sers pas, je suis prêtre de l'Unique.

— Tu vas sur les routes pour sauver les âmes perdues, non ? Celle que tu nommes la petite déesse, nous la nommons la dame des causes perdues ou, tout simplement, Mère Abigaël.

— Ce n'est pas le nom de la dirigeante de la communauté d'Akilthan ?

— Si, notre divinité demeure parmi nous. » Alvador regarda Pako, l'air dubitatif.

Soudain, un enfant arriva, essoufflé :

« Pako ! L'école ! Des soldats fouillent tout le cloaque, ils ont brûlé l'école. »

Pako regarda Alvador.

« La recherche du médaillon attendra, ami. Sais-tu te battre ?

— Pas vraiment.

— Alors, va au-dessus et trouve le maximum d'enfants. Il faut les sauver, conduis-les ici.

— Soit ! Mais si des soldats me suivent ?

— Nul ne te suivra ici s'il n'y est pas invité, ainsi en a voulu le Prophète et notre mère.

— Bien, je cours. »

* * * * *

Shana, au lieu de retourner vers l'Est, remonta vers le nord. Elle arriva dans un petit village où un homme, sur une estrade, prêchait.

Shana n'eut cette fois aucun mal à se fondre dans la foule. Mis à part l'homme en habit de cérémonie, les paysans de ce village étaient habillés comme dans tous les villages du royaume, avec ces tenues bistres et ocres, salies par la boue.

Shana pensa encore à la nuit d'amour qu'elle avait vécue, en écoutant distraitement le prêche :

« L'Unique veut que chaque homme honore son prochain comme s'il était son frère. Quelle que soit votre divinité protectrice et quelles que soient vos coutumes, l'Unique vous accueille et vous protège. »

Shana fut étonnée, elle ne pensait pas que ce village vénère Krystal : or, seul Krystal pouvait être appelé l'Unique. Qui était donc ce dieu impie ?

Ce dieu mécréant semblait bon. Chose étrange, il tolérait les autres cultes.

Parmi l'assistance, Shana repéra quatre des siens et deux gnomes ; bien entendu, depuis la colère de la nuit dernière, le peuple dragon avait disparu.

Shana se dirigeait vers la forêt quand le prêcheur vint à sa rencontre :

« Gente dame, excusez mon impolitesse, mais je ne crois pas me souvenir de vous.

— Exact, je suis de passage. Je me rends à Gaskell.

— C'est un long voyage, pour une femme seule.

— L'entrainement de ma jeunesse m'y a préparé.

— Si vous voulez, une marche va partir pour le temple de la réconciliation. Cela pourrait vous faire de la compagnie. Des membres de votre congrégation en font partie.

— Ma congrégation ? interrogea la jeune assassin, étonnée.

— Des adorateurs d'Élénia. Vous êtes bien Askarie ?

— Oui, mais je n'adore pas la dame des eaux.

— Pardonnez ma déduction hâtive. Voulez-vous partir avec les pèlerins ? Vous pourrez vous joindre à un autre groupe.

— Je vais réfléchir, mentit Shana. Elle commençait à trouver le prêcheur un peu trop collant.

— Puis-je vous inviter à partager mon repas ? »

Shana avait faim et, voulant savoir ce que l'on pensait de son ancien amant, finit par accepter l'invitation. Au cours du repas frugal, Shana demanda :

« Je viens de passer par le village de Maspian.

— Les disciples de l'Équilibre, j'ai visité ce village avant de venir m'installer ici.

—Ne sont-ils pas fous, d'ainsi vivre prisonniers de leurs classes ?

— Fou, je ne le pense pas. Mais leur village a gardé ces coutumes depuis la guerre d'installation, il serait donc temps que cette communauté évolue.

— Le Prophète n'a-t-il pas fondé ce village ?

— Non, c'est la veuve de Maspian, le chef barbare, le père de Dolina, la femme du Prophète.

— Vous ne semblez pas aimer ces gens ?

— L'amour n'a rien à voir. L'Unique, que je vénère, désapprouve ces coutumes. Et je ne suis pas le seul : leur jeune mage lutte pour arrêter cette pratique. »

A la mention de son amant d'une nuit, Shana ne put s'empêcher de rougir.

Ainsi, Myrdhanos pensait comme elle. Ne l'avait-elle pas jugé un peu trop vite ?

« Il y a donc peu d'adorateurs de l'Équilibre parmi vous.

— Oui, et c'est à mon grand regret. J'imagine que le seigneur de Krystal est aussi peu représenté. »

En entendant prononcer le nom du seigneur déchu, le prêcheur ne put réprimer un frisson.

« Je serai heureux d'accueillir des adorateurs de l'innommable, mais je doute que nos préceptes de tolérance les intéressent. Nous avons eu des adorateurs de la bête pendant une de nos marches, mais ils ne s'entendaient pas avec ceux de la dame des eaux.

— Qui sont très tolérants, eux aussi.

— Pardonnez ma curiosité, mais j'aimerai bien savoir ce qui vous a détourné d'Élénia ? »

Shana trouvait le prêcheur trop curieux, mais elle avait envie de se confier à cet homme.

« Un père qui m'a poussé trop tôt comme jeune prêtresse. Et l'enfermement m'a paru insupportable, et interminable, surtout.

— On dirait que vous parlez des priantes et des jeunes filles, forcées par leur famille à devenir prêtresses. Même pour une askarie, vous n'êtes pas si vieille pour avoir connu cela.

Cela fait longtemps que le Prophète, aidé par la dame des eaux, y a mis bon ordre.

— C'est une grande avancée, il est vrai. »

Shana se rendit compte qu'elle avait quitté la terre d'Orobolan depuis si longtemps.

Le dîner fini, ils discutèrent encore un moment. Le prêcheur parla des acquis sociaux, initiés par le jeune Myrdhanos. Shana eut son premier doute, une part d'elle-même voulait retourner au village et sauver le jeune mage. Elle pourrait en faire un conseiller, il semblait si ouvert.

Elle quitta le prêcheur et partit dans la forêt pour la nuit.

Pendant la nuit, elle fit un rêve étrange : le jeune mage avait survécu, un loup blanc était à ses côtés, ainsi qu'un gnome et, chose étrange, un dragon. Le mage était l'Élu de l'autre. Il fallait que Shana se rendre au plus vite dans le nord, prévenir celui dont elle était amoureuse depuis des années. Alors que la jeune femme se réveillait, elle fut prise de vomissements. Shana, ne comprenant pas ce qui lui arrivait, lança un sortilège pour voir ce qui parasitait son corps. Elle s'aperçut, chose étrange, qu'une vie commençait à grandir en elle. Réfléchissant à la situation, elle préféra, par prudence, ne pas voyager seule pendant un temps.

Rejoignant le cœur du village, elle se dirigea vers la communauté des gnomes, prête à partir.

De sa voix mélodieuse, elle les convainquit de la laisser les accompagner. Apprenant son état, les gnomes se montrèrent prévenants à son égard. Shana demanda à la matriarche du groupe pourquoi faisaient-ils tout cela, malgré qu'elle fût askari.

« Votre chemin a quitté celui de la dame des eaux. Les préceptes de l'Unique nous enseignent à aider notre prochain quel qu'il soit, et la petite dame vénère chaque vie à naitre. C'est un espoir pour tous les peuples. »

Shana fut troublée, c'était très loin des dogmes qu'on lui avait enseignés. Même dans le monde d'en bas, Shana n'avait pas rencontré autant de gentillesse.

La nuit suivante, elle fit un autre rêve. Son enfant se trouvait devant deux chemins : s'il prenait celui de gauche, il deviendrait roi. Mais un roi triste et malheureux. Par contre, s'il prenait le chemin de droite, l'Unique et ses comparses l'accompagneraient pour devenir un mage heureux.

Shana, à son réveil, doutait de plus en plus. Elle se rassurait car, dans les deux avenirs possibles, son enfant se portait bien.

Pendant tout le voyage, les gnomes prirent bien soin d'elle.

Ils arrivèrent au temple sacré. Shana ne l'avait pas revu depuis que, conduite par la grande prêtresse, elle avait été bénir la statue d'Élénia. Le temple s'était agrandi.

Malgré le départ du Conseil des mages pour la Capitale, les pèlerins y affluaient toujours. On y avait construit des dépendances pour les loger. Shana vit ses compagnons de route se précipiter vers les pèlerins et leur prodiguer soin et assistance. L'ancienne *prêtresse, ne voulant pas partir en douce, se dirigea vers les blessés. A la fin de la journée, Shana était épuisée, mais heureuse. Elle rejoignit ses compagnons de petite taille devant un immense feu de camp.*

* * * * *

Arrivé au palais, Myrdhanos prit l'entrée secrète qui menait à sa chambre. Dans le palais, il était connu comme le secrétaire du premier conseiller du Roi. La chambre était pleine. Huit personnes se trouvaient là, l'air grave :

« Seigneur Myrdhanos, enfin. Cela fait une semaine que nous vous attendions.

— Le saint village a été attaqué. Notre Sayan est morte, ainsi que les mages et la garde.

Un démon a profité de ma cérémonie d'investiture avec Shana pour attaquer le village.

Tous prirent la nouvelle avec effroi : leur village natal attaqué directement, c'était impensable.

— Seigneur, un malheur est arrivé. L'un des nôtres est parti.

— Qui ?

— Pako, son école a été ravagée par les soldats. Ils ont tout détruit, les enfants ont été torturés, Pako est mort en tentant de les sauver.

— A qui a-t-on volé le médaillon ? Demanda Myrdhanos, tentant de calmer la colère qui montait en lui.

— Une servante de la Reine.

— Je vois. Mes amis, l'heure est grave, bien plus que vous ne le croyez. Que tous partent se réfugier chez nos alliés Éléniens. Dalinda, je te charge d'une mission importante : ramène-moi le médaillon du roi Alkavinor, à n'importe quel prix. Et je vais vous exposer pourquoi. Mais avant, laissez-moi vous présenter Hanlon, mon suivant et ami. Et, mon ami, voici mes frères et sœurs du village des Maspian, mes plus fidèles conseillers.

— Qu'allez-vous faire, maître ?

— Je vais réveiller le Roi à deux heures du matin, et confondre le démon. »

Ce fut une tempête qui se déchaîna sur le palais. Myrdhanos voulait évacuer sa colère. Pako, son petit frère, un saint homme qui ne faisait que le bien autour de lui, massacré ainsi par des soldats ! Pourquoi ? Pour un médaillon ?

Myrdhanos fit appeler la garde. Il ordonna que l'on réveille le Conseil et les membres de la famille royale, ainsi que deux ou trois personnalités. Le capitaine de la garde hésita mais, voyant la fureur de Myrdhanos, il s'exécuta. Une heure plus tard, tout le palais se réunissait dans la grande salle. Le Roi Alinor premier s'y trouvait, de fort méchante humeur :

« Maître Myrdhanos, je me vois contraint de vous demander ce qui vous prend de réveiller le palais à une heure aussi matinale ?

— Il me prend que mon frère, Pako, a été assassiné ; qu'un peuple d'Orobolan a été massacré ; qu'un démon du seigneur de Krystal a transformé un village en zombies, et que nous avons perdu une colonie. Un démon réside au palais et je compte bien le démasquer.

— Et pourquoi nous avoir réveillés ? Cela ne pouvait pas attendre demain ?

— Un démon est au palais, rien ne pourra attendre demain.

— Faites donc. »

Myrdhanos récita une incantation pendant de longues minutes. L'atmosphère devint pesante. Puis deux personnes commencèrent à changer de visages et la vision devint horrible.

Là où auparavant se trouvaient la Reine et sa servante, se tenaient maintenant deux créatures hideuses. La créature qui avait pris la place de la Reine récita une incantation et disparut, avant que Myrdhanos ne puisse réagir. La servante hurla et s'enfuit de la salle. Aucun des gardes présents ne put réagir, tous étaient pétrifiés d'effroi. Le Roi fut le premier à reprendre ses esprits :

« Qui était ce démon ?

— Je l'ignore, majesté. Mais je crois que vous devriez aller dans les appartements de la Reine, et voir si des informations sur celui-ci ne s'y trouvent pas.

— Bien. Capitaine, allez fouiller les appartements de la Reine et venez nous rapporter ce que vous y trouverez, ordonna le Roi, accablé.

— Majesté, je vais poursuivre le démon avec des hommes de confiance. Je serai là dans la matinée. »

Myrdhanos partit avec Hanlon. Le démon se dirigeait vers Akilthan. Des gardes avaient disparu, ils devaient l'avoir suivi. Après une courte poursuite, et l'aide des hommes de Pako encore en vie, le démon fut acculé dans un coin. Myrdhanos sentit l'aura démoniaque de la personne debout devant lui. Cette dernière récita une incantation, une armée de créatures visqueuses apparut. Les badauds qui venaient de se réveiller, prirent peur et s'enfuirent. Ne restèrent là que les guerriers de Pako.

Un homme et un enfant se terraient dans un coin. L'enfant ne cessait de jouer de la flûte, l'homme semblait aveugle.

« Je suis Myrdhanos, de l'ordre des Fenrahims, qui êtes-vous ?

— Je suis Atheb, dame de compagnie de notre vénérée reine, dame Ashaïna. »

Entendant ce nom, Myrdhanos fut pris d'effroi.

— Bien. Pour le meurtre du peuple Thollien, pour le meurtre de notre Reine, pour le meurtre de Pako, mon frère et des innocents, tu es condamnée à mort. Je vais exécuter la sentence.

— Tu ne sais pas ce qu'est la mort. Je connais des endroits pires que la mort. Boralk y a été envoyé, d'ailleurs.

— Tu vas donc l'y rejoindre, cela te fera un compagnon. »

Myrdhanos récita une incantation, le duel commença. Atheb avait une force prodigieuse, pour une servante. Les faibles maisons de bois et de tissus s'envolaient devant la fureur du combat. A présent, il y avait une zone morte tout autour des combattants. Les hommes de Pako avaient du mal à repousser les créatures, Hanlon faisaient de son mieux, mais le nombre d'ennemis ne semblait diminuer.

Du palais, les mages accoururent pour aider Myrdhanos. Mais le Conseil avait beaucoup perdu de sa force pendant les années. Maintenant, huit mages le composaient, mais aucun n'était préparé à un tel combat. Ils se contentaient d'invoquer des sorts de guérison pour les blessés, et des sorts de protection pour la populace. Myrdhanos chercha en lui toutes les forces pour lancer une attaque décisive. Il regarda autour de lui. Les mages du Conseil avaient nettoyé la place, Hanlon se débarrassaient des dernières créatures. L'homme s'était levé, un sabre était caché dans son bâton d'aveugle. Mais comment faisait-il pour décapiter les créatures avec autant de précision ? Soudain, Myrdhanos comprit. L'enfant ne jouait pas de la flûte, il se contentait d'indiquer, par code, où se trouvaient les ennemis. La symbiose entre les deux êtres était parfaite.

Myrdhanos retourna à son combat. Jamais il n'avait participé à un tel combat, même contre son maître, le divin Bérésio. Le passage à la grotte avait accru son pouvoir et sa concentration, et le fait d'avoir les médaillons aussi. Si chaque médaillon renfermait une telle puissance, alors que deviendrait le pouvoir d'un homme qui les posséderait tous ?

Myrdhanos vit que son adversaire commençait à s'épuiser. Il en profita pour jeter une ultime attaque, qui terrassa le démon. Myrdhanos s'évanouit. Quand il se réveilla, il se reposait au palais. Ses amis se tenaient présents à son chevet, ainsi que l'homme qui les avait aidés. Les mages du Conseil, quant à eux, préparaient l'enterrement de la Reine.

Myrdhanos, à peine remis de ses blessures, se leva et partit chez le Roi, suivi par ses amis :

« Mon ami, je te remercie de ton aide, dit-il à l'aveugle avant de sortir de la pièce.

— De rien, toi qui m'appelles « ami ».

— Qui es-tu ?

— Je suis un pauvre hère, condamné par une maladie de naissance à parcourir la terre ainsi, aveugle.

— Je sens un mélange d'auras en toi.

— Ma mère était une petite personne et mon père, un géant du peuple invisible.

— Je vois, mais as-tu un nom ?

— Celui que mon petit camarade m'a donné. Lui aussi a été abandonné à cause de sa difformité. Il ne parle pas, mais je l'entends.

— J'ai peu assisté à cela. Alors, quel est ton nom ? »

L'enfant joua trois notes :

« Mon nom est celui-ci.

— Et ton camarade ? »

L'enfant joua trois autres notes :

« C'est un nom intéressant, mais toi, comment l'appelles-tu ?

— Je l'appelle petit frère.

— On n'est pas sorti de l'auberge, déclara Hanlon. Si cela ne vous dérange pas, on pourra vous appeler Arkesh pour le petit bonhomme, ce qui signifie petit frère, et Amahan pour vous, ce qui signifie, en gros, celui qui voit dans l'ombre. »

L'enfant joua une série de notes :

« Il est d'accord avec votre proposition et vous demande votre nom.

— Je suis Hanlon. »

L'enfant joua deux notes.

Nos amis arrivèrent devant la porte du Roi. On les fit entrer :

« Ah, maître Myrdhanos. Je suis content de vous voir ! Le pays est sans-dessus dessous, depuis la perte de la colonie de l'est.

— Et depuis que vous avez fait massacrer le peuple Thollien, ainsi que mon frère ?

— Je suis désolé pour votre frère. Mais pour le peuple Thollien, j'ai reçu un messager du peuple invisible, m'assurant que les dragons préparaient une autre guerre.

— Je vois. Alors, les démons ont envahi tout Orobolan, majesté. Je sais que j'ai promis à votre père de rester à vos côtés, mais en ces moments noirs, je dois me rendre dans le royaume. Je vais aller contacter sa majesté, le Roi des Élénians. Je partirai avec mes gens, après l'enterrement de la Reine.

— Bien, maître Myrdhanos. Votre aide nous a toujours été précieuse et je comprends que, si vous quittez le palais royal, c'est pour le bien de ma personne. »

Myrdhanos choisit de se retirer. Une fois dans ses appartements, il demanda à Amahan de lui parler un peu de lui :

« Je vous l'ai dit, rien n'est important chez moi. Je suis né dans une communauté qui n'a pas voulu de moi. Quand je suis devenu un homme, j'ai quitté mon village pour parcourir les routes. J'ai entendu parler d'une communauté de personnes appelée les tisseurs de toile. Ces gens seraient des exilés qui vont par-delà les routes.

— J'ai en effet entendu parler de ce peuple. Maître Bérésio m'en a beaucoup dit, mais je crains que ce ne soit une légende.

— Puis j'ai rencontré Arkesh, qui m'a aidé. Sa musique me guide et me réconforte.

— Comment avez-vous réussi à vous comprendre au début ?

— Je lui disais des mots, il me jouait des sons. Je ne vois pas mais mon ouïe est très performante. Et puis quand on va sur les routes, on n'a pas tellement besoin de mots. La tendresse suffit. Il fait partie de moi et je fais partie de lui.

— Connaissez-vous son histoire ?

— Je lui demande parfois, alors sa musique se fait mélancolique, triste. On devine à ses notes qu'il a été abandonné par ses parents, maltraité par d'autres. Cela devait être pénible pour lui. Moi, j'ai eu mes parents jusqu'à ce que je devienne homme. J'aidais peu à la maison, mais mes parents m'ont toujours adoré.

— Bon. Alors, je vais vous résumer ce que nous savons et faisons. Libre à vous après de partir ou de rester, déclara Myrdhanos. Une prophétie annonce que le monde sera envahi tous les deux mille ans par une armée de démons, voulant faire revenir l'innommable de sa prison. Le dieu de l'Équilibre nommera alors un Élu dans chaque race d'Orobolan pour retrouver cinq médaillons de pouvoir. Nous en avons retrouvé un, celui de l'équilibre. Il nous manque celui de la mort, de la vie, du feu créatif et celui de la sagesse. »

Arkesh se mit à jouer de la flûte. L'homme était concentré sur ce que disait l'enfant :

« Bien, il m'a dit que deux médaillons seront bientôt à nous. Il a aussi senti que quelqu'un, ici, a une peine immense. Vous,

Hanlon vous avez perdu votre peuple, vous cachez votre identité et cela vous pèse. Des morts, beaucoup de morts vous hantent.

— C'est vrai, on ne vous l'a pas dit de prime abord, mais je suis peut-être le dernier des Tholliens.

— Bien, je suis content que vous me le disiez maintenant.

— Qu'en est-il des deux médaillons ? Demanda Myrdhanos. »

L'enfant ouvrit sa chemise et l'on put apercevoir le médaillon de la mort sur son torse. Ainsi, l'enfant était l'Élu des hommes, ou non, pensa Myrdhanos. Il était l'Élu.

Un garde arriva. Une personne avait demandé à voir maître Myrdhanos. Entrant dans la salle du trône, Myrdhanos vit mère Abigaël. Elle était en deuil, un de ses fils était mort. Elle adorait Pako. Le silence était total dans la salle, personne ne s'offusqua qu'elle n'ait même pas salué le Roi. Après tout, c'était une Reine, elle aussi :

« Maître Myrdhanos, ce que vous aviez fait demander à Pako est là, dans la boîte, prenez-le. Hifou voulait vous l'amener, mais des gardes l'ont pris ce matin. Votre ami est avec lui, il se morfond de ne pas avoir pu vous aider.

— Je ferai le nécessaire, grand-mère, ne vous inquiétez pas.

— Si vous pouviez toujours faire le nécessaire, je ne m'inquiéterais plus. Mais chacun n'agit que dans les limites de ses possibilités. »

Chacun avait son fardeau sur cette terre, mais grand-mère en avait sans doute un plus grand encore. Elle laissa Hanlon prendre la boîte et, après avoir fait une révérence à Myrdhanos, elle quitta la salle. Ses derniers mots s'adressaient à Myrdhanos :

« C'était comme un frère pour vous. N'oubliez pas de venir lui dire au revoir. »

Le lendemain, le temps s'arrêta dans Akilthan. Tout le monde pleurait les morts. Des dignitaires de toutes les régions étaient là, vêtus de leurs habits de deuil. On pleurait les morts du quartier d'Akilthan, humains et petites gens de concert. Les dignitaires, eux, venaient pour l'un de leur frère, lâchement assassiné pour une raison qu'ils ne comprenaient pas.

Hifou et Alvador se tenaient là, eux aussi, fraîchement libérés. Les marques des tortures qu'on leur avait infligées étaient encore visibles. Hifou pleurait celui qu'il considérait comme son père. Alvador se maudissait d'être si lâche.

Le corps de Pako traversa toute la ville, porté par six de ses enfants, de petits gars déjà bien robustes. A l'écart de la procession mortuaire, deux groupes se dessinaient. Eux aussi pleuraient le petit homme, mais ne voulaient pas que l'on remarque leur présence. Dans l'un, se trouvaient un tout petit garçon, une femme en pleurs, un vieil homme au regard triste. L'homme portait des habits de deuil à la mode des Tholliens. Était-ce une provocation pour rappeler l'autre massacre qui s'était abattu sur la terre d'Orobolan ? La pluie s'était aussi invitée à la fête.

Dans l'autre groupe, encapuchonnés pour ne pas qu'on les reconnaisse, se trouvaient les Élus. Myrdhanos était venu pour pleurer son frère et calmer sa rage.

Myrdhanos, le soir même, décida de dévoiler un peu plus de la prophétie à ses nouveaux compagnons. Il leur révéla aussi qu'il n'était pas l'Élu du peuple humain, mais celui du clan des Maspian : il était un homme enfant. Hanlon comprit que c'était lui qu'il avait vu avec Myrtha et lui aussi l'enfant dans la cave à vin.

Alors que tout le monde dormait, Myrdhanos demanda à un page de la sainte famille de partir pour le village. Si lui avait été envoûté pendant une nuit, peut-être que la si Sayan, sa femme, le serait aussi. Il fallait sauver l'enfant à tout prix, sinon, dans deux mille ans, il n'y aurait plus de gardien.

Chapitre 15

La nuit de l'aveugle

Même si le temps pressait, Myrdhanos devait être présent pour l'enterrement de la Reine. Il devait attendre encore quelques jours avant de pouvoir partir. L'équipe eut tout le temps de faire connaissance. Tout le monde faisant un effort, on arrivait à comprendre Arkesh. Myrdhanos aurait pu lancer un sort et rendre la parole à l'enfant mais cela lui aurait retiré son identité. Le service du palais avait prévu des nouvelles tenues pour tout le monde. Ainsi, Amahan avait l'air d'un seigneur, lui qui ne portait que des loques, et Arkesh avait été déguisé en écuyer, un vrai petit page de la cour. Hanlon avait plus de problèmes, même si son apparence avait été modifiée. Il ne se sentait pas à l'aise à la cour. Il passait le plus clair de son temps à contempler le ciel, un ciel désormais vide. La nuit, ne trouvant pas le sommeil, il se mettait au balcon de la chambre de Myrdhanos et contemplait les étoiles. Il avait compris. Son père avait participé à la première venue des démons, il y a deux mille ans et lui, son digne fils, allait participer à celle-là. Peut-être que sa nièce, la petite Myrtha, participerait à la suivante. Amahan, sans faire de bruit, vint s'accouder à côté de lui :

« Belle nuit.

— Oui, belle nuit. Mais tu ne vois pas le plus beau, ami. La nuit est claire, parce que ces derniers jours, les étoiles sont magnifiques. Tarki adorait venir, en cachette de sa mère, me voir au poste de garde. Il s'asseyait à côté de moi et contemplait l'immensité du ciel.

— Je comprends. Mais moi, je vois une autre nuit.

— Ah ! Parle-moi de la tienne. J'en ai un peu marre de voir celle qui est devant moi, trop de mauvais souvenirs.

— Ma nuit est la nuit des sons, la nuit des odeurs. Je sens le boulanger du palais qui prépare le pain du petit déjeuner, je sens le léger vent sur mon visage, j'entends les insectes et les animaux dans les feuillages. Dis-moi, ami, sur la gauche, il y a un arbre ?
— Oui.
— Eh bien, regarde cet arbre, tu y verras quatre oiseaux. »
Hanlon plissa les yeux. Il est vrai qu'avec l'âge, sa vue n'était plus la même et, l'épais feuillage de l'arbre ne lui rendait pas la tâche facile. Mais il finit, au bout d'un instant, par voir les oiseaux :
« Je les vois. Sans avoir à les chercher, je crois bien ne jamais les avoir trouvés.
— Bien ! Maintenant, dis-moi si tu les vois. Il y a un adulte qui est arrivé. Il donne à manger à trois petits.
— C'est vrai ami, mais comment ?
— Le bruit des feuilles quand le dernier oiseau est arrivé et les trois petits ont commencé à pousser leurs cris pour être nourris. Le reste n'est que déduction.
— Ta nuit doit être beaucoup plus remplie que la mienne, en fin de compte.
— Oui. Et beaucoup plus reposante, ami, car toi-même, en regardant les étoiles, tu penses à ta tristesse. Moi, je dois sans cesse découvrir ma nuit, donc je n'ai pas le temps de penser.
— Ce doit être une merveilleuse nuit que la tienne.
— Me permets-tu, ami, de te la montrer ?
— Bien sûr, répondit Hanlon après un bref moment d'hésitation. »
Amahan lui banda les yeux avec son foulard et le laissa à sa contemplation. Hanlon se força à écouter les sons, à sentir les odeurs. Il essaya de deviner ce qui se passait. La nuit qui, avant, lui paraissait bien silencieuse, était emplie de milliers de petits bruits. Au bout d'un moment, Hanlon retira son bandeau et partit se coucher. Et, pour la première fois depuis longtemps, il dormit d'un sommeil profond.

Le lendemain, tout le monde sortit ses habits d'apparat. Le Conseil des mages était présent. En grands habits, Myrdhanos était parmi eux, son rang de haut mage du royaume l'y obligeait. Le reste de l'équipe était disséminé parmi les nobles de la cour. Le cortège fit le tour de la ville, acclamé par les villageois. On avait permis aux gens d'Akilthan d'entrer dans l'enceinte de la ville pour acclamer une dernière fois leur Reine. Ainsi, se mêlaient dans les rues, les mendiants et les petites gens d'Akilthan, les bourgeois et les marchands de la ville de Bénézit.

La garde de la ville veillait. La guilde des ombres et celle du sang adoraient ce genre d'événements. La première regroupait les voleurs de tout Orobolan et la seconde les pires assassins. Aucun non initié ne savait où était le quartier général de l'une ou l'autre des deux factions. Myrdhanos, lui, savait. Il avait sauvé certains des membres des deux guildes, en échange de petits services. Ainsi, quand un vote à la guilde des marchands ne lui était pas favorable, ils pouvaient faire disparaître, pour un temps ou pour toujours, le marchand qui n'était pas en accord avec les vœux des Maspian.

La procession arriva au tombeau des rois, riche mausolée construite par les Tholliens en signe de paix. Il abritait les corps de tous les rois de Bénézit. Seul celui de Cœur de Loup manquait. Son vœu avait été de se faire inhumer sur la montagne qui l'avait vu naître. Seuls les dignitaires étaient autorisés à entrer dans le mausolée. Myrdhanos sentait que quelque chose se préparait.

Quand tout le monde fut installé, on put voir deux cercueils dans la crypte. Pour qui était le deuxième ? On déposa la Reine dans son cercueil, puis le Roi s'adressa à toute l'assemblée :

« Mes amis, vous tous, soyez témoins de ce jour. Quand l'histoire tourne à un point crucial. Il y a tout juste deux mille ans, nos ancêtres descendus de la montagne s'installaient définitivement ici. Le peuple de Tholl nous a permis de construire d'immenses bâtiments, de beaux palais, d'avoir des outils qui nous aident dans la vie de tous les jours. Et nous l'avons trahi, je l'ai trahi. Notre regretté Bérésio m'a dit, quand je suis devenu monarque : « mon ami, la valeur d'un homme ne se compte pas au nombre d'années qu'il passe en ce monde, mais à ce qu'il fait durant ces années. » Et voilà que tout le monde se souviendra de moi comme de celui qui a trahi ses amis, qui n'a pas reconnu la femme qui partageait sa couche. Je voudrai laisser autre chose au monde : un Roi qui fut le bourreau d'un peuple entier, mais aussi un Roi qui a reconnu son erreur et qui a pris ses responsabilités. »

Sans que personne ne comprenne et n'eut le temps d'agir, le Roi se planta un poignard dans le cœur et le Conseil jeta un sort pour que son corps soit consumé immédiatement.

Myrdhanos resta un moment interdit.

« Maître, déclara le plus jeune membre du Conseil, pardonnez-nous de ne pas vous avoir prévenu, mais le Roi ne voulait pas que vous le sachiez.

— Oui, je comprends. Il a dû prendre sa décision très vite, et un ami comme moi lui aurait rendu la tâche plus difficile. »

L'enterrement suivit son cours, puis le Conseil couronna le nouveau Souverain.

Celui-ci déclara :

« Mon père a choisi la manière de finir sa vie, moi je ne choisirai pas la mienne. Mon père n'était pas le seul responsable des événements de ces derniers jours. Ainsi, maître Myrdhanos, je vous demande de quitter le palais et de n'y revenir qu'en m'apportant les coupables. Il y a deux mille ans, Cœur de Loup, pour éviter les guerres tribales, a fondé, avec le divin Érébios, le Conseil des six. Plus tard, ce Conseil est devenu le pilier de notre culte. Et, bien loin de conseiller le Roi, il s'est retiré à la sainte garde pour étudier la Toile. J'estime que le Conseil a failli. La tâche pour laquelle il a été formé est maintenant terminée. Je déclare que le Conseil des mages est dissous. »

Le Conseil se retira de la salle en silence. Myrdhanos réunit son équipe :

« Notre prochaine direction est celle d'Égémina, la Capitale du royaume Élénian. Allez, amis, partons de suite, il nous reste tant de choses à faire. »

Sans la moindre acclamation, seuls sur leurs chevaux, ils quittèrent la ville.

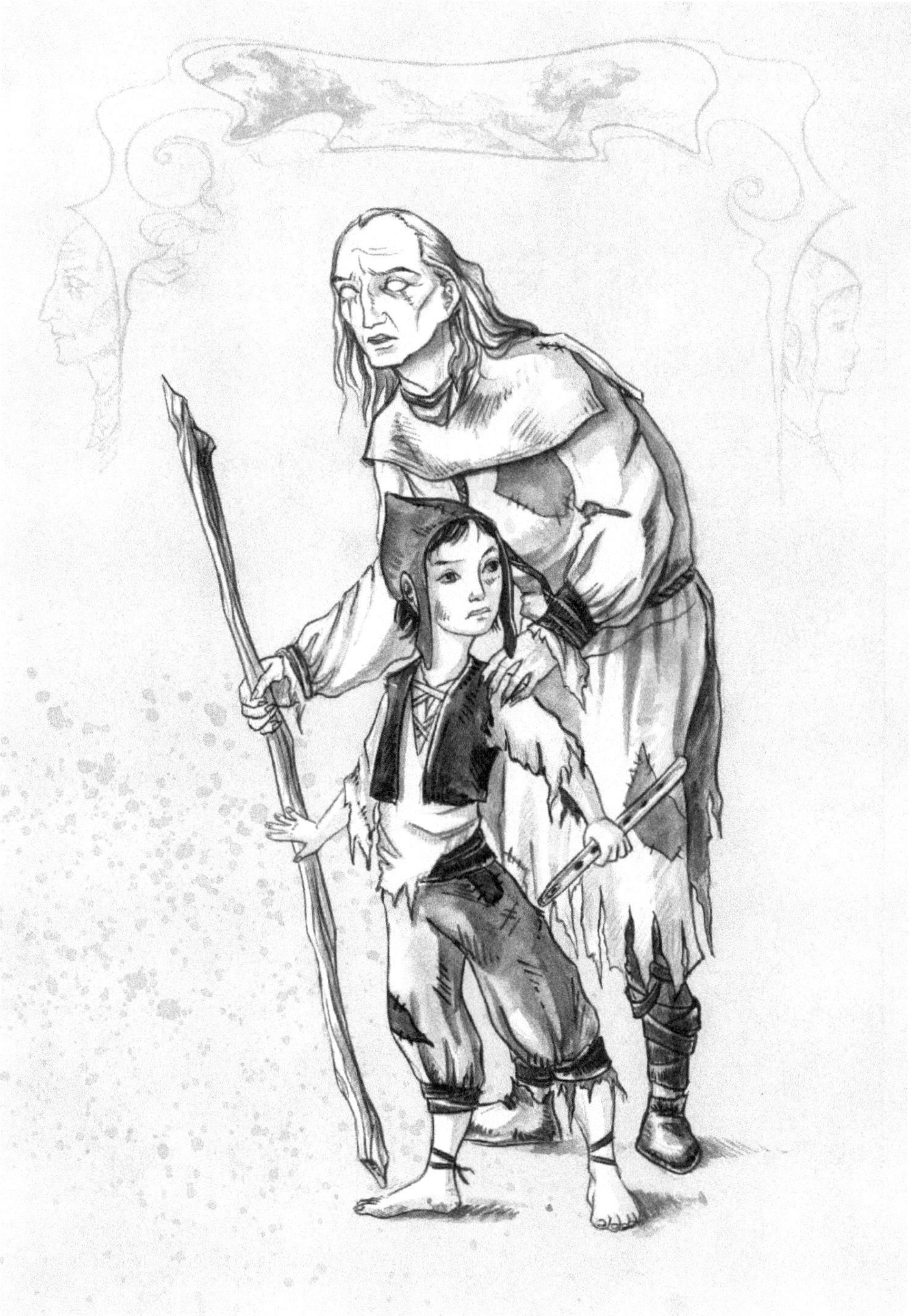

Chapitre 16

Égémina

L'arrivée à Égémina ne fut pas celle escomptée par Myrdhanos. Les sentinelles refusèrent de le laisser entrer dans la Capitale, lui qui, il y a peu de temps, faisait partie des meubles du palais. Le grand chambellan ne se déplaça même pas. Il envoya un apprenti pour annoncer à maître Myrdhanos qu'au vu des derniers événements, sa présence n'était pas la bienvenue.

L'apprenti bafouillait, il ne devait pas avoir plus de deux cents ans, un adolescent à peine sorti de l'enfance. Myrdhanos insista, il avait des révélations à faire et craignait, en plus, qu'un danger soit présent dans la Capitale, danger qui pourrait menacer le Roi.

L'apprenti ne savait plus quoi faire. Il avait un dilemme devant lui : s'il se pliait aux ordres et ne laissait pas entrer Myrdhanos, mais que le Roi était attaqué, il serait sanctionné, et si Myrdhanos n'avait rien d'important à dire, il serait puni aussi. En plus, il connaissait la réputation de Myrdhanos : haut mage des royaumes et chef du clan des Maspian.

Il fit, finalement, signe aux gardes de les laisser passer. Auparavant, il demanda à tout le monde de se séparer de leurs armes. On accrocha à Myrdhanos un bracelet de contre magie, ensuite la petite bande fut conduite devant le Roi. Le palais d'Égémina avait été construit dans les arbres. Il n'avait rien à voir avec les palais somptueux de Bénézit. Tout était fonctionnel, même si, au lieu de paillasse de toile de jute et de fourrage, se trouvaient au sol des coussins de soie garnis de plumes. La cour du Roi était plus dense que d'habitude, ce jour-là. Des chefs de villages se trouvaient ici et exprimaient leur inquiétude. La forêt diminuait et, avec elle, la natalité du peuple des invisibles.

Le Roi semblait inquiet lui aussi. L'arrivée de Myrdhanos dans la grande salle fit se tourner tous les visages dans sa direction :

« Maître Myrdhanos, votre présence n'est pas souhaitée en ces murs. Mon peuple a de plus en plus peur. Regardez ce qui est arrivé aux Tholliens. Votre peuple les a tous exterminés sans que vous ne bougiez le petit doigt.

— Je sais, votre majesté. Je suis au courant. Mais la faute en incombe à d'autres personnes, et c'est pour cela que je suis ici. Quant à la possibilité d'un massacre de votre peuple, les Tholliens étaient au plus trois cents âmes et regroupés sur un petit territoire. Votre peuple est immense et disséminé sur tout le territoire. Il serait impossible qu'un tel désastre se produise.

— La forêt a encore diminué.

— Je sais, j'ai pris des mesures. J'espère qu'elles arriveront à temps. Enfin, majesté ce que je vais vous dire ne doit pas vous offenser, mais quelqu'un de votre cour est responsable du massacre des dragons.

— Un Élénian responsable du massacre ? Seriez-vous devenu fou pour proférer de telles insultes ? Déclara le chambellan.

— Calmez-vous, mon brave, ce n'est nullement mon intention d'accuser un Élénian d'une telle vilénie et je ne l'ai pas fait. Avant de quitter le palais, j'ai découvert que la Reine était en réalité un démon à la solde de l'innommable. Et je pense qu'ici se trouve un de ses complices, et que c'est lui aussi qui a envoyé, à feu notre roi, un message le prévenant d'une rébellion des Tholliens. La fausse Reine n'a eu qu'à forcer le Roi à l'attaque préventive.

— Je vois, répondit calmement le Roi, abasourdi par une telle masse d'informations. Donc, un démon serait parmi nous et agirait pour semer de nouveau la discorde. Avez-vous une idée de qui peut bien être ce démon ?

— Non, majesté, mais puis-je vous demander si vous avez toujours, à Égémina, la pierre sacrée d'Élénia ?

— Oui, elle est toujours enchâssée dans mon gant.

— Puis-je en tester le pouvoir ?

— Si cela doit être fait. »

Le Roi retira son gant droit. Un page tendit un coussin pour que le Roi y dépose la pierre et l'apporta à Myrdhanos. Myrdhanos lança un mot de pouvoir :

« La pierre est bien là, intacte.

— Bon, y a-t-il un moyen de trouver ce démon, maître Myrdhanos ?

— Oui, votre majesté. Je pense qu'il va se trahir en voulant prendre la pierre. Il nous suffit donc d'attendre qu'il essaye de s'en emparer. »

Le petit page mena Myrdhanos et ses amis dans une maison qu'on réservait aux invités de marque. La salle était richement décorée, les coussins étaient du plus grand luxe.

Le page revint avec une collation et resta à leur disposition. Il ne devait pas avoir plus de cinquante ans Élénians, ce qui faisait une douzaine d'années humaines. Il se tenait là, écoutant les conversations sans vraiment les écouter. Même s'il était fatigué par sa journée, il se tenait droit, attendant la moindre demande des gens qu'il devait servir. Dans un an, peut-être deux, il serait nommé écuyer, puis, plus tard, chevalier ou garde du Roi.

Ces années de servitude lui apprendront la patience et l'humilité. Même le plus haut des princes devait passer par là, ce qui différait de la façon de penser des humains. Myrdhanos, sentant la fatigue arriver, lui déclara :

« Vous pouvez aller dormir. Réveillez-nous une heure après l'aube.

— Bien, maître, répondit l'enfant. »

Anadrin était là, lui aussi. Le chambellan l'avait chargé de savoir ce qu'il se disait dans la chambre des étrangers. Mais ceux-ci, fatigués par leur long voyage, dormaient profondément.

Il vit le page partir, il lui rappelait sa jeunesse. Cela faisait près de deux cents ans qu'il était entré au service du seigneur Arlin. Il se rappelait les soirées à nettoyer les lieux d'aisance avec une brosse minuscule, ou à faire la vaisselle. Son compagnon de misère de l'époque était, d'ailleurs, l'actuel Roi du peuple

Élénian. Il ne s'en vantait pas. Tous les archers de la garde royale actuelle avaient fait leurs classes avec le Roi.

De page, il devint écuyer du seigneur Arlin. Ce dernier lui avait appris à manier l'arc avec une précision hors du commun. Le seigneur Arlin était dur dans son enseignement. Il ne supportait pas qu'un soldat n'aille pas au bout de ses capacités, et on ne mangeait qu'une fois l'exercice réalisé à la perfection. Ainsi, à cinquante ans à peine, Anadrin avait gagné un tournoi, alors qu'il était le plus jeune compétiteur. De tous ces moments avec le seigneur Aldrin, Anadrin se rappelait d'un en particulier.

Il devait avoir à peu près une centaine d'années. Il venait de passer archer et il était parti un moment dans la forêt, sans prévenir personne. Arlin fut le premier à le retrouver. Au lieu de se fâcher contre lui, le vieil Élénian s'assit sur une pierre et commença à bourrer sa pipe :

« Tu es parti. Certains pensent que tu es un lâche, que la pression de la garde royale était trop forte, que tu as peur, le moment venu, de ne pas pouvoir sauver le prince.

— Et vous, que pensez-vous ?

— Moi, ce que je pense, tout le monde s'en fout et toi aussi. L'important, c'est ce que toi tu penses de tout ça. Si tu aimais aller te balader dans la forêt, tu aurais fait ranger, pas garde royal. En plus, le ranger est acclamé alors que le garde royal est invisible.

— Oui, mais il défend la cité. Vous êtes garde royal, vous aussi, et les gens recherchent votre compagnie.

— Bien sûr, mais j'ai plus de mille ans. Regarde une chose, j'ai une médaille de guerre et une armure. Tout le monde a une armure, ici, et tout le monde se fiche de savoir si j'en ai une d'argent ou de cuir aujourd'hui. Ne te retourne pas et dis-moi quelle armure je porte.

— Je n'en sais rien.

— Bien. Maintenant, dis-moi de quel côté j'ai mis ma médaille, ce matin.

— Elle est à gauche, je crois.

— Non, tu en es sûr. Tu as fait plus attention au fait que, pour venir te chercher, j'ai mis ma médaille. Alors que, si des barbares nous attaquent, qui me protégera le plus, ma médaille ou mon armure ?

— Votre armure, bien sûr.

— Donc, tu vois, ce qui est invisible n'est pas forcément le plus inutile.

— Je vois.

— Alors, maintenant, dis-moi, pourquoi as-tu abandonné ton poste ?

— Je n'en sais rien.

— Et bah, dis donc, tu risques la prison et tu ne sais pas pourquoi ?

— Non. Je voulais voir autre chose que le métier de garde, sans doute, réfléchir dans un lieu tranquille.

— Je vois. »

Arlin et lui étaient remontés à la Capitale et Arlin avait parlé en sa faveur. Il avait juste été sanctionné pour la forme. Depuis ce temps, et grâce à Arlin, les écuyers qui finissaient leur apprentissage pouvaient partir pendant une lune dans la forêt et, au retour, faire leur choix de carrière.

L'aube se levait à peine, quand une ombre fila dans la forêt, quittant la Capitale à la barbe des gardes. Passé sous sa fine ceinture de lin, un gant orné d'une pierre :

« Ainsi, le démon c'était toi ? Déclara une voix sortie de nulle part.

— Oui, c'était moi, répondit le petit page.

— Tu as un nom ?

— J'en ai des milliers.

— Un seul me suffira.

— Comment as-tu su ?

— Je t'ai vu échanger les gants, quand tu l'as ramené au Roi. Et tu es le seul à n'avoir eu aucune réaction quand j'ai dit qu'un Élénian était responsable du massacre. Tu nous attendais pour nous faire porter le chapeau, non ?

— Je vous attendais pour cela, en effet.

— Tu as perdu. Rends-nous la pierre, et je te laisserai partir.

— Viens la prendre. »

L'enfant se changea alors en une bête à trois têtes : l'une représentait un scorpion, l'autre un félin, et la dernière un oiseau. Il avait une queue de scorpion, aux quatre pattes postérieures deux armées de griffes immenses et d'autres de serres :

« Alors, qu'attends-tu ?

— Au moins que le poison que j'ai mis dans votre boisson fasse effet. Je l'ai baptisé le coupeur de sort. Sans ton bracelet, tu ne peux plus rien lancer. Alors ? »

Le combat allait être inégal. Les autres membres de la bande sortirent de leur cachette. Ils avaient tous récupéré leurs armes, mais que faire contre un tel monstre. Le démon ne semblait pas être un sorcier, c'était déjà un point de gagné. Mais ses attaques étaient dévastatrices.

Anadrin, venu à leur secours, tentait de percer de flèches la bête immonde, mais aucune flèche ne transperça sa cuirasse. Amahan, malgré les indications d'Arkesh, ne tarda pas non plus à être hors combat. Hanlon se battait comme un diable et réussit à couper une des serres de la bête, avant de se faire envoyer au tapis par la tête en forme d'oiseau. Le bec lui entailla l'épaule.

Myrdhanos ne put rien contre ce monstre. Alvador, couard devant l'éternel, s'était caché près d'un arbre pour prier. Hanlon regarda la forêt dense et les arbres, il en estima la hauteur et prit sa décision. En un instant, il gagna sa taille gigantesque et s'abattit sur le démon pour le dévorer d'un seul coup.

Hanlon, ayant repris sa forme humaine, se dirigea vers Myrdhanos :

— Vous allez bien ?

— Comment as-tu vaincu le démon ?

— J'ai pris un énorme risque. Mais je me suis dit qu'ici, en forêt, personne ne me verrait.

— Ainsi, tu t'es transformé ? demanda Myrdhanos.

— Non, ami, je suis redevenu moi-même, répondit doucement Hanlon. »

Puis, Myrdhanos se pencha vers Anadrin :

« J'imagine que vous voulez le gant.

— Oui, maître.

— Vous avez vu ce démon ?
— Oui.
— Eh bien, je pense qu'il y en a trois autres sur Orobolan. Et que, pour tuer ces démons et en empêcher d'autres d'arriver, il faut ce médaillon et un élu Élénian. A mon avis, vous êtes cet Élu. »

Anadrin réfléchit un moment :
« Je ne comprends pas tout. Mais, admettons que je vous suive pour m'assurer que le gant ne disparaîtra pas. Je ne suis pas obligé de dire que je l'ai retrouvé si près de la Capitale, c'est cela ?
— Je vois qu'Aldrin t'a bien formé. »

* * * * *

Au matin, quand elle partit, elle avait oublié sa mission. Son désir de retrouver l'homme qui avait mis la vie en elle était le plus fort. Shana savait qu'elle risquait sa vie et celle de son enfant. Son ancien maître ne serait pas clément en apprenant qu'elle l'avait trahi. Mais le prêtre, et surtout les gnomes, lui avaient montré qu'une autre vie était possible. Shana se plaça en transe et chercha, de par le monde, les énergies magiques puissantes. Elle trouva celle de son ancien compagnon près du gouffre, au nord. A Bénézit, elle trouva une énergie phénoménale : une petite personne au pouvoir divin. Plus étrange, une énergie similaire se trouvait à Drakinar, mais l'énergie semblait enfouie au plus profond de l'être humain. Si enfouie qu'elle lui était inaccessible. L'homme souffrait aussi d'une peine immense. Shana était épuisée, ses forces la quittaient, mais elle poursuivit. Elle finit enfin par trouver le jeune mage, aux abords de la grande forêt.

Pour récupérer de cet effort, elle dut se reposer une demi-journée. Sur sa route, se trouvait un village humain bien étrange. Le village, de forme circulaire, étant séparé en deux, la fontaine se trouvait au centre. Shana s'aperçut que les hommes qu'elle croisait la regardaient avec dédain. La jeune assassin remarqua que quelques habitants de la zone ouest étaient métissés. Shana chercha le temple. Elle en trouva un dans chaque partie du village, tous les deux sous la bannière de l'Unique.

L'un, à l'Est, portait des armes de guerriers, ce qui était inhabituel pour un temple sacré.

L'autre portait les symboles de Polinas et d'Élénia enlacés. Shana, épuisée par le voyage, sentit ses jambes faiblir. Elle tomba à terre en pleine rue et elle entendit une voix crier :

« Les garçons, dépêchez-vous, allez aider cette dame. »

Deux grands gaillards s'approchèrent de Shana, impuissante. Ils la soulevèrent et l'emmenèrent dans leur maison.

« Sur ma couche vite, ordonna une vieille dame courbée par les ans. Et faites un peu attention, elle attend un enfant. »

La vieille femme se pencha vers Shana, un bol dans la main.

« Buvez, c'est de l'eau sucrée, cela vous redonnera des forces. »

Une fois désaltérée, Shana remercia d'un souffle.

« Maman, déclara l'un des gaillards, c'est l'une des leurs. Et elle repose sur le lit de Sarween, en plus.

— Je sais, mais elle est épuisée et attend un heureux événement.

— Si ça se trouve, le père est un de ces humains d'en face.

Shana ne comprenait pas si ce que l'homme lui reprochait était d'être askari ou d'être enceinte d'un humain.

« Mais non, son mari doit être un bel askari. Peut-être un archer, n'est-ce pas, ma chère ?

— Il est mage, je dois le rejoindre, répondit Shana. »

Elle omit de donner la race de Myrdhanos. De toute façon, il n'était pas vraiment humain.

Shana était faible, l'enfant à naître lui prenait beaucoup d'énergie. La vieille dame lui dit que certains des « autres » partaient pour Égémina d'ici deux jours. Ils trouveront bien une charrette pour la porter là-bas. Shana comprit ce qui divisait ce village. Les deux parties vénéraient l'Unique et aimaient les askaris mais seule l'une des deux acceptait les unions métissées.

Une vingtaine d'années auparavant, un conflit avait éclaté. Le chef du village avait interdit une de ces unions. Le prêtre l'avait célébrée en secret, dans la forêt. Furieux, le chef avait tué le prêtre et les deux époux. L'homme était un guerrier très respecté. Le chef du village fut mis à mort pour calmer le peuple des invisibles, qui nomma un nouveau prêtre.

Les partisans de l'ancien chef nommèrent son fils chef du village et prêtre de celui-ci.

Alors une guerre sourde commença, elle déchira de nombreuses familles, quand il y avait des désaccords.

Tout doucement, le village prit son allure actuelle, un second temple fut construit. C'était là que vivait le fils de l'ancien chef. Depuis, chaque partie du village tentait de renverser l'autre à l'aide de menaces et d'intimidations.

« Vous semblez parler de votre ancien chef avec horreur, mais vous habitez à l'Est ?

— L'Unique nous enseigne à respecter les cultes, notre chef n'aurait pas dû tuer le prêtre, mais sa cause était juste. Ma fille Sarween fut tuée parce qu'elle aimait un homme qui lui a préféré l'une des vôtres.

— Comment est-elle morte ?

— Nous avons trouvé son corps pendu à un arbre, répondit la vieille femme les larmes aux yeux.

— N'a-t-elle pas pu mettre fin à ses jours par désespoir ?

— Le suicide est interdit par l'Unique, voyons, répondit la vieille femme vexée. »

Shana préféra changer de sujet et parla de cuisine.

Le matin du troisième jour, un homme entra. Il salua les habitants de la maison, mais ne salua pas la future mère.

« Corlaween est morte. Ce sont eux. Le chef veut voir ton invitée.

— Elle est encore faible.

— Il a dit que c'était urgent. »

Shana, qui avait pu se soigner grâce à la Toile, se leva.

Elle fut escortée par l'homme jusqu'au temple de l'Unique.

A l'intérieur, elle y trouva un homme, habillé en prêcheur, mais portant une épée symbole de son rang de Chef. Il l'invita à s'asseoir. Shana remarqua que les deux sièges étaient à la même hauteur. Il la considérait donc comme une hôte de marque, et non comme une prisonnière.

« Chère émissaire, que la dame des eaux m'en soit témoin, ceux d'en face ont rompu la trêve. J'ai appris que vous comptiez rentrer à Égémina. Vous pourrez donc rapporter au Roi leur félonie.

— Je devrais faire enquête et je souhaite rejoindre mon époux au plus tôt. J'ai déjà trop tardé, la délivrance approche. »

Shana regarda cet homme, bombardé prêtre et chef de guerre par une populace en colère.

Son habit était ridicule. Le tailleur avait tout fait pour faire un vêtement sacré, mais le résultat était pitoyable.

Le « chef » reprit :

« La culpabilité de ceux d'en face ne fait aucun doute. Et puis, il s'agit d'une journée tout au plus. Je vous fais préparer mon meilleur attelage, un des plus confortable. »

Shana ne répondit pas, elle continuait de regarder ce temple.

Bâti à la hâte, l'autel de bois et de roseaux était rangé dans un coin de la pièce, caché sous une peau de bête. On devait le déplacer pour les cérémonies.

Comment les gens pouvaient-ils accepter d'avoir accès à Dieu qu'à certains moments ?

Shana, voyant que le Chef donnait des signes d'impatience, finit par répondre d'un ton las :

« Soit. Je vais faire mon enquête, mais que personne ne me gêne. Je partirai demain, à l'aube, pour porter au Roi ma conclusion. Que mon équipage se tienne prêt.

— Cela sera fait. Et j'espère que sa majesté me nommera Chef du village, en remerciement de ma loyauté. »

Shana prit alors congé. Ainsi, le souci de justice était amoindri par le désir de pouvoir.

Le Monarque avait bien d'autres soucis. Myrdhanos avait quitté sa Capitale en emportant le cœur d'Égémina, le joyau le plus sacré des Askaris.

Sortant du temple, elle demanda à se rendre auprès du corps de Corlaween. L'un des gardes la conduisit en dehors du village, dans une clairière.

Une jeune fille reposait à terre, une flèche plantée dans la poitrine. Le haut de sa robe était maculé de sang. Shana se pencha pour regarder la flèche. Une flèche askarie, garnie de plumes jaunes et bleues. Tout en examinant le corps, l'assassin remarqua que les hommes portaient tous des armes. Un conflit n'allait pas tarder à éclater. Shana pria un instant pour la défunte et demanda à ce que commencent les rites funéraires. Puis elle avertit le garde qui était toujours derrière elle :

« Réunissez tous les archers du village à la fontaine, et dans le plus grand calme. Pas de sang versé. »

Shana se rendit au centre du village, où une femme lui proposa un siège. Elle s'y assit. La foule faisait un cercle autour de la place, les gardes des deux côtés retenaient le peuple.

Tous les hommes tenaient leurs armes bien en main. Les femmes arrivaient avec une bêche ou un rouleau à pâtisserie.

Shana, en attendant les archers, écoutait les dires de la foule.

« Une émissaire, si vite ?

— *Oui, et elle est enceinte.*

— *Le père est humain ?*

— *Impossible, elle vit à l'Est.*

— *Et la petite, qui c'est donc ?*

— *Corlaween, elle n'a que dix ans.* »

Les archers commençaient à arriver, sous bonne garde. L'un voulut parler mais un garde le frappa au ventre. L'homme s'écroula sous la douleur.

« Que veut cet homme ? Menez-le moi. »

L'homme fut trainé par deux gardes devant Shana.

« Ma dame, je suis innocent, j'étais avec ma fille.

— *Je suis là pour cela, j'ai juste demandé à voir les archers.*

— *Oui. Mais il n'y a que les nôtres. Les leurs ne sont pas là, notamment Urguk.*

— *Chien ! Comment oses-tu ? Corlaween lui était promise, rugit l'un des gardes.* »

La foule de l'Est hurla :
« Pendez-le, pendez-le. »
Shana, d'un geste, imposa le silence.
Elle se leva et regarda avec attention les flèches dans le carquois de chaque archer.
Aucune n'était similaire. Cela n'étonna pas l'assassin : les plumes retrouvées au bout des flèches n'étaient pas les bonnes, elles devaient avoir été remplacées.
Soudain une femme en pleurs fendit la foule. Les gardes ne purent la retenir.
« Ma dame, ces hommes sont des monstres. Ils viennent de tuer mon mari, qui n'avait rien fait. Ils l'ont tué devant mes enfants, l'ainé n'a que six ans. »
Shana vit les gardes amener la dépouille de l'homme, qui fut jeté à ses pieds. Son arc et son carquois furent également déposés. La femme se jeta sur le corps de son époux.
Shana examina une flèche avec attention. Même si les plumes étaient bleues et jaunes, c'était des vraies plumes d'arc, bien mieux taillées. La supercherie était maintenant évidente. Aussi, elle demanda :
« Pourquoi avoir tué cet homme ?
— Il était armé. Il avait bandé son arc, répondit l'un des guerriers. »
La femme, les yeux rougis par les pleurs, leva la tête :
« Il apprenait à notre fils à tirer à l'arc. Vous ne lui avez rien demandé. Vous l'avez abattu comme un animal, et devant ses fils. Que l'Unique vous maudisse tous. »
Reculant devant la femme en furie, les guerriers se cognèrent aux gardes de l'autre camp, qui sortirent leur dague et leur tranchèrent la gorge.
Cela mit le feu aux poudres. Les deux camps se jetèrent les uns sur les autres et tous commencèrent à s'entretuer : hommes, femmes et enfants se jetaient dans la bataille.
Shana usa de son pouvoir pour quitter la place et se réfugier dans le temple de l'ouest.
« Les combats ont commencé ?
— Oui.

— C'était inévitable. Je vais partir avec vous pour Égémina. Je devrais rester et secourir ceux qui le méritent, mais l'Unique aura du mal à reconnaître les siens, ici.

— Le coupable a changé la couleur des plumes de ses flèches pour faire accuser un homme d'ici.

— Cela n'a plus d'importance, ce village court à sa perte. Polinas va avoir beaucoup de travail ce soir, répondit le prêtre d'une voix emplie de tristesse. »

Il lui prépara à dîner, puis lui installa une couche pour la nuit. Shana et le prêtre askari virent les maisons qui commencèrent à brûler.

Au matin, Shana parcourut le champ de bataille : la plupart des maisons proches de la grande place avaient brûlé. Des femmes et des enfants, agenouillés près des corps, pleuraient.

Shana demanda si Urguk avait survécu. Une femme en pleurs lui indiqua le corps : c'était l'homme qui avait tiré sur l'archer innocent. Ses flèches étaient en frêne, un arbre de vie.

C'était une erreur. Et parmi toutes ses flèches, Shana en trouva deux qui étaient maquillées en bleu et jaune.

Shana se dit qu'Urguk aurait fait un bon chien pour son ancien amant. Shana quitta le village et prit la direction du nord. Au bout d'un court moment, elle vit un homme lui barrer la route :

« Votre Capitale est de l'autre côté.

— Le prêtre est parti porter mon message. Moi, j'ai à faire ailleurs : Urguk a tué Corlaween.

— Urguk était un faible. J'ai tué Corlaween, et je suis sûr que ton fils est le bâtard d'un humain.

— Mon amant n'est pas humain. »

Shana réfléchit un instant et, soudain, elle se rappela où elle avait vu l'homme :

« Vous êtes le père de Corlaween, déclara l'assassin incrédule.

— Oui, mais il fallait un sacrifice pour que les impies soient chassés du village. J'ai consenti à ce sacrifice pour l'honneur du village. Si vous aviez fait ce que j'attendais de vous, j'aurais pu devenir le chef du village.

— Comment ?
— L'autre pantin ne veut s'occuper que de son temple. Je suis le plus grand guerrier, j'aurais été élu chef.
— Alors, vous avez tué votre propre fille. Je vous maudis et vous envoie dans la chambre de souffrance.
— Vous ne pourrez jamais vu votre état. Je vais vous exterminer, votre vie ne sert à rien. »

Shana n'eut qu'un seul regard pour l'homme, avant que Polinas vienne chercher son âme.

Shana, de bonne humeur, se servit de la forêt pour prévenir le prêtre des derniers évènements.
Elle le laissera décider, même si, pour elle, il fallait raser ce village. Les adeptes de l'Unique se montraient aussi décevants que les autres.

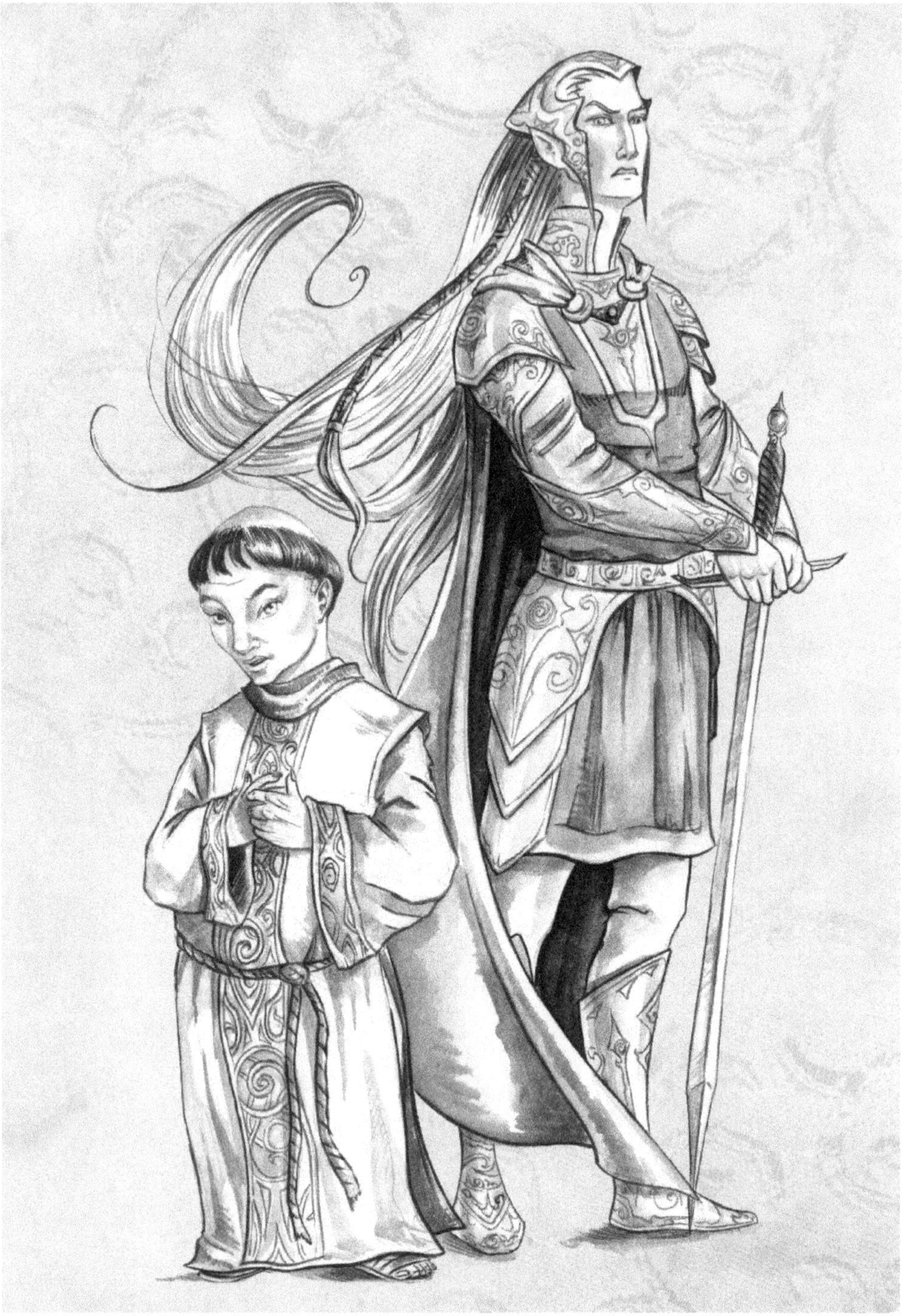

Chapitre 17

Le dévoreur d'âmes

Au troisième jour, Myrdhanos et ses amis arrivèrent dans un petit village. Là, les gens leur parurent tout de suite bizarres :

« Myrdhanos, je n'aime pas cet endroit. Il y a là une odeur de mort. Qu'est-ce que cela peut bien être ? Demanda Alvador. »

Le son de la flûte d'Arkesh se fit étouffer, presque inaudible.

— Le village des damnés est encore loin, il faut encore cinq jours de marche. Et puis, les fils d'Ikan se sont calmés. Le Conseil les a prévenus. Mon maître Bérésio a mis un terme à leurs agissements bestiaux.

— Ces bêtes me dégouttent. Boire le sang de leurs semblables, comment peuvent-ils ? Répliqua Anadrin.

Et encore, mon père m'a raconté qu'à l'époque d'Érébios, Ikan torturait ses proies avant de les manger. Il mangeait les parents devant leurs propres enfants, se faisait l'ami des petits pour mieux les torturer par la suite, déclara Hanlon.

— Quelles atrocités !

— Deux lieutenants et quelques sbires ont survécu. Ils ne doivent pas être plus d'une centaine maintenant.

— Qui est le nouveau chef de clan ? Demanda Hanlon.

— Je ne sais pas. Cela change souvent, et j'avais d'autres préoccupations dans les colonies.

— Je vois.

Cette dernière remarque de Hanlon blessa profondément Myrdhanos. Il avait fait un choix et s'était trompé. Par sa faute, un peuple avait disparu du monde d'Orobolan.

Aucun des habitants du village ne salua les deux cavaliers. Tous faisaient leurs tâches machinalement. Le cheval d'Hanlon bouscula une vieille dame : celle-ci se releva comme si de rien n'était et reprit sa route sans un mot.

« Vous ne remarquez rien ? Demanda Anadrin.

— Non, répondit le prêtre.

— Ecoutez bien, reprit Anadrin.

— Je n'entends rien, répondit Myrdhanos.

— Justement ! Pas un cri d'oiseau, pas un rire d'enfant, pas un son de marteau sur une enclume, répondit Amahan.

— Ce village me fait froid dans le dos. Hâtons-nous, il nous reste encore beaucoup de route jusqu'à chez moi.

— Et dire qu'en forme de dragon, tu y serais en trois heures tout au plus.

— Oui, mais je serais massacré à l'arrivée. »

Alors qu'ils quittaient ce village de désolation, Hanlon vit une petite fille d'une demi-douzaine d'années traîner derrière elle une ficelle :

« Que fais-tu, ma petite ?

— Pourquoi tu aboies, Fikel ?

— Tu promènes ton chien ?

— Il n'y a rien devant nous, alors pourquoi tu aboies ?

— Tu m'entends, petite ?

— Arrête d'aboyer, sinon papa ne sera pas content si tu aboies. »

Hanlon en eut froid dans le dos.

Quand les chevaux passèrent devant une grotte, Myrdhanos ressentit un pouvoir étrange, le mal à l'état pur. Un démon se cachait dans cette grotte. En écoutant mieux, ils entendirent des murmures et des gémissements. Des humains étaient encore prisonniers. Tous n'avaient pas encore subi le sort des habitants du village. Myrdhanos fit signe à Hanlon de le suivre. Après avoir mis pied à terre, les deux hommes s'engouffrèrent sans un bruit dans la sinistre grotte. Arrivé à un virage, Myrdhanos s'arrêta. Un couple et deux enfants se tenaient là, terrorisés devant une bête à l'allure humaine, mais aux traits ravagés.

Myrdhanos ressentait le pouvoir de cette bête, il était immense. Elle serait difficile à vaincre :

« Alors, mes mignons ? »

La bête se rapprocha du petit garçon, qui était terrorisé. On voyait qu'il avait souillé son pantalon de terreur. La bête passa une de ses griffes sur son visage. Le petit pleura :

« Tout doux, je ne te veux pas de mal, pas à toi. Si tu me promets d'être sage, je serais gentil avec ta maman et ton papa. Sinon, eh bien, ils retourneront au village comme les autres. »

L'enfant était de plus en plus terrorisé. Myrdhanos remarqua une cage au fond. Elle était énorme, mais semblait presque vide. Les derniers habitants du village devaient s'y trouver. Le garçonnet balbutia quelques mots, puis le Goth maar se tourna vers la fillette, encore plus terrorisée que son frère. Le goth maar renvoya les enfants dans la cage. La mère était entrée, mais le père fut retenu un instant par la créature. Son regard se vida jusqu'à devenir monotone, comme ceux du village. Hanlon frémit de terreur. Myrdhanos comprit qu'à chaque âme prélevée, la créature devenait plus forte :

« Que cela serve de leçon, on ne ment pas à goth maar. »

La femme se mit à gémir, pleurant à côté de la dépouille de son mari.

Soudain, le goth maar parut surpris :

« La Toile, je ressens la Toile, pas un humain, c'est sûr. Qu'est-ce que c'est ? Cela vient pour défendre les âmes des villageois. »

Myrdhanos était terrifié. La créature l'avait repéré et il ne pouvait compter sur les pouvoirs d'Hanlon. Myrdhanos tira son épée et sortit de la pénombre :

« Créature, tu es maudit. Le sang des Fenrahims coule dans mes veines, je vais te faire retourner au néant.

— Ainsi, un séide du faux Dieu. Le maître nous a prévenus.

— Un séide non, un mage. Et toi, qui es-tu ?

— Je suis le dévoreur d'innocents, je suis le goth maar, général des bas-fonds de Kêr-daonet. Bientôt, ton âme sera à moi.

— Nous verrons. Es-tu une créature d'honneur ?

— Bien sûr, siffla Goth.

— Alors, je te propose un marché : si tu gagnes, mes pouvoirs seront tiens.

— Et si je perds ?

— Tu rends leurs âmes aux villageois.

— Ton âme est déjà à moi. »

Myrdhanos se mit en position de combat. Hanlon se demandait, inquiet, comment allait finir le duel. La difficulté, pour Myrdhanos, était que Goth n'avait pas d'épée, mais des griffes immenses au bout des mains. Le combat était rude. Avec sa seule épée, Myrdhanos devait se battre contre huit lames acérées.

Le Goth maar pouvait lancer deux attaques. Dans le même temps, Myrdhanos ne pouvait lancer qu'un assaut. Il devait toujours faire attention à la contre-attaque. Par deux fois déjà, le Goth maar lui avait labouré les flancs. Le sang coulait sous le tabard de Myrdhanos, la douleur devenait insoutenable. Myrdhanos était un mage, et la science des armes n'était pas sa favorite. Hanlon, qui se demandait comment il pouvait lui venir en aide, voyait bien que Myrdhanos perdait pied.

Soudain, celui-ci, à bout de force, lâcha son épée. Le combat était fini, le Goth maar avait gagné. Goth s'approcha, victorieux :

« Maintenant, mage, tes pouvoirs sont à moi.

— Viens, Goth, prends ma main, je vais te les transmettre. »

Le Goth, sans méfiance, la serra. Myrdhanos s'en servit comme appui pour retourner le combat à son avantage. En un éclair, le Goth, sans comprendre ce qui se passait, se retrouva un bras coincé dans le dos, et l'autre main de Myrdhanos sur sa nuque, prêt à la lui tordre :

« Tu es malin, mage, tues-moi.

— Non, Goth. N'oublie pas notre marché, les âmes des villageois. »

Le Goth ouvrit la bouche et un flot de lumière en sortit. L'homme hagard, dans sa cellule, revint à lui.

« Bien ! Tu es un démon de parole, Goth. Je vais te renvoyer d'où tu viens. Adieu, ne remets jamais les pieds sur Orobolan.

— Non, pitié ! »

Myrdhanos incanta et le goth disparut. Hanlon vint soutenir son ami et l'allongea. Puis Anadrin posa ses mains sur sa poitrine. Le corps de Myrdhanos se nimba de bleu. Myrdhanos reprit pied. Il se dirigea vers la cage. Les habitants sortirent, affolés. Ils ne prirent même pas le temps de remercier l'équipe qui venait de les sauver. Au fond de la cage, dans la pénombre, deux personnes restaient assises. La première était assez âgée, l'autre n'était qu'un enfant. L'homme avait sa bouche posée sur le cou de l'enfant et semblait en aspirer le sang. Il se tourna vers eux :

« Vous êtes un être de la Toile ?

— Oui. Et vous, qui êtes-vous ?

— Je suis Krento de la lune bleue.

— Lâchez cet enfant, ou je vous envoie rejoindre le Goth maar.

— Laissez, mage. C'est moi qui veut nourrir mon maître. L'enfant avait dit cela d'une voix faible.

— Le petit est mon disciple depuis deux cents ans déjà. Notre prince l'a enfanté il y a si longtemps. C'est moi qui m'en occupe, je suis le gardien des innocents. Ces petits n'ont pas encore tué pour se nourrir, pas d'humains en tout cas.

— Et vous, que faites-vous là ?

— C'est une longue histoire. Une femme est venue nous voir. Elle nous a dit que, si l'on invoquait le Goth, alors il nous mènerait en dehors de notre non-vie. Le prince était d'accord, mais pas moi. Il m'a livré au Goth pour me punir, l'enfant aussi pour avoir pris ma défense.

— Bien, Krento. Et qu'allez-vous faire, maintenant ?

C'est la nuit, alors je vais retourner au château demander pardon à mon prince et lui apprendre que le Goth maar est vaincu.

— Comment s'appelle l'enfant ?

— Vénetin, mais il est au plus mal. Nous ne pouvions nous nourrir ici. Ce n'aurait pas été discret et le goth nous aurait tués pour avoir pris ses âmes. Le petit m'a donné sa force, mais il n'en a presque plus.

— Je vais voir ce que je peux faire.
— Vous êtes faible, vous risqueriez votre vie.
— Moi, répondit Alvador, que dois-je faire ?
— Vous êtes généreux, merci. Tendez votre poignet. »

Krento prit le poignet gauche que lui tendait Alvador. Il trancha les veines et mit la blessure sur les lèvres de l'enfant, qui avait perdu connaissance :

« Allez petit, bois, fais un effort. »

Krento commençait à pleurer, puis un sourire apparut sur son visage. L'enfant avait commencé à aspirer le fluide vital de Hanlon et reprenait vie. Puis Krento enleva le bras d'Alvador de la bouche de l'enfant. Myrdhanos referma la plaie de son compagnon :

« Le jour ne devrait pas tarder, prenons un peu de repos. Demain soir, je vous accompagnerai jusqu'à votre village.
— Bien, maître. »

Le groupe fut étonné que Myrdhanos se lie d'amitié avec de telles créatures.

Anadrin ne pouvait contrôler sa révulsion d'une créature damnée qui avait appartenu à sa race. Alvador pria, considérant ces créatures comme celles du démon. Tous avaient entendu la prophétie : il fallait un « mort sans l'être » et trouver le médaillon confié au clan de la lune bleue. Si Myrdhanos leur faisait confiance, l'Élu du sinistre clan devait être l'un d'eux.

* * * * *

Quelque part dans une dimension démoniaque, Goth se réveilla, terrorisé. Il savait ce qui l'attendait, ni le seigneur de Krystal ni la dame Ashaïna ne seront cléments envers lui à cause de son échec. Il espérait une deuxième chance.

Cela faisait deux jours qu'il était là, à attendre. Personne n'avait eu l'idée de le nourrir, et les âmes à prendre n'étaient pas nombreuses dans cette partie de la ville. Deux personnes entrèrent dans sa cellule. Il s'agissait de son maître, le seigneur Balimun, et de sa compagne, dame Nekheb. Le visage de dame Nekheb était voilé.

Chez les séides, on racontait que voir son visage vous plongeait dans la folie.

Ici-bas, dans la ville maudite, deux lieux étaient craints : le gouffre de la folie éternelle et la chambre des souffrances. Quand vous sortiez du deuxième, vous alliez au premier. Goth avait vu un séide envoyé là pour compter et recompter les cailloux du gouffre, un autre cherchait son ombre, qui était toujours derrière lui, quoi qu'il fasse.

« Alors, Goth, tu es revenu ?

— Oui, maître, le Fenrahim m'a vaincu.

— Tu sais ce qui t'attend ?

— Pas la chambre des souffrances, pitié, maître.

— Tu n'as pas rempli ta mission, Goth, tu en paieras le prix. Mais, avant, j'ai entendu une rumeur sur ma compagne, la reine Nekheb.

— Laquelle, maître ?

— Concernant son visage.

— C'est vrai.

— Alors, que dit-on de mon visage, Goth ? Déclara, d'une voix venue d'outre-tombe, la dame qui ne s'était pas encore manifestée.

— Que la simple vue de votre visage provoque la folie chez les séides, ma dame.

— Alors, vois mon visage, dit-elle en soulevant son voile.

Goth n'osait regarder. Pourtant, le visage de dame Nekheb était magnifique, celui d'une jeune femme fort jolie qui avait dû séduire bien des hommes quand elle était encore mortelle. Goth tourna le regard et admira ce visage divin, puis il le regarda avec envie. Mais il commença à se déformer petit à petit, des brûlures apparurent, comme si on l'aspergeait d'acide. Goth détourna le regard et sombra dans la folie. Balimun put l'amener dans la chambre des souffrances sans que ce dernier ne résiste. C'était une salle immense, où les prisonniers tournaient en rond continuellement. Quelle souffrance y avait-il là, à marcher en rond ? Aucune, mais chacun d'eux revoyait dans sa tête les plus mauvais moments de sa condition mortelle. Goth étant un séide, il ne pouvait avoir de souvenir bien à lui, mais il souffrirait éternellement, revivant le souvenir le plus douloureux de dame Nekheb. Mariée trop jeune à un vieillard, elle était devenue la souveraine d'un royaume déchu. Mais elle était tombée amoureuse d'un jeune garde du palais, du même âge qu'elle. Au bout de trois mois, les amants avaient été découverts. Lui avait été exécuté, elle avait eu le visage brûlé à l'acide et avait été chassée du palais. Elle était devenue le pire des assassins du royaume. C'était la douleur qu'elle avait ressentie au visage que Goth ressentirait pour l'éternité.

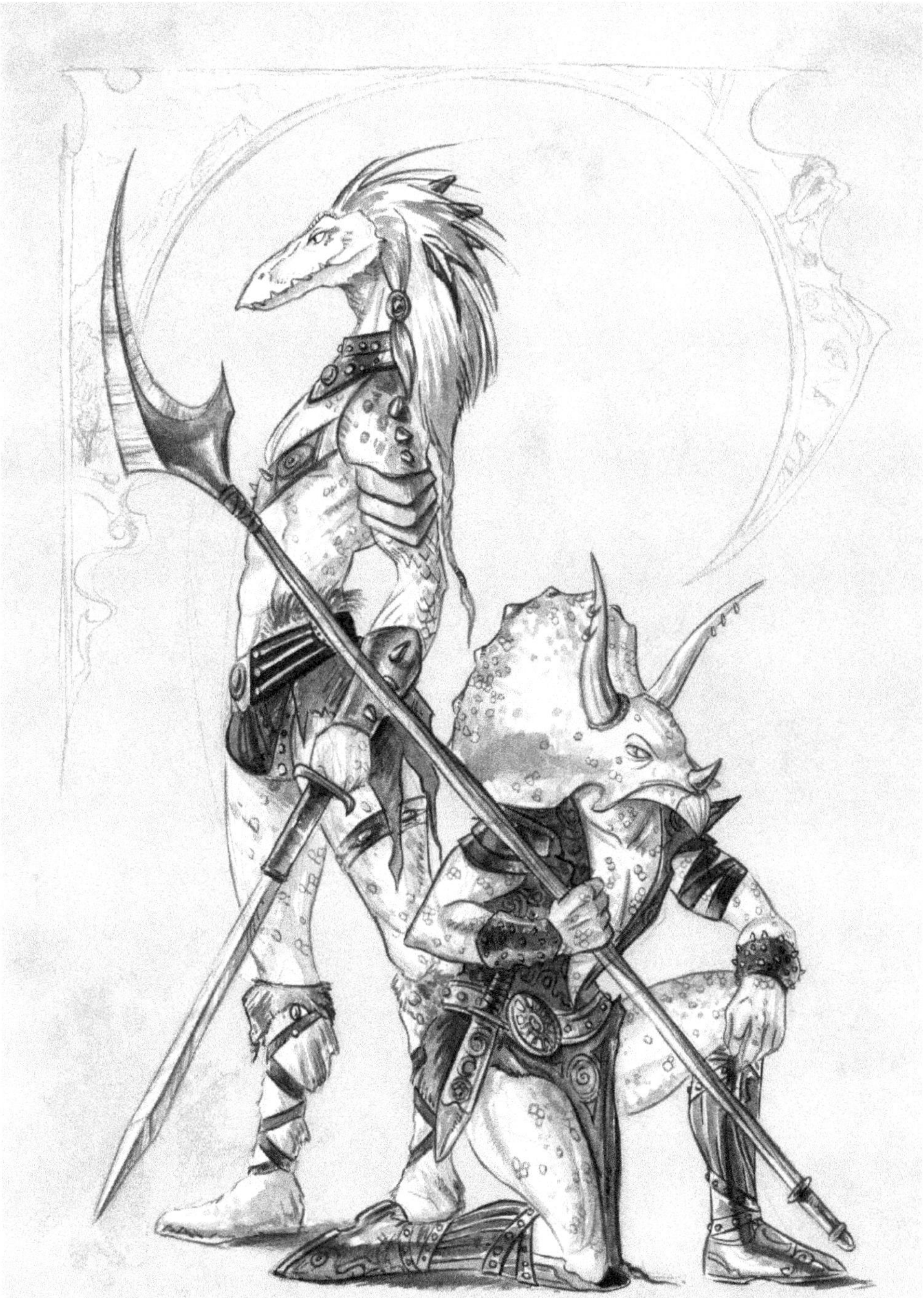

Chapitre 18

Gaskell

Le soir venu, l'équipe ayant repris des forces, tout le monde se dirigea vers le village de Krento. Cela arrangeait Hanlon, Gaskell était près de l'entrée sud du royaume souterrain des dragons. Il voulait enterrer au plus tôt son fils et sa femme.

Le voyage ne se fit pas sans encombre, même si Myrdhanos connaissait les chemins transversaux. L'armée était en état d'alerte, des émeutes avaient éclaté dans tout le pays, suite au massacre des dragons. Où était Kahor ? Avait-il survécu ? Peut-être que tous les dragons n'étaient pas morts, peut-être y avait-il d'autres survivants ?

L'aspect monstrueux de Krento n'aida pas non plus.

On arrêta les six hommes à un barrage :

« Halte, qui va là ?

— Nous sommes des marchands, nous nous rendons à Drakinar.

— Le territoire de Drakinar est interdit aux marchands, il est peut-être encore dangereux. L'attaque des dragons a été maîtrisée, mais on ne sait jamais. Il peut encore rester de ces monstres sanguinaires. »

Hanlon ne put garder son calme. Il changea sa main en griffes et se jeta sur le garde :

« Des enfants innocents, des femmes fidèles, pas des guerriers et tous, vous les avez massacrés. »

Myrdhanos s'apprêtait à lancer un sort, mais l'un des gardes l'immobilisa de la pointe de l'épée sur sa gorge. Les autres gardes crièrent :

« Un dragon ! Tuons-le. »

Tous voulurent se jeter sur Hanlon. Krento et Vénetin se jetèrent dans la bagarre, suçant le sang des gardes qui tombaient sous leurs attaques :

« Quelle attaque ? Mon peuple était en paix avec vous ! »

Après cela, Hanlon ne criait plus que « pourquoi ? », une question qui restera à jamais sans réponse. Myrdhanos réussit enfin à dire une incantation, quand le garde voulut lui trancher la tête. Les gardes furent bloqués dans leur élan, les combats cessèrent. Krento et Vénetin arrêtèrent de boire. Myrdhanos avait repris sa forme originale :

« Il suffit. Arrêtez, ou la colère des gardiens s'abattra sur vous »

La forte voix semblait venir de partout, une aura nimba le corps de Myrdhanos :

« Des bêtes, vous êtes des bêtes, vous me dégouttez, déclara la voix, à l'intention de ses compagnons :

— Ecoutez, maître, nous savons que nous agissons mal, mais notre nature nous a fait ainsi. Vous invoquez le pouvoir des gardiens, mais ce sont les gardiens qui ont fait de nous ce que nous sommes. »

Myrdhanos se calma, l'aura disparu. Les gardes se regroupèrent près de leurs postes. Krento, Vénetin et Hanlon, toujours énervés, se regroupèrent près de Myrdhanos :

« Bien, messieurs. Nous allons partir, et vous oublierez ce que vous avez vu. »

Les gardes tombèrent :

« Ceci est le fait d'une bête sauvage qui vous a attaqués. Quand vous vous réveillerez, vous leur donnerez une sépulture décente. »

Myrdhanos fit signe à ses amis de le suivre. Hanlon tremblait toujours :

« Je ne pourrai jamais, jamais pardonner.

— Et pourtant, il faudra bien. La prophétie d'Érébios ne laisse plus de doute. Goth maar cherchait un médaillon, mais lequel ?

— Quelle prophétie et quel médaillon ? Eclairez-nous, maître, demanda Krento.

— Je suis un Fenrahim, une créature de l'Équilibre. Et j'ai trouvé, dans la grotte du mage Érébios, une prophétie, parlant de démons revenant fouler le sol d'Orobolan, et d'Élus cherchant avec moi les médaillons de l'Équilibre. En vous suivant, je comptais trouver le médaillon de Fenrir, donné en cadeau à Ikan.

— Celui-ci, je peux vous le donner. C'est moi qui le détiens. Il est dans mes affaires au château, le maître me l'a confié. Je suis aussi le gardien des clés. »

C'était décidé. Il fallait faire vite, aller au château de la garde de sang, puis partir par le souterrain caché derrière le château, qui menait à la ville des dragons. Myrdhanos ne savait comment il connaissait ce passage.

Certainement, son ancêtre Érébios l'avait utilisé jadis. Depuis qu'il avait pénétré dans la grotte, des flashes lui apparaissaient, ainsi que de nouveaux sorts. Il avait bien senti la présence du gardien de l'Équilibre en Krento, comme il avait senti celle de Tholl, le dieu déchu. Ainsi, il savait que Krento faisait partie des Élus. Il devait à Hanlon de voir une dernière fois sa famille. Et puis, le médaillon de Tholl était peut-être là-bas.

Au matin du quatrième jour, ils arrivèrent au château de la garde de sang. Myrdhanos fut troublé. Ce château ne pouvait être l'œuvre d'Éléniens, encore moins de ceux du clan de la lune bleue. Autour du château, tout un village se dressait, les habitants avaient tous le teint blafard. Bizarrement, des étals étaient sortis, où les marchands commençaient à ranger leurs marchandises. A Bénézit, dans une heure tout au plus, les marchands de la guilde sortiraient pour vendre. Ici, visiblement, on vivait la nuit. Après un rapide calcul, Myrdhanos vit qu'il y avait une cinquantaine de personnes dans ce village, et aucun enfant :

« Il n y a pas d'enfants pour jouer avec Vénetin ici ?

— Non pas au village. Il y en a quelques-uns au château, les enfants du maître. Certains des gardiens du village ont des enfants aussi, pour faire d'autres gardiens. Le maître a interdit de tuer les enfants des gardiens.

— Qui sont les gardiens ?

— Ceux du village. De jour, ils nous protègent des autres villages, comme nous les protégeons la nuit.

— Je vois, deux villages.

— Dépêchons-nous, le soleil se lève et je dois me réfugier au château.

— Je vous y rejoins, je fais quelques courses, répondit le mage. »

On voyait d'autres personnes sortir des maisons. Ainsi, il y avait deux villages. Un le jour, peuplé d'une communauté mélangée d'humains et d'Élénians. Et un autre, la nuit, composée des membres du clan de la lune bleue. En effet, d'autres étals se montaient avec d'autres marchands. La nourriture devait être plus du goût de Myrdhanos. Il s'approcha d'un étal de fruits et légumes.

« Bien le bonjour.

— Je voudrais un assortiment de fruits, s'il vous plaît.

— Trois kilos me suffiront.

— Très bien, monsieur. »

Pendant que le marchand le servait, Myrdhanos jeta un coup d'œil à l'intérieur. Il vit une petite fille, d'une dizaine d'années, magnifiquement apprêtée. Elle se faisait coiffer par son petit frère qui, lui, était d'une crasse repoussante et ne devait, comme la plupart des paysans, ne se laver à la rivière qu'une fois la semaine. La petite fille, elle, ressemblait à une fillette de la cour :

« C'est à vous cette beauté, là ?

— Ah, oui ! C'est ma petite Lasophia. Lasophia, viens dire bonjour au monsieur. Toi aussi, Eridro.

— Oui, père, volontiers, répondit la fillette.

— Ouais, pa, dit à son tour le gamin, arrivant en traînant la jambe. »

La fillette fit une révérence à Myrdhanos, le garçon se contenta d'un signe de tête :

« Ah ! Celui-là, je ne pourrai rien en faire.

— Tu es bien jolie, Lasophia. C'est ta maman qui t'a fait cette robe-là ?

— Non, c'est la dame du château.

—Et pour qui te fais-tu si belle ?

— Pour moi. »

La réponse étonna Myrdhanos. Il ne voulait pas embarrasser une fillette si polie. Son frère n'attendait plus que la permission de pouvoir partir, surtout qu'une bagarre entre garçons avait éclaté. Visiblement, un garçon d'une douzaine d'années, appelé Brator semblait le favori. Il assommait, à coups de poings, un dénommé

Garnac, le traitant de chouchou du maître. Une brave femme vint séparer les deux gamins, leur promettant de leur faire voir du pays.

Sa commande prête, Myrdhanos paya le marchand avec un peu plus que le prix demandé, signifiant qu'il ne voulait pas sa monnaie. Le marchand le remercia. Myrdhanos rejoignit le groupe, qui était déjà arrivé aux portes du château. Le garde laissa passer tout le monde, sans autre question. Le groupe fut introduit directement par un petit homme, à l'allure abjecte. Il claudiquait :

« Le maître veut vous voir.

— Dites-moi, mon brave, comment vous appelez-vous ?

— Mon brave, si vous voulez.

— Il s'appelle Malikos, et il est un peu dérangé.

— Je vois.

— Mais il fait très bien son boulot. Il est général des chevaux et de la nourriture.

— Quel titre ! Rit Hanlon.

— C'est le sien. Moi, je suis gardien des clés ; Vénetin, général des enfants ; dame Killas est maîtresse de l'avenir et du chant. Vous l'entendrez peut-être, ce soir.

— Dites-moi, Krento, ce château de pierre est peu commun, surtout dans la culture Élénianne.

— Ce château a été bâti par les Tholliens. Maître Bérésio a permis la signature d'un pacte avec eux. Aucun Thollien ne viendra rejoindre notre clan et, en échange, cette place a été construite comme un refuge. »

Le groupe entra dans ce qui était la grande salle. Là, sur son trône, le maître discutait avec l'un de ses généraux. A leur côté, la dame Killas jouait de la harpe. Elle était d'une beauté sans égal. Le son de sa harpe enchantait les cœurs. Le maître, vêtu d'une cape sombre, regarda fixement les nouveaux arrivants :

« Bien le bonjour, maître Myrdhanos. On vous disait à la Capitale. Que me vaut l'honneur de votre visite ? Mes gens se seraient-ils mal conduits ?

— Non, seigneur Bakal. Depuis la paix signée avec le divin Bérésio, vos gens se tiennent bien.

— Il faut dire que je suis le dernier lieutenant d'Ikan. Érébios, dans sa colère, a jeté notre maître dans une dimension démoniaque et tué mes six frères.

— Vous avez retrouvé sept généraux, comme le veut votre tradition.

— Je comprends que, si Krento est revenu, Goth a péri. Dommage, j'avais espoir en lui.

— Oui, seigneur Bakal, mais il y a plus grave. Goth n'était que le premier d'une invasion de démons. Et je crains que les récents évènements ne soient de leurs faits.

— Je vois. Mais, avant que nous discutions de cela, je vais vous présenter mes généraux : il y a donc Malikos que vous avez rencontré à l'entrée. Je vois que vous connaissez déjà Krento et le jeune Vénetin. Voici dame Killas, ma compagne. Il en manque trois qui gardent le château : il y a Seth, notre maître du culte ; il y a Tzim, que vous connaissez déjà, notre mage ; puis, enfin, Orkal, notre maître d'armes. Il doit être, en ce moment, dans la crypte, en train de donner un cours à Brator, son disciple, un des petits villageois.

— Beaucoup de villageois viennent donc au château ?

— Non. Seulement quatre enfants, et leurs parents sont de passage. Il y a Brator, Lasophia, qui est la pupille de Killas et son détestable frère, qui chasse les rats des égouts. Il y a aussi le jeune Garnac, qui est passionné par l'étude de la mort. Il aide Tzim dans son laboratoire.

— Je vois. Et, bien sûr, ces enfants pourront devenir de futurs généraux ?

— Peut-être, répondit Killas, rêveuse.

— Donc, maître Myrdhanos, est-ce une visite de courtoisie ?

— C'en est une. Mais j'ai deux choses à vous demander.

— Bien. Dites-moi tout ?

— Je veux Krento, pour venir me soutenir contre les démons.

— Mon prince, permettez-moi de vous demander de ne pas refuser l'honneur que maître Myrdhanos me fait.

— Soit, Krento peut vous accompagner. Un artefact ancien, du temps d'Ikan, lui permettra de vivre pendant le jour.

— Merci, maître.

— Ce médaillon appartenait à mon petit frère, qui est mort en sauvant un humain. (Il avait dit le mot humain comme si cela avait été une chose désagréable qu'il avait dans la bouche, et dont il fallait vite se débarrasser.) Et la deuxième de vos requêtes ?

— Le médaillon d'Ikan doit nous revenir. Nous avons besoin de son énergie pour fermer le portail.

— C'est beaucoup, ce que vous me demandez. Ce médaillon nous a été confié par Fenrir le divin, pour garantir l'Équilibre. Et, pour cela, je ne peux vous le remettre.

— Bien. Nous partirons demain matin, pourrons-nous emprunter le passage derrière le château qui mène à Drakinar ?

— Bien sûr. »

Malikos montra leur appartement à Myrdhanos et Hanlon :
« Maître Myrdhanos, je ne comprends pas. Nous avons besoin de ce médaillon. Comment allons-nous faire sans lui ?

— Tu vois, Hanlon, c'est là que tu t'inquiètes trop. Si j'avais négocié avec le seigneur Bakal, alors il aurait vite compris que ce médaillon avait beaucoup d'importance à mes yeux. Et il aurait pu me demander n'importe quoi.

— Mais, comment allons-nous faire alors ?

— Je t'expliquerai, mais pas maintenant. »

Myrdhanos s'enquit de l'endroit où était le laboratoire de Tzim, qu'il n'avait pas revu depuis l'académie. Comment son ami s'était-il fait à sa nouvelle existence ?

Myrdhanos entra dans le laboratoire. Tzim était occupé à concocter un breuvage peu ragoûtant, visqueux, d'une couleur brunâtre, mais il prit une cuillère en bois et la porta à ses lèvres :

« Pas encore cela, déclara-t-il, dépité. »

Le jeune Garnac était absorbé par l'étude d'un petit chat. Cela aurait pu être adorable si le chaton en question n'avait pas été correctement vidé de ses organes.

Ceux-ci étaient bien rangés à côté du corps. Myrdhanos se racla la gorge :

« Maître Tzim, un intrus. »

Tzim se retourna :

« Garnac, je te présente maître Myrdhanos. Nous avons été à l'école ensemble. » L'enfant se présenta devant Myrdhanos et mit un genou à terre :

« Pardonnez-moi, maître.

— Ce n'est rien, je ne me suis pas non plus annoncé. »

Disant ces mots, Myrdhanos releva affectueusement le visage de l'enfant. Il était magnifique, un angelot Élénian, mais son regard était empli de mort. Qu'avait-il vu ? Les hommes du château avaient-ils pris ses parents comme repas devant ses yeux ? L'enfant se releva et fit une dernière révérence. Puis il attendit, bras croisés, qu'un des deux hommes lui permette de reprendre l'étude du chaton. Tzim lui fit signe de disposer, puis il vint prendre Myrdhanos dans ses bras :

« Alors Tzim, un bien lugubre endroit que cette crypte. Notre laboratoire était plus ensoleillé. Cela ne te manque pas ?

— Non, maître. Notre seigneur me laisse le voir de temps à autre. Et puis, j'étudie le médaillon d'Ikan, pour voir comment il est fait. Si j'arrive à le refaire, nous pourrions tous voir le jour.

— Bien sûr, ce serait bien mieux pour vous tous.

— Je ne regrette pas ma « non-vie », crois-moi. J'ai pris la bonne décision.

— Oui, je l'espère. Et que fait ton apprenti ?

— Il étudie la mort et ses causes. Il regarde, selon les espèces, quelles sont celles dont le cœur bat le plus longtemps. Il a d'ailleurs étudié le mien. Au début, il voulait s'ouvrir la poitrine pour voir si son cœur battait toujours. Je l'en ai dissuadé, mais devant son insistance, j'ai dû capituler et le laisser voir mon propre cœur. Ce fut intéressant pour nous deux.

— Et toi, tu travailles sur quoi ? Finit par demander Myrdhanos, de plus en plus troublé par les révélations de son ami.

— Je travaille sur une combinaison de sang mêlé qui permettrait de recréer le sang humain à partir de sang animal. Ainsi, nous ferions moins de victimes.

— La diminution du nombre est déjà pas mal. »

Garnac, ayant fini l'exploration de son chaton, prit une éprouvette :

« Maître, puis-je vous demander un peu de votre sang, s'il vous plaît ?

« — Garnac, comment oses-tu ?

— Pardon, je voulais juste comparer le vôtre à celui de votre ami. »

L'enfant avait les larmes aux yeux, sans doute vexé par la remontrance de Tzim :

« Et toi, que fais-tu ici ?

— Je suis venu chercher Krento pour sauver Orobolan. J'ai trouvé une prophétie écrite par Érébios. Je dois trouver tous les médaillons divins et les emmener au gouffre des démons.

— Je vois.

— Et une troupe de démons est censée m'en empêcher.

— Goth ?

— Oui, c'en était un. Il est reparti d'où il venait. Mais ton seigneur a refusé de me prêter le médaillon d'Ikan. Tu as dû avoir beaucoup de travail avec les Tholliens.

— Le château a été fermé pendant trois jours pour éviter les dommages collatéraux.

— Je vois.

— Et j'ai appris par des colporteurs qu'on avait perdu les territoires de l'Est.

— Oui, malheureusement un traité commercial n'a pu aboutir.

— Dommage.

— Permets-moi de contenter ton apprenti. Je le vois se morfondre depuis tout à l'heure.

— Bon, si tu veux. Mais il apprendra à respecter les maîtres. Je vais lui faire nettoyer la pièce à fond après. »

Myrdhanos releva sa manche et Garnac prit une seringue sur un plateau. Puis avec une rigueur médicale et un grand respect pour Myrdhanos, il lui prit un peu de sang. Cela fait, il releva sa manche et Myrdhanos put y voir la coupure faite par Tzim. Ainsi, le mage suçait le sang de son apprenti :

« Voulez-vous goûter le mien, maître ? »

Myrdhanos prit le bras du jeune homme. Tzim qui, du regard, avait montré sa désapprobation, entailla le poignet du garçonnet. Myrdhanos porta la blessure à sa bouche et suça légèrement le sang du garçonnet, puis il sortit son mouchoir et nettoya la petite plaie,

Tzim la referma. Garnac prit un peu de sang sur une lame et le mit sous un microscope de fortune :

« Ce sang est inconnu. Regardez, maître, il n'est pas humain, pas comme le mien ni comme le vôtre.

— Ce n'est pas du sang humain ?

— Non ! »

Tzim partit regarder le sang de Myrdhanos :

« Etonnant, déclara-t-il l'œil encore sur le microscope. Maître Myrdhanos, je te croyais humain, mais quel genre de créature es-tu donc ?

— Garde cela pour toi ; je suis une créature de l'Équilibre, un Fenrahim.

— Mais qu'est-ce donc ?

— Ben, mon vieux, cela m'étonne que tu sois le meilleur élève de l'académie. »

En fin de soirée, Tzim envoya Garnac faire sa punition :

« Merci de lui avoir bu un peu de sang. Il deviendra un grand général, je le sais, même si tu n'es pas d'accord avec ce procédé. Avec lui, je réussirai à diminuer le nombre de nos victimes humaines. La prochaine génération sera la bonne, crois-moi.

— Puisses-tu dire vrai ! »

Sur cette note d'espoir, Myrdhanos salua son ami et partit se coucher. On déplaça quelques coussins et on s'étendit là, prenant enfin une vraie nuit de repos bien méritée.

Pendant ce temps, chacun pensa un peu à lui : Krento revoyait une fille, il se souvenait d'elle. Elle aimait regarder avec lui le lever du soleil. Il avait une quinzaine d'années à l'époque et, à cet âge, l'amour aidant, les deux êtres s'étaient rapprochés. Mais leurs parents ne voyaient pas cela du même œil :

« Arlinda, quand je serai grand, je serai archer à la Cour du Roi.

— Ah ! Et moi, je serai princesse. Comme cela, tu seras chargé de me protéger.

— Tu sais, chez nous, les femmes peuvent être archers aussi. Tu pourrais être archer comme moi.

— Ah bon ? Chez nous, les femmes ne doivent faire que les travaux des champs, la cuisine et faire des bébés.

— Chez nous, chaque famille n'a droit qu'à deux bébés et la cuisine est simple. On ne fait pas de trucs bizarres.

— Tu as quel âge déjà ?

— J'ai cinquante-trois ans, quinze ans à peu près en âge humain.

— Comme moi. Mais, quand j'aurai trente ans, je serai vieille, et toi tout jeune. Vous vivez plus de mille ans.

— Je sais, mais je me souviendrai toujours de toi, je te le promets. Et puis, si tu viens avec moi, tu pourras arrêter de travailler aux champs, et je pourrais te faire la cuisine. Et puis, penses au jour présent, le futur arrivera bien assez vite. »

Les deux jeunes gens s'endormirent heureux. Le soir même, le père de Krento attendait son fils.

Une semaine passa, quand Krento aperçut une procession qui se dirigeait vers le cimetière :

« Tu la connaissais ? Dit une voix derrière lui.

— Oui, c'était une amie. Et vous ?

— Non, mais j'ai quelque chose à te proposer. Si je te disais que je peux te donner une puissance immense et une armée rien que pour toi ?

— Que devrais-je faire en échange ?

— Juste ne plus voir le soleil. Viens me voir, ce soir, sur la tombe de ton amie, je t'y attendrai.

— Comment vous appelez-vous ?

— Bakal, dernier des généraux de la garde de sang. » Ainsi, Arlinda avait été tuée par son propre père. Pourquoi ? Parce que sa fille était humaine et que Krento était un Élénian. Les deux communautés se faisaient la guerre pour un bout de forêt. Le soir même, Krento accepta le pacte du sang.

Il arriva, au début de la nuit suivante, chez les parents d'Arlinda :

« Bonsoir, vous me reconnaissez ?

— Tiens, le petit gars des bois. Tu oses venir ici, après avoir tué mon adorable fille ?

— C'est vous qui l'avez assassinée parce qu'elle était amoureuse de moi, un Élénian.

— Je vais te faire subir le même sort.

— Oh non ! Mais moi, je vais vous faire subir un sort pire que celui de votre fille. »

Krento prit l'apparence qu'avaient les membres de la garde de sang en chasse. Il put lire l'effroi dans les yeux de l'homme. Il le vida de son sang et en fit une goule : un être abject, condamné à manger les cadavres. Après le père, il s'occupa de la mère et de ses propres parents.

Il avait écouté le discours d'Alvador sur le pardon de son Dieu.

Il se savait maudit. Il savait qu'il avait commis des actes atroces, comme celui de nourrir les parents d'Arlinda avec les cadavres de ses frères et sœurs. Mais si le Dieu d'Alvador et si Arlinda voulaient bien lui pardonner, il aimerait passer la mort à ses côtés. Enfin, par-delà la vie, ils pourraient s'aimer sans crainte qu'aucun d'eux ne vive plus longtemps que l'autre. Un sourire se dessina alors sur son visage.

Alvador était endormi. Il repensa à sa jeunesse misérable, à mendier dans un petit village du bord du monde.

Il avait peu de souvenirs de son enfance, heureuse pendant les courtes années passées à téter les seins de sa mère. La brave femme, qui avait un faible pour lui, avait repoussé les demandes de son époux, ne voulant pas d'autre enfant avant qu'Alvador n'atteigne l'âge de se débrouiller seul. Certains de ses frères, nés trop proches du suivant, étaient morts. Lui, elle voulait le garder. Mais la maladie l'emporta et, à l'âge de deux ans, Alvador fut assis la journée devant la maison, à mendier. Il devait chanter et tendre son écuelle et si celle-ci n'était pas assez remplie, le soir, il ne mangeait pas.

Alvador avait depuis longtemps pardonné ce sort à son père. Au moins, il n'en avait pas fait un voleur, ou pire, il ne l'avait pas vendu comme esclave. Quand il eut six ans, maigre comme pas possible, mais toujours en vie, un homme vint au village. Celui-ci avait eu une révélation, parlant d'un être venu sur terre pour apprendre aux êtres d'Orobolan à s'aimer entre frères et à pardonner les mauvaises actions.

Cet homme emmena une dizaine d'enfants et, sans savoir pourquoi, Alvador le suivit par automatisme. L'homme lui dit de retourner chez son père et Alvador refusa. L'homme le ramena, mais c'était peine perdue. Le père lui dit que si Alvador voulait le suivre, cela ne le dérangeait pas. Il avait très peu d'argent pour élever ses cinq autres enfants, alors un de moins rajouterait un peu de viande dans la soupe.

L'homme décida alors d'accepter Alvador. Puis il leur montra ce qu'il appelait le grand livre, les lois de Dieu. Il leur apprit l'humilité et le pardon, les forçant à marcher sur les routes avec leurs petites jambes pendant une année. A chaque village le troupeau d'enfants s'agrandissait. Pendant la longue marche, certains n'avaient pas survécu.

Pour chacun, l'homme creusait lui-même une tombe et priait. Il avait appris aux enfants à réciter les prières. Alvador avait repris un poids normal, grâce à lui. Il suivait avec intérêt les cours de l'homme. Quand l'homme mourut, Alvador reprit le flambeau et enseigna tout ce qu'il avait appris. Il soignait et lavait ses compagnons de route tombés malades. Puis, il fit le choix de quitter la communauté prospère pour essayer de fonder une communauté Élénianne.

*****

Shana avait passé une nuit difficile, elle doutait de nouveau. Si, à ce moment, l'un de ses deux amants était apparu pour la réconforter, il aurait gagné son cœur. Shana s'était rendu compte que les hommes ne valaient pas mieux que les siens. Les gnomes, eux, lui avaient redonné l'espoir. Mais quel Dieu laisserait un père tuer son enfant, et un autel en son nom être ainsi perverti.

Shana était de plus en plus fatiguée. L'enfant lui donnait des coups de pieds. Il fallait accoucher ou mourir. Shana demanda à la nature où était le village le plus proche. Un geai lui répondit qu'il ne se dressait pas trop loin, mais que le mal le souillait ; leur prêtre avait été tué.

Shana n'avait plus le choix, et ce n'était pas l'absence de prêtre qui allait lui faire peur.

A son entrée au village, elle ne vit que des paysans, travaillant avec entrain.

L'apercevant, deux femmes, occupées à filer la laine, se levèrent.

« Ma pauvre enfant ! Voyager dans votre état, c'est de la pure folie !

— Je n'avais pas le choix, je dois retrouver son père.

— C'est de l'inconscience ! Nous allons vous conduire au temple. Ce n'est pas celui de votre dame, mais on vous y aidera. »

Shana descendit de son attelage et suivit les femmes. Le village était recouvert d'une aura sombre, qui semblait sortir du temple. Mais tous les habitants semblaient heureux.

Leur aura, bien que sombre, rayonnait.

Sur le fronton du temple, se trouvaient les cinq symboles. Mais les symboles paraissaient légèrement différents de ceux des autres temples de l'Unique. Les plateaux de la balance de Fenrir ne se tenaient pas au même niveau. La différence était imperceptible, pour qui ne la cherchait pas.

La future mère fut accueillie par deux prêtresses, qui lui préparèrent une couche dans une alcôve, où elle demeura tranquillement allongée. Shana dut se reposer, la délivrance était proche. Elle dormit deux jours. Pendant ce temps, les prêtresses ne cessèrent de s'occuper d'elle. La nuit, elles se relayaient pour pouvoir dormir un peu. La future mère remarqua que, quand les deux femmes parlaient de leur Dieu, elles l'appelaient sa divine grandeur, ou le glorieux oublié.

Ces deux appellations ne pouvaient désigner que Krystal, le Dieu banni. Ainsi, le village vénérait le seigneur du dessous.

Shana voulut savoir ce qui était arrivé à l'ancien prêtre. L'avenir de son enfant en dépendait. Elle ne quittait plus sa couche, car les douleurs devenaient de plus en plus fortes.

L'enfant, très demandeur, absorbait tout son pouvoir. Elle souffrait, en espérant que son bébé ne la tue pas avant qu'elle accouche. Une cérémonie fut célébrée pour elle.

Chaque habitant du village lui céda de l'énergie. Ce sortilège, bien que pratique en la circonstance, faisait partie des sorts interdits par le Prophète. Après la cérémonie, Shana put sortir rencontrer chaque habitant du village. Tous vivaient en harmonie, chacun ayant son rôle. Mais, ici, aucune couleur d'habit. Chacun pouvait choisir son travail en fonction de ses capacités, pas de celles de ses parents. Shana rentra se reposer, se demandant ce qui avait pu l'écarter du chemin qui avait été le sien depuis tant d'années.

La nuit suivante, elle hurla de douleur. Le reste de son pouvoir ne lui permit que de rester en vie. La plus vieille des prêtresses accourut à son chevet :

« Ma douce amie, c'est le moment. Vous allez donner la vie. Mariween, faites donc chauffer de l'eau et apportez du linge propre. »

La prêtresse se lava les mains. Puis elle mouilla un linge d'eau aromatisée et le posa sur le front de la jeune askari, qui parut moins souffrir. Les prêtresses mirent deux heures à aider Shana. L'enfant sortit enfin, mais il ne possédait aucun des traits de sa mère.

Mariween poussa un cri d'effroi !

Shana, inquiète, voulut voir l'enfant. La vieille prêtresse la prévint :

« L'enfant est difforme, je doute qu'il ne vive longtemps. »

Shana se redressa avec difficulté, et vit son fils qui avait les traits d'un vieillard.

La mère comprit alors que l'enfant vivrait longtemps : c'était le digne fils de son père.

Quand elle lui sourit, l'enfant se mua en un beau nourrisson. La prêtresse faillit le lâcher d'étonnement.

« Quel miracle ! Notre divine grandeur soit louée, cet enfant est béni ! »

Béni, il l'était, mais par l'autre. Shana, épuisée par l'effort, s'endormit. Le lendemain, elle se prépara pour partir vers le gouffre où ses deux amants allaient se battre. Elle devait les rejoindre. Dommage qu'ils ne se battent pas pour elle.

« Que pouvons-nous faire pour vous, mon enfant ?

— Répondez-moi ; qu'est-il arrivé au prêtre ?

— Il a été assassiné par un prêtre félon, habitué à piller les temples où il était accueilli. L'assassin fut pendu. Mais des paysans racontent que certains villageois l'auraient vu vivant, bien après que *son corps eut disparu de l'arbre. Il se ferait appeler Kristarin le divin, maintenant.*

— Merci.

— Ne partez pas. Une cérémonie est prévue pour votre enfant.

— Protégez-le bien.

—Il sera l'enfant le mieux gardé de tous les royaumes.

— Merci. Et dites-moi votre nom, mon amie ?

— Je me nomme Cathween, et vous ?

— Ashaïna, répondit la jeune mère d'un ton solennel.

— Quel honneur vous permet de porter le nom de la sainte Reine ?

— C'est celui que je porte depuis que notre seigneur me l'a donné.

— Vous êtes elle ?

— Oui, je suis moi. »

La prêtresse s'agenouilla, émue. Shana la releva de sa main droite.

« Le combat final approche. Notre seigneur est là. Il aura besoin de toutes nos forces. »

Durant la cérémonie, Ashaïna absorba tout le fluide du village, sauf celui de Cathween, qui échappa ainsi à la mort. La Reine du dessous la salua en lui tendant l'enfant :

« Protège-le de ta vie, il est notre espoir.

— Bien, ma Reine. Pourquoi n'avoir pas pris ma vie ?

— Tu seras la protectrice de son enfant.

— Je ne mérite pas un tel honneur.

— Laisse ta souveraine en être juge.

— Oui, ma Reine, pardonnez-moi. »

Cathween prit l'enfant dans ses bras et quitta le village pour trouver un endroit plus sûr pour lui. La Reine, de nouveau maîtresse de ses pouvoirs, avait fait son choix. Elle rejoignit son amant, qu'elle n'aurait jamais dû quitter.

Près du gouffre, Krystal s'effondra, épuisé.

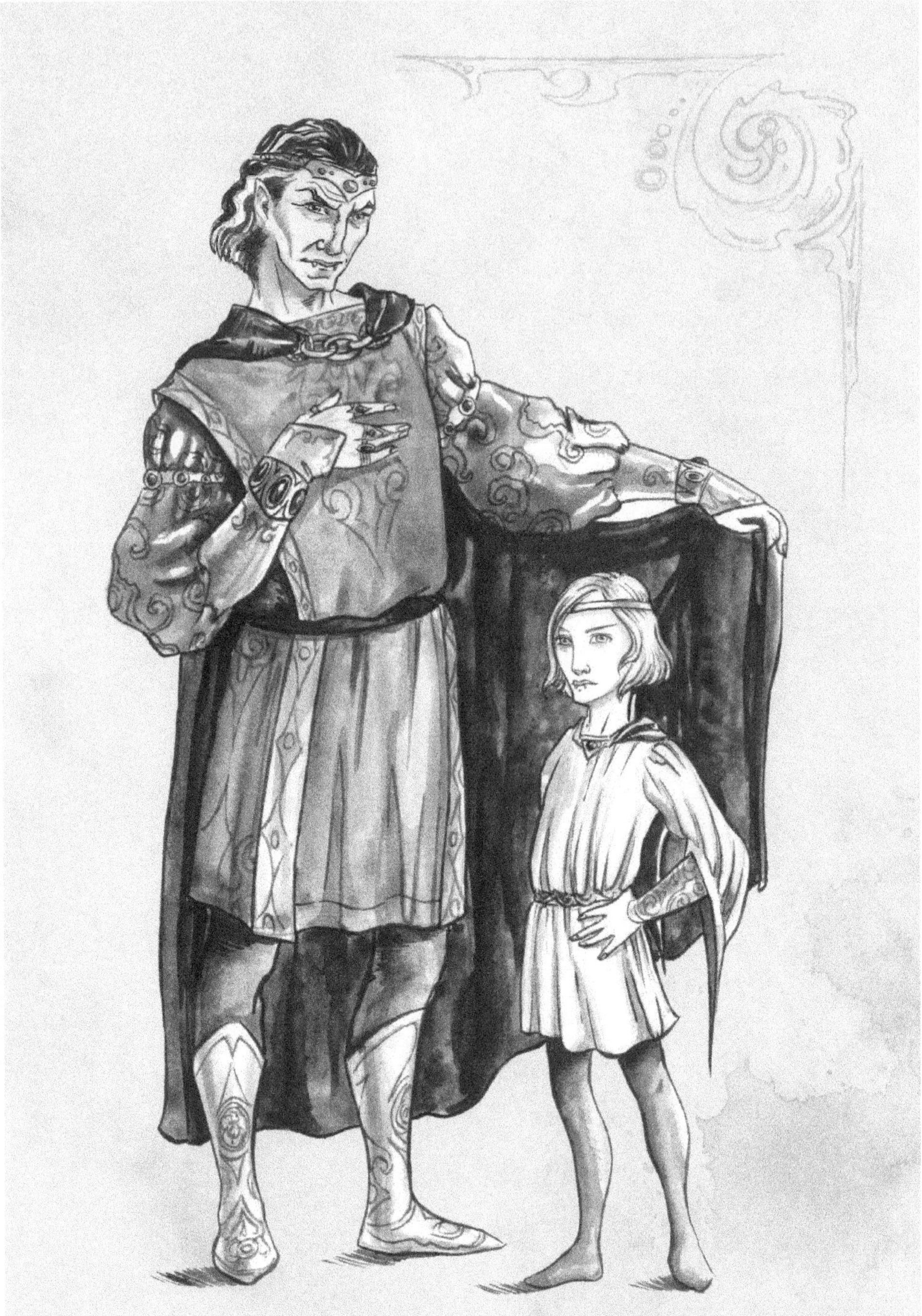

Chapitre 19

Le calme avant la tempête

Le lendemain, Krento dit au revoir à Vénetin, lui promettant de revenir. Myrdhanos salua Tzim, ainsi que Garnac, venus lui dire au revoir. Hanlon fit un signe à tout le monde. Il avait hâte d'arriver à Drakinar, même s'il redoutait un tel moment.

Il fallut une journée, à la petite équipe, pour atteindre Drakinar. Les tunnels menant à la grande ville étaient silencieux, alors que, d'habitude, la forte animation du village à cette heure de la journée emplissait de ses échos tous les tunnels sous la montagne.

« Myrdhanos, et pour le médaillon ?

— Il est avec nous, Hanlon, ne t'inquiète pas.

— Comment ?

— Oui, comment ? Le seigneur Bakal me l'a demandé ce matin, avant notre départ.

— Et mon vieil ami Tzim l'a mis dans votre sacoche, général Krento.

— Je n'ai rien vu.

— Et, visiblement, le seigneur Bakal non plus.

— Vous connaissiez Tzim ?

—Oui, nous venons du même village, on a fait l'académie ensemble. Et quand je suis devenu grand mage, nous avions besoin d'un atout dans votre communauté. Donc Tzim a sacrifié sa vie pour nous servir d'espion parmi vous. Tzim, bien qu'Élénian, est un Maspian. »

La révélation d'un espion au sein de leur communauté inquiéta Krento. Mais, en y réfléchissant bien, il se rappela que Tzim avait insisté pour limiter les pertes humaines et abolir la torture des victimes.

Une odeur abominable leur monta aux narines, une odeur de mort et de chair brûlée. Krento et Myrdhanos durent soutenir le vieux dragon. Partout, dans le village, des cadavres d'hommes et de femmes mutilés, des enfants qu'on avait torturés, sans doute devant leurs parents. Ici, dans un lieu éloigné, les hommes s'étaient adonnés à une barbarie hors du commun.

Hanlon, tel un zombie, se dirigea vers un point précis du village. Sa maison, son domaine à lui, qu'il n'aurait jamais dû quitter pour la Capitale : il aurait été avec eux, ils seraient morts tous ensemble. Hanlon pleurait. Toute la rage, contenue depuis des semaines, éclata.

Myrdhanos fit signe à Krento de laisser le vieux dragon faire son deuil et retrouver les siens.

Il restait du travail à faire en attendant : il fallait enterrer les corps et leur donner un semblant de rites funéraires.

Arrivé chez lui, Hanlon découvrit l'horreur : le corps de sa femme, allongé sur la table dans une position qui ne laissait aucune place au doute. Les hommes, après l'avoir prise, lui avaient tranché la gorge. Hanlon découvrit alors le corps de son fils, accroché à une poutre.

Des blessures, sur son dos, montraient qu'il avait été torturé. Puis, les hommes avaient allumé un feu à ses pieds, le regardant lentement se consumer.

Hanlon pria le ciel que sa femme n'ait pas assisté à cela. Il détacha le corps de son fils et le posa sur le lit, à côté de celui de sa mère, pour leur donner une allure paisible.

De leur côté, Myrdhanos et Krento avaient rassemblé les corps : gardes, marchands ou simples ouvriers, tous gisaient maintenant sur la place principale du village. Myrdhanos entama un chant, puis il récita une incantation : la terre s'ouvrit et emporta les corps.

Un corbeau se posa alors près de l'unique croix du village, que Krento venait de planter. Puis Myrdhanos rejoignit son vieil ami :

« Hanlon, nous avons rendu un dernier hommage aux tiens. Polinas est venu chercher leurs âmes. Pardonne-nous.

— Tu n'es pas responsable de tout cela, ami. Ma rage est grande. Je trouverai le responsable et je le tuerai de mes propres mains.

— Je te le souhaite, Hanlon. J'ai beaucoup voyagé et je connais un rite Élénian qui apaisera ton chagrin.

— Si cela peut te rendre heureux, l'ami. Moi, plus rien ne le pourra. »

Alors, Myrdhanos entonna un chant, un chant mélodieux. Il enterra les corps et planta deux graines. Deux arbres apparurent. Puis, il passa sa main sur les yeux d'Hanlon et lui dit :

« Regarde, mon ami. Un jour prochain, tu iras les rejoindre. »

Halon vit sa maison. Son fils était là, faisant ses devoirs, sa mère préparant le repas. Il lui demande de l'aider, elle approche, donne l'indication voulue et Tarki corrige.

Myrdhanos sentait venir les larmes d'Hanlon :

« Maman, papa revient bientôt ?

— Oui. Bientôt, il sera avec nous, et pour toujours.

— Ce sera chouette, alors. »

La vision s'arrêta :

« Un jour, toi aussi, tu demeureras là-bas.

— Merci, maître.

— Je préférai quand tu m'appelais ton ami.

— Alors, merci, ami. Je vaincrai le démon et, heureux, je les rejoindrai.

L'équipe empruntait maintenant le long corridor de pierre qui menait à l'entrée des princes de Drakinar. Hanlon se tordit soudain de douleur.

On arrêta les chevaux, et Krento et Alvador aidèrent Hanlon à s'allonger. Myrdhanos demanda à Arkesh de lui fournir le plus de pouvoir possible. L'enfant commença à jouer de la flûte :

« Ami, ne pleure pas pour moi, je suis heureux, je vais aller les retrouver.

— Seigneur, cet homme n'a-t-il pas encore assez souffert ? Implora Alvador.

— Maître, que lui arrive-t-il ?

— Il est mort. Le Mal a dû laisser un poison dans le souterrain, si jamais un dragon essayait d'en réchapper. Je n'ai pas pensé à sonder la ville.

— Mais tu ne peux pas tout savoir, lui répondit Amahan, une main protectrice sur son épaule.

— J'aurai dû, pourtant.

— Même toi, le gardien, tu ne pouvais connaître les desseins d'Ashaïna, prononça une voix chevrotante derrière eux. »

Toute l'équipe se retourna vers une femme que Myrdhanos connaissait bien, accompagnée d'un vieil homme :

« Tu te reproches plus que ce simple poison. Tu te reproches la perte d'une colonie, tu te reproches la perte de ton ami, celle de ton village et, enfin, celle de tout un peuple. Même les dieux n'ont rien pu faire, alors toi ...

— J'aurai pu essayer de faire plus.

— N'as-tu pas encore une mission à remplir : deux médaillons à découvrir ? Répondit le vieil homme.

— Si. Mais, qui êtes-vous ?

— Je suis le nouvel époux de dame Dolina. Je m'appelle Lothl. Nous espérons bien avoir un fils, un de ces jours.

— Myrdhanos, nous sommes venus à ta rencontre. J'ai appris, par Dalinda, que tu recherchais les saintes pierres. Celle des dragons est à la sainte garde, sur l'épée de Tholl.

— Dolina, as-tu d'autres nouvelles des nôtres ? Je m'inquiète pour Ashaïna.

— J'en ai et je suis beaucoup plus inquiète que toi. Car le village, d'où venait la si Sayan, a été le théâtre d'un drame : un corps de femme, de l'âge de la si Sayan, a été retrouvé calciné.

— Par l'Équilibre ! Alors, se peut-il que ma compagne ne soit pas la si Sayan ?

— Ce serait en effet terrible, car la prophétie ne se réalisera jamais.

— Que le clan soit prévenu. Il faut retrouver cette femme à tout prix.

— Bien. Nous allons nous retirer. Bonne chance, mon frère. Que tes pouvoirs et tes amis t'aident à vaincre le malin. »

Puis, Lothl et Dolina se penchèrent sur Hanlon et dirent quelques prières. Ensuite, Myrdhanos en récita une autre. Quelque part, dans une autre dimension, un homme fatigué rentra chez lui, puis embrassa tendrement son petit garçon et le gronda gentiment de ne pas être encore au lit :

« Mais, papa, je t'attendais. Maintenant, je peux dormir enfin. Je sais que tu me protégeras des cauchemars. »

Le père embrassa son fils une dernière fois, ainsi que sa femme. Au matin, ils partiront de ce lieu, sous leur véritable forme, chercher leur coin de paradis pour toujours.

Myrdhanos resta là un moment, silencieux. Puis il dit au revoir à Lothl et à Dolina, leur souhaitant plein de bonheur pour la suite.

Après une journée de marche silencieuse dans la forêt, écoutant juste l'air mélancolique que jouait Arkesh en hommage à leurs amis disparus, l'équipe arriva près d'un pont. Myrdhanos prit la parole, sa voix était grave :

« Amis, le chemin que nous avions commencé avec notre regretté Hanlon est sur le point de s'achever. Nous avons obtenu quatre des cinq médaillons de pouvoir, celui de Tholl est à notre portée. Je vais donc vous révéler un secret que mon maître Bérésio m'a communiqué : la Toile a un monde à elle, parallèle à celui-ci, appelé Thaerith. Ce monde va nous permettre de couper l'espace. Ainsi, ce soir, nous serons à la sainte garde. Mais nous passerons une journée de repos à Thaerith, le temps s'y écoulant différemment. Ceci devrait être notre dernier combat. »

Myrdhanos déclama une incantation, et un passage s'ouvrit juste au milieu du pont. L'air grave, tout le monde franchit la porte. Là, le spectacle était fabuleux : en un instant, c'était comme si toute la fatigue de près d'un mois de combat s'évanouissait :

« Venez, je connais un lac près d'ici, où nous pourrons nous reposer un peu. Le prochain passage nous déposera derrière la sainte garde. »

Arrivés au lac, tout le monde se détendit. Myrdhanos s'entretint avec Anadrin pour lui résumer la prophétie. Le son de la flûte d'Arkesh se fit plus joyeux, Amahan avait enlevé ses bottes et remonté ses collants pour se rafraîchir dans l'eau. Il fut suivi par Alvador :

« Un instant merveilleux ! Mon maître m'a décrit, une fois, le paradis où nous devons tous reposer une fois morts. Je pense que cela doit y ressembler.

— Oui, cet endroit est magnifique. J'ai même honte de gâcher cette harmonie par ma présence.

— Moi aussi, je te comprends. Vous faites vraiment la paire, toi et le petit bonhomme.

— Oui. À tel point que, des fois, je pense que nous sommes une seule personne.

— Je vois.

— Et toi, parle-moi de toi. As-tu quelqu'un à qui tu manques ?

— Non, personne. Mon maître a fait le grand voyage. Cela fait plus de vingt ans que je n'ai revu mon père, mes frères et sœurs.

— Pourquoi ?

— Je suis sur les routes, pour prêcher.

— C'est vrai, mais promets-moi une chose. Si on survit à cela, tu m'emmèneras dans ton village ?

— Pourquoi ?

— Pourquoi pas ?

— Bien ! Si on survit, je t'y conduirais, alors. »

Arkesh regarda l'immensité d'eau devant lui. Pour lui, l'eau, on la buvait ou on se lavait avec. Mais l'eau, pour le plaisir, il ne connaissait pas. C'est vrai qu'il plongerait bien dans cette eau si limpide. Elle doit être fraîche sans être froide. Mais que penseraient les autres s'il mouillait ses habits ? Il serait peut-être grondé. Mais, s'il les enlevait, il le serait aussi, mais l'eau coulerait sur sa peau. Que ce devait être doux de plonger dans cette eau !

Il se décida finalement, et opta pour une nudité complète. Il se dépêcha de rentrer dans l'eau, où il disparut complètement, puis remonta à la surface. Les autres le laissèrent à ses jeux aquatiques. Amahan ne lui demanda de sortir et de se rhabiller qu'au moment du repas.

Tout le monde se reposait. Ainsi, personne ne remarqua que Myrdhanos quitta le camp et ne revint qu'au petit matin, complètement épuisé par sa longue nuit.

Le lendemain, tout le monde, bien reposé, repartit, prêt à en découdre. Ce ne fut pas long.

Le passage que choisit Myrdhanos les déposa près de la sainte garde. Le temple avait été déserté par les moines, depuis une centaine d'années. Le Conseil des mages, quant à lui, siégeait, depuis, dans la Capitale. Un comité d'accueil les attendait : une compagnie de séides fouillait le temple, une bonne cinquantaine. Et, sans la puissance d'Hanlon, le combat semblait inégal. La flute d'Arkesh semblait s'affoler. Krento se transforma, toutes griffes dehors, et se jeta dans la bataille comme un fou. Myrdhanos ne pouvait pas faire grand-chose, il disposait de peu de sorts offensifs, et ses qualités de bretteur étaient limitées.

Alvador fut attaqué par trois séides, et le petit homme ne combattait qu'avec une dague et un bâton ridicule.

Le seul qui s'en sortait bien, c'était Amahan. Avec les indications d'Arkesh, leur symbiose était parfaite. Qui aurait pensé que l'homme était aveugle ? Anadrin protégeait Arkesh, en tirant des flèches pour tuer les séides, tout en regardant, étonné, cette danse parfaite. Qui avait bien pu enseigner à cet humain une des plus anciennes traditions askaries ?

Quand, soudain, une énergie démoniaque se fit sentir. Elle balaya le champ de bataille, envoyant à terre tout le groupe. Myrdhanos la reconnut aussitôt, il avait passé une nuit avec ce démon. Elle était là, celle qu'il avait si tendrement serrée dans ses bras. Comment un démon si puissant avait-il pu cacher son aura démoniaque pour paraître si innocente ?

Tout le groupe était au plus mal : Arkesh avait une fracture ouverte à la jambe et gémissait. Amahan, sans ses yeux, ne pouvait continuer le combat. Il essaya de protéger son petit frère, mais le combat devint très vite inégal.

Myrdhanos incanta également, pour contrer l'énergie démoniaque, mais le pouvoir lui manquait. Il regarda le champ de bataille : une dizaine de séides était là, eux aussi complètement perdus. Trois se trouvaient sur Amahan, les autres se dirigeaient vers lui ou vers Anadrin. Krento se dirigea péniblement vers Alvador. Il se battait comme un fou, puis il s'effondra doucement :

« Alvador, te souviens-tu de la mélodie d'Arkesh ?

— Oui, je pense.
— Alors, fredonne-la, s'il-te-plait. »

Le petit se mit à la fredonner. Krento la reprit, suivi par Myrdhanos et Amahan. Et l'enfant sortit sa flûte et commença à jouer l'air sibyllin, la voix d'Anadrin s'éleva également.

Myrdhanos récita une nouvelle incantation. La puissance fut telle que tous les séides disparurent dans un torrent de flammes. Le démon battit également en retraite devant une telle puissance !

« Par quel prodige cela est-il possible ? Balbutia Alvador.
— Ce sort ne peut être arrêté. Il est l'espoir des peuples contre la vilenie. Il est l'amour d'entre les peuples. Il est la joie et la tristesse. Il est le sentiment le plus pur de toute la création.
— C'est le chant de l'âme, la parole de Dieu, répondit le petit homme complètement abasourdi, s'agenouillant pour prier. »

Anadrin se pencha vers Arkesh et soigna sa jambe. Courageux, l'enfant serrait les dents pendant qu'Amahan, tout doucement, lui passait de l'eau sur le visage. Myrdhanos, entendant les hurlements de Krento, le chercha, affolé, et le vit en train de se consumer sur place :

« Krento, que se passe-t-il ?
— Le soleil, il me brûle.
— Mais, ton médaillon ?
— La bête a dû le détruire !
— Je vais faire apparaître la nuit, attends.
— C'est trop tard, Myrdhanos. Dis aux autres que j'ai été honoré de combattre avec eux.
— Mais ...
— Ne dis rien, ami. Ce serait trop triste, déclara Krento, tordu de douleur. »

Myrdhanos pleurait quand, dans un dernier râle, Krento put articuler :

« Dis à Vénetin que je l'aimerai toujours, et demande lui pardon. Je n'ai pas tenu ma promesse. »

Krento n'était plus. Myrdhanos se pencha vers son compagnon et récita une prière :

« Ami, tu lui diras toi-même. »

Ensuite, il se rendit auprès des autres. Arkesh s'était évanoui à cause de la douleur.

Il soigna Amahan et se pencha sur Anadrin :

« Où est Krento, Myrdhanos ? demanda Alvador, ayant cessé de prier. Mais, au ton de sa voix, il devait se douter de la réponse.

— Il est parti, pour un long voyage, rejoindre son amie. »

On enterra Krento près d'un arbre.

« Il n'y est plus, déclara Anadrin.

— Comment cela ?

— Le médaillon n'est plus dans la cache.

— Alors il est tombé aux mains des êtres noirs, déclara Myrdhanos d'une voix sombre. »

Les visages se refermèrent.

« Myrdhanos, la dernière fois, où se déroulait le dernier combat ?

— Au gouffre du diable.

— Alors, je crois que c'est là-bas que l'on doit se rendre.

— Il faut d'abord se préparer au pire, certains pourraient ne pas revenir.

— Ainsi, sachez que, grâce à Thaerith encore une fois, je vais me déplacer de telle façon que, dans deux heures, j'arriverai au gouffre. Que ceux qui préfèrent rester ici le fassent, il n'y aura aucune rancune.

— Pour la gloire du divin et celle des petits hommes, je t'accompagne, déclara Alvador.

— Les Élénians rougiraient de savoir qu'aucun des leurs ne fait partie du combat.

— Je ne peux parler pour moi, déclara Amahan.

— Arkesh, que décides-tu ? demanda Myrdhanos »

Arkesh comprit qu'Amahan voulait combattre, mais ne pouvait pas sans ses yeux. Il joua un air de flûte, signifiant qu'il venait pour se battre également. Il serait encore les yeux d'Amahan, des yeux qui auront peur, mais ses yeux quand même. Amahan serra très fort Arkesh dans ses bras.

Chapitre 20

La victoire des mal-aimés

Ils retraversèrent Thaerith, mais cette partie-là de la Toile était sombre. Il pleuvait, comme si Thaerith savait qu'ils se rapprochaient du mal. Arkesh tremblait comme une feuille, terrorisé par le paysage sinistre. Il préférait de loin le lac de tout à l'heure.

Enfin, les amis sortirent de Thaerith devant le gouffre immense. Myrdhanos fut pris par le mal. Il était là. Pas une de ses formes altérées, comme l'avait décrit Bérésio, mais une forme immonde, le mal à l'état pur. Myrdhanos sentit la présence d'un portail qui s'ouvrait sur une dimension démoniaque. Droit devant eux, apparut la défunte Reine, ou plutôt le démon noir qui avait pris sa forme. Il avait revêtu des habits d'homme, rappelant ceux des hommes dragons. Cette ultime provocation révulsa le groupe.

A ses pieds, se trouvait Ashaïna. Son ventre s'était considérablement arrondi, depuis la dernière fois que Myrdhanos l'avait vue. La voix du sinistre personnage se fit entendre :

« Ma douce, peux-tu t'occuper de ces importuns ? Je dois préparer mon retour.

— Bien sûr, mon chéri. »

La femme se leva et commença à réciter une incantation. Son pouvoir était immense. Elle balaya ses adversaires d'un seul geste, les envoyant à plusieurs mètres derrière.

Seul, Myrdhanos resta debout. A son tour, il récita une incantation et créa une barrière magique autour de lui et d'Ashaïna :

« Ainsi, ma douce amie, tu servais, depuis le début, le seigneur noir. Mais comment as-tu pu ?

— L'amour, Myrdhanos. Je pensais devoir t'arracher ta semence pour enfanter le fils de mon Dieu. Mais, vois-tu, quand je t'ai vu sur la place du village, je suis tombée amoureuse de toi. Quand tu as jugé mon âme, l'amour sincère que je te portai à masqué ma véritable nature. Sache que, pendant cette nuit, j'ai été sincère avec toi. »

Le seigneur noir assistait à la scène. Il regrettait d'avoir envoyé sa compagne pour cette mission. Mais qui pouvait lui donner l'enfant issu de l'Équilibre et le corrompre ? Il vit ensuite le petit groupe avancer vers lui. Il rit intérieurement. Les deux véritables guerriers du groupe n'étaient plus. Le vampire aurait pu lui tenir tête un moment, ou bien le dragon le mettre en difficultés. Mais là, un gnome armé d'un bâton et un askari muni d'un arc minuscule, sans compter l'aveugle et l'enfant ! Par contre, il fut surpris par l'aura des deux humains : celle de l'enfant était très forte, et semblait protéger celle de l'adulte qui semblait démuni. Il ne pouvait laisser un groupe si pitoyable gêner son retour sur Orobolan. Il se décida donc à invoquer une vingtaine de séides pour les occuper.

Myrdhanos ne voyait plus ce qui se passait autour de lui. Il espérait seulement que tout le monde survivrait à cette bataille. La force mentale d'Ashaïna était impressionnante et divinement envoûtante. Elle devait avoir séduit tous les démons de l'enfer et en avoir fait des esclaves. Ainsi, elle était devenue la compagne du dieu déchu. Myrdhanos n'avait vu qu'une fois une telle puissance mentale, celle de son maître, le divin Bérésio.

Bérésio était-il une divinité chargée de le préparer à ce combat ? Ou se pourrait-il que ...

Non, cela ne pouvait être lui !

Ashaïna lui lança de nouveau une attaque. Myrdhanos la prit de plein fouet. Il avait de plus en plus de mal à contrer les attaques de la Reine des démons. Ashaïna regardait son amant d'une nuit, elle le trouvait beau. Elle aurait bien aimé le garder auprès d'elle, mais le Dieu de la destruction aurait été jaloux. Quel mauvais coup du sort que de tomber amoureuse de deux êtres ennemis. Elle finit par choisir Krystal. Après tout, très bientôt, il règnerait sur les deux mondes et, peut-être, renverserait-il l'Unique ?

Elle chassa vite fait cette pensée de son esprit. Car si Krystal le découvrait, il la bannirait de la Cour du royaume infernal. Et celui-ci regorgeait d'endroits où il ne faisait pas bon du tout y passer l'éternité.

Visiblement, les attaques magiques n'avaient aucun effet. Elle allait essayer d'entrer dans ses pensées et de le torturer de ce côté-là. Malheureusement pour elle, ce fut son erreur. Myrdhanos s'était préparé pour une telle attaque. Sur Thaerith, il avait affronté ses peurs et ses craintes. Mais elle, était-elle prête à les affronter ? Myrdhanos renvoya l'attaque d'Ashaïna. Celle-ci ne réagit plus. Son regard se vidait, comme perdu dans ses pensées.

Elle avait voulu envoyer à Myrdhanos la vision des âmes torturées des Tholliens. Myrdhanos les avait vues le soir d'avant. Il s'était donc préparé à une telle vision. Mais Ashaïna, comment avait-elle pu se préparer à cela ? Un bon millier d'âmes, hurlant dans les flammes et l'invitant à les rejoindre, l'accusant d'avoir causé leur mort.

Pendant ce temps, le petit groupe avait combattu les séides. Anadrin était blessé, et Alvador gisait presque mourant. Seuls, Amahan et Arkesh mettaient à mal les derniers séides encore debout.

Krystal avait fait venir les médaillons près du portail. Déjà, on pouvait apercevoir des séides, prêts à déferler sur Orobolan. S'ils réussissaient, il y aurait alors un problème de surnombre. Arkesh envoya un message terrifié à son ami, qui se rapprocha de lui et le protégea de son bras, essayant de calmer la peur de l'enfant tout en cachant la sienne.

« Le combat est perdu pour toi, humain.

— Ah bon ? Regarde ta compagne, elle a l'air bien mal en point.

— Les médaillons sont miens, cette fois. Et vous êtes trois contre un Dieu. Que dis-je trois ? Tu es seul ! Un enfant et un aveugle, quelle dérision !

— Oui, un enfant. Mais aussi l'Élu de tous les peuples.

— Arkesh, joue ta musique. »

L'enfant était terrorisé. Mais, au bout d'un instant qui parut à tous une éternité, sa flûte commença à délivrer cet air venu du fond de la nuit. Amahan le fredonna à son tour, suivi par Myrdhanos. Puis un loup, au loin, hurla de concert. En un instant, toutes les créatures des environs reprirent la mélopée.

Le seigneur Krystal ne semblait pas le moins du monde incommodé. Mais pourquoi ne réagissait-il pas ? Arkesh et Amahan approchèrent de lui et il ne bougea toujours pas, ne les détruisant pas avec un sort. Il aurait pu les brûler d'un claquement de doigts. Mais où était cette énergie nécessaire à lancer le moindre sort ? Ce chant qu'il avait entendu si peu souvent, ce chant que le spectre de Sourtha, le royaume déchu avait créé pour invoquer la toile. Ce chant qui les avait détruits.

Amahan attrapa son adversaire et le renvoya par le portail, et il disparut.

Myrdhanos regarda le portail, celui-ci ne se refermait toujours pas. Il se souvint alors de ce que Bérésio lui avait dit. Chaque Fenrahim devait faire le don de la chose qui lui semblait la plus précieuse, le moment venu. Il se dirigea donc vers le portail, prenant le sabre d'Amahan au passage. Il arriva près des cinq pierres posées en cercle et se trancha la gorge. Le sang inonda les pierres, puis, en un éclair, tout fut fini.

Anadrin se leva tant bien que mal. Il devait parer au plus pressé ; le corps du mage ayant disparu, il se pencha vers le petit homme et lui insuffla le peu d'énergie qui lui restait. Puis, avisant un pinson qui se trouvait là, il envoya un message aux siens.

Chapitre 21

C'était un petit homme, ce sera un héros

Le lendemain, le monde se réveilla sans savoir, qu'une nouvelle fois, il avait échappé au désastre.

Anadrin fut le premier à se lever. Il se trouvait dans un lieu inconnu, mais proche de la forêt, dont il sentait les effluves et entendait les bruits familiers.

Arkesh se réveilla également. Il se trouvait dans une hutte humaine. Au dehors, on entendait déjà les bruits d'un village en activité. La lumière du soleil montrait qu'on avait dépassé le milieu de la journée. Anadrin regarda la pièce où il se trouvait : quatre lits dans les coins, avec leurs affaires posées sur des coffres, et des tenues mises à leur disposition.

Un baquet rempli d'eau se trouvait près du feu.

Arkesh se dirigea vers le lit où était étendu son ami :

« Arkesh, laisse-le dormir encore un peu. Il va bien, on l'a soigné. Il a juste besoin de repos. »

Arkesh regarda l'askari et hocha la tête en signe d'accord. Puis il montra le quatrième lit :

« Il est en vie, mais blessé. Il aura besoin de beaucoup de repos. »

Arkesh comprit et une larme coula sur joue. Puis il fit comprendre au jeune garde qu'il voulait des nouvelles du mage :

« J'ai bien peur qu'il soit parti pour de bon. »

Pour lui, c'était trop. Il fondit en larmes. Anadrin se leva pour le prendre dans ses bras :

« Il a sauvé le monde, c'est le plus important. Allons voir dehors. Tu n'as pas envie de mettre ces beaux habits que l'on nous a si gentiment préparés ? »

Arkesh cessa de pleurer.

Les deux amis firent leur toilette.

Pendant qu'il se lavait, Amahan se réveilla, sans doute attiré par les rires de son petit compagnon.

Arkesh prit sa flûte et lui résuma ce qu'il savait : Amahan pleura les morts, puis se lava également.

Anadrin remarqua que, pour lui et Arkesh, les villageois avaient prévu des tenues askaris, par respect ou par symbolisme. Amahan, quant à lui, portait une tenue des dragons.

La tenue d'Alvador était celle d'un grand prêtre du culte de l'espoir. Une fois habillés, et ayant regardé l'état de leur ami, les trois compagnons sortirent.

Une jeune femme les accueillit :

« Bonjour, mes braves. Contente de voir que vous vous êtes réveillés. Cela fait deux jours que nous vous veillons : un pinson nous a prévenu de votre état, puis nous vous avons fait venir ici.

— Bonjour, et merci, ma dame, répondit Anadrin. Mais où sommes-nous ?

— Nulle part et partout à la fois. Nous n'existons plus pour nos peuples respectifs.

— Et vous, qui êtes-vous ?

— Je suis la Sayan du village, la grande prêtresse, la gardienne.

— Savez-vous ce qu'il s'est passé au gouffre ?

— Oui. Et le monde entier devrait vous en remercier. Mais nos amis du village de Maspian feront tout pour faire oublier ce combat !

— Je vois. Nous étions anonymes et le resterons.

— Oui, comme nous. Une fois que vous serez partis, ce village disparaitra et nous irons ailleurs, loin des hommes qui nous ont rejetés.

— C'est triste.

— Oui, sans doute. Mais observez notre village, et vous n'y verrez aucune tristesse. »

Les trois amis découvrirent ce village si singulier. A chaque fois qu'ils passaient devant un habitant, celui-ci arrêtait son travail pour les saluer et les remercier.

Le tisserand leur demanda si les habits leur convenaient ; tous le remercièrent. Amahan fut honoré de porter les habits du peuple des dragons. Il eut une pensée pour celui qu'il considérait comme étant le dernier d'entre eux.

Ils revinrent à la hutte et eurent la surprise de trouver Alvador réveillé, il était encore faible mais il leur demanda :

« C'est le paradis, ici ? Demanda le petit homme.

— Non pas encore. C'est un village singulier qui nous a accueillis, des gens très sympathiques aux allures particulières, répondit Anadrin.

— Avons-nous gagné ?

— Le mal a perdu, répondit Amahan, mais nous avons perdu Krento, Myrdhanos et Hanlon a perdu le dernier des siens.

— Je vois, dit tristement le petit homme. »

On leur apporta une collation et Alvador comprit ce que voulait dire Anadrin.

La jeune femme qui vint les servir était une petite-gens, mais elle avait des écailles de dragon sur une bonne partie du corps.

Pendant qu'ils mangeaient, Anadrin lui décrivit les habitants du village :

« Le tisserand qui nous a confectionné nos habits ressemble à un gnome, mais il est aussi grand qu'Amahan. Le forgeron du village est très petit, mais il est fin comme un askari, et puissant comme un dragon. »

Arkesh joua de sa flûte.

« Il y a aussi des enfants qui ont des écailles sur le corps, mais sont minces comme notre archer. D'autres sont plus difformes. Moi, je ne vois que leur gentillesse à notre égard, peu importe ces détails. Je sais où nous sommes.

— Ah ! Dis-nous ?

— Au village des mal-aimés. Mon maître m'en a parlé une fois. Nous arrivions dans un village où une femme allait accoucher. C'était une humaine, mais elle avait fauté avec un dragon. Son enfant avait une tête de reptile sur un corps d'homme. L'enfant allait être tué quand mon maitre demanda à ce qu'on le dépose en forêt, plutôt que de commettre ce crime. Je suis retourné, une minute après, voir l'enfant pour le bénir, il avait déjà disparu. Mon maître m'a alors dit qu'il y avait un village qui n'existait sur aucune carte, mais dans lequel les enfants, provenant de métissage et qui ont ce genre de problèmes, sont recueillis.

— Je comprends. Ces gens ont risqué leur retraite pour nous sauver. Louons-les !

— Et louons l'Unique, reprit Alvador, qui, même malade, ne pouvait s'en empêcher.

— Oui. Demande-lui de te rétablir vite car, après, nous partons pour ton village, lui dit Amahan.

— Tu n'as pas oublié ...

— Non, et toi non plus.

— Soit, nous irons. Anadrin, viendras-tu avec nous ?

— Non, j'ai une tâche qui m'attend. Je dois reprendre mon poste de garde. Le Roi a compris mon départ, mais espère me revoir au plus vite. Je dois donc rentrer à Égémina.

— Tu nous manqueras. Portes-toi bien.

— Toi aussi. »

Anadrin attendit quelques jours qu'Alvador soit bien rétabli pour rentrer à la grande forêt. Il fut nommé chef de la garde pour acte de bravoure. Le fait qu'il ait perdu la pierre sacrée ne fut pas mentionné. Il se maria avec Dalinda de Maspian, et eut une belle descendance : son petit-fils fut nommé Nomis.

Alvador repartit avec Amahan et Arkesh pour son village. La route fut très longue. Les amis se souvenaient des bons moments passés avec leurs compagnons. Six mois s'écoulèrent quand Alvador arriva enfin vers la maison qui l'avait vu naître.

Un vieux gnome binait un maigre lopin de terre, et fut étonné de voir un si grand équipage. Quel gnome pouvait avoir un page et un garde du corps ? Il fallait que ce soit une personne très célèbre, ayant fait de grandes choses. Ici, au mieux les gnomes étaient métayers, aux pires esclaves. Lui, avait fait son temps. Il avait perdu son lot d'enfants. Il lui était resté assez pour s'occuper de ses vieux jours et reprendre sa charge au château. Sa surprise grandit encore plus quand le prêtre poussa la pauvre porte de bois de leur logis.

Le vieux gnome enleva son chapeau et se dirigea vers l'inconnu :

« Mon prince est-il perdu ?

— Non, mon brave. Je sais où je suis, répondit Alvador.

— Que me vaut la visite d'un si bel équipage ?

— Avez-vous laissé partir un enfant, il y a longtemps, avec un prêtre de notre ordre ?

— Oui, mon prince, mon petit Alvador. J'ai voulu le protéger de ses frères et sœurs, et de moi-même : sa mère était morte pour lui et la famille le vivait mal. Il a dû mourir car cela fait plus de cinquante ans, maintenant. J'aurai voulu le revoir pour lui demander pardon. »

Alvador avait les larmes aux yeux.

« Alors, vous allez pouvoir le faire car il vient dîner chez vous ce soir. »

Le vieux gnome resta un moment abasourdi. Il regarda l'inconnu, détaillant son visage :

« Ce n'est pas possible ! Alvador, c'est toi ? Personne ne pensait que tu atteindrais tes dix ans ...

— A vingt ans, j'avais mon groupe. Puis, j'ai rejoint des amis pour sauver le monde. Puis, je suis retourné à la Capitale, et j'ai été nommé haut prêtre. Mais ne restons pas là. Je te raconterai, nous avons maintenant tout notre temps.

— Mon fils, mon gringalet : « sauvez le monde », répéta, pour lui-même, le vieux gnome abasourdi. »

La nuit fut longue et pleine d'enseignement. Alvador s'enquit du devenir de ses frères. Il resta au village et fonda une église. Puis, il sortit sa famille de l'esclavage.

Amahan et Arkesh restèrent un moment avec le petit homme, puis ils choisirent de trouver un chez eux. Ils souhaitèrent revoir le village des oubliés et le trouvèrent. Ils y finirent leurs jours paisiblement, quittant parfois ce refuge pour rendre visite à l'un ou l'autre de leurs vieux amis.

Chapitre 22

Ce qu'il advint pendant deux milles ans.

Myrdhanos se réveilla. Il ne fut guère étonné de voir le divin Bérésio, son maître, penché au-dessus de lui :
« Comment ?
— Je crois que tu as déjà les réponses aux questions que tu vas poser.
— Suis-je mort ?
— Oui, si l'on peut dire. Ton côté humain est mort.
— Et vous êtes mort depuis longtemps ?
— Bien longtemps, en effet.
— Etes-vous mon père ?
— Je le suis.
— Alors, ma mission n'est pas finie ?
— Non. La mienne touche à sa fin et la tienne commence. Charge à toi d'élever le prochain Fenrahim et de préserver le monde jusqu'à la prochaine prophétie.
— Qu'est-il advenu d'Ashaïna ?
— Notre famille l'a récupérée. Elle était devenue folle et se baladait dans la campagne.
— L'enfant ?
— Il est là. Il a un peu grandi. Nous ne pouvions le laisser à l'autre. Il t'attend à côté. Vas-tu faire comme moi et lui laisser sa part d'humanité, ou vas-tu tout lui révéler ?
— Je ne sais pas. Entre les deux, je pense.
— Tu as le temps d'y réfléchir.
— Alors, après votre mort, vous avez continué à surveiller le monde ?
— Et à veiller sur toi. Tu ne m'as pas vu, mais pendant ton périple, j'étais là.

— En tant que Bérésio ?

— Oui, mais pas seulement. Je vais t'apprendre tous les secrets du monde, cette nuit. Et je te présenterai ton fils.

— Qu'est devenue Ashaïna ? Est-elle encore en vie ?

— L'Équilibre voulait qu'elle ait le choix. Elle a préféré l'ombre. Nous l'avons donc renvoyée dans la ville noire.

— Je vois, elle me manquera.

— Son amour a failli tout compromettre.

— Son amour aurait pu aussi nous éviter bien des morts.

— Oui, si elle avait changé de camp par amour pour toi. »

Érébios et Myrdhanos parlèrent pendant toute la nuit. Érébios enseigna à son fils à surveiller le destin des peuples d'Orobolan, mais sans intervenir dans le choix des hommes.

Au matin, Myrdhanos put voir son successeur : Il s'attendait à voir un nouveau-né, mais l'enfant avait déjà presque six ans.

« Voici mon dernier sortilège avant de partir pour le dernier voyage ; rappelle-toi, tu ne dois en aucun cas lui dire quelle est l'épreuve, ni lui révéler qui était sa mère. Pour le reste, je te fais confiance. On se revoit dans deux mille ans. »

Érébios parti, Myrdhanos ne put retenir une larme. Il aurait voulu que cette nuit dure plus longtemps. Il décida qu'il garderait Dolin avec lui, ne l'envoyant chez les hommes qu'au dernier moment. Il le préparerait mieux qu'il ne l'avait été :

« Papa. »

La douce voix de Dolin surprit Myrdhanos :

« Oui, Dolin, hésita-t-il.

— Tu vas m'apprendre plein de choses ?

— Oui. Mais voyons d'abord ce qu'ont fait les hommes depuis que je suis ici. »

Érébios avait parlé à Myrdhanos du sablier. Ainsi, deux cents ans étaient déjà passés pour les hommes. La nouvelle religion avait pris sa place, mais n'était pas devenue celle de l'état, les souverains Maspian tenaient trop aux anciennes traditions. Le Conseil des sages avait été banni.

Le Roi en place s'était entouré de conseillers. Une guerre avait éclaté entre les Élénians et les hommes. Le temps des hommes semblait être venu. Certains Élénians partirent pour la colonie de l'ouest et refondèrent un royaume là-bas.

Un problème se posa alors : les Élénians étant les gardiens de la Toile, Myrdhanos décida qu'il devait les préserver. Il leur garda un vaste domaine à l'Est du royaume. Cette forêt fut déclarée sacrée et un sortilège la protégeait de toute destruction humaine.

Ce ne fut pas le seul peuple que Myrdhanos sauva. Les « sans pouls » comme on les appelait maintenant, avaient voulu étendre leur territoire. Mal leur en prit. Une véritable chasse aux sorcières commença et la guerre dura presque trois cents ans, les sans pouls trouvant des soldats chez les derniers Élénians.

Cette guerre fut ignoble. C'était à quel clan pouvait se montrer le plus cruel. Les hommes avaient même massacré des humains devant leurs enfants, pour s'assurer de la haine de ces derniers contre le clan de la lune bleue. Myrdhanos, voyant la Toile s'effondrer, décida d'agir.

Il rassembla les derniers survivants de la race des « sans-pouls » et les cacha dans leur château. En échange de ce confinement, ils étaient assurés d'avoir la vie sauve. Il leur confia la protection du médaillon d'Ikan. Myrdhanos regarda aussi la nouvelle race de Tholl évoluer, mais ne préféra pas en parler à Dolin. Il le découvrirait bien assez tôt. Il rendit plusieurs fois visite à Kahor et à sa fille qui, au fil des années, était devenue une solide mercenaire.

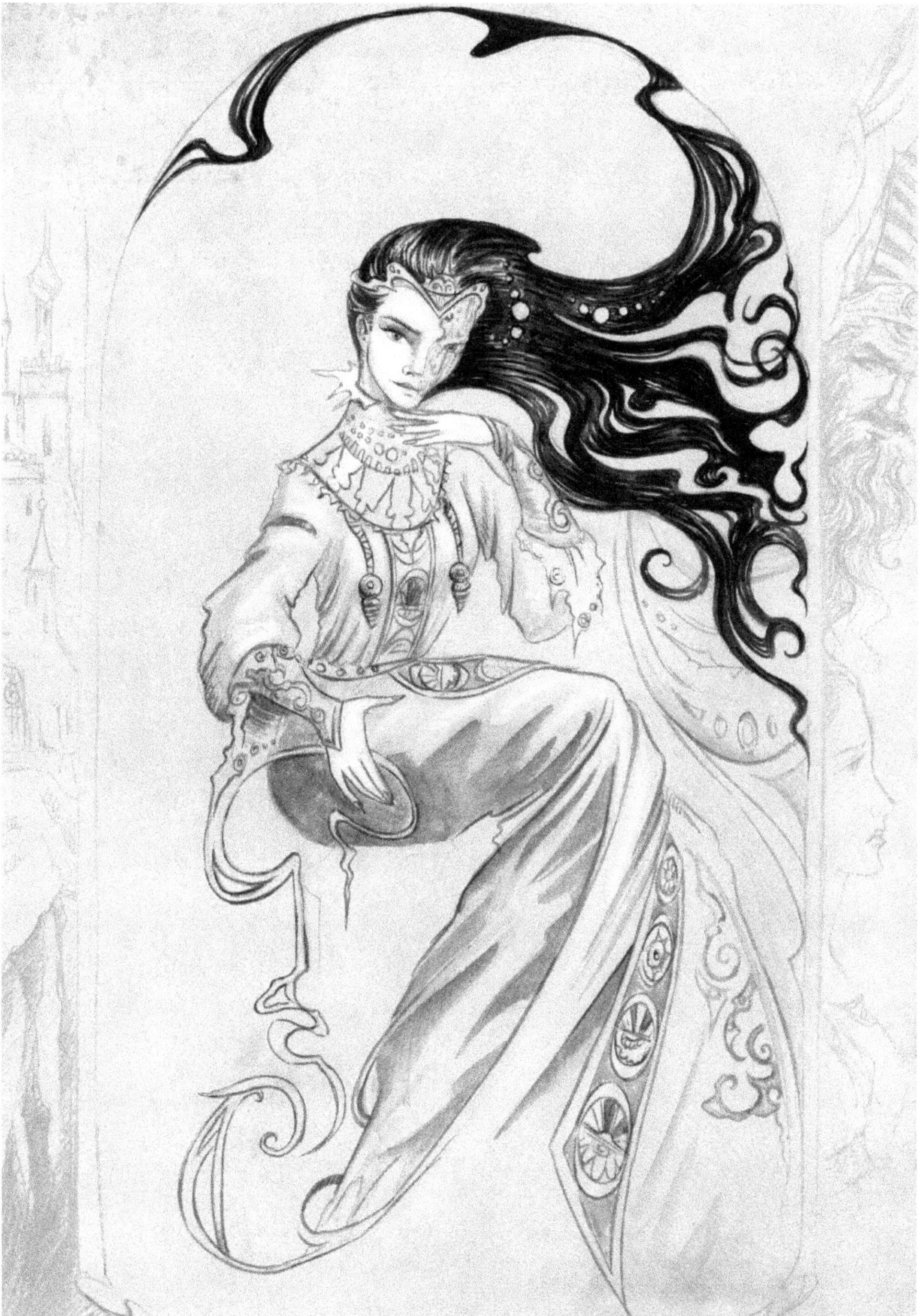

La deuxième prophétie

« *À Simone, ma grand-mère.* »

Chapitre 23

L'homme en noir.

Une pièce sombre, éclairée par la lumière malade de deux bougies. Le peu de mobilier était submergé par des livres et des parchemins couverts de poussière. Çà et là, des plumes et des encriers traînaient. Deux paillasses et quelques coffres formaient le seul mobilier de l'unique alcôve. La nuit était déjà bien avancée, la lune brillait, pleine. Pourtant, deux hommes discutaient.

L'un était, en fait, un enfant, jeune, brun, habillé d'un simple collant et d'un tabard. Il fumait la pipe tout en bavardant.

L'autre, beaucoup plus âgé, était habillé d'une robe ornementée qui rappelait les robes des mages de la capitale. D'un bleu sombre, elle était ornée de nombreux motifs dorés. Malgré son poids, elle semblait ne pas incommoder celui qui la portait.

Tous deux étaient assis dans les seuls fauteuils de la pièce.

« Ils sont arrivés sur Orobolan. J'ai détecté l'aura de leur chef près du portail, déclara le vieil homme.

— Oui, Dolin, la prophétie d'Érébios notre ancêtre s'est révélée exacte. Et l'homme qui doit les renverser ?

— Il n'est pas encore au courant de sa quête, mais je sens déjà la présence de certains de ses alliés.

— Moi aussi, mais ne dévoilons pas tout, tout de suite... J'ai comme l'impression que l'on nous observe.

— Oui, laissons le mystère jusqu'à la fin. »

* * * * * *

Trois hommes descendaient la rue la plus animée de Bénézit, en discutant bruyamment. À cette heure de la journée, les commerçants fermaient leurs étals, les auberges et les salles de jeu s'animaient. On voyait les riches marchands se diriger vers les bains après une journée de travail. La chaleur dans la journée était étouffante à Bénézit. En revanche, la nuit, il y faisait presque frais. Nos trois amis entrèrent dans une taverne. Visiblement, vu leurs atours, ils devaient appartenir à la garde royale d'Alinor VI, souverain de Bénézit et des terres environnantes, des monts de brumes jusqu'à l'océan sans fin.

« C'est demain que ton père choisira qui le rejoindra à la garde rapprochée de notre souverain.

— Oui, Kolos, c'est demain. Cela te rend nerveux ? »

Le premier était un géant, visiblement plus pauvre que les deux autres. Blond aux yeux bleus, on voyait que ses habits étaient rapiécés et son armure de seconde main. L'autre avait la trentaine. La barbe bien taillée, il devait faire partie d'une des familles nobles de Bénézit. Ses habits étaient de soie brodée, et son armure faite du plus beau métal qui soit, finement décoré.

« Non. Mais il faut bien dire qu'il n'y a aucune compétition. Kharon, sois honnête, ton père te nommera toi, car tu es son fils, et puis voilà.

— Je ne crois pas. Il a juré, sur la tombe de nos ancêtres, qu'il ne me nommerait que si je le méritais. Et, honnêtement, je crois que tu mérites, tout autant qu'Arthos, l'honneur de protéger le roi.

— Moi, je n'arrive pas à croire qu'un gamin d'une dizaine d'années t'ait subtilisé ta bourse.

— Et moi, je n'arrive pas à croire, qu'à nous trois, on l'ait laissé s'échapper. »

Le dénommé Arthos regardait une jeune et jolie mercenaire qui venait d'entrer dans la taverne. Celle-ci, habillée en homme, ne dissimulait pas sa nature féminine ; sa longue chevelure descendait très loin dans son dos. Elle portait son épée à la ceinture, comme une épée de cour, main gauche sur la garde. Habillée de soie, elle ne semblait pas porter d'armure. Elle était accompagnée d'un homme d'âge respectable, habillé comme elle.

« Tiens, Kharon ! Je te parie que tu n'es pas capable d'inviter cette jolie mercenaire à visiter les toits de Bénézit.

— Ridicule ! Et cela nous avancerait à quoi ?

— À rien. Mais tu n'en serais pas capable, c'est tout !

— En plus elle est déjà accompagnée.

— Tu crois que c'est son fiancé ?

— Il a l'âge d'être son père, mon cher Kolos, fils de Barg.

— Arrête de rappeler que je suis issu d'un barbare. »

L'homme se dirigea vers le fond de la salle. Kharon se leva et s'approcha de la jeune fille.

« Bonjour, c'est la première fois que vous venez dans cette taverne ?

— Oui, ça te dérange ? rétorqua-t-elle peu affable.

— Non. Vois-tu, je me demandais si...

— Tu as fait un pari débile, avec tes potes aussi grossiers que toi, de me mettre dans ton lit avant ce soir ?

— Euh, non, je...

—— Pathétique ! Allez, va, épargne-moi ton jeu de macho. Ça t'évitera au moins le coup de genou bien placé que je donne aux abrutis de ton espèce.

— Je voulais seulement...

— De plus en plus pitoyable ! Tu bégayes, maintenant... Allez va, prends ça. »

La jeune fille l'embrassa à pleine bouche, ce qui eut pour effet de faire naître un certain émoi parmi les clients de la taverne, dont l'attention avait été attirée par la discussion. Pendant que la salle ne regardait pas de ce côté, un homme noir se dirigea vers Kolos, se penchant vers lui, et murmura :

« Kolos, fils de Barg, j'ai connu ton père, je peux t'aider. Rejoins-moi sur la place, ce soir. »

Le temps que Kolos se retourne, l'individu avait disparu, mais Arthos l'avait remarqué.

Kharon, remit de ses émotions, dit :

« Vous savez ce que vous voulez. Mais je devais juste vous demander de venir avec moi sur les toits. »

Vexée, la jeune fille lui mit un solide coup de pied entre les deux jambes et quitta la taverne, suivie par son compagnon qui n'avait rien raté de la scène. Kharon était recroquevillé à terre, sous les vivats de la salle. Arthos se leva pour ramasser son compagnon. Nos trois amis sortirent et se dirigèrent vers leur cantonnement.

« Si jamais il y avait des gardes, toute la caserne va être au courant, mon père y compris.

— Mais non, voyons, tout le monde s'en fout.

— Et avec Kolos qui ne sait pas tenir sa langue...

— Je ne sais pas tenir ma langue, c'est vous qui le dites ! Plus muet que moi pour garder un secret, il y a qu'une tombe.

— D'accord, mais alors avec plein de monde autour. »

Arthos et Kolos commencèrent à se chamailler, comme deux gosses de trente ans. Ils cessèrent en tournant dans la rue qui amenait à la caserne, et prirent une posture plus militaire, main sur la garde de leur épée. Arrivés près du portail, ils saluèrent tous la sentinelle et rentrèrent dans leur quartier.

La chambre, spartiate, contenait le mobilier minimum et la pièce n'avait aucune fioriture. Le mobilier se composait de deux lits double et de quatre grands coffres. Au mur, de simples clous permettaient de pendre les uniformes d'apparat.

On remarquait au premier coup d'œil ceux de Kolos, rapiécés et de deuxième main. Leurs épées étaient appuyées contre leurs lits. Quand ils furent assis, Kharon demanda à Kolos :

« Dis-moi, quel était cet homme qui s'est penché vers toi avant que je m'écroule ? »

Kolos parut troublé.

« Personne. Un fou, un étranger, je n'ai pas compris ce qu'il m'a dit.

— Bien ! Cette fille a le caractère des gens du nord et la fougue amoureuse des filles de Calisma.

— Une prostituée du nord, quoi, déclara Arthos, content de son trait d'esprit.

— Oui, mon bon Arthos. Mais, si tu la revois, garde-toi de le lui dire, car c'est toi qui seras à terre.

* * * * * *

Une clairière obscure, perdue dans la forêt la plus sombre du nord des royaumes. Deux hommes et deux femmes, tous vêtus de noir et complètement masqués. On ne voyait rien de leurs visages sinon leurs yeux. Leurs voix, feutrées par le tissu des masques, se faisaient basses, pour que personne ne les entende. Mais nul ne pouvait être dans cette forêt, à part des fous ou des candidats au suicide.

« Morthis est arrivé à Bénézit. Il a déjà pris contact avec un soldat, je lui fais confiance pour l'attirer à nous.

— Qui part pour le royaume des Askaris ? demanda Balimun.

— Moi, dit l'une des femmes, visiblement la plus jeune des deux car l'autre, sous son voile, avait l'air d'avoir cent ans.

— Je vais me rendre chez les non morts, déclara Nekheb.

— Bien. Dis, tu dois être la seule qui n'est pas répugnée par ces créatures. Serais-tu, toi aussi, une non morte, vu ton âge ?

— Krouac, je te rappelle qu'elle est ta supérieure. Et je ne crois pas que la chambre de douleur soit ton lieu de vacances favori, lança froidement Balimun.

— Veuillez accepter mes excuses, maîtres.

— Bien, c'est mieux. Et toi, où a-t-on besoin de toi ?

— Je vais chercher la cinquième pierre à Talith. C'est là que l'on aurait vu son possesseur pour la dernière fois. »

* * * * * *

Kolos sortit prudemment de la chambre. Ses colocataires avaient mis du temps à s'endormir.

Il se dépêcha de joindre la grande place. L'homme l'attendait à la terrasse d'une taverne. En cette saison, c'était monnaie courante dans les quartiers touristiques, de voir des tables en dehors des tavernes. L'homme avait enlevé le voile qu'il avait dans la taverne. Cela le rendait plus humain, mais ses yeux trahissaient sa lignée avec l'un des anciens peuples d'Orobolan. Il ne portait pas d'armes, du moins en apparence (une dague dans un revers de cape, c'est si vite planqué), ce qui ne rassura pas Kolos qui se dit qu'il avait peut-être affaire à un mage. L'homme, tout de noir vêtu, avait rejeté sa cape en arrière. Il montrait ainsi qu'il était bien désarmé. Kolos, par conscience, dégagea sa main de derrière sa cape, montrant qu'elle était sur la garde de son épée. Il s'assit sur la chaise en face de l'homme et commanda deux bières à la serveuse qui passait à côté d'eux.

« Bon, que me voulez-vous ?

— Vous êtes direct. Je suis Morthis, fils de Kristalina la douce. J'ai connu votre père, qui m'a sauvé d'un revers de fortune, et j'aimerais payer ma dette.

— Comment m'avez-vous retrouvé ?

— Je crois que la déesse de la chance y est pour beaucoup. Votre père m'avait dit que, s'il avait un fils, il aimerait qu'il soit soldat. J'ai donc essayé cette hypothèse. La taverne, où je vous ai trouvé, est celle où se rencontrent, m'a-t-on dit, le plus de soldats.

— On vous a menti, nous y allons justement car il n'y a pas un soldat.

— Ensuite, j'ai entendu votre compagnon et j'ai su que c'était vous. J'ai attendu le moment propice pour vous parler. »

En disant cela, il ne cessait de fixer Kolos dans les yeux, et ses mains bougeaient bizarrement sous la table. Un mage aurait tout de suite su qu'il jetait un sort.

« Je peux influer sur le choix de Dholl. En échange, présentez-moi comme l'un de vos anciens amis, qui désire voir le roi.

— Vous ne voulez pas attenter à sa vie ? Demanda Kolos, pris soudain de panique.

— Non, je vous rassure. Je veux juste avoir l'honneur de voir le roi. »

Ceci étant dit, les deux hommes se séparèrent.

Kharon
© Hauya - CalciNes

Chapitre 24

Meurtre en fuite majeure.

Les deux hommes continuaient de discuter à la lueur d'une unique bougie.
« Ainsi ce soir, nous serons sans roi, dit le vieil homme.
— Oui, il le faut.
— Dommage, nous perdons une brillante lignée.
— Non, nous ne la perdrons pas
— Comment cela ?
— Tu verras bien, tout ne doit pas encore être révélé. J'ai senti plusieurs alliés, notamment chez le peuple invisible, et je vois un enfant. Mais les autres me paraissent plus flous. Une femme, ça j'en suis sûr.
— Bien, bien ! Une bien belle équipe. Mais, dis-moi, n'as-tu pas vu autre chose ?
— Si, en effet. Mais j'ai encore cette impression que l'on nous observe, moi aussi.
— Parlons plus bas. Mais qu'est-ce qui t'effraie dans ta dernière vision ?
— J'y ai vu la mort.
— Tu t'effraies d'un rien. Allons, nous avons besoin de sommeil, n'y pense plus. »
Les deux hommes allèrent se coucher.

* * * * * *

« Non, non et non, Kolos ! Je pensais t'avoir choisi pour ton sérieux. Cela ne fait pas une semaine que tu es nommé et tu veux permettre à je ne sais quel copain de venir voir le roi. »

Celui qui venait de s'exprimer n'était rien de moins que Dholl, chef de la garde du roi. L'homme avait un certain âge. De grande stature, il portait la barbe taillée ras. Ses cheveux longs, blancs, étaient tressés, et ce, visiblement, chaque matin. Ses habits étaient soignés, son armure, légère et solide, était parfaite, mais on sentait qu'elle avait été patinée par le temps.

Le crépuscule venait de tomber. Kolos et Dholl se promenaient dans les jardins royaux. De sublimes jardins, bordés de palmiers, avec une immense pièce d'eau au centre. Dholl prenait le frais, juste cinq minutes après souper.

« Non, c'est non ! Viens, nous allons être en retard pour notre prise de poste. »

Les deux hommes entrèrent dans le luxueux palais et se dirigèrent vers les appartements du roi. À toutes les patrouilles qu'ils croisèrent, ils montrèrent la garde de leurs épées, le saphir qui prouvait leur appartenance à la maison du roi. Cela tenait plus du protocole car tout le monde ici connaissait Dholl. Tous ou presque avaient reçu ses coups de pied au derrière lors de leur apprentissage. Dholl était l'un des deux instructeurs les plus réputés de Bénézit, voire même de tout Khalonbleizh.

L'autre instructeur, Guardian, n'était autre que le maître de Dholl, le vénéré, qui avait pris sa retraite. Il faisait néanmoins toujours parti de la maison du roi et dînait à la table royale. Par respect pour lui, le roi lui avait permis de continuer à enseigner aux nouvelles recrues. Ses « coups de pied au derrière » étaient célèbres, eux aussi.

Le roi était dans son bureau, après le changement rituel d'équipe. Dholl et Kolos se dirigèrent, avec sa seigneurie, vers la salle à manger. Dans la petite salle, la préférée du roi, on était allongés sur des divans et non sur des chaises. Le repas n'était pas régi par l'étiquette et, surtout, des plats simples y étaient servis. Il n'y avait pas grand monde, ce soir, à la table du roi. Seuls, Guardian, Ourkst le chambellan et le vénérable Ahon, premier précepteur du roi, étaient admis à la table. La reine demeurait dans son pavillon d'été, à Talith. Le roi s'allongea sur l'un des divans et fit un geste de la main. Les autres convives s'assirent, il restait un divan de libre.

« Maître Dholl, veuillez-vous joindre à nous.

— Votre majesté m'honore. Mais je suis de service et je ne peux.

— Je suis le roi, et moi seul décide. Votre apprenti peut, seul, assurer ma sécurité pendant le repas.

— Bien, votre majesté. Votre majesté peut alors m'accorder une faveur ?

— Faites.

— Que l'on amène quelques victuailles à mon apprenti, qu'il puisse se restaurer.

— Qu'il en soit ainsi. Qu'on lui donne des couverts, et il pourra venir se servir. Qu'on installe une table près de lui, pour qu'il puisse y poser ses couverts. »

Comme de coutume, Dholl enleva son baudrier pour manger. Cela ne lui plaisait pas d'être ainsi désarmé. Il se sentait ainsi comme nu, dépossédé de son arme. Kolos vint se servir respectueusement, mais l'on voyait bien que c'était comme si on lui jetait des miettes. Dholl se promit d'aller boire une choppe avec lui à la fin du service.

« Sire, comment s'est passée la journée ?

— Fort bien. Plus de tracas aux frontières. Les barbares, ou ce qu'il en reste, semblent se tenir tranquilles. Mon peuple a l'air de prospérer. Je m'ennuie en ce palais. J'aimerais pouvoir aller, ne serait-ce qu'une fois, en ville, sans grande escorte.

— Vous pourriez ainsi visiter les bas quartiers, là où les enfants meurent de faim et sont battus, s'ils ne volent pas assez au gré de leurs maîtres ou de leurs parents.

— Kolos, comment oses-tu ? On ne doit jamais participer à la conversation et encore moins comme tu viens de le faire, déclara Dholl.

— Je voulais seulement montrer à sa majesté la réalité sur son peuple, elle qui ne quitte jamais Bénézit.

— Il suffit, Kolos. Je crois que je me suis trompé en te choisissant. Nous réglerons cela ce soir, répondit Dholl, d'un ton qui n'admettait pas de réplique.

— On parlera aussi de la façon dont vous prenez votre service, répondit quand même Kolos.

— Il suffit, vous deux ! Intervint Guardian. Toi, Kolos, tu devrais avoir honte, Dholl est l'invité du roi. Lui, n'a rien demandé et a fait un geste envers toi, même si cela ne te plaît pas. Tu te crois offensé, moi je ne le serais pas. Je serais honoré que mon maître pense à moi. Mon apprenti, lui, aurait attendu la fin de son service sans manger, même s'il avait la faim au ventre. Et toi, Dholl, même si ton apprenti a blessé le roi, c'est à lui de réagir et non à toi. Et il y a certaines choses qui ne se disent qu'en privé.

— C'est vrai, excusez-moi, votre Majesté. Et excusez-moi, maître.

— Ce n'est rien, Dholl. Alors, mon peuple est si pauvre que ça, dans la cité basse ? Pourquoi, Ourkst, ne m'en avez-vous pas parlé ?

— Votre majesté, la ville basse est en proie à la guilde des assassins et des voleurs. Les milices sont donc obligées de prélever des taxes pour lutter contre ces fléaux.

—Ce que je veux crois, votre majesté, c'est que la milice n'a fait qu'aggraver les choses et c'est elle qui est devenue un problème plutôt qu'une solution. Je pense qu'il faut envoyer l'armée régulière et supprimer le pouvoir de taxe de la milice, déclara Guardian.

— Quand mon père a voulu la supprimer, il y a eu un coup d'état de la part des miliciens. Je ne veux pas me mettre les miliciens à dos. »

Il ne veut pas de coup d'état, surtout, pensèrent Dholl et Guardian.

« Majesté, ce sera peut-être le peuple que vous aurez un jour à dos, dit Ahon avant de retourner à son état de somnolence habituelle.

— Cette discussion m'ennuie, passons à autre chose.
Dholl dit tout bas à Guardian :

— Je comprends, maintenant, ce que tu me disais sur Ourkst et sa milice.

— Il faudra pourtant se débarrasser de la milice. Et je crains que cela ne se fasse par la force. »

La fin du repas se termina par des banalités, mais Dholl discutait vivement avec Guardian. Le repas achevé, le roi sortit de la salle. Dholl quitta la table, puis remit son baudrier. Il salua Guardian et s'en fut vers le roi qui se dirigeait, comme de coutume, vers les jardins.

« Votre majesté, pouvons-nous reparler de la milice ?
— Je vous ai dit que cela m'ennuyait.
— Juste un instant, une information nouvelle d'un soldat.
— Soit, mais vite.
— J'ai appris que la milice complotait déjà pour organiser un coup d'état. Je n'en étais pas sûr, mais Guardian a confirmé mes doutes. Et, ce soir, l'attitude de Ourkst ne laisse plus place à l'erreur.
— Que dois-je faire ?
— Faites arrêter les miliciens ce soir, et faites-les exécuter.
— Soit, allons dans mon bureau. Je vais faire partir des ordres, et je vais faire exécuter de suite Ourkst.
— Faites-le venir à votre bureau, je me fais fort de trouver quelques solides gaillards contre lui.
— Bien. »

Dholl parla à un garde à l'entrée du palais et celui-ci partit en courant. Kolos semblait soucieux, il n'avait pas prévu que Dholl préparait ce coup d'état contre la milice. Quand le roi se fut rendu à son bureau, il donna des ordres pour que l'on arrête les miliciens. Dholl vit les gardes qu'il avait demandés arriver. Il dit à leur chef :
« Ce soir, nous changeons de chambellan.
— Vous me demandez d'assassiner un des grands du royaume ?
— Non, vous devrez juste l'arrêter. Et comme il ne se laissera pas faire, vous agirez en conséquence, répondit le roi.
— Bien, votre majesté.
Tard dans la nuit, le roi regagna ses appartements. Kolos semblait de plus en plus nerveux. L'homme en noir était là, impatient. Il se demandait ce qui pouvait retarder Kolos. Le roi tempêta.
« Dholl, qui est cet intrus ?

— Je ne le sais pas, majesté. Je n'ai autorisé aucune visite, et surtout pas à cette heure de la nuit.

— Pourtant, les miliciens n'ont pas dû être prévenus de leur prochaine mise à mort.

— Majesté, la faute m'en incombe. C'est un ami qui voulait vous rencontrer et, avec cette agitation, je n'ai pas pu le prévenir que c'était impossible.

— Bien. Kolos, sachez que je n'apprécie pas. Allez dire à votre ami que c'est fini pour cette nuit. Dites-lui qu'il devra passer par la voie normale.

— Mes excuses, votre majesté.

— Kolos, je suis désolé, mais je te rétrograde. Tu ne peux plus assurer la garde du roi, déclara Dholl.

Kolos se dirigea vers Morthis. S'ensuivit une dispute. Sentant qu'il se passait quelque chose de pas très net, Dholl mit le roi en sûreté et fonça vers les deux hommes. Arrivant à leur hauteur, il vit Kolos se faire poignarder par l'homme en noir.

— Qui êtes-vous ? demanda Dholl, tirant son épée.

— Je suis Morthis, le nécromant. Et vous ? J'aime bien savoir qui sont mes victimes.

— Victime dans vos rêves, je vous ferai rendre gorge.

— Je ne crois pas.

Dholl n'eut pas le temps de souffrir, la lame magique de Morthis lui transperça le cœur. Morthis eut tôt fait de trouver le souverain. Le roi a maudit ce qu'il était : un roi passé à la fainéantise et au luxe. Un roi qui aurait dû écouter son père qui, quand il avait six ans, lui avait dit qu'il devait s'entraîner au métier des armes. Mais il mourut dignement, ne supplia pas l'adversaire. Il tendit la gorge au tueur et ferma les yeux.

* * * * * *

Kharon se réveilla au petit matin, comme c'était son habitude, bien qu'il fût de repos ce jour-là. Il se lava et s'habilla.

Arthos était visiblement parti prendre son poste. Il ne l'avait pas réveillé, ni allumé la lumière et, pourtant, son lit était fait. Kolos n'était pas encore rentré de sa nuit de garde. Kharon se demandait combien de remontrances Dholl avait pu lui faire, pour que Kolos soit si nerveux. Il lui avait fait la remarque la veille, mais Kolos avait éludé la question. Kharon, connaissant son ami, n'avait pas poursuivi. Il en parlerait quand même à son père.

On frappa à la porte.

Surpris dans ses pensées, Kharon mit un certain temps pour aller ouvrir.

Les coups se firent plus insistants, puis Arthos entra.

« Excuse-moi, je suis pressé. Mais laisse-moi te résumer la situation : ton père et quelques généraux nt monté un plan pour se débarrasser de la milice qui empoisonne la cité basse. Pour cela, ils ont fait croire au roi que Ourkst complotait contre lui. Résultat, le roi a fait arrêter Ourkst et liquider la milice. Une heure plus tard Kolos, le roi et ton père étaient retrouvés morts.

— Attends deux secondes, Arthos, tu m'annonces que mon père est mort,

— Oui, désolé d'être si direct, mais le temps presse. Laisse-moi finir. Autre conséquence : la reine a été ramenée de Talith en quatrième vitesse, et une enquête a été diligentée.

— Donc on a retrouvé l'assassin de mon père ?

— Non, attends ; le pire arrive. Ourkst, qui devait mourir pendant son arrestation est vivant ; la reine l'a désigné pour mener l'enquête. Ses premières hypothèses sont que soit Kolos a tué Alinor, et Dholl est mort en sauvant le roi – mais, dans ce cas, comme Kolos a été nommé par ton père, il est responsable – ; soit qu'un assassin a tué tout le monde ; soit, enfin, que ton père a tué Alinor et Kolos et qu'il s'est ensuite donné la mort. Je crois que la deuxième est la plus plausible et rejette directement la troisième. Cependant, comme Ourkst a une dent contre ton père, c'est cette possibilité qu'il avance comme la plus plausible.

— C'est dément ! Et qu'en pense Guardian ?

— Il a été démis de ses fonctions de conseiller, pour avoir inventé un complot contre le roi, et renvoyé de la cour. Il est parti dans la ville basse pour retrouver l'assassin. Et c'est lui qui vient de m'avertir, discrètement, que tu risquais fort d'être arrêté et torturé par des hommes fidèles à Ourkst. Il te donne rendez-vous au marché de la ville basse pour trouver le meurtrier et le remettre à la justice.

— Ok. Bon, je prépare un sac et je file.

— Tu dois faire vite. En venant, j'ai croisé la garde, elle est en route. Bientôt, les barrages montés en ville te rechercheront comme principal suspect du meurtre du roi.

— Et toi ?

— Moi, j'ai dit au commandant que je venais te prévenir de rappliquer tes fesses au palais, vu l'état d'alerte, et que je te préviendrai pour ton père.

— Bien sûr, tu ne m'as pas trouvé ?

— Bien sûr.

— Je te remercie.

— Je fais ça pour toi et pour ton père, je lui dois beaucoup.

— J'espère te revoir vite. »

Avec précipitation, Kharon finit ses bagages. Puis il étreignit Arthos et s'en alla vers la ville basse, par le chemin le plus court. Il espérait qu'on ne le recherchait pas encore et que son uniforme de garde lui permettrait de passer tous les barrages. Des patrouilles le croisèrent sans faire attention à lui. Hélas l'une fit exception à la règle et s'arrêta. Le sergent lui demanda sèchement :

« Soldat, votre nom ?

— Kharon, sergent.

— Pourquoi n'arborez-vous pas un foulard noir à votre uniforme ? Le roi est mort.

— Je suis de congé normalement et j'ai été rappelé. Je me dirigeais vers ma caserne pour récupérer des affaires de circonstance.

— Soit. Que je ne vous revoie pas sans foulard dans la journée. »

Kharon fut soulagé, un instant il s'était cru perdu.

Bien que cela fut interdit, un soldat se détacha du groupe.

« J'ai un deuxième foulard, fils de Dholl. J'ai eu ton père à l'académie, prends-le.

— Merci.

— Cadet Devis, dans le rang ! Si ce n'était pas pour permettre à ce soldat de se mettre en conformité, je vous aurais envoyé au cachot. »

Puis, se tournant vers sa patrouille, le sergent donna l'ordre d'avancer, d'un ton qui, visiblement, dévoilait sa mauvaise humeur car il n'aimait pas qu'un cadet ait une meilleure idée que lui.

Kharon se sentit soulagé, mais le fait qu'un cadet l'ait reconnu voulait dire que d'autres le pouvaient. Il devait faire vite. Arrivé au barrage, il devint anxieux. La file des personnes, immobilisées de part et d'autre, était longue et le temps lui manquerait bientôt. On le rechercherait pour complicité de meurtre... de plus, le meurtre du roi ! Seuls les dédales de la ville basse lui donneraient un abri. Il décida donc de tenter le tout pour le tout. Il se faufila près des gardes en poste et leur dit :

« Je suis Kharon, fils de Dholl. Je dois partir en mission d'urgence par rapport à l'incident de ce matin.

— Bien, avez-vous votre ordre de mission qui vous permet d'aller dans la ville basse ?

— Non, la mission étant urgente, je n'ai pas d'ordre de mission. Mais mes directives viennent de Ourkst en personne.

— Bien sûr, et Ourkst est trop occupé pour écrire un ordre de mission, voire un ordre de sortie ?

— Vu l'ampleur de l'incident, et ceci, je n'ai pas besoin d'ordre de sortie. »

Kharon lui montra la bague que son père possédait lorsqu'il était aux services spéciaux du roi. Dholl, croyant l'avoir perdue, avait demandé un deuxième exemplaire. En fait, c'était le jeune Kharon qui l'avait chapardée.

Le garde donna l'ordre qu'on le laisse passer.

Chapitre 25

La ville basse

Kharon arriva dans la ville basse, nommée Akilthan. Le spectacle était désolant. Les gens vivaient sur les ordures de la capitale, se nourrissaient des restes des repas des grands seigneurs du royaume. Les maisons étaient faites de planches de bois pourries, ramassées de-ci de-là. Elles étaient construites les unes à côté des autres, pour ainsi dire les unes sur les autres. Ce faisant, quand l'une d'elle brûlait, tout un quartier partait en cendres.

Les gens étaient habillés de lambeaux, de vêtements troués. Les enfants en bas âge, nus pour la plupart, couraient dans les rues et jouaient dans les rigoles d'eaux usées. Plus vieux, ils devraient soit voler, soit se prostituer pour survivre, battus par des patrons indignes qui les louaient à la famille pour le dixième de ce que l'enfant leur rapportait. Telle était la triste réalité d'Akilthan.

Kharon chercha le marché. Celui-ci n'avait rien à voir avec celui, grandiose, de la capitale. En fait, venaient ici tous les marchands qui ne pouvaient payer la taxe d'entrée à la Guilde du Commerce, ou ceux dont les marchandises n'avaient pas séduit la Guilde. Par exemple, ici, le parfum était vendu en bouteille de terre, alors que dans la capitale, le parfum devait avoir une jolie couleur et être vendu en bouteille en cristal ou en verre. De ce fait, les producteurs vendaient à faible prix du parfum qui, une fois mieux conditionné, serait revendu à prix d'or dans la capitale. Cela ferait la fortune des parfumeurs, mais laisserait les producteurs sur la paille. Ici, le troc régnait en maître. Certains gamins des rues, pour subsister, étaient les spécialistes de ce genre de troc. Cela les sauvait d'avoir à vendre leur corps pour quelques sous.

Kharon regarda un des gamins, qui allait de marchand en marchand. Visiblement, il négociait des pommes de terres naines contre de la soie bon marché. Mais le vendeur voulait autre chose. Le gamin réfléchit, puis partit échanger sa soie contre de l'huile, puis alla vers un autre marchand. Il échangea son huile contre du savon, puis le savon contre du parfum et, enfin, le parfum contre le sac de pommes de terre. Le gamin, d'une dizaine d'années, ployait sous le poids du sac, mais il se devait de le transporter seul pour garder une plus grosse part de son bénéfice. Un homme voulut prendre le sac du gamin. Le gamin lui dit que cela irait. L'homme insista, il poussa le gamin et fit tomber son sac. Il assena un coup de pied au gamin, encore à terre, et récupéra le sac.

Kharon, qui n'avait toujours pas vu Guardian, s'avança vers l'homme.

« Tu vas t'excuser et rendre le sac à l'enfant.

— Quel sac ? Mon sac ? Moi honnête, moi acheté ce sac.

— Je t'ai vu voler ce sac à cet enfant. Rends-le-lui et tire-toi.

— Qui tu es, toi, pour venir me traiter de voleur ?

— Petit, viens ici ! »

L'enfant, qui s'était relevé péniblement, vint avec précautions vers l'homme, se protégeant des coups.

— Alors, il est à qui ce sac ? À moi ou à toi ?

— À vous, répondit l'enfant, terrifié.

— Tu vois, étranger, le petit, il dit que le sac est à moi.

— Bon, alors ! Espèce de minable, qui ne fait rien de ses journées et vole des enfants qui ont peur de lui, je crois que tu es tombé sur le mauvais « étranger ». Rends-lui ce sac ou je te tue. »

Kharon découvrit alors un pan de sa cape pour faire voir son épée de la garde et son uniforme. Se sentant acculé, l'homme chargea directement. Kharon l'esquiva et lui fait un croque-en-jambe pour l'envoyer à terre. Il ne lui laissa pas le temps de se reprendre et l'immobilisa de tout son poids.

L'enfant en profita. Il reprit son sac et s'enfuit vite fait, sans dire merci à Kharon.

Sans prévenir, une main puissante s'abattit sur Kharon et le tira en dehors du marché. C'était un mendiant enturbanné à la mode de Talith.

« Avance, Kharon, et ne te retourne pas, imprudent. Ici, il vaut mieux éviter de montrer son uniforme. Attends que monsieur se réveille et qu'il dise que les soldats du roi sont là.

— Comment ?

— Comment je connais ton nom ? Allons, Kharon, on ne reconnaît pas celui qui t'a donné ta première épée ?

— Guardian, vous ?

— Bien sûr, regarde. »

Enlevant un gant de laine poisseux, Kharon découvrit la bague de Guardian.

Décidément, même l'art du déguisement total était familier à Guardian. Comment, en quelque heures, avait-il réussi à modifier son apparence pour devenir un mendiant qui aurait pu avoir vécu, vu son aspect physique et son odeur, dix ans dans ce cloaque ?

« Content de vous voir.

— Je vois que tu as la bague que ton père avait perdue.

— Oui, dit Kharon, penaud.

— S'il t'avait découvert, tu aurais passé une semaine dans l'enclos des chiens, et reçu de ma part une bonne raclée.

— Plutôt un mois.

— En effet, ton père est mort en héros et sera enterré comme tel, dès que j'aurais pu évincer Ourkst du conseil. J'ai des alliés ici, d'anciens indics. Visiblement un étranger du nom de Morthis, que des hommes à moi filaient, aurait rencontré Kolos. Je l'ai dit à Ourkst mais ce dernier n'a pas aimé du tout notre coup d'état contre la milice. Il a fait croire que le soi-disant complot existait bien, mais que des hommes à lui enquêtaient à l'intérieur de la milice. Il s'est donc tiré d'affaire provisoirement. J'ai des preuves. Je dois filer un assassin du nom d'Omelaï. Il fait partie de la milice et c'est lui qui pourrait innocenter ton père. Tiens, voilà une bourse, essaye de retrouver l'homme en noir, dénommé Morthis. Moi, je m'occuperai d'Omelaï. L'homme que tu cherches a fui vers le cœur de la ville basse. Essaye de t'y infiltrer et retrouve-le. N'essaye surtout pas de montrer à nouveau ton uniforme ! Change-toi au plus tôt et ne va pas au poste de garde, ta tête est mise à prix.

— Merci maître, je ferai comme vous m'avez dit.

— J'agis ainsi pour ton père. »

Kharon s'étonnait de voir que les gens, qui voulaient le sauver parce qu'il était le fils de Dholl, oubliaient un peu qu'il était dans cette situation dangereuse pour la même raison. Lui et Guardian se saluèrent.

Alors que Guardian s'éloignait en tournant dans une venelle. Kharon profita d'être seul pour enlever la bague de son doigt, mais un cri étouffé l'alerta. Il se précipita, arrivant au moment où un homme, de noir vêtu faisait un pas en arrière, une dague ensanglantée à la main. La gorge tranchée, Guardian qui avait été attaqué traitreusement s'écroula. Kharon se précipita sur son maître pour constater avec effroi qu'il était trop tard ; Guardian était mort.

Furieux Kharon redressa la tête ; l'assassin avait déjà fui. Kharon courut jusqu'au premier croisement pour tenter de le repérer, mais il avait déjà disparu dans le labyrinthe de la ville basse.

Était-ce Morthis ou Omelaï ? Kharon était persuadé qu'il s'agissait de l'un des deux. Il n'eut pas le temps de la réflexion, une femme s'écria :

« Arrête-le ! Arrête-le ! Arrête ce brigand ! »

Kharon vit un enfant passer en courant devant lui, puis une femme. Kharon reconnut les deux : l'enfant était celui qui avait volé la bourse d'Arthos, la femme était la mercenaire rencontrée au bar. Kharon se mit à poursuivre l'enfant, mais la foule faisait barrage et l'enfant était plus entraîné. Il réussit à les distancer à une intersection, sans que, ni la jeune femme, ni Kharon, ne puisse voir dans quelle direction il était parti. La jeune fille s'arrêta.

« Tiens donc, le joli cœur ! Pour un garde, tu manques de souffle. »

Kharon avait en effet du mal à reprendre son souffle, alors que la jeune femme, qui courait depuis plus longtemps que lui, aurait encore pu courir un marathon.

« La foule est dense par ici.

La deuxième prophétie

— Bon, on fera la causette une autre fois, je prends à gauche, tu prends à droite. Le premier qui le trouve le ramène ici.
— Ok, et si on ne le retrouve ni l'un ni l'autre ?
— Chacun continue son chemin.

Kharon partit sur le chemin qui lui avait été attribué, de manière peu orthodoxe. Se faire dicter ce qu'il avait à faire par une fille dont il ignorait le nom... Enfin, le gamin, en échange de sa liberté, lui livrerait peut-être l'un des deux hommes qu'il recherchait. Il retrouva le gamin en train de s'occuper à son passe-temps favori, le vol de bourse. Kharon se fit discret et fila le gamin jusque dans un amas de maisons qui débouchait sur une ancienne carrière. Il y en avait quelques-unes dans Akilthan et des légendes régnaient sur ces endroits. Ce serait le repère de voleurs et d'assassins.

Il suivit le gamin jusqu'à l'entrée et l'attrapa.

« Mon gaillard, tu es bon.
— Pitié, monsieur !
— L'enfant regarda Kharon.
— Mais, je vous ai rien volé.
— En effet, pas à moi. Mais à une jeune fille, à un jeune homme et à mon ami, le soldat, il y a huit jours.
— À lui ?
— Oui, lui. Alors trois bonnes raisons de te conduire en prison et de te brûler la peau. »

C'était le châtiment réservé aux voleurs. On leur marquait le bras au fer rouge ; si on les reprenait une deuxième fois, c'était la potence.

« Non, pitié ! »

L'enfant essayait de se libérer de la prise de Kharon.

« Faisons un marché. Tu me dis où se trouve celui que je cherche et je te laisse partir.
— D'accord. Tu cherches qui ?
— Omelaï.
— Je connais. C'est un des humains qui suivent Abigail.
— Et tu n'es pas un humain ?

— Non, je suis ce que vous appelez une petite gens, j'ai treize ans.

L'enfant, en effet, paraissait cet âge, mais il avait la taille d'un gamin de huit ans tout au plus. Kharon vit la jeune femme arriver en courant.

« Là, mon petit bonhomme, tu vas passer un sale quart d'heure. »

L'enfant voulut s'enfuir mais vit que cela était inutile.

« Le chemin de gauche menait à une impasse, alors j'ai fait demi-tour.

— Voilà votre brigand. »

La jeune femme était prête à frapper l'enfant, qui se demandait quelles divinités prier. Kharon intervint :

« J'ai passé un marché avec lui. Il me conduit à l'homme que je cherche et je lui laisse la vie sauve.

— Je vais quand même le faire payer de m'avoir fait perdre une demi- journée, menaça la mercenaire.

— Est-ce vraiment nécessaire ? Au fait, comment t'appelles-tu ?

— Myrtha

— Je suis Kharon et voici ?

— Khiro.

— Bien ! Alors, Khiro, tu fais des excuses à Myrtha. »

L'enfant prit une bourse dans sa poche, la lui rendit et demanda pardon d'une voix faible.

« Bon, mais il me doit encore ma demi-journée !

— On réglera cela plus tard, je te le promets. Maintenant, moi aussi, je suis pressé et je doisretrouver deux assassins.

— Je viens avec toi, pour le moment. Si cet enfant te trompe, je le lui ferai payer.

Khiro avança vers les tunnels. Il sentit qu'il était inutile de fuir et espérait que la mercenaire oublierait de lui faire payer sa demi-journée de perdue... ou alors le plus tard possible.

Il fit descendre le groupe dans des tunnels sans fin. Puis il arriva dans un endroit où des petites gens vivaient dans des maisons faites de tentures et décorées avec goût. Même habitant dans le cloaque, ces gens gardaient un aspect propre par rapport aux gens de la surface. On voyait qu'ils ne devaient pas manger tous les jours à leur faim. Ils devaient certainement échanger, au marché, des denrées contre leur artisanat. Khiro continua vers une grande place où des gens étaient rassemblés autour d'une vieille femme. Il s'avança :

« Grand-mère ...

— Oui, Khiro ?

— Des humains souhaitent te parler. Ils cherchent Omelaï.

— Oui, mon petit, et pourquoi les as-tu amenés ici ?

— Ils ont insisté.

— Je vois. »

La vieille femme parlait calmement, mais Kharon sentit que les humains n'étaient pas les bienvenus. En regardant l'assistance, cela lui fut confirmé.

« Que voulez-vous à Omelaï ?

— Je dois le retrouver, lui seul peut m'aider à retrouver l'assassin de mon père, dit Kharon, anxieux.

— Bien noble cause. Gowi ! »

Un enfant approcha.

« C'est bien lui, le Pallada, qui t'a aidé ce matin ?

— Oui grand-mère.

— Bien heureux à toi, étranger, et merci d'avoir sauvé mon petit-fils, Gowi. Je t'aiderai à trouver l'assassin dont tu parles, mais pas Omelaï.

— Je... essaya Kharon.

— Ainsi j'ai parlé. Sache que, sans Gowi, ni toi ni ton amie ne seriez sortis vivants d'ici.

— Je... »

Myrtha essaya de protester, mais vit que c'était inutile.

« Et toi, Gowi, as-tu remercié le Pallada ? »

Gowi ne répondit pas.

« Je vois, tu connais nos règles ?

— Oui, grand-mère : respecte celui qui te tend la main et rends-lui son aide de mille grâces.

— Alors ?

— J'ai pas eu le temps.

— Et là, tu n'as toujours pas le temps ? Tu ne me l'as même pas présenté à son arrivée.

— Ce n'est pas grave, madame, dit Kharon, pressé que ceci prenne fin. »

D'un geste de la main, la vieille femme le fit taire.

« Appelez-moi mère Abigail, voulez-vous, jeune Kharon ? Asseyez-vous, ne soyez pas pressé. Mon petit-fils a manqué à l'une de nos plus importantes règles. Il sera châtié pour cela, et ce serait lui faire insulte que de vouloir l'empêcher. »

Kharon et Myrtha s'assirent et attendirent un instant. Puis mère Abigail demanda à Gowi :

« Un bâton, s'il-te-plaît. »

L'enfant alla chercher un bâton dans un tas, posé près du trône de la vieille femme. Il lui tendit, pendant bien une minute. Elle faisait semblant de ne pas le voir, puis elle le prit. L'enfant présenta son dos aux coups. Myrtha voulut intervenir, mais une femme l'en empêcha, gentiment, mais fermement. Mère Abigail leva le bâton, mais, au lieu de frapper, elle caressa de sa badine le postérieur de l'enfant et cassa le bâton. Ensuite, l'enfant vint s'asseoir près de Kharon, le remercia et se tut. Kharon, encore sous le choc de cette cérémonie inhabituelle, n'entendit pas, la première fois, la question de mère Abigail. Elle la répéta donc :

« Et comment avez-vous décidé Khiro à vous amener à moi ?

— Disons que Khiro avait... »

Il vit les yeux de Khiro, suppliants.

« Avait volé ma bourse, dit Myrtha, qui préféra le chemin direct au mensonge.

— Khiro, tu me déçois, viens ici. »

Khiro se dit que ce « plus tard » allait arriver maintenant et avança vers la grand-mère.

« Tu sais que le vol est interdit. On ne doit aller à la surface que pour faire du troc, sinon la milice du roi pourrait venir ici.

— À ce propos, commença Kharon, mais la grand-mère l'arrêta d'un regard.

— Tu as désobéi à nos règles et tu en paieras le prix. Tu vas te faire pardonner pour le mal que tu as fait à cette jeune fille et à l'ami de ce Pallada. Et comme tu es impénitent, je te chasse de cette communauté jusqu'à ce que tu aies payé tes fautes. Tu aideras le Pallada dans sa quête, et quand tu reviendras les portes te seront ouvertes, mais pas avant. »

On ne sait ce qui était le pire pour le garçon, mais le bannissement sembla à Kharon bien sévère. Le gamin était en larmes. Dès qu'il regardait quelqu'un, alors le regard se détournait de lui. Une femme, qui semblait être sa mère, ne le regarda même pas. Myrtha était satisfaite, mais elle sentait que le poids du bannissement était bien lourd sur les épaules de l'enfant. Elle regretta d'avoir parlé si vite. Puis la grand-mère reprit :

« Suivez-moi, vous trois ! »

Khiro, en larmes, avança le premier, suivi de Kharon. Myrtha, qui se demandait dans quelle galère elle s'était embarquée, les suivit à contrecœur dans les tunnels. Mère Abigail parlait avec Kharon :

« Que voulais-tu dire sur la milice tout à l'heure ?

— La milice n'existe plus, le roi l'a dissoute.

— C'est une bien mauvaise nouvelle.

— Je croyais que vous craigniez la milice.

— Vois-tu, Pallada...

— Kharon, s'il vous plait, madame.

— Alors, appelle moi grand-mère.

— Oui, grand-mère. »

Ce mot semblait bizarre à Kharon. Cela faisait longtemps qu'il ne l'avait prononcé.

« Donc vois-tu, Kharon, la milice n'attaquait pas les petites gens, car il y avait symbiose. Tant que l'on ne volait pas et que l'on renseignait la milice, alors elle nous laissait en paix.

— Vous la renseigniez ?

— Vois-tu, à la surface, personne ne fait attention aux petites gens. Quand un marchand discute avec un autre marchand, en présence de son serviteur petite gens, alors ils pensent qu'ils sont seuls. Les petites gens sont ainsi les plus grands espions.

— En parlant d'espion, je voulais vous dire au sujet de...

— Je sais ce que tu vas me dire. Il est l'un de nos plus grands, mais c'est une petite gens, et je lis dans son cœur à lui aussi. Tu vois, si Myrtha n'était pas intervenue, j'aurais su ce qu'avait fait Khiro en lisant dans son cœur. »

Myrtha fut un peu plus soulagée de ne pas être responsable du bannissement de Khiro.

« Le tueur que tu recherches est dans la forêt des invisibles, avec une femme. Mes enfants les ont vu partir.

— Merci, grand-mère. »

Appeler ainsi la vieille semblait toujours aussi bizarre à Kharon.

Alors qu'ils arrivaient vers la fin du tunnel, un homme, que Kharon ne reconnut pas tout de suite surgit d'une traverse et attaqua brusquement la vieille dame. Myrtha fut plus rapide que lui et retourna son poignard contre l'assassin. Mortellement frappé l'homme s'écroula au sol.

Abigail se pencha sur lui et lui dit d'une voix calme :

« Je te pardonne.

— Grand-mère, je ne sais...

— Je sais, je sens le poison dans ton âme.

— Je devais... Le médaillon... balbutia l'homme dans un ultime râle de vie.

— Dors, demain tu te réveilleras. »

La vieille dame fit couler une larme et ferma les yeux morts de son agresseur qu'elle semblait connaître. Elle se redressa et fit face à Kharon.

« C'était Omelaï, c'était celui qui était chargé de surveiller l'homme que tu recherches. Cet homme à l'âme noire doit l'avoir pris en son pouvoir, mais tu sembles le reconnaître ?

— C'est lui qui a tué mon maître.

— Alors pardonne-lui, il était sous l'emprise du mal.

— Je...

— Pardonne-lui. »

Sans être autoritaire, il émanait de la vieille femme un charisme tel doublée de bonté et de sagesse que Kharon ne put qu'acquiescer à l'évidence.

Il se pencha vers Omelaï.

« Je te pardonne, repose en paix à présent. »

Abigaïl dégrafa le laçage de la tunique d'Omelaï dévoilant un médaillon. Elle s'en saisit et le tendit à Kharon.

« Voici le médaillon Mogdolan-la-Pierre-Verte. Emporte-le, tu nous protégeras en l'éloignant de nous.

— Pourquoi ne le confiez-vous pas à Khiro ?

— Car il a été provisoirement banni. Mais il t'aidera dans ta quête qui, je pense, sera plus longue que prévu.

— Bien, grand-mère. Puis-je vous demander un service ?

— Parle, mon enfant.

— Omelaï devrait avoir des papiers, ou des indices, de la forfaiture de Ourkst envers le roi. Si vous les trouvez, faites-les parvenir à la reine ou à Ahon, ils sauront quoi en faire.

— Il en sera fait selon ton désir. »

Puis, elle ajouta tout bas pour que lui seul entende, de la tristesse dans la voix :

« Et protège mon petit, j'y tiens beaucoup. »

* * * * * *

« Ils sont trois à présent, je le sens bien. La femme, l'enfant et l'homme. Un charmant couple, plaisanta Dolin. »

Les deux hommes s'étaient levés, préparés, avaient mangé et s'étaient tout naturellement assis dans leurs fauteuils. Pas plus de lumière que la veille ni que le jour d'avant.

« Elle est là, je la sens et je devine qu'il me faudra partir. »

Dolin devint songeur.

« Oui, Dolin, il te faudra partir et découvrir ce que j'ai découvert et ce que tes ancêtres ont découvert avant toi.

— La femme n'est pas humaine ?

— Non.

— Je perçois le sang de Tholl dans ses veines.

— Moi aussi.

— Ils ont un médaillon.

— D'autres viendront les aider

— Les invisibles ?

— C'est possible, mais regardons et apprécions.

— J'ai toujours l'impression que l'on nous observe.
— Moi aussi. Pour l'instant, n'en prends pas ombrage.
— Bien. »

Khiro

© Hauya - CalciNes

Chapitre 26

Le peuple des invisibles.

Myrtha était réticente au début de cette aventure à trois. Cependant, la perspective de la moitié de la bourse de Kharon et la promesse qu'elle n'était engagée que jusqu'à ce qu'on la rappelle l'avaient décidée à suivre Kharon et Khiro.

Pendant les cinq jours qui avaient suivi la fuite de nos compères, Khiro s'était lamenté de son exil forcé. Kharon n'avait rien dit pour atténuer sa peine et avait gardé pour lui les révélations de la grand-mère. Myrtha avait expliqué aux deux autres qu'elle pouvait communiquer avec son père grâce à un pendentif, qui était dans la bourse que Khiro avait tenté de subtiliser. Myrtha le cachait là pour éviter les convoitises, bien qu'elle n'eût pas pris garde aux voleurs à la tire. Elle était inquiète de ne pas avoir de nouvelles de son père. Elle n'avait pas révélé aux autres les liens de paternité qui la liaient avec Kahor. Khiro, passant inaperçu, allait espionner de village en village. Enfin, Khiro revint avec un sourire.
« Khiro, que t'ont dit les personnes du village ? Demanda Myrtha.
— L'homme et la femme sont passés par là et sont montés vers le nord, jusqu'à la forêt maudite.
— S'ils sont entrés là, dommage pour eux.
— Je devrais aller avec Khiro, j'aurais plus de renseignements, intervint Kharon.
— Un humain ! S'esclaffa Khiro... Plus de renseignements qu'un membre du petit peuple ! Tu rêves ! Et puis, Kharon, je te rappelle que ta tête est mise à prix. C'est d'ailleurs pour cela que

ça fait cinq jours que je n'ai pas dormi dans un lit et que personne n'a pris de bain.

— Bon, d'accord. On se prend une demi-journée de repos et on trouve une rivière pour se laver. »

Khiro devenait de plus en plus à l'aise depuis qu'on lui confiait la tâche d'aller glaner partout des renseignements. Finalement, ils trouvèrent un coin pour se baigner aux abords de la forêt.

« Dis-moi, Khiro, pourquoi l'appelles-tu la forêt maudite ?

— On dit qu'elle est habitée par des fantômes. Les marchands n'y entrent pas, on entend des bruits dans les arbres.

— Alors, vous, le petit peuple, êtes superstitieux ? Ce n'est que le peuple de la forêt qui habite dans la dernière forêt inviolée du royaume. Ce peuple est aussi appelé peuple des invisibles et se nourrit des arbres.

— Et comment tu sais cela ? Et que ce ne sont pas des fantômes ?

— Tout simplement parce que je les ai rencontrés, lors d'un précédent contrat.

— Tu les connais donc ?

— Oui, même si les humains ne sont pas les bienvenus.

— Et comment sont-ils ?

— Agiles, grands, fiers. Leur roi s'appelle Tyridrin et leur reine Léona.

— Et le prince ? dit Khiro, par défi.

— Le prince...»

Myrtha resta songeuse.

« Le prince s'appelle Alathor.

— Tu es amoureuse, tu es amoureuse, plaisante le gamin !
Myrtha le bloqua contre un rocher, dague sur sa gorge.

— Même si j'en étais éprise, ce peuple est si fier que nul ne peut espérer l'approcher. Et je te déconseille de dire au prince ce que tu viens de révéler. »

Khiro, qui respirait à peine.

« Oui, d'accord, dit-il, reprenant son souffle.

« Bon, les cochons, je vous laisse vous laver. Je vais à l'écart, et gare à celui qui approche. »

Quand Myrtha se fut éloignée, Kharon et Khiro ôtèrent leurs vêtements, les lavèrent puis les mirent à sécher. Là, ils plongèrent dans l'eau et se lavèrent mutuellement, puis ils se firent sécher. Kharon, épuisé, s'assoupit un instant. Quand il revint à lui, il ne vit personne à côté de lui. Il s'habilla et chercha Khiro. Il le vit regardant Myrtha en train de se rhabiller. Elle était de dos, et elle était encore dénudée. Ce qui frappa Kharon, ce n'était pas la nudité de la jeune femme, mais le dragon qui était dessiné sur son dos. La queue de ce dragon commençait au bas du dos et - non, ce n'était pas possible - elle ondulait dans l'air. Khiro émit un cri de surprise, ce qui fit sursauter Myrtha. Elle se dépêcha de se vêtir et fonça vers les importuns. Kharon restait interdit et Khiro apeuré.

« Tu es quoi ?

— Je suis une descendante de Tholl, le dragon. »

Sa main n'était plus qu'une griffe dont elle se servit pour agripper Khiro.

« Alors ! Si je me servais de ceci pour vous étriper ?

— Je cherchais Khiro.

— Et tu t'es bien rincé l'œil ?

— Juste un peu.

— Bien, alors on va s'amuser. »

Khiro n'en menait pas large.

« Attache-moi ce voyeur, je déciderai de son sort plus tard. »

Elle dirigea une griffe vers l'aine de Khiro et lui découpa sa culotte. Puis elle lui fit une légère griffure, qui fit lâcher à Khiro un petit cri de douleur et couler un peu de sang. Elle lâcha ensuite Khiro, qui se dépêcha de couvrir ses parties intimes. Arrivé au point où ils avaient laissé leurs affaires, il remit son pantalon.

« Bon, allons-y. »

Ils pénétrèrent dans la forêt. Elle était sombre et le soleil perçait rarement à travers le feuillage, donnant place à des rayons de lumière. La forêt était calme et l'on entendait des multitudes de petits bruits venant de nulle part : le chant des oiseaux, le vent et la rivière au loin. Khiro, tout penaud, hasarda une question :

« Et le peuple des invisibles, quand le verrons-nous ?

Myrtha ne répondit pas. Kharon posa la question autrement :

« Le verrons-nous ?

— Si vous saviez regarder, vous verriez qu'il est déjà là. »

En effet, quatre personnes sortirent des arbres. Ils étaient en mimétisme parfait avec la forêt. Khiro fut surpris.

« Salut Myrtha, fille de Tholl.

— Salut Alathor, fils de Tyridrin.

— Qui sont ces humains ? »

Il avait prononcé le mot humain comme s'il s'agissait d'une injure.

« Ce sont Khiro, un voyeur du petit peuple d'Akilthan, et Kharon de Bénézit. Ils recherchent un homme qui serait passé par ici avec une femme. Le malheur les suit.

— Bien, je vais leur bander les yeux, ils ne doivent pas savoir où est notre royaume.

— Je ne veux pas que l'on me bande les yeux, émit Khiro.

— Alors nous te laisserons ici, les loups seront ravis. L'un des hommes dit tout bas :

— Pauvres loups !

— Toi, le voyeur, ta peine n'est pas finie. Tu m'appartiens jusqu'à ce que Kharon ait fini sa quête.

— Bon, d'accord. »

Kharon se laissa bander les yeux sans problème, mais Khiro essaya de tricher. Une marque de griffe de Myrtha dans son dos le ramena à la raison.

Après des chemins interminables, sur lesquels Kharon et Khiro devaient faire attention à ne pas trébucher, ils marchèrent sur des rondins de bois, puis dans un escalier de la même matière. Ils montaient donc dans les arbres. Puis on les fit entrer dans une petite salle, où des gens parlaient. Ni Khiro, ni Kharon ne comprenaient les conversations. Myrtha s'adressa à un homme, dans une langue inconnue. Au le ton de sa voix, Kharon en déduisit qu'elle s'adressait à Tyridrin, le roi du peuple invisible ; une voix de femme, plus effacée, devait être celle de la reine.

La deuxième prophétie

Enfin, on daignât leur enlever leurs bandeaux. La salle, de structure modeste, abritait une dizaine de personnes. Au bout, sur deux trônes, siégeaient le roi et la reine, tous deux de bleu vêtus. Il n'y avait pas d'ornement excessif sur leurs tuniques. Visiblement, seule la couleur de leur habit indiquait leur rang royal.

Un jeune garde, en vert sombre, était posté près du roi. Tous les autres étaient assis sur des coussins. Leurs tuniques allaient du vert clair à l'orange chatoyant. Le roi s'adressa à Kharon, le regardant dans les yeux.

« Racontez-moi, humain, ce qui vous mène ici.

— Eh bien voilà, tout a commencé par le meurtre du roi Alinor par l'un de mes amis.

— Le meurtrier que vous recherchez est de vos amis ?

— Non, c'est plus compliqué.

— Alors, faites simple et vite.

— J'ai appris qu'un autre homme était sur les lieux, en plus des trois personnes assassinées ce soir-là.

— Donc votre ami, Alinor et ?

— Mon père.

— Vous êtes donc Kharon, fils de Dholl.

— Vous connaissez mon père ?

— Je l'ai rencontré quand j'ai prêté allégeance à Alinor contre la promesse de non-agression de cette forêt. J'ai longuement conversé avec votre père et je l'avais en grande estime. Mais, continuez...

— Bref, j'ai donc cherché cet homme et j'ai eu la preuve qu'il pouvait contrôler l'esprit des gens et qu'il recherche des diamants de couleur. L'un est en ma possession ; l'autre, il l'a récupéré auprès d'Alinor.

— Ce diamant doit être Polinas, affirma le Roi. Il l'a fait monter sur son épée, le mien est ici sur mon gant et se nomme Égémina.

— Si vous dites vrai, cet homme va chercher à le prendre. Il est également accompagné d'une femme. »

Un dénommé Nomis fit un pas en avant pour parler mais Kharon l'interrompit. Il avait perçu un bruit d'arc que l'on bande. Pressentant le danger, il fondit sur Tyridrin alors que le claquement d'un tir se faisait entendre. Tout se passa très vite, il précipita le roi au sol alors qu'une flèche sifflait dans la salle pour terminer son vol dans le cou de la reine.

Aussitôt les gardes agirent. On aida le roi à se relever et Alathor se chargea de Kharon. Deux soldats maintinrent Myrtha et Khiro tandis que les autres sortirent pour chercher le tireur. Le roi fit un signe qu'on les libère, tout en les surveillant et se précipita auprès de son épouse blessée. La flèche n'avait pas touché de centre vital, mais la pâleur de la reine l'inquiétait. Un guérisseur se penchait déjà sur elle. L'inquiétude d'Alathor était plus palpable que celle du roi. Il se ressaisit et demanda :

« Nomis, tu voulais parler ?

— Oui Majesté. Il y a deux jours, en patrouille avec Anthos, on a rencontré une femme. Anthos est parti à sa rencontre pendant que je vérifiais qu'il n'y avait personne d'autre. Anthos a discuté avec la femme et c'est alors que j'ai vu l'homme derrière un arbre. Anthos a récupéré quelque chose et est venu à ma rencontre. Il m'a dit que les étrangers cherchaient le lac de lune et s'étaient perdus en cherchant un raccourci. Ils lui ont offert de la liqueur pour le remercier.

— Que l'on aille me chercher Anthos. »

Les deux derniers gardes sortirent. Tyridrin se pencha vers le guérisseur et lui parla dans leur langue. Vu l'expression de son visage, cela ne présageait rien de bon.

Il se tourna vers le groupe :

« Je vous dois la vie et, chez nous, c'est une chose sacrée.

— J'ai agi comme l'aurait fait tout homme.

— C'est ce que vous pensez. Mais il faut plus que du courage pour mettre sa vie en jeu pour sauver celle d'un étranger qui manque à tous les devoirs de l'hospitalité. Considérez-vous, dès à présent, comme nos invités.

— Merci, Majesté.

— Et on mange quand ? Demanda Khiro. »

Une claque de Myrtha sur son crâne le rappela à l'ordre alors que les gardes revenaient, porteurs de bien graves nouvelles, vu leurs mines sombres.

« Majesté, malheureusement le traître est mort empoisonné. Il a bu le poison où il avait trempé sa flèche.

Le roi réfléchit un court instant. Puis il se tourna vers le fils de Dholl :

« Kharon, je vais vous demander une faveur. Je sais que je vous dois beaucoup, mais mon peuple est limité et peu enclin à pénétrer dans vos villes, je vous demande donc de retrouver l'homme et la femme et de leur faire avouer quel est l'antidote. Qui veut se joindre à nos amis ?

Personne ne bougea. « Sauver la reine, ok, mais pas avec des humains ». Finalement, après une brève hésitation, Nomis avança d'un pas :

« Majesté, c'est mon silence qui est la cause de tout cela, alors je pars avec eux.

— Bien, Nomis. Revenez-nous vite, le temps presse.

— Et on mange pas, alors ? Dit Khiro. »

Une autre claque de Myrtha s'abattit sur le jeune homme. Alathor intervint. Avisant un garde, il dit :

« Qu'on leur prépare un sac de victuailles.

— Ah, tu vois, souligna Khiro. »

Myrtha soupira de désespoir.

Une demi-heure après, ils étaient prêts à partir. Tyridrin s'adressa à Kharon :

« Vous semblez songeur.

— Plusieurs choses m'inquiètent et je dois savoir ce que sont ces diamants. Ils doivent être importants, s'il y a autant de morts autour d'eux. Ensuite, pourquoi avoir tué le traître, si l'on veut votre diamant ? La mission du traître aurait dû être de prendre le diamant.

— Je me suis fait cette réflexion, répondit Tyridrin, et je pense que mon assassinat avait un autre dessein que de me prendre mon diamant. Si les responsables de tout cela sont encore ici, alors je les trouverai. J'ai fait partir mon peuple dans toute la forêt et rien ne pourra leur échapper. Faites vite et sauvez ma reine. »

Serrant affectueusement Kharon, il lui dit au revoir et dit quelque chose à Nomis, dans leur langue. Ce devaient être des paroles d'encouragement pour le jeune homme. Puis il dit au revoir à tout le monde, s'arrêtant sur Myrtha plus que les autres. Kharon semblait comprendre que ce n'était pas d'Alathor dont Myrtha était amoureuse, mais bel et bien de Tyridrin. Quel âge pouvait donc bien avoir la jeune femme ?

* * * * * *

Ils quittèrent la compagnie et prirent le chemin le plus court pour quitter la forêt.
Ces démonstrations d'affection de la part du roi laissaient quand même Kharon songeur. Les hommes, comme le peuple des invisibles, étaient étranges. Deux heures plus tôt, ils avaient été traités en étrangers et, sans l'aide de Myrtha, ils n'auraient même pas approché le roi. Ils avaient été traités comme des animaux, lorsqu'ils étaient entrés dans la salle du trône. La musique si magnifique de ce peuple s'était tue, les danseurs, qui dansaient comme portés par une grâce divine, s'étaient assis comme pour leur montrer qu'ils n'étaient pas les bienvenus. Puis, en quelques secondes Kharon avait sauvé le roi et leur attitude s'était complètement transformée. Le roi leur avait dit au revoir comme un père et, encore, Dholl n'avait jamais serré son fils Kharon aussi affectueusement. Quels que soient les mondes que l'on traverse en étranger, il faut toujours un exploit pour se faire accepter. Cette pensée troublait profondément Kharon.

Personne ne parlait. La petite troupe suivait Nomis, qui les menait vers la grande route.
Nomis pensait aussi, en son for intérieur. Lui qui, depuis tout jeune, rêvait d'aventures, était entré dans la garde pour voir du pays à chaque voyage de Tyridrin... Il aimait son souverain. D'ailleurs, il était comme eux, car Tyridrin était un ancien garde qui avait épousé la reine Léona, fille de leur ancien roi Deidre. Bientôt, Nomis rencontrerait d'autres humains et verrait leur monde.

Myrtha, elle, pensait à Tyridrin. Elle avait été capturée par le peuple invisible alors qu'elle traquait son déjeuner dans la forêt. La transformation lui avait valu le respect du peuple invisible, chez qui, heureusement pour elle, la légende de Tholl n'avait pas disparue comme chez les humains. Tyridrin l'avait séduite pendant le temps qu'elle était restée chez eux. Aucun des deux n'avait avoué son amour pour l'autre. Myrtha, la première, s'était décidée, en mission avec son père à Talith, à écrire une lettre à Tyridrin pour lui avouer son amour. La réponse avait mis deux mois à lui parvenir et lui fit verser des larmes. Elle apprenait que Tyridrin, se désespérant de son retour, avait épousé Léona et lui avait donné un héritier, Alathor.

Khiro, quant à lui, inspectait, tout en marchant, le sac de victuailles. Il se demanda combien de temps ils allaient tenir avec si peu de nourriture. Et, déjà, pendant combien de temps il fallait attendre pour pouvoir commencer à manger ces victuailles. Il se rappela ses premières années dans la rue.

Il avait côtoyé de jeunes humains qui vendaient leur corps ou volaient pour survivre. Ces deux crimes étaient sévèrement réprimés par la milice. Une main coupée, les parties intimes brûlées, étaient les pires des châtiments quand la victime n'était pas tout bêtement frappée. La plante des pieds et le dos des humains rougissaient sous les coups. Khiro, plus malin que les humains, ne s'était jamais fait prendre. Heureusement. Khiro volait, c'était plus rapide que le troc et le risque était plus lucratif. Khiro n'aurait jamais vendu son corps. Il savait que des camarades à lui l'avaient fait. Abigaïl les avait bannis, ils devaient encore errer dans la cité haute ou bien être morts. Rien que d'y repenser, cela le dégoûtait. Mais quand est-ce qu'ils allaient s'arrêter ?

Nomis pensait qu'il leur fallait des chevaux. Il en chercha des yeux. Pas des chevaux humains, non. Des chevaux libres, que l'on montait au courage et non avec une selle. Il en aperçut. Il les appela d'un sifflement. Trois vinrent à leur rencontre.

« Savez-vous monter à cheval ?

— Pas moi, et je ne veux pas tomber, se plaignit Khiro.

— Peureux ! Tu monteras avec moi, répondit Myrtha montant déjà sur un des chevaux. »

Elle lui flatta l'encolure et fit monter le petit homme derrière elle. Khiro n'était pas rassuré. Kharon n'avait jamais monté de chevaux sans selle, mais il devait se débrouiller. Nomis vit son désarroi et l'aida à monter.

Kharon prit vite ses marques. Nomis chuchota quelque chose au cheval qui hennit, on aurait dit que le cheval riait.

« Que lui avez-vous dit ? demanda Kharon.

— Je lui ai dit que vous étiez un humain et qu'il fallait qu'il soit doux avec vous.

— Merci, répondit Kharon, à demi vexé. »

Nomis monta le sien, un beau cheval noir. Puis la troupe partit au galop en direction des montagnes.

* * * * * *

Les deux hommes discutaient encore. Le plus vieux des deux était habillé de façon plus simple qu'aux premiers jours :

« Le temps est venu pour toi de partir vers eux et de les guider.

— Je sais, mais ne crois-tu pas que je devrais prendre une autre apparence ?

— Tu veux dire une apparence plus jeune ?

— Oui.

— Non, pas pour l'instant. Ton âge leur inspirera confiance. Quelque chose d'autre te tracasse ?

— Oui, je devine la mort et ma vision devient de plus en plus forte.

— La mort te ferait-elle peur ?

— Oui, naturellement. C'est une fin, comment savoir ce qu'il y a derrière ?

— Quand tu vois une colline et que tu veux savoir ce qu'il y a derrière, que fais-tu ?

— Je vais voir, mais je peux en revenir.

— Qui sait ? On peut, peut-être, revenir de la mort.

— Accomplis ta tâche et protège-nous d'elle, après on verra.

— Bien, père.
— Va, et ne t'en fais pas.
— Père, autre chose m'inquiète.
— Oui ?
— Vous laisser seul alors que je sens toujours une présence qui nous observe.
— Ne t'en fais pas. Quand tu reviendras, elle sera toujours là. Et moi aussi, cela nous importe peu. »

L'homme partit, laissant l'enfant seul. Celui-ci prit un livre et se mit à lire.

Nomis
© Hauya - CalciNes

Chapitre 27

Les amants maudits du lac de lune.

Ils atteignirent un petit village, frontalier des montages proches du lac de Lune. Ce lac donnait l'impression d'un miroir immense, sans fin, bordé par les montagnes. La lune s'y reflétait, de jour comme de nuit. Notre fine équipe entra dans le village. Dans ce coin reculé des royaumes, Kharon n'avait pas trop de risques qu'on le reconnaisse. Mais bon, prudence n'est-elle pas mère de sûreté ?

Khiro reprit son passe-temps favori, jusqu'à ce qu'il soit interrompu par Nomis, qui le menaça d'en parler à Myrtha. Nomis avait compris la crainte de Khiro pour la jeune femme.

Myrtha, quant à elle, chercha l'auberge la plus proche pour prendre un bon bain. Lorsqu'ils interrogèrent les gens à propos de l'homme en noir et de la femme, on leur répondit qu'un homme, correspondant à la description qu'ils en faisaient, était passé ici mais qu'il était seul. Kharon jura :

« J'en étais sûr !

— Qu'y a-t-il, Kharon ? Demanda Nomis.

— Cela me semblait bizarre que nos deux compères fuient la forêt sans prendre le diamant de Tyridrin. Ainsi, la femme comptait sur la pagaille, causée par le meurtre de Tyridrin et le suicide de son meurtrier, pour voler le diamant.

— Ce n'est pas grave, je vais prévenir Tyridrin.

— Comment ?

— Nous sommes en contact. Pendant que vous dormez, nous nous mettons en rêverie et, alors que notre corps se repose, nous pouvons communiquer. Pour ceux qui nous connaissent, ils peuvent employer certains oiseaux qui nous amènent des messages écrits dans votre langue.

— Bien, préviens Tyridrin. »

Nomis partit s'installer dans la chambre commune. Soudain, des hommes à cheval, habillés de noir, arrivèrent près de l'auberge. Ils sautèrent à bas de leurs montures et entrèrent dans l'auberge. Les discussions cessèrent d'un seul coup. Tout le monde tremblait. L'homme qui entra le premier laissa passer un homme à la barbe taillée, parfaitement fine, noire. Ce devait être le chef. Il s'approcha du tenancier :

« Dis-moi, Ulrik, à qui sont ces chevaux ?

— À nous, répondit Myrtha qui venait juste de descendre après son bain. »

Kharon, heureusement, était caché dans la chambre.

« Et vous êtes ?

— Myrtha.

— Juste Myrtha ?

— Oui.

— Et ce petit homme est votre esclave ?

— Je suis un être libre, répondit Khiro, de la haine dans la voix.

— Bien sûr, moi aussi, mais laisse ta maîtresse parler.

Khiro, furieux, voulut réagir. Myrtha, main sur l'épaule, l'en empêcha. Visiblement, dans cette partie du royaume, les petites gens étaient encore moins bien considérées que dans le reste du royaume.

« Et que venez-vous faire ici, Myrtha ?

— Je poursuis un dangereux bandit, qui est mêlé à un meurtre.

— Il faut que cela soit un personnage important qui soit mort pour que vous veniez jusqu'ici.

— En effet, cet homme est accusé du meurtre de feu notre souverain Alinor VI.

— Rien que ça ! Mazette ! Pardonnez-moi, je vous fais la révérence. Je me présente, Korta, seigneur du lac et des bois environnants de cette partie du royaume. Je vous invite à mon château ce soir. Un certain Rimthos est venu également de la capitale. Il sera là ce soir, vous pourrez converser. Il a sans doute aperçu votre homme.

— Oui, naturellement, à ce soir. Comment trouverai-je votre château ?

— C'est la seule maison qui ne soit pas en bois à des lieux à la ronde. Mais j'enverrai un esclave - et il ajouta en regardant Khiro – « libre » vous chercher vers sept heures. Êtes-vous accompagnée ?

— Je suis accompagnée d'un Élénian et d'un jeune homme.

— Nous serons donc en charmante compagnie. Ma fille nous chantera un petit quelque chose.

— À ce soir. »

Myrtha retrouva les autres et leur apprit les derniers évènements. Tout portait à croire que le fameux Rimthos était, en fait, Morthis.

Nomis était porteur de moins bonnes nouvelles. Le roi avait fait fouiller la forêt, après les craintes émises par Kharon, mais n'avait rien trouvé. Mais Tyridrin remarqua que le diamant à son gant avait été échangé. La femme, où qu'elle soit, était en possession du diamant askari et, sans doute, de celui d'Alinor.

Khiro ne décolérait pas. Il s'était renseigné au village et avait vu que les gens le regardaient bizarrement. Il comprenait maintenant qu'ici les petits hommes étaient considérés comme des serviteurs de très basse condition, voire comme des esclaves, et Khiro avait beaucoup de mal à voir ses semblables traités de la sorte. Kharon comptait passer à l'action le soir même. Korta serait-il du côté de Kharon ou de celui de Morthis ?

La petite équipe avait remarqué les soldats en armes de Korta et en avait déduit que ce sinistre individu était en fait le seigneur des lieux, nommé par le roi pour protéger ce coin reculé du royaume, notamment des invasions barbares. Et, comme tous les seigneurs frontaliers, Korta régnait sur son territoire en despote. Du moment que ses seigneurs lui prêtaient allégeance et lui versaient l'impôt royal, Alinor était content. L'armée régulière ne devait passer dans ces contrés qu'une ou deux fois l'an. Khiro fut désigné « volontaire » pour être au service. Cela ne l'enchantait guère, mais Nomis lui assura qu'il s'agissait d'une place stratégique d'observation, car personne ne ferait attention à lui. Ce qui n'était pas totalement faux. Khiro retrouva donc un peu son calme. Et même la remarque de Myrtha, lui rappelant qu'il ne devait pas pratiquer le soir même son passe-temps favori, le fit sourire.

La petite troupe suivit Myrtha, qui voulait admirer le lac. Kharon continua de se cacher à l'auberge. Khiro suivit Nomis en maugréant, mais son humeur changea lorsqu'il découvrit cette étendue d'eau si grande et magnifique. Approchant du lac, alors qu'ils parlaient de la façon d'emprisonner Morthis, ils aperçurent les gardes noirs en train de rudoyer la population.

L'un bousculait une vieille femme et lui hurlait dessus, car elle semblait, selon lui, ne pas ramasser assez vite les pommes de terre qu'elle avait fait tomber. L'autre frappait des paysans qui, selon son humeur, ne travaillaient pas assez vite. Un dernier se dirigeait vers des enfants qui jouaient avec une balle de chiffon. Ceux-ci, apeurés, rentrèrent se cacher. Ce triste spectacle outrageait le groupe, surtout Khiro, mais il leur fallait faire profil bas. Ils rencontrèrent un enfant, d'une quinzaine d'années, qui faillit renverser Myrtha :

« Eh ! Regarde où tu vas !

— Excusez-moi, madame, mais je pensais à Viviann.

— Et alors ? répondit Myrtha, énervée par la bêtise du jeune homme.

— Et alors je suis fou quand je pense à elle. Je ne vois qu'elle et...

— Et tu ne fais pas attention aux gens que tu renverses, on a compris, l'interrompit Khiro.

— Ce soir, je vais lui jouer de la flûte. Elle adore quand je lui joue de la flûte. Je suis un très bon joueur de flûte, et elle chante bien. »

Haussant les épaules, nos amis quittèrent l'enfant et retournèrent se préparer à l'auberge.

Quand leur guide se présenta enfin à l'auberge le soir même, tout le monde s'était changé et paré de vêtements neufs, offerts par Tyridrin. Même Khiro n'avait pas l'apparence d'un esclave.

Soucieux le petit homme s'adressa à Myrtha.

« Excusez-moi d'être en retard ; ma mère est malade et je lui ai porté de la soupe.

— Ce n'est rien, intervint Kharon.

— C'est que si vous en parlez, je serai fouetté et pendu par les pieds.

— Rassure-toi, nous ne dirons rien, déclara Khiro d'un ton qui coupait court aux éventuelles discussions et où perçait sa colère.

— Ne perdons plus de temps ; allons-y. » imposa Myrtha.

Alors qu'il s'approchait du château, Khiro devenait de plus en plus nerveux. Il avait été convenu qu'il devrait se rendre aux cuisines. Myrtha laisserait des instructions pour qu'il soit au service de salle, sous le prétexte de pouvoir le surveiller. Mais ce n'était pas ce rôle qui préoccupait Kharon mais plutôt comment confondre Morthis et le faire prisonnier ? L'homme, responsable de la mort de son père, ne se laisserait pas faire. La question était toujours la même : de quel côté serait Korta ?

Myrtha était plus confiante que Kharon. Elle avait plus d'expérience du combat, mais elle se doutait que l'adversaire ne jouerait pas franc-jeu.

Le repas avait bien commencé. Kharon n'avait pas encore aperçu Morthis ; cela l'inquiétait. Mais ce qui l'inquiétait encore plus, c'était qu'il n'avait pas vu Khiro. N'avait-on pas suivi leurs consignes ou Khiro avait-il fait un esclandre ? Ou pire, avait-il rencontré l'assassin et s'était-il fait tuer ?

Une jeune fille, d'environ quatorze ans, siégeait à coté de Korta ; sa fille, certainement. Elle était très belle, déjà habillée comme une dame, ses cheveux roux étaient savamment coiffés. Après avoir grignoté négligemment quelques fruits, elle voulut se retirer.

Korta lui demanda :

« Tu chanteras bien quelque chose pour nos invités avant cela Viviann ?

— Père, je voulais aller me promener au lac, ce soir.

— Te promener alors que nous avons de si précieux invités, venus de la capitale ?

— Et alors ? Le dernier n'est arrivé qu'il y a deux jours et il est parti tout à l'heure. »

Korta fut mécontent de la réponse de sa fille. Ainsi, comme Kharon le pressentait, il se passait quelque chose. Myrtha avait compris. Elle avait aussi compris pourquoi on les avait désarmés. C'était trop tard, elle ne pouvait agir maintenant, ou il y aurait un bain de sang. La discussion entre le père et la fille se poursuivait :

« Chante-nous une chanson.

— Mais, père...

— Chante ! insista Korta d'un ton sans appel.

Résignée, elle chanta un air fabuleux. Nomis le reconnut, c'était une des chansons d'Élénia, la mère de tous les êtres de la forêt. Ainsi, la mère de Viviann devait appartenir à son peuple. Nomis avait entendu parler de ces filles qui se faisaient séduire par des bûcherons ou des soldats et quittaient la forêt d'Élénia par amour.

Après cet air, qui eut le don de calmer l'assemblée, Viviann demanda à nouveau la permission de se retirer.

« Tu le peux, mais dans ta chambre.

— Père...

— Et pourquoi veux-tu aller au lac ? Ton bâtard de musicien t'y attend-il ?

— Non !

— Ma fille, ne me mens pas. Sache que je te fais suivre quand tu sors. Et, je te le dis, si jamais tu sors d'ici, je le fais tuer par mes chiens. »

Viviann se retira en pleurant.

Myrtha décida de changer rapidement de conversation afin d'en venir au sujet qui les préoccupaient.

« Seigneur (ce mot la dégoûtait), ne devions-nous pas avoir un compagnon de la capitale ?

— Rimthos est parti dès votre arrivée en ce lieu. Il a reconnu votre compagnon.

— Qui serait ? demanda Kharon, feignant la surprise.

— Kharon, fils de Dholl et assassin du roi. Voyez, Myrtha, il ne fallait pas chercher bien loin. Le meurtrier était avec vous. Et sachez, qu'en plus, il est coupable de parricide. Alors, maintenant, que penseriez-vous de visiter mes cachots ?

Il dut faire un signal, car ses hommes entrèrent et eurent tôt fait de se saisir de nos amis. Aucun ne résista ; sans armes, c'était inutile.

« Apprenez que Rimthos est parti chercher des soldats pour vous ramener à la capitale. »

On conduisit nos amis dans des cachots situés dans les sous-sols. Arrivés dans la prison, ils virent une masse informe. Il s'agissait en fait de Khiro, battu à mort par les soldats de Korta. Myrtha rageait. Elle ne pouvait prévenir personne. Seul Nomis pouvait encore communiquer avec Tyridrin. Mais cela ne servirait pas à grand-chose, tous les askaris recherchaient la femme responsable de l'état de Léona.

Myrtha déclara :

« Je pourrais nous sortir d'ici, mais je me ferai repérer et traquer deux fois plus.

— Comment le pourrai-tu ?

— Myrtha fait partie du peuple de Tholl. Elle peut se transformer en dragon.

— Je croyais que le peuple dragon avait disparu il y a deux mille ans.

— J'ai deux mille huit ans. »

— Tu as plus de deux mille ans ?

— Oui. Comment expliquais-tu le fait d'avoir une queue de dragon et un bras qui peut avoir des griffes ?

— Je pensais à un sort. Et l'homme qui t'accompagnait, à l'auberge ?

— Mon père. Nous sommes les deux derniers. Mais il y a mieux à faire que bavarder.

Myrtha se rapprocha de Khiro. Elle l'allongea avec patience, ce qui contrastait avec la façon dont elle l'avait traité jusqu'à présent.

« Comment va-t-il ? s'inquiéta Kharon.

— Il est quasiment mort. Nomis, viens. À nous deux, on peut le sauver, sinon il ne passera pas la nuit. »

Nomis s'approcha de Myrtha, ses côtes encore douloureuses. La femme dragon imposa ses mains sur le corps meurtri. Nomis mit sa main sur l'épaule de Myrtha, comme pour la soutenir. Kharon sentait que l'effort qu'il faisait était intense. Au bout d'un moment qui lui parut une éternité, le corps de Khiro se nimba d'un halo bleu.

Myrtha et Nomis se reculèrent, ils semblaient vidés de toute force. Les laissant se reprendre Kharon réfléchit tout haut à la situation.

« Je pense que le message de Korta devait être récent. Sinon, comment …

— Quelque chose ne va pas ? dit Myrtha d'une voix faible.

— Korta a dit que j'étais responsable du meurtre de mon père, alors qu'Arthos m'a dit que mon père était mort, accusé du meurtre du roi.

— Peut être que mère Abigaël a fait changer les choses. »

Après cette courte réflexion nos amis s'endormirent, épuisés.

Ils furent réveillés au matin par un bruit de clé dans la serrure. Quelle ne fut pas leur surprise quand ils découvrirent Viviann et le petit homme qui était venu les chercher.

« J'ai vos affaires, venez vite. »

Encore dans les brumes du réveil, ils se levèrent. Khiro avait l'air complètement perdu et se demandait ce qu'il faisait là. Un regard de Myrtha lui fit comprendre que les réponses à ses questions viendraient plus tard. En chemin, Viviann déclara, d'une voix qui se voulait sûre, alors que la peur se lisait dans ses yeux :

« L'homme que vous vouliez voir est revenu dans la nuit, sans les soldats. Mon père était mécontent, l'homme lui a dit qu'il devait vous exécuter… Il a dû faire quelque chose à mon père, car mon père a cédé.

— Pourquoi vouloir nous sauver, nous sommes accusés d'avoir tué le roi ?

— Accusés ne veut pas dire coupables. C'est ce que ma mère m'a appris.

— Ta mère était Askarie ?

— En effet.

La deuxième prophétie

— Où est-elle ? demanda Nomis, redoutant la réponse.
— Elle est morte de fièvre, il y a deux ans.
— Et pourquoi nous aides-tu ?
— Mon père a envoyé l'homme chercher Tristan. Il veut le tuer avec vous, car Tristan est un fils de petit homme et d'humain ; son amour pour moi répugne mon père.
— Si je comprends bien, en échange, tu veux donc que l'on sauve Tristan ?
— Et mon père, de l'emprise de cet homme que je n'aime pas.
— D'accord, où va-t-on ?
— Au lac. Tristan doit être en train de se morfondre de ne pas m'y avoir vue hier. »

Khiro hasarda une question, car il était maintenant parfaitement réveillé :
« Et comment me suis-je retrouvé dans une cellule ?
— Korta nous a tendu un piège, on est tombé dedans. Tu as été fait prisonnier avant nous, ils t'ont passé à tabac et t'ont laissé pour mort. Myrtha et Nomis t'ont sauvé en utilisant leurs pouvoirs. »

Khiro était abasourdi par ce récit. On ne l'entendit plus pendant un moment. Viviann les guida hors des geôles, leur faisant signe de se cacher lorsqu'une patrouille passait. Ils arrivèrent enfin aux écuries :
« Myrtha, chuchota doucement Khiro.
— Oui ?
— Merci. »

On sentait une gratitude immense dans les yeux de Khiro.
« De rien, petit homme. Même si tu m'exaspères, je ne voulais pas te perdre. Sur qui je râlerai, alors ?
— Merci, Nomis.
— De rien, petit homme. »

Ils récupérèrent leurs bagages et leurs chevaux. Les tenant par la bride, ils sortirent discrètement. On était aux premières lueurs de l'aube. Encore contusionnés et affaiblis par les évènements de la veille, nos amis se préparaient, à nouveau, au combat, que chacun pressentait comme inévitable.

Myrtha prévint son père des derniers évènements. Il ne lui répondit pas, ce qui l'inquiéta. Ils arrivèrent au lac et trouvèrent Tristan allongé, endormi par terre près de quelques pêcheurs encore plongés dans leur sommeil. Viviann le réveilla avec douceur ; il la regarda :

« Je t'ai attendue hier.

— Mon père m'a empêchée de venir.

— Oh, je suis content.

— Que mon père...

— Non ! Que tu sois là, maintenant, l'interrompit Tristan.

— Les tourtereaux, désolée de vous déranger, mais sais-tu te battre ? demanda brusquement Myrtha à Tristan.

— Non. Je suis un berger, je ne sais que jouer de la flûte.

— Eh bien, ça va être génial. Bon alors, je te fais un résumé rapide de ta situation : un assassin, hyper-entraîné, va bientôt arriver pour te tuer... Il aurait d'ailleurs dû arriver avant nous.

— Pourquoi un assassin voudrait me tuer ?

— Parce que Korta qui ne voit pas d'un très bon œil ta romance avec Viviann lui a demandé.

— Et pourquoi m'aidez-vous ? hasarda Tristan, confus.

— En échange de l'aide de Viviann et parce que cet assassin nous a aussi en chasse.

— Effectivement, j'ai eu un prix de gros. Et tout le monde est là » se réjouit une voix derrière eux.

Tous se retournèrent. Le dernier à avoir parlé était, bien sûr, Morthis, monté sur un cheval. Il mettait nos amis en joue avec son arbalète.

« Comment ?

— Ne te pose pas de question, petit homme. Je suivais la fille. J'étais sûr qu'elle me mènerait à cet abruti dont elle est amoureuse. Je pensais que vous vous sépareriez avant.

— Tu as tué mon père et le roi. Tu paieras pour ces crimes.

— Et comment comptes-tu le prouver ? Demanda Morthis, amusé.

— Je vais te ramener à Bénézit.

— D'accord, je te suis, dit-il ironiquement. Mais avant, permets que je termine ce que je dois faire ici.

Morthis visa Tristan. Viviann réagit plus vite que tout le monde pour s'interposer. La flèche l'atteignit en plein cœur, lui arrachant la vie. Tristan, fou de rage, prit un couteau et fonça vers Morthis. Personne ne put l'arrêter. Morthis, de son sabre, trancha sa jeune vie.

A son tour, Kharon fonça sur Morthis, sabre levé. Un duel s'ensuivit. Morthis était un escrimeur émérite et, même quand Nomis ou Myrtha rentraient dans le combat, il les repoussait avec facilité. Le combat faisait rage depuis un quart d'heure.

Réveillés par les cris. Des pêcheurs s'étaient attroupés, mais personne n'osait intervenir. On entendit des chevaux. Korta et ses hommes arrivèrent et s'en prirent à Myrtha et Nomis. Korta visa Kharon de son arbalète. Il hurla :

« Ma fille, tu as tué ma fille ! »

Il tira ; la flèche déchira l'épaule de Kharon et atteignit Morthis en plein front. Kharon hurla. Les hommes de Korta se saisirent de Kharon et de ses amis. Korta fonça vers sa fille, il pleurait :

« Pourquoi, pourquoi avoir tué ma fille ?

— Ce n'est pas ce jeune homme qui a tué votre fille, seigneur. Les autres vous le diront, il s'agit du mort, là, devant nous, avec une flèche dans le front.

— Vous mentez.

— Non, je vous assure. Il a voulu tuer le petit homme et votre fille s'est interposée. Elle a reçu la flèche à sa place, expliqua le pêcheur.

D'autres villageois acquiescèrent.

Réalisant que c'était la vérité, d'un signe Korta ordonna qu'on, on relâche les trois amis.

« Seigneur, ils sont toujours accusés du meurtre du roi, intervint l'un des gardes.

— Je m'en lave les mains, déclara le Seigneur, qu'ils aillent au diable et qu'ils y restent. »

Puis, s'adressant au petit groupe :

« Partez, quittez mes terres et ne revenez plus, ou je vous abattrai comme des chiens. »

La douleur de Korta était immense. Tout le monde le ressentait. Les pêcheurs n'en croyaient pas leurs yeux. Certains partaient déjà vers leur barque, d'autres étaient étonnés de voir le Seigneur, qui tyrannisait la populace, effondré aujourd'hui comme un homme ordinaire. Certains hommes ne sont pas faits pour le pouvoir, c'était son cas.

Nos amis se retirèrent, suivis par l'homme qui, le premier, avait pris leur défense. Nomis resta un instant en arrière. Il se pencha vers Korta, agenouillé auprès du cadavre de sa fille.

« Seigneur Korta. »

La voix de Nomis était calme, comme s'il devait s'adresser à un enfant.

« Vous n'êtes pas encore partis ?

— Je voulais simplement vous demander ; la mère de Viviann faisait bien partie de mon peuple ?

— Oui, comment le savez-vous ? »

On pouvait lire le plus grand étonnement dans les yeux de Korta.

« J'ai compris cela en entendant chanter votre fille. Y'avait-il un endroit où elle adorait être ?

— Ici, avec son petit homme, celui à cause de qui elle a perdu la vie.

— Elle l'aimait.

— Oui, elle l'aimait, comme aiment les enfants de leur âge. Ce n'est pas de l'amour, ce sont des gamineries.

— Oh non, plus que cela.

— Qu'en savez-vous ?

— Je l'ai vu dans leurs yeux.

— Et après... Pourriez-vous me la ramener ?

— Certes pas. Mais je peux apaiser votre souffrance, et attacher leurs âmes à ce lac, si cela peut vous aider. »

Korta était tout à son chagrin et n'avait plus rien à faire de tout. Myrtha et les autres s'étaient arrêtés et se demandaient ce que faisait Nomis. Khiro voulait vivement quitter cet enfer, redoutant le moment où Korta sortirait de son chagrin. Nomis rapprocha les corps des deux jeunes gens, puis planta deux graines dans le sol. Deux arbres encore jeunes poussèrent et les corps se fondirent dans les racines entremêlées des deux arbres. Nomis se pencha alors vers Korta.

« Veillez à ce que personne ne coupe ces arbres et, vous verrez, vous serez heureux. »

Il lui mit la main sur le front et, on ne sait ce que vit Korta, mais le sourire revint sur son visage.

En silence Nomis recula et rejoignit nos amis.

« J'ai joint leurs âmes. Ils seront heureux, désormais.

— Qu'a vu Korta ? Demanda Kharon

— Cela n'appartient qu'à lui. Mais je crois qu'il a fait la paix avec lui-même et avec les petits hommes. Cela prendra un peu de temps, mais tout ira bien.

— J'ai récupéré la lame de mon père et celle d'Alinor, avec la pierre.

Myrtha, présenta l'homme qui les avait soutenus face au seigneur :

— Voici Dolin, il dit connaître un guérisseur dans les montagnes. Peut-être saura-t-il comment sauver Dame Léona ?

— Bien, suivons-le. Nous n'avons plus rien à faire ici », répondit Nomis, amer.

Chapitre 28

La prophétie d'Érébios.

Depuis déjà quatre jours, nos amis parcouraient les montagnes du bord du royaume. Dolin, loin d'être un simple pêcheur, semblait en savoir beaucoup sur nos amis. Kharon s'en méfiait, il aurait voulu en parler à Myrtha ou à Nomis. Myrtha, comme lui, ne conversait pas beaucoup. Khiro et Nomis écoutaient longuement le vieil homme. La troupe s'arrêta près de quelques arbres. Dolin leur dit :

« Reposons-nous, demain nous atteindrons notre but.

— Ces montagnes sont légendaires, on dit que des divinités y ont séjourné, dit Myrtha.

— J'ai entendu parler de la légende des hommes-enfants, ajouta doctement Khiro.

— Moi pas, dit Kharon, cela parle de quoi ?

— Quand Dieu a créé le monde, expliqua Khiro, il y a mis des divinités, les Fenrahims, dont le père de tous est Fenrir le sage. Ces êtres sont les gardiens de l'équilibre du monde.

— J'en ai entendu parler, déclara Myrtha.

— Dis, Myrtha, c'est vrai que tu es un dragon ? Demanda discrètement Khiro.

— Oui, mon petit Khiro, répondit-elle, lasse et préoccupée.

— C'est bien ; je croyais que vous aviez complètement disparus.

— Nous sommes les deux derniers, moi et mon père, qui ne répond plus à mes appels. Je suis inquiète...

— Alors dans notre équipe, nous avons un petit homme, un humain, un être d'Élénia et un membre du peuple de Tholl.

— Il vous manque donc un Fenrahim et un être sans pouls, intervint calmement Dolin.

— Le fameux clan de la lune bleue ? Non merci, dit Khiro. On dit que, quand Dieu a maudit le premier assassin, il l'a condamné à l'immortalité et l'a banni. Le peuple de la lune bleue est censé descendre de cet homme. Ils ont été maudits par les gardiens. Ils ne peuvent utiliser le feu, ils ne peuvent voir la lumière du soleil et sont obligés de boire du sang pour vivre.

— Quelles créatures ignobles, se dit Myrtha comme pour elle-même ! »

Elle en avait peut-être connu, se dit Kharon

« Le quatrième gardien, Fenrir, l'homme-enfant, leur donna une chance de se repentir, finit Khiro.

— Comment vous souvenez vous de tout cela ? Demanda Kharon. J'ai l'impression que les humains ont tout oublié de ces races anciennes.

— Merci pour la race ancienne ! Releva Myrtha.

— Excuse-moi, Myrtha. Je me rends compte que nous autres, humains, nous croyons les maîtres du monde. Regarde comment Korta traitait les petits hommes, alors que sa femme faisait partie du peuple d'Élénia.

— Et moi, que devrais-je dire ? Ma mère, qui a longtemps protégé Alinor premier, était l'une de ses concubines. Elle a été assassinée ainsi que le reste de mon peuple. Et, à moins que l'idée folle de procréer avec mon père me vienne à l'esprit, je suis et resterai la dernière de ma race, s'attrista Myrtha.

— Pourquoi ne t'es-tu pas transformée en dragon quand nous étions prisonniers ?

— Pour ne plus avoir à fuir. J'ai fui pendant un siècle. Ensuite, les hommes qui m'avaient connue sont morts. J'ai alors pu vivre comme une humaine. Je suis même allée à l'école. J'avais l'air d'avoir dix ans, j'en avais cent vingt.

— Je détestais l'école, dit Khiro

— Tu as tort, cela sert de savoir écrire son nom, dit paisiblement Dolin. Surtout à Akilthan. La connaissance sert partout et peut te sauver.

— Qui accroît sa connaissance accroît sa souffrance, dit sentencieusement Khiro.

— C'est toi qui dis ça ?

— Non, c'est Dieu, dans le Grand Livre.

— Tu connais le Grand Livre ?

— C'est avec lui que mère Abigaël nous apprenait à lire... Elle me manque.

— Ton bannissement prendra fin, un jour.

— Bientôt, j'espère.

— Bon, la nuit est tombée, si nous allions nous coucher ?

— Je prends le premier tour de garde avec Khiro. À deux, cela évite de s'endormir, dit Kharon.

— Je te relèverai avec Nomis, réveille-nous, dit Dolin.

— Parfait ! »

Nos amis avaient vite compris pourquoi ces montagnes s'appelaient les monts de brumes. Pendant qu'ils discutaient la brume s'était levée et on ne voyait pas à cinquante mètres.

Dolin alluma une pipe et demanda si Khiro fumait. L'adolescent répondit poliment par la négative.

La conversation de la soirée avait perturbé tous les esprits. Kharon repensait au fait que la race humaine était un parasite pour les autres races. Le nouveau roi respecterait-il Tyridrin ? Ou Myrtha, qui n'avait plus de peuple, puisqu'elle disait être la dernière ? Peut-être qu'elle pourrait avoir une descendance avec un humain ou un des fils d'Élénia. Il avait noté que Dolin avait réagi bizarrement quand on avait parlé des hommes-enfants. En connaissait-il ? Certainement pas, c'était une légende... Et comment pouvaient être ces hommes-enfants ? Des enfants à tête de vieillards ou des vieillards sans rides avec une peau d'enfant ?

Myrtha ne dormait pas non plus. Elle repensait à sa mère, à sa jeunesse à Bénézit, puis à son exil dans des contrées affamées. Elle avait tout connu. Aussi bien les fastes de la cour royale que la faim de l'exil. Elle se rappelait quand son père, chef de la garde bien avant Dholl, l'emmenait au château pour voir sa mère. Sa mère était devenue la concubine du roi. Elle était très belle et très douce. À l'époque d'Alinor Premier, et jusqu'à son dernier descendant, les rois de Bénézit avaient une femme et plusieurs concubines. Ces femmes étaient là pour parader à côté du roi. Elles pouvaient avoir une autre vie, voire être mariées. Tout ce qu'on leur demandait, c'était de vivre à la cour et de paraître, avec ou sans le roi, aux évènements officiels. Myrtha aimait bien aller au château, voir les serviteurs faire des courbettes devant elle et, en ce temps-là, elle pouvait voler avec sa mère, être libre dans les airs. Elle adorait ces moments privilégiés avec sa mère. Ses parents lui accordaient si peu de temps, elle était souvent seule.

Puis, d'un seul coup, l'horreur ! Elle se souviendrait toujours de cette journée où son père était venu la chercher. Elle jouait, seule, dans le jardin de la reine. Son père était venu. Il lui avait dit :

« Viens Myrtha, on va en balade, papa ne travaille pas.

— Avec maman ?

— Non, maman travaille, elle. Elle nous rejoindra un peu plus tard. »

Myrtha allait se transformer pour voler.

« Non, avait dit son père. On va faire comme les humains, on va marcher. »

Myrtha avait fait la tête, mais son père avait l'air triste, alors elle l'avait suivi. Puis elle avait trouvé rigolo de changer de vêtement, d'enlever sa jolie robe bleue et de mettre des affaires de garçon. Son père aussi s'était changé, il avait enlevé son uniforme, avait mis une cape comme les paysans, tout petits, que Myrtha voyait quand elle survolait la contrée.

Son père lui avait dit qu'il ne retournerait plus au château, que sa mère était partie en voyage très loin, qu'elle ne la reverrait que quand elle serait grande. La petite Myrtha n'avait pas tout compris. Il fallut se cacher et son père lui interdisait toujours de voler. Il l'avait punie une fois parce qu'elle s'était transformée pour chasser le lapin. Elle avait si faim. Puis, des années après, sa mère n'était toujours pas revenue. On n'avait toujours pas le droit de voler, mais l'on ne se cachait plus. Son père était devenu un guerrier, un mercenaire. Il partait avec des marchands et laissait Myrtha seule dans une auberge. Puis, un hiver, son père avait commencé à l'entraîner comme un garçon, à se battre comme quand, petite, elle voyait les petits dragons apprendre à se battre. Sauf que, désormais, il lui était interdit d'utiliser les techniques de dragons. C'était frustrant, pour l'adolescente qu'était Myrtha, de devoir se battre comme un humain.

Enfin, vint le jour où elle comprit que se mère ne reviendrait pas. Le roi lui-même avait tué sa concubine, pour l'exemple. Le peuple dragon avait été déclaré dangereux par les sages, et on l'avait exterminé, pas lors d'une bataille, non, en une nuit, traitreusement. On avait tué tous les dragons, seuls son père et elle avait pu échapper au massacre. Myrtha finit par s'endormir en pensant à tout son passé lointain.

Nomis était entré en rêverie. Le calme et paisible repos du peuple d'Élénia. Le corps se régénérait alors complètement et les blessures se soignaient. Parfois, pour les blessures graves, il fallait attendre plusieurs nuits pour obtenir une guérison complète. Avant de partir, Nomis avait vu les mages plonger dame Léona en transe. Ce stade, au-delà de la rêverie, ralentirait les effets du poison. Mais arriverait-il à temps pour la sauver ? Ce mage saurait-il vraiment les aider ? Nomis n'était pas aussi soupçonneux que Kharon, mais Dolin cachait quelque chose, il en était certain. Nomis, au plus profond de son sommeil, repensa au fait que, s'il avait respecté le règlement et s'il avait dit au prince qu'Anthos avait laissé partir des étrangers, alors, peut-être, les jours de dame Léona ne seraient pas en danger.

Nomis n'aimait guère Anthos, il se rappelait le jour où, tout jeune garde, Alathor l'avait nommé à la garde de dame Léona. Anthos, plus vieux, aurait voulu cette promotion. Sans doute à cause de son caractère, il n'avait pu l'obtenir. Anthos, après cela, avait tout fait pour lui rendre la vie impossible, mais Nomis avait tenu bon. Jusqu'au jour où Anthos lui avait brisé son arc, soi-disant par inadvertance.Cet arc était dans la famille de Nomis depuis des générations. Nomis s'était jeté sur Anthos, avec l'intention de le tuer. Alathor les avait séparés. Nomis avait été sanctionné pour sa conduite. Il avait été assigné, pendant cinq jours, aux patrouilles extérieures. Dame Léona avait réussi à réparer l'arc. La cassure se voyait encore, mais l'arc avait retrouvé sa jeunesse.

Oh, comme il s'en voulait. Dame Léona, qui avait été si bonne pour lui, était à l'article de la mort par sa faute. Contrairement à Khiro, qui ne comprenait pas son exil, Nomis l'acceptait. C'était un moyen d'expier sa faute envers dame Léona.

Khiro vint réveiller Nomis pour le remplacer. Dolin fit de même avec Kharon. Dolin et Khiro s'installèrent pour le reste de la nuit. Khiro n'arrivait pas à dormir. Les rues animées d'Akilthan lui manquaient, mère Abigaïl lui manquait, c'était sa grand-mère. Pas une véritable grand-mère...
  Elle l'avait élevé après le décès de ses parents. Elle l'avait élevé comme Gowi, ne faisant aucune différence entre eux deux. Quand il s'agissait de les punir, une bonne fessée à tous les deux.
  Même s'il comprenait pourquoi mère Abigaïl l'avait banni, le bannissement lui semblait long. Avant, quand elle le prenait à voler, elle lui mettait une bonne fessée, déculottée, et c'était tout. Il ne lui en voulait jamais, et prenait sa punition courageusement. Il se rappelait également cette fois où Gowi lui avait offert des fruits de Talith. Il avait été malade, il avait vomi longtemps et ne pouvait plus se lever. Mère Abigaïl l'avait veillé pendant trois jours, s'occupant de lui, lui passant de l'eau sur le front.
  Elle lui avait aussi appris à lire. Selon ce qu'elle lui avait raconté, elle-même avait appris plus jeune, en cachette de ses maîtres. Elle suivait la leçon du fils d'homme dont elle avait à s'occuper. Elle avait toujours voulu, pour son peuple, une solide instruction et le sortir de la misère. Les siens y arriveraient sans doute un jour, mais pas tout de suite et elle ne serait plus là pour le voir. Khiro rêva que, le lendemain, il sauverait dame Léona et qu'il rentrerait bientôt. Il serait de retour chez lui en héros, il avait sauvé une reine. Tout le monde l'acclamerait et personne ne penserait qu'il revenait d'exil. Pensant à son glorieux retour, il s'endormit paisiblement.

Dolin ne dormait pas. Même après son départ, il sentait encore que quelqu'un l'épiait, surveillait ses moindres mouvements. Il n'était pas tranquille, même si Myrdhanos lui avait dit que cette sensation était normale. Puis il y avait ce rêve

La deuxième prophétie

récurrent, qui ne pouvait qu'être prémonitoire. Il était seul dans une forêt, une voix l'appelait puis un cristal noir prenait forme devant lui. Une femme en sortait et lui tranchait la gorge. Il se réveillait toujours à ce moment-là, glacé d'effroi. Cette femme, il en était sûr, c'était l'essence du mal, le mal pur.

Le Grand Livre apprenait que chaque homme naît avec une part de mal et une part d'innocence. Cette créature, qu'il voyait dans ses rêves et qui l'appelait, n'avait pas la plus petite part d'innocence en elle. Cette vision terrifiait Dolin, encore bien plus que le fait d'être observé... Mais si la personne qui l'observait était cette femme ? Décidément, il ne dormirait pas encore cette nuit.

Il se demandait aussi toujours qui était sa mère, il ne s'en souvenait plus. Myrdhanos avait aimé une humaine et lui avait fait un enfant, qu'elle avait vu grandir. Puis elle était morte, de sa belle mort. Alors, Myrdhanos avait révélé à l'enfant ses pouvoirs, lui avait expliqué qui il était et qui il allait devenir. Il ne lui restait plus que la grande épreuve, que tous les êtres comme lui avaient subi depuis le fondateur. Il se remémora les leçons de son père.

La loi divine était protégée par quatre gardiens :

Tholl, le gardien et esprit du feu.

Élénia, gardienne et esprit de la vie.

Polinas, gardien et protecteur des âmes, représenté avec sa charrette et sa faux retournée.

Et Mogdolan, la gardienne de la lumière.

Trois êtres finissaient le panthéon décrit dans le Grand Livre :

Ikan Karzithan, le premier assassin du monde, condamné à rester sur Orobolan et à expier sa faute. La fin du monde devrait arriver le jour où Ikan monterait dans la charrette de Polinas

Fenrir, le divin gardien de l'équilibre.

Et pour finir Krystal le maudit, ancien gardien de l'équilibre. Enfermé dans un plan démoniaque, protecteur des âmes damnées et ancien gardien de l'équilibre avant Fenrir, il avait été banni par le Tout Puissant pour sa perfidie. Selon la grande prophétie, c'est Krystal qui devra faire monter Ikan dans la charrette de Polinas, prélude à l'apocalypse...

Dolin ou sa lignée aurait son rôle à jouer, comme toujours.

Il chassa ses pensées perturbatrices pour se concentrer sur sa garde.

La nuit s'écoula et le matin paru enfin. Kharon lança :
« Bien dormi ?
— Je n'ai pas fermé l'œil, répondit Nomis.
— Guère plus brillant de mon côté, confirma Myrtha.
— La demeure du mage est encore loin ? S'inquiéta Khiro.
— Non, il ne nous reste guère qu'une demi-journée de marche, indiqua Dolin.
— Alors hâtons-nous, la reine attend notre secours. »
La troupe fut bientôt prête à repartir.

Pendant la marche, Kharon se plaça en avant, au côté de Dolin.
« Dis-moi, Dolin, comment as-tu entendu parler de ce mage, si loin de ton village ?
— Le mage était au village. Il est parti vivre plus loin. Et lorsque j'ai eu besoin de lui, j'ai recherché sa retraite. »
Kharon n'était pas totalement satisfait de la réponse de Dolin. Mais, les autres arrivant à leur hauteur, il changea de sujet et n'eut pas l'occasion de pousser plus loin ses interrogations.

Ils parvinrent aux abords d'une grotte. Un enfant les attendait devant.
« Je vous présente maître Myrdhanos, leur dit Dolin.
— C'est un enfant. Tu nous a fait venir jusqu'ici pour un enfant », s'étrangla Kharon avec colère.
Myrtha intervint :
« Il n'est pas humain et ce n'est pas un enfant. Fie-toi à moi, je ressens la magie et cet être en est plus que pourvu. Mieux que cela, il est la magie.
— Bonjour, jeunes gens. Je me présente, Myrdhanos le mage. Et j'ai devant moi Kharon fils de Dholl, Myrtha fille de Kahor, Khiro fils de Noblib, Nomis fils de Nefrem et Dolin fils de Myrdhanos, conclut-il avec un certain amusement.
— Comment, s'étonna Kharon ?
— Réfléchis, Kharon. Comme je l'ai dit, Myrdhanos n'est pas enfant et je t'affirme qu'il est plus vieux qu'il ne paraît. D'ailleurs,

je l'ai déjà rencontré alors que je n'avais que huit ans, expliqua Myrtha.

— Je me souviens de toi. La robe t'allait mieux à l'époque. Une petite robe bleue si je ne m'abuse.

— Vous vous en souvenez ?

— Bien sûr.

— J'imagine que si moi j'étais bien jeune, vous ne l'étiez déjà plus, n'est-ce pas. »

Myrdhanos se contenta d'un sourire pour toute réponse.

« J'en conclue que nous avons devant-nous un homme-enfant, comprit-elle.

— Les présentations étant complètes, parlons peu et bien.

— Excusez-moi, intervint Khiro. Mais, si j'ai tout compris ce que vous venez de dire, vous savez qui est mon père et Dolin est votre fils. Vous n'auriez pas pris des champignons ? »

Excédée, Myrtha sortit sa griffe, mais Myrdhanos fit un geste d'accalmie.

« Si nous prenions l'apparence de nos âges proportionnellement aux humains, cela donnerait ceci. »

Il psalmodia. D'un seul coup, Myrdhanos vieillit et prit l'apparence d'un vieillard alors que Dolin devint un jeune homme de dix-sept ans.

« Je n'en crois pas mes yeux, dit Kharon. Alors quand tu nous as dit qu'il manquait un homme-enfant à notre communauté, tu mentais ?

— Non, je ne faisais pas partie de votre groupe, pas plus que maintenant...pas encore du moins.

— Maître Myrdhanos, demanda Nomis un genou à terre, si nous sommes venus jusqu'à vous, c'est pour sauver dame Léona, ma reine, empoisonnée par une femme.

— Pas par une femme, mais un démon. D'ailleurs, c'est pour cela que vous êtes tous ici. Vous avez été choisis pour sauver le monde et vous débarrasser de ces démons.

— Quoi ? beugla Kharon.

— Ne m'interrompez pas, jeune homme. Et écoutez votre histoire : Kristalina est une démone servant Krystal. C'est elle qui doit faire monter Ikan le tueur sur la charrette de Polinas et ainsi engendrer l'apocalypse. Ça, c'est ce que dit le Grand Livre. Notre ancêtre Érébios, le premier homme-enfant, a écrit une prophétie : tous les deux mille ans, le portail qui nous protège sera ouvert pour permettre au bien et au mal de s'équilibrer. Mais l'ouverture du portail libère toujours quelques démons. Notre ancêtre avait prévu cela. C'est pourquoi six jeunes gens, parmi les peuples d'Orobolan, seront choisis à chaque fois pour repousser les démons et fermer le portail. Ils devront retrouver les cinq diamants de couleur qui représentent les gardiens et les protecteurs. Vous avez déjà celui des petits hommes et celui des hommes sur l'épée d'Alinor. La femme, qui est un démon, ou plus précisément un être noir, possède le diamant du peuple d'Élénia. Vous trouverez celui du clan de la lune bleue près de Talith.

« Qui vous dit que nous allons accepter cette folle mission ? Interrogea Kharon.

— Vous avez déjà accepté, en venant ici.

— Kharon, il a raison, coupa Myrtha. S'il dit vrai, et on ne peut que croire ce qu'il dit, alors de nous dépend la survie d'Orobolan.

— Vous êtes puissant, déclara Nomis. Pourquoi n'allez-vous pas fermer ce portail, seul ? Et qui sauvera ma reine, si je pars ?

— Les Fenrahims ne peuvent que guider les autres peuples sinon nous perdrions notre immortalité et, dans deux mille ans, qui sauvera le monde alors ? Quant à ta reine, Nomis, je vais faire route jusqu'à elle et je la sauverai. Cela je le puis.

— Merci, Grand Maître, répondit Nomis, apaisé.

— Alors, c'est décidé ? Nous partons ? Demanda Kharon à ses compagnons.

— Cela va allonger mon bannissement et je veux revoir ma grand-mère... Mais si le monde a besoin de moi, je suis prêt.

— Si la forêt devait être détruite par ma faute, alors je m'en voudrais toute ma vie... Je suis votre homme, dit Nomis.

— Je dois retrouver mon père, il m'inquiète. Mais, si j'ai tout compris, vous avez besoin de Drakinar, la pierre sainte de mon peuple, et lui seul sait où elle est. Ma quête se joint à la vôtre, je vous suis, dit Myrtha.

— Vous aurez besoin de moi. Alors, m'acceptez- vous, demanda Dolin ?

— Bien sûr, Dolin. Et, franchement, on te préfère comme ça, plaisanta Khiro accompagné par les rires de Nomis.

— Et toi, Kharon, que décides-tu ?

— Je n'ai plus de travail, plus de patrie et on me recherche pour me tuer. Alors, autant sauver le monde.

— Alors, allons-y, ordonna Myrdhanos qui s'était un peu rajeuni pour le voyage.

— On ne pourrait pas manger avant de repartir ? Supplia Khiro dont le ventre criait famine.

Tout le monde rit aux éclats.

Dorin

© Hauya - CalciNes

Chapitre 29

En route pour Calisma.

De chemin le plus court pour gagner Calisma était, sans doute, le chemin le long du fleuve, mais il fallait faire attention aux différents postes de garde. Kharon était toujours recherché. Ils achetèrent donc un bateau et commencèrent à descendre le fleuve jusqu'à Calisma, poussés par le courant. Aux abords du fleuve, dans un méandre, ils aperçurent un campement de nomades de l'Est.

Ces nomades formaient un peuple étrange, qui adorait la danse et la musique. On les disait sorciers, aussi. Khiro les avait vus à Akilthan, où ils avaient donné une représentation dans la rue. Bien entendu, cela ne convenait pas aux standards de la guilde des artistes. Ils étaient interdits d'entrée dans Bénézit. Khiro proposa à ses compagnons de se porter à la rencontre des nomades. Ils les aideraient sûrement à passer les postes frontières, d'ici à Calisma. La petite troupe s'avança vers le camp des nomades. Un homme, d'une trentaine d'années, barbe mal rasée, les accueillit fraîchement :

« Bonjour. Vous tombez mal car, aujourd'hui, c'est jour de fête chez nous ! Partez !

— Ingal, voyons, sont-ce les règles d'hospitalité ? Dit une vieille femme, à côté de lui.

— Mais, Sayan, protesta l'homme, ce soir Ito devient un homme, et les étrangers ne doivent pas être là.

— Tu ne sais pas regarder, je sens le bien en eux.

— Si on dérange, on peut partir, proposa poliment Kharon.

— Non, restez avec nous, reposez-vous ici.

— Jusqu'à ce soir. À la tombée de la nuit, vous devrez avoir quitté le camp.

— Nous verrons, dit Kharon.

— C'est tout vu, trancha Ingal. »

L'homme s'en alla, laissant la vieille femme avec la troupe de Kharon.

« Je me présente, dit-elle, je suis la Sayan de ce camp. Vous pouvez m'appeler Dolina.

— Je suis Kharon.

— Serais-tu le fils de Dholl ?

— Oui.

— J'ai connu ton père, alors que tu venais de naître. »

Kharon s'étonnait de voir que le nombre de gens qui connaissaient son père semblait proche de l'infini !

« Il a refusé de nous chasser de Bénézit. Un grand homme !

— Voici Khiro, petit homme d'Akilthan.

— Comment va mère Abigaël ?

— Bien, je vous remercie de prendre de ses nouvelles.

— Voici Nomis, du peuple d'Élénia.

— Ta reine se porte mieux et elle te remercie.

— Comment ?

— Les oiseaux me l'ont dit.

— Voici Myrtha.

— Tu as un grand pouvoir, que tu utilises peu.

— Oui en effet répondit la jeune file surprise

— Et voici Dolin.

— Comment va Myrdhanos ?

— Bien, Dolina.

— Maintenant que les présentations sont faites, je vais vous faire visiter le camp. »

Ici et là, des hommes s'affairaient, coupaient du bois, nettoyaient les roulottes. D'autres répétaient leurs numéros : deux jongleurs, un avaleur de sabre - ce qui fit déglutir la plupart de nos amis - un cracheur de feu.

Seul l'œil avisé de Myrtha remarqua des choses étranges : le cracheur ne buvait pas d'alcool à brûler, celui qui coupait du bois ne se servait pas de hache, mais de ses griffes...

On indiqua à la troupe une roulotte où ils pourraient se changer et prendre un bain. Les enfants étant invités à participer au bain de leurs congénères dans la rivière, Khiro ne se sentait pas chaud, trouvant que se montrer nu en public était humiliant, gardant en plus le mauvais souvenir de ce qui s'était passé avec Myrtha. Même à Akilthan, quand quelqu'un se lavait, on tirait un rideau.

Nomis remarqua une cage, où était enfermé un enfant. Il demanda à une femme la raison de cette étrange situation. La femme ne lui répondit pas et le regard que lui lança un des jongleurs lui fit comprendre qu'il était mal vu de parler aux dames. Il resta intrigué et regardait la cage. Les barreaux étaient si serrés que l'on distinguait mal l'enfant. Celui-ci devait avoir une douzaine d'années, la peau mate, les cheveux châtain. On ne voyait pas ses yeux. L'enfant ne semblait pas regretter son sort, il semblait donc qu'il ne s'agissait pas de punition.

Un homme s'approcha de Nomis. Il paraissait très vieux, usé par le temps et par l'effort :

« Bonjour à toi, Élénian. Tu te demandes pourquoi cet enfant est en cage ?

— Effectivement. Mais cela ne semble pas être un châtiment, je me trompe ?

— Non, l'enfant va devenir un homme ce soir.

— Ah ! C'est donc cela, la fête qui se prépare ?

— Oui, les hommes sont venus me demander si vous y assisteriez. Cette fête a été gardée secrète depuis des milliers d'années et ils tiennent à ce qu'il en soit encore ainsi. Je les ai rassurés, et vous y serez conviés, malgré quelques réticences.

— Et l'enfant ?

— Il doit jeûner trois jours, avant la cérémonie, suspendu à cette cage. Personne ne le nourrira.

Nomis continua à poser des questions sur ce peuple qui le fascinait. Le vieil homme l'écouta d'une oreille attentive, répondant aux questions du jeune homme. Pendant ce temps, Dolin et Kharon discutaient.

« Kharon, la Sayan, elle me rappelle quelqu'un. Mais c'est impossible !

— Qui ?

— Érébios, le père de Myrdhanos avait une femme, Dolina.

— Ce ne peut pas être elle. Si j'ai tout suivi, elle aurait près de quatre mille ans. À moins que ce ne soit un démon.

— Non je ne pense pas. Vois-tu, je ressens la méchanceté des gens. Et je ne la ressens pas en elle.

— Tu penses que l'on va rester dans ce camp ? Je n'aime pas cette cage...

— Kharon, à toi, je peux le confier. Avant que vous ne veniez, j'avais deux craintes, des cauchemars, des prémonitions de mort. Et une impression que l'on m'observait. J'ai toujours ces cauchemars, de plus en plus intenses et précis, avec cette sensation de malaise qui ne me quitte pas. Alors, sois sur tes gardes.

— Tu as raison. Allons explorer le camp, nous en saurons plus sur la fête de ce soir et sur cette cage.

La galanterie avait permis à Myrtha d'être la première à se baigner. Une jeune fille s'était proposée de l'aider, Myrtha n'avait pas osé lui dire non. La jeune fille lui fit couler de l'eau, puis lui tendit un linge pour qu'elle puisse se laver. Au bout d'un moment, sa toilette intime achevée, elle appela la jeune fille :

« Tu peux me laver le dos, s'il te plaît ?

— Oui, madame.

— Pas madame ! Myrtha.

— Bien, dame Myrtha

— Et toi, comment t'appelles-tu ?

— Morwen.

— Un joli nom. Dis-moi, c'est quoi cette fête qui se prépare ce soir ?

— C'est l'anniversaire de Ito, le petit-fils de la Sayan.

— Tu t'entends bien avec Ito ?

— Non, c'est un garçon. Les garçons sont bêtes, ils se baignent nus à la rivière et ils se battent.

— Je croyais que tous les enfants devaient se baigner à la rivière.

— Les femmes attendent la nuit. Comme ça, personne ne nous voit.

— Très bien, merci. Tu es gentille.

— Toi, tu as de beaux cheveux. »

Myrtha sortit du bain. La gamine détourna le regard. Myrtha pensa à ce qu'elle avait vu dans le camp. Visiblement, ces gens devaient avoir des pouvoirs magiques. Elle ressentait leur magie, presque égale à la sienne. Elle avait même ressenti que la Sayan en avait beaucoup plus, comme Myrdhanos.

Myrtha était inquiète, car elle savait que les démons pouvaient prendre n'importe quelle apparence. Myrtha se promit d'avertir les autres, afin qu'ils restent sur leurs gardes.

« Dame Myrtha...

— Oui, Morwen ?

— Si cela ne vous dérange pas, pouvez-vous me coiffer les cheveux comme vous, s'il vous plaît ?

— Bien sûr, si tu m'appelles par mon prénom.

— S'il vous plaît, Myrtha, dit Morwen en rougissant. »

Elle fit asseoir l'enfant sur une chaise. Et, s'asseyant au-dessus d'elle, elle lui brossa les cheveux, de beaux cheveux blonds. Myrtha adorait quand sa mère la coiffait patiemment. Quand ce fut fini, la nouvelle coiffure de Morwen mettait en avant sa peau claire, ses taches de rousseur et ses grands yeux gris. Myrtha était sur le point de sortir, suivie par Morwen, lorsqu'elle posa une dernière question :

« Dis-moi, qui est dans la cage ?

— C'est Ito.

— Et pourquoi ?

— C'est son anniversaire. »

L'enfant avait répondu cela du ton le plus enfantin, comme si cela lui semblait normal, mais cela ne suffit pas à rassurer Myrtha.

Khiro aurait aimé qu'on le considérât comme un adulte. Il s'approcha néanmoins de la rivière. Là, cinq garçons, tous âges confondus, se baignaient. Ils chahutaient, essayant tour à tour de pousser l'un des leurs à l'eau. Puis, ils décidèrent de faire des petits combats nautiques à un contre un, le but étant de mettre la tête de l'adversaire sous l'eau. On pourrait penser les plus jeunes désavantagés par rapport aux plus grands, mais l'un des petits, d'environ neuf ans, renversa un garçon d'une douzaine d'années. Le grand, voyant le petit acclamé même par les autres, voulut se venger.

Khiro l'en empêcha :
« On n'attaque pas par derrière.
— De quoi te mêles-tu ? Mon père m'avait prévenu, vous êtes des parasites.
— Tu as perdu, tu dois lui concéder la victoire.
— Je dois surtout lui embrasser les fesses, dit le grand en colère. »

Sûr de lui, il avait donc prévu ce gage infamant pour le perdant du match.

« Alors, exécute ton gage ! »
Le grand, devant la pression des autres, embrassa le derrière que le petit lui présenta malicieusement.

« Voilà, tu es content ?
— Tu t'es vanté, tu as perdu. C'était normal que tu respectes ta parole.
— Je te mets au défi de me battre.
— Bien, je le relève. »

Khiro se déshabilla, mais garda sa culotte.
« Oh, le couard ! Regarde comment nous sommes.
— Vous, oui. Moi pas.
— Très bien, alors voilà les règles. On peut tout faire pour pousser l'autre à l'eau, sauf l'enlacer ou le frapper.
— Compris.
— Si tu perds, tu devras retourner à ta roulotte tout nu.
— Ok, et si tu perds, tu seras l'esclave de ... comment tu t'appelles, petit ?
— Loukhi.
— Et moi, c'est Agrou.
— Khiro ! »

Un des petits se mit entre les deux adversaires et, solennellement, déclara :

« Pas de coup bas. Prêts ? Combattez ! »

La deuxième prophétie

Cela fit rire Khiro, de voir le petit se prendre au sérieux. Son adversaire en profita pour prendre un avantage de courte durée. Khiro le repoussa. Il s'en suivit quelques assauts. Khiro vit la faille qu'avait trouvée Loukhi. Le grand se servait de sa puissance pour plonger les autres à l'eau. Il fallait s'en servir contre lui, attendant qu'Agrou charge. Khiro renversa l'attaque et plaqua son adversaire à la limite de l'eau. Mais, en une seconde, il vit la main d'Agrou se transformer en patte de félin griffue.

Khiro recula pour esquiver les griffes. Agrou en profita pour reprendre le dessus, le renverser dans l'eau et prendre la victoire. Quand le petit-homme se releva, la main d'Agrou était redevenue normale.

Un petit prévint Agrou :
« Tu n'avais pas le droit, tu vas te faire gronder.
— J'ai gagné, non ?
— Oui, mais...
— Laisse, petit. J'ai perdu.
— Je m'appelle Kouali. »

Khiro reprit ses affaires et se rendit à sa roulotte. Au lieu de se moquer de lui, tous les autres l'applaudirent. Agrou était dégoûté. Non seulement on lui reprochait sa victoire, mais, en plus, Khiro vit le père d'Agrou venir à sa rencontre et commencer à le frapper, en l'emmenant vers une roulotte. Khiro reconnut alors l'homme qui les avait accueillis.

Arrivant près de ses amis, Khiro se dit qu'il pouvait se rhabiller.

« Alors, tu traverses le camp en petite tenue ? Lui fit remarquer Kharon.
— Moque-toi, j'ai perdu un combat, mais je l'ai fait dans l'honneur.
— L'honneur de montrer tes petites fesses, remarqua Myrtha.
— Ok, moque-toi. Mais j'ai vu quelque chose d'étrange. Le gamin qui m'a battu, j'aurais juré voir sa main se transformer en patte de félin.

— Moi aussi, dit Dolin. Lorsqu'on est arrivés, j'ai remarqué que plusieurs d'entre eux ont la capacité d'invoquer des parties animales.

— C'est donc pour cela que je ressens une haute magie ici. Mais deux personnes en ont plus que les autres, les deux plus vieux, ajouta Myrtha.

— Oui, continua Dolin, je disais à Kharon que la Sayan me rappelle ma grand-mère. Et elle est morte, y'a quatre mille ans.

— Et cette cage ? demanda Khiro.

— Nomis m'a dit que c'était un jeûne rituel.

— Bien, préparons-nous pour ce soir, conclut Kharon, et restons attentifs.

Profitant du feu environnant, et attendant que tout le monde ait fini ses ablutions, la bande, toujours sur ses gardes, répara ses armes.

Le soir, un grand feu fut dressé au centre du cercle formé par les roulottes. Les jeunes filles, dont Morwen qui faisait sensation avec sa coiffure, servaient des plats aux personnes assises en rond. Ito, qui était descendu de sa cage, restait au centre. Il avait été lavé, ses cheveux étaient peignés soigneusement, il ne portait qu'un court pagne. Ses yeux étaient aussi gris que ceux de Morwen.

Des hommes cagoulés, le corps orné de peintures symboliques, le chatouillaient avec un bâton en passant derrière lui. Khiro remarqua qu'Agrou avait reçu une solide raclée car son visage était encore tuméfié. La Sayan et le vieil homme arrivèrent. Myrtha eut un premier choc, l'homme était habillé à la mode du peuple de Tholl et, à son cou, pendait le cristal de son peuple.

« La cérémonie peut commencer. »

La voix du vieil homme était assuré, malgré son âge. Le couple vint s'asseoir à côté de Myrtha. Le cercle était maintenant fermé. On apporta un poignard. Là encore, Myrtha reconnut un des artefacts de son peuple. L'enfant n'était pas inquiet de ce qui allait arriver. Kharon, main sur l'épée de son père, était prêt à intervenir. Visiblement, il n'était pas le seul, Myrtha et Khiro l'étaient également. Dolin restait de marbre. On posa le poignard aux pieds de l'enfant et deux jeunes filles, dont Morwen, vinrent lui peindre le torse de signes cabalistiques. Puis, on amena un tison brûlant, que l'on présenta à l'enfant.

L'enfant le prit dans la main et le garda une trentaine de secondes. Les hourras fusèrent de tous les coins.

Loukhi, assis près de Khiro, était impressionné par la cérémonie. Pour passer à une nouvelle étape, on mit de nouvelles peintures à l'enfant. Ito s'agenouilla et prit le poignard. Tout le monde était prêt à intervenir. Dolin restait toujours de marbre. Ito s'approcha du vieil homme, lui présentant le poignard, tête courbée vers le sol. Puis, il se tourna vers Myrtha et lui tendit le poignard. La Sayan Dolina lui glissa à l'oreille :

« Prenez le poignard et suivez l'enfant. Quand il vous fera signe, entaillez légèrement la peau au niveau du cœur. »

Myrtha fit signe aux autres de se rassurer. Elle prit le poignard. L'enfant se releva et conduisit Myrtha au centre du cercle. Là, il offrit son torse au poignard. Myrtha fit une entaille visible, mais qui ne blesserait pas vraiment Ito. Cela lui laisserait une jolie cicatrice. Khiro, à ce moment précis, réalisa qu'il avait vu cette même marque sur le torse d'Agrou. Il commençait à entrevoir quelque chose. Morwen s'approcha alors et versa du sel sur la blessure. Cela fut douloureux pour Ito, mais il ne cria pas. Puis Morwen reprit de nouveau sa place sur le cercle. Les hommes cagoulés revinrent au centre afin de maintenir l'enfant.

Celui-ci semblait souffrir. Au bout d'un moment, des plumes commencèrent à apparaître sur le corps de l'enfant, qui se métamorphosa en grand-duc.

Il s'envola.

Au bout d'une minute, qui sembla une éternité à nos amis ébahis, Ito redescendit sur terre. Les servantes le couvrirent d'un manteau de cérémonie, léger mais magnifique, qui représentait la forêt dans toutes ses couleurs : du marron de la terre, près des pieds, au bleu étoilé du ciel, qui formait le col du manteau. L'enfant rejoignit le cercle sous les applaudissements de tout le monde. Le spectacle commença.

Le vieil homme s'adressa alors à notre groupe, toujours ébahi par ce qu'il venait de voir :

« Désormais, vous connaissez notre plus grand secret. Notre peuple a le pouvoir de se changer en animaux, comme toi Myrtha, fille de Kahor.

— Comment ?

— Tu ne devines pas ?

— C'est impossible, vous êtes mort depuis huit mille ans. Vous faites partie de la légende.

— Merci, j'ai en effet plus de douze mille ans. Je suis Tholl l'ancien, premier des hommes-dragons, et voici mes petits-enfants.

— Comment ?

— Laisse-moi te raconter mon histoire : vois-tu, quand la race des dragons s'est éteinte, nous n'étions plus que trois et nous avons dû fuir. J'ai alors rencontré l'ancêtre de Sayan, Dolina. Elle-même était la descendante de Dolina de Maspian, ta grand-mère, Dolin. J'ai vécu avec elle, nous avons eu un fils et, lors de sa douzième année, il tomba malade. Le docteur lui entailla la poitrine pour faire sortir le mal. Au matin, mon fils était guéri. Sa mère fut attaquée par un lynx. Il se transforma alors en loup pour la sauver. Nous fûmes surpris. J'eus d'autres enfants, et tous on eut le même pouvoir. Mais tous devaient se débarrasser de leur sang humain avant de se transformer. Et, en général, la première transformation se passe à la suite d'une douleur, ou d'un choc, intense.

— D'où la cérémonie à laquelle nous venons d'assister, conclut Dolin.

— Moi, je serai un loup, coupa Loukhi, n'y tenant plus, enfin j'espère.

— Dis-moi, lui demanda Tholl, pourquoi les trois jours de jeûne ?

— Parce que votre fils, étant malade, cela faisait trois jours qu'il n'avait mangé, répondit Loukhi, sûr de lui.

— Bonne réponse !

— Alors, le pouvoir du dragon a été modifié par le mélange des trois sangs : humain, Fenrahim et Thollien ?

— Parfaitement ! Allons participer à la fête ! Elle dura toute la nuit.

Relevons, cependant, qu'Ito dansa avec Morwen et qu'ils s'embrassèrent. Khiro dansa avec l'autre servante, qui s'appelait Gaenaël. Ingal resta taciturne, son fils également. Une bagarre faillit même éclater entre Agrou et Khiro, à cause de Gaenaël. Enfin, tout le monde s'endormit.

Chapitre 30

Dans les donjons de Calisma.

Au matin, chacun se préparait au départ ; Tholl vint vers nos amis, avec Ingal et son fils :

« C'est ici que nos routes se séparent. Ingal vous amènera à Calisma par un chemin rapide, vous y serez demain. Nous, nous prenons une autre route.

— Tholl ! Euh... je voulais vous demander... bégaya Myrtha, avez-vous des nouvelles de mon père ? Je n'en ai pas depuis une éternité, je suis inquiète.

— Sois-le, je ne le vois pas non plus. Nos routes se recroiseront, je t'en dirai plus alors. Ingal vous accompagnera. Surtout pour être sûr que vous ne nous suiviez pas. »

Tout le monde se sépara.

La petite troupe se cacha dans la roulotte d'Ingal. Des panneaux coulissants, dissimulés un peu partout, serviraient de cachettes aux contrôles. Le chemin se fit de façon brève. Seuls, deux contrôles vinrent perturber la monotonie du voyage. Agrou cherchait tout le temps la bagarre avec Khiro, mais Khiro craignait les réactions de Myrtha, et Agrou celles d'Ingal. Les hostilités furent reportées à plus tard.

Enfin, nos amis arrivèrent à Calisma. La ville portuaire était plus animée que Bénézit. En allant au port, ils traversèrent plusieurs marchés. Tout se vendait, à tous les prix. Là encore, les troqueurs couraient d'étal en étal.

Khiro était triste, en voyant ces jeunes. Il repensa à sa grand-mère, une larme coula sur sa joue. Kharon s'approcha de lui et, pour lui remonter le moral :

« Et toi, Khiro, tu ne veux pas faire un peu de troc ou reprendre ton ancien métier ?

— Non, je...

— En effet, Myrtha te tuerait.

— Non, c'est pas ça, mais je repensais à grand-mère. Quand je serai rentré, je ne volerai plus, je ne veux plus être séparé d'elle.

— Elle te manque ?

— Beaucoup. »

Kharon laissa son jeune compagnon à sa mélancolie.

Arrivée au port, Myrtha se renseigna dans une auberge pour savoir si un bateau, avec un capitaine peu soupçonneux, pouvait les embarquer. L'auberge où elle entra était le repère des pires canailles de Calisma.

Deux petites gens étaient accoudés au bar et, plus loin, un homme accroché à sa bouteille. Dans un coin, un homme portait une ancre de marine tatouée sur le bras, Myrtha se dirigea vers lui. Elle commanda à boire à la servante, pour elle et pour l'homme et s'assit à sa table :

« Je cherche un bateau. »

La serveuse aux traits fatigués posa deux chopes sur la table. L'homme but la sienne d'un trait avant de répondre à Myrtha.

« J'en ai un.

— Nous allons à Talith.

— Pour où tu veux. »

L'homme sentait la vinasse, au point de donner mal au cœur à Myrtha.

« J'ai quatre compagnons.

— Bien, on peut partir ce matin. 100 pièces par personne

— On préférerait partir de nuit.

— Ah, des passagers spéciaux ! Alors un bonus de 5000 pièces pour le voyage.

— D'accord, où nous retrouvons-nous ?

— Sur mon bateau, au bout du quai. C'est : « le Marin sobre. »

— C'est vous qui avez baptisé votre bateau ?

— Oui, madame. »

Myrtha paya une avance à l'homme et sortit de l'auberge. Elle remarqua que les deux petites gens étaient partis. Cela l'inquiéta, car elle savait qu'ils étaient toujours de fidèles indicateurs. Prudente, elle rejoignit ses compagnons.

« C'est bon, on part ce soir, mais le capitaine est une outre à vin.

— Nous ferons avec du moment qu'il est discret. Et pour le paiement ?

— Je lui ai donné une solide avance. Désolée pour ta bourse, Kharon.

— Et pour le reste ?

— Je lui dirai qu'il sera payé à l'arrivée.

— Et là-bas ?

— Il dormira. J'aurai empoisonné le vin avec un somnifère. Ce pochtron ne refusera rien. »

Myrtha se dirigea vers les étals marchands pour acheter le nécessaire pour la traversée qu'ils allaient entreprendre. Finalement Khiro se prit au jeu du troc et il amassa vite fait quelques provisions.

La nuit arriva vite. Nos amis se rendirent sur le port. Comme le redoutait Myrtha, on les attendait.

Toute résistance était inutile : à eux cinq contre une quarantaine de gardes, ce serait un combat bien inégal. Ils furent amenés, sans ménagement, dans les donjons de Calisma. Ceux-ci constituaient l'une des curiosités de la ville, car leurs sous-sols passaient sous la mer. Ils étaient très humides. La plupart des prisonniers y mouraient de maladies et d'infections diverses. Kharon fut séparé des autres. Jeté dans sa cellule Myrtha rageait.

« Si je choppe ces petits hommes, je les découpe en morceaux.

— Quels petits hommes ? demanda Nomis.

— Quand je suis allée dans la taverne pour louer un bateau, deux petits hommes étaient présents. Ils sont sortis avant moi, ils ont dû prévenir les gardes, alléchés par la récompense.

— Tu dis n'importe quoi, déclara Khiro. Comment auraient-ils su que Kharon était avec toi ?

— Il n'a pas tort, tu accuses bien vite, reprit Dolin.

— Oh toi, le mage, tu nous as beaucoup aidés… et ta magie ?

— Je te rappelle que, selon la prophétie, je n'ai pas le droit d'intervenir.

— Pratique !

— Et puis, pourquoi ce serait les petits hommes ? Renchérit Khiro. Pourquoi pas ton capitaine la vinasse ?

— Parce que, comme tu le dis, c'est un soûlard fini, qui ne pense qu'à sa bouteille.

— Calmez-vous, vous deux.

— Non, je ne me calmerai pas. Je veux des excuses, protesta Khiro.

— Et pourquoi cela ?

— Pour avoir insulté les petits hommes.

— Jamais ! Ils sont mes premiers suspects.

— Ridicule ! Tu dis cela parce que tu les hais.

— Il suffit, vous deux, gronda Nomis. Toi, Khiro, la colère t'aveugle. Myrtha t'a sauvé la vie, je te le rappelle. Et toi, Myrtha, je sais ce qu'a fait Khiro. Cela ne te permet pas d'être catégorique à ce point. Et pensez plutôt à comment sortir d'ici. Nous n'avons aucune idée de ce qui arrive à Kharon.

— Bon, je veux bien reconnaître que les deux petits hommes ne sont pas nécessairement les coupables ; il y avait plein de monde.

— Et moi, je veux bien reconnaître que ne tu hais pas les gens comme moi.

— A présent que vos chamailleries sont terminées, concentrons-nous sur un moyen pour sortir de là.

Quelques cellules plus loin, Kharon n'en menait pas large. Attaché par les poignets, il était suspendu au mur, ses jambes ne touchaient plus le sol. Le capitaine de la garde et le bourreau l'interrogeaient. Plusieurs tisons chauffaient dans un brasier, tout près. Cela ne présageait rien de bon.

« Vous êtes accusé de complicité de meurtre, de désertion et de parricide. Le nouveau chambellan, le prince Han, nous a donné toute liberté pour connaître le nom de vos complices.

— Je suis innocent. C'est un homme, nommé Morthis, qui a hypnotisé Kolos, et qui a tué Dholl et le roi.

— On sait que Kolos était ton complice. Des témoins t'ont vu demander à ton père de nommer Kolos à la garde du roi.

— C'est faux, je lui ai demandé de ne pas me désigner si je ne le méritais pas.

— Mensonge ! Ensuite, on a retrouvé, dans vos effets, une bague des services secrets, qui prouve que vous étiez de mèche avec Ourkst.

— J'ai volé cette bague à mon père, quand j'avais dix ans.

— Mensonge ! Je te donne une dernière chance, avant de te laisser avec le bourreau. Qui, à part tes compagnons, est dans le complot ?

— Personne ! Je vous dis que j'ai quitté mon poste pour poursuivre l'assassin de mon père.

— Ton père a été tué par ton complice, Kolos.

— Pourquoi aurais-je fait tuer mon père ?

— Je t'accorde que la préméditation de cet acte est douteuse. Mais pour le reste, nomme tes complices. Bourreau, fais ton office. S'il ne parle pas, l'enfant parlera. »

L'enfant, ce devait être Khiro... Le pauvre, il ne tiendrait pas...

Kharon réfléchit. Il comprit que mère Abigaël avait fait bouger les choses. Dholl avait été innocenté et Ourkst exécuté pour trahison. Mais lui, il était toujours dans la merde, et là, vraiment dans la merde... Le bourreau eut un sourire. Kharon se prépara mentalement à la souffrance, mais la souffrance ne vint pas.

Dans sa cellule, Dolin était entré en méditation. Il incantait. Quant à Nomis, il était entré en communication avec son peuple.

Entre Khiro et Myrtha, un silence tendu persistait. Nul ne voulait faire le premier pas. Khiro se décida :

« Myrtha, que fait Dolin ?

— Il protège Kharon autant qu'il en la possibilité et le droit. »

Kharon fut ramené dans sa cellule. Dolin entra en contact avec lui et lui expliqua que sa magie avait atténué la douleur. Khiro fut alors emmené à la question. On l'interrogea puis, comme il ne disait rien, le bourreau fit son office, sans plus de succès. Khiro se montra un remarquable comédien, le bourreau eut vraiment l'impression qu'il souffrait énormément alors qu'il était aussi partiellement protégé par la magie de Dolin. Néanmoins quand on le ramena à dans sa cellule, il était évanoui.

Visiblement, le bourreau en avait fini pour aujourd'hui. Myrtha soigna Khiro, Nomis s'occupa de Dolin fatigué par l'usage de ses sortilèges.

Khiro se réveilla :

« Pourquoi je me suis évanoui ?

— Excuse-moi, Khiro, dit Dolin, épuisé, mais je n'en pouvais plus. Je n'aurai pas pu protéger une personne de plus.

— Merci, Dolin, et merci, Myrtha.

— De rien, petit homme, je ne veux pas te perdre. »

Tant bien que mal, nos amis prirent un peu de repos.

Le soir suivant, du bruit dans les couloirs les sortit de leur torpeur. Visiblement, la garde était en état d'alerte maximal. Dolin tenta de savoir ce qui se passait. Il en informa nos amis :

« Les gardes sont devenus fous. Des animaux attaquent la forteresse, aidés par des gens du petit peuple.

— Tu vois, dit Khiro à l'adresse de Myrtha.

— Ok, toutes mes excuses.

— Je cherche le chef et je lui indique où nous sommes. »

Dolin retourna en méditation. Peu de temps après, la porte de la cellule explosa. Ingal se tenait devant nos amis. Il leur tendit à chacun une épée. Agrou était à ses côté, transformé en félin. Plus loin dans les couloirs, Ito se battait férocement. Tholl et la Sayan Dolina étaient là aussi. Ils incantaient pour soigner les blessés. Myrtha partit les protéger. Au passage, elle aperçut les deux petits hommes qu'elle avait rencontrés à la taverne.

Nomis s'adressa à Dolin :

« Recherche Kharon, il faut le tirer de là au plus vite.

— Je vais essayer, mais ce n'est pas facile dans ce combat ! »

Nomis protégea Dolin pendant qu'il incantait. Dolin trouva enfin où était caché Kharon. Il indiqua le chemin à Nomis qui, suivi par trois petits hommes, partit sauver son camarade.

Kharon ignorait tout de la bataille qui faisait rage dans les donjons. Il se demandait ce qui se passait. Les gardes qui surveillaient sa cellule n'avaient pas bougé, mais il percevait une tension extrême.

La forteresse était-elle attaquée ? Kharon pensa à son père. Ainsi, il avait eu les funérailles de héros qu'il méritait, et Ourkst avait fini de sévir à la cour. Tant de morts : Kolos, Guardian, son père Dholl, un petit homme du nom d'Omelaï, deux jeunes enfants. La liste risquait d'être longue.

Nomis arriva dans le couloir où était enfermé Kharon. Il était passé devant des cages où des hommes et des enfants pourrissaient, en haillons dans une crasse infinie. La nourriture leur était jetée à même le sol, beaucoup toussaient, à cause de l'humidité absolue qui régnait et transformait l'air en une sorte de vapeur putréfiée. Nomis se demanda si tous ces hommes étaient coupables de crimes abominables au point de les laisser ainsi à l'abandon. La mortalité devait être très forte, ici. Le peuple d'Élénia traitait mieux ses prisonniers.

Quatre gardes musclés avaient été affectés à la seule surveillance de Kharon, le combat se compliquait. Nomis n'arrivait pas à prendre l'avantage. Les petits hommes, déjà aux prises avec deux des gardes, ne pouvaient l'aider. Nomis se retrouvait avec deux adversaires et seulement une épée. Il luttait difficilement. L'un des petits hommes, se débarrassant de son adversaire, envoya une seconde épée à Nomis alors qu'il était sur le point de perdre le combat. La seconde épée lui permit de tenir jusqu'à ce que les petits hommes viennent à sa rescousse.

Kharon fut libéré. Kharon souffrait encore de ses blessures et la faim se faisait ressentir. Personne ne l'avait nourri depuis son arrestation. Nomis l'aida à se relever et lui tendit une épée.

« Allons retrouver Tholl. »

Quand ils rejoignirent tout le monde, le combat était achevé, la garnison s'était rendue.

On évacua les morts. Voyant que la mission avait réussi, les petits hommes et les enfants de Tholl quittèrent la forteresse. Tout avait été prévu pour la fuite des prisonniers.

Un navire de la garde avait été réquisitionné. On monta à bord, les petits hommes prirent le large alors que l'alerte fut donnée en ville.

Kharon put reprendre des forces. Il remercia Ingal, Tholl et la Sayan. Les enfants, Ito, Agrou et Louki, étaient présents. Tous avaient participé à la bataille, ils étaient épuisés. Louki s'était transformé en loup pendant la bataille. Tholl avait dû accélérer sa cérémonie. Il avait fait commencer les jeûnes après le départ de Kharon, et la cérémonie avait eu lieu la veille de la bataille.

Le bateau jeta l'ancre un peu plus loin, dans une crique, au bord de laquelle les attendaient les roulottes des fils de Tholl.

On déposa les corps des morts au centre du cercle. Nomis remarqua que, petits hommes ou fils de Tholl, tous les morts étaient traités de la même façon. Cela le fit réfléchir sur la relation entre les peuples.

À l'écart, Tholl confia à Myrtha :
« J'ai des nouvelles de ton père.
— Et elles ne sont pas bonnes ?
— Non, je suis désolé de t'en donner de mauvaises. Il a succombé à un sort puissant et a sombré dans la folie. Je le cherche, mais il bouge souvent. Il doit vouloir rejoindre un point précis, mais où, je ne sais pas.
— Comment le sauver ?
— Ton amour seul pourra le sauver. Je te recontacterai dès que je saurai où il est. Je vais quitter mes enfants, ce soir. Je vais le trouver, je te le promets.
— Merci. »

Myrtha aurait voulu lui poser tant de questions. Pourquoi... pourquoi il avait fallu deux mille ans pour le revoir ? Pourquoi lui, si puissant, ne pouvait pas trouver son père ? Une magie plus puissante devait l'en empêcher et cette puissance lui faisait peur.

De leurs côtés, Dolin discutait avec la Sayan et Ito, tandis que Kharon et Khiro conversaient avec Agrou et Loukhi.

« Alors, tu as vu ? Je suis un loup ! Demanda fièrement Loukhi.

— Oui, et je t'ai vu combattre. Tu te bats bien, lui dit Khiro.

— Toi aussi, tu te bats bien. Mais j'ai aidé à la capture de plus d'hommes que toi !

— Comment se fait-il que tu aies pu te transformer si jeune ? Intervint Kharon.

— Tholl a eu une vision. Il a dépêché les petits hommes pour surveiller votre arrivée. Et il a dit qu'on manquait de guerriers, alors il a choisi quatre enfants et les a mis au jeûne pour que l'on soit prêts à la bataille. Je suis le plus jeune transformé. Et, t'as vu, Kharon, je suis un loup ?

— Je suis content pour toi. »

Tout était prêt pour la cérémonie funéraire, Ingal l'initia :

« Des heures noires vont arriver. Pour aider les hommes appelés par la prophétie, nous avons combattu. Notre sang sera mêlé à la victoire. Nous ne pleurons pas nos frères qui sont tombés. Rendons-leur un dernier hommage avant de les mener au grand voyage.

Armo fils de Sylfer, Ferno fils de Bern, Rouki fils de Bors, Reno fils de Blair,

Sans oublier nos alliés :

Tenga petite lame, Jos ouvre porte et Garm grande oreille,

Nos pensées se joignent à eux. »

Ingal était au bord des larmes, mais il tint son rôle de maître de cérémonie jusqu'au bout. Il entama un chant et on mit le feu aux corps.

Kharon se retenait de pleurer, comme certaines personnes de l'assistance. L'un des morts était l'un des enfants nouvellement transformés, Khiro le reconnut, c'était le renard qui l'avait sauvé contre l'un des gardes. Khiro allait se mettre à pleurer, la Sayan passa derrière lui et, lui passant la main sur le front, elle lui dit d'une voie douce :

« Ne pleure pas, sinon il ne pourra faire le grand voyage. Il est heureux, c'est nous qui sommes tristes. »

Khiro ne comprenait pas ; quand quelqu'un était triste, il doit pleurer.

Ingal continuait :

« J'ai aussi une autre nouvelle ; notre Sayan nous quitte. Marryssa, tu seras la prochaine Sayan. »

La Sayan embrassa sur le front la jeune femme, émue par sa nomination. Puis elle quitta le cercle et l'assistance. Tholl l'accompagna, ils disparurent dans le sous-bois.

L'émotion était à son comble. On passa un manteau de nuit à la nouvelle Sayan. Tous vinrent s'agenouiller devant elle. Kharon fit signe aux autres de suivre le mouvement. Cette initiative fut bien accueillie, même par Ingal. Enfin, chacun alla se coucher.

Dolin partit à l'écart avec une jeune fille qui l'avait abordé plus tôt, pour ce qui serait, peut-être, son unique nuit de bonheur.

Le lendemain matin, après un copieux déjeuner, Ingal vint saluer nos amis :

« Dans les cales de ce navire, vous trouverez une dizaine de soldats. On les a gardés, vous en ferez ce que vous voulez. Je dois vous dire que vous êtes de grands guerriers et que j'ai été fier de combattre avec vous.

— Merci, Ingal. On se reverra.

— On se reverra, avec plaisir.

— Ton fils est aussi un grand guerrier.

— Merci pour lui. »

Les petits hommes étaient déjà au poste de navigation. Kharon discuta du sort des prisonniers. Il descendit dans la cale et là, quelle ne fut pas sa surprise : le chef des soldats n'était autre qu'Arthos.

« Kharon, comment vas-tu ? Tout ce barouf, c'était pour toi ?

— Eh oui !

— Je suis content de te voir, j'ai tant de choses à te raconter.

— Moi aussi.

— Et mes hommes ?

— Je venais pour cela. Ecoutez-moi tous, je ne suis pas le meurtrier que tout le monde prétend. Avec la preuve de confiance de votre capitaine, je dois me rendre à Talith pour confondre le vrai coupable. Vous serez libres une fois arrivés là-bas, à la condition de me laisser libre.

— Je réponds de mes hommes comme de moi-même. Peux-tu nous autoriser à sortir sur le pont ?

— J'ai ta parole ? Très bien, sur l'honneur de votre capitaine, je vais vous laisser aller sur le pont. Je ne veux voir aucun de vous avec une arme, compris ? »

Les hommes acquiescèrent. Kharon laissa les hommes sortir. Ils grimpèrent sur le pont. Le voyage jusqu'à Talith commençait. Kharon espérait que tout se passerait bien. Il avait hâte de parler avec Arthos de ce qui s'était passé, déjà trois mois auparavant, lors de sa fuite.

Chapitre 31

Un nouveau compagnon.

Une fois ses hommes installés sur le pont, Arthos rejoignit le petit groupe au mess :

« Après ton départ, j'ai été rétrogradé. Je suis devenu capitaine sur le bateau.

— Tu as été rétrogradé ?

— On m'a accusé de t'avoir prévenu. Mais, sans preuve, on ne pouvait me passer par les armes. Et puis, avec le changement de chambellan, mon dossier s'est perdu.

— Parle-moi de ce changement.

— La reine et Ahon ont pris le pouvoir. Elle ne faisait pas très confiance à Ourkst et a nommé le prince Han pour enquêter sur la mort du roi. Trois jours plus tard, on a retrouvé, dans les appartements de Ourkst, des papiers très compromettants sur son complot afin de destituer le roi. Des généraux de l'armée sont tombés avec lui.

— Et moi, pourquoi suis-je toujours accusé ?

— Leur souci, c'est qu'une des lettres t'était adressée, te demandant de permettre à Kolos de se mettre dans la garde du roi pour l'assassiner s'il faisait des difficultés. Or, rappelle-toi, ton père et Guardian ont voulu arrêter Ourkst.

— Je n'ai jamais reçu cette lettre.

— Je m'en doute. Cela doit être un faux, n'empêche que tu dois le prouver. Donc tu es accusé de complicité dans la mort du roi, complicité dans la mort de ton père, donc de parricide et de désertion, donc trois bonnes raisons d'être mis à mort. Seulement, le prince Han veut absolument connaître tous les complices, et il te veut vivant, avec ordre de te ramener à Bénézit pour interrogatoire. J'étais venu te chercher.

— Un des hommes de Guardian doit être aux affectations, sinon il ne t'aurait jamais désigné pour cette mission.

— En effet, cela parait évident. On a retrouvé son corps à Akilthan. Lui et ton père ont eu des funérailles nationales, lavés de tout soupçon à leur enterrement. Personne n'a jamais mentionné qu'un des deux hommes avait participé au meurtre du roi.

— J'en suis heureux ! J'aurais dû être là.

— Bon, nous vous quitterons à Talith. »

Le groupe continua à discuter de la suite des événements. Plus tard, dans la soirée, Arthos revint parler seul à seul avec Kharon.

« Alors, faux frère, tu croyais que je ne la reconnaîtrais pas ?

— Qui ?

— Myrtha, c'est la jeune femme de la taverne.

— Oui. Et, si tu veux savoir, le petit gredin qui t'a volé ta bourse, c'est Khiro.

— Dis-moi, il y a quelque chose entre vous ?

— Non.

— Ah, le vieil homme, alors, c'était pas son père ?

— Si, justement.

— Alors, elle ne te plaît pas ?

— Non, on est amis, c'est tout.

— Alors, je peux ?

— Juste une chose, avant que tu lui fasses la cour, elle est plus vieille que toi.

— Et alors ?

— Beaucoup plus vieille. Elle a dans les deux mille ans.

— Non, c'est impossible.

— Elle n'est pas humaine. C'est une Thollienne.

— Tu veux dire comme les change-peau qui nous ont attaqués.

— Non, de l'ancienne race.

— Un dragon ! cette fille est un dragon ? »

Arthos accusa le choc et manqua de s'étouffer. Kharon lui tapa amicalement dans le dos.

« Tu en as d'autres comme ça ?

— Oui. En fait, celui qui a tué le roi est un démon. On l'a tué, donc il faut que je me serve de son chef pour me disculper. Et, au passage, il faut que je sauve le monde à cause d'une prophétie qui date de plus de 4000 ans. Dolin est plus âgé qu'il n'y paraît, et descend directement des Fenrahims.

— Les hommes-enfants ? Bon, stop. Tu laisses les infos, cela est trop fou pour moi, une demoiselle m'attend. »

Arthos partit retrouver Myrtha. Kharon soupira :
« Et pour moi ! »

* * * * *

Deux femmes, habillées de noir, sillonnaient les rues de Talith. La plus vieille prit la parole :

— Morthis est mort. Dommage, l'élu a deux pierres maintenant. Tu aurais dû prendre celle du roi des hommes avec toi.

— Morthis ne voulait pas, tu sais comme il est arrogant.

— Tu aurais dû l'envoyer dans la chambre de souffrances. Tu as manqué de discernement.

— Je m'en excuse.

— Bien, je vais voir les non-morts. N'échoue pas cette fois, ils ne doivent pas arriver au château.

— Il sera fait selon vos désirs, dame Nekheb. Avez-vous des nouvelles de Krouac ?

— Il a réussi à dominer le dragon, mais lui aussi en a perdu la trace. Une barrière mentale nous empêche de le retrouver »

L'empoisonneuse hésita :
« Dame...

— Parle, Faminos

— Je pensais qu'on pouvait peut-être se servir de sa fille comme appât.

— Peut-être, l'idée n'est pas mauvaise. Vois ce que tu peux faire et rejoins-moi chez les non-morts. »

Sur le visage décharné de Nekheb apparut un sinistre sourire. Elle appréciait la volonté de sa jeune condisciple. Des trois plus jeunes, Faminos était sa préférée. Elle détestait l'arrogance de Morthis et l'insolence, mêlée d'une once de stupidité, de Krouac.

Balimun lui manquait. Elle avait hâte de le retrouver et de partager sa couche. Elle prit la route du château des non morts. Leur soutirer le diamant serait facile.

* * * * *

Le bateau accosta près d'une petite crique, Arthos accompagna nos amis à terre.

« Je vais rentrer à Bénézit.

— Comment vas-tu leur expliquer ton absence ?

— J'ai vu avec un des petits hommes, Nataïn. Il va nous déposer ligotés près de Calisma. Cela collera avec le rapport officiel.

— J'espère pour toi.

— Quand tu auras fini de sauver le monde, on se retrouve à la taverne.

— Sans problème. »

Arthos remonta à bord du navire. Kharon eut l'impression, en le voyant partir qu'il ne le verrait plus jamais. Dolin lui mit la main sur l'épaule :

« La nuit va tomber, il nous faut nous dépêcher si nous voulons rentrer dans Talith.

— J'arrive.

— Tu es inquiet pour ton ami ?

— Oui, il a pris de gros risques pour me sauver.

— Ne t'inquiète pas, il vivra.

— Comment en être sûr ?

— J'ai eu une vision de lui. Je l'ai vu mourir, entouré de ses arrière-petits-enfants.

— Et pour nous ?

— Pour nous, l'avenir est plus sombre et plus incertain.

— Rien pour me rassurer. »

Ils arrivèrent à Talith, où les drapeaux étaient en berne. Seul, le drapeau de la reine était levé. Si la reine était revenue dans son palais de Talith, qui gouvernait à Bénézit ? Le prince Han, sans doute, mais qui était cet homme ? Kharon n'en avait jamais entendu parler.

Ils se dirigèrent vers l'auberge que Balomé leur avait indiquée. Décidément, lui et Sataïn étaient deux petits hommes très serviables. C'était eux que Myrtha avait vus à l'auberge et qui avaient donné l'alerte. Myrtha les avait revus sur le bateau et les avait remerciés, leur cachant bien ce qu'elle avait pensé d'eux.

Après avoir loué trois chambres, ils descendirent en ville.

Comme Calisma, Talith était très animée le jour, surtout du côté du port. La nuit, la ville était beaucoup plus calme que la capitale, et seul le quartier des artistes était animé. De-ci, de-là, c'était un cracheur de feu, un dresseur d'ours, que Khiro accusa d'être deux enfants de Tholl. Myrtha ne releva pas l'insinuation.

Kharon essaya d'avoir les dernières nouvelles. Un homme le renseigna.

La reine avait nommé le prince Han comme enquêteur sur le meurtre du roi et, après l'arrestation de Ourkst, grand chambellan du royaume. La reine n'ayant pas envie de régner, elle avait nommé un conseil composé du prince Han, de Ahon et de quelques autres anciens de la cour, avec mission de gérer les affaires du pays jusqu'à ce que l'on décide qui lui succéderait. Elle abdiquerait alors en sa faveur et se retirerait de la vie publique.

On cherchait toujours les complices de Kolos. L'évasion des jeunes gens, voire même leur incarcération, n'était pas aux nouvelles.

Kharon partait rejoindre les autres quand il se fit attaquer par un homme qui tenta de le mordre au cou. Kharon le maîtrisa sans trop de mal. Ne le voyant pas revenir et s'inquiétant de son sort, ses amis arrivèrent.

L'assassin semblait pitoyable. On aurait dit un enfant que l'on venait de prendre en faute. Ses habits sombres cachaient un corps malingre et blafard. Il n'avait pas vu le soleil depuis longtemps, voire de toute sa vie.

Kharon lui demanda :
« Comment tu t'appelles ?
— Ba frapper, ba frapper Nosfi.

— Donc, tu t'appelles Nosfi. Pourquoi m'as-tu attaqué ?
— Homme seul, en bonne santé, et Nosfi avoir faim.
— Tu voulais me manger ?
— Non, dit Dolin, te sucer le sang. Nosfi est un sans pouls.
— Oui, bon maître. Un sans pouls, du clan de la lune bleue.
— Dis-moi, Nosfi, aurais-tu vu, chez les tiens, un diamant comme celui-ci ? »

Kharon montra le diamant sur l'épée royale.

« Ça diamant de Vénetin. Grand sage Vénetin, lui pas fâché contre Nosfi. Les autres oui, mais lui pas fâché.
—Et où est Vénetin ? A Talith ?
— Non, Vénetin est dans château caché, secret. Dire à personne.
— Mais tu viens de me le dire !
— Ouille ! Nosfi encore faire gaffe ! Brator pas content ! Brator encore crier …
— Ne bouge pas d'ici. »

Kharon et les autres s'écartèrent pour parler. Par précaution, Dolin les entoura d'une bulle de silence, ainsi personne n'entendrait.

« Il me fait froid dans le dos, déclara Myrtha.
— Il a une case en moins, celui-là, dit Kharon, comme pour lui-même.
— Même plusieurs, surenchérit Khiro.
— Que fait-on de lui ?
— Il sait où est le château et connaît ce Vénetin. On gagnerait du temps, à l'emmener avec nous. Peut-être pourrait-il intercéder pour le diamant.
— Il me dégoûte. Que cette chose ne s'approche pas de moi.
— Tu m'étonnes, Myrtha, dit enfin Nomis. Toi, qui es l'amie des Élénians et des petites gens, tu es rebutée par une race ?
— Toute sa race, je ne sais pas, mais lui...
— C'est vrai qu'il est différent, concéda Nomis, sale et répugnante, mais avant de le juger sur son apparence, apprenons à le connaître. On verra bien. »

Dolin perça la bulle et s'adressa à Nosfi, qui s'était recroquevillé :

« Peux-tu nous conduire à Vénetin ? Vois-tu, nous pensons qu'il est en danger.

— Non, Nosfi pas rentrer château. Nosfi grosse bêtise, sinon Brator crier !

— Si tu nous aides à sauver Vénetin, tu seras un héros.

— Nosfi héros et Brator pas crier ?

— Oui, tu seras un héros et Brator ne criera pas.

— Promis ?

— Promis, mais il nous faut partir de suite et voyager de nuit.

— On ne peut pas aller dormir et ne repartir qu'après ? J'ai faim, dit Khiro. Et puis comment passer le poste des gardes ?

— Nosfi connaît sortie. Dormir plus tard, Nosfi le héros a parlé. »

Nosfi, prit son air le plus fier et entraîna la compagnie vers la sortie de la venelle.

Dolin l'arrêta et lui dit qu'il fallait passer à l'auberge pour chercher leurs affaires. Le sans-pouls acquiesça et repartit.

« Mais … et le repas alors ? Eh, attendez-moi ! Gémit Khiro.

— T'as pas entendu ? Le héros a parlé, petit homme », lui répondit amusée Myrtha.

Après un rapide passage à l'auberge, Nosfi les conduisit dans les anciens égouts de Talith, pour sortir de la ville sans être vu. Myrtha apprécia très peu. Khiro gémissait encore de la perte de son repas, mais Kharon le rassura qu'il dormirait bientôt, après un plantureux repas à emporter qu'il avait acheté à l'aubergiste.

Ils cheminèrent une partie de la nuit. Puis, Nosfi, voyant l'aube arriver, se réfugia dans une grange et s'enterra dans le sol. Ce qui augmenta le dégoût de Myrtha.

Avant de prendre du repos, les autres se restaurèrent. Khiro bougonna tout le long du repas. Le « plantureux festin » était composé de pain rassis et de lard trop salé. Épuisé, chacun s'endormit rapidement.

Dolin eut du mal à dormir. Où qu'il soit, il sentait qu'on l'observait, comme si quelqu'un voyait toutes ses actions. Et puis, il sentit la présence de la mort. Il vit le roi des démons, Kristalina et cette femme, là aussi, le mal incarné. Dolin en avait maintenant la certitude, il allait mourir ; il ne finirait pas cette aventure. Qui serait là à la prochaine apocalypse ? Il n'avait pas encore de descendant.

Après deux nuits de marche, le groupe arriva en vue du château. Kharon semblait inquiet. Nomis s'approcha de lui :

« Tu parais inquiet et ce ne semble pas être par l'étrangeté de Nosfi.

— Non, ce n'est pas lui. Il est même plutôt amusant. Ce que lui a dit Dolin lui est monté à la tête.

— Le « héros » ?

— Oui. Par contre, j'ai la désagréable impression que quelqu'un nous suit.

— Depuis quand ? Depuis Talith ?

— Sans doute.

— Je vais jeter un coup d'œil, préviens les autres. »

Kharon se dirigea vers Myrtha et Dolin.

Nomis partit en arrière et se cacha contre un arbre et attendit. Kharon avait raison, une femme vêtue de noir les suivait. Il l'identifia de suite ; c'était la femme qui était avec Morthis, l'empoisonneuse, celle qui avait failli ôter la vie à dame Léona. Cela était impardonnable. Nomis sortit de sa cachette, arme au poing. Faminos eut le temps de réagir. Elle para la première attaque à l'aide d'une dague.

Le combat commença. Bien que peu habituée aux affrontements, Faminos donnait du fil à retordre à Nomis, qui, lui, était plus habitué aux combats rapprochés de longue haleine. L'arrivée des autres, prévenus par Kharon, changea la donne. Nomis profita d'un éclair d'inattention de Faminos pour prendre l'avantage. Il la désarma, puis il cria :

« Pour dame Léona » et il trancha la tête de Faminos.

— Perdu la tête, la dame perdu la tête, elle arrête suivre gentil héros, s'écria Nosfi, amusé.

— Pourquoi, Nomis ? demanda Myrtha, horrifiée.

— Attends deux secondes. Nosfi, tu savais qu'elle nous suivait ?

— Nosfi le héros avait vu méchante dame, mais rien dire sinon bagarre, et Nosfi pas aimer bagarre. »

Kharon commençait à comprendre pourquoi Nosfi avait des problèmes dans son clan.

Myrtha restait interdite devant la violence de Nomis, lui d'habitude si calme, si réservé. Pourquoi l'avait-il tuée alors qu'elle était désarmée ? Nomis ne répondait pas. C'était comme s'il était absent. Essayait-il de communiquer avec son peuple pour leur apprendre la nouvelle ?

Dolin jeta un coup d'œil à la femme, enlevant le turban qu'elle avait sur le visage. La femme était magnifique, les traits du visage bien dessinés, les yeux bleus.

Khiro ne pensait rien. Il avait vu tellement de règlements de compte mal tourner à Akilthan que cela ne lui faisait plus rien.

« Je l'ai vengée, j'ai vengé dame Léona.

— Mon père ne l'aurait-il pas sauvée ? s'inquiéta Dolin.

— Si, mais pas complètement. Elle souffrira tout le reste de sa vie, et par ma faute. J'aurais dû prévenir le prince qu'Anthos trafiquait avec les étrangers. J'aurais dû le faire. »

Plus que Faminos, c'était sa culpabilité que Nomis cherchait à tuer.

« Pas la peine de rester là. L'aube va arriver et il nous faut trouver un abri. Demain soir, nous serons au château.

— Eh ! C'est moi le héros ! Et on ne part que quand le héros le dit !

— Alors, dit le » s'exaspéra Myrtha.

— On s'en va, le héros a parlé. »

Pendant que tout le monde s'avançait, Myrtha se dirigea vers Dolin :

« Tu as créé un monstre, tu le sais ?

— Non, je lui ai juste permis de se révéler. »

Ils partirent, Nomis ferma la marche.

Nosfi
© Hauya - CalciNes

Chapitre 32

Dans le château sans vie.

La compagnie arriva enfin en vue du château. Dolin, tout comme Myrtha, ressentit le sortilège qui émergeait du château. Celui-ci ne devait pas se montrer à n'importe qui. Il était imposant et n'avait rien à voir avec les somptueux palais de Bénézit ou de Talith. D'une architecture robuste, le château ne comptait pas moins de onze tours et, de plus, sa protection magique était prévue pour tenir un très long siège.

Tout en s'approchant du pont-levis, Kharon remarqua un homme de grande stature qui surveillait l'entrée. Son allure contrastait avec celle de Nosfi. À part son teint blafard, l'homme semblait puissant, ses épaules entourées d'une longue cape noire. Il avait la main gauche sur son épée, immense et très ouvragée. Kharon se dit qu'avec son petit sabre, dans un duel, il ne ferait jamais le poids. L'homme, s'adressa à Nosfi :

« Larve, qu'as-tu encore fait ? Amener des étrangers à notre sanctuaire !

— Nosfi est un héros, et toi pas crier, répondit Nosfi.

— Tais-toi, larve. Le maître est trop bon avec toi.

— Moi un héros. Venu sauver le maître.

— Excusez-moi, vous devez être Brator ? » les interrompit Dolin.

Brator ne fit même pas attention à lui. Sans se démonter, Dolin poursuivit :

— C'est donc bien vous. Voyez-vous, ce jeune homme nous a conduit ici parce que nous lui avons demandé. De récents événements sur Orobolan laissent à penser que quelqu'un va attenter à la vie de maître Vénetin.

— Et vous vous êtes dit que vous allez venir aider une race que vous avez, pour ainsi dire, exterminée il y a mille ans ?

— Je suis aussi issue d'une race qui a été quasiment détruite, déclara Myrtha. Et pourtant, je me suis jointe à eux.

— Tu n'es pas humaine ?

— Non, je suis fille de Tholl.

— Quelle ruse ! Et tu crois que je n'en ai pas vu d'autres ? Sache que moi, Brator, fils de Darkor, j'ai connu les geôles de la sainte inquisition. J'ai vu mes parents et mes frères assassinés devant moi.

— Ce n'est pas une ruse, assura Dolin. Quant à moi, j'appartiens à la race des Fenrahims.

— Un dragon et un gardien, et puis quoi encore ?

— Moi je suis Élénian, et Khiro fait partie du peuple des petits hommes, hasarda Nomis.

— Moi je suis juste humain.

— Larves, prouvez ce que vous dites, ou disparaissez ! »

Nosfi avait perdu de sa superbe. Le héros se terrait derrière les autres. Myrtha prit le devant du groupe. Comme elle ne l'avait pas fait depuis presque mille ans, elle demanda de la place. Et, petit à petit, on vit sa peau se couvrir d'écailles, ses membres s'allongèrent, des ailes et une queue lui sortirent du dos. Quand la transformation fut terminée, Myrtha faisait bien deux mètres de haut. Khiro et Kharon en furent estomaqués. La tête de Myrtha se posa devant Brator et lui dit d'une voix caverneuse :

« Cela te suffit-il ?

— Cela vous suffit pour entrer, pas pour gagner ma confiance. »

Et encore la guerre des races, pensa Kharon.

Myrtha reprit une apparence humaine, Brator fit abaisser le pont-levis. Tout le monde entra pour voir le pont-levis se refermer derrière eux. Khiro n'était pas rassuré. Brator les conduisit dans la salle principale. Deux sans pouls conversaient. Brator se posta devant eux et attendit. L'un deux était assis sur un siège, l'autre sur les marches, à ses pieds.

Le premier devait être Vénetin, sa cape bleu nuit était fort ouvragée. Ses habits révélaient une haute fonction.

L'autre devait être un érudit, ses petites lunettes révélaient des yeux fatigués par la lecture. Sa robe était composée de motifs macabres, comme si la mort faisait l'objet d'une vénération pour lui.

La conversation portait visiblement sur un troisième homme, qui n'aidait pas le deuxième. Vénetin remarqua enfin Brator :

— Brator, dis-moi qui sont ces gens.

— Ces personnes sont une compagnie chargée d'un message à votre attention. L'un d'eux dit être un Fenrahim.

— Je sens, en effet, une grande magie.

— La femme s'est transformée en dragon devant moi, c'est pour cela que j'ai décidé d'accéder à leur requête.

— Une fille de Tholl, tiens donc. Je croyais que vous aviez disparu, s'étonna Vénetin.

— Je suis bien là.

— Je vois. Je vois aussi Nosfi, alors que tu ne devais revenir que dans trente lunes ?

— Nosfi désolé, Nosfi apprendre meurtre de Vénetin, alors Nosfi revenir.

— Mon meurtre ? Je suis pourtant vivant, explique-toi.

— Puis-je prendre la parole ? Mes explications seront peut-être plus claires que celles de notre compagnon, demanda Dolin.

— Oui, dans un moment. Garnac, va chercher tout le monde.

— Bien, maître », s'empressa de répondre le sans pouls, avant de se retirer.

Un autre homme arriva, portant des sièges. Il les déposa en cercle devant Vénetin. Son visage était terrifiant, bien plus que celui de Nosfi. Il avait l'air de se laver dans un bol d'acide. Sa peau semblait brulée de partout, il était voûté. Ses vêtements contrastaient avec ceux des autres ; il était habillé comme un paysan des champs. Pendant qu'il installait les sièges, un homme et une femme arrivèrent. Là, on se serait cru dans un bal de la société. Visiblement, les deux personnes étaient amantes. Quand tout le monde fut installé, Vénetin déclara :

« Je vois que nous sommes tous présents. Avant toute chose, je tiens à faire les présentations. Ce que vous voyez ici est le reste de mon peuple. Voici Tilano, notre musicien, et sa compagne Lasophia, notre chanteuse. Notre savant, Garnac, étudie tous les aspects de la non-vie. Brator est notre guerrier et, accessoirement, notre chasseur. Malikos, notre intendant. »

À chaque fois qu'un nom était cité, la personne concernée saluait. Et que faisait Nosfi ? Des gaffes, beaucoup de gaffes. Nosfi n'a pas toute sa raison et cela venait des tortures qu'il avait subies.

« J'avais envoyé Nosfi hors du château pendant un moment. Pour calmer les esprits.

— Un bannissement, murmura Khiro.

— On peut voir cela comme ça. Moi, je dirais une protection.

— Quant à moi, noble Vénetin, je vous présente Kharon, fils de Dholl, Nomis du peuple d'Élénia, Khiro d'Akilthan, Myrtha de Tholl, fille de Kahor, et moi-même, Dolin, fils de Myrdhanos.

— Comment va maître Myrdhanos ? Demanda le maître des lieux.

— Bien. Vous connaissez mon père ? S'étonna Dolin.

— Votre père a construit la protection du château. Mais revenons à ce meurtre, qu'ai-je à craindre ?

— Pour faire court, nous avons appris qu'un groupe de démons parcourait Orobolan pour retrouver les cinq diamants.

— Encore cette légende ?

— Oui, encore.

— Mon père m'en a parlé ; ces diamants devaient protéger un portail.

— C'est là que nous nous rendons, justement, mais nous devons avoir tous les diamants.

— Donc, vous venez me demander de vous donner mon médaillon. Et cette histoire de meurtre, y venons-nous ?

— Nous craignons que l'un des démons ne soit dans les parages pour prendre ce médaillon par la force.

— Jeune femme, plus de tête ?

— Que dis-tu, Nosfi ?

— Nous avons rencontré l'un de ces démons en venant ici. Elle nous suivait depuis Talith.

— Si elle n'était pas seule, vous avez peut-être amené d'autres démons ici, déclara Brator.

— Non, j'ai surveillé que l'on ne nous suivait plus, assura Nosfi.

— Ça, c'est ce que vous dites, répondit Brator.

— Tout doux, Brator, dit Lasophia d'un ton amusé, tu vois le mal partout. Sans doute ont-ils tué le seul démon envoyé ici.

— Bien dit, ma douce. Mais, vois-tu, il reste le problème du médaillon. Allons-nous donner le médaillon à des dîners ?

— Il suffit, trancha Vénetin. Chers convives, vous devez avoir sommeil. Malikos va vous amener à vos chambres, nous nous reverrons demain soir. »

Khiro allait dire quelque chose, mais Dolin le retint. Tout le monde suivit le sans pouls dans les couloirs. Arrivé à des appartements, il ouvrit une porte, laissa passer le groupe puis demanda :

« Ces messieurs-dame veulent-ils que je leur apporte de quoi manger ?

— Oh oui, dit Khiro.

— Bien, je reviens. »

Dolin déclara :

« Tu vois Khiro, cela ne se demande pas au maître des lieux, mais à ses serviteurs.

— Drôle de façon de nous dire de quitter la réunion.

— Non, c'est une façon polie de nous dire que notre présence n'est plus souhaitée. Je pense qu'ils vont décider que faire de nous.

— En tout cas, moi, il me dégoûte encore plus que Nosfi.

— Qui ça, Vénetin ? s'enquit Dolin, plaisantant.

— Non, Malikos. »

Tout le monde s'assit autour de la table. Nomis partit regarder les chambres. Par rapport à l'aspect extérieur du château, l'intérieur était plus ouvragé. Les tentures protégeant du soleil représentaient l'histoire du clan de la lune bleue. Les chambres, au nombre de trois, étaient bien arrangées. Nomis comprit ainsi que l'on ne voulait pas les voir partir de suite.

Quand il revint à table, Malikos entra. Les roues du chariot dont il se servait pour amener les plats n'avaient sans doute jamais été huilées. Cela était fort désagréable pour nos amis, mais ne semblait pas gêner le serviteur, probablement habitué depuis longtemps. Le repas était copieux, Khiro voulut se servir d'une bouteille d'un vin couleur grenat. Dolin l'en empêcha :

« Cela risque d'être du sang humain ou animal. Je te le déconseille.

— Merci, répondit Khiro, un peu choqué.

— Demain matin, nous devrions être fixés sur notre sort. Tu sembles soucieuse, Myrtha ?

— Mon père m'inquiète. J'aimerais le retrouver au plus tôt, confessa-t-elle.

— Nous partirons à sa recherche bientôt, promit Dolin.

— Myrtha, tu m'as impressionné, en dragon, tu étais gigantesque !

— Merci Khiro, répondit-elle en souriant, mais sans aucune fierté.

— Et tu peux voler ?

— Oui, mais c'est très dangereux, on pourrait me voir.

— Pas la nuit.

— Peut-être pas. Voler me manque, soupira Myrtha, la nostalgie perçant dans sa voix.

— Moi pas ! » s'empressa de répondre Khiro.

Tout le monde rit de son jeu de mots, Myrtha lui ébouriffa les cheveux.

« As-tu déjà fait monter quelqu'un sur ton dos ?

— Non, jamais. C'est un signe d'esclavage.

— Dommage.

— Tu voudrais voler, petit singe ? plaisanta Kharon

— Bah oui, cela doit être super de voler.

— Oh combien oui ! »

Ayant fini de dîner, nos amis partirent prendre un peu de repos.

* * * * *

Pendant tout ce temps, en bas, la réunion du clan de la lune bleue se tenait. Nosfi, comprenant qu'il devait faire profil bas, était allongé aux pieds de Vénetin.

« Nous devrions fouiller les alentours pour voir si un démon ne les aurait pas suivis. Je les étriperais bien. Je suis sûr qu'ils sont là pour le diamant, les démons ont bon dos.

— Tu ne les portes pas dans ton cœur, cela est clair, Brator.

— Tu n'as pas connu leurs geôles.

— Il est vrai que non. Mais bon, ce n'est pas pour cela que je ne sais pas réfléchir. Qu'il y ait un démon ou non, il y a menace sur le diamant et, probablement, sur le maître. Donc il faut mettre en lieu sûr le premier et protéger le second.

— Le diamant, est-il en lieu sûr ?

— Était, mais plus maintenant, maitre.

— Oui, je l'avais confié à Nosfi.

— À Nosfi ? S'étonna Lasophia. Mais vous l'avez envoyé à Talith.

— En effet. Ainsi, le diamant n'était plus au château lors de l'inquisition. Des humains l'ont recherché. Je pensais qu'en agissant ainsi, on n'attaquerait pas le château pendant que Nosfi serait au loin.

— Confier un diamant à ce débile !

— Oui, Brator. Personne ne penserait que ce débile, comme tu le dis, est détenteur du diamant de notre race.

— On a qu'à se débarrasser des humains et renvoyer Nosfi à Talith, déclara Tilano, que la réunion assommait.

— Bien parlé, renchérit Brator.

— Moi, je pense que nous devrions porter un autre intérêt aux humains. Si nous renvoyons Nosfi avec eux, ils auront ainsi le diamant et nous serons de nouveaux protégés. De toute façon, ce diamant n'a pas beaucoup d'utilité.

— Il doit nous servir le jour de la rédemption !

— Ça aussi, c'est une légende. Renvoyons Nosfi avec les humains, sans leur dire qu'il possède le diamant. Disons-leur que le diamant leur sera apporté plus tard, seulement s'ils en ont vraiment besoin. Et Nosfi le leur donnera alors.

— Tu laisses cette distinction à Nosfi. Non, moi je dis qu'ils nous servent de déjeuner. On envoie Nosfi au diable, un point c'est tout. »

Malikos entra, perturbé :

« Maître, des bêtes sans peau se dirigent vers le château. Il y en partout et elles sont nombreuses.

— Les démons attaquent de front. Je m'attendais plutôt à une ruse. Bien, il est temps de montrer au monde la valeur des membres du clan de la lune bleue. Malikos, va prévenir nos invités qu'ils se joignent à nous et prouvent eux aussi leur valeur. »

Quand tout le monde fut prêt, le groupe se dirigea vers le chemin de ronde. Et là, spectacle d'horreur, des centaines de cadavres, plus ou moins décomposés, encerclaient le château. Tous dans un état de coma profond, leurs épées dégainées, ils attendaient. Oui, mais quoi ? Au centre de l'armée de morts, se tenait celui qui semblait être le chef. Soudain, Malikos, arriva. Il était affolé :

« Des squelettes dans les chambres, ils fouillent partout ! »

Tout le monde comprit. Les squelettes extérieurs n'étaient qu'un leurre. La véritable invasion s'était immiscée à l'intérieur. Tout le monde courut vers les chambres, surtout qu'aucun de nos amis n'avait emporté les diamants, les croyants en lieu sûr. Nosfi fut chargé de surveiller les squelettes. Très, très haute mission, lui avait-on dit.

Kharon arriva dans sa chambre et y trouva une femme au visage si ridé qu'on eut cru qu'elle vivait depuis la création du monde. Des bandages sortaient de ses manches, de son col et entouraient sa tête. Son aspect était terrifiant.

« L'élu ? Donne-moi Polinas, grinça-t-elle.

— Quoi ?

— La pierre, où est-elle ?

— Vous ne l'aurez pas, démon !

— Dame Nekheb, pour toi. »

D'un geste, elle envoya Kharon contre le mur alors que les autres arrivaient à la rescousse.

Brator s'interposa, mal lui en prit. Une boule de feu lui arracha la tête. Dolin récita une protection. Khiro se jeta sur Nekheb et tenta de l'agripper, mais il fut repoussé violemment d'un coup de poignard. Le petit-homme ensanglanté roula au sol

La deuxième prophétie

lourdement. Enragée, Myrtha transforma son bras et attaqua. Les boules de feu n'avaient aucun effet sur elle. Nomis en finit avec les squelettes présents puis lança une de ses dagues vers Nekheb qui bloquait les attaques de la femme-dragon. La démone évita l'arme ce qui permit à Myrtha de prendre l'avantage. Elle transperça Nekheb qui, blessée à mort, disparut. Privés leur maîtresse, les squelettes retombèrent en poussière.

Kharon se dirigea vers Khiro, qui ne s'était toujours pas relevé. Nomis fouilla la chambre. Les diamants n'étaient plus là :

« Elle a les pierres, pesta-t-il.

— Alors, c'est pour cela qu'elle s'est téléportée avant de mourir ?

— Nous sommes perdus.

— Il lui manque encore Polinas, je l'avais avec moi.

— Kharon, dit la voix très faible de Khiro, elle n'a plus les pierres.

— Comment cela ?

— Je sais, j'avais promis ... mais j'ai recommencé... »

Serrée dans la main de Khiro, se trouvait une bourse. Les diamants y étaient.

Myrtha arriva près de Khiro, prête à le secourir. Les autres vampires les avaient rejoints. Ils se dirigèrent vers le corps de Brator.

« Encore un de mes enfants qui meurt... Kharon, Nosfi a le médaillon. Partez, j'espère que vous réussirez dans votre quête. »

Mais Myrtha retint ses amis. La mine sombre, elle les regarda :
« Je ne peux plus rien faire pour lui, Dolin.

— Je suis tout aussi impuissant, il ne passera pas la nuit. »

Khiro, bien que dans un demi-coma, avait compris. Il avait donné sa vie pour les diamants, il se sentait utile. Très utile. Mère Abigaël avait raison, le vol avait fini par le tuer.

« J'aimerais voir une dernière fois mère Abigaël. Je veux qu'elle me pardonne.

— C'est impossible, nous sommes à plus de dix jours de marche d'Akilthan et encore, sans repos, fit remarquer Kharon.

— Ce n'est pas grave, je la reverrai, plus tard. »

Myrtha réfléchit une fraction de seconde.

« Non, Khiro, tu la reverras cette nuit.
— Comment ? demanda l'intéressé.
— Akilthan est à deux heures, tout au plus, à dos de dragon. Je t'emmène.
— Myrtha, c'est très noble. Mais te poser dans Akilthan, c'est la mort pour toi, remarqua Kharon.
— J'ai une idée ! intervint Nomis qui, pour une fois, prenait la parole. Je peux lui envoyer un messager et lui demander d'être hors d'Akilthan. »

Dolin se pencha vers Khiro et l'embrassa. Kharon dit :
« Alors, petit homme, on va réaliser un de ses rêves ?
— Lequel ?
— Voler avec la bénédiction de Myrtha. »
Le rire de Khiro lui provoqua une quinte de toux ensanglanté :
« Me fais pas rire, ça fait mal.
— Tu me manqueras. »
Nomis s'approcha à son tour.
« Abigaël t'attendra.
— Merci, Nomis.
— De rien, petit homme, le monde est sauvé grâce à toi.
— Pas encore sauvé.
— Non, par ton courage, il y a encore un espoir.
— Dis-moi, Nomis, tu peux planter mon arbre à Akilthan ?
— Je te le promets. »

Les sans pouls avaient été cherché une civière et, dans le plus grand silence et le plus grand respect, ils portèrent Khiro au dehors. Vénetin lui fit même les honneurs. Tilano et Lasophia portèrent Khiro sur le dos de Myrtha, qui s'était, de nouveau, transformée en dragon. Le vol fut long pour Khiro, mais la souffrance ne l'empêchait pas d'admirer le paysage.

Chapitre 33

Le temple des dragons.

Les autres attendaient, inquiets. Myrtha mettrait deux jours pour faire le voyage. Ils assistèrent au brasier qui amènerait Brator vers sa dernière demeure. Nomis fut surpris d'entendre le chant des sans pouls. Cela lui rappela un chant très vieux de son peuple.
Les Élénians et les sans pouls seraient-ils liés ? s'interrogea-t-il.

Myrtha arriva dans une petite clairière. Là, une vingtaine de personnes du petit peuple attendaient. Mère Abigaël était bien là, protégée par des gardes impressionnés par la haute taille de Myrtha. Pour tous, c'était la première fois qu'ils voyaient un dragon :
« Mère Abigaël...
— Je sais, Khiro, je t'ai déjà pardonné. Tu nous reviens comme je voulais que tu reviennes, grandi et plus mûr.
— Merci.
— Pourquoi ?
— Pour tout. M'avoir aimé comme votre petit-fils. Mon père ?
— Oui ?
— Qui était-il ?
— Un petit homme, le plus courageux d'entre eux. Il s'est sacrifié pour sauver la vie d'une dizaine des nôtres lors d'une attaque d'ours géant. Je suis sûre qu'il serait très fier de toi.
— Merci, je suis content.
— Dors, Khiro, demain tu iras mieux, chuchota Mère Abigaël à son oreille, les larmes aux yeux.
— On ne doit pas mentir, grand-mère.

— Ce n'est pas un mensonge, toi tu iras mieux. Nous, nous serons tristes.

— Vous avez toujours raison.

— Non, j'étais sûre que tu reviendrais sain et sauf.

— Je suis revenu... »

Un à un, les hommes et les femmes vinrent le saluer. Gowi, plus longuement, vint saluer celui qui, pendant des années, avait été son frère. Il se retenait de pleurer. Abigaël lui dit qu'il devait pleurer et ne pas en avoir honte.

Myrtha réalisa qu'elle n'avait jamais vraiment pleuré sa mère. Peut-être qu'elle n'avait jamais vraiment fait son deuil.

Khiro retenait ses plaintes, mais la souffrance devenait insupportable. Gowi était terrifié, mère Abigaël en larmes.

« Myrtha, appela Khiro dans un dernier effort.

— Oui, petit homme ?

— Pourquoi ?

— Quoi ?

— Tu ne m'aimes pas. J'ai volé ta bourse, je t'ai vue te baigner. Et pourtant, tu m'as emmené ici ?

— Je t'aime bien. Ne dit-on pas qui aime bien châtie bien ? Et puis, parce que seul un héros aurait pu monter un dragon, et tu es un héros. »

Khiro ferma ses yeux et se laissa partir. Il mourut sur ces dernières paroles, le sourire aux lèvres. Mère Abigaël invita Myrtha à prendre un peu de repos.

*****

Dolin dormait, il ne savait pas encore que Khiro avait quitté ce monde. Son sommeil était très agité. Dans son rêve, il voyait une femme et un homme, tous deux habillés de noir. La femme était d'une beauté diabolique. C'était elle qu'il apercevait dans ses cauchemars. Ils conversaient sur l'échec de leur mission. Puis un corps apparut, celui de Nekheb. L'homme alla voir la femme en piteux état, puis se mit en colère contre la troupe. Sa fureur s'intensifia quand il vit que la femme n'avait plus la bourse. Il dit à la femme qu'il ne restait plus qu'eux et un certain Krouac, qui recherchait le père de Myrtha.

Ainsi, leurs ennemis ignoraient qu'ils possédaient tous les diamants. La femme se retourna vers Dolin et, comme si elle savait qu'il les avait vu, elle lui sourit. Ce sourire lui fit froid dans le dos et il se réveilla.

* * * * *

Myrtha se préparait à repartir. Elle en savait plus sur ce qui s'était tramé à la capitale, sur l'identité du prince Han. Elle volait depuis une petite heure quand un dragon blanc arriva près d'elle.

« Myrtha, mes salutations, les ailes te démangeaient ?

— Tholl, je sais que je n'aurais pas dû, mais le petit homme...

— Je sais, c'est triste et je ne te blâme pas. J'aurais sans doute fait pareil. Les sentiments sont une belle chose.

— Avez-vous découvert où est mon père ?

— Je sais où il se trouve et je sais également où est la faille où vous allez retrouver le démon.

— Mon père d'abord ?

— Au temple de la sainte garde, à deux pas de nos ennemis.

— C'est tout mon père. Se cacher là où l'ennemi ne pensera pas le chercher.

— Je dois te dire que ton père te semblera changé et que seul ton amour pour lui pourra le sauver. Bon, je te laisse, il est temps pour toi de continuer ton voyage. »

Tholl disparut dans les cieux. Myrtha inquiète aurait voulu se précipiter auprès de son père retrouvé mais, avant, elle récupérerait les autres afin de mettre toutes les chances de son côté.

Elle arriva peu après minuit au château des sans pouls. Tout le monde l'attendait. Vénetin leur souhaita bonne chance. Myrtha mit les autres au courant. Ce qui gênait Myrtha, c'est qu'ils étaient à deux jours de marche de la sainte garde et qu'il fallait faire vite. Kahor était en danger, le démon Krouac l'aurait bientôt à sa merci.

Dolin incantait pour demander de l'aide à Myrdhanos. Il eut la réponse, ils seraient à la sainte garde au matin, en passant par des grottes vieilles de plus de vingt mille ans.

Myrtha raconta aux autres ce qui s'était passé et Nomis fit de même :

« Je pense que les sans pouls sont des descendants des Éléniens.

— Ah bon ? S'étonna Kharon. Je te vois mal ressembler à Nosfi.

— Leurs rites funéraires sont très proches des nôtres, leurs chants aussi. Et si nous les appelons les sans pouls, eux se nomment les hommes du clan de la lune bleue, comme s'ils étaient humains. Leurs rites sociaux viennent du fait que, depuis un certain temps, ils vivent en autarcie et ne peuvent plus procréer.

— Mais Lasophia et Tilano ?

— Sont les seuls qui peuvent avoir des descendants, et cela ne fera qu'une génération supplémentaire.

— C'est triste, leur race est vouée à disparaître. Malheureusement, c'est aussi le destin de mon peuple. »

L'atmosphère pesante fut rompue par Kharon :

« Dis, Dolin, quelles sont ces grottes ?

— Ce sont les grottes des Tholliens », le devança Myrtha.

* * * * *

Les grottes avaient été retouchées par la main de l'homme. Des colonnades étaient découpées dans les parois. Les salles étaient immenses, mais on ne sortait que par de petites ouvertures. Les Tholliens devaient donc se retrouver sous leurs formes de dragons que très rarement dehors. Cette précaution n'avait pas suffi à apaiser les craintes humaines.

Pendant un moment, Kharon eut l'impression que Myrtha regrettait cette époque où elle n'était pas la dernière descendante des Tholliens. Une race vouée à la disparition comme les sans pouls et les Élénians à en croire Nomis. Un avenir bien sombre.

La compagnie arriva dans une pièce à la voute pyramidale. De dimensions draconiques, elle ressemblait à la salle du trône de Bénézit, mais en dix fois plus grand. Il n'y avait pas de trône.

Comme cela faisant déjà un bon moment qu'ils marchaient, Dolin décida de faire une halte. Un peu de repos leur ferait du bien.

« Le soleil n'est pas encore levé, signala Kharon.
— Tu as perdu la notion du temps à contempler ces grottes. Il doit être trois heures de l'après-midi, au dehors, le soleil retombe déjà. Mangeons un peu et prenons du repos. »

Tout le monde mangea en silence. Myrtha était ailleurs, elle semblait malade depuis quelques jours. Elle s'écarta du groupe et alla s'assoupir dans un coin de la salle.

Nomis chanta doucement. Kharon reconnut l'air, c'était celui que les sans pouls chantaient à l'enterrement de Brator. Nomis chantait donc pour Khiro. Kharon regarda Nosfi. Lui, d'habitude toujours joyeux, ne disait rien. Kharon réalisa qu'il avait perdu deux personnes lors de ce combat. Même si Nosfi craignait Brator, le géant devait lui manquer.

Dolin écoutait Nomis en réfléchissant. Kharon le savait soucieux, ses cauchemars étaient de plus en plus violents. Il pensait que Dolin leur cachait une partie de ses rêves, sans même parler de cette mystérieuse personne qui semblait toujours savoir ce que Dolin faisait. Avant de trouver enfin le sommeil, les pensées de Kharon l'entraînèrent sur les souvenirs du pauvre Khiro, mort héroïquement. L'absence du petit homme lui pesait.

Tôt dans la soirée, Dolin réveilla ses compagnons. Lui n'avait pas dormi. Kharon se décida à briser le silence qui régnait depuis la disparition de Khiro :

« Dis-moi, Myrtha, quand tu étais en ville, tu as appris des choses sur le prince Han ?
— C'est le frère cadet de notre reine. Ne pouvant régner dans son pays, il est venu aider sa sœur ici. Lui et sa femme ont

eu un fils, Paul, qui est encore jeune, mais une assemblée doit normalement l'élire dauphin du royaume. Ce sera le nouveau roi, une fois sa majorité atteinte. Sinon, tu es toujours recherché, quoique Han ait reçu un rapport de notre ami Korta. Ton nom apparaît de moins en moins, et celui de Morthis de plus en plus.

— Et as-tu eu des nouvelle d'Arthos ?

— Non pas de nouvelles. En tout cas il n'a pas été exécuté. »

Kharon fut soulagé. L'aventure, qui avait commencé un matin au réveil, allait prendre fin et il pourrait retourner à Bénézit, sans craindre d'être décapité.

Les compagnons sortirent enfin des grottes et arrivèrent au temple de la sainte garde. Peu de gens s'y rendaient, maintenant, mais ce temple était toujours un lieu de pèlerinage. Les divinités comme Fenrir y avaient siégé au début du monde.

Empressée de retrouver son père, Myrtha voulut entrer dans le bâtiment. Dolin la retint, laissant Nomis ouvrir la vaste porte qui faisait office d'entrée avec prudence. Derrière elle, une allée menait à une statue, à échelle humaine, de Fenrir. La divinité était représentée poing sur l'épée posée droite à ses côtés. Deux loups dormaient à ses pieds. Au-delà de la statue se trouvait le bâtiment principal qui avait servi à l'accueil et à la prière. Les anciennes dépendances des prêtres fermaient le paysage.

Mais la compagnie ne pouvait aller plus loin, un homme, épée levée, leur barrait le passage. C'était un homme en noir sans doute du même âge que l'empoisonneuse. Un corps malingre se devinait sous son épaisse armure. Sa chevelure ressemblait plus à des plumes qu'à des cheveux et son nez crochu faisait bien penser à un oiseau, tout comme les bruits qu'il émettait. Il les menaça derechef :

« Donnez-moi les diamants, ou mourrez.

— Laissez-nous passer, nous sommes cinq, vous êtes tout seul. Trois de tes compagnons sont morts, veux-tu être le prochain ?

— Où est mon père ? intervint Myrtha.

— Le dragon ? il est au fond. Malade comme il est, il n'en a plus pour longtemps. »

Myrtha s'avança d'un pas.

« — J'ai le pouvoir du feu sacré de te renvoyer d'où tu viens. »

Krouac – car il s'agissait bien de lui - incanta ; Dolin fit de même.

« Ma magie vous protégera contre ses sortilèges. »

Visiblement, l'attaque de Krouac avait eu le temps d'atteindre Nomis et Nosfi. Nosfi se mit à trembler alors que Nomis baillait largement. L'un était devenu terrorisé, l'autre ne pouvait rester éveillé

Kharon se précipita vers Krouac et engagea le duel et se révéla un bretteur.

Son style, n'aurait pas déplu ni à son père, ni à Guardian. Se dit Kharon, se remémorant les combats que Guardian et son père se livraient quand Guardian venait déjeuner. Leurs combats pouvaient durer des heures, sans qu'il n'y ait ni vainqueur, ni vaincu.

D'une passe Krouac écarta l'arme de Kharon et le frappa au crâne de son pommeau. Sonné l'homme perdit pied. Cela lui aurait été fatal si Myrtha ne s'était pas interposé.

Dolin, en retrait, essayait en même temps de maintenir sa protection magique et de guérir les deux blessés.

Nosfi s'était replié sur lui-même, on aurait dit un bébé qui dormait, Nomis restait debout, inanimé et Myrtha s'épuisait rapidement. Krouac était un adversaire de taille. Sous sa frêle apparence se cachait un bretteur émérite d'une rapidité hors du commun. Myrtha n'avait pas le temps de contre-attaquer, elle ne faisait que se défendre et le combat tournait rapidement à son désavantage.

Dolin eut à faire un choix rapide : soit garder intacte sa protection, soit soigner un des deux malades pour venir aider Myrtha, qui était en très mauvaise posture. Myrtha ne vit pas venir l'attaque suivante. L'épée de Krouac lui transperça le bras gauche. Dolin profita de ce moment de répit pour incanter et sortir Nosfi de sa torpeur. Celui-ci, rendu furieux, se jeta sur

Krouac qui ne comprit pas ce qui se passait. Nosfi s'accrocha à lui et lui trancha la gorge.

Dolin faillit rendre son petit déjeuner. Il partit secourir Nomis et Myrtha. Kharon reprit peu à peu conscience alors que Nosfi calmait sa rage. Bien que blessée, Myrtha n'avait qu'une pensée en tête : son père !

« Où est mon père ?
— Aux dires de Krouac, au fond du temple.
— Allons-y...
— Tu es blessée, lui fit remarquer Kharon.
— Plus tard. »

Kahor était effectivement enchaîné au fond du temple. Il les remercia de l'avoir délivré, mais ne dit pas un mot à Myrtha. Elle était partagée entre la joie de revoir son père et l'inquiétude, face à son attitude. Il ne semblait pas vraiment la reconnaître. Elle se faisait du souci, elle aurait bien voulu que Nosfi ne tue pas Krouac, pour pouvoir le questionner. Myrtha se décida à parler :

« Je vous présente Kahor, mon père. Voici Nomis de la forêt d'Élénia.
— Messire Kahor, je suis enchanté.
— Moi aussi.
— Nosfi, du clan de la lune bleue.
— Nosfi, héros, tué le méchant qui a fait du mal à Nosfi.
— Enchanté, monsieur le héros.
— Kharon.
— Ce n'est pas l'assassin de Dholl ?
— Non, c'est son fils.
— Ah, j'ai dû confondre. Mes condoléances, j'ai travaillé avec votre père, il fut un temps.
— Enchanté, monsieur.
— Et Dolin de Maspian.
— Il est bizarre. Je sens une aura magique autour de lui, plus forte que la mienne.
— Je suis le fils de Myrdhanos.

La deuxième prophétie

— Le mage qui m'a prévenu du massacre des dragons, comment va-t-il ?

— Bien, il était en territoire Élénians, aux dernières nouvelles. »

L'atmosphère se détendait un peu. Voyant que le soleil n'allait pas tarder à se lever, tout le monde se dirigea vers le fond du temple. Myrtha tentait de réfléchir. Elle avait vu le pendentif de son père, il était intact.

Dolin, lui aussi, réfléchissait. Kahor avait subi un sort qui, visiblement, n'avait pas fonctionné comme prévu. Mais ce sort laissait Kahor dans un état d'hébétude totale. Kahor leur parla d'un gouffre où il s'était rendu la veille. Dolin avait vu un gouffre dans ses derniers rêves. Ainsi, ils devraient s'y rendre.

« Dites-moi, Kahor, vous souvenez-vous où est ce gouffre ?

— Oui.

— Je propose que nous y allions. Voyez-vous, les êtres noirs que nous avons capturés nous ont parlé d'un gouffre et je pense que ce gouffre peut-être celui-là.

— Peut-être peut-on y aller maintenant, si vous voulez.

— Attendons la nuit, c'est plus prudent.

— Si vous voulez bien, je vais dormir. Kahor se retira.

— Je suis inquiète, je ne l'ai jamais vu comme ça.

— J'ai sondé son esprit. Je ne trouve pas le sort qui l'empoisonne. »

Myrtha était complètement déstabilisée. Elle ne savait plus que penser.

« Ce soir, nous nous rendrons à ce gouffre et, là, nous aurons peut-être une explication. »

Tout le monde partit se reposer. Dolin, qui ne souhaitait pas dormir, se proposa pour surveiller le groupe. Myrtha eut du mal à trouver le sommeil et, si elle avait été seule, elle se serait effondrée en larmes. Elle tenta plusieurs fois d'incanter pour sauver son père, mais sa blessure, quoique soignée par Nomis, la faisait encore souffrir.

Le soir venant, tout le monde se réveilla tant bien que mal. Personne n'avait réussi à prendre réellement du repos.

Encore embrumés, ils partirent vers le gouffre. Là encore, personne ne parlait. Kahor dirigeait le groupe, ne discutant même pas avec sa fille. Pour lui, c'était une étrangère. Dolin le rejoignit à la tête du groupe. Nomis, toujours prévenant, essaya de réconforter Myrtha comme il put. Seul Nosfi, à qui le fait d'avoir tué un être noir avait rendu la joie de vivre, saoulait Kharon avec ses histoires de héros. Le passage où Krouac l'avait plongé en catatonie ne faisait pas partie de l'histoire, bien entendu.

La région se faisait plus montagneuse alors qu'ils approchaient des limites du royaume. Plus au nord s'étendait le désert blanc de Katang. Seules y survivaient quelques tribus barbaresques. Le monde d'Orobolan n'était pas très grand, peu de terre étaient habitables. Seuls quelques royaumes s'étaient formés.

Après quelques heures de marche, le gouffre apparut enfin à l'horizon.

Kahor commença à avoir des vertiges. Dolin s'en inquiéta mais Kahor lui affirma qu'il pouvait continuer. Mais, plus ils approchaient du gouffre et plus ses vertiges étaient fréquents. Dolin décida de faire stopper la troupe. Il incanta. Un mal rongeait bien Kahor de l'intérieur. Le sort n'avait pas échoué, il était juste resté indécelable jusqu'alors. Dolin essaya d'extirper le sortilège du corps du dragon.

Myrtha observait inquiète.

Au bout d'un moment qui parut une éternité à la femme, Kahor parut soulagé :

« Myrtha, comment vas-tu ? Tu ne répondais pas à mes messages, hier. Mais comment es-tu venue si vite, tu ne devais pas rester à Bénézit pour trois jours encore ?

— Père, cela fait presque quatre mois que nous nous sommes quittés à Bénézit.

— Quatre mois ? Impossible, hier je t'ai envoyé un message. On m'a signalé que des hommes en noir pratiquaient un rituel près de ce gouffre. J'en ai suivi un, et... te voilà.

— L'homme s'appelait Krouac. Nosfi l'a tué, mais un sort te paralysait encore la mémoire. Dolin te l'a enlevé.
— Je l'en remercie. Quatre mois ! Le souci que tu as dû te faire...
— Père, je suis heureuse de te retrouver. »
Myrtha l'enserra dans ses bras.
« On vous a retrouvé à la sainte garde. Visiblement, Krouac se servait de vous pour attirer Myrtha dans ses griffes.
— Pourquoi ?
— Il voulait le médaillon de Tholl. Il pensait que tu l'avais, puis enfin que je l'avais.
— Mais Tholl a toujours gardé son médaillon.
— Je le sais, il me l'a donné.
— Comment ? Il est mort ?
— Non, je t'expliquerai.
— Tant de choses ont dû se passer.
— Kahor, quand nous vous avons récupéré, je vous ai soigné, mais arrivé près de ce gouffre, un sort s'est activé. Grâce à cela, j'ai pu déceler ce qui contrôlait votre mémoire. Mais un autre sort reste dans votre esprit. Je ne sais sur quoi il va agir, il faut être prudent.
— Je ferai attention.
— Si vous vous sentez mieux, continuons notre route.
— Je vous suis. »

La troupe se remit en marche. Kahor resta en arrière avec Myrtha. Elle lui résuma tout ce qui s'était passé, depuis son départ de Bénézit. Kahor allait d'étonnement en surprise, surtout quand Myrtha lui parla de sa rencontre avec Tholl et les Tholliens. Soudain, Kahor se prit encore la tête dans les mains.

Myrtha se pencha pour l'aider, elle reçut un coup de poing qui la fit vaciller. Kahor avait les yeux injectés de sang. Il brandit son épée et attaqua Myrtha encore affaibli par la blessure infligée par Krouac. Ne voulant pas blesser son père, elle resta sur la défensive. Alors que Nosfi ne comprenait pas ce qui se passait et ne savait pas s'il devait attaquer Kahor ou non, Nomis et Kharon essayèrent, tant bien que mal, de retenir Kahor. Mais le dragon était puissant.

Dolin commença à incanter pour calmer Kahor, mais le sort qui le contrôlait était puissant et il lui faudrait du temps pour le briser. *Si Krouac avait un tel niveau, qu'en serait-il de la femme et de Kristalina ?* s'inquiéta-t-il.

Le combat était inégal. Kahor repoussa Nolin et Kharon et, d'un geste puissant et précis, il trancha la tête de sa propre fille avant que les autres ne puissent tenter à nouveau de l'arrêter.

Kharon se jeta sur Kahor. Celui-ci semblait sortir d'un cauchemar. Kharon, cette fois, put le maîtriser sans problème.

Comme si rien ne s'était passé, Kahor demanda :

« Pourquoi m'avoir attaqué ?

— Kahor, déclara Dolin, le second sort s'est éveillé et vous a rendu fou furieux, vous avez tué votre fille.

— C'est impossible ! Je veux voir Myrtha. Il faut la sauver. Avec nos trois pouvoirs, on doit pouvoir y arriver.

— Toute la magie du monde n'y pourrait rien.

— Oh ! Non ! Comment ai-je pu ?

— Le sortilège de Krouac était plus puissant que votre volonté. Si nous avions eu plus de temps peut-être aurais-je pu y faire quelque chose... Peut-être. »

Kahor s'affala au sol, il était en pleurs.

« Le sortilège a disparu de votre esprit. Je pense que vous étiez conditionné pour tuer votre fille si vous vous approchiez de ce gouffre ; de l'autre côté duquel nous trouverons le dernier être noir, et Kristalina.

« Alors, allons-y le plus tôt possible, que je venge ma fille. »

Kharon relâcha Kahor.

Avant de reprendre la route, Nomis s'occupa du corps de Myrtha. Il l'enterra près d'un arbre auquel il lia son âme.

Chapitre 34

Dernier combat.

Kahor s'était transformé, reprenant sa véritable forme dragonesque. Il était encore plus magnifique que Myrtha. Sa robe, d'un violet sombre taché de noir, était flamboyante. Il était aussi beaucoup plus imposant que sa fille. De sa voix caverneuse, il invita tout le monde à monter sur son dos avant de prendre son envol.

Kharon se sentait mal à l'aise. Il voulait regagner la terre ferme au plus vite. Nosfi, lui, était aux anges. On aurait dit un enfant de six ans sur un manège. Kahor survola le gouffre. Nomis scrutait le sol, pour trouver l'endroit où étaient cachés les démons.

Des hommes étaient cachés, non loin de là. Dolin prévint Kahor, qui se posa tout près. Nomis et Dolin partirent en reconnaissance. Quatre hommes encapuchonnés étaient présents, ainsi que la femme et Kristalina. Prudemment, Nomis partit prévenir les autres. Quand tout le monde fut là, Dolin incanta une protection mentale. Chacun devait prendre un adversaire, Kahor resterait en arrière pour prêter main forte, en cas de besoin. Personne ne voulait prendre le risque qu'il retombe sous l'emprise d'un charme.

Sans hésitations, Dolin se dirigea vers l'homme vêtu de noir. Celui-ci était fort bien habillé. La qualité et la coupe de ses habits désignaient un haut rang. Il semblait beaucoup plus vieux que Kahor.

« Kristalina, tu vas payer pour tes crimes. Au nom du saint ordre des Fenrahims, je te condamne à retourner en enfer.

— Je crois, pauvre fou, que tu ne te trompes de personne. Je suis Balimun, chef des armées de sa gracieuse majesté, Kristalina.

— Tu périras avec lui. »

La femme se téléporta près de Dolin, qui n'eut pas le temps de se dégager.

« Tu veux dire avec elle ?

— Vous êtes Kristalina ?

— En effet, maîtresse des enfers, gardienne des âmes. La tienne viendra tirer mon char pour l'éternité. »

Balimun se changea en un dragon tricéphale, noir comme la nuit. Kahor arriva juste à temps. Le combat s'engagea entre les deux monstres. Dolin avait fort à faire. Il luttait contre les assauts mentaux de Kristalina. Kharon, Nomis et Nosfi se dirigèrent vers les quatre hommes restants. Le plus grand enleva son capuchon, c'était Vénetin. Les autres en firent autant. Il s'agissait de Lasophia, Tilano et Malikos. À trois contre quatre c'était déjà dur. Alors, dans quel camp allait se trouver Nosfi ?

« Le héros va-t-il nous rejoindre, demanda Tilano.

— Pourquoi être là et pas dans château ?

— Kristalina a le pouvoir de nous sortir de notre non-vie.

— Plus craindre soleil ?

— Non, Nosfi, on ne craindra plus le soleil. Elle nous l'a promis. Tuons ces hommes, et Kristalina mettra fin à notre sombre existence.

— Où est Garnac ?

— Garnac s'est enfui vers les hommes. Il ne voulait pas nous suivre.

— Mort ?

— Non, c'est son choix. Et quel est le tien ?

— Je sais pas. Je veux voir le soleil, mais pas tuer Kharon. Kharon ami.

— Tu n'as pas le choix. Bats-toi avec nous ou contre nous, mais Kharon et Nomis mourront cette nuit.

— Ça, ça reste à voir », déclara Kharon.

Épée sortie, Kharon se prépara à se défendre. Tilano l'attaqua. Malikos et Lasophia attaquèrent Nomis, mais Malikos était un piètre combattant. Il ne s'était pas entraîné depuis longtemps, trop dévolu à des tâches domestiques. Nomis lui trancha la tête sans coup férir. Lasophia était plus coriace. Vénetin, comme Nosfi, ne prenait pas part au combat. Ils se regardaient dans les yeux, Nosfi ne savait que faire. Il ne comprenait pas grand-chose.

En son for intérieur, il ne faisait pas confiance à cette femme. Elle ressemblait trop à l'autre oiseau, et à la vieille qui avait fait du mal à Khiro. Il ne comprenait pas non plus Vénetin. Celui-ci lui avait confié la tâche de protéger le diamant, Kharon et ses amis. Des êtres noirs. Les êtres noirs avaient fait du mal à Brator. Même s'il criait, Nosfi aimait bien Brator, il aimait bien Garnac aussi.

Quant à Vénetin, il se demandait ce qu'il allait faire de son plus jeune fils. Nosfi n'avait jamais eu toute sa tête. Le clan l'avait rejeté. Personne ne pouvait le supporter, même Garnac, pourtant patient. Vénetin, ne voulant pas mettre à mort son jeune fils, l'avait envoyé en mission au-delà du château. Mais il était revenu, il reviendrait toujours et la prochaine fois ce serait peut-être avec des hommes de la sainte inquisition, ou d'autres dangers pour la communauté. Vénetin fit son choix. Il prit son épée et s'avança face à son fils. Il lui adressa un ultime sourire avant de transpercer le corps de Nosfi. Celui-ci ne comprit rien, il regarda son maître, son père et s'évanouit, les larmes aux yeux.

Lasophia s'épuisait vite. Elle n'avait pas le niveau de Nomis et, maintenant qu'il ne combattait qu'un seul adversaire, Nomis redoublait d'efforts. Lasophia perdit vite pied. Ses derniers mots furent :

« Mon amour, combien de temps serons-nous séparés ? ».

De son côté, Tilano n'avait aucun mal avec Kharon. Kharon était épuisé des précédents combats et, même si leur niveau était proche, la fatigue était un important facteur. Le combat semblait sans fin, mais Tilano vit Nomis tuer Lasophia ; elle, son aimée depuis quatre cents ans. Redoublant d'efforts, il porta une attaque mortelle à Kharon. Celui-ci, croyant Tilano déconcentré, tenta une attaque sans voir venir celle à laquelle il succomba.

Ayant soif de vengeance, Tilano se jeta alors sur Nomis. Un féroce combat s'engagea entre les deux adversaires.

Dolin ne bougeait plus, Kristalina était d'une force incroyable. Le combat mental semblait interminable. Les muscles de Dolin le faisaient souffrir et des blessures s'étaient rouvertes.

Kristalina luttait aussi, mais sa condition physique était bien meilleure ; Dolin manquait de repos.

Dans le ciel, l'affrontement se poursuivait entre les deux géants ailés. Kahor voulait un responsable à la mort de sa fille et Balimun était la cible idéale. Et, même si ce dernier l'avait blessé à mort, Kahor ne renonçait pas. C'était des coups de griffes, de queue, des tentatives de morsure qui s'abattaient sur le démon, sans relâche. Balimun avait lui aussi une mort à venger, celle de dame Nekheb, qui partageait son lit depuis plus de douze mille ans. Le combat ne semblait pas prendre fin. Les deux hommes, épuisés par leur forme animale, se retransformèrent. Devenus humains, le combat reprit de plus belle. Mais là, Kahor était plus aguerri que Balimun. Balimun, trop blessé pour incanter quelque sort que ce fut, se sachant perdu, se jeta vers Kahor et, dans un dernier souffle, se transforma en bombe humaine.

En contrebas, la force de l'explosion stoppa un bref instant les combats. D'un rapide coup d'œil, chacun comptait ses morts : Kharon était mort, Nosfi était très mal en point ; Nomis, bien que fatigué, combattait toujours Tilano. Vénetin regardait le combat, ne voulant pas intervenir. De l'autre côté, le corps de Malikos était étendu près de celui de Lasophia. Balimun s'était sacrifié pour terrasser Kahor

Nomis perdait pied, épuisé. Dolin vit que son compagnon était en graves difficultés. Il réfléchit et vit ce qu'il fallait faire. Il avait rêvé de la mort, elle était là, devant lui. Il cassa sa protection mentale. Il incanta et, d'un seul coup, ce fut comme si le jour s'était levé. Les sans-pouls ne résistèrent pas à la lumière du soleil. Vénetin essaya bien de se réfugier sous terre, mais il n'eut pas le temps, sa carcasse calcinée resta à moitié plantée dans la terre. Puis la nuit retomba.

Dolin, après cet effort extraordinaire, même pour un Fenrahim, s'effondra. Kristalina regarda le champ de bataille. Elle ne vit que l'Élénian, dans un coin, près du sans-pouls. Il ne poserait pas de problème. Elle se dirigea vers le gouffre et incanta. Un portail s'ouvrit.

Nomis regarda Nosfi. Ce dernier était atrocement brûlé par les rayons du faux soleil de Dolin, mais il s'aperçut que la vie n'avait pas quitté son corps. Comment cela se pouvait-il ? Il ne le savait pas. Il vit que Nosfi avait toujours la bourse avec les diamants.

Tout le monde avait pensé à confier les diamants à Nosfi. Qui penserait que le moins intelligent de la bande les avait ? Nomis sentit la magie des diamants imprégner le corps de Nosfi. C'était cela qui l'avait protégé. Nomis tira de l'énergie des diamants pour tenter de guérir Nosfi. Cette énergie, dégagée par les diamants, leur redonna un peu de force. Nomis dit à Nosfi :

« Nosfi, tu es un héros.

— J'ai mal, ça fait mal d'être un héros. Nosfi veut plus être héros.

— Tu vois le trou là-bas ? Demanda Nomis, désignant le portail de Kristalina.

— Oui.

— Pour arrêter d'avoir mal, tu dois jeter les diamants dedans.

— Mais, la méchante femme ?

— Je m'en occupe.

— D'accord, après Nosfi plus mal du tout ?

— Non, Nosfi plus mal du tout. »

Nomis lui mentait, il savait que Nosfi ne passerait pas la nuit. Nomis se dirigea vers Kristalina, brandissant son épée. Il était faible, il fallait qu'il tienne le coup pour laisser au sang pouls le telps d'agir.

« Kristalina, il ne reste plus que nous deux.

— Je te croyais moins idiot, l'Élénian, tu aurais dû fuir.

— Non, un Élénian ne fuit pas.

— Que peux-tu faire contre moi ? Dans un petit moment, une armée de démons déferlera sur Orobolan et ce sera l'apocalypse.

— Pas si je vous en empêche.

— Tu es épuisé, et moi je suis toute puissante. Comment veux-tu me vaincre ? »

Nosfi avait contourné Kristalina, rampant à demi, se traînant dans un ultime effort.

« Je peux vous vaincre.

— Avec quoi ?

— Avec votre vanité et votre orgueil. Vous êtes tellement sûre d'avoir gagné que vous avez oublié ceci. »

Nomis montra, à Kristalina, la bourse de Nekheb, qui avait contenu les diamants et qui contenait, maintenant, de vulgaires pierres.

« Les diamants d'Érébios. Pathétique, regarde ce que j'en fais. »

D'un geste de pouvoir, la bourse vint dans la main de Kristalina. Nomis sourit. Quand elle ouvrit le sac, Kristalina fut aveuglée par la poudre que Nomis y avait versée.

Nosfi, arrivé au bord du gouffre, jeta les diamants. Ceux-ci commencèrent à fermer le portail et brisèrent le sortilège dont Kristalina avait usé pour l'ouvrir. Le contre-coup fut terrible et Le corps de la démone fut déchiqueté par le choc

Nosfi était heureux, il avait réussi. À l'horizon, on vit le soleil se lever. Nosfi le regarda avec émerveillement ; la première aube qu'il voyait, et qui, malheureusement, serait la dernière. Il mourut, un sourire sur le visage.

Nomis regarda le portail. Les pierres s'étaient disposées de chaque côté, formant un pentacle magique. Il sentit qu'il manquait quelque chose aux pierres pour achever leur œuvre. Nomis se rappela la phrase sous la statue d'Érébios, au temple. Le sang du dernier sur les pierres. Le sceau serait scellé. Le dernier peuple, celui qui n'avait pas de pierre, les Fenrahims. Le sang de ces êtres, quasi divins, était la clef de pouvoir.

Il s'approcha de Dolin, prit, sur un chiffon, un peu de son sang et, se dirigeant vers les pierres pour passer un peu de sang sur chacune d'elle.

Elles résonnèrent en harmonie et le portail finit de se refermer. Nomis s'évanouit.

Quelque part, dans une grotte, un très vieil homme fut soulagé.

Kristalina

© Hauya - CalciNes

Chapitre 35

Dernières révélations.

Cela faisait des mois qu'il attendait sa compagne ; des mois que, chaque soir, il se rendait à la taverne, espérant qu'elle passerait la porte. Il désirait tant la revoir. Il lui avait fait l'amour une fois, sur le bateau, ce fut bref et délicieux. Vierge à deux mille ans, qui l'eut cru ? Il avait été réintégré dans la garde royale par le prince Han. Il était assigné à la protection du futur roi. Quand on a retrouvé des papiers chez Dholl, son nom figurait en tête de liste. Pour protéger le roi défunt, dans son dossier, une lettre de Guardian et une de Dholl attestaient de sa valeur. Le prince, à la vue de ces documents, l'avait fait rappeler.

Arthos avait été lavé de tout soupçon, dans quelque histoire que ce fut. Dans l'affaire du roi, le nom de Kharon avait été oublié. Le prince Han avait trouvé les documents l'incriminant, trop peu formels pour ne pas être trafiqués. Kharon était lavé de tout soupçon lui aussi, mais où se trouvait-il ?

Un homme encapuchonné entra dans la taverne. Il se dirigea vers Arthos, s'assit devant lui et retira son capuchon. C'était Nomis :
« Il est mort, c'est cela ?
— Oui, mon ami. Mort pour nous sauver tous.
— Comment ? Pourquoi ?
— Pourquoi, je ne sais pas. Comment ? En héros.
— Et elle ?
— Elle ?
— Myrtha ...
— Morte, elle aussi. De toute la troupe, je suis le seul qui reste.
— J'ai besoin d'un verre, tu en veux un ?
— Je crois que tu as assez bu, et je ne bois pas d'alcool.

— Je l'aimais.

— Elle me l'a dit.

— Comment est-elle morte ?

— Tuée par un démon, répondit Nomis, cachant la vérité au soldat. Il lui a coupé la tête.

— J'espère que ce chien a péri.

— Oui, il est mort.

— Je me rappellerai toujours cette nuit sur le bateau…

— Je l'ai enterrée non loin de l'endroit où elle a succombé. Un arbre centenaire protège son corps désormais. Si tu vas dans la région du gouffre du démon, près de lui, tu verras deux arbres : celui de gauche, grand, majestueux est celui de Myrtha ; l'autre, plus petit et robuste, c'est celui de son père, Kahor.

— J'irai un jour. Et Kharon ?

— Le corps de Kharon est enterré dans la forêt sacrée d'Élénia, avec les justes.

— Le petit homme ?

— Je viens de planter son arbre, là où il l'a voulu, à Akilthan. C'est le seul arbre souterrain.

— Et le Fenrahim, si c'en était un ?

— Il en faisait partie, en effet. Je n'ai pas retrouvé son corps. Il a disparu, peu après que le gouffre se fut refermé. Et puis, je suis resté inconscient un moment. Des fermiers m'ont trouvé, recueilli et soigné. Puis, j'ai commencé mon périple à travers Orobolan. Un être que tu ne connais pas, qui s'appelait Nosfi mais qu'on appelait le héros, à juste titre d'ailleurs, est mort aussi. J'ai planté son arbre dans le château de la lune bleue. Mais toi, comment t'en es-tu tiré ?

— Je fus arrêté à mon arrivée à Calisma, emmené comme prisonnier à la capitale. Là, je fus convoqué par le prince Han. Celui-ci me fit part des découvertes de l'enquête, de son enquête. Je fus libéré et, comme Dholl et Guardian avaient laissé de belles lettres dans mon dossier, on m'a nommé protecteur du dauphin.

— Bien. Et Kharon ? A-t-il été innocenté ?

— Kharon aurait pu revenir à Bénézit sans problème. Son nom a été rayé de l'enquête, les documents qui l'incriminaient ont été écartés par le prince Han.

— Il ne l'aura jamais su, mais son honneur est sauf.
— Que vas-tu faire maintenant ?
— Je retourne chez moi, enfin. Quand je suis passé dans la forêt, j'ai vu Tyridrin, mon roi, et ma reine enfin sauvée. Je suis nommé protecteur de la famille royale.
— Toi aussi. On a ça dans le sang. Tu n'as pas été voir dans la grotte où vous a emmené Dolin ?
— Si, j'y suis allé. Il n'y avait plus personne, la grotte était vide... »

* * * * *

Dans la grotte, un enfant était assis sur un des fauteuils. Sur l'autre, un jeune homme semblait dormir. Au bout d'un temps, un an peut-être, le jeune homme s'éveilla :
« Où suis-je ? Suis-je mort ?
— Moi aussi, depuis plus de 2 000 ans.
— Je ne comprends pas.
— Pour vaincre les démons et fermer le portail, le peuple des Fenrahims offre sa vie mortelle.
— C'est donc cela l'épreuve ?
— Oui. Tous, depuis Érébios, nous l'avons passée.
— Pour les mortels, tu as quitté ce monde.
— Mon fils ?
— Il est né, et il a vieilli parmi les mortels. Il t'attend à côté.
— Vous attendez depuis longtemps ?
— Trois ans, à peu près.
— Le gouffre, c'était il y a à trois ans ?
— Oui, le temps n'a pas le même cours ici. Sur ces fauteuils, trois heures ont passé. Dehors, Nomis est même venu plusieurs fois. À la dernière visite, il était très vieux. Pour moi, c'était comme si trois jours seulement avaient passé. Pour ton fils, sa mère est morte hier, tu lui expliqueras. Tu verras, le monde de dehors a évolué, ainsi que les hommes. Va voir le monde avec lui, puis reviens ici. Le temps te semblera moins long.
— Et quand je reviendrai, vous serez là ?
— Non, je serai parti ailleurs, mais tu me rejoindras.

— Alors, demain, nous entamons tous les deux un nouveau voyage ?

— Oui. Mais, pour moi, ce sera le dernier, déclara Myrdhanos, une boule dans la gorge.

— Mais je me rappelle une chose, avant que je parte. Vous avez dit que nous n'allions pas perdre la lignée d'Alinor.

— Paul, le prince qui a gouverné les terres d'Orobolan, était, en fait, le fils d'Alinor et d'une courtisane. Pour le faire accepter comme prince, la reine eut l'idée de se créer un frère, le prince Han. C'était, en fait, un vieil ami de la reine, qui avait pris cette apparence. Ainsi, le fils du roi Alinor pu monter sur le trône, et ce fut un grand roi. Ses descendants sont moins sages, tu verras.

— Le vieil ami, ce Han, c'était donc vous ?

— Bien sûr.

— Vous, qui avez sauvé l'honneur de Dholl, de Guardian et de Kharon.

— Ils le méritaient tous les trois. Et puis, tu verras, les humains ont, de temps à autre, besoin d'un coup de pouce.

— Une dernière question.

— Une dernière.

— La mort, c'était l'épreuve, la femme, Kristalina, mais, la personne qui nous espionne, qui est-elle ?

— Elle ? Oh, ne t'en fais pas, c'est le lecteur… »

Le chant de l'âme

« *À Shurik'N et David Lynch.* »

Chapitre 36

Enfin libre.

Deux mille ans après la victoire de Dolin sur Kristalina, les races non humaines passèrent à la légende. Pourtant, des hommes racontent que certaines resteraient cachées quelque part sur Orobolan.

Le monde a évolué. Les hommes ont domestiqué la Toile pour en faire de l'énergie. Les voitures ont remplacé les charrettes, mais la crise des carburants limite leur utilisation. De ce fait, les engins volants, fleurons de l'armée de la République, ne peuvent plus décoller. Des villes se sont bâties, d'autres ont disparu. De nouveaux cultes sont apparus, remplaçant l'ancien. La guerre, appelée la guerre de la drogue, a tout dévasté. De l'Orobolan d'Érébios, il ne reste plus qu'une infime partie de terre désolée. L'homme a puisé dans ses dernières énergies, même la Toile tend à disparaître. Cela a permis aux hommes noirs d'augmenter leur influence sur le monde.

Dans une grotte, qui borde la république de Khalonbleizh, un homme, agenouillé en prière, s'adresse à un portrait.

« Mon père, où êtes-vous ? Cela fait plus de dix ans que je ne vous ai pas vu. J'attends l'Élu, le monde doit une nouvelle fois être sauvé. La race des hommes a affaibli la Toile. Les démons ont eu plus de facilité que l'Élu, ils sont déjà parmi nous. Pour que Krystal les rejoigne, il lui faut le sang de l'Élu. Le temps presse. Je dois le retrouver. L'ancienne garde a changé. Elle, qui servait le royaume, est maintenant au service du pouvoir. Chaque garde qui part est remplacé par un Séide, tout droit sorti de l'enfer. Seule l'armée est encore humaine, mais pour combien de temps ? »

* * * * *

Enfin libre ! Pendant dix ans il n'avait été que le matricule 0152389.

« Quinze, vingt-trois, quatre-vingt-neuf. »

Ces mots-là, aboyés par un gardien dans la prison, ne signifiaient rien de bon. Il avait connu toutes les brimades, infligées dans le centre de détention pour jeunes délinquants d'Akilthan. Du cachot noir glacé et humide à la raclée donnée devant tous les gardes

Des dortoirs, on entendait les cris des suppliciés, cela facilitait le sommeil, sans doute. Les douches en commun étaient aussi un lieu de moquerie des gardiens, rien n'était épargné aux détenus. Même si les plus grands faisaient pression sur les plus jeunes, il n'y avait pas grand-chose à craindre. Les vrais voyous étaient au centre carcéral de la capitale. Dans ce centre, étaient enfermés les fugueurs et les enfants, remontés contre un système qui les opprimait.

La première république avait échoué, trop de corruption. Les barons de la drogue s'étaient lancés dans une guerre dévastatrice. Durant cette guerre, une arme terrible, « the little boy », avait été lancée. Deux continents avaient été rasés, ils étaient devenus inhabitables

Les grands groupes commerciaux avaient pris le pouvoir durant la guerre. L'un d'entre eux, la Starpop, avait racheté tous les éditeurs musicaux et fondé un label unique. En dehors de ce label, de pauvre qualité, aucune musique n'était autorisée.

Jacob a maintenant vingt et un ans. Il en avait onze à l'époque. Il était en sixième le jour de son arrestation. Il s'en souvenait comme si c'était la veille ; d'ailleurs, pour lui, c'était hier.

* * * * *

« Tu es prêt pour ce soir ? Demanda Peter.

— Oui, lui répondit Jacob.

— Tu n'as pas peur de te faire choper ? Demanda Peter inquiet.

— Un peu, mais bon... On ne ferait jamais rien, sinon, lui répondit Jacob d'un ton assuré.

— Tu risques gros.

— Je sais, mais j'adore la musique. Tu viendras ?

— Je ne sais pas. Tu sais, si on se fait choper, mon père va me battre, et sans doute m'envoyer en pension. Tu connais mes résultats.

— Ok. Si tu viens, c'est à cinq heures, où tu sais. Si tu ne viens pas, je viens te chercher demain, comme d'habitude.

— Jacob, Peter, voulez-vous aller chez le directeur ? Il ne vous a pas encore assez vus cette semaine ? Cria le professeur, du tableau.

— Non, madame ! » répondirent-ils.

La jeune institutrice reprit son cours. Les deux garçons, qui voulaient avoir le moins de contact possible avec le directeur du collège IV d'Akilthan, se tinrent tranquilles.

Le cours du jour portait sur les bienfaits des Cinq Shinjei, qui formaient le gouvernement post-guerre de la drogue. Il régentait tout : la façon de s'habiller, les logements, la production industrielle, la télé et la musique. Il avait fait raser Akilthan et rebâtir des petites maisons, toutes semblables, sur le cloaque.

Bien avant la République, une première réhabilitation en aurait chassé une race appelée les Petites Gens. Certains scientifiques disaient que cette race s'était mélangée à la race des Humains. C'était pour cela que l'on trouvait des hommes plus petits que les autres. Jacob savait que ses parents n'étaient pas très grands et lui-même, bien que redoublant, était plus petit que ses camarades. Mais il ne croyait pas faire partie d'une race aujourd'hui disparue. Il se demandait à quoi ressemblaient ces races de l'Ancien Monde, si elles avaient réellement disparu ou même si elles n'avaient jamais existé. Les légendes mentionnaient aussi un clan de créatures se nourrissant de sang pour vivre et ne pouvant pas voir le soleil. Cela sentait le mauvais film d'horreur.

Jacob fut dérangé dans ses pensées par l'arrivée du directeur. C'était un homme grand, la barbe noire, le regard sévère. Quand il entra dans la pièce, tout le monde se leva. Il était accompagné d'un jeune garçon chétif, la peau blafarde, les yeux clairs, les cheveux bruns. Il était habillé tout de blanc. Ses habits contrastaient avec ceux que portaient les autres enfants, tous estampillés du sceau de la Nibook Corporation, l'un des Shinjei.

Le nouvel élève se présenta. Le directeur nomma un élève tuteur, pour lui apprendre les règles de l'école. Comme à son habitude, il trouverait un prétexte pour le convoquer dès la première semaine. Tous les nouveaux étaient passés par là.

Le cours fini, les élèves se dirigèrent vers le gymnase, pour le cours de natation. Le nouveau, n'ayant pas son maillot de bain, resta habillé sur le bord du bassin. Voyant que le professeur était particulièrement en rogne ce jour-là, tout le monde fit attention à ne pas l'énerver. Il avait encore dû se disputer avec sa petite copine. Jacob, plus que les autres, ne tenait pas à être en retenue ce soir-là. Cela faisait trois mois qu'il répétait pour son concert, en cachette.

Il avait été voir les fugueurs du hangar aux poissons. Ces enfants, de parents au chômage, vivaient en communauté, préférant cela à la brutalité du climat familial. Le quartier IV d'Akilthan avait le plus haut taux de chômage. Cela venait sans doute du faible coût des loyers, dans cette partie de la ville.

Le cours de piscine allait prendre fin, quand le professeur s'énerva contre Peter, lui hurlant qu'il ne faisait pas d'efforts pour apprendre à plonger.

« Tout le monde me fait vingt longueurs de bassin, vous partirez manger quand ce sera fini ! »

Les élèves commencèrent à nager. Le professeur frappa Peter avec une de ses chaussures. Puis il lui dit de rejoindre les autres ; il avait cinq longueurs de retard et le postérieur en feu. Le professeur se tourna vers le nouveau et lui hurla :

« Toi aussi, vingt longueurs !

Mais, Monsieur, je n'ai pas de maillot.

Alors en slip, dépêche-toi ! »

Le nouveau, apeuré, s'exécuta en se demandant dans quelle galère il était tombé. Son école précédente devait être moins stricte.

Les écoles du quartier IV étaient les pires. Les professeurs, qui n'avaient pas trouvé de place ailleurs, y étaient envoyés. Une paie minable accroissait leur colère ; les élèves payaient les pots cassés.

Quand le nouveau revint au vestiaire, tout le monde, complètement harassé, avait fini de se changer et s'apprêtait à partir pour le réfectoire.

Jacob demanda au nouveau :

« Tu vas faire comment pour te changer ? Tu ne vas pas garder ton slip mouillé sur toi.

— Je ne sais pas. Je ne savais pas qu'il y avait piscine, moi ! répondit le nouveau, larmoyant.

— Tiens, j'ai deux changes, prends-en un. Tu me le ramèneras demain.

— Merci, t'es sympa. Je suis perdu et mon tuteur ne m'aide pas beaucoup. »

Le nouveau prit le caleçon qui lui était tendu. Il attendait, regardant tout le monde. Voyant sa gêne, Jacob déclara :

« Ici, tout le monde se change devant tout le monde. Y a pas de vestiaire, et tout le monde s'en fout. »

Le nouveau déglutit et se décida à quitter son slip mouillé.

« Merci. Ton médaillon est sympa. »

Le nouveau avait remarqué le médaillon vert que Jacob cachait sous son pull. Ce médaillon, il le tenait de son grand-père, et ne tenait pas à ce que quelqu'un lui vole.

Le reste de la journée se passa sans encombre. Le professeur de mathématiques rendit les contrôles. Pour une fois, la note de Peter ne fut pas catastrophique.

A cinq heures, Jacob se dirigea vers le hangar aux poissons. Ce hangar avait servi pour la vente du poisson qui arrivait soit de Talith, soit de Calisma. Maintenant, il servait de refuge à la jeunesse d'Akilthan, qui venait pour faire de la glisse et discuter.

Trois mois plus tôt, deux fugueurs avaient branché Jacob pour organiser un mini concert. Comme il jouait du piano depuis l'âge de quatre ans, il avait suivi les deux gars. On lui avait trouvé un synthétiseur. Bien qu'un peu différent du piano sur lequel il jouait, cela lui convenait. Le concert avait bien commencé, il y avait foule. Ce soir-là, une cinquantaine de jeunes, entre dix et quinze ans, écoutaient leur musique. Le bouche à oreille avait bien fonctionné, peut-être trop bien. Jacob était content. Peter, oubliant ses déboires de la journée, debout, l'applaudissait. Jacob était euphorique. Tous les enfants qui étaient là oublièrent tous leurs tracas, pendant cinq minutes, se laissant porter par cette musique, de la musique ancienne mais non formatée, belle et languissante.

D'un seul coup, tout bascula. Les Ours Brisés, des soldats de la force d'élite, firent irruption dans le hangar. Matraque au poing, la patrouille la plus réputée de l'armée était obligée de travailler maintenant pour la Starpop. Eux, qui avaient combattu pendant la guerre la drogue et les pourris de la pire espèce, étaient maintenant en charge de faire respecter la loi de contrôle des musiques. Ils avançaient, matraque au poing, contre des gosses. Peut-être leurs gosses étaient-ils dans la foule ? Certains des mômes essayèrent de s'enfuir ; ils furent menottés durement.

Le chef des Ours arrêta Jacob sans ménagement. On conduisit tout ce petit monde dans les fourgons qui attendaient depuis un moment. Une jeune fille, d'à peine douze ans, fut tabassée par la patrouille, après qu'elle eut mordu l'oreille du garde qui essayait de l'arrêter. Un morceau du lobe lui manquera pour le reste de sa vie.

La plupart des enfants furent récupérés par leurs parents. Au poste, il ne restait en cellule que la jeune fille, les trois musiciens et six ou sept fugueurs. Tout ce petit monde, apeuré, choqué, blessé par les coups de matraque, passerait devant le juge le lendemain matin. La fugue était considérée comme un délit grave.

Jacob ne vit pas le nouveau. Il était pourtant sûr de l'avoir vu au concert. Peut-être avait-il réussi à s'enfuir dans la bagarre. Jacob n'avait plus de père, il était décédé pendant la dernière guerre, mais sa mère ne le complimenterait pas. Il était sûr qu'elle allait le punir, et sévèrement. Il avait entendu le père de Peter dire à son fils, en venant le chercher, qu'il pouvait préparer sa valise pour la pension. Le pauvre Peter ne méritait pas cela. Jacob arrêta de penser à Peter, pour penser à sa propre personne. Il fulminait, il avait perdu, dans la bataille, son médaillon. Il y tenait beaucoup. Il s'endormit pour une trop courte nuit de sommeil.

Au matin, sa mère vint le voir, en larmes. Son avocat lui avait dit de plaider coupable, qu'il payerait une amende et serait mis à l'épreuve. Un avocat, commis d'office bien entendu, qui allait s'occuper de trente cas de délinquance juvénile dans la journée et s'en fichait royalement. Il était de permanence et c'était tout. Le juge ne fut pas du même avis que l'avocat : les deux musiciens furent condamnés à la prison. Le seul crédit qui fut porté au dossier de Jacob, fut que c'était son premier délit. Il ne fut « que » condamné au centre de détention jusqu'à ses vingt et un ans.

Les fugueurs suivirent le même chemin pour six mois seulement. Mais six mois d'enfer, c'est long. Jacob n'eut pas de nouvelles de la jeune fille, il fut emmené avant. Sa mère pleurait toujours, il ne devait jamais la revoir. Elle mourut deux ans plus tard, écrasée par un camion. Les matons l'emmenèrent, sous bonne garde, à l'enterrement. Ce fut sa seule sortie en dix ans.

Les premiers mois ne furent pas faciles. Surtout quand, comme Jacob, on est un petit rouquin de onze ans et assez mignon. Les plus vieux essayèrent plusieurs fois de lui faire mal. Parfois, il leur tenait tête, parfois il s'endormait en pleurant, massant ses fesses en sang. Puis il s'était fait des relations, de la seule manière dont on se fait des relations en prison : il trouva quelqu'un pour le protéger. Plus personne ne l'embêta, pas même les gardiens. Nilod, son cher Nilod, qu'était-il devenu ? Que faisait-il quand il disparaissait de la prison, pour toujours réapparaître quand Jacob en avait le plus besoin

* * * * *

Aujourd'hui à vingt-et-un ans, il était enfin, libre, il sortait de cet enfer.

L'état lui avait trouvé un appartement à Bénézit, et un travail à la Starpop. Quelle ironie ! La même Starpop qui l'avait envoyé en prison, cette même Starpop qui était responsable de la mort de sa mère. L'appartement était simple et pourvu du minimum de confort vital. Une petite cuisine, une salle de douche, un canapé-lit et une table basse. On lui avait même fourni une télé. Il zappa les chaînes, essayant de voir ce qui avait évolué en dix ans.

Il regarda le journal télé, les concerts interdits se multipliaient. Le patron de la Starpop intervint pour signaler que ces actes isolés ne voulaient pas dire grand-chose, et que la charte des artistes, qu'il avait fait voter il y a douze ans, rendait les gens heureux, que cela les rassurait d'être sûr de voir un bon spectacle. Le fait que même des enfants furent arrêtés, et placés en détention, fut nié. Selon lui, cela n'existait pas. « De toute façon, comment des enfants pourraient-ils monter un spectacle ? » déclara-t-il.

Jacob ironisa, l'enfer qu'il avait vécu n'existait pas.

Il regarda encore les papiers qu'on lui avait donnés à sa sortie de prison.

L'appartement avait été payé pour trois mois. Un compte en banque avait été approvisionné avec l'argent qu'il avait gagné en travaillant en prison. Cela lui laissait le temps de voir venir.

Lundi, il commençait à la Starpop, au bureau des demandes de labélisation. Ses qualités de musicien lui avaient valu ce poste et puis, ainsi, la Starpop pourrait garder un œil sur lui.

Enfin, il partit se coucher. Pour la première fois, il savait que personne ne viendrait le réveiller, en pleine nuit, pour une énième inspection ou tout simplement pour passer ses nerfs sur lui

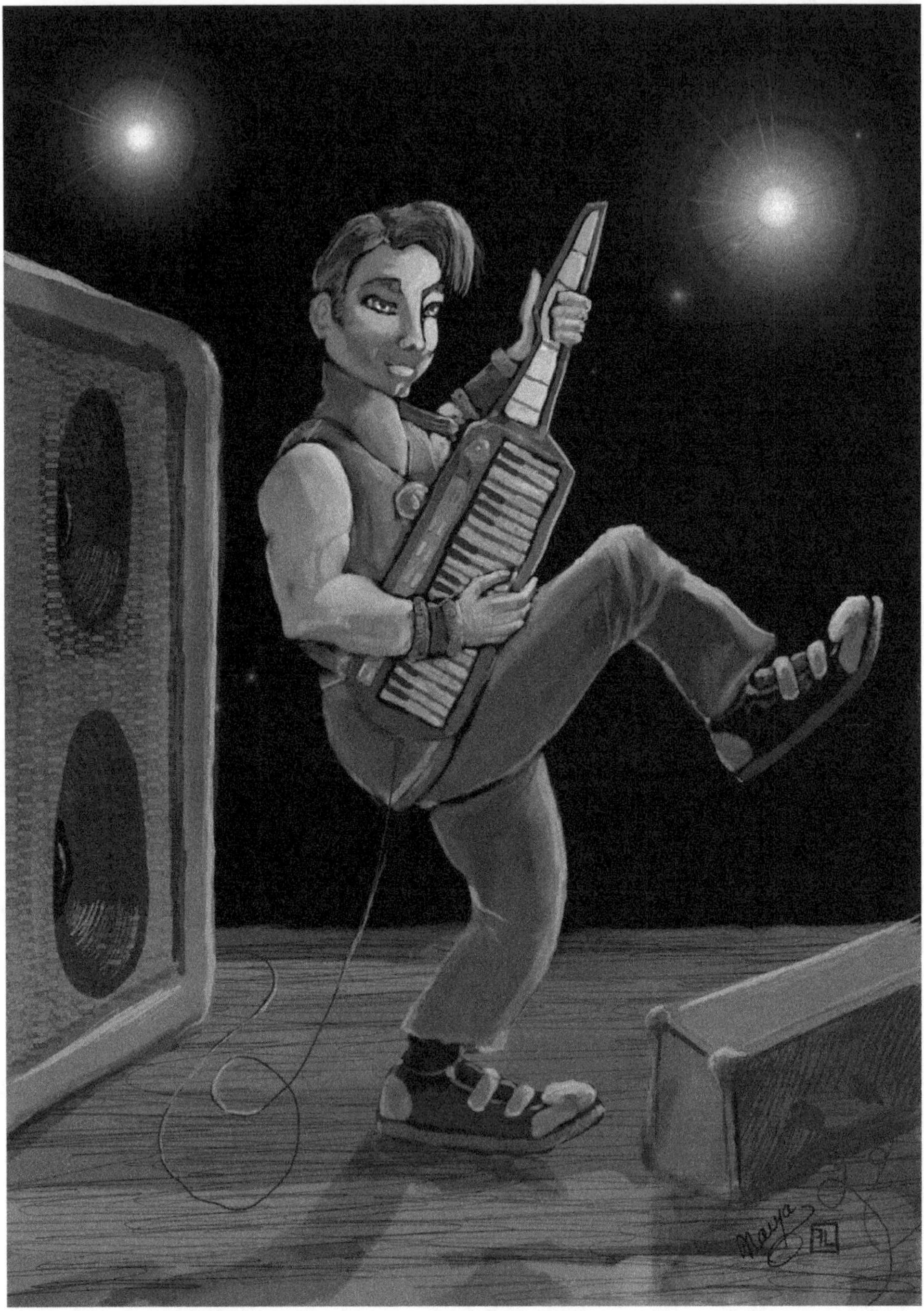

Chapitre 37

Le concert interdit.

Cela faisait un mois que Jacob travaillait à la Starpop, refusant à la plupart des artistes la carte qui leur permettait de se produire dans les salles de concert ou à la télévision. De sa tour, Jacob pouvait voir le cloaque aux abords d'Akilthan.

Il s'était rendu dans son vieux quartier. Tout avait changé, les immeubles remplaçaient les maisons en préfabriqué d'après-guerre. Le cloaque s'était reconstruit à la périphérie d'Akilthan, les loyers étant devenus trop chers pour la plupart des ouvriers. Dans ce nouveau lieu, les bâtiments étaient faits de tissus et de tôles ondulées à moitié rouillées. Le taux de mortalité était énorme. Les Shinjei l'exploitaient en plus, en y implantant leurs usines. Là, les ouvriers n'étaient pas payés, tout juste leur donnait-on deux repas chauds par jour.

Jacob faisait partie des élus, sans doute pour étouffer son affaire. Il bénéficiait des appartements de fonction à loyer modéré de la capitale.

De toute façon, à qui aurait-il pu raconter son histoire ? Même si cela intéressait quelqu'un, la presse, comme la télé, était contrôlée par le Shinjei Ledemon, grand partenaire de la Starpop.

Il alluma de nouveau la télé pour voir la douzième saison du radio-crochet, organisé par la Starpop, pour élire la star de l'année. Les gens y croyaient toujours. Un de ses collègues, qui s'occupait de l'émission, lui avait confirmé que les résultats étaient truqués. La Starpop choisissait le vainqueur.

Le présentateur annonça que l'opération de nettoyage du cloaque d'Akilthan allait recommencer, que l'on réhabiliterait les quartiers défavorisés avec des maisons en préfabriqué. Encore un coup de pub pour les Shinjei, et un moyen de contrôler les cabarets clandestins qui s'y étaient installés. Jacob avait entendu parler de ceux-ci, où l'on jouait de la musique interdite sur des instruments interdits.

Certains de ses collègues y allaient même fréquemment. Étant encore en probation, il n'osait s'y aventurer. Il avait connu l'enfer de ce qu'était un centre de bas niveau. Il ne voulait pas connaître l'enfer d'un véritable centre de détention. Cela faisait maintenant un an qu'il était sorti et sa vie était la même. Il avait sa routine, les commerçants de l'immeuble le saluaient quand il venait chercher son repas du soir. Il faisait un peu de piano le week-end, puis se rendait sur la tombe de ses parents. Il repensait parfois à Peter, il n'avait pas eu de nouvelles de lui. Il devait l'avoir oublié. Pas de nouvelles non plus de son ami Nilod, son protecteur. Pourtant, Nilod était sorti peu avant lui du centre de détention. La vie devenait monotone, mais Jacob était habitué à la monotonie.

Un matin, un vieil homme l'aborda.
« Jeune homme, n'avais-tu pas un médaillon vert ?
— Si, Monsieur. Mais je l'ai perdu quand j'étais jeune, répondit Jacob interloqué.
— Alors, ceci t'intéressera. »
Le vieil homme lui tendit un prospectus.
Le temps que Jacob prenne le prospectus et relève la tête, le vieil homme n'était plus là. Jacob regarda le prospectus. Il donnait le lieu et la date d'un concert interdit. Jacob regarda plus en avant le prospectus, son nom était écrit comme participant au concert. Il devait s'y rendre pour régler cette affaire. Si son contrôleur ou son patron voyait cela, s'en serait fini de lui.

Il se rendit donc dans un ancien parking désaffecté, dans le quartier III. Le parking était à la limite du cloaque. Il la vit. Elle avait vieilli, mais il était sûr que c'était elle, la jeune fille qui était venue à son concert. Elle vendait les billets. Il se dirigea vers l'affiche et vit que son nom n'y figurait pas, pas plus que sur les prospectus qui étaient sur la table. Il s'approcha de la jeune fille et lui demanda :

« Y a-t-il eu une deuxième série de prospectus ? demanda-t-il.

— Non. Vous voulez un billet ? Dépêchez-vous, y en a qui attendent !

— Non, parce que, voyez-vous, on m'en a donné un dans la rue.

— C'est là où on les distribue.

— Et sur celui que j'ai, mon nom est marqué dessus.

— Un de vos collègues aura marqué votre nom pour vous faire une blague. Vous prenez un billet ou vous partez ?

— Non, vous ne comprenez pas. Mon nom est marqué comme l'un des musiciens du concert. Or, je n'ai pas fait de concert depuis dix ans !

— Tu devais être un gamin à l'époque. Bon, montre ton prospectus, mais mets-toi de côté, que je puisse servir les billets. »

La jeune fille servit une dizaine de personnes, puis elle regarda le prospectus. Elle fut très surprise.

« Tu es Jacob Andersen ?

— Oui.

— Alors tu as été arrêté en même temps que moi, au hangar aux poissons. Tu jouais bien. Ils t'ont relâché seulement maintenant, mon pauvre...

— Tu te rappelles mon concert ?

— J'ai fait deux ans de tôle, à cause de ton concert. Je ne peux que m'en souvenir.

— C'est toi qui avais mordu l'oreille d'un garde ?

— Elle avait bon goût ! » sourit-elle.

Elle ferma la caisse et le conduisit dans la salle. Un homme, habillé à la façon de Dracula, vint vers elle.

« Narlia, tu as pris ta pilule ?

— Oui, père. Je te présente Jacob, le musicien du hangar aux poissons.

— Jacob, je te présente Garnac, mon père.

— Enchanté.

— Narlia, Joshua est mort.

— Mais, le concert ? S'écria Narlia atterrée.

— On doit annuler, répondit son père, gêné.

— Zut, des mois qu'on organise ce concert.

— Attends, j'y pense. Jacob, je sais que je ne devrais pas te demander cela, mais tu joues du synthétiseur, n'est-ce pas ? Demande Garnac.

— Oui, mais... hésita Jacob, se demandant d'où cet homme bizarre le connaissait.

— Les partitions sont sur le clavier et ce sont tous des vieux standards. Tu dois connaître.

— Je ne suis pas sûr d'être à la hauteur.

— Si tu as peur pour ton job, on comprendra, lui dit Narlia. Mais cela se voyait qu'elle attendait tout de lui.

— Ok, je le fais.

— Tu vois, ton ami avait raison. Tu fais partie du concert !

— Quoi ? Demanda Garnac.

— Un prospectus détourné, je t'expliquerai, père. »

Jacob se dirigea sur la scène. Il s'installa au clavier, puis regarda les morceaux. Il lui semblait tous les avoir déjà joués, mais certains étaient récents, ou écrits alors qu'il était en prison. Il salua les autres musiciens. Leur allure était bizarre, ils avaient tous le teint blafard, comme Narlia et son père. Sans doute un look de scène, comme ces groupes déchaînés de heavy métal qui jouaient pendant la guerre. Ou alors, cela venait du manque de soleil, ce genre d'activité se passant principalement la nuit.

Cela faisait plus d'une heure que le concert battait son plein. Jacob s'aperçut que, même rouillé, il n'avait aucun mal à trouver les touches, comme si quelqu'un d'autre jouait pour lui. Dans son appartement, cela lui avait fait le même effet. Au bout de dix ans de prison, sans toucher à un seul piano, il savait encore jouer, et même mieux qu'avant. Jacob, comme tous ceux de son époque, ne croyait plus en la magie, mais ce fait le troublait.

Le fait de jouer devant cette foule l'enivrait. Il se retrouvait à onze ans lors de son concert, comme si les dix dernières années n'avaient pas existé.

Sur le bord de la scène, Garnac psalmodiait. Il avait un âge vénérable maintenant, il avait connu Nosfi, le dernier Élu. Il savait, il en était sûr, que Jacob serait le prochain. Dolin lui avait demandé de le surveiller, avant de disparaître.

Soudain, la garde débarqua. Elle investit le parking entièrement. Tous les spectateurs tentèrent de fuir. Jacob sauta au pied de la scène et se réfugia dans un coin. Le spectacle qu'il vit lui glaça le sang. Le service d'ordre et les autres musiciens se transformèrent en créatures hideuses. Leurs canines poussèrent, leur visage se transforma. Cela rappela à Jacob ce que racontait son professeur d'histoire sur l'ancien clan de la Lune Bleue, ces créatures nocturnes assoiffées de sang. Pourtant, il avait vu Narlia en plein jour !

Cette histoire faisait partie des légendes. Comme la race des Éléniens, ces êtres dotés de pouvoir magique ou la race des Tholliens, qui pouvaient se changer en animaux, ou même en dragons. « *Comme si les dragons pouvaient exister !* » avait-il pensé à l'époque. Maintenant, il n'était plus sûr de rien. Ces créatures attaquaient les forces de l'ordre, leur suçant le sang. Certains utilisaient des épées comme au Moyen Âge.

Il fut surpris par Narlia qui lui mit la main sur l'épaule. Elle lui chuchota :

« Viens, laisse le clan des bêtes régler ça, Garnac nous attend.

— Tu es … ?

— Oui, je suis une femme du clan de la Lune Bleue. Mais viens, je t'expliquerai tout chez nous. »

Jacob commença à la suivre, ne sachant tout de même pas si c'était la meilleure chose à faire. Il regarda le combat que se livraient les créatures et les forces de l'ordre. Quand, tout à coup, il vit quelqu'un qu'il sembla reconnaître. Il hurla :

« Peter ! »

C'était un soldat. L'armée était là, elle aussi.

Peter se retourna, cherchant qui l'appelait dans la foule.

Narlia ne laissa pas le temps à Jacob de se montrer, et l'entraîna au fond du parking. Garnac avait garé sa voiture tout près de là, une voiture noire aux vitres teintées. Jacob s'attendit à voir un cercueil à l'intérieur, mais il n'en était rien.

Pendant le trajet personne ne parla, Garnac conduisait.

Jacob pensait à Peter. Ainsi, il était entré dans l'armée, poussé par son père, sans doute.

Ils arrivèrent près d'une petite maison de style très ancien, située dans le cloaque d'Akilthan. Garnac se gara et tout le monde descendit de voiture. La bâtisse devait avoir dans les mille cinq cents ans. Elle avait deux étages et les rides du temps parsemaient sa façade, le lierre y régnait en maître depuis des lustres.

L'intérieur de la maison sentait encore plus l'ancien que l'extérieur. Le mobilier devait avoir près de deux mille ans. Dans l'entrée, un tableau représentait, de nuit, un château terrifiant que l'artiste avait voulu montrer sous son meilleur jour. La lune du tableau était bleue. Jacob, s'approchant du tableau, put en lire le titre « le château de la Garde de Sang. »

C'est le sang de Jacob qui se glaça d'un seul coup. Il était, visiblement, dans le repère des créatures de la nuit. Quand allait-il voir arriver un dragon ?

Il suivit ses hôtes dans ce qui semblait être le salon. Des fauteuils étaient disposés autour d'une table basse. Alors qu'on l'y invitait, il s'assit dans l'un d'entre eux.

Garnac prit la parole.

« Jacob, je vais t'apprendre des choses que tu ne vas peut-être pas croire.

— Après ce que j'ai vu, je veux bien croire n'importe quoi. Dites-moi, les dragons existent ?

— Bien, comme tu l'as deviné, nous faisons partie de l'ancien clan de la Lune Bleue. Je ne te raconterai pas la légende, tu la connais. Sache qu'il y a deux mille ans, j'étais le dernier de ma race. J'ai découvert un remède à notre non-vie. Une pilule qui me permettait de voir le soleil. Alors, j'ai refondé une famille. Tous ceux que tu as vus au concert sont mes descendants. Narlia est ma plus jeune fille. Et, oui, j'ai déjà vu un dragon !

— Ok !

— Il y a deux mille ans, ma route a croisé celle de Dolin, un Fenrahim.

— Qu'est-ce ?

— Sache qu'en ces temps, il existait encore six races sur Orobolan : les Humains, les Petites Gens, la Lune Bleue, les Tholliens ou hommes animaux, les Élénians ou peuple des

Invisibles et, enfin, les Fenrahims, des mages puissants qui aidèrent l'Élu à vaincre les démons.

— Donc, ce Dolin était un Fenrahim ! Coupa Jacob abasourdi.

— Oui. Il y a onze ans de cela, Dolin est venu me voir, il m'a dit qu'il avait ressenti le Mal. Les démons étaient de retour sur Orobolan, mais l'Élu n'était pas encore prêt. Il me demandait d'envoyer mes hommes surveiller certains enfants, qui auraient en eux le sang des Petites Gens. Ma fille était chargée de te surveiller. Mais il y a eu cette arrestation, et elle t'a perdu de vue.

— Donc, je serais l'Élu ? Demanda Jacob, encore plus perdu.

— Non, tu pourrais être l'Élu.

— Et qui peut me dire si je le suis ?

— Dolin. Mais il a disparu depuis onze ans. Ni lui ni son fils ne sont réapparus depuis le jour où tu t'es fait arrêter.

— Et je fais quoi, maintenant ?

— Tu as deux choix : soit, tu ignores ce que je viens de te dire, tu retournes à ton travail et tu n'entendras plus jamais parler de nous. Soit, tu choisis de résister avec nous, et quand nous aurons retrouvé Dolin, nous en saurons plus.

— Donc, si j'ai bien compris, je serais peut-être l'Élu et je devrais peut-être combattre des démons pour sauver le monde.

— Oui, déclara Narlia, restée silencieuse jusque-là.

— Et j'ai combien de temps pour réfléchir ?

— Tu as autant de temps que tu veux, je vais te raccompagner chez toi.

— Comment vous contacterai-je ?

— Charly, du courrier de la Starpop est notre informateur. Il nous transmettra ta réponse.

— Ok ! »

Narlia sortit avec lui dans le jardin.

« Cela fait beaucoup de choses en une seule soirée.

— Oui. Le tract, c'était l'un des vôtres ?

— Non, j'en parlerai à mon père. C'est peut-être une piste pour retrouver Dolin.

— Ce fameux Dolin ! Si j'ai tout suivi, ton père a plus de deux mille ans, et toi ?

— Oh, à peine une centaine d'années.

— Tu ne les fais pas. Dis-moi, pourquoi ne pas m'avoir fait sortir de prison ?

— Tout simplement parce que c'était impossible. Nous ignorions où tu étais ; une force empêchait mon père de te localiser.

— Alors, je ne suis peut-être pas l'Élu.

— Peut-être pas. Allons retrouver mon père, il va te ramener chez toi. »

Garnac raccompagna Jacob.

« Tu sais, Narlia a essayé de travailler à la Starpop. Et, comme elle est jolie, ils l'ont engagée. Mais elle, elle voulait chanter des chansons du cœur, dénoncer la société de consommation, pas de ces chansons formatées... Alors ils l'ont fait disparaître. Pour eux, nous sommes morts dans un accident de voiture. Seule notre vraie nature nous a sauvés. »

Narlia, chanteuse à la Starpop, Jacob n'en croyait pas ses oreilles.

Jacob, une fois rentré chez lui, écouta les tubes que la Starpop lui avait fait chanter. Des chansons d'amour du style : « Tu me trompes, mais je t'aime. »

Puis, il regarda le journal télé. Bien entendu, il ne fit pas mention du concert, mais d'une attaque sanglante contre les forces de l'ordre, par des fauteurs de troubles.

Jacob pensa à Peter. Était-il mort pendant cette attaque ? Visiblement, certains gardes avaient survécu. Ils racontèrent, à leur manière, l'attaque du concert. Jacob ne vit pas Peter. Et pour cause, pour la version officielle, l'armée n'était pas venue en renfort.

Il se coucha, repensant à tout ce qu'il venait de voir et d'entendre. S'il était l'Élu, qu'aurait-il à faire ? Plein de questions restaient sans réponse. Pourquoi cet enfer ? Pourquoi ne pas l'avoir délivré du centre de détention ? C'était la principale question qu'il se posait, et la réponse de Narlia ne le satisfaisait pas. Qu'allait-il décider ? Soit il gardait son travail monotone, où il était en sécurité, soit il repartait dans l'ombre, risquant à tout moment de se faire arrêter. Mais, ce soir, il avait connu l'extase pendant le concert, il s'était senti revivre. Il n'avait jamais connu pareille sensation. Il avait pris sa décision, il s'endormit paisiblement.

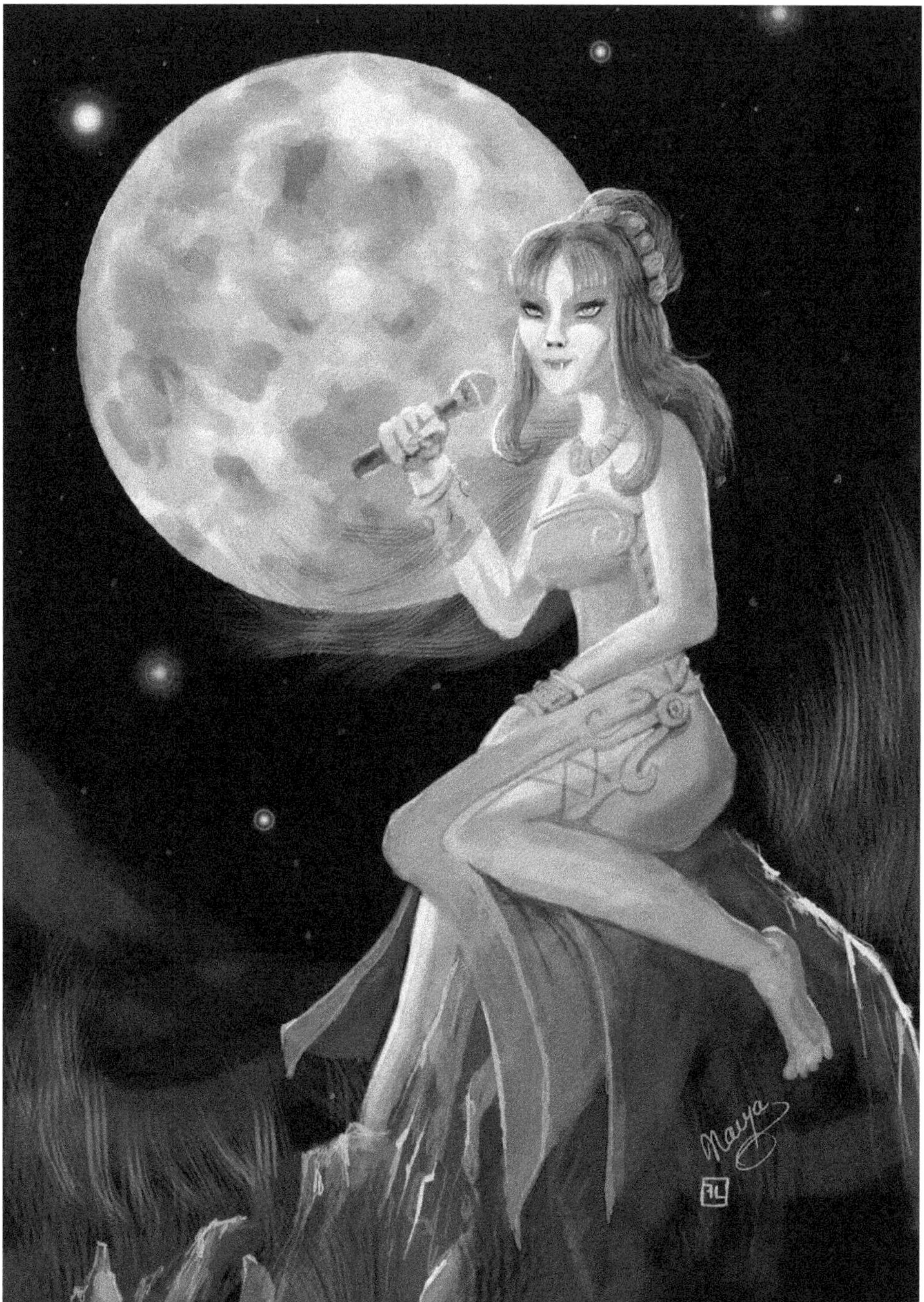
Naiya

Chapitre 38

L'antenne satellite.

Quand Charly passa à son bureau pour déposer le courrier, Jacob regarda si personne n'était là. Puis il lui dit, hésitant, nerveux, nerveux surtout :

« Charly, peux-tu envoyer une lettre à ce Garnac ? Pour dire que j'accepte sa proposition.

— Pas de problème, ça part au courrier ce soir. »

Jacob attendit trois jours. Pendant ces trois jours, il n'osait questionner Charly.

Le quatrième jour, Charly lui avait mis, sur le haut de la pile, un paquet de mademoiselle Narlia Garnac, avec une cassette. Cette jeune personne voulait savoir si elle pouvait être labélisée.

Jacob l'écouta. La voix de Narlia arriva dans ses écouteurs, pour lui fixer un rendez-vous près du petit restaurant où Jacob prenait la plupart de ses diners, mangeant un bol de soupe avec des nouilles et un peu de viande.

Son chef de section passa au même moment.

« Alors, qu'est-ce que ça donne ?

— Quoi ?

— Le morceau que tu écoutais.

— Pas terrible. Trop d'influence jazz, et la fille a une voix de crécelle.

— Ah, ces jeunes ! Ça chante dans les karaokés et ça croit pouvoir faire carrière !

— Ouais, et en plus le rythme est décalé.

— Sinon, la photo ça donne quoi ?

— Pas de photo, désolé.

Dommage, cela aurait pu faire une Mahimaille. »

Milena Mahimaille était une gagnante d'un des derniers concours de la Starpop, quatre ans auparavant. Elle ne savait pas chanter, mais alors, pas du tout, mais elle passait bien à la télévision. Ses chansons étaient enregistrées par d'autres en studio, et elle chantait en play-back, en se trémoussant sur scène.

Cette année-là, son premier album s'était vendu, paraît-il, à plus de 280 millions d'exemplaires. A peu près un par foyer. Sur tout Orobolan, même dans les petits villages de paysans reculés au fond des montagnes, on avait acheté son CD.

Comment un mensonge aussi gros pouvait-il passer pour vrai auprès des gens ?

En plus, une artiste qui ne savait pas chanter, mais qui présentait quand même le nouveau concours, chaque année ! Depuis, on recherchait surtout des chanteuses bien roulées. Le fait qu'elles sachent chanter correctement n'était qu'un plus.

Le chef laissa Jacob, qui effaça la bande pour plus de sûreté.

Le soir venu il se rendit au restaurant. Narlia l'y attendait.

« Tu es prêt ?

Ma valise m'attend à l'appartement. J'ai retiré le maximum d'argent, sans trop que cela se remarque.

— Plus besoin d'argent, la fortune de mon père, en deux mille ans, est considérable.

— Je préfère quand même en avoir sur moi. On ne sait jamais.

— Pas de problème. Bon, on retourne chez mon père. De là, nous partirons pour notre premier coup d'éclat.

— C'est quoi ?

— Nous allons apparaître à la télé.

— Quoi ? Cria Jacob. Certaines personnes de la salle s'étaient retournées.

— Moins fort ! Tu veux nous faire repérer ? Viens partons ! »

Ils quittèrent le restaurant.

« Bon, si on veut retrouver Dolin, on doit lui dire où on est. Donc, on doit apparaître sur une large bande d'écoute.

— Mais c'est aussi le meilleur moyen de se faire repérer.

— On prendra le moins de risque possible. C'est une bande que l'on va passer, avec des membres du clan des Égouts. Personne ne les reconnaîtra.

— Et quand veux-tu que l'on fasse cela ?

— Pendant la remise des prix de la Starpop, dans une semaine. »

Arrivé à la maison du clan, Jacob fut conduit au salon. Là, Garnac et cinq autres membres l'attendaient. Tous avaient le teint blafard, habillés comme des mercenaires, ils avaient la mine fatiguée. Des tatouages sur la peau montraient une nature violente encline au combat. Assis contre une des tables, Jacob reconnut Charly.

« Bonsoir Jacob, content de te revoir.

— Bonsoir, Garnac.

— On dit Maître Garnac ou Vénérable, le renseigna l'un des membres.

— Laisse, Bruj. Il ne connaît pas nos coutumes. Je te présente donc Bruj. »

L'homme, aux allures de voyou, manipulait une dague courte. Un fusil à pompe était accroché à sa ceinture. Le tatouage sur son bras gauche représentait un loup mordant une femme à la gorge, plutôt sinistre comme décoration.

Le deuxième à se présenter fut Malki, un jeune à l'allure simple. Il regardait ses mains, comme si c'était nouveau pour lui, d'avoir des doigts. La drogue faisait encore des ravages.

Le troisième, Toré, était habillé comme un dandy ; seul détonnait le pistolet automatique qu'il portait en bandoulière. Jacob l'avait déjà vu lors d'une réception à la Starpop. Toré faisait partie de la jetset de Bénézit. Il discutait avec les plus gros investisseurs du moment. Il l'avait vu, au cours d'un dîner, parler avec le chef de la garde, le célèbre général Thalok, patron d'un complexe forestier, et même avec son propre patron.

Tout le monde s'assit, Garnac prit la parole. Le silence se fit immédiatement. Les hommes qui étaient là, étaient les premiers que Garnac avait amenés à la non-vie, sa garde rapprochée ; chacun avait formé un clan, qui était disséminé dans les grandes villes d'Orobolan. Ainsi, le clan de Malki était resté à la Garde de Sang. Celui de Bruj avait investi le cloaque et Akilthan. Toré gouvernait, bien entendu, Bénézit. Un autre, appelé Ghan, avait investi Wint Kapes.

Le clan de Charly était à Talith. Ainsi, le clan de la Lune Bleue contrôlait tout le monde parallèle d'Orobolan. Il était très actif dans la résistance contre les Shinjei, beaucoup plus que les petits groupuscules humains qui ne faisaient, en général, pas long feu.

Grâce à ses contacts, le clan avait réussi à plus ou moins contrôler l'antenne satellite de diffusion télévisuelle. Il pourrait, en investissant le bâtiment, diffuser leur bande vidéo, véritable reportage montrant les atrocités du régime, au lieu de la remise des prix de la star de l'année.

Pendant les trois jours qui restaient, Jacob fut formé par Charly aux diverses techniques de combat. Il avait quelques restes de ce qu'on lui avait appris en détention, mais il ne connaissait ni le maniement des armes blanches, ni celui des armes à projectiles. Pourtant, là aussi, une force mystérieuse lui permettait de tout assimiler rapidement.

Le soir, il se couchait, épuisé, regrettant de s'être laissé entraîner dans cette histoire.

Le jour de l'attaque, tout le monde se prépara. Jacob sentit bien que tous le considéraient comme un poids mort, mais il n'y pouvait rien. Il tenterait de faire au mieux.

Ils naviguèrent, par les égouts, jusqu'à la base où était l'antenne. Là un premier groupe, composé de Jacob, Narlia, Charly, et Malki, s'occupa de l'intérieur. Un autre groupe plus important, dirigé par Bruj, protégerait le bâtiment de l'assaut de la garde ou de l'armée. Il était prévu aussi de faire sauter le bâtiment. Ainsi, plus aucune transmission télévisuelle ne serait possible avant un bon moment.

Jacob était le plus nerveux. Narlia le rassura, on ferait prisonniers les quelques techniciens qui n'étaient pas à leur solde.

« Oui, mais les gardes ? Cet endroit doit être surprotégé !

— Les gardes sont des nôtres. Pour cette relève, tous ceux du complexe sont nos alliés.

— Vous préparez cet assaut depuis combien de temps ?

— Deux ans environ, que Toré et ses hommes ont pris le contrôle d'une partie de l'administration pour faire engager des hommes de Bruj aux postes de garde du complexe. Puis, par relation, ce soir et uniquement ce soir, tous les gardes du complexe sont des nôtres.

— D'accord, et moi dans tout cela ?

— Ton baptême du feu ! » Répondit Charly avec humour.

Ils entrèrent facilement dans le complexe, les gardes les laissant passer. Ils lanceraient l'alerte dix minutes après, pour se couvrir.

Tout le monde entra dans le local des transmissions, où des techniciens reliaient au satellite l'enregistrement en direct de l'émission enregistrée depuis la station balnéaire de Talith. Jacob pointa son poignard sur un des techniciens, Narlia en mit un autre en joue. Hélas le troisième fit sonner l'alarme.

« Les gardes seront là dans cinq minutes.

— On a neutralisé la garde, comment voulais-tu que l'on entre, autrement ?

— Charly, j'ai bien envie de me faire un casse-croûte, non ? demanda Narlia.

— Comme tu veux, petite fille. C'est vrai que j'ai faim ! »

Tous deux prirent leur forme bestiale.

« Oh, mon dieu, hurla le technicien près de Jacob, quelle horreur !

— Donc, tu vas faire ce que l'on te dit ?

— Oui, que voulez-vous ? Répondit l'homme, pissant littéralement dans son pantalon.

— Que tu passes cette bande en direct.

— Je ne peux pas. Il faudrait le directeur, et il est à Talith. Lui seul possède le code pour enclencher une diffusion via magnétoscope.

— C'est un ordinateur qui donne l'accès ? Demanda Jacob.

— Oui.

— Alors, amène-moi à lui.

— Jacob ? Demanda Charly.

— Avant de me faire arrêter, je piratais les sites de chansons. Je suis un petit crack en informatique. Un peu rouillé, mais cela devrait revenir. »

Jacob ne croyait pas ce qu'il disait, en dix ans l'informatique devait avoir évolué.

Par chance, les stations de contrôle étaient des vieux coucous, et non des ordinateurs derniers cris. Jacob réussit à ouvrir le système, mais aucun mot de passe n'ouvrit la console de contrôle. Et le temps pressait, l'alarme était donnée. Il n'y arriverait pas à temps, mais d'un coup, sans que Jacob ne comprenne pourquoi, c'était comme s'il connaissait tous les systèmes informatiques. Sans s'interroger plus, il se remit au travail et réussit très vite à entrer dans la console.

La diffusion de la bande commença.

Bruj vint les prévenir que cela se gâtait au dehors. La garde était là plus tôt que prévu, il fallait fuir. Jacob sut changer le système, pour que personne ne puisse modifier la bande. Pour arrêter la transmission, il faudrait tout couper. Les employés furent emmenés en lieu sûr, et Bruj posa la bombe, en espérant qu'elle ne serait pas découverte trop tôt.

Tout le monde repartit par les égouts, Bruj donna rendez-vous à la maison de Garnac. Tous étaient contents que la mission se passe sans dommage, mais la possibilité qu'un traître soit dans leurs rangs refroidissait un peu la joie de la victoire. Tous donnèrent des claques dans le dos de Jacob pour le féliciter. Jacob dut leur demander, en plaisantant, de l'épargner, il pourrait encore servir.

Charly déclara :

« Mais, bien sûr que tu vas encore servir. On te lâche plus, mon petit ! »

Arrivés au domicile de Garnac, ils découvrirent l'horreur. La maison était complètement brûlée. La garde fouillait les alentours. Narlia était inquiète, son père avait-il eu le temps de fuir ? Là, il n'y avait plus aucun doute, il y avait un traître dans leurs rangs. Narlia emmena Jacob, ils s'enfoncèrent dans le cloaque.

Ils firent une pause, peu avant l'aube. Narlia avala une pilule, qu'elle prit dans une poche à sa ceinture.

« Il faut que l'on retrouve les autres et mon père !

— Vous n'avez pas de solution de repli ?

— À Akilthan, c'était la maison de mon père. Sinon, il y a un bar dans le cloaque, où mon père aimait aller. Nous nous y rendrons ce soir.

— Et ces pilules, c'est pour quoi faire ?

— Pour résister au soleil. Il ne m'en reste presque plus. Il va falloir trouver un abri pour dormir. »

Ils se dirigèrent vers une tente montée, avec des bouts de bois et du vieux tissu, personne n'y séjournait actuellement. Ils étaient tous deux épuisés, mais ils étaient aussi trop inquiets pour dormir. Jacob prit la parole le premier.

« J'ai l'impression d'être manipulé par quelqu'un.

— Explique !

— Voilà. Déjà, ce vieil homme qui m'a refilé ce faux tract, visiblement pour que je te rencontre. Cette prophétie... Ton père qui, avec tous ses contacts, met des années à me retrouver. Je n'avais pas joué de piano pendant dix ans et, pourtant, je sais en jouer à la perfection. Mes doigts glissent tous seuls sur le clavier. Je ne connaissais pas tous les morceaux du concert et, pourtant, je savais tous les jouer. Ce soir, j'ai dix ans de retard sur l'informatique, mais je savais pirater comme si j'avais fait cela toute ma vie. Je connais tout sur des ordinateurs dont j'ignore l'existence.

— Je comprends. Mais si mon père a dit vrai, tu dois être l'Élu.

— Ton père le pense vraiment ?

— Oui. Sinon il n'aurait pas envoyé sa fille te surveiller.

— Cela fait trop pour moi. J'ai tant de questions et aucune réponse.

— Laisse faire le temps ! Si mon père dit vrai, le cataclysme n'est pas loin. Alors, tes réponses devraient venir plus vite que tu ne le penses.

Le soir même, ils se rendirent au cabaret, une cave aménagée, avec quelques tables éparses. Un bar, peu achalandé, distribuait des boissons. Sur une estrade, un groupe jouait de la musique. Mais nulle trace de Garnac.

Narlia parlait des événements qui s'étaient déroulés depuis l'arrestation de Jacob. Jacob lui racontait ses années de prison, sa terrible première année, les ennuis qu'il avait eus, puis heureusement il avait rencontré un des plus vieux, un certain Nilod et les assauts de ses camarades s'étaient arrêtés. Narlia lui raconta ses deux années d'internement chez les bonnes sœurs. La rigueur de la discipline, les coups de règle sur les doigts et les prières qu'il fallait réciter par cœur. Elle lui fit même découvrir certaines parodies qu'elle et ses camarades avaient inventées. Cela ressemblait au paradis, pour Jacob, à côté de l'enfer qu'il avait vécu. Il se rappelait le sadisme des gardiens. Comment avait-on pu laisser de telles personnes s'occuper d'enfants ?

L'aube approchait et Garnac ne s'était pas montré. Narlia préférait revenir un autre soir, rentrer à l'abri et économiser une de ses pilules. Pendant ses années de prison, une amie de son père, employée à la prison, lui faisait parvenir ses pilules.

C'est en sortant que Jacob remarqua un tract annonçant le spectacle d'un certain Thomic, magicien de son état, produit par un certain Dolin. Ce nom fit tilt, à Jacob comme à Narlia.

Garnac voudrait rencontrer ce Thomic, il n'y avait qu'à attendre deux jours.

Retournant à l'endroit où ils avaient dormi la veille, ils découvrirent un petit garçon famélique, qui cuisinait une sorte de ragoût. Le petit, les voyant arriver, prit peur et appela à l'aide.

« Yann ! Y a de la visite ! »

Un homme, la cinquantaine, arriva. L'homme troubla Narlia.

« Bonjour ! Excusez-nous, hier, cet abri était vide.

— Maintenant, il ne l'est plus, répondit l'homme bourru.

— Je ne vous ai pas déjà vu quelque part ?

— Non, cela m'étonnerait. »

On sentait une gêne dans la voix de l'homme.

« Ainsi, c'est vous qui êtes venu dans l'abri hier ?

— Oui, répondit Jacob ennuyé.

— Faut pas vous gêner, trouvez-vous en un, mais laissez celui des autres !

— On le croyait vide, c'est pour cela. Il n'y avait aucune affaire !

— J'emporte tout. Si on laisse quelque chose, les gardes ou les pillards nous le prendront. Vous avez faim ?

— Non, on a déjà mangé, répondit Narlia toujours songeuse.

— Vous vouliez dormir ?

— Oui, on a passé la nuit dehors à chercher de l'aide.

— Bon, vous ne m'avez pas l'air de pillards, alors venez. Installez-vous comme vous pouvez. S'il y a du grabuge, on vous préviendra. Au fait, je vous présente Youli !

— Merci beaucoup.

— De rien. »

Narlia et Jacob s'endormirent, pendant que Yann et Youli mangeaient.

Chapitre 39

L'émeute sanglante.

Dans la soirée, les deux fuyards se réveillèrent. Narlia raconta, brièvement, à Yann, pourquoi ils étaient arrivés dans le cloaque et ce qu'ils attendaient. Elle lui cacha néanmoins sa vraie nature, et ne lui parla pas de la Prophétie. Yann leur dit qu'ils pouvaient rester, mais qu'il faudrait qu'ils aident un peu. L'atmosphère était détendue.

« Je me rappelle qui vous êtes ! Yann Mirsmar, le boucher d'Akilthan !

— Il n'y a plus que Yann, le vieil homme qui s'occupe de Youli.

— Vous ne faites plus partie de l'armée ? Demanda Jacob.

— Non, tout ceci est fini, répondit Yann d'une voix triste.

— Comment avez-vous connu Youli ? Demanda Jacob, pour changer de conversation.

— Lors de l'émeute d'Akilthan.

— Là où vous avez ordonné de tuer les enfants ? Reprit Narlia.

— Ce n'est pas moi qui ai donné l'ordre.

— L'histoire dit que si ! Répondit Narlia d'un ton qu'elle regretta.

— Elle se trompe. Les autorités m'ont dit de charger les manifestants contre la politique d'impôts à Akilthan. Quand je suis arrivé, ce que j'ai découvert, c'était des enfants assistant à un concert. Alors, j'ai hésité. J'ai refusé de charger les mômes. Aucun n'était plus grand que Youli, et c'était y a deux ans. Alors, on a attendu. J'ai prévenu mon chef que la patrouille des Ours Brisés ne chargerait pas.

— Vous êtes des Ours Brisés ? S'enquit Jacob.

— J'en ai fait partie, oui ! Répondit Yann d'un ton encore plus las.

— Ce sont eux qui m'ont arrêté, après mon concert illégal.

— Alors c'est toi, le môme que j'ai arrêté ? Je n'ai jamais su ce que tu étais devenu. Pauvre petit gars !

— Je suis la fille qui a mordu votre collègue, renchérit Narlia.

— Bien, chouette rencontre ! Il vous en veut toujours, lui aussi a quitté l'armée. Il est dans le cloaque. Enfin bref, la garde est arrivée pour disperser le concert et arrêter les organisateurs. Mais y a eu un hic, les fameux manifestants sont arrivés au même moment, et ont commencé à jeter des pierres pour libérer les gamins. Là, on a dû charger. Mais j'avais donné l'ordre de ne pas toucher aux gamins, seulement aux manifestants. La garde s'est occupée des gosses et des musiciens. En deux heures, ce qui n'était qu'un petit concert illégal est devenu une véritable émeute. Des gens jetaient des bouteilles enflammées des immeubles. On mettait le feu aux rares véhicules trouvés dans la rue. Akilthan a commencé à s'embraser. Nous nous repliâmes et on a changé de tenue. La garde aussi. C'est là que ça a dégénéré. Dans l'assaut de l'après-midi, des enfants moururent et le peuple nous en voulait, à nous, les Ours Brisés, les vainqueurs de la guerre. On a dû charger et là, y avait de tout : femmes, enfants et casseurs. J'avais donné des ordres pour épargner les femmes et les enfants mais, dans la pagaille, rien n'y faisait. On a dû se replier une nouvelle fois. Les gars étaient de plus en plus nerveux. Des enfants ont commencé à manifester pour leurs camarades. Vers l'aube, nous étions crevés, la relève n'arrivait pas. Un ordre nous est tombé dessus. Nous devions charger et faire le maximum de prisonniers. Je leur ai dit que l'émeute s'était tassée dans la nuit, et qu'il n'y avait plus qu'une manifestation pacifique, qu'il suffisait de contenir. Mais les autorités voulaient faire un exemple, et on nous a dit de charger. Je n'ai pas voulu, j'ai été relevé de mon commandement. J'aurais bien dit à tout le monde de se barrer, que ça allait être un carnage comme la veille, et même pire. Mais les autres n'avaient pas assez d'années, ou ils avaient des femmes et des enfants. Alors, ils sont restés et ont essayé de faire au mieux. La garde est arrivée en renfort, vu qu'il y avait plus de commandant à ma patrouille et là, tout le monde a chargé les mômes. Voyant cela, j'ai ordonné un repli de la patrouille. Mais c'était trop tard, y avait des morts partout. Après, j'ai cherché des survivants, d'éventuels blessés. J'ai trouvé Youli, je l'ai soigné et je l'ai recueilli. J'ai guéri sa blessure à la jambe et je l'ai réchauffé comme j'ai pu. Les premiers jours, j'ai cru que j'allais le perdre, il vomissait le peu que j'arrivais à lui faire avaler. J'ai même failli le livrer à la Shinjei pour le sauver, mais je savais ce qui allait lui arriver, alors j'ai redoublé d'efforts. Comme j'avais plus mon poste, j'étais tout le temps avec lui et, au bout d'un temps, il a réussi à garder la nourriture. Il m'a raconté son histoire, et on s'est mis dans le cloaque.

— Cela fait deux ans que vous vivez ici, tous les deux ? De quoi subsistez-vous ?

— J'aide aux docks, et Youli coud des chaussures, pour le Shinjei qui a des usines non déclarées dans le cloaque. Puis, on fait du troc.

— Mon père vous aidera à sortir d'ici.

— Peut-être... s'il peut, ce serait chouette ! »

À la voix de Yann, on voyait qu'il n'y croyait pas.

Pendant son récit, Jacob avait senti le poids d'un homme qui était au bout du rouleau. Les Shinjei l'avaient rendu responsable du massacre. L'armée l'avait renvoyé pour l'exemple, pour donner un coupable à l'opinion publique, lui, le vainqueur de la guerre. Il n'avait pas lutté, plus de volonté, le désastre l'avait brisé, sans doute aussi pour protéger Youli.

« Et toi, Youli, comment en es-tu arrivé là ? Tu n'as pas de parents ?

— Pas souvenir maman, pas souvenir papa, dit Youli en haussant les épaules.

— Que faisais-tu quand tu as rencontré Yann ?

— Je fuguais avec deux copains. Les copains morts, tués par fusil. Eux six ans, moi plus grand, moi pas pu les protéger.

— Et tu fuguais d'où ? Demanda Jacob, voyant les larmes de Youli.

— Centre de détention provisoire, les dames gentilles mais levé tôt et toujours la douche, et les gardiens méchants.

— Un asile pour les fugueurs non identifiés, pas trop moche. Mais, au bout d'un mois, c'est la vraie prison que tu as connue, Jacob.

— Et comment tu y es arrivé ? Demanda Narlia.

— Gardes m'ont attrapé. Eux dire que docteur saurait comment trouver papa maman, eux pas pu.

— Et avant la garde ?

— Trou noir, moi me réveiller, pas savoir où j'étais, pas savoir ce que je faisais là, seul me rappeler Youli.

— Je vois. Un amnésique, mon père saura peut-être quoi faire.

— Votre père peut faire beaucoup ?

— Il a plus de deux mille ans, et il étudie la vie et la mort.

— Deux mille ans ! Rien que ça ! Tu vois, Youli, voilà ce que ça fait si, comme tes copains, tu renifles de la colle dans des sacs.

— Pas bon, renifler, Yann fâché si moi le faire, pas content, mais copains à l'atelier le faire, moi qui croire ?

— Crois Yann, il a raison ! Répondit Jacob.

— Oh oui, crois-le, Youli ! Renchérit Narlia.

— D'accord.

— Je ne dis pas de bêtises et je peux le prouver, reprit Narlia.

— Faites donc, provoqua Yann.

— Youli, tu n'auras pas peur ? Demanda Narlia.

— Youli est courageux ! »

Narlia prit son visage bestial.

Yann en fut effrayé, Youli tressauta.

« Un Lunard ! Oreille Brisée m'a dit qu'il en avait vu à un concert interdit, dans un parking. Son second, Peter, m'a confirmé ses dires, mais j'avais du mal à les croire.

— Alors, vous nous appelez des Lunards ?

— Euh, oui...

— Quel nom ! Je préfère Narlia.

— Bien sûr !

— Vous avez dit que le second d'Oreille Brisée se nommait Peter ? S'enquit Jacob.

— Oui, je l'ai formé. Il en a bavé, lui aussi. Il était à l'internat de l'armée, à Talith. J'avais un commandement d'instructeur, là-bas.

— Je crois que c'était un de mes vieux copains.

— Peut-être. Il a un an de moins que toi. L'émeute était son premier feu. »

Yann se leva abruptement.

« On doit aller travailler. Vous gardez nos affaires, je vous fais confiance.

— Merci.

— J'espère vous retrouver demain matin.

— Nous serons là. »

Le matin, Youli revint, il s'était battu avec un grand pour son déjeuner. Les contremaîtres l'avaient fouetté. Des marques parcouraient son dos, la chair était ouverte, mais le môme ne pleurait pas. Yann confia, à Jacob et Narlia, que Youli était souvent battu par les contremaîtres de la Shinjei. Et que son casse-croûte lui était souvent volé par les plus grands, sous menace de le frapper. Il était une petite chose frêle sans âge, et disait avoir sept ans, mais Yann le soupçonnait d'être plus vieux que ça.

Il leur confia qu'il devait, des fois, se priver de nourriture pour sauver Youli, lui n'était pas trop malmené aux docks. Il devait être devenu insensible.

Narlia utilisa un de ses pouvoirs pour soigner l'enfant. Elle remarqua qu'il cicatrisait plus vite que les Humains. Yann avait aussi fait cette déduction, sans s'en préoccuper.

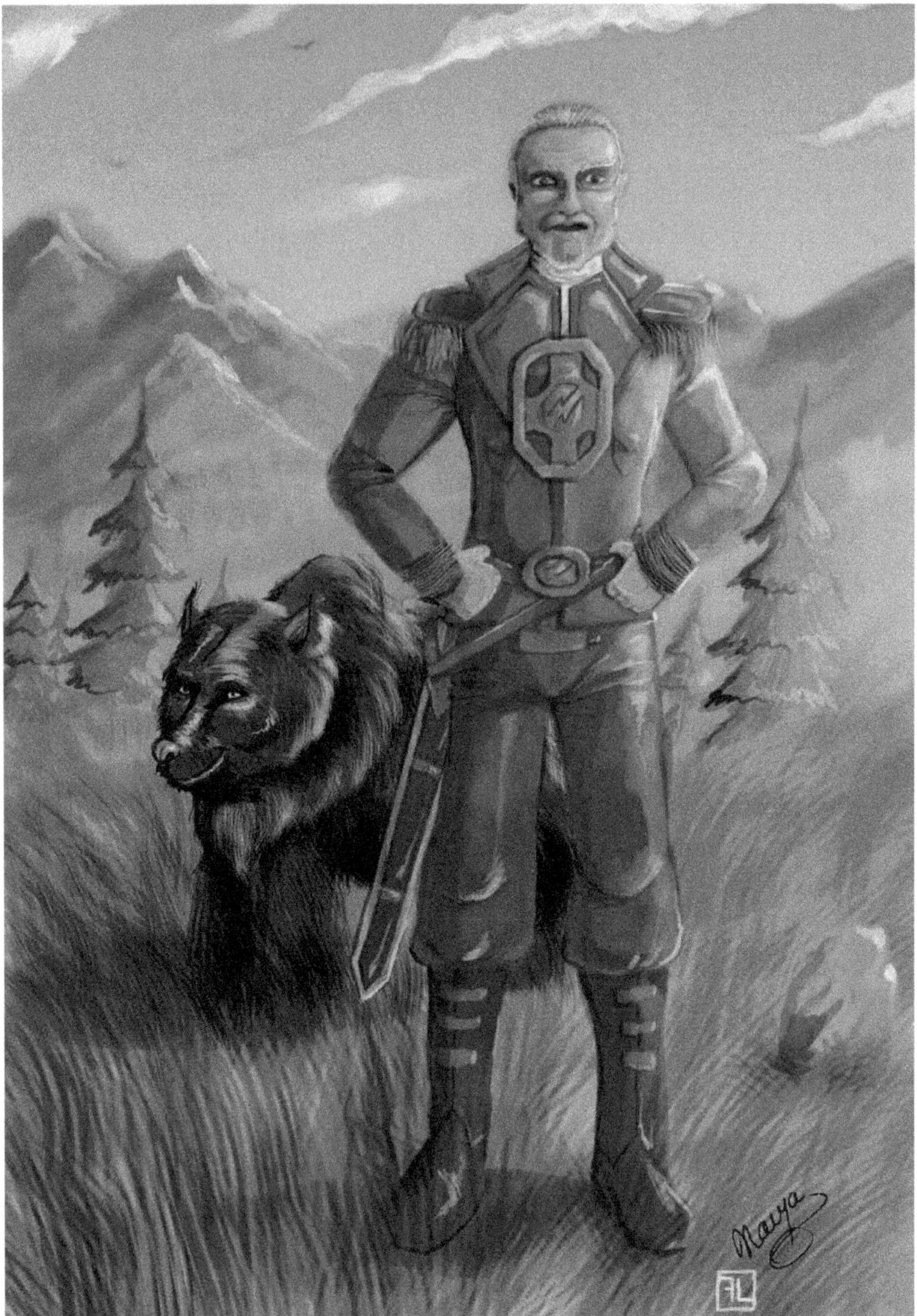

Chapitre 40

Les cartes diaboliques.

Le temps passa vite. Il y eut des rumeurs de plus en plus fortes que la Shinjei voulait détruire le cloaque d'Akilthan, pour annihiler la résistance qui s'y cachait. Yann institua des tours de garde. Le soir du spectacle de Thomic, la Shinjei commençait à faire rentrer les bulldozers dans le cloaque. Yann prit toutes ses affaires, et suivit Jacob jusque dans le cabaret clandestin.

L'ambiance était à son comble dans le cabaret. Il ne restait qu'une table de vide, près d'une sortie de secours.

Une serveuse gnome vint vers eux, et dit à Jacob que le magicien voulait les voir à la fin du show. Narlia se dit qu'il devait savoir où était son père. Elle se détendit un peu et profita de la musique, un beau duo de saxophone et de contrebasse. Ces musiques étaient interdites par la Starpop.

Puis vint le tour du magicien, il faisait voler les cartes. Jacob, habitué aux tours de magie que lui faisaient ses potes de collège, ne comprit rien. Il chercha les fils, il n'y en avait pas.

Une blondinette monta sur scène, elle mélangea le jeu, tira une carte, la remit dans le tas et mélangea de nouveau. L'artiste prit le jeu et le jeta dans un cercle enflammé. La carte de la spectatrice apparut dans les flammes.

Les applaudissements fusèrent de partout dans la salle. Thomic fit venir un autre enfant, Youli fut déçu de ne pas être pris vu comment il bondissait de son siège. L'enfant fit cinq paquets qu'il recoupa plusieurs fois et les tendit au magicien. Celui-ci, montrant que les cartes du dessus et du dessous étaient différentes, fit une passe magique et, d'un seul coup, les cinq cartes du dessus se levèrent et dansèrent au-dessus du paquet. Quand elles se retournèrent, ce fut un carré d'as, puis, un nouveau tour sur elles-mêmes, et ce fut une quinte flush à cœur. Le petit, impressionné, repartit à sa table. Ainsi, les tours se succédèrent, tous plus magnifiques les uns que les autres.

Youli monta sur scène. Thomic lui tendit quatre pièces de monnaie qui disparurent de sa main pour revenir dans son oreille puis dans sa poche. Enfin, ce furent quatre pièces immenses qui sortirent de sa poche. Youli revint à sa place, complètement ébahi. Yann fit remarquer que c'était la première fois, en deux ans, qu'il voyait sourire Youli.

Les choses se gâtèrent alors. La garde investit le cabaret. Le service d'ordre commença à riposter. Narlia et Jacob sortirent également leurs armes. Yann prit celle que Narlia lui tendait. Youli se terra, apeuré, comme un jeune chiot, derrière une table. Thomic restait sur scène, les balles, mystérieusement, ne l'atteignaient pas. Jacob, qui regardait la scène, en fut étonné et fit signe à Narlia de regarder la scène. Le magicien prit un as de pique et le brandit en l'air. Des cartes, sorties de nulle part, attaquèrent les hommes de la garde, les coupant aux bras et au visage. Thomic lança une nouvelle carte qui vint protéger la bande des tirs ennemis.

Une des serveuses prit Youli dans ses bras pour l'emmener vers la sortie. Complètement tétanisé, le gamin se laissait faire. Les gardes encore valides voulurent tirer vers la serveuse, une nouvelle carte la protégea.

Tout en lançant de nouvelles cartes, Thomic se rapprochait de Jacob. Celui-ci comprit la manœuvre et fit signe aux autres de se diriger vers la sortie.

Yann fut le premier à partir, il fut touché à la jambe. D'un signe de tête, Narlia indiqua à Jacob de passer devant. Elle avait, plus que lui, l'expérience des combats. Jacob hésita, mais les tirs s'intensifièrent. Des renforts étaient arrivés, Thomic avait de plus en plus de mal à les contenir. Jacob rejoignit Yann. Youli pleurait, Yann souffrait le martyre. La serveuse essayait de contenir l'hémorragie, mais cela ne suffisait pas. De plus, les soldats commençaient à faire le tour des bâtiments.

La serveuse demanda à Yann s'il pouvait marcher. Il acquiesça, mais chaque pas lui coûtait.

Narlia et Thomic arrivèrent. La serveuse leur indiqua un souterrain qui passait sous le club. Ils s'y engouffrèrent de justesse.

Le souterrain devait dater de la création d'Akilthan, voire même de l'époque où la cité était encore le cloaque de Bénézit. Une partie du souterrain avait été murée en direction de la ville, mais on pouvait y accéder par un chemin. Ils s'arrêtèrent quand ils furent certains que la garde ne les avait pas suivis.

Narlia était blessée à l'épaule, et le manque de sang se faisait sentir. Quant à Yann, il était au bord de l'évanouissement. Thomic était épuisé. Il se pencha quand même vers Yann, imposant la carte de la dame de cœur et il incanta. La plaie se referma d'elle-même, après que la balle fut sortie.

Yann avait encore mal, mais c'était devenu supportable.

« C'est quoi ces cartes ?

— C'est un tarot diabolique, chaque carte a un pouvoir particulier. En général, les cœurs soignent, les piques attaquent, les trèfles défendent et les carreaux améliorent la perception. Mais il faut que le magicien communique de l'énergie aux cartes, pour qu'elles fonctionnent.

— Un conte de fées, je suis dans un conte de fées ! Enfin, merci ! »

Narlia, par contre, était sur le point de s'évanouir. Jacob lui demanda ce qu'il pouvait faire.

« Il me faudrait du sang, un animal fera l'affaire.

— Ici, à part un rat, tu ne trouveras pas grand-chose.

— Thomic, où est mon père ?

— Je ne sais pas, je pensais que tu allais me le dire. Je ne l'ai pas vu depuis que je lui ai dit de fuir, avant l'attaque de votre refuge.

— J'avais espoir que vous me diriez où il est, dit Narlia, crachant du sang.

— J'ai vu Charly, Malki est reparti à la Garde de Sang. Bruj s'est fait tuer, mais Charly a vu Garnac en vie, il parlait de vous retrouver. Mais il a dû partir précipitamment rejoindre Malki.

— Il a donc survécu ?

— Aux dernières nouvelles, oui, répondit Thomic, ne voulant pas donner trop d'espoir.

— Et dire que je me vidais de mon sang... tu aurais dû me le dire, je te l'aurais gardé pour toi, déclara douloureusement Yann.

— Non, il me faut du sang chaud qui sort à peine de l'animal.

— Merci pour l'animal, gémit Yann, sa jambe lui faisant de plus en plus mal.

— Je n'ai jamais bu de sang humain.

— Tu veux mien ? Demanda Youli, qui avait retrouvé ses esprits et l'usage de la parole.

— Non, tu es trop petit. Merci, et puis cela te laisserait trop faible.

— Alors, Narlia, prenez le mien. Je m'appelle Sammy Joe, dit la serveuse, je peux attendre ici et me reposer un moment. La garde ne connait pas cet endroit, il a été oublié depuis des siècles.

— Je ne peux vous faire cela, j'ai promis à mon père.

— Il approuvera, et puis je consens à ce sacrifice.

— Prends aussi mon sang, comme cela on sera deux, dit Jacob peu rassuré, le temps de repos sera moins grand.

— Vous aurez besoin de toutes vos forces pour fuir, Jacob. Mère Abigaïl, notre reine, m'a dit d'attendre votre venue, déclara la serveuse.

— Ah non ! Pour vous aussi, je suis donc un Élu ?

— Oui, Jacob, je crois que tu es un Élu. Seul mon père pourrait nous le confirmer, mais il a fui Bénézit, et je peine à retrouver sa trace depuis un an. Même le réseau secret de Garnac n'a pu m'aider. Déclara Thomic

— Depuis ma libération, vous n'avez pas de nouvelles de lui ? Le coupa Jacob. Avant, il faisait quoi, pendant que je moisissais dans cette prison ?

— Il nous aidait sans éveiller les soupçons, répondit rapidement Thomic.

— Merci pour l'aide !

— Bon, arrêtez-là ! Coupa Yann. Je comprends plus. Narlia, tu suces le sang humain ou animal. Thomic, tu incantes comme un magicien de conte de fées. D'accord ! Jacob, tu es sensé être un Élu

Le chant de l'âme

de je ne sais quoi. Youli, visiblement, cicatrise plus vite que les autres enfants. Je me demande ce qu'il est ? Mais bon, vous allez tout m'expliquer ?

— Je vais le faire, pendant que Narlia boira le sang de la serveuse. L'idée de Jacob n'est pas mauvaise, elle vous permettra de continuer à nous aider pour notre fuite.

— Bien, Maître, répondit Sammy Joe.

— Bon, Yann, repris Thomic, vous avez déjà entendu parler de Kharon et de la troupe des Élus ?

— Oui, je connais ce conte pour enfants, c'est une légende.

— Et vous connaissez la prophétie d'Érébios ?

— Oui. Le Mal serait emprisonné et, à chaque mauvaise action, l'essence du Mal serait libérée. Ce qui formerait des entités noires. Mais, je le répète, c'est une légende !

— Et après, que savez-vous d'autre ?

— Que tous les deux mille ans, une troupe d'Élus serait nommée pour retrouver des cristaux, et sauver le monde.

— Et ne ressemblons-nous pas à une troupe ?

— Si, mais... hésita Yann.

— Avec ce que vous avez vu ces derniers jours, ne doutez-vous pas de votre bon sens ?

— Je ne sais plus quoi penser.

— Alors, laissez-vous guider.

— Je serai un Élu amené à sauver le monde ? Moi qui n'ai pas pu sauver ces mômes, lors de l'émeute d'Akilthan ! Pourquoi ne pas les avoir sauvés, eux, je n'ai pu sauver que Youli ! »

Yann pleurait à chaudes larmes.

« Imaginez-vous, deux secondes, ce que c'est de voir ces petits corps en sang, de les sentir mourir dans vos bras ? »

Youli se rapprocha de Yann, et tenta de le consoler.

« Je pense que ce n'est pas un hasard. Je sens un pouvoir en Youli.

— Lui aussi, alors ?

— Rien n'est un hasard.

— Tout cela est trop pour moi !

— Vous êtes libres de choisir votre destinée. Je pars d'Akilthan par ce souterrain, qui conduit au dehors, dans une clairière. De là, vous pourrez aller où vous voulez. Ceux qui veulent me suivre seront bien accueillis. Les autres, je souhaite que l'on se revoie en vie.

— Merci, dit Narlia qui avait fini de boire. Pour ma part, je dois retrouver mon père. Et si, en suivant Thomic, je peux arriver à le retrouver, alors je le suis.

— Moi, j'ai sans doute perdu mon job. Je suis comme toi, Yann. Je trouve qu'il y a des trous dans ce récit, mais je n'ai rien à faire d'autre, vu que j'ai sans doute perdu mon boulot à la Starpop, et que je dois être recherché pour rupture de conditionnelle. Alors autant sauver le monde, si je peux.

— Ouais, bon, dormons ! Youli doit être épuisé.

— Moi pas sommeil, je comprends pas tout, mais moi je veux rester avec papa Yann. »

Yann fut ému des paroles de Youli. Ce môme devait être le mince fil qui le rattachait au peu de vie qui lui restait. Tout le monde réussit plus ou moins à s'endormir. Jacob, épuisé par le don de sang à Narlia, s'endormit assez vite. Sammy Joe dormait déjà.

Narlia et Thomic restaient éveillés.

« Alors, tu as grandi depuis la dernière fois !

— J'avais dix ans, j'étais une petite rebelle, et tu m'as dit que le monde avait besoin de moi.

— Oui.

— Dis-moi, quel âge as-tu vraiment ?

— En âge réel, je ne dois pas être tellement plus vieux que toi, car dans la grotte où je vivais avec mon père, cent ans correspondent à une journée. Alors, tu vois, je n'ai pas beaucoup vieilli. Lui, un peu plus, à force de devoir aller sauver le monde. En âge humain, j'ai approximativement deux mille ans.

— Mon père a plus de quatre mille ans. J'ai bien peur qu'il s'éteigne un jour. Je ne voudrai pas qu'il parte avant que je ne le revoie.

— Je peux te promettre que tu le reverras avant qu'il s'éteigne, comme tu dis.

— Tu penses que Jacob est l'Élu ?

— Non. Je sais, maintenant, qui est l'Élu, et ce n'est pas lui ! Il est juste celui qui est chargé de le protéger, comme nous tous. Il en est un, mais pas le Sauveur.

— Nous tous ?

— Toi, Yann, Jacob, moi.

— L'Élu serait parmi nous ?

— Oui, je le pense. Mon père nous en dira plus. Tu devrais dormir.

— Oui, toi aussi.

— J'aurai tout le temps, plus tard.

— Plus tard ? Quand ?

— Quand le monde sera redevenu ce qu'il aurait dû être. »

Narlia trouva enfin le sommeil alors que Thomic veillait.

Yann fut le premier à se réveiller. Il s'assit, maudissant de ne plus avoir ses affaires. Thomic lui dit qu'il pouvait aller les chercher si la garde ne les avait pas emportées. Sammy Joe avait caché les affaires de Yann derrière la scène.

La garde était partie une heure avant. Elle avait fini de fouiller le secteur. Yann revint, content d'avoir réussi à retrouver son paquetage dans les décombres. Son vieil uniforme s'y trouvait.

Au loin, on entendait le bruit des bulldozers qui avaient commencé à raser le cloaque ; des milliers de familles ne trouveraient plus où se loger. Elles partiraient vers les petits villages d'agriculteurs qui parsemaient Orobolan. Ils vivaient presque en autarcie depuis la fin de la guerre. La différence entre ces villages et les villes était impressionnante. Si des véhicules motorisés circulaient en ville, la plupart du temps on naviguait en charrette dans les campagnes.

Seule la télévision, et parfois le téléphone, attestait d'une avancée technologique.

Yann entreprit de faire du café. Enfin, un semblant de café ; on n'en trouvait plus dans le cloaque. Un ersatz pouvait se ramasser aux docks. Au moins c'était chaud et cela remontait. Yann ne parlait pas à Thomic, il l'ignorait. Thomic respecta son silence. Ayant récupéré ses affaires, Yann prit une couverture et la mit sur le corps recroquevillé de Youli avant rompre à nouveau le silence pesant.

« Comment cela a-t-il pu se passer ?

— Quoi ?

— Ce massacre ! Quand j'ai été cassé de mon grade, j'ai entendu le résultat de l'émeute comme la plus sanglante depuis la guerre. Et, comme je le dis là, c'était la guerre ! Pendant l'émeute, sur deux jours, il y a eu autant d'enfants morts que pendant une année normale. Toutes ces petites victimes, j'en ai été malade ! S'il n'y avait pas eu Youli, je me serais certainement suicidé. En plus, l'histoire retiendra que je suis le boucher d'Akilthan, le responsable de tous ces morts ! Alors que je jure que j'ai demandé à mes hommes de ne participer à aucun des deux massacres.

— Je le sais. Mais tu as le choix : soit, tu nous suis et on détruit les Shinjei pour changer l'histoire, et tu es réhabilité, comme Kharon le fut. Soit, tu restes là à te lamenter sur ton sort.

— Vous parlez d'un choix ! Et Youli, il deviendra quoi si je ne suis plus là ?

— Youli est peut-être plus puissant qu'on le croit.

— Youli, un môme puissant, vous plaisantez ?

— Non.

— Allez, laissez tomber, je vous suis ! Mais si vous faites du mal à Youli, ou si vous lui faites miroiter des pouvoirs, alors là, mage ou pas, je vous tue !

— On peut faire comme cela.

— Je veux ! Youli devrait pas connaître la guerre. Bordel, moi je l'ai assez faite pour que Youli ne la fasse pas ! Où vous étiez, pendant la guerre de la drogue ? Trente ans qu'elle a duré, cette guerre ! Deux royaumes ont disparu ! Tous ces morts ! Vous étiez où ?

— On sauvait le monde.

— Eh ben, vous avez dû louper un virage ! »

Entendant la voix de Yann, Youli se réveilla. Yann se calma de suite et servit du lait chaud à l'enfant. Les blessures de la veille avaient cicatrisé, son dos était net, comme s'il ne s'était rien passé.

Jacob se réveilla également.

« Bon, on va où maintenant ?

— Je pense que l'on devrait aller vers Calisma. Sammy Joe m'a dit qu'une communauté de Petites Gens s'y trouvait. Ils ont un réseau de renseignements fabuleux ! »

Youli ne comprenait rien, sauf qu'il faudrait marcher longtemps.

Une fois tous réveillés, ils longèrent le tunnel et arrivèrent dans une clairière, aux abords du cloaque. Ils virent les engins des Shinjei le détruire.

Dans la clairière, un chêne majestueux trônait, il devait avoir près de trois mille ans. Une pierre tombale était posée devant. Les marques étaient presque effacées par le temps, mais on pouvait y lire : « En mémoire de Khiro, héros du petit peuple d'Akilthan, qui sauva le monde au péril de sa vie. »

« Vous voyez, il l'a fait avant vous. Sans se poser de questions, il a quitté sa famille et il a rejoint la bande de Kharon, déclara Thomic. L'heure de vérité est maintenant ! Qui vient ? Narlia ?

— Je te suis, pour ceux de la Lune Bleue.
— Yann ?
— Pour l'honneur des Ours Brisés, je te suis.
— Jacob ?
— Pour ceux qui ont passé injustement dix ans en prison, je te suis.
— Sammy Joe ?
— Je dois rester pour mon fils.
— Bien, je te comprends. Allons-y !
— Et moi, on me demande pas ?
— Excusez-moi ! Youli ?
— Pour les enfants d'Akilthan, et de partout dans le monde, je te suis, dit l'enfant, fier de lui.
— Bien. Allons-y, direction Calisma ! »

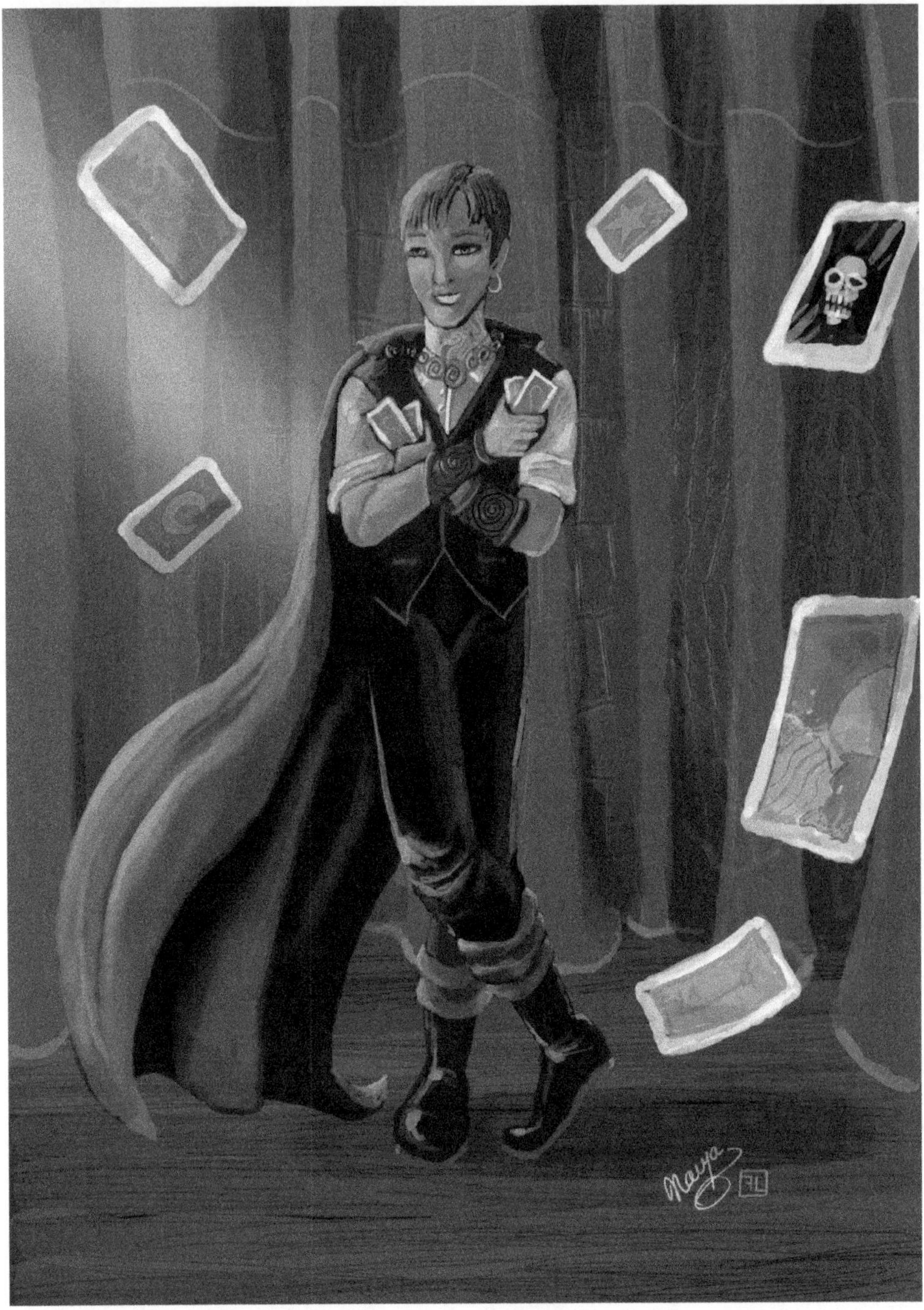

Chapitre 41

Thomic dévoile son jeu.

Cela faisait trois jours qu'ils marchaient, le groupe était épuisé. Il fallait bouger de nuit, pour épargner Narlia. D'autant que les Shinjei allaient certainement les rechercher. Jacob était encore en conditionnelle et, vu son passé, la Starpop ne voudrait pas trop qu'il s'égare dans la nature. Thomic dormait très peu. Ce qu'il n'avouait pas aux autres, c'était ses cauchemars : un enfant riait, Thomic le tuait et, alors, il tombait dans un tourbillon de poix horrible, l'essence même du Mal, le résidu qui devait permettre de créer les Êtres Noirs. Il savait que tous les rêves des Gardiens étaient prophétiques.

Quel était cet enfant ? Serait-ce le démon que son père voyait dans ses rêves ?

Au matin, Thomic annonça à la bande qu'il savait où était son père. Il leur parla de son rêve et de la hutte, mais pas du garçon, ni de l'essence du Mal. Yann fit remarquer que, même avec ces indications, le monde était vaste, qu'il fallait se ménager ou trouver un moyen de transport. Mais, même avec un véhicule, cela durerait le temps d'un plein, car il fallait une carte des Shinjei pour se réapprovisionner.

Ils décidèrent d'entrer dans un village. Ils en trouvèrent un rapidement sur leur route : une vingtaine de maisons, petites mais confortables, avec chacune son petit jardin de terre à cultiver. Chacun mangeait ce qui se récoltait et le troc régnait. C'était ainsi dans tous les petits villages d'Orobolan.

La télévision et le téléphone ne fonctionnaient plus. Seule la radio marchait, même si certaines informations filtraient. Les véritables chiffres du massacre avaient été révélés, les truchements de la Starpop aussi, en plus de son implication dans la guerre de la drogue.

Un vieil homme les renseigna sur la hutte, elle était réputée hantée. Elle se trouvait à une journée de marche de là.

La bande préféra se retirer quand d'autres informations signalèrent la fuite de Narlia et de Jacob. Elles les présentèrent comme de véritables tueurs, et le nom de Yann avait été donné, comme étant le responsable du massacre.

Yann devint sombre. Youli ne comprenait pas, il avait entendu à la radio que Yann avait tué tous ces enfants. Il était furieux que l'on puisse dire cela de son papa.

« Dis-leur, papa Yann, que c'est pas toi ! Toi, tu m'as sauvé !

— Youli ne pleure pas. Je le sais, tu le sais, tous ceux qui sont là le savent. Pour les autres, cela prendra un peu plus de temps.

— Un jour, deux jours ?

— Plutôt des mois.

— Trop long, trop long ! Pleurait-il.

— Je sais, je sais. Va, ne pleure pas, calme-toi !

— Je peux pas, frappe-moi, mais moi pas calme !

— Voyons, mon garçon, je ne te battrai jamais. Ne te rends pas malade pur des mensonges ! »

Les autres, impuissants au désarroi de l'enfant, n'y pouvaient rien. Thomic s'approcha.

« Moi pas gentil, moi méchant, Yann gentil et autres dire que lui méchant, tellement injuste !

— Je sais, ne t'en fais pas ! »

Yann, déjà désemparé par la nouvelle, ne pouvait contenir la colère de l'enfant. Thomic parvint à mettre sa main sur le front de l'enfant et dit :

« Dors petit, demain sera un autre jour. » L'enfant tomba de sommeil.

« Qu'as-tu fait ? demanda Yann, furieux.

— Je l'ai simplement endormi, il tombait de sommeil. Cela fait quatre jours que l'on marche et son corps n'y est pas habitué. Cette nouvelle a eu raison de ses dernières forces. Au réveil, il ira mieux. Nous allons le porter.

— Non, je le porterai, répondit Yann bourru. J'en suis responsable. Et ne t'avise pas de recommencer cela, ou je te tue !
— Ne t'inflige pas cette croix.
— C'est ma croix, puisque tu n'en as pas voulu. Tu as laissé mourir ces enfants. Tu as entendu : trois mille enfants en deux jours, dans le seul bourg d'Akilthan !
— Je sais.
— C'est beau de savoir, mais pourquoi n'avoir pas agi ?
— Ce n'est pas si simple.
— Facile, comme réponse. Emmène-nous à ton père, et laisse-moi Youli ! »

Encore une fois, Yann parlait les yeux pleins de larmes. Rien n'aurait pu calmer sa colère, Thomic le savait. Dolin et lui avaient échoué à protéger le monde. Ils avaient laissé le Mal aller trop loin et, maintenant, le vaincre serait plus dur.

Ils marchèrent une partie de la nuit, puis ils se trouvèrent une grotte, comme refuge, pour la journée. Youli se réveilla. Il était tendu, il cherchait à dire quelque chose, mais cela ne sortait pas. Narlia le ressentit la première, elle alla vers lui.

« Qu'y a-t-il, Youli, ça ne va pas ?
— Non.
— Tu es malade ?
— Non.
— Qu'est-ce qui ne va pas ?
— Pas dire.
— Et à moi, dit Yann, d'une voix douce qui étonna tout le monde, tu peux le dire, à ton copain, ton « papa ».
— Tu n'es pas fâché contre moi ?
— Pourquoi ?
— J'ai dit des vilains mots, tout à l'heure, et j'ai crié contre toi.
— Oui, je sais. Mais ce n'est pas contre toi que je suis fâché, mais contre les hommes qui ont fait que tu étais fâché.
— Contre Thomic ?
— Non, d'autres hommes.
— Pourtant, tu es fâché contre Thomic !

— Oui, mais pour une autre raison. Je t'expliquerai plus tard. Tu veux ton lait ?
— Y en a encore ?
— Un peu.
— Alors non, je veux le garder pour le plus tard possible.
— D'accord. »

Les autres regardaient la scène, incrédules. Des scènes pareilles, il avait dû s'en passer en deux ans. Yann se chargeant du petit comme une mère se chargeait de son enfant.

« Tu n'es pas un peu fâché contre moi ?
— Peut-être un peu.
— Tu vas me gronder ?
— Tu le veux ?
— Ben... c'est normal. C'est le rôle d'un papa.
— Et quoi comme punition, la fessée ? Plaisanta Yann.
— Euh... non, se rembrunit Youli.
— Alors, décide.
— Moi, je décide ?
— Oui.
— Euh... c'est moi qui vais faire le café !
— D'accord ! »

Youli se mit en tête de faire cette corvée. Il partit chercher du bois et alluma le feu - avec une petite aide discrète de Thomic, pour que le feu prenne. Le café fut imbuvable, mais tout le monde le but jusqu'au bout.

Youli avait retrouvé le sourire, il se sentait joyeux. Yann aussi, regardant ce petit d'homme. Il avait compris que l'Élu, c'était ce bout de personne, ce petit corps tout frêle qu'il avait guéri tant et tant de fois.

Le soir venu, ils arrivèrent à la hutte hantée. Tout le monde entra. Youli frissonna. Narlia, comme Thomic, sentit le pouvoir immense du lieu. La hutte était décorée de portraits. Youli lisait toutes les étiquettes, heureux de montrer qu'il savait lire.

Un jeune garde avec une barbichette « Kharon ».

Une créature de la nuit, en pose si fière de guerrier qu'il semblait ridicule, « Nosfi ».

Un Élénian, fier avec son arc réparé, « Nomis »

Un petit homme qui semblait si frêle « Khiro ».

Un mage dans sa grande robe bleu nuit « Dolin ».

Jacob avait déjà vu ce visage, et il savait exactement où.

Enfin, une jeune femme habillée en guerrière, elle avait des ailes de dragon dans le dos.

« Myrtha ! » dit Youli émerveillé par le portrait.

Il resta posté devant elle.

« Tu l'as déjà vue quelque part ? Demanda Narlia.

— On dirait une maman.

— D'après ce que m'a dit mon père, Myrtha était loin d'être une maman. Elle est morte depuis longtemps.

— Tête tranchée !

— Oui, c'est exact, Youli, elle a été décapitée, comment le sais-tu ?

— Je sais pas. Je le sais, c'est tout ! »

Youli regardait fixement le portrait, comme s'il connaissait Myrtha. Jacob se pencha vers un message sur le mur sans tableaux :

« Le fils réveillera le père depuis peu endormi. Sous le tableau de son père, le fils révélera ce qui est caché. »

Il fit signe à Thomic de s'approcher.

« D'après ce que je comprends, Thomic, tu dois te mettre sous le portrait de ton père ! »

Thomic s'exécuta. La cabane trembla soudainement, et un cercueil sortit de terre. Dolin était étendu, au repos. Jacob le reconnut de suite, c'était bien Nilod, celui qui l'avait aidé en prison. Des questions lui venaient à l'esprit, mais les réponses viendraient-elles ? Thomic prit une de ses dernières cartes pour réveiller Dolin.

« Bonjour, tout le monde ! Bienvenus dans le refuge. Ici, le temps est infini.

— Comment cela ? Demanda Jacob.

— J'ai une triste nouvelle, Thomic. Je suis mort, il y a douze ans.

— Père, le tarot de la vie vous a réveillé.

— Bien sûr, et nous reviendrons sur cela. Mais avant, nos amis doivent avoir plein de questions. Sachez que tous, Élus que vous êtes, j'ai eu du mal, vu ma condition, à vous retrouver. Le

Mal a gagné une bataille ! Les changements du monde ont affaibli considérablement le pouvoir des Gardiens. Le Mal a réussi à envoyer, ici-bas, des démons, avant le dernier combat. L'un d'eux m'a trouvé, il y a douze ans, et m'a vaincu. »

Tout le monde s'était assis, écoutant le récit de Dolin, en espérant que les réponses viendraient.

« J'ai pu rester enfermé, ici, sous cette forme éthérée. La fin des cultes primordiaux a affaibli la Toile qui régit notre pouvoir.

— Vous voulez dire que, puisque on a arrêté de croire en vous, vos pouvoirs ont disparu ? Demanda Yann, incrédule.

— C'est un peu cela. Le Mal est plus fort que jamais. Mais il a besoin des médaillons de puissance, pour se libérer, et du sang d'un Élu, pour clore le sortilège.

— Et où sont ces médaillons ? Demanda Narlia.

— Ils ont disparu. Jacob, l'un t'a été volé. L'un doit être dans les montagnes à l'ouest, un autre près de l'ancienne forêt des Élénians. Je ne sais pas où sont les autres.

— Si j'ai bien compris, vous avez perdu une partie de vos pouvoirs et c'est donc pour cela que vous n'avez pu empêcher les bouleversements sur Orobolan ?

— Oui, Jacob. Je n'ai pu empêcher ni la chute de la monarchie, ni la dernière guerre.

— Thomic ne doit pas avoir tous les pouvoirs que vous devriez avoir ? Demanda, à son tour, Narlia.

— Encore exact.

— Si vous étiez mort... enfin enfermé ici, qui m'a aidé en prison ? Vous ressemblez beaucoup au gars qui m'a aidé.

— Comme un fils ressemble à son père ; je plaide coupable, répondit Thomic.

— C'était toi, en prison ?

— Vu que je n'avais pas de nouvelles de mon père, je devais aller partout, surveiller les Élus et sauver le monde. C'est pour cela que je ne pouvais t'aider tout le temps, désolé.

— Et moi donc ! Mais c'est vrai que votre aide était appréciable !

Le chant de l'âme

— Et si vous pouviez sauver le monde, déclara Yann jusque-là silencieux, même si on voyait qu'il contenait sa colère en berçant Youli, pourquoi n'avoir pas empêché l'émeute ?

— Notre tâche est de contrôler le Mal. Nous ne devons pas interférer dans le désir des Hommes. J'ai fait ce que j'ai pu pour en sauver le maximum, et ne croyez pas au hasard si vous avez trouvez Youli !

— Le sauver, lui, et en tuer trois mille autres !

— Oui. Si j'avais pu, j'aurais préféré en tuer un, pour en sauver trois mille.

— Quelle est l'implication des Shinjei dans ce désastre ? Demanda Jacob.

— Les Shinjei sont l'essence du Mal. Ils sont responsables du déclin de la monarchie, de la guerre de la drogue, et du désastre du monde. C'est pour cela que les démons se sont immiscés dans les Shinjei.

— S'il faut un Élu de chaque ancienne race, de laquelle suis-je ? Demanda Jacob.

— Tu es le descendant de Gowi, des Petites Gens.

— Et Youli ? Demanda Yann.

— Youli est le petit-fils de Myrtha.

— Elle a eu un enfant ? Demanda Narlia.

— Oui, un enfant avec un Humain. Youli est mi- Humain mi-Thollien, comme Jacob est mi- Humain mi- Petites-Gens.

— Les Tholliens peuvent se transformer en animaux, en quoi je me transforme ? Demanda Youli.

— Je ne te le dirai pas. Tu t'es déjà transformé, une fois, et cela a causé ta perte de mémoire, répondit Dolin. Veux-tu la retrouver ?

— Papa Yann ?

— Non, pas maintenant, Youli. Attends un peu, tu es content comme cela ?

— C'est un choix sage. Mais je te promets, Youli, que tu trouveras ton ancienne vie avant la fin.

— Que devons-nous faire maintenant ? Demanda Thomic.

— Je ne peux quitter le sanctuaire, mais je vous aiderai comme je peux. Allez à Calisma. Vous trouverez quelqu'un qui vous aidera.

— Dolin, et mon père ? demanda Narlia.

— Ton père est à la Garde de Sang, Narlia. Mais il se meurt. Pas physiquement - il est immortel, mais mentalement. Quatre mille ans de non-vie, c'est long. Il rejoindra ses pères, après la bataille.

— Je comprends, je vais aller le voir.

— Non, Narlia, tu as une mission. Elle te conduira à lui, mais pas de précipitation. Ton père t'a éloignée pour trouver celui qui l'a trahi.

— C'est un énorme sacrifice, que vous me demandez !

— J'en ai conscience, mais je n'ai pas le choix. Tout puissant que je sois, quelqu'un d'autre donne les règles du jeu. »

De son côté, Youli pensait à l'animal qu'il devait être. Il regarda le portrait de sa grand-mère. Il sut alors lequel il deviendrait.

La troupe se reposa enfin, ils en avaient tous besoin. Thomic, comme à son habitude, ne dormait pas, il discutait avec son père. Raconté douze ans en une nuit, c'est peu.

Le lendemain, ils trouvèrent une embarcation pour Calisma. La barque, frêle, permettait de longer la rive et de se cacher en cas de patrouille.

Jacob essaya de revenir au sanctuaire. Une question lui trottait dans la tête. Mais, à la place de la hutte, il trouva une clairière vide ; le sanctuaire avait disparu. Résigné, il rejoignit les autres, toujours sans réponse à ses questions ...

Chapitre 42

Le bateau des damnés.

Le voyage commença, Narlia devant se réfugier dans l'étroite cale la journée. Thomic lui affirma qu'elle trouverait des pilules à Calisma. Elle en fut heureuse et avait hâte de revoir le soleil.

Cela faisait deux nuits qu'ils naviguaient quand alors que la brume dominait les eaux, un énorme bateau surgit devant eux. Ils n'eurent pas le temps de changer de cap et le choc fut très violent, endommageant irrémédiablement leur embarcation.

Ils se réfugièrent à bord du navire qui les avait percutés. D'évidence il était ancien très ancien. Thomic reconnut le symbole de Polinas sur le montant du bateau. Cette embarcation était froide, on sentait la mort. Tout le monde était mal à l'aise. Les hommes d'équipage baignaient dans un halo lumineux. Leurs vêtements différaient du tout au tout, du membre de gang d'Akilthan habillé en jean à l'homme de l'époque d'Alinor Premier. Des bagnards du temps !

Un homme qui devait être le capitaine les accueillit. Sa voix était spectrale, elle glaça tout le monde. Youli hésitait entre la peur et la curiosité.

« Messieurs-dames, veuillez-nous excuser pour votre frêle esquive.

— Notre bateau est mort et on doit être à Calisma au plus vite, signala Yann qui reprenait ses esprits.

— Vous y serez demain matin, le temps n'a pas cours ici.

— Qui... qui êtes-vous ? Bredouilla Narlia.

— Nous avons été des hommes. Maintenant, nous ne sommes plus rien, des marins perdus sur les flots d'Orobolan. Polinas n'a pas voulu de nous, nos fautes étaient trop grandes. Moi-même, j'ai tué un enfant.

— Moi, on m'accuse d'en avoir tué trois mille ! Se désola Yann.

— Polinas voit vos vraies fautes, pas celles dont vous n'êtes pas responsables. Mon fils, je l'ai tué. Je l'ai frappé. Il est mort, pour un seau d'eau qui m'est tombé sur le pied.

— Mais, vous ne vouliez pas le tuer ?

— Non. Mais la colère, la grande colère...

— Papa Yann, c'est des méchants, eux ?

— Nous avons été très méchants, enfant. Mais nous le regrettons depuis si longtemps, pour certains, depuis des millénaires.

— Papa Yann, ils vont nous faire du mal ?

— Je crois que nous leur faisons plus de mal en étant vivants.

— Je comprends pas, papa Yann.

— Tu n'as rien à craindre d'eux.

— Polinas nous a punis de nos fautes. Mais je crois que c'est surtout nous, qui ne voulons pas passer au-delà. J'aimerai revoir mon petit Tim.

— Vous souffrez beaucoup. Et si vous savez que c'est à cause de vous, pourquoi ne pas choisir de monter dans la charrette ?

— Nous ne savons plus comment faire.

— Narlia, ton père a travaillé sur la mort, pendant quatre mille ans. Peut-être, dans ses livres, trouvera-t-on une réponse ?

— Peut-être. »

Le groupe se scinda.

Jacob se dirigea vers l'homme qui lui sembla être le plus vieux. D'après ses habits, il devait être là depuis très longtemps, depuis la création du monde peut-être.

« Bonjour !

— Vous êtes vivant, vous ne devriez pas être là.

— Nous ne faisons que passer. Je me demandais Monsieur ; pourquoi êtes-vous là ?

— Comme tout le monde ici. Mes fautes, ma faute.

— Quel était votre faute ?

— Depuis le temps, qui s'en souvient ?
— Je pense que tout le monde, ici, sait pourquoi il est là.
— Ecoutez, l'ami. J'ai été le premier marin de ce bateau. Cela fait des millénaires que je suis là. Je ne suis personne, je ne me souviens pas de mon nom, ni de ma faute. Mais je sais qu'elle est lourde, très lourde. »

Jacob comprit que l'homme s'était résigné. Qui était-il ? Qu'avait-il fait ? Nul ne le saurait sans doute jamais.

Jacob rejoignit Youli et Yann, qui s'étaient mis dans un coin du bateau, attendant d'en descendre. Youli n'avait pas peur des damnés, mais il n'était pas rassuré non plus.

Thomic parlait avec un damné qui fumait contre le bastingage.

« Que savez-vous de ce bateau ?
— J'ai béni les champs par les pieds, mon grand, et ensuite je me suis retrouvé ici.
— Comment cela ?
— Un jour, je me trimballais au bout de ma corde, quand elle a cassé. En tombant, j'ai atterri sur le pont.
— Qu'aviez-vous fait ?
— J'aimais les femmes, toutes les femmes. Les très jeunes, les plus vieilles, j'aimais leur faire l'amour. Mais des fois, elles ne voulaient pas, alors fallait leur faire l'amour en se cachant et après, le sang coulait.
— Un violeur et un assassin.
— C'est le nom qu'on m'a donné. Puis ils m'ont offert une cravate. Le temps est long sur la lande, y passe pas grand monde. Et même quand y passe du monde, alors, on peut pas leur parler, juste les écouter. J'en ai entendu des choses, et des pas jolies. Tu sais, matelot, on en dit beaucoup à un pendu, il n'ira pas le répéter.
— Et vous n'avez jamais pu monter sur la charrette...
— Je l'ai vue passer, elle m'a souri, mais j'étais accroché au cou, alors je suis resté. Certains, ici, ont quelqu'un qui les attend de l'autre côté. Moi, je n'ai personne. Ma mère, peut-être...

— Vous n'aimeriez pas la revoir ?
— Si, mais elle ?
— Elle est votre mère, elle doit vous attendre, la mienne aussi.
— Allez, gamin, pleure pas sur un vieux bougre. J'ai un bateau à faire avancer, on doit vous déposer. »

Narlia était resté avec le capitaine.
« Y a-t-il beaucoup de monde à bord ?
— Trois cent cinquante âmes, le clan de la Lune Bleue est en soute, en général.
— Mon clan ? Ceux qui meurent sont ici ?
— Pas les tués, mais ceux qui veulent finir leur vie. Ils arrivent ici et sont au fond de la cale. Polinas les met là. »
Narlia pensa à son père. Il allait venir ici. Elle en eut la chair de poule.
« Comment les matelots arrivent ici ?
— Polinas les envoie ici. On les reçoit, et ils travaillent sur le bateau.
— Pourquoi ?
— On a refusé la charrette, alors il nous envoie ici. Mais, depuis peu, il n'en arrive plus beaucoup. Ils sont retenus ailleurs, je ne sais où.
— Les forces de l'ombre ?
— Je ne sais, répondit-il avant de réaliser : changement de quart ! ».
Il souffla dans un petit sifflet. Des damnés quittèrent leur poste et se couchèrent, soit sur des hamacs, soit sur le pont. D'autres se réveillèrent. Le synchronisme de ce mouvement glaça tout le monde. Ces hommes n'avaient plus le goût à rien, tout devenait routine.

Narlia délaissa le capitaine, attirée par un homme qui tenait une poupée que Narlia pensait reconnaître. Même l'homme lui disait aussi quelque chose. Un frisson lui parcourut l'échine.
« Monsieur, puis-je vous parler ?
— Ma Marie, l'Homme Noir l'a emmenée.

— Votre Marie, c'était votre fille ?

— J'avais dit à Marie de ne pas jouer dehors, pas sage, la Marie ! Je suis allé la chercher. »

Cet homme avait perdu la raison, il enroulait les cordes et les rangeait par automatisme. Il devait, de colère, avoir tué sa fille.

« Mais Marie, elle parlait plus, des tâches à son cou. Le cercueil vide, Marie partie ! Mais, Marie était morte ! Comment Marie partie ? Que laissé sa poupée. »

Narlia comprit l'horreur de cet homme. L'un des descendants de son père avait failli au serment. Il avait tué la petite fille, et en avait fait l'une des leurs.

Le père, de chagrin, s'était donné la mort et avait fini ici. Elle, qui connaissait tous les descendants de son père, elle, qui était la dernière qu'une Humaine avait enfantée, ne voyait pas qui était Marie ! Cela la troubla du temps d'Ikan, par échange de sang. Maintenant, les naissances se faisaient comme les Humains.

Youli observait les damnées et vit quelque chose qui l'étonna : deux enfants étaient là. Il les reconnut, c'était ses deux amis morts lors de l'émeute. Il s'approcha d'eux.

« Salut !

— Salut, t'es un vivant, toi ?

— Euh... oui, moi vivant.

— Au travail les mousses ! Ou c'est la garcette ! Hurla le timonier.

— Laisse-les, de toute façon, ça sert à rien. Il faut toujours le refaire. Alors, pour une fois, dit une autre âme.

— C'est quoi la garcette ? Demanda Youli.

— C'est comme un fouet. Sauf que là, on sent rien, ça fait juste du vent.

— Bizarre, comme punition. Dites, vous ne me reconnaissez pas ?

— Non, tu es un vivant.

— Qu'y a-t-il, Youli ? Demanda Yann.

— Mes copains, je me suis enfui avec eux. Parce que le gardien nous faisait mal. Ils se souviennent plus de moi, peut-être parce que j'ai grandi.

— Peut-être parce qu'ils sont morts.

— Oui morts, mais vivants sur ce bateau.

— En quelque sorte », dit Yann en laissant Youli avec ses amis.

« Tu nous connais ? Demanda l'un des damnés.

— Oui, toi tu es Kaleb, et toi Ethan. On était dans un centre, avec des dames gentilles, qui s'occupaient de nous comme des mamans.

— Des mamans, cela fait quoi des mamans ?

— Ben... c'est des dames qui te lavent, te donnent à manger, te soignent quand tu tombes ou quand tu te fais mal.

— Cela doit être chouette, ici y a pas de mamans.

— Mais y avait aussi des gardiens et des docteurs. Les docteurs nous posaient des tas de questions et nous regardaient de partout, parfois nous faisaient des piqûres.

— Pas drôle les docteurs, on préfère une maman, dit Kaleb.

— Puis y avait les gardiens, qui frappaient avec le fouet.

— On s'en souvient du fouet !

— Et y avait un gardien, qui venait le soir dans nos chambres...nous faire du mal.

— Ah... dit Ethan.

— Et alors, Ethan, t'as dit que l'on devait partir. Et on est parti en pyjama, la nuit, par la fenêtre. Et on a été en ville, y a eu tous plein de gens, puis vous morts, tués par gardes.

— Et toi ?

— Moi, un monsieur m'a caché et dit pas bouger, j'ai dit non que je voulais mes amis !

— Et nous ?

— Je vous ai vus frappés par gardes. La tête très mal et vous morts. Puis Yann m'a trouvé et Yann s'est occupé de moi comme une maman, même si lui, c'est un papa.

— Oh... alors toi aller bien ? Demanda Kaleb.

— Oui, je suis content de vous avoir retrouvés ! »

Youli se tourna vers Yann qui s'était assis plus loin sur le ponton pour se reposer. Quand il retourna la tête, ses amis n'étaient plus là. Il alla trouver le timonier et lui demanda :

« Y sont où les mousses ?

— On n'a pas de mousses ici, on n'en a jamais eu.

— Je viens de discuter avec eux.

— Tu as rêvé. Laisse travailler les grandes personnes, petit, on va arriver bientôt. »

Troublé Youli rejoignit Yann.

« Que se passe-t-il ? Tu t'es disputé avec tes amis ?

— Non, papa ! J'ai détourné la tête un peu et eux plus là. Puis j'ai demandé au monsieur où ils étaient, et le monsieur y m'a dit qu'il y avait pas de mousses. Mais tu les as vus, toi, tu peux lui dire que je mens pas ! »

Yann comprit vaguement l'histoire de Youli et la répéta à Thomic, venu les prévenir qu'on accostait déjà.

« Youli, ici tu sais que tous les gens sont morts ?

— Oui.

— Ils sont ici parce qu'ils sont tristes de quelque chose.

— Faut pas être triste, c'est pas bien.

— Oui. Eh bien, tes amis, quand ils ont vu que tu allais bien, ils étaient plus tristes. Alors, ils ont pu rejoindre le monde des âmes.

— Alors ils sont plus tristes grâce à moi ?

— Oui.

— Mais le monsieur avec son sifflet, il dit qu'il y a pas eu de mousses.

— Je ne peux pas très bien t'expliquer. Sur ce bateau, pour quand quelqu'un part, eh bien les gens l'oublient, comme s'il n'avait jamais existé.

— C'est bizarre ! »

Youli ne comprenait qu'à moitié l'explication de Thomic, mais il était heureux que, grâce à lui, ces deux amis soient bien à présent.

La bande descendit non loin de Calisma. Dès qu'ils eurent posé pieds à terre, le bateau des damnés disparut dans la brume. Sans attendre ils prirent le chemin de Calisma.

C'était encore la nuit mais l'aube approchait. Narlia prit sa dernière pilule.

Sur la route, Jacob parla de l'homme avec lequel il avait discuté. Thomic lui apporta la réponse qu'il cherchait, pour une fois :

« Cet homme, ce devait être le plus vieux meurtrier du monde, Ikan.

— Qui a-t-il tué ?

— Son frère. Il l'a sacrifié à l'Unique, le dieu créateur, croyant lui faire plaisir. Dieu, pour le punir, l'a maudit. Il ne peut pas monter sur la charrette des morts, sinon ce serait la fin du monde. Et, d'ailleurs, les démons que nous combattons veulent l'y faire monter.

— Ok, je vois le tableau.

— Notre clan est censé descendre d'Ikan, déclara Narlia.

— Tu sembles soucieuse, Narlia, lui demanda Jacob.

— Un des damnés a vu sa fille tuée par un homme de la Lune Bleue qui, en plus, l'a transformée en l'une des nôtres, ce qui a été interdit par mon père !

— C'était peut-être avant ?

— Non ! Les vêtements de l'homme ne le donnent pas si vieux, à peine cent cinquante ans !

— Et tu connais cette fille ?

— Non justement, je me demande qui elle est. Si un autre clan s'est formé, mon père doit en être informé. Je demanderai au Prince de Calisma ce qu'il en pense.

— Le Prince de Calisma ?

— Chaque chef de groupe a une ville à surveiller, et on l'appelle le Prince. »

La compagnie arriva aux abords de Calisma. Ils sentirent un froid anormal venant de la ville. L'aube était levée, mais on n'entendait aucun bruit. La ville semblait inanimée…

Chapitre 43

« Vacances » à la mer.

Quand ils arrivèrent en ville, ils comprirent le désastre. Il n'y avait plus de Calisma. La ville avait été détruite. Tout le monde était atterré. Cela faisait à peine cinq jours qu'ils étaient coupés du monde, et une ville était rayée de la carte.

Çà et là, des tombes de fortune avaient été creusées, une simple pierre faisait office de stèle. Toutes ces tombes étaient anonymes. Mais, si on avait creusé des tombes, c'est qu'il y avait des survivants à ce massacre.

Narlia pensa aux siens, elle cherchait les symboles de son peuple pour voir s'il s'était réfugié quelque part. La ville était un amas de ruines informes. Des pierres, des bouts de verres, des baignoires jonchaient le sol. Yann sentit que quelqu'un les observait. Il bondit derrière un mur, aux trois quarts démolis, et attrapa un enfant. L'enfant semblait plus âgé que sa taille ne le laissait penser. Cela étonna Jacob, encore une légende qui n'en était pas une.

« Pitié, ne me tuez pas ! Je ne faisais rien de mal.

— Tu nous espionnais.

— Non, je regardais si vous étiez méchants.

— Quel âge as-tu ? Demanda Jacob.

—J'ai quatorze ans » Il en paraissait huit.

« Comment t'appelles-tu ?

— Gowi.

— Dis-nous, Gowi, que fais-tu dans cette ville, et depuis quand est-elle comme cela ? demanda Thomic.

— Depuis trois jours. Un matin, des soldats sont arrivés. Ils ont fait sortir tout le monde des maisons. Ils disaient qu'ils cherchaient des bandits, le clan de la Lune Bleue, cachés dans la ville. Comme personne ne les livrait, alors ils ont commencé à fusiller des gens. Des enfants aussi, une petite fille qui pleurait, sa mère ne voulait pas la lâcher alors le chef des gardes, il a tiré dans la tête de la petite fille, alors que la mère la portait. »

Tout le monde était horrifié par le récit de Gowi. »

« Puis, le soir, des hommes sont arrivés. Ils avaient le visage déformé, comme les monstres des films. Ils ont demandé aux soldats de laisser la population et de partir de la ville. Les soldats ont eu peur et ils sont partis. Tous les survivants pensaient que c'était fini, mais la nuit suivante, des bombes ont pilonnés la ville sans prévenir. Les soldats sont revenus plus en force. Les créatures sont réapparues pour les combattre, mais les militaires ont tué tout le monde, même ceux qui fuyaient. Quand ils ont eu fini, ils ont quitté Calisma. Alors nous sommes montés à la surface pour commencer à enterrer les morts.

— Nous ? Tu n'es donc pas tout seul ?

— Non, les Petites Gens vivent dans les souterrains, alors nous avons été sauvés.

— Tu peux nous mener à eux ?

— Oh non ! Sinon Mère Abigaël va se fâcher, et je tiens à mon dos.

— Tu as dit Mère Abigaël ? s'étonna Thomic.

— Oui, c'est notre Reine.

— Tu la connais ? demanda Yann.

— Mon père m'a parlé d'une vieille femme, chez les Petites Gens, que l'on appelait la Reine d'Akilthan. C'est elle qui a confié Khiro à Kharon et Myrtha, lors de la deuxième prophétie. Mais c'était il y a deux mille ans. Elle aurait un âge canonique, même pour les Petites Gens !

— Ton père a connu Khiro ? demanda Gowi.

— Oui.

— Il s'appelait comment ?

— Dolin de Maspian.

— Alors suivez-moi !

— Tu nous y amènes, finalement ?

— Mère Abigaël nous a parlé des hommes-enfants, et nous a dit que si on nous donnait le nom de Dolin, alors il faudrait lui amener de suite. Je vous l'ai dit, je tiens à mon dos ! »

À sa façon de parler, plus personne ne doutait que Gowi fut un adolescent. La troupe le suivit dans les anciens égouts de Calisma qui existaient déjà, du temps d'Alinor VI.

Au détour d'un chemin, ils découvrirent une cour des miracles. Là, toute une ville avait été recréée sous Calisma. La vaste place avait été aménagée, des petites maisons de tenture protégeaient l'intimité des gens, mais tout le monde semblait cuisiner au dehors des habitations. Jacob vit des femmes laver leurs enfants dans des bassines. Les denrées ne manquaient pas. Certainement, ces derniers jours, les Petites Gens avaient récupéré ce qu'ils pouvaient à la surface.

Au fond de la salle, sur un trône, se trouvait une très vieille femme. À la voir là, parler devant une centaine de personnes assises devant elle, on pensait qu'elle prêchait. Ses vêtements semblaient ne pas avoir d'âge, ils rappelaient, à Jacob, des vêtements de l'époque d'Alinor Premier, sauf que ces vêtements semblaient avoir été cousus la veille.

Gowi les mena jusqu'au trône, la vieille femme continua son récit : elle parlait des événements d'en haut. Que, bientôt, l'exil des Petites Gens, qui avait commencé par leur fuite d'Akilthan, allait prendre fin. Il y aurait une guerre, lors de laquelle beaucoup mourront, mais un monde nouveau arriverait.

Quand elle eut fini son récit, Yann, qui ne voulait se montrer impoli devant la vieille dame, tenta un bonjour timide, mais qui, avec sa grosse voix, emplit la salle.

« Bonjour à toi, étranger, répondit la vieille femme.

— Majesté, répondit Yann, se conformant à ce qu'il connaissait du protocole.

— Fais comme tout le monde, appelle-moi Grand-mère ou Mère Abigaël. Gowi, tu connais nos lois. Pourquoi les as-tu amenés ici ?

— Mes respects, Grand-mère. Je sais que l'on doit se cacher des gens du dessus, mais vous avez dit que si le nom de Dolin était de nouveau prononcé, on devait vous les mener d'urgence.

— Et ?

dit. — C'est le fils de Dolin de Maspian, enfin c'est ce qu'il m'a

— Cet homme ? S'enquit-elle, en désignant Yann.

— Non, son compagnon habillé en prestiditruc.

— Prestidigitateur, coupa Thomic. Vous êtes donc Mère Abigaël ?

— Comme je l'ai dit.

— Mon père a croisé votre ancêtre du temps d'Alinor VI.

— Non, c'était moi !

— Vous devez avoir plus de deux mille ans !

— Douze mille ans, le mois dernier. »

Tout le monde resta ébahi, même Thomic. Une réponse lui vint à l'esprit, il avait devant lui la déesse Mogdolan, divinité des Petites Gens.

Elle parcourait le monde pour remettre de l'ordre. Voyant que les Gardiens ne pouvaient rien, elle était venue sauver les siens, les amener dans ce refuge. D'après ce que lui avait dit son père, un recensement des peuples avait été fait par le roi Paul I, et on avait dénombré plusieurs groupes de Petites Gens, des milliers à vrai dire. Maintenant, il ne devait en rester que mille, peut-être deux mille.

Mère Abigaël reprit.

« Vous êtes les Élus ?

— Oui, Grand-mère, répondit Jacob.

— Toi, tu es donc Thomic, le fils de Dolin ?

— C'est exact.

— Yann Mirsmar, tu représentes les Hommes ?

— Euh... je crois.

— Bien, toi tu es Narlia, la fille du vénérable Garnac de la Lune Bleue ?

— Oui, Majesté.

— Appelle-moi Grand-mère, toi aussi ! Toi, tu es Youli, ta grand-mère était une guerrière extraordinaire ! Tu représentes les Tholliens.

— Oui... Grand-mère, bredouilla Youli très impressionné.

— Enfin, toi, Jacob, descendant de mon petit-fils Gowi.

— Le Gowi qui nous a amenés ici ?

— Mon dieu, non ! Mais l'enfant que tu vois ici est ton cousin, lui aussi descend de mon petit Gowi.

— Grand-mère, reprit Thomic, que savez-vous des médaillons de pouvoir ?

— Ils sont les garants de l'équilibre de la Toile, et ne doivent jamais être en une seule main. Sinon, ce serait la fin du monde. Nul être ne peut contrôler leur pouvoir. Les créateurs ont divisé le Pouvoir Unique en cinq médaillons, pour s'assurer que personne ne posséderait tous les pouvoirs.

— Grand-mère, savez-vous où sont les médaillons ?

— Jacob, tu en possédais un. Les Élénians de la Grande Forêt doivent en avoir un autre. L'un a été caché à la Garde de Sang. L'autre au temple des dragons.

— Il faut les récupérer au plus vite !

— Je dois aller à la Garde de Sang, voir mon père, déclara Narlia. Je retrouverai le médaillon là-bas. Avez-vous un véhicule à me prêter, s'il vous plait ?

— Non. Mais les Élénians pourront vous y amener plus vite qu'avec un véhicule, et moins dangereusement.

— Une autre question : avez-vous vu des hommes de mon clan, dans cette ville ?

— La plupart sont tous morts en se battant vaillamment contre les soldats, quelques survivants ont pu fuir vers la Garde de Sang. Ils faisaient état d'un traître dans leurs rangs.

— Savez-vous s'ils ont laissé des pilules bleues, ou s'ils ont tout emporté ?

— Je crois que le père de Gowi, a récupéré un stock de ces pilules.

— Oui, Grand-mère, confirma l'adolescent.

— Vas lui dire que je les ai demandées et, qu'en échange, vous pourrez aller à la plage, toi et tes amis. Puis, s'adressant à Narlia : ici, on troque tout. Tu auras tes pilules. En échange, vous surveillerez les enfants à la plage, cet après-midi.

— Super ! dit Yann agacé, on va servir de nounou à des bambins !

— Il me faut ces pilules.

— Je t'aiderai Narlia, répondit Jacob.

— Moi aussi, déclara Thomic, peu enchanté de la manière dont la transaction s'était faite.

— Allez-y, moi je reste !

— Papa Yann, viens avec moi, je veux voir la mer, je veux me baigner, s'il te plait !

— Vas-y seul, je reste dormir un peu.

— Alors moi aussi, je reste !

— Ne fais pas ta mauvaise tête, tu peux y aller sans moi.

— Non, je veux être avec toi ! »

Yann se maudit intérieurement, mais il voulait voir sourire Youli. Plutôt que de voir les larmes qui commençaient à perler aux coins de ses yeux, il préférait l'emmener à la plage, même si c'était se coltiner quelques mômes pendant un après midi. Tel était le chemin de croix qu'il s'était fixé.

« Bon, je viens !

— Merci ! Répondit Mère Abigaël. »

Gowi revint avec les pilules et les donna à Narlia, puis l'expédition se mit en marche. Une dizaine de jeunes enfants se joignit à Youli. Gowi mena la troupe par un souterrain qui aboutissait à une petite crique protégée, où les enfants pourraient se baigner calmement, sans craindre qu'une patrouille intervienne.

Les gamins se déshabillèrent et se jetèrent à l'eau. Youli resta un instant sur la plage, regardant ses camarades s'ébattre, libres, dans l'eau et commençaient à s'éclabousser. Cela devait faire longtemps qu'ils n'avaient pas pu sortir au grand jour et s'adonner à leur passe-temps favori. Narlia, à qui on avait trouvé un maillot de bain, se baignait avec les enfants.

Youli les regarda jouer, puis intimidé, il enleva ses chaussures et s'avança sur le sable, reculant à chaque vague pour ne pas se faire mouiller. Yann le regardait lui aussi s'était déchaussé et avait relevé son pantalon pour pouvoir se tremper les pieds. Prenant exemple sur lui, Youli finit par laissait l'eau lui chatouiller les orteils. Il rit. Les autres commencèrent à vouloir l'éclabousser. Yann lui dit que, s'il voulait se mouiller un peu plus, il avait intérêt à se déshabiller sinon ses affaires seraient mouillées.

« C'est désagréable d'avoir les vêtements tous mouillés »

Youli se déshabilla, voulant jouer avec les vagues. A son tour, il éclaboussa ses camarades qui lui mirent la tête dans l'eau. Amusé, il se vengea aussitôt et leur en fit autant.

Yann sourit et retourna sur la plage pour se reposer.

Voyant que tout ce petit monde s'amusait, Narlia remonta sur la plage en direction de Jacob, qui regardait le spectacle improvisé de Thomic.

« Tu arrives à t'y retrouver ?

— Non, j'ai passé dix ans de ma vie en prison, ma mère est morte. Je vis dans un monde qui a connu une super technologie et qui l'a perdue. Tu te rends compte, qu'il y a cent ans, tu aurais voulu avoir des nouvelles de ton père, tu décrochais un téléphone pas plus grand que ma main, et tu lui parlais en une dizaine de secondes.

— Je te rappelle que j'ai cent huit ans, j'ai tout vu de la guerre de la drogue et ses répercussions sur la technologie. Mon père m'a dit aussi que cette technologie est venue en aussi peu de temps.

— Incroyable, tout est si incroyable ! Et maintenant, j'apprends que je suis l'Élu. Ou, au moins, l'un des Élus, qui doit sauver un monde régi par la magie. Je rencontre même des êtres qui ont plus de dix mille ans. Je côtoie des races qui sont censés n'exister que dans les contes. Je suis complètement perdu, regarde, rien que ce que fait Thomic m'étonne. Par contre, ces gamins, rien ne les étonne.

— Je te comprends. Moi aussi, il m'a fallu entrer dans ce monde, quand mon père m'a recueillie à la mort de ma mère.

— Tu as connu ta mère ?

— Je ne m'en souviens pas, mais mon père m'en a parlé. Elle est tombée amoureuse de lui, ils m'ont eue et elle est morte de vieillesse. Comme on vieillit moins vite que vous, j'avais l'apparence d'une adolescente quand elle est morte, mais mon père m'avait déjà enlevée à elle pour ne pas qu'elle s'étonne que je ne vieillisse pas vite.

— Alors, quand je t'ai vue la première, tu étais déjà âgée ?

— Eh oui !

— Tu vois, maintenant plus rien ne m'étonne. Tu m'aurais dit cela, y a un mois à peine, je t'aurais traitée de folle.

— Je comprends. »

Ayant fini ses tours, Thomic s'approcha.

« Demain on fait route vers un patelin appelé Wint Kapes. C'est là que se trouveraient les derniers Éléniens… », commença le mage avant d'être coupé par un cri venant de la plage.

Tous se tournèrent, un des enfants avait le torse en sang. Les autres couraient vers les adultes. Réveillé en sursaut, Yann regarda vers eux, Youli avait disparu. Il regarda partout, nulle trace de Youli. Inquiet, il se dirigea vers les enfants.

Jacob, Narlia et Thomic arrivèrent également ; le mage s'empressa de soigner l'enfant qui saignait.

Les larmes aux yeux, Brathor raconta ce qui s'était passé.

« Vous n'allez pas nous gronder ?

— Non, personne ne sera grondé. Où est Youli ? demanda Yann.

— Il est parti, parce qu'il a frappé avec sa main toute bizarre.

— Comment cela, sa main bizarre ? rugit Yann.

— Calme-toi, Yann. Continue Brathor, déclara Narlia d'une voix qui se voulait apaisante.

— Et oublie rien !

— Yann ! répondit Narlia énervée.

— On jouait avec Youli, et à un moment, Lévian lui a dit qu'il devrait enlever sa culotte toute mouillée, de se mettre nu comme nous. Youli ne voulait pas, alors Lévian l'a tenu, et moi j'ai commencé à lui retirer, mais il se débattait…

— M'étonne, bande de petits salauds ! » Cria Yann.

Les enfants étaient terrifiés, même les deux petits qui n'étaient pour rien dans l'histoire. Gowi regardait Lévian et Brathor, d'un air qui ne disait rien de bon. Étant le plus vieux, il était responsable d'eux.

« Yann, va plutôt chercher Youli, et laisse-nous nous occuper de ça ! s'énerva Narlia. »

Yann partit à la recherche de Youli.

Brathor reprit son récit.

« Youli, il avait son bras qui devenait bizarre, sa peau devenait comme un serpent et des griffes ont poussé. Lévian, il a eu peur et il

Le chant de l'âme

l'a lâché, et Youli, il m'a griffé en partant et j'ai saigné. Il ne voulait pas me faire de mal.

— Je comprends. Thomic, tu as une idée ?

— Youli est un Thollien, il peut se changer en animal. Cette transformation intervient normalement à l'adolescence mais le stress a dû provoquer la transformation de Youli plus tôt.

— Il peut donc se transformer ?

— Quand il est en colère, oui !

— D'accord, je reste avec les enfants, allez aider Yann à retrouver Youli, ordonna Narlia. »

Alors que les deux hommes s'éloignaient dans la direction opposée à celle prise par Yann, elle essaya de rassurer les enfants, d'inventer des petits jeux, mais elle n'avait pas du tout la fibre maternelle.

Thomic avait récupéré dans l'eau la culotte de Youli. Le petit voudrait certainement la remettre.

« Il se cache peut-être parce qu'il ne l'a plus, hasarda Jacob.

— Je crois que c'est surtout parce qu'il a fait du mal à Brathor, et qu'il s'en veut. Mon père m'a dit que Youli a été traumatisé par un événement. C'est pour cela qu'il a perdu la mémoire.

— Ton père ne pouvait pas la lui redonner ?

— Si, mais cela risquait de lui rappeler l'événement en question, et mon père a pensé qu'il n'était pas prêt à s'en souvenir.

— Bon, où peut être Youli ?

— J'ai vu une ouverture sur une autre plage, allons voir là-bas ! »

Tout en se déplaçant, Thomic essaya de sécher, comme il put, la culotte de Youli. Ils passèrent par un petit chemin sous la falaise. Là, ils virent Youli, accroupi dans l'eau, comme hypnotisé par la musique. Un homme, très grand, jouait de la flûte près de lui. Thomic et Jacob se rapprochèrent. L'homme continua de jouer. La musique semblait calmer Youli. L'homme s'arrêta de jouer, il se tourna vers les deux hommes.

« Il est à vous, ce petit garçon ?

— Oui, répondit Jacob.

— Il a dû faire une grosse bêtise, il n'a pas voulu me dire ce que c'était. Je lui ai demandé de vous attendre.

— Non, des enfants l'ont embêté. Je suis venu lui rendre ceci. »

Thomic tendit sa culotte à Youli, qui la regarda un moment. Thomic le reculotta, Youli se laissa faire, amorphe. Il s'était calmé et son bras avait repris une apparence normale, mais il était toujours perturbé.

« Brathor va bien, Youli, tu viens rejoindre papa Yann ?

— Il va bien, c'est vrai ?

— Oui, il va bien. »

Pendant que Thomic rassurait Youli, Jacob dévisagea l'homme. Il était très grand, et ses oreilles étaient en pointe. De plus, ses habits n'étaient pas conventionnels : un costume de soirée noir et une cape de pluie vert sombre. L'homme les suivit quand ils retournèrent vers le groupe. Narlia jouait avec les autres, pour les rassurer. Yann était revenu. Quand il aperçut Youli, il courut vers lui et le prit dans ses bras. Youli éclata en sanglots.

« Pardon, pardon !

— Tu vas bien, tu es sain et sauf.

— Pardon, papa Yann !

— Ton bras va bien ? Demanda Yann en regardant le bras de l'enfant.

— Oui, il est redevenu comme avant.

— Où étais-tu, sacripant ? Tu m'as fait peur !

— Je me suis caché, et le monsieur, il jouait avec les vagues, et la musique, elle est jolie. Je ne pouvais plus bouger.

— Mais oui, la musique peut être jolie, quand les méchants ne l'interdisent pas !

— Tu es fâché, j'ai mérité la fessée cette fois !

— Pas toi, Youli, répondit Gowi d'une voix forte, tu n'as fait que te défendre.

— Mais, j'ai fait du mal à Brathor.

— Il n'a plus rien, Thomic l'a soigné.

— Mais, je lui ai fait du mal.

— Gowi a raison, tu ne l'as pas fait exprès.

— Par contre, eux ont fait exprès de te faire du mal. »

Youli ne comprenait pas trop, mais il se calma. Yann remercia l'étranger.

« Je suis Yann, le père de Youli.

— Je suis Tyrilin, enchanté ! »

Le reste du groupe se présenta.

« Puisque tout est fini, si je vous jouais de la flûte pour apaiser les esprits ?

— Avec plaisir », dit Jacob.

Tyrilin commença à jouer. La mer se mit à danser derrière lui, comme si sa musique l'animait. Les enfants étaient enchantés. Tour à tour, les vagues prenaient des formes différentes, un ours, un cheval, ou un château, c'était féerique. L'incident était totalement oublié. Le soir, tout le monde rentra.

Au repas, on avait convié Tyrilin. Comme se doutait Jacob, c'était un Élénian. Il parcourait Orobolan, à la recherche des Gardiens, pour sauver sa forêt.

Thomic lui dit que, justement, ils allaient dans la même direction. Ils feraient route ensemble, et feraient tout pour sauver la forêt des Élénians. Le reste de la soirée ne fut que festivités.

Tout le monde partit se coucher, épuisé.

Chapitre 44

La victoire du Mal.

La troupe prit la direction de Wint Kapes, petit village aux alentours de ce qui avait été la Grande Forêt Élénianne. Thomic prit la parole, tout en marchant.

« Alors, Jacob, qu'est-ce que cela t'a fait de revoir le peuple dont tu es issu ?

— Pas grand-chose. Leurs coutumes sont bizarres et qui est cette femme, Mère Abigaël ? Elle dit avoir douze mille ans et elle est la grand-mère de tout le monde, comme si elle les connaissait tous, elle dirige tout et tout le monde la suit !

— Je pense que Mère Abigaël est Mogdolan, la déesse des Petites Gens.

— Une déesse, et puis quoi encore ? Coupa Yann.

— Selon l'ancien culte, le monde a été fondé par le Créateur aussi appelé l'Unique. Il a choisi cinq créatures pour protéger l'Équilibre.

Polinas, le dieu des Hommes, s'est vu confier le royaume des morts. Mogdolan, la déesse des Petites-Gens, la vie. Élénia, la Toile, la magie de la nature qui lie toute chose. Tholl s'est vu confier la protection des énergies, du feu et des artisans.

Krystal, l'innocent, fut nommé Gardien de l'équilibre entre le Bien et le Mal. Mais il a trahi, il a soufflé à Ikan le meurtre de son frère, pour l'offrir au Créateur. Krystal fut banni et le Créateur mit Fenrir à sa place.

Ikan fut lui aussi banni et condamné à errer à jamais de par le monde. Comme je te l'ai dit, je pense que c'est lui que l'on a vu sur le bateau des damnés.

— Selon le Grand Livre, si Ikan monte sur la charrette de Polinas, ce sera la fin du monde ? vérifia Narlia

— Oui, c'est ce qui est écrit.
— Et les médaillons ? Si j'ai tout compris, il y en a un par Gardien. Pourquoi mon clan en a un ? Il est censé être né de la malédiction d'Ikan...
— Oui, c'est ce qu'on dit. On raconte aussi que Krystal possédait le médaillon de l'Équilibre, et qu'il en a fait mauvais usage. Alors, vois-tu, quand Fenrir le sage a récupéré le médaillon, il l'a confié à Ikan, car lui seul ne serait pas tenté de s'en servir, ni de le confier à quiconque.
— Je comprends.
— Moi pas ! répondit Yann.
— Pourquoi ne le donnerait-il à personne ?
— Parce que, s'il le donne, il perd son unique chance de rédemption. »

Maintenant que Narlia avait un stock suffisant de pilules, ils voyageaient de jour et dormaient la nuit. Cela était d'ailleurs plus reposant pour Youli, qui avait retrouvé de sa gaieté et de son entrain. Yann aurait voulu le laisser avec ses nouveaux copains à Calisma, lui disant qu'il reviendrait le chercher quand tout serait fini. Mais, même si le petit homme était fatigué de marcher, il ne voulait, pour rien au monde, quitter l'homme qui occupé de lui. Ce nounours qui l'avait recueilli, qui criait parfois, mais jamais longtemps, ni jamais méchamment.

Youli, depuis le début de l'aventure, avait compris qu'il avait une autre famille, ailleurs, que cette famille le recherchait peut-être. Le fantôme avait dit qu'il la retrouverait, mais cette famille lui plairait-elle ? Il se plaisait bien avec Yann, il était heureux. Sa transformation l'inquiétait. Il avait compris que celle-ci était dangereuse et, ce qu'il craignait le plus, c'était de faire du mal à quelqu'un, surtout à son papa Yann.

Sur le trajet, ils obtinrent quelques informations sur les récents événements. Visiblement, Toré avait mené une révolte à Bénézit et la ville était en proie à une guerre civile. La télévision n'avait pas repris ses transmissions. Comme, dans les journaux, on ne parlait plus de leur évasion, cela aidait les déplacements.

Ils se renseignèrent aussi sur la forêt. Après la guerre, une grande scierie s'était montée, au grand dam de Tyrilin et des Éléniens et une ville avait germée près de celle-ci.

Harassés, les compagnons arrivèrent enfin à Wint Kapes. C'était désormais une petite ville beaucoup moins agressive que Bénézit, il n'y avait que de petites maisons, pas d'immeubles. Ils purent se prendre une chambre d'hôtel avec l'argent de Jacob.

Youli trouva cela amusant de prendre sa douche dans une baignoire, là où personne ne peut vous voir. Il mit un peu d'eau partout et se fit sermonner par Yann.

Partiellement reposé, l'équipe fit un tour en ville

Thomic ne se sentait pas bien, dans cette ville. Il ressentait le Mal. Il tira une carte de son jeu de tarot, qui devenait vraiment petit. Il lui en faudrait un autre rapidement, et ces jeux étaient, bien entendu, très durs à trouver. Il invoqua un sort de détection des auras, cela lui permettait de savoir à qui on avait à faire. Celle de la ville était empuantie par le Mal, même les enfants en étaient affectés.

La troupe regarda des enfants, de l'âge de Youli, jouer avec un chien. Ils avaient attaché un os au pantalon d'un de leurs camarades, et se moquaient de lui quand le chien essayait de lui mordre le derrière. Les adultes regardaient la scène comme si tout était normal. Tout le monde en eut froid dans le dos. Seul, Thomic comprit la vérité : le petit garçon avec l'os était le seul Humain du groupe, les autres n'étaient que des Séides du Mal. Arrivés depuis douze ans, ils s'étaient installés et avaient même fondé des familles, comme les Humains.

Ce n'était pas des Hommes, mais des Êtres Noirs, des Êtres du Chaos, moins évolués que les mages-démons envoyés pour détruire Orobolan et libérer le Mal, mais assez pour attirer de l'effroi.

Néanmoins, Thomic sentit une parcelle de bien persistant dans ce miasme.

Quant à Tyrilin, il ressentait la souffrance des arbres, cela lui devenait insupportable. Narlia lui suggéra de jouer de la musique. Tyrilin lui dit que sa flûte faisait partie des instruments interdits, comme les violons et les cornemuses.

Justement, ils passaient devant le complexe de la Starpop. Ainsi, même dans les petits villages, l'influence de la Starpop s'était installée. Une patrouille s'approcha de nos amis. Jacob fut pris de panique, il était assigné à la commune de Benethan et n'avait pas le droit d'en sortir.

« Contrôle de police, veuillez présenter vos papiers !

— Bien sûr ! Yann présenta sa carte.

— La voilà, dit Narlia.

— Et les nôtres ! dit Thomic en indiquant Jacob et Tyrilin et en tendant au garde l'as de carreau. »

La magie fit son office.

« Parfait, messieurs, vous êtes là pour quel motif ?

— En vacances, nous sommes descendus à l'hôtel.

— Si vous restez plus d'une semaine, veuillez-vous signaler au poste de la garnison. Je vous rappelle que le couvre-feu est à sept heures.

— Bien, merci.

— Et n'oubliez pas de prendre des souvenirs de la scierie. »

Les gardes s'en allèrent en emportant les cartes ; tout le monde fut soulagé.

« Donc, nous sommes trois à ne plus avoir de papiers en règle, il va falloir remédier à cela. Tyrilin, pouvons-nous aller voir où logent les derniers Élénians ?

— Je ne peux pas vous le dire. J'ai envoyé un message, il faut attendre que l'on nous contacte.

— Ils sont dans un endroit si protégé que cela ? Demanda Jacob.

— Mon peuple se meurt à cause de la disparition des arbres. Il n'y a pas eu de naissance d'enfants depuis plus de deux cents ans. La Toile elle-même est très affaiblie.

— Je comprends, mais il faut faire vite ! »

Une voiture noire passa devant eux. Thomic se sentit mal, mais il vit quelque chose qui le surprit. Dans la voiture, un Être Noir était assis à l'arrière et, à son cou, il avait le médaillon des Élénians.

« Vous avez perdu votre médaillon ?

— Oui. Le médaillon de Tyridrin nous a été dérobé, il y a douze ans de cela. Un enfant était passé dans la forêt, nous l'avons recueilli et, quand il est parti, le médaillon n'était plus là. Pourtant, l'aura de l'enfant était innocente.

— Cet enfant devait être un démon. Dans la voiture, un Être Noir surpuissant ! Il a le médaillon, il faut le retrouver !

— Ok. De toute façon, il ne doit pas y avoir beaucoup de véhicules de ce type qui roulent encore.

— J'aimerai voir si un ami ne peut pas nous aider, déclara Narlia. Je vous rejoins à l'hôtel.

— Moi, j'aimerai acheter d'autres vêtements à Youli, ceux-là sont usés.

— Tiens, lui dit Jacob, lui tendant un peu d'argent, sers-toi !

— Merci, mais j'ai ce qu'il faut, maugréa Yann.

— Je voulais juste aider.

— Allez, viens, Youli ! On va t'acheter de nouveaux vêtements.

— J'aime bien ceux-là !

— Les autres seront aussi jolis, mais plus chauds.

— Les mêmes ?

— On essaiera.

— Bon, quartier libre pour tout le monde. Retour à l'hôtel avant dix-neuf heures, que l'on ne se fasse pas remarquer » déclara Thomic.

Jacob rentra à l'hôtel. N'ayant pas de papiers, il ne voulait pas prendre le risque de se faire encore contrôler. Tyrilin partit à la scierie, il souffrait en voyant ses chers arbres mourir. Thomic continua sa visite de la ville.

La pauvreté régnait, les seules maisons aisées de la ville étaient habitées par des démons.

Comment se faisait-il que lui n'ait rien vu pendant douze ans ? Le Mal s'était installé insidieusement, à la fin de la guerre de la drogue. Petit à petit, il avait pris le contrôle de ce qu'il y avait de plus pourri sur Orobolan, les Shinjei, l'ancienne guilde des marchands, les ennemis de sa famille.

L'abattage des arbres avait affaibli les Élénians, donc affaibli la Toile. Le Mal avait pu envoyer ses Séides envahir Orobolan et lui, trop occupé à chercher l'Élu, il n'avait pas vu leur arrivée. Leur chef, Kristalina, devait avoir franchi le Portail depuis longtemps, trop longtemps.

Thomic croisa encore le groupe d'enfants, qui avait pris un nouveau souffre-douleur. Ainsi, les petits démons tyrannisaient les seuls enfants humains du coin, sans doute les fils d'ouvriers de la fabrique. Ironie de la chose, Thomic réalisa que les démons avaient installé leur ville principale là où la Toile devait être la plus forte, sans doute pour l'emprisonner, voire pour la détruire.

La ville était tellement corrompue par le Mal que même les Humains, qui assistaient à la scène, ne faisaient rien pour protéger l'enfant de ses bourreaux. Thomic ressentait leur profonde lassitude, encore pire que ce qu'ils avaient vu à Benethan, ou dans les petits villages qu'ils avaient traversés depuis. Il devait faire quelque chose.

Il passa le reste de l'après-midi à chercher les renseignements qui lui manquaient. Quand il revint à l'hôtel, il ne manquait que Tyrilin.

Youli avait passé ses nouveaux vêtements, il en était tout fier et les montrait à tout le monde. Yann finit par lui dire de s'asseoir.

« Où est Tyrilin ?

— Avec les siens, je pense, dit Narlia, qui elle aussi était partie retrouver ceux de son clan.

— Commençons sans lui. Je confirme que la ville est contrôlée par des Séides, qui tyrannisent les Humains.

— Ils étaient étonnés que j'achète de si beaux vêtements pour Youli, s'il travaillait à la fabrique. Ils pensaient qu'un Humain ne pouvait travailler que là-bas.

— Notre démon, voleur de médaillon, est en fait le nouveau patron de la scierie, arrivé il y a peu.

— Douze ans, le coupa Jacob, songeur.

— Exact ! Narlia, as-tu appris quelque chose auprès des tiens ?

— Mon père est bien toujours à la Garde de Sang. Il bat le rappel des troupes. Les Shinjei nous recherchent. Ghan, le prince de cette ville, a déjà envoyé tous ses infants au château, seuls restent ici, lui et sa garde.

— Les tiens peuvent-ils nous aider en cas de pépin ?

— Tu penses à quoi ?

— Une opération commando, pour récupérer le médaillon. Mais attendons Tyrilin, pour voir combien de monde on aura avec nous »

Deux heures après, Tyrilin n'était toujours pas arrivé, l'heure du couvre-feu était pourtant dépassée. Tout le monde était inquiet. Quand on frappa à la porte, chacun sortit son arme. Youli se cacha près de Yann.

« Narlia, c'est Ghan, ouvre ! Y a un problème ! »

Le dénommé Ghan entra. Il ressemblait à un motard, les bras bardés de tatouages. On devinait, sous son long manteau en cuir noir, un fusil léger et une épée.

« Votre ami, Tyrilin a été à la scierie. Les employés l'ont attrapé, pensant qu'il était des nôtres. Ils l'ont salement amoché. On va vous le récupérer, mais il faut vous planquer dans la forêt. Et vite ! Les troupes seront ici dans pas longtemps.

— Mais le médaillon, on ne doit pas leur laisser ! Déclara Thomic, fou de rage.

— Un médaillon ? Demanda Ghan.

— Le patron de la scierie a un médaillon antique, comme celui de Vénetin, précisa Narlia.

— On va essayer de vous trouver ce médaillon. Voilà ce que je propose : préparez-vous à partir. Toi, le môme, tu vas partir te cacher dans notre refuge près de la forêt. Je file mes hommes à la prison, je vous laisse Loki et Freki pour vous aider. Je vous indiquerai la maison du patron de la scierie. Je vous préviens, elle est gardée !

« On sera vite prêts !

— Votre refuge est sûr, pour Youli ? Demanda Yann.

— J'y mettrais mes enfants, répondit Ghan, tout en sachant qu'il n'en avait pas.

— Bien, alors Youli, tu vas nous attendre là-bas. Je te promets que je reviens te chercher.

— Non, papa Yann, je veux être avec toi !

— Tu ne peux pas, Youli. Mais je te promets de venir te chercher. »

Ghan les conduisit au refuge.

Sur le chemin, Thomic, voyant que Youli ne les quitterait pas, l'endormit. Yann désapprouva sa méthode, il le lui fit comprendre. Il fallut le renfort des hommes de Ghan pour empêcher Yann de se battre avec Thomic. Puis, les deux groupes partirent vers leurs destinations respectives.

Thomic prépara ses dernières cartes. Il espérait trouver un jeu de tarot magique chez les Élénians.

La maison du démon avait trois étages. Elle ressemblait aux maisons de Talith, elle dénotait avec les basses habitations des employés. Freki neutralisa les premiers gardes. Lui et Loki prirent leur place. Il fallait faire vite, ce stratagème serait bientôt découvert. La bande entra dans le bâtiment par la porte de la cuisine. À cette heure-ci, elle était vide, mais il fallait faire attention à ne pas se faire repérer par les gardes du dehors. Ils marchèrent, penchés, jusqu'au hall d'entrée qui se trouva être vide. Visiblement, il n'y avait des gardes qu'à l'extérieur.

« J'ai vu de la lumière au premier, ce doit être lui, murmura Narlia. »

Avec précaution, tout le monde la suivit. Au premier, ils durent se cacher quand deux femmes de chambre arrivèrent en bavardant, Thomic ne pouvait plus dire s'il s'agissait de Séides ou non. Il ressentait l'aura du démon, elle était noire, plus noire que tout ce qu'il avait ressenti jusqu'alors, et sa force était colossale. La porte du bureau était entrouverte, le démon, assis sur son siège, semblait lire un document. Tout le monde chargea son revolver. Yann surveillait l'entrée. Thomic et Narlia furent les premiers à entrer. Le démon ne fut pas surpris de les voir, à croire qu'il les attendait.

« Bonsoir. Alors, tu être le mage qui a voulu doubler mes Séides avec cette carte ? »

Le démon sortit la carte de l'as de carreau.

« N'essaie pas tes tours de passe-passe avec moi.

— Non, mais une décharge en pleine tête devrait faire l'affaire, renchérit Narlia.

— Tirez donc, cela préviendra les gardes, et ils sont nombreux à attendre dehors. J'avais prévu votre visite. Si la télévision ne marche plus, le service de communication des Shinjei est encore en marche.

— Vos gardes mettront du temps à arriver, nous avons des hommes à nous dans la cour.

— Dont voici les têtes ! »

Il exhiba les têtes de Freki et Loki.

Personne ne put réprimer une envie de vomir.

« Faites attention au tapis, petites natures ! Et cela vient chez moi ! Et cela ne supporte pas la vue du sang ! Au fait, pourquoi cela vient là ?

— Votre médaillon nous intéresse.

— La pierre des Élénians, celle qui me donne tous ces pouvoirs ? Bon, je vais vous faire une fleur, partez tout de suite, ou mourez ! »

Narlia fut la première à tirer, suivie par Jacob. Le démon ne bougea pas d'un pouce, le médaillon le protégeait. Thomic essaya de se servir de ses cartes, mais sans plus de succès. Yann arriva dans la pièce et bloqua la porte.

« Alors, vous l'avez ?

— Non, tu vois, on a un problème. Ce monsieur ne veut pas mourir !

— Mais vous, vous allez disparaître ! Rugit le démon.

— Les gardes arrivent, le bâtiment en est rempli, il faut fuir. »

Le démon incanta, les cartes lancées précédemment par Thomic se retournèrent contre eux.

« Je n'aurai pas besoin de mes gardes. Je voulais vous voir en tête à tête, et vous tuer de mes mains ! Que voulez-vous, on s'ennuie ici !

Jacob fut touché plusieurs fois, Yann également.

Narlia réussit à esquiver, Thomic avait son sortilège de protection. Le démon avança vers eux. Narlia essaya de l'attaquer à l'arme blanche, sans succès. Elle faillit y perdre la vie. Les gardes étaient à la porte. Thomic n'eut pas d'autre choix que d'incanter son ultime sort. Une sensation bizarre s'empara du groupe. Ils disparurent et se réapparurent à l'extérieur de la maison du démon.

« C'était mon dernier sortilège, filons. Je n'ai plus de forces. Yann, peux-tu marcher ?
— Ça ira.
— Narlia ?
— Pas longtemps.
— Jacob ?
— Jacob est évanoui, répondit Yann.
— Les démons ne savent pas que je vous ai envoyés si près, mais ils ne vont pas tarder. Il faut retourner au refuge !
— Ce n'est pas loin. Je vais chercher Ghan, avec ses hommes, il nous aidera. »

Yann, malgré la douleur, partit le plus vite qu'il put. Thomic était en colère. Il n'avait plus de pouvoirs, même plus ceux de guérison. Jacob était toujours sans connaissance, et Narlia allait bientôt le rejoindre.

« Narlia, ne t'endors pas, reste éveillée ! Yann va revenir avec du renfort !
— S'ils ne sont pas déjà morts !
— Non, il ne faut pas que tu sois négative.
— Mais, ce démon !
— J'enrage aussi, il est plus puissant que moi. Il tient sa force du médaillon et du Mal. Avec ce médaillon, cela fait douze ans qu'il draine l'énergie pure de la forêt d'Élénia. Moi je ne peux même plus accéder au pouvoir de la Toile, seulement pour me servir de mes cartes. »

Les gardes commençaient à fouiller aux alentours, quand les hommes de Ghan rameutés par Yann vinrent à leur aide et réussirent à les sauver in extremis.

*****

Thomic fut le premier à se réveiller, il se trouvait dans le refuge. Les hommes de Ghan veillaient sur eux. Cela faisait deux jours qu'ils dormaient. Youli était là, il veillait Yann, lui épongeant le front, s'occupant de lui comme lui-même s'en était occupé. Il survivrait à ses blessures, quoique graves elles n'étaient pas mortelles. Narlia reprenait, elle aussi, des forces, grâce au sang que lui offraient les hommes de Ghan. Par contre le cas de Jacob était préoccupant.

Ghan avait fait le bilan, trois hommes du clan avaient péri. Il devait partir, il attendrait que tous aillent mieux, mais guère plus

Thomic demanda à Ghan s'il avait des nouvelles des démons. Ceux-ci avaient fait fouiller le village. Les habitants en avaient eu assez des persécutions et avaient choisi de fuir la ville. Il y avait eu de nombreux morts.

Thomic fut atterré, se demandant quand cela allait finir. Il se sentait impuissant face aux événements. Lui et son père avaient cru que le changement aurait été bénéfique pour Orobolan, mais non, ce fut pire. Les inégalités étaient restées, elles s'étaient même accrues. Maintenant, la lutte finale approchait, mais le prix à payer serait sans nul doute très élevé.

Avec les maigres pouvoirs qui lui restaient, il essaya de guérir Jacob, mais rien n'y fit. Il s'approcha de Youli et le regarda. Le gamin était épuisé, il n'avait pas dormi depuis des lustres.

« Youli ? Depuis quand n'as-tu pas dormi ?

— Quand vous êtes partis, je me suis réveillé et j'ai pas dormi après. Pourquoi vous êtes partis sans moi ?

— Tu t'étais endormi, alors Yann t'a laissé dormir.

— Ah ! Tu peux guérir Yann ?

— Non, je n'ai plus assez de pouvoirs.

— Pouvoirs ?

— Pour guérir les gens, j'ai besoin d'énergie, de force, si tu préfères.

— Moi j'en ai. Quand les méchants y me faisaient mal, au travail avec le fouet, alors je me concentrais, et les marques rouges, elles étaient plus là.

— Tu as le pouvoir de te guérir, alors ? »

Thomic aperçut une issue, mais il fallait faire vite.

« Je crois.

— Youli, va dormir, je vais m'occuper de Yann, dit Thomic, une lueur d'espoir dans le regard.

— Moi pas sommeil, je ne suis pas fatigué !

— Oh que si, tu es fatigué ! Tu tombes de sommeil. Et puis, j'ai une idée ; si tu dors, je pourrais guérir Yann et Jacob.

— Comment ? Demanda Youli, incrédule.

— Je vais me servir de ton pouvoir.

— Tu promets.

— Promis ! »

Youli embrassa Yann sur le front et se coucha sur une paillasse. Il était tellement épuisé qu'il s'endormit tout de suite. Thomic fit de même, lui aussi devait reprendre des forces.

Ce fut Narlia qui les réveilla, l'état de Tyrilin devenait très préoccupant. Celui de Jacob s'était stabilisé, mais il n'était pas encore sorti d'affaire. Thomic réveilla Youli. Dès que l'enfant fut bien réveillé, il le mena près de Yann et demanda à Youli de mettre ses mains sur son corps. Il mit sa main sur l'épaule de Youli. Le corps de son papa se nimba de lumière et décolla légèrement du sol. Yann ouvrit les yeux, il allait mieux. Il sourit à son fils qui l'embrassa, Thomic fut soulagé.

« Youli, tu vas bien ?

— Oui, répondit l'enfant, j'ai juste mal au dos.

— Tu penses que tu peux sauver Jacob ?

— Oui... hésita-t-il. »

En fait, l'effort lui faisait l'impression d'une brûlure. Pendant qu'ils s'occupaient de Jacob, Yann garda le silence, mais il vit bien que son petit homme souffrait.

Jacob fut sauvé. Il restait Tyrilin, mais c'était trop dangereux pour Youli.

« Youli, ça va ? Demanda Yann. »

L'enfant pleurait.

« Mon dos me brûle ! Cela fait mal !

— Pourquoi ne me l'as-tu pas dit, Youli ? Demanda Thomic.

— Sinon pas sauver Jacob !

— Tu es courageux »

Yann enleva la chemise de Youli. Son dos était en feu, un dragon avait commencé à apparaître, mais nul ne dit mot. Youli serait bientôt capable de se transformer à nouveau.

Jacob commença à s'éveiller.

« Depuis combien de temps suis-je évanoui ?

— Presque trois jours. Toi et Yann étiez vraiment touchés. Je me suis servi du pouvoir de régénération de Youli, pour vous sauver.

— Merci, Youli, dit Jacob faiblement. »

Yann prit de l'eau et la passa sur le dos de Youli. L'enfant allait déjà mieux.

Thomic regarda Tyrilin, l'Élénian était dans une sorte de coma. Ses blessures s'étaient refermées, mais son état était préoccupant.

« Il faut trouver les Élénians de toute urgence. Ghan, comment est le temps dehors ?

— La garde nous cherche toujours, mais le refuge a une entrée en forêt. Vous pouvez partir par là.

— Ok, je te laisse Youli et les blessés. Je pars avec Narlia. Si on n'est pas revenu ce soir, partez à la Garde de Sang.

— D'accord, bonne chance ! »

Ils suivirent le souterrain et arrivèrent dans la forêt. Ils se séparèrent pour essayer de trouver les Élénians au plus vite.

Avant Thomic donna à Narlia quelques rudiments du langage des oiseaux. Si elle trouvait un Élénian, elle n'aurait qu'à lui envoyer un message par ce biais. Mais, encore fallait-il trouver des oiseaux. Dans cette forêt, aucun bruit ne résonnait. La forêt était morte. Narlia comprenait l'urgence de la situation

Bien que partiellement détruite, la forêt d'Élénia était encore vaste. Où chercher et, surtout, que chercher ? Elle ne pouvait pas crier, de peur d'ameuter des gardes. Cela faisait une heure qu'elle marchait et elle était de plus en plus désemparée, quand elle vit une patrouille accompagnée de géomètres. Les hommes voulaient abattre cette partie de la forêt, la garde était là pour les protéger. Visiblement, le démon avait cru que Thomic était déjà très loin.

Narlia s'éloigna avec précautions. Une heure s'était de nouveau écoulée quand elle retrouva Thomic qui était, lui aussi, bredouille.

Ils parcoururent la forêt, en faisant attention à ne pas se faire repérer, mais le temps pressait ; la nuit allait tomber.

« Narlia, attends, regarde ce lapin, il n'a pas de tête !

— Étrange ! Comme si le décor au-delà de son corps était fluide.

— Un Portail protège les derniers Élénians.

— Allons-y ! »

Ils se dirigèrent vers le Portail et le traversèrent. De l'autre côté, une forêt, encore plus immense, les attendait mais là, l'air était différent. Thomic ressentait le calme et la sérénité, au lieu du miasme putride. Il percevait aussi le pouvoir de la Toile, comme une épice trop forte qui lui montait au nez. La Toile était présente partout. Devant cet afflux de pouvoir, Narlia faillit défaillir. Thomic vit un roitelet et lui demanda de les mener à quelqu'un. L'oiseau les mena jusqu'à une fontaine. Là, Narlia et Thomic furent encerclés par un groupe d'Élénians.

« Qui êtes-vous ? Je sens un pouvoir en vous.

— Je suis Thomic de Maspian, dernier des Fenrahims.

— Un Gardien, et votre amie ?

— Une dame de la Lune Bleue.

— Gardien, vous pouvez nous suivre, mais elle, elle doit rester ici.

— En fait, mon message est court. Tyrilin se meurt depuis trois jours. Ses blessures sont guéries, mais son esprit reste fermé.

— Le prince Tyrilin est au plus mal, comment ?

— Lors d'un combat contre les démons.

— Que l'on fasse prévenir Alathor. Vous deux, allez chercher six guerriers et une civière.

— La forêt est pleine de Séides, il faudra faire attention. Nous pouvons vous conduire jusqu'à un souterrain, où se trouve votre prince.

— Notre mage ouvrira un passage près de ce souterrain, cela simplifiera les choses. »

Six gardes arrivèrent avec un vieil homme, sans doute le mage en question. Celui-ci frissonna à l'approche de Narlia.

« C'est bien le Gardien !

— Vous en doutiez ?

— L'enfant qui a pris le médaillon s'est fait passer pour un Gardien. Depuis, notre forêt se meurt, et la Toile avec elle.

— Et où sommes-nous ?

— À Thaerith, le dernier refuge. En fait, nous sommes dans la Toile même. »

Thomic comprenait pourquoi il ressentait des énergies magiques de toutes parts.

Le mage incanta, et tout le monde se retrouva devant le souterrain où ils s'engouffrèrent sans perdre de temps Les Élénians se précipitèrent vers Tyrilin. Ils le mirent, avec de grandes précautions, sur la civière et la portèrent à l'épaule. Yann, Youli et Jacob suivaient derrière. Narlia remercia Ghan, qui partit vers la Garde de Sang.

Le mage ouvrit un nouveau passage, qui les conduisit dans un village Élénian.

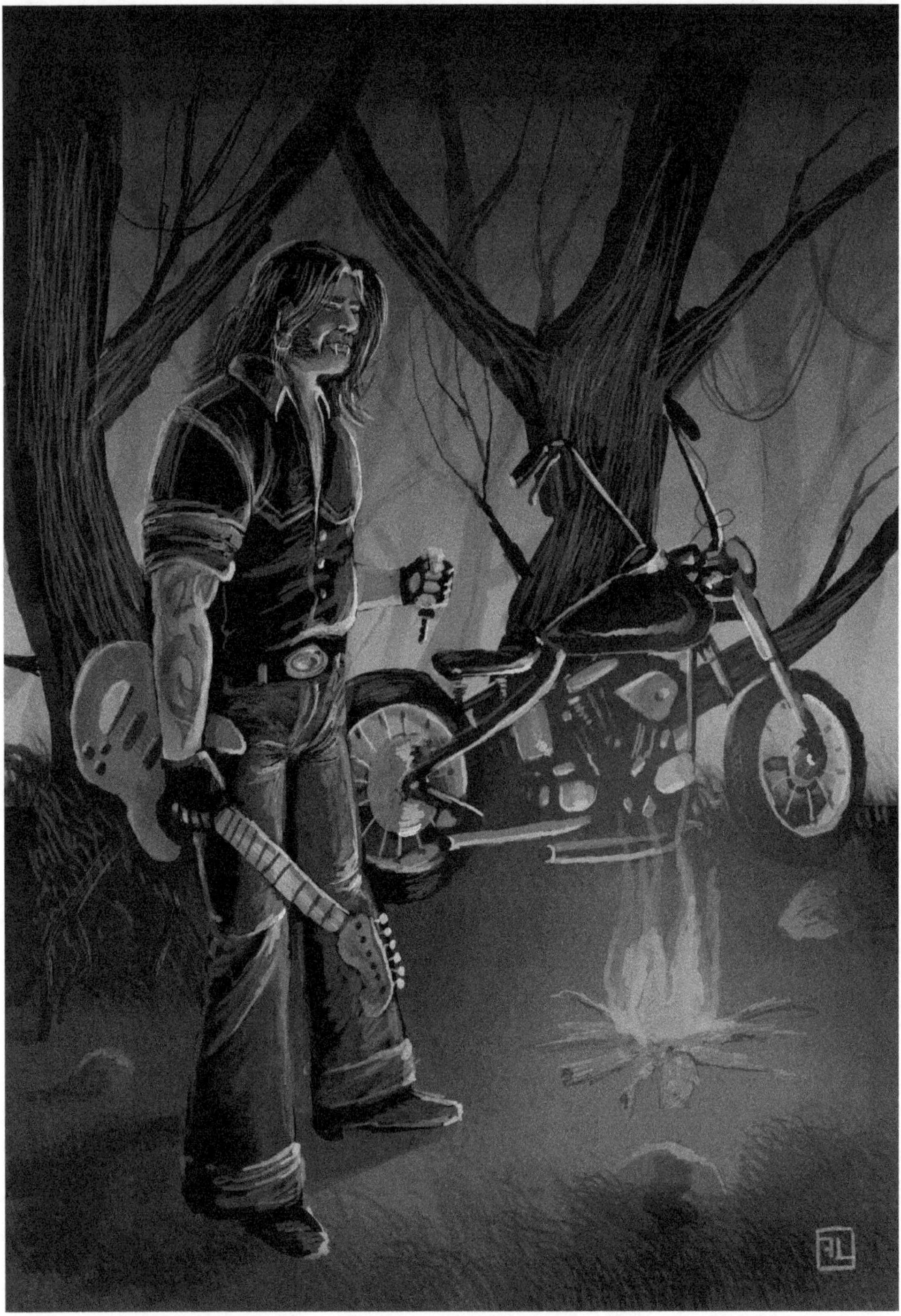

Chapitre 45

Thaerith.

L'entrée du village se trouvait une petite hutte. Le mage y entra et fit signe à la bande de faire de même. Les gardes emmenèrent Tyrilin, plus loin dans le village. La foule s'amassait, un rang d'honneur se formait sur son passage.

« Venez, Tyrilin sera soigné par mon maître au palais.

— Quel âge a votre maître ? Demanda Jacob.

— Jacob ? Le réprimanda Thomic.

— Laissez, j'ai moi-même près de mille cinq cents ans, et mon maître en a cinq cent de plus.

— Vous êtes vieux ! dit Youli.

— Décidément, souffla Thomic.

— Laissez. Oui, je suis vieux et ça ne me gêne pas qu'on me le fasse remarquer. Mais, tu sais, petit homme, Thomic est plus vieux que moi.

— Ah bon ? Demanda Youli en regardant Thomic, étonné.

— Oui. Je n'en ai pas l'air, parce que je garde une apparence jeune, mais j'ai environ deux mille ans.

— T'es un très vieux, alors. Plus vieux que papa Yann ?

— Oui, répondit Thomic amusé.

— Moi, j'ai cent huit ans, déclara Narlia, moi je suis aussi plus vieille que Yann ! Bon, pourquoi ne pas avoir suivi Tyrilin ?

— À cause de vous, Mademoiselle ! Les hommes m'ont prévenu que vous étiez du clan de la Lune Bleue, et j'ai dû user de toute mon influence pour vous laisser entrer à Thaerith.

— Merci. Donc, on va rester dans cette hutte pendant notre séjour ici ?

— Non. Juste le temps d'expliquer que vous n'êtes pas un danger. Quand Tyrilin ira mieux, les esprits seront plus clairs. Je vous conduirai alors au palais. Y a-t-il d'autres blessés ?

— Youli, Monsieur, son dos le brûle. Jacob allait mal ce matin, répondit Yann rapidement.

— Et vous-même, mon gaillard ? Vous paraissez souffrant, plus souffrant que le petit homme. Un Thollien, si je ne m'abuse ?

— Euh... oui. Moi, j'ai juste quelques égratignures, répondit Yann, que sa jambe faisait souffrir.

— Ton dos te fait mal, mon enfant ?

— Je suis l'enfant de papa Yann. Et mon dos m'a fait juste un tout petit peu mal ; papa Yann, il a mal quand il marche, lui. »

Le mage se pencha vers Yann et incanta.

« Vous êtes las à force de prendre le poids du monde sur vos épaules. L'enfant n'a pas grand-chose et les blessures de votre ami ne nécessitent plus de soins. Mais vous, vous avez deux côtes et une jambe de casser. Et vous vouliez que je sauve vos amis avant vous !

— Moi je peux faire avec, Youli avait mal au dos et Jacob, on a eu plus de mal pour le réveiller.

— Je vois, cœur sage, très rare chez un humain. »

Le mage soigna Jacob et s'occupa de Youli. Sur un signe de Thomic, il ne dit rien au sujet du dragon.

« Alors, contez-moi votre histoire !

— Vous ne lisez rien dans l'esprit des gens ? Demanda Jacob.

— Je ne lis que ce qu'ils veulent bien montrer : le poids que s'inflige l'Humain, votre désespoir, l'envie de revoir le père de cette jeune fille. L'enfant, quant à lui, hésite entre son bonheur et celui de l'Humain.

— Comment ça ? Dites que je ne m'en suis pas bien occupé !

— Ne vous méprenez pas, je ne voulais pas parler de la façon dont vous vous êtes occupé de Youli. Youli a appris qu'il avait une autre famille, il sait également ce que vous voulez lui cacher, enfin, il a un doute.

— Et alors ?

Le chant de l'âme

—Il a remplacé, dans son esprit, sa vraie famille par vous. Vous êtes « papa Yann. » Et là, il hésite entre vous rendre heureux en restant avec vous, et vous demander de retrouver sa vraie famille.

— C'est vrai, Youli, ce qu'il dit ? Demanda Yann, la voix tremblante.

— Tu seras pas fâché ? Répondit Youli au bord des larmes.

— Non, tu veux juste savoir, je ne serai pas fâché.

— T'es mon papa Yann et je me rappelle pas d'un autre papa. Mais il me semble me rappeler d'une maman, et je veux savoir qui c'est. T'es fâché ? »

Youli avait dit cela très vite, comme pour se libérer du poids qu'il avait sur le cœur.

« Non, et si je peux, je t'aiderai !

— Bon. Je vais aller voir où en est Tyrilin, déclara le mage.

— On vous attend ici, répondit Thomic. »

Même si Yann ne le montrait pas à Youli, il était peiné de la réponse et des révélations du mage. Il discutait avec Narlia, lui demandant comment elle prenait le fait d'être mise à l'écart. Celle-ci lui répondit qu'elle avait l'habitude.

On leur porta à dîner. Le repas fut amené par pas moins de douze serviteurs. Youli en fut très impressionné, lui qui avait dû, la plupart du temps, partager un morceau de pain avec Yann comme seule nourriture. Et, même depuis le départ, il n'avait pas encore pris de repas. Là, c'était énorme, il y avait de tout, des volailles, des œufs, plusieurs plats de légumes servis dans des petits bacs. On déposa, devant chacun, des grandes assiettes et des couverts. Le vin aussi coulait à flot. Yann, comme Youli, préféra ne pas boire d'alcool. Tout le monde allait s'asseoir, quand le chambellan de la cour annonça que le roi Alathor allait entrer. Tout le monde resta debout. Le roi arriva.

« Permettez à un père, heureux d'avoir retrouvé son fils, de partager votre modeste repas.

— Je vous en prie, Majesté, répondit Thomic avec une révérence.

— Appelez-moi Alathor, et oubliez le protocole, vous m'avez ramené mon fils ! Cela faisait douze ans que je ne l'avais pas vu. C'est un bonheur de savoir que sa longue quête est terminée.

— On peut manger ? Demanda Youli, impatient.

— Bien sûr, fils de Tholl !

— Je suis le fils de papa Yann. C'est qui Tholl ? »

Yann était désespéré, et le roi l'intimidait. Il jeta un regard fâché à Youli. Celui-ci baissa la tête, honteux. Le roi sourit, il prit le menton de Youli et lui releva la tête.

« Youli, Jacob est un fils de Mogdolan et moi je suis un fils d'Élénia. Mais cela ne veut pas dire que ce sont nos mamans, ce sont nos plus vieux parents. Toi, ton ancêtre est Tholl l'ancien, le dragon.

— Ah, tu vois ! Quand on explique, je comprends ! répondit-il à Yann, puis, se tournant vers Alathor : merci Monsieur le roi !

— Alathor !

— Merci Alathor !

— Mangeons. Tu as faim, n'est-ce pas Youli ?

— Oh oui ! »

Le roi servit Youli patiemment, pendant que les autres se servaient, rendant Yann un peu jaloux. Tout le monde mangea de bon appétit. Youli se fit resservir plusieurs fois. Au dessert, Alathor voulut savoir ce qui les menait ici. Chacun raconta sa petite histoire. Alathor s'entretint avec Thomic, pendant que l'on débarrassait les plats et que les autres partaient se coucher pour la nuit.

« La Toile est faible.

— Je l'ai vu, je n'ai plus assez de pouvoirs pour lutter contre les démons. Mon père est mort, il est à l'état d'esprit, maintenant, caché dans notre sanctuaire.

— Il ne reste plus beaucoup de magie dans la forêt, c'est pour cela que mon père a choisi de se réfugier à Thaerith. La magie y est encore suffisante, mais nous ne pouvons plus nous reproduire. Chaque jour, nous sommes plus faibles.

— Il me faudrait de l'énergie pure, pour permettre à mon père de venir combattre à nos côtés. Il me faudra l'énergie des autres médaillons, pour récupérer ceux qui ont été pris par le mal.

— Je peux vous donner un globe d'énergie, mais est-ce que ce sera suffisant ?

— Il m'en faudrait trois fois plus, à moins que vous ne quittiez votre retraite. Vos mages peuvent vaincre le démon de Wint Kapes, avec le pouvoir antique. Ensuite, s'ils pouvaient aider mon père, je pense avoir assez d'énergie pour rassembler les autres médaillons.

— Nos mages pourront, je le pense, sauver votre père. Mais je n'enverrai pas le reste de mon peuple à la guerre. Il ne reste plus grand monde, je ne veux pas être le dernier souverain d'Élénia.

— Je comprends. Ont-ils des jeux de tarot maudits pour lancer mes sorts ? Cela m'est utile.

— Ils pourront vous fournir des tarots Élénians, les pouvoirs sont légèrement différents.

— Je m'y habituerai.

— Bon, la nuit va être longue ! L'état de Tyrilin est moins préoccupant, mais il faut faire attention.

— Bien, reposez-vous aussi, Alathor ! »

Le roi rentra au palais. Thomic resta un moment à réfléchir aux heures sombres qui les attendaient.

Le lendemain, le chambellan vint les prévenir que Tyrilin était sorti du coma. Son corps s'était enfin régénéré, grâce au pouvoir de la Toile présente à Thaerith.

Tout le monde se dirigea vers le palais.

Seule la taille de ce dernier le différenciait des autres huttes. La présence de gardes y faisait aussi beaucoup. Le palais était composé de quatre grandes unités. Une grande salle de réception, où une trentaine de personnes pouvait s'asseoir sur des coussins. Au fond de la salle, des coussins surélevés devaient être la place de la famille royale. Deux petites maisons était accolées à cette salle, l'une pour le roi et la reine, et l'autre pour le prince. La dernière partie était réservée à la garde rapprochée. Quelques paillasses leur permettaient de se reposer.

La troupe entra dans les bâtiments réservés au prince. Ils le virent, discutant avec une femme et deux garçons. En âge humain, Jacob pensa que le plus vieux avait douze ans, et le plus jeune, huit ans. Tyrilin semblait heureux de jouer avec les garçons. Mais il semblait affaibli, voire très épuisé, par les épreuves qu'il avait traversées.

« Bonjour, tout le monde. Akilma, les enfants, je vous présente Jacob, c'est un fils de Mogdolan.

— Bonjour, Jacob », salua la femme.

Les enfants se contentèrent d'une révérence.

« Yann est un Humain, mais il est gentil. Il ne fait pas partie des voleurs de forêt. »

On sentait que les enfants avaient quand même peur de Yann. Yann le ressentit et en fut peiné.

« Voici Youli, c'est un Thollien.

— Bonjour, Youli, répondit la dame.

— Bonjour, Madame.

— Tu te transformes en quoi ? demanda l'aîné des garçons.

— Je sais pas, ma grand-mère était un dragon. »

Les garçons firent de nouveau une révérence.

« Et enfin, Thomic, un Gardien. »

Là, tout le monde fit la révérence. Ce qui gêna Thomic, qui rendit la révérence.

« Voici Akilma, ma femme et mes deux petits diables, Shaïn et Pati.

— Ce sont tes fils ? Demanda Thomic.

— Oui, ce sont mes fils.

— Tu ne nous en avais jamais parlé. Tu nous avais aussi caché que tu étais le Prince.

— Seul le prince pouvait partir à ta rencontre.

— Tu as laissé tes fils encore jeunes ?

— Pour essayer de sauver la forêt, oui ! »

Tout le monde fut surpris par cette nouvelle. Thomic s'en voulut de ne pas l'avoir découvert. Jacob était peiné, autant pour les princes que pour Tyrilin. Yann ne le comprenait pas, et on pouvait le lire dans ses yeux.

« Papa, des fois, en rêverie, il nous racontait des histoires, déclara Pati. »

Son intervention ne devait pas être permise par l'étiquette, car Akilma lui jeta un regard réprobateur. L'enfant, gêné, regarda ses souliers.

« Je te remercie, Pati. Oui, je pouvais communiquer avec eux grâce à la rêverie. Thomic, mon père veut te montrer quelque chose ; des chevaux vous attendent derrière le palais.

— Vous avez encore des chevaux, ici ? Cette espèce a disparu depuis deux cents ans, au moins.

— Bien sûr, la Toile nous les a préservés.

— Je vous laisse, je ne vais pas faire attendre votre père. »

Thomic, avec une dernière révérence, quitta la pièce.

« Je crois que Thomic m'en veut de lui avoir caché que j'étais le Prince. Regardez-le, maintenant il me vouvoie.

— Ce n'est pas tout ce que vous nous aviez caché, répondit Yann de son ton bourru habituel.

— Je sais. Mais m'auriez-vous laissé risquer ma vie, sachant que j'avais deux fils, Yann ?

— Comme vous m'avez laissé risquer ma vie, alors que j'ai Youli ?

— D'accord. Je veux bien admettre que j'aurais dû vous faire plus confiance.

— Le petit déjeuner, c'est quand ? Demanda Youli, impatient.

— nous y allons, Youli. »

Tout ce petit monde traversa le palais jusqu'aux appartements de la reine.

« Je vous présente Alinoa, reine de tous les peuples.

Majesté, mes hommages ! », déclara Jacob, qui commençait à se faire à l'étiquette.

Les présentations effectuées, tout le monde mangea. Youli s'était rapproché des deux princes. Ils discutaient de tout. Youli leur posait plein de questions sur Thaerith, sur leurs jeux. Les princes semblaient bien moins drôles que les Petites Gens mais, au moins, ils ne le mettraient pas tout nu.

Shaïn demanda la permission à sa grand-mère d'aller jouer avec Youli, une fois le repas terminé.

« Tu devrais demander à Yann, la permission.

— Mais, mamie c'est un Humain. On ne parle pas aux Humains !

— J'avais remarqué que, tout à l'heure, il ne m'avait pas fait la révérence, glissa Yann à l'oreille de Jacob.

— Il suffit, Prince Shaïn, excusez-vous. Yann est l'invité de votre père.

— Mais...

— Il n'y a pas de mais qui tienne, excusez-vous ou vous recevrez le fouet, et de ses mains ! »

Cette dernière remarque effraya tous les enfants. Youli et Pati regardèrent avec effroi la suite des événements.

« Pardon, Monsieur Yann, commença le prince pleurant à moitié.

— Correctement, « veuillez excuser ma sottise », allez !

— Veuillez excuser ma sottise, Monsieur Yann, et puis-je avoir l'autorisation de jouer avec Youli, s'il vous plait ?

— Bien sûr, Prince. Mais pas de bêtises, répondit Yann, ne sachant plus où se placer.

— Non, Monsieur. »

Le prince fit une révérence, se retenant de pleurer. Pati, ne sachant quoi faire, fit aussi la révérence à Yann. Puis les enfants continuèrent leur conversation. Yann pensa que la reine ne le portait pas dans son cœur non plus. Jacob compara la reine à Mère Abigaël. Mère Abigaël avait le pouvoir sur tout son peuple, mais n'était jamais tyrannique. Là, la reine avait humilié le jeune prince, l'admonestant comme un tout petit, devant tout le monde. Et, même si Jacob réprouvait les manières du jeune prince, il ne l'aurait pas humilié de la sorte. Un regard à Yann suffit à Jacob pour savoir que son ami pensait la même chose. Tyrilin n'avait rien dit, sa femme non plus, comme s'ils craignaient la réprobation de la reine.

* * * * *

Les enfants se retirèrent pour jouer.

« On va jouer comme si Pati était un Humain et qu'il t'avait capturé, et après je viendrai te délivrer, et à deux on battra Pati, et on l'enfermera dans le cachot.

— C'est quoi le cachot ?

— C'est la petite pièce près de l'enclos des chiens où on va quand on est puni, répondit Pati avec tristesse. J'y suis allé y a deux jours et ce n'est pas drôle. »

Shaïn guida Youli contre un arbre et prit des bâtons, il en posa un près de lui, en donna un à Pati et en prit un. Puis il le tourna contre l'arbre, prit une corde et allait attacher la corde à ses poignets quand Youli prit peur et sursauta.

« N'aie pas peur, c'est juste pour jouer. Si tu préfères, je mets juste la corde sur tes poignets. Mais tu ne bouges pas tant que je ne t'aie pas délivré.

— D'accord, dit Youli, peu rassuré. »

Shaïn se contenta de poser la corde sur les poignets de Youli.

Le jeu commença, Pati fit semblant de prendre des pinces et de torturer. Puis Pati prit son bâton et déclara d'une voix à faire trembler.

« Si tu ne me dis pas où est le Prince, je te fouette.

— Non, arrête ! »

Youli avait peur, cela n'allait pas recommencer alors qu'il s'était si bien amusé avant.

Pati leva son bras pour frapper. Youli ferma les yeux, tremblant. Pati abattit sa baguette et se contenta de caresser le pantalon de Youli. Le garçon ne sentit rien. Il fut soulagé. Mais on aurait pu le prévenir, il aurait eu moins peur.

« Dis-moi, où est le Prince ?

— Non !

— Alors prends cela et cela ! »

À chaque fois, Pati faisait semblant de frapper Youli qui, lui, faisait semblant d'avoir mal et criait un peu.

Shaïn, sentant que c'était à lui de jouer, sortit de sa cachette et dit :

« Libère-le, où tu vas le payer !

— Jamais, viens te battre, Prince ! »

Les deux princes commencèrent à faire semblant de se battre et Youli vit qu'ils devaient savoir manier une épée. Même en faisant semblant, cela faisait drôlement vrai.

Puis, arrivant près de lui, Shaïn frappa sur la corde, Youli comprit qu'il le délivrait. Il prit le bâton à côté de lui et commença lui aussi à attaquer Pati. Au bout d'un court instant, le plus jeune lâcha son épée et se mit à genoux.

« Ne me tuez pas, s'il vous plait, je serai gentil, ne me tuez pas !

— Tu as torturé mon ami, tu mérites de mourir, répondit Shaïn. On va te trancher la tête.

— Pitié, noble seigneur, ne me tuez pas !

— Si on le mettait seulement au cachot ?

— On le torture un peu, avant.

— On lui fait quoi ? Demanda Youli.

— Tu verras ! »

Shaïn fit s'allonger son frère sur le dos et lui releva son tabard. Il lui tint les mains fermement contre le sol.

« Tiens, Youli, tiens-lui les pieds !

— D'accord. »

Youli ne voulait pas que le jeu dégénère. Il regarda Pati et, comme celui-ci ne disait rien, il lui tint les pieds.

« Bon, maintenant, on le chatouille ! »

Shaïn commença à chatouiller son frère, Pati se mit à rire, à s'en étouffer. Youli se mit de la partie, et ce fut de plus en plus dur pour empêcher Pati de bouger.

« Bon, maintenant, on arrête ! »

Pati reprit son souffle, son visage s'était coloré et son front était en sueur.

« Si on le fouettait un peu ?

— Non, ça fait mal, dit Youli, que ce jeu commençait à ennuyer.

— Moi, je m'en fiche, dit Pati. Grand-mère, elle frappe beaucoup plus fort que Shaïn.

— Si Youli ne veut pas, tu es sauvé. Quoique le cachot t'attende.

— Pas le cachot !

— Si, et comme cela, on le montrera à Youli ! »

Ils se dirigèrent vers un enclos, rempli de chiens de chasse. Youli en avait peur, c'était des chiens que la garde envoyait pour mordre les enfants lors des émeutes ou les rondes dans le cloaque. À côté de l'enclos, se trouvait un petit réduit, où même un enfant ne pouvait se tenir debout. Shaïn en ouvrit la porte. Il s'y trouvait une couverture et un pot de chambre.

« Voilà le cachot. Quand on fait une grosse bêtise, Grand-mère nous y envoie pendant des heures et, comme l'a dit Pati, ce n'est pas drôle. Des fois, maman, en cachette, elle vient nous apporter des gâteaux.

— Youli, tu veux voir comment cela fait quand tu es enfermé dedans ?

— Non.

— On ne t'y laissera pas, sinon Grand-mère nous y laisserait trois jours au moins. Cinq minutes, pas plus, et si tu veux sortir, tu le dis et je t'ouvre !

— Tout de suite, promis ? Déclara Youli, voulant faire un effort et leur prouver son courage.

— Promis !

— T'a beaucoup d'habits qui sont chauds, alors imagine-toi que nous, on a plus froid, dit Pati.

— D'accord ! »

Youli entra dans le petit réduit. Il était terrorisé, mais il se dit qu'il devait montrer son courage. Le réduit était inconfortable, et la seule manière de se mettre à l'aise était de s'asseoir sur le pot, et de se mettre la couverture. L'odeur des chiens et de la crasse était très forte. Les chiens devaient faire leurs déjections à côté du cabanon.

Youli avait très peur. Il pensa au courage de papa Yann, à la première fois qu'il avait dormi dans un vrai lit, et au spectacle de Thomic. Les chiens grondaient à côté de lui, cela augmenta son angoisse et il se retint de pleurer. Il devait être courageux. Enfin, Shaïn ouvrit la porte.

« J'arrive pas à y croire, tu as réussi à tenir cinq minutes. T'es super courageux ! Allez, Pati, à ton tour !

— Il n'est pas obligé.

— Tu sais, on s'entraîne de temps en temps. Comme cela, si Grand-mère nous y envoie, on a moins peur. »

Pati rentra dans le cagibi et Shaïn ferma la porte.

« Bravo ! La première fois que j'y suis entré, je pleurais au bout de deux minutes. Et toi, tu as tenu cinq minutes sans pleurer. Dis-moi, tu m'as dit que ta grand- mère était un dragon ?

— Oui, elle s'appelait Myrtha.

— Alors, ton père doit être Brableiz ?

— Je sais pas, je me rappelle plus.

— Brableiz est un héros chez nous. C'est lui qui nous a sauvés pendant la Grande Guerre. Il a permis à tout mon peuple de se réfugier ici.

— Il se transforme en quoi ?

— Il se transformait en loup, mais un loup blanc gigantesque, on l'appelait le Roi des Loups. C'est génial, si c'est ton père ! »

On entendait le petit pleurer, derrière la porte. Youli ouvrit la porte pour le faire sortir, il n'avait pas tenu aussi longtemps que lui. La déception se lisait sur son visage.

« Le gros chien, il est venu gratter contre la porte. Il m'a fait peur, déclara Pati comme pour se justifier.

— C'est pas grave, Youli est le fils de Grand Loup !

— Il est le fils de notre héros génial ? Faut le dire à papa !

— Et il habite où ? Demanda Youli.

— Euh... hésita Shaïn, il s'est sacrifié pour nous sauver. Sa statue est à l'entrée nord du village. »

Youli repensa à la statue et à cet homme, puis au loup à ses pieds, deux représentations de la même personne. Son père, comme papa Yann, était un héros. Mais Youli sentit qu'il avait trahi ce héros. Il pleurait à chaudes larmes. Shaïn courut vers son père qu'il voyait au loin.

Celui-ci était accompagné de Jacob et de Yann, ils discutaient du futur de leur mission.

« Papa, Youli y pleure, viens !
— Et tu y es pour quelque chose, Shaïn ?
— Je ne sais pas.
— Tu ne sais pas si tu lui as fait quelque chose ? Tu ne l'as pas enfermé dans le cachot de Grand-mère ?
— Si, mais il a tenu bon. Quand je lui ai parlé de Grand Loup, il s'est mis à pleurer. Shaïn parlait très rapidement, on sentait que les larmes lui montaient aux yeux.
— Je comprends, mais je t'ai interdit de rejouer avec le cachot.
— Pardon, papa.
— Que se passe-t-il ? Demanda Yann qui n'avait rien compris.
— Shaïn a dit à Youli qui était son père naturel. Le fils de dame Myrtha, Grand Loup, notre sauveur pendant la Guerre des Bois. Les hommes ont voulu nous massacrer. Alors, Grand Loup, le père de Youli, protecteur de la forêt d'Élénia, a sacrifié sa vie pour nous permettre d'être ici. »

Quand ils retrouvèrent Pati, celui-ci, qui commençait aussi à pleurer. Il leur dit que Youli avait disparu.

« Je sais où il est ! Déclara Tyrilin. Il est avec son père, suivez-moi ! Les enfants, attendez-moi ici et cela va barder !
— Oui, père, répondit Shaïn.
— On a fait quoi ? demanda Pati.
— On a fait du mal à Youli, en lui racontant l'histoire de Grand Loup. »

Le groupe, guidé par Tyrilin, se rendit à la statue. Ils y trouvèrent Youli, recroquevillé au pied de la statue. Yann partit le consoler comme il pouvait. Il y passa tout son après-midi.

* * * * *

Pendant ce temps, Thomic et Alathor visitaient Thaerith. L'immense forêt était majestueuse. Des créatures, depuis longtemps disparues, étaient toujours vivantes, la Toile en gardait la mémoire.

« Thomic, j'ai réfléchi à ce que tu m'as demandé. Tu vois, cette immense forêt est à perte de vue, mais si nous allons plus loin, nous faisons face au néant. Tu es ici, à la limite de la forêt de Thaerith.

— Nous n'avons chevauché qu'une heure. La Toile doit être immense, et recouvrir Orobolan.

— Avant oui, mais maintenant, chaque jour, la Toile diminue. C'est pour cela que le village est si petit, et que nous n'avons plus d'enfants. Pati est le dernier, et il a plus de cent ans.

— Le tout petit ?

— Oui. En âge humain, il n'a pas quitté l'enfance. Mais, pour nous, Shaïn est bientôt un homme. Ma femme est ma septième épouse, elle n'aime pas les enfants de mon unique fils.

— Vous avez envoyé votre fils unique pour nous trouver ?

— Qui d'autre que le roi pouvait faire ce sacrifice ?

— Bien sûr.

— Elle n'aime pas les petits princes, car je n'ai pas pu lui donner d'enfant. Elle leur impose une discipline de fer, personne n'ose la contrarier.

— Pauvres petits !

— Tu m'as demandé de t'aider pour trois choses : ton père, le médaillon et tes pouvoirs. Je te l'ai dit, je n'ordonnerai pas à mon peuple de partir en guerre contre le Mal. Pour ton père, nos mages ont une idée. Sais-tu encore voyager par la Toile ?

— Un peu, pourquoi ?

— Alors nos mages vont faire venir ton père ici, il se régénérera au contact de la Toile. Et, comme cela, on gardera de l'énergie. Tu pourras communiquer avec lui, grâce à la Toile.

— Je vous remercie.

— Pour le médaillon, je ne peux rien. Pour tes pouvoirs, je vais t'emmener dans un lieu sacré, chez la Dame des Eaux.

— Qui est-elle ?

— Je crois que c'est l'esprit de la Toile. »

Alathor prit une autre direction, se dirigeant vers un des coins les plus reculés de la forêt. Et là, Thomic frémit, l'air devenait plus lourd et plus froid. On n'entendait plus les oiseaux. Les arbres étaient malades. Alathor était désolé, Thomic se crut en plein cauchemar.

« Ce doit être l'endroit d'Orobolan où se situe Benethan, je suppose.

— À peu près, bien qu'il n'y ait pas de lien entre les deux mondes.

— Et la Dame des Eaux habite cet endroit ?

— Un peu plus loin. Personne ne vient ici, on voit ses propres doutes, ses peurs. »

Il n'y avait plus de forêt, mais un marécage. Alathor prit le chemin central, indiquant bien à Thomic de ne pas s'en détourner.

« Essaie de penser à des moments heureux, sinon tu n'y arriveras pas. »

Thomic sentit qu'Alathor appréhendait ce moment.

C'est alors qu'il vit les milliers de morts des deux plus grandes guerres qui avaient dépeuplé Orobolan. Tous l'accusaient de les avoir tués. Il aurait dû intervenir et changer le cours des choses. Puis des visions encore plus macabres d'enfants et de femmes, veuves et orphelins de la guerre, qui voulaient lui faire payer sa traîtrise de ne pas les avoir sauvés. Thomic sentit qu'il allait défaillir. Alathor était dans le même état. À quoi se raccrochait-il ?

Thomic essaya de se raccrocher aux moments qu'il avait vécus avec sa mère, puis quand son grand-père était venu le chercher, qu'il avait vu son père endormi, puis les agréables moments d'apprentissage qui avaient suivi. Les moments de complicité, son père riant de ses échecs, l'encourageant à recommencer, encore et toujours, de ne jamais défaillir. Alathor tomba de cheval, il indiqua à Thomic que lui seul pouvait continuer, qu'il attendrait ici.

Le magicien continua donc son chemin. Quelles fautes avait-il sur la conscience pour ne pas pouvoir avancer ? Il vit les enfants massacrés pendant l'Émeute Noire. Les victimes des Shinjei, des arbres qui pleuraient.

Enfin, au loin, il aperçut une petite fontaine au milieu du marécage. Là, une vieille Élénianne l'attendait, un bol à la main.

Mais le chemin continuait et réservait d'autres surprises à Thomic. Ses amis de voyage, Jacob portant sa tête à la main, Narlia le corps atrocement brûlé. Yann, quant à lui, avait le corps transpercé par des balles. Serait-ce une vision de l'avenir ? Pensa-t-il, en voyant Shaïn, Pati et Alathor, leurs corps mutilés.

Thomic faillit perdre connaissance. Il se raccrocha grâce, encore une fois, au souvenir de sa mère. Une Thollienne qui avait aimé son père pendant toute sa vie de femme. N'ayant jamais connu d'autre homme que lui, et ils n'avaient été ensemble qu'une seule nuit.

Il arriva enfin à la fontaine.

« Tu veux te rafraîchir après ce long voyage ? Lui dit la vieille Élénianne.

— Merci, ma Dame, mais je dois voir la Dame des Eaux, sans attendre.

— Tu la verras, mais bois, avant. »

Thomic prit la coupe, en but une gorgée. L'eau lui enleva toutes ses souffrances. Il sentit la chaleur de la Toile le parcourir.

« Bien. Maintenant, suis-moi, je vais te conduire. »

Thomic suivit la femme jusqu'à un petit lac. La vieille femme se retira.

Du lac, sortit une femme Élénianne, jeune et de toute beauté, la plus grande création de la Toile, sans aucun doute. Thomic en tomba amoureux.

« Etranger, tu n'es pas un Élénian, que viens-tu faire ici ?

— Je suis Thomic le Gardien, fils de Dolin, fils de Myrdhanos, lui-même fils d'Érébios.

— Un Gardien ! Et que veux-tu ?

— Je veux retrouver mes pouvoirs, pour vaincre le mal qui gangrène Orobolan.

— Bien. Alors, vois mon lac ; c'est la source initiale de toutes choses. La Toile à son plus haut niveau.

— Je ressens, en effet, son pouvoir immense.

— Tu as vu le marécage, derrière toi ?

— Oui, ma Dame.

— Eh bien, avant, le lac arrivait à la limite du marécage. Il reste juste assez d'énergie pour maintenir le royaume. Si tu veux tes pouvoirs, alors bois. Mais Thaerith disparaîtra, et les Éléniens retrouveront la forêt d'Orobolan.

— Je ne peux faire cela. Mais alors, tout est perdu si je ne peux retrouver mes pouvoirs et vaincre les démons...

— Tu as le choix, boiras-tu à ce lac ?

— Non, je mourrais en combattant plus tôt que de faire du mal aux Élénians.

— La Dame des Eaux avait raison. Tu es aussi sage que juste !

— Vous n'êtes pas... ?

— Non, je suis sa servante. La Dame des Eaux t'a donné à boire, et tu récupéreras tes pouvoirs assez vite.

— Le temps presse.

— Je vais te reconduire au palais de Thaerith.

— Et Alathor ? Il est resté en chemin. Que voulait-il ?

— Dis-lui que son vœu est aussi exaucé. Mais je ne te dirai pas lequel.

— Je crois que je sais.

— Va en paix ! »

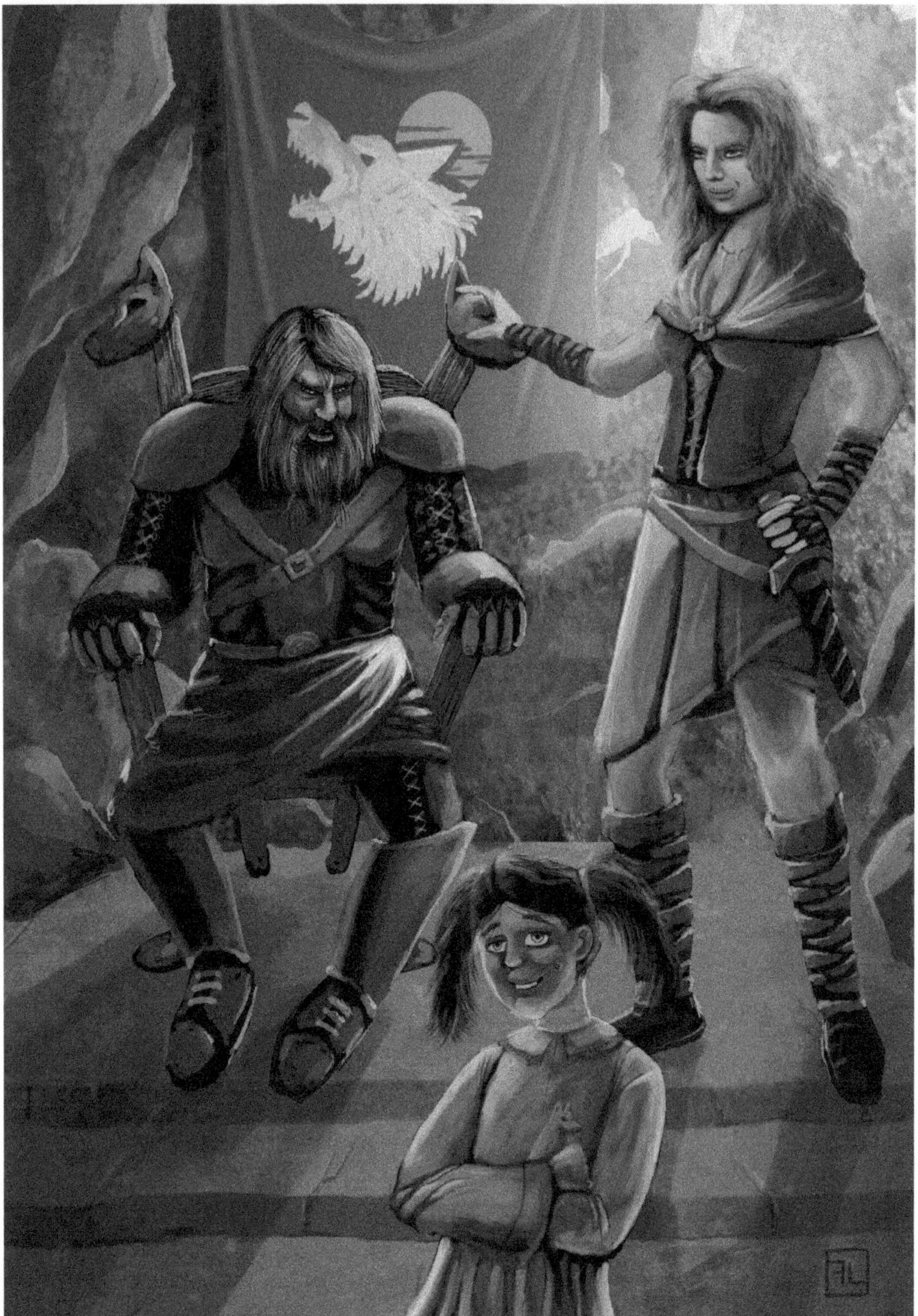

Chapitre 46

La traduction interdite.

Thomic était revenu avec Alathor. Il lui avait appris la réponse de la servante. Celui-ci en fut très heureux. Le soir même, on envoya chercher Narlia, qui s'ennuyait dans la cabane du mage. Elle fut admise au palais, même si quelques regards lui firent comprendre que tous ne l'acceptaient pas, comme Yann d'ailleurs. Après qu'on eut retrouvé Youli, Tyrilin avait envoyé son fils aîné au cachot. Le plus jeune avait été épargné par sa mère.
« Youli, veux-tu aller chercher Shaïn pour le repas.
— Il n'est plus puni ?
— Non, cela suffira.
— C'est de ma faute, s'il a été puni. J'étais d'accord pour le cachot et, en plus, il ne savait pas que j'allais pleurer.
— Si je ne l'avais pas puni, il se serait senti triste de t'avoir blessé.
— Je comprends pas.
— Comme tes amis, qui étaient tristes que tu n'ailles pas bien, alors ils s'étaient punis sur le bateau », lui expliqua Thomic.
Youli n'était pas convaincu par ses explications, mais il partit en toute hâte libérer Shaïn de sa prison. Quand il arriva, Shaïn pleurait à chaudes larmes. Youli lui ouvrit, le prit dans ses bras et lui murmura, les larmes aux yeux :
« Pardon !
— Non, Youli, c'est moi qui te demande pardon ! »
Les deux garçons se dirigèrent vers le banquet. Youli se rapprochait des jeunes princes, ils conversaient à un bout de l'assemblée.
« Si mon papa, il est mort, ma maman aussi !

— Non. Aux dernières nouvelles, dame Jalora est vivante, dit Pati, puis il réalisa sa bêtise.

— Merci et je ne vais pas pleurer. Je sais qu'elle est vivante, maintenant. Et Thomic m'a dit que je reverrai bientôt ma famille, mais je ne sais pas quand est-ce bientôt ? »

Pati fut rassuré. Youli pensa à sa mère, comment était-elle ? Il ne s'en souvenait pas.

Il écouta la discussion des adultes, tout en mangeant.

Chacun racontait sa journée aux autres. Thomic cachait les visions d'horreur qu'il avait vues sur ses compagnons.

« Alathor, tu avais déjà été à la fontaine ?

— Non, c'était la première fois. Le seul qui y a été, c'est ton père, pour nous emmener à Thaerith. Il était accompagné de Grand Loup et de mon père, qui le lâchèrent comme moi en chemin.

— Bon. Maintenant, on se retrouve à la croisée des chemins. J'ai récupéré mes pouvoirs, et mon père est sauf. Il sera là d'ici peu, pour nous aider.

— Chacun peut choisir sa route. Il n'y aura pas de haine, ni de regret.

— Moi, je n'ai plus rien, je suis un criminel recherché. Je te suis, répondit Jacob.

— Moi, je te suis aussi. Je veux faire payer, à tous ces démons, le mal qu'ils nous ont fait. Je me ferai tuer pour donner un monde meilleur à Youli, déclara Yann.

— Je suis désolée, mais je dois retrouver mon père. Je suis venue ici pour emprunter le passage des Élénians jusqu'à la Garde de Sang. Mon père se meurt, et je dois être à ses côtés.

— On comprend, Narlia.

— Mes mages t'emmèneront demain à la Garde de Sang, répondit Alathor.

— Merci, Majesté !

— Youli, vient me voir ! », demanda Thomic.

Youli quitta les deux princes, pour se diriger vers les adultes.

« Youli, tu es un enfant. Mais tu as pris part à notre groupe de toi-même, alors où veux-tu aller ?

— J'ai appris que j'avais un autre papa et une maman. Mon papa, il est mort. Mais maman, elle est vivante. Je veux aller la voir, si papa Yann est d'accord.

— Papa Yann vient avec moi. Alors, viens-tu avec nous et tu attendras un peu avant de voir ta maman, ou pars-tu tout seul ?

— Papa Yann ? Demanda l'enfant, ne sachant quoi penser. Il avait les larmes aux yeux.

— Choisis, Youli, fais ce que tu veux. Si tu veux voir ta maman, vas-y, pars. Je ne t'en voudrai pas et, comme le dit Thomic, on se retrouvera.

— Je veux voir maman, répondit Youli, sentant le poids de la trahison qu'il venait de faire. »

Yann baissa les yeux, Youli ne vit pas ses larmes.

« Tu attendras Dolin, mon père. Lui seul sait où sont les tiens.

— D'accord. Je peux retourner avec Shaïn et Pati ?

— Bien sûr ! »

Youli reprit sa place, sans un regard pour Yann.

« Shaïn et Pati sont mes fils, cela fait douze ans, que nous nous sommes quittés. Ma femme m'a attendu tout ce temps. Notre reine a élevé mes enfants et, même si je ne suis pas d'accord avec la manière dont elle s'y est prise, je dois la remercier pour en avoir fait des jeunes, justes et droits. Je suis fier d'eux. Je vous dis tout ça pour vous dire que, si c'est la dernière bataille, alors je veux que le peuple Élénian n'ait pas à rougir de ne pas y avoir participé. Ma route, commencée douze ans plus tôt, n'est pas terminée. Mes chers parents, je dois vous dire que je pars demain avec Thomic. »

Le prince Tyrilin, à l'étonnement général, quitta la pièce.

Là, maintenant, c'était ses fils qui avaient du mal à digérer la nouvelle. Sa femme comprenait la décision de Tyrilin. Mais, quant à l'accepter, c'était autre chose.

Le repas finit dans le calme le plus total, tout le monde ne fit que regarder son assiette en silence. Tout le monde partit se coucher calmement.

Thomic retrouva Tyrilin, qui était pensif, contre un arbre. Sa femme venait de partir. Ses fils avaient demandé à Yann la permission de dormir avec Youli. Yann n'avait rien dit, il ne pensait plus. Il se dit que, comme cela, la séparation avec Youli serait moins dure. C'était, en fait, Youli qui n'avait pas voulu partir avec Yann et avait demandé à Shaïn s'il pouvait rester au palais. Thomic interrogea le prince :

« Tes fils sont venus te dire au revoir ? On part tôt demain.

— Ils seront là, je ne m'inquiète pas. Elle, je ne sais pas.

— Akilma ?

— Oui. Mes fils ont été élevés avec l'idée que le royaume primait sur tout. S'ils pleuraient parce que je n'étais pas là, Alinoa les fouettait ou les enfermait au cachot.

— Je vois, mais ta femme n'est pas du même avis ?

— Non. Elle trouve que l'on a assez donné. La Guerre des Bois n'a rien arrangé. Regarde, même Youli y a perdu son père !

— Alors pourquoi venir avec nous ?

— J'ai accepté une mission : te retrouver et sauver Élénia. Tu es là. Élénia n'est pas sauvée, je continue.

— Avec le téléporteur, tu pourrais rester plus longtemps et venir plus tard. On va à la Garde de Sang, on y restera bien trois jours.

— Vous suivez Narlia ?

— Oui, j'ai pris cette décision. Le médaillon de l'équilibre est peut-être là-bas !

— Et pourquoi ne pas laissez Narlia chercher ce médaillon et partir chercher celui des Tholliens ? Vous savez où ils sont, j'en suis certain !

— Bien sûr, mon père me l'a dit. Mais Youli n'est pas encore prêt à savoir la vérité.

— Elle est si terrible que cela ?

— Sa perte de mémoire n'est pas due à sa transformation.

— Je vois, je garderai le secret. Viens, allons dormir. Veux-tu dormir au palais ?

— Non, je ne dormirai pas encore, cette nuit.

— Bien, à demain, alors ! »

* * * * *

Le soleil se levait à peine sur Thaerith, quand la troupe fut prête à partir. Thomic avait annoncé à Narlia qu'il l'accompagnait au château, pour récupérer le médaillon de l'équilibre.

A l'écart, Yann attendait Youli, il voulait le revoir avant de partir. L'enfant était introuvable. Les fils de Tyrilin vinrent dire au revoir à leur père. On voyait la tristesse dans leurs yeux, même s'ils ne laissaient rien paraître. Yann les regarda avec envie, il demanda à Shaïn, de la peine dans la voix.

« Prince Shaïn, excusez-moi, mais savez-vous où est Youli ?

— Papa, tu seras pas fâché ? Je sais que je mérite une punition, mais Youli a voulu s'enfermer dans le cachot. Il y a passé toute la nuit, et sans pleurer !

— Shaïn, tu as déjà été puni hier et tu recommences !

— Laissez, Tyrilin ! Dit Yann. Je ne comprends pas comment vous punissez vos enfants, et je dois sans doute me taire. Mais Youli est un entêté et s'il a voulu rester dans ce cachot la nuit, Shaïn n'aurait rien pu faire. Alors si quelqu'un sera puni, c'est Youli !

— Tu aurais, en effet, dû te taire. Mais je prends en compte ce que tu me dis. Youli a passé une nuit au cachot et j'estime qu'il s'est puni lui-même. Ce n'a pas dû être drôle, j'y suis resté étant enfant. Je te laisse choisir la punition de mon fils à qui, je te le rappelle, j'avais interdit d'enfermer à nouveau quelqu'un dans le cachot.

— Bien ! Répondit Yann. »

Shaïn attendait. Qu'allait-il se passer ? Comment l'Humain allait-il le punir ?

Yann prit l'enfant, le courba et appliqua une tape sur le fond de culotte du jeune prince, puis il lui dit :

« C'est bon, mais ne recommencez jamais plus, promis ?

— Promis, Monsieur Yann ! »

C'était la première fois que Shaïn l'appelait monsieur sans y être forcé, et avec de la reconnaissance dans la voix. Cela émut Yann.

« Moi, Prince Tyrilin au nom du peuple Élénian, je joins votre groupe, Thomic. »

Tous firent leurs adieux et, enfin, un mage ouvrit le Portail que les compagnons traversèrent. Ils se retrouvèrent près du château de la Garde de Sang.

Un garde les vit approcher, il donna rapidement l'alerte. A leur entrée, tous les princes étaient là, attendant Narlia, la mine sombre.

« Que se passe-t-il ?

— Il a attendu longtemps votre venue mais... commença le prince Charly.

— Il est mort ?

— Non. Ce matin, il n'a pas pris sa pilule et il s'est exposé au soleil. Il n'a plus longtemps à vivre, il vous réclame. »

Narlia partit avec les princes, Charly resta avec les autres pour les conduire au château. Il y avait affluence ; tout le clan de la Lune Bleue était là. Tous prêts pour la guerre qui ne tarderait pas à arriver. Il y avait presque mille personnes. Jacob trouvait cela peu, par rapport aux dires de Narlia. Charly, accompagnant la bande jusqu'à une chambre, leur dit que Narlia les retrouverait là. Yann s'y réfugia, le cœur douloureux. Youli n'était pas venu lui dire au revoir. Il avait préféré s'enfermer dans un endroit horrible, plutôt que de venir le saluer.

Narlia avait été conduite près de son père. Celui-ci avait été affreusement brûlé. La mort allait bientôt venir.

« Papa, pourquoi ?

— Dis-toi que quatre mille ans, c'est très long. J'ai vu des civilisations se monter et se détruire. Deux guerres ont ravagé Orobolan.

— Mais, moi, je suis ta fille !

— Oui. La seule que j'ai voulue pour moi. Un caprice ! J'avais remonté mes clans, mais, toi, tu étais mon rayon de lune.

— Papa, tu ne m'as pas eu avec une femme ?

— Non. Tu le sais, maintenant, nous ne pouvons avoir d'enfant. Je t'ai prise à ta famille, je suis désolé. Désolé aussi de t'avoir menti.

— Pourquoi ?

— Parce que je t'ai aimée, dès que je t'ai vue. Tu étais si frêle, si petite !

— Et ma famille ?

— Des paysans, je ne les ai jamais revus. Pardonne-moi ! »

Aussitôt Narlia fit le lien avec le marin sur le bateau des damnés qui avait éveillé en elle d'étranges sentiments. Elle hésita.

« Narlia, c'est maintenant ou jamais ! Fit remarquer Ghan.

—Bien sûr que je te pardonne. Mais, sache qu'un bateau emporte les damnés qui ont du chagrin, et ma famille y est. Alors, vas-leur demander pardon à eux aussi ! »

Narlia s'en voulait de ses paroles dures. Elle caressa le visage de Garnac et l'embrassa sur le front. Les derniers mots de Garnac furent :

« Je leur demanderai pardon, je te le promets. »

Narlia se mit à pleurer. Elle n'en pouvait plus. Elle continuait de pleurer quand elle retrouva les autres, dans la suite qu'on leur avait attribuée. Chacun d'eux pensait que son chagrin était dû à la mort de Garnac, que les cloches venaient d'annoncer. Mais personne ne pouvait savoir. Cet homme, qu'elle croyait être son père, cet homme qui l'avait aimée et élevée, cet homme était aussi le monstre qui l'avait enlevée à sa famille.

Un homme se présenta alors :

« Papa Yann, c'est toi ? demanda un des hommes de Ghan.

— Oui, répondit Yann étonné.

— Quelqu'un te demande. On l'a trouvé dans la forêt, pas très loin d'ici.

— Qu'est-ce que c'est ? »

Youli entra en pleurant, et se jeta au cou de Yann.

« Je peux pas rester sans toi, je veux pas t'abandonner !

— Tu es parti de chez les Éléniens ?

— Je suis arrivé pour te dire au revoir, mais tu étais déjà parti. Alors, Shaïn a rouvert le trou et je suis venu. Mais je me suis perdu dans la forêt.

— Oh, Youli, toi aussi tu m'as manqué !

— Pardon, papa Yann, pardon !

— Et cette histoire de cachot toute la nuit, tu sais que Shaïn s'est fait gronder ?

— Oui, pardon !

— Sacripant, tu n'en rates pas une ! »

Ils furent interrompus par le garde :

« Dame Narlia, le Conseil des Princes se réunit, l'heure est grave !

— Je ne suis plus des vôtres. Je n'ai rien à faire de votre conseil.

— Euh... Dois-je répondre cela au conseil ? demanda le garde décontenancé.

— Non, je leur dirai moi-même. Je viens dans une minute.

— Bien, ma Dame ! »

Le garde sortit de la pièce. Au vu des peaux de bêtes accrochées à son gilet de protection, il ne pouvait faire partie que du clan de Ghan. Jacob avait remarqué les habitudes vestimentaires peu orthodoxes de ce clan. Le plus impressionnant devait être leur chef, Ghan, qui, à l'arrivée de Narlia, était coiffé d'une tête de loup.

« Quel est ce conseil auquel tu ne veux pas participer ? Demanda Thomic.

— Le Conseil des Princes, leur plus grand conseil !

— Leur ? Tu n'appartiens pas à leur clan ? Demanda Yann.

— Plus maintenant ! rétorqua-t-elle avec de l'amertume dans la voix.

— Sur le bateau, l'homme avec qui tu as discuté était ton père, c'est cela ?

— Tu avais deviné ?

— Tu oublies que je suis un Gardien. Peu importe le chagrin que tu as et la haine que tu peux ressentir envers Garnac. Je te demande d'aller à ce conseil. Nous t'y accompagnerons, la guerre contre les démons a commencé. Tu m'as dit que tout ton clan était à la Garde de Sang, je compte à peu près huit cents hommes. Où est le reste ? Si une guerre éclate, je préfère avoir le clan de la Lune Bleue de mon côté plutôt que du leur.

— Je reste avec Youli, déclara Yann.

— Bien ! Lui répondit Thomic, les autres allons-y ! »

Thomic n'avait pas laissé de choix à Narlia. Pour la première fois de l'aventure, il avait pris ouvertement une décision pour le groupe. Jacob pensa que cette décision ne présageait rien de bon.

Le conseil se réunit dans ce qui devait être la salle d'honneur du château, on avait disposé des sièges en cercle. Chacun des princes avait deux gardes derrière lui. Tous, la mine grave, attendaient.

Charly prit, le premier, la parole.

« Narlia, tous les clans te présentent leurs sincères condoléances et te prient de prendre la place de ton père au conseil.

— Je prendrais cette place, si mes amis peuvent s'asseoir, d'égal à égal, au conseil.

— Le conseil doit voter, pour permettre leur présence, répondit Toré.

— Non ! Il y a ici un Gardien, un prince de sang royal, et un ambassadeur des fils de Mogdolan. Un vote serait leur faire un affront. Narlia avait repris de l'assurance, mais c'était aussi son moyen de se venger.

— Bien, alors que l'on aille chercher des chaises ! » Répondit le prince Malki, contemplant toujours ses doigts.

Aucun des autres chefs n'avait pris la parole. Les serviteurs arrangèrent le cercle, pour que tout le monde puisse s'asseoir d'égal à égal. Enfin, le dénommé Malki prit la parole.

« Souhaitons d'abord la bienvenue aux hôtes de ce conseil. Voici donc l'ordre du jour : le dernier voyage de Garnac aura lieu demain soir. Tous les chefs de clan sont maintenant revenus, et le clan de la Lune Bleue est au complet. L'heure est grave. Il y a trois mille ans, les Humains ont lancé la Grande Inquisition. Seule une poignée du grand clan de la Lune Bleue a survécu. Cette année, la Grande Inquisition a repris, sous d'autres formes. Elle a commencé par la destruction du cloaque d'Akilthan. À l'heure où je vous parle, il ne reste pas pierre sur pierre dans ce que fut le cloaque. Plus de cent mille personnes ont péri, ce qu'il restait du clan de Bruj également, suite à cela notre identité a été révélée. Un traître doit être parmi nous. Dans toutes les villes d'Orobolan, les gardes des Shinjei ont envahi les égouts, les souterrains, les grottes pour nous exterminer. A Calisma, ce fut un massacre général, la ville est tombée. A Wint Kapes, le clan de Ghan a réussi à fuir, mais à quel prix ! Le clan, qu'avait réussi à reconstruire Garnac, après la victoire de Nosfi, est décimé. La question de maintenant est : devons-nous repartir dans la nuit ou partir en guerre contre ces démons ? »

Malki se rassit. Thomic se leva et prit, à son tour, la parole :

« Je crois qu'il vous manque un élément. Nosfi, dont j'ai vu la statue en dessous du portrait de Vénetin, faisait partie d'une équipe chargée de retrouver les médaillons de pouvoir. Celui de Vénetin me manque. Je ne forcerai pas le clan de la Lune Bleue, qui a déjà beaucoup donné dans ce combat, à participer au conflit à venir. Mais si je peux avoir votre aide pour retrouver ce médaillon, cela nous serait déjà d'un grand secours. »

Toré montrait son désaccord avec l'intervention de Thomic. Pour lui, les étrangers n'avaient pas la parole. Charly était indifférent, Ghan prêt à en découdre, Malki regardait ses doigts.

« Le conseil décidera si le clan de la Lune Bleue doit encore se mêler des affaires des Humains. N'oubliez pas que toutes les opérations commando contre les Shinjei ont été faites par le clan. Si les Humains ne veulent pas se défendre, nous n'allons pas les forcer.

— Et pour le médaillon, Toré ? Demanda Charly.

— Je veux bien laisser les étrangers chercher dans le château. À la condition qu'ils ne brisent rien. »

La motion fut acceptée par le conseil à l'unanimité. Thomic vit bien qu'il était inutile d'insister, le clan de la Lune Bleue se retirerait tant que les Humains ne prendraient pas leur avenir en main. Des Humains qui étaient drogués par la télé et par la propagande des Shinjei.

Il demanda un plan du château, que Charly lui fournit. Il organisa les recherches. Youli voulait aider lui aussi, on lui confia l'entrée du château. Yann fouillerait la grande salle, Narlia le bureau et les appartements de Garnac. Jacob fouillerait les dépendances et Tyrilin les salons. Les chambres des hommes du clan seraient laissées au clan lui-même.

Jacob eut tôt fait de comprendre que les dépendances et les cuisines n'offraient pas grand intérêt. Il n'y avait là que des restes d'animaux. Des bocaux de sang que l'on laissait à température du corps. Jacob décida alors de rejoindre Tyrilin, qui avait déjà fouillé les salons du rez-de-chaussée et s'attaquait au premier étage.

« Ce qui est bizarre, dans ce château, ce sont les tableaux.

— Tu penses à celui de Vénetin. Il est cruel, en effet.

— Ces massacres en toile de fond...

— Celui-là est morbide, en effet. Mais si tu regardes bien, ce sont des hommes du clan de la Lune Bleue qui sont torturés en arrière-plan. Je dis des hommes, mais je devrais dire des Élénians.

— Comment cela ?

— Regarde Vénetin, il semble vouloir fuir ce massacre. Sur le tableau, c'est son peuple que l'on massacre. Mais regarde bien les hommes à terre, ils sont plus grands que leurs agresseurs. Si tu regardes Vénetin, tu verras qu'il a des traits des Élénians. Regarde-moi et regarde-le, on dirait que nous sommes parents ! »

Jacob regarda Tyrilin, puis le portrait de Vénetin, puis Tyrilin de nouveau.

« Tu penses que le clan de la Lune Bleue ferait partie de la race des Élénians ?

— Ce ne serait pas étonnant, nous étions là bien avant vous. Si Ikan est le premier meurtrier alors il devait être Élénian.

— Donc tous ceux que nous croisons sont Élénians, en vérité.

— Non, les anciens de la Lune Bleue sont des Élénians. D'après le récit de Narlia, son père a dû faire un échange de sang, avec des Humains, pour reformer son clan, après la victoire de mon père sur Kristalina.

— Alors, Narlia a été tuée par Garnac et il lui a donné de son sang ?

— Oui, c'est pour cela qu'elle lui en veut. Allons, continuons à fouiller. »

En entrant dans le premier salon, Jacob comprit ce que Tyrilin voulait dire, au sujet des tableaux. Sur toutes les images qu'il avait vues auparavant, concernant ceux de la Lune Bleue, ces derniers étaient représentés comme des monstres, toujours en train d'égorger des femmes et des enfants. Là, sur un des tableaux, on voyait une famille aimante : le père, la mère et les deux enfants posant pour la postérité. Sur un autre, on pouvait les voir à un pique-nique nocturne. Les enfants jouant au cerceau, les parents, enlacés, se regardaient.

La salle d'honneur n'étant pas immense, Yann trouva Narlia dans les appartements de son père. Elle regardait un registre où une écriture fine était dans une langue que Yann reconnut :

« De l'Élénian ! »
Narlia sursauta.
« Désolé !
— Ce n'est rien, je ne t'avais pas vu entrer. Ce n'est pas de l'Élénian, mais tu as raison, cela y ressemble. C'est la langue du clan, pas mal de vocabulaires sont similaires. Comment as-tu reconnu cette langue ?
— Je l'ai vue dans la forêt, il n'y a pas longtemps, répondit Yann de son ton renfermé habituel.
— C'est vrai, excuse-moi !
— Mouais. As-tu trouvé quelque chose ?
— J'ai fouillé la chambre de mon père mais, avec les gardes qui le veillent, ce ne fut pas facile. Puis, j'ai commencé à fouiller ici. Je suis tombée sur ce registre, regarde : »

Cette enfant est battue par le patron de l'auberge. Il va certainement mourir. Chaque soir, j'entends l'enfant pleurer dans la chambre à côté de la mienne. C'est décidé, je vais l'amener avec moi.

« Qui est-ce ?
— Toré, et celui-là :

Je vois l'enfant mendier, habillé de peaux de bête. Les gens le frappent et le chassent, alors il rejoint des loups en forêt et vit avec eux. Quand il a faim, il repart en ville pour chaparder quelques nourritures.

« Ghan !
— Oui, c'était facile. Essaie celui-là : »

Cet enfant est terne. Son père le maltraite, il l'oblige a joué avec d'autres enfants à des jeux d'adultes. L'enfant semble n'avoir plus de vie, seule sa cornemuse semble encore le distraire.

« Là, je ne vois pas.
— C'est Charly !
— Pas évident.
— Tu ne l'as pas encore entendu jouer.

C'est pour cela, je me suis promis de ne plus en prendre pour un moment, mais je peux aider cet enfant. On le croit fou mais, en fait, cet enfant se nourrit de champignons hallucinogènes. Ce qui accroît cet effet de démence latente chez lui. Ces champignons, autrefois utilisés par les barbares pour annihiler la conscience de leurs troupes au combat.

« Malki !

— Comment as-tu su ?

— J'ai vu son clan, de vrais zombies. Traduis-moi le dernier, en dessous de Malki.

— Non, pas celui-là !

— Allez, lis-le !

Mon clan est reconstruit. Mes enfants ont sauvé d'autres enfants de la misère. Ceux-ci ont, à leur tour, sauvé d'autres enfants.

Ma mission est finie, et je me sens seul. Aujourd'hui, j'ai vu cette petite fille avec sa poupée. Elle est toujours seule, parfois même dans son jardin, la nuit. Son père ne doit pas s'en occuper. Je pourrai peut-être, moi, lui parler.

Un mois que je l'observe, son père ne prend pas soin d'elle. Je dois agir, si la petite reste dehors ce soir, je la prends, sinon je m'en vais.

Narlia pleurait en lisant ces lignes.

« Marie, c'était toi ?

— Oui, c'était moi !

— Tu es la dernière du clan, il n'y a plus rien après.

— Oui. Et j'ai vu mon vrai père sur le bateau des damnées. Il est mort parce que, ce soir-là, je suis sortie.

— Comme à ton habitude. Tu ne pouvais pas savoir. »

Narlia ravala sa tristesse et se reprit :

« Cherchons le médaillon ! Le temps presse. D'après ce que j'ai entendu des discussions, l'armée est en marche, une guerre se prépare ! »

Pour la première fois, Yann se montrait paternel envers quelqu'un d'autre que Youli. Il soutenait Narlia qui, enfin, laissait libre cours à son chagrin.

Le soir venu, hélas, personne n'avait rien trouvé.

« Ils ont une réserve de champignons au sous-sol, dit Thomic, c'est impressionnant ! J'espère que le médaillon n'est pas dedans.

— T'inquiète pas. Le clan de Malki les mange plus vite qu'ils ne poussent. Ils l'auraient vu.

— Le clan de Malki, ce sont les zombies aux discours incohérents ?

— Y en a un qui m'a pris pour une dame, déclara Jacob. Il m'a fait la cour.

— Et tu as rendez-vous ou pas ? Demanda Narlia, qui, grâce à Yann, avait retrouvé le sourire.

— Moi, y en a un qui m'a fait peur. Il m'a pris pour un petit chien, il voulait m'emmener dehors faire mes besoins ! S'indigna Youli.

— Et qu'as-tu fait ? Demanda Yann, amusé.

— Miaou ! »

Cela fit rire tout le monde. Thomic déclara ensuite :

« Bon. Sinon, j'ai eu des nouvelles de mon père. Il est à Thaerith et ira dans le marais pour retrouver ses pouvoirs. Il va chercher, aussi, les autres médaillons. Akilthan a brûlé, il ne reste plus pierre sur pierre. Les habitants se réfugient dans les petits villages. L'armée les poursuit, le nouveau général est terrible, ce doit être un démon. La compagnie des ours est maintenant commandée par un certain Peter.

— C'est un ami d'enfance à moi !

— Eh ben, bravo, tu verrais le merdier qu'il a mis après les émeutes ! »

Yann, qui souriait à côté de Narlia, se rembrunit d'apprendre qu'il y avait eu d'autres émeutes sanglantes et que son poulain, celui à qui il avait tout appris, était responsable du massacre. Jacob aussi accusait le coup.

Le lendemain, ils allaient reprendre les recherches, quand Youli dit :

« Je sais où il y a un médaillon.

— Où cela ? Demanda Thomic.

— Sur la statue du pas beau.

— Celle de Nosfi, dans le hall, traduisit Narlia. »

En effet, la sculpture de Nosfi le représentait portant le médaillon de Vénetin.

Youli voulut grimper dessus, pour saisir le médaillon de pierre. Yann tenta en vain de l'en dissuader. La statue tomba sur le tableau et se brisa. Les hommes qui étaient là se rapprochèrent. La statue était en miettes et le bord du tableau était brisé. Tout le monde était interdit.

Yann allait hurler sur Youli, et lui faire passer l'envie de faire des bêtises, quand Thomic lui fit remarquer le médaillon à terre. Il devait se trouver dans la statue. Youli se mit à pleurer. Thomic ramassa le médaillon. Toré, prévenu par un de ses hommes, arriva. Il entra dans une colère noire quand il vit les dégâts.

« J'en étais sûr. Ces étrangers ont brisé la statue du Maître. Le responsable doit mourir.

— Même le petit chat ? Demanda un des hommes.

— Tais-toi, loque dégénérée ! »

Les hommes de Toré s'emparèrent de tout le monde. Thomic remarqua, à l'endroit du tableau, une fissure, comme si on avait muré une salle. Charly et les autres princes étaient arrivés. Ils contemplaient le désastre.

« Qui est responsable ? Demanda Ghan.

— C'est moi, répondit Yann. Je suis le seul responsable.

— Il mérite de mourir ! Déclara Toré, qui voulait une exécution en réponse aux massacres de ces derniers jours.

— Non, ce n'est pas papa Yann !

— Tais-toi, Youli ! Lui répondit Yann.

— Non, tu ne peux pas me gronder, tu m'as dit de ne pas mentir. C'est moi qui voulais prendre le médaillon de pierre et qui ai fait tomber la statue, et le vrai médaillon, il était bien à l'intérieur.

— Alors, l'enfant sera exécuté ! déclara Toré.

— Arrête, Toré, tu ne représentes pas le clan. Tu ne peux décider comme cela d'une exécution.

— Nos règles sont strictes. Si quelqu'un doit décider d'une exécution, alors ce sera Malki, le prince du château, déclara Charly très en colère.

— Malki est fou et il est trop faible pour décider, lui répondit Toré furieux.

— Tais-toi, Toré. Même si Malki est aussi fou que tu le dis, il reste le Prince. Seul le conseil peut décider sans lui. Tu n'es pas le conseil. Que l'on amène l'enfant dans le bureau de Garnac ! S'il y a sanction, le conseil en décidera ! »

Youli fut emmené sous bonne escorte.

« Excuse-moi, Charly. Mais regarde le mur, je pense qu'une pièce est cachée derrière, déclara Thomic

— Tu veux que je fasse abattre le mur ? Tu trouves qu'il n'y a pas assez de dégâts ?

— Le tableau n'a pas trop souffert, et la statue peut être refondue. J'ai vu le moule à la cave, ainsi que celui fait pour Garnac.

— Tu en es sûr ? Demanda Malki.

— Oui. Tous les derniers princes de l'époque de Nosfi ont un moule à la cave, dans un rebut que j'ai trouvé derrière un amas de bric-à-brac.

— Bien, je vais faire abattre le mur. »

Il s'adressa à deux hommes qui partirent chercher des outils.

Yann s'inquiétait plus pour Youli que pour lui-même. Malki demanda aux hommes de libérer les prisonniers. Yann voulut aller voir Youli. Thomic lui fit signe de n'en rien faire, que Youli allait bien.

Le mur fut vite démoli. On découvrit un petit bureau, des parchemins décrivant la vie de personnes. L'écriture était très ancienne,

Thomic se servit d'une carte au symbole d'une plume pour traduire les documents. Un immense livre était posé sur l'unique mobilier de la pièce. Une sorte de malle, dont le couvercle avait été aménagé pour en faire un bureau.

« Je peux traduire ces documents mais cela prendra du temps. C'est rédigé dans de l'Élénian du temps d'Érébios, cette langue a plus de six mille ans.

« Bien, traduisez ce manuscrit ! Nous vous attendrons dans la salle du conseil. Nous allons décider du sort de l'enfant, déclara Charly.

— Que risque-t-il de lui arriver ? Demanda Yann visiblement très anxieux.

— Pas grand-chose, je vous l'assure. C'est juste pour calmer les esprits. »

Yann n'en était pas plus rassuré.

« Où est Toré ? Il va nous manquer au conseil ! demanda Charly.

— Lui qui insistait pour que l'on tue Youli et le voilà qui disparaît ! Signala Ghan.

— Où est Youli ? Demanda Jacob.

— Dans le bureau de Garnac avec deux gardes, pourquoi ?

— Allons-y ! J'ai un mauvais pressentiment. »

Tous se précipitèrent vers le bureau de Garnac. L'inquiétude grimpa quand ils virent les gardes, la tête tranchée. Ils entrèrent dans le bureau, pour voir Toré, levant un poignard pour tuer Youli, attaché au bureau.

« Meurs, créature impie ! »

Jacob bondit vers Toré.

« Tu t'es regardé ! Répliqua Yann. »

Le combat commença entre Toré et Jacob. Toré montra, bien vite, sa supériorité.

Jacob fut, vite fait, mis à terre. Charly et Malki entrèrent dans la bagarre, tandis que Yann détachait Youli pour le mettre à l'abri. L'enfant était épuisé, il avait eu la peur de sa vie. Ghan demanda à Yann de faire sortir Youli et demanda à quelques-uns de ses hommes de les protéger. Les hommes de Toré avaient été avertis du combat de leur chef. Par loyauté envers lui, ils s'attaquèrent aux hommes des autres clans. Le combat faisait rage, les têtes tranchées roulaient sur le sol. Dans le bureau de Garnac, le combat continuait. Les Princes s'étaient tous mis dans la bataille. Toré était puissant, le plus puissant, sans doute. Ghan essayait, quant à lui, de limiter les combats dans le château. Le pire étant sans doute le clan de Malki, drogués aux champignons ils s'entretuaient entre eux. Thomic sortit du bureau et se décida à intervenir. Il lança une des cartes des Élénians et, d'un seul coup, tous les hommes s'endormirent.

Thomic réveilla les Princes. Charly ligota Toré. Ses hommes, réveillés en premier, s'occupèrent de ceux du félon. Enfin, on réveilla le reste du château.

Youli, en se réveillant, et en voyant Malki, déclara :

« J'ai pas fait exprès pour la statue, pardon !

— Tu n'es pas responsable, petit homme. C'est Toré qui, par magie, l'a fait tomber. Je te présente nos excuses.

— Et moi les miennes ! » Dit Yann, qui ne comprenait pas grand-chose, seulement que Youli était tiré d'affaire.

Jacob eut le temps de tout lui expliquer, pendant qu'il revenait au bureau de Garnac. Toré y était toujours ligoté et sous bonne escorte.

« Quel gâchis, tout ce combat pour rien ! Déclara Malki.

— Pas pour rien, l'enfant nous délivrera ! Répondit Toré.

— Youli ? Demanda Yann, surpris.

— Non, pas le Thollien. L'Enfant de Pouvoir, celui qui sait. Il nous a promis la fin de notre non-vie, notre salut. Il voulait un des Élus en sacrifice. Je n'ai pas eu le petit-gens pendant le concert, ni l'Humain dans le cloaque, alors j'ai fait tomber la statue. J'étais sûr que le petit serait tué pour cet affront.

— Alors le traître, c'est toi !

— Vous êtes les traîtres ! Je ne veux que sauver notre race.

— Comme Vénetin le voulait, mais le Mal l'a tué. Tu t'es laissé berner à ton tour ! Rugit Narlia.

— Nous avons enfin trouvé le traître. C'est vrai que seul son clan avait subi peu de pertes et était le moins souvent sur le front.

— Prince, que décidons-nous ? Demanda Charly.

— Au conseil de décider de son sort.

— Pourriture, je crache sur votre conseil. J'en fais partie et je vote pour ma vie.

— Bien, ton vote est entendu. »

Chacun des autres participants au conseil, d'une voix grave, la mine sévère, répondit à leur prince. Et le vote fut unanime, personne ne trembla :

« La mort ! »

Tout le monde se rendit devant le château, où des bûchers avaient été dressés. Les hommes s'étaient réunis autour des corps de ceux qui avaient péri pendant la bataille. Au centre, se trouvait le bûcher de Garnac. Les hommes de Toré, toujours ligotés, assisteraient aux funérailles. Les bûchers des soldats furent allumés, puis Malki tendit une torche à Narlia. Il lui demanda de mettre le feu à celui de Garnac.

« Non, je ne peux pas !

— Moi aussi, j'ai lu le registre, Narlia ! Même si je ne comprends pas tout. Garnac a voulu nous sauver. Pour toi, il a peut-être fait une erreur, mais il nous a tous sauvés.

— Alors, vas-y ! Allume son bûcher, si tu l'admires tant !

— Non, tu es sa dernière infante, alors c'est à toi que revient cet honneur ! Lui dit Ghan, en levant sa tête de loup.

— Je ne peux pas ! Hurla Narlia, les larmes aux yeux.

— Moi, Tyrilin, Prince de la forêt d'Élénia, je reconnais Garnac comme l'un des nôtres. Alors, si vous le permettez, je lui rendrai cet honneur.

— Moi Jacob, fils de Mogdolan, je reconnais, en Garnac, un grand guerrier.

— Moi Yann, chef des Ours Brisés, je rends mon hommage à ce chef de clan.

— Moi Youli, fils de Grand Loup, je rends hommage à ce chef de clan ! »

Chacun avait pris une torche et l'avait enflammée sur la torche de Malki.

Narlia hésita, les yeux rouges de larmes.

« Moi Narlia, je rends hommage à notre Prince, espérant qu'il trouve le pardon. »

Elle prit la torche des mains de Malki, et tous jetèrent en même temps leur torche sur le bûcher.

Alors que tout le monde partit se coucher, Thomic resta dans le bureau récemment dévoilé pour finir de traduire les documents.

Avant l'aube, on fixa, sur des croix, les soldats de Toré, entourant leur chef, et on les livra au soleil. Maintenant, il n'en restait plus qu'un tas de poussière.

Vers midi, Thomic travaillait encore. Il fut rejoint par ses amis et le prince Charly qui lui demanda :

« Alors, qu'avez-vous découvert ?

— Les papiers décrivent la création du premier clan, à l'époque du prophète. Le journal est celui du prince Vénetin. Il décrit, partiellement, la création de la deuxième génération. Il n'y a plus aucun doute, tous étaient Élénians. Vénetin a écrit un mot, en bas de la dernière page, indiquant que les trésors de cette pièce devaient être conservés et ils ont été cachés ici pour que l'Inquisition ne les trouve pas. Le livre est écrit dans une langue encore plus ancienne. Il m'a fallu appeler mon père pour le traduire. C'est le premier langage connu dans le monde. Ce livre ne devrait même pas exister. C'est la version originale du Grand Livre.
— C'est quoi le Grand Livre ? demanda Youli.
— C'est le livre de référence de l'ancien culte, lui répondit Tyrilin.
— J'ai traduit une partie des textes qui retracent la création du monde, la dualité du Gardien de l'Équilibre et la séparation de celui-ci, reprit Thomic. Puis j'en suis venu à la malédiction d'Ikan, qui avait sacrifié son frère pour l'Unique. Tous l'ont condamné pour ce geste, Élénia lui a interdit de voir la lumière. Seul Fenrir l'a épargné, il a demandé à l'Unique de lui laisser une chance.
— Oui, nous savons tout cela, coupa Tyrilin.
— Oui. Mais dans la version la plus connue, l'Unique ne répond pas au jeune Gardien. Tandis qu'ici, l'Unique répond à Fenrir qu'il le pourra si Ikan se pardonne. Donc, si Ikan se pardonne à lui-même et reconnaît sa faute, il pourra être sauvé et ce sera la fin de la malédiction du clan de la Lune Bleue
— Au fait, pourquoi ce nom ? Demanda Jacob.
— La légende raconte que, quand Ikan a été banni, la lune est devenue bleue. Pas un bleu ordinaire, mais un bleu divin, répondit Narlia.
— Donc, si on peut montrer à Polinas qu'Ikan regrette, la malédiction sera levée ? Demanda Malki.
— Super facile ! Tout le monde a l'adresse de Polinas, et Ikan est sur un bateau que l'on ne voit qu'une fois tous les sept siècles. Et encore, s'il fait nuit ! Rétorqua Charly.
— Mon père est mort, il doit savoir comment contacter Polinas. Sinon, j'ai une bonne nouvelle pour Youli : nous allons chez lui, affirma Thomic.

— C'est vrai, et je vais revoir ma maman ? Demanda l'enfant plein d'espoir.

— Si elle est à Drakinar, oui !

— Youli, va préparer nos affaires ! lui demanda Yann. »

Youli, sautant de joie, partit chercher les affaires de la troupe. Narlia partit l'aider.

« Je croyais que ton père t'avait dit d'éviter que Youli aille chez les siens.

— Il m'a dit : le plus tard possible. Nous ne pouvons plus attendre. J'espère qu'il ne comprendra pas la vérité.

— Sa mère est morte ? Demanda Yann, anxieux.

— Oui, répondit Thomic, aussi inquiet.

— Ce sera difficile de lui cacher, déclara Jacob.

— Ce n'est pas cela qu'on doit lui cacher, Jacob, répondit Tyrilin, le regard grave. »

La troupe dit au revoir aux princes. Narlia leur dit qu'elle devait continuer la route, qu'elle reviendrait pour décider de la succession de Garnac mais que ce n'était pas le plus urgent. Thomic leur assura qu'il ferait de son mieux pour lever la malédiction. Malki, répondit, l'air grave, qu'il ne donnerait pas de faux espoir à son peuple, mais que ce serait un miracle si cela venait de son vivant.

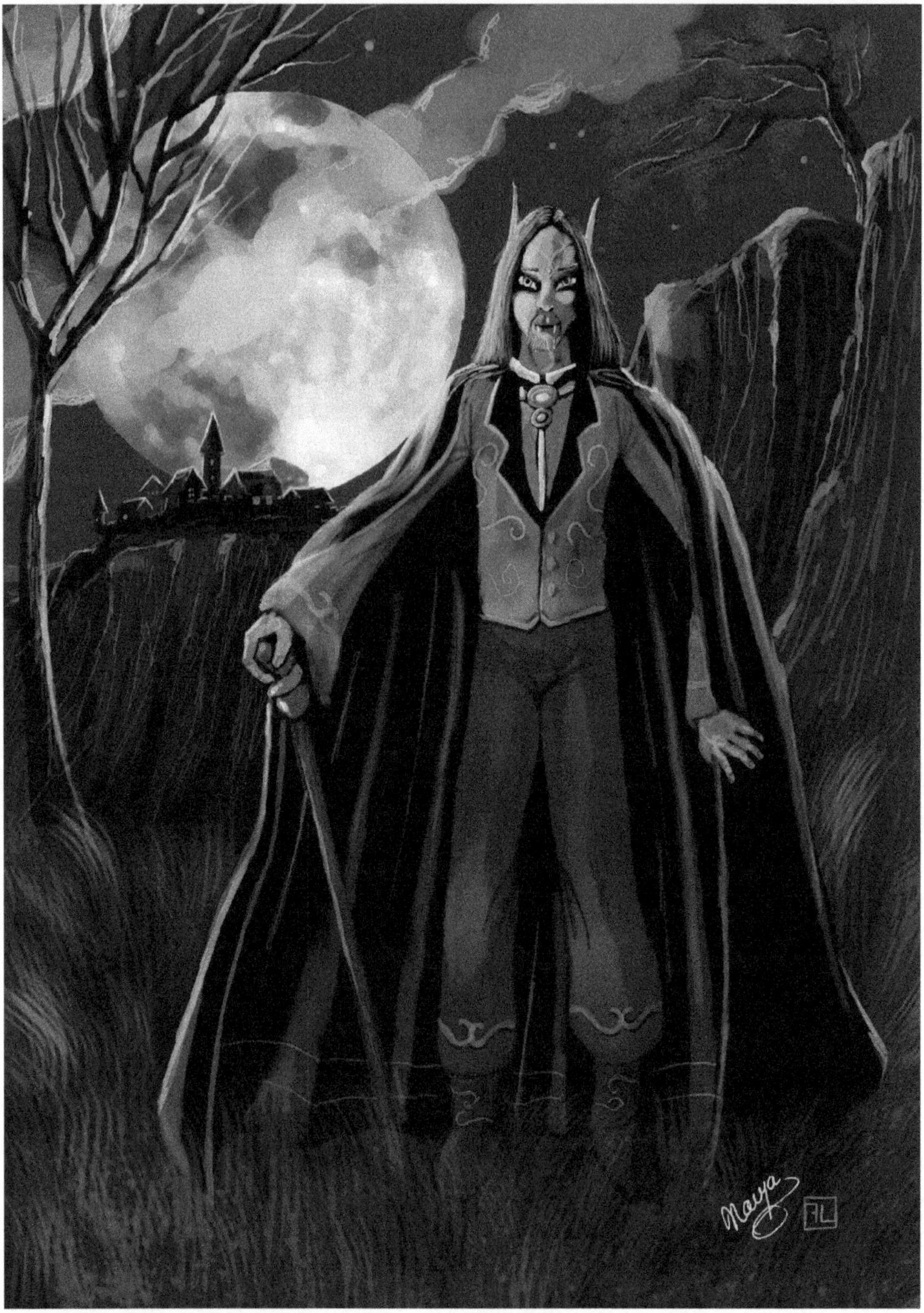

Chapitre 47

La ville oubliée.

    Ils n'eurent aucune difficulté à trouver l'entrée de la grotte. Youli sautait comme un cabri. Comme Yann restait maussade, il s'approcha de lui.

« Tu sais, papa, je t'abandonnerai pas. Tu es mon deuxième papa, mais j'ai qu'une maman. C'est pour cela que je suis content.

— Oui, Youli. Mais tu sais, ta maman est peut-être partie !

— Dis pas ça, elle m'attend depuis longtemps. Elle doit m'attendre. »

Le bruit d'un marché se fit bientôt entendre. Cela surprit le groupe, tant le reste de la grotte était silencieuse. Des gardes, habillés de façon traditionnelle, leur barrèrent le chemin.

« On ne passe pas, le village de Tholl est interdit aux étrangers !

— Je veux voir maman, elle est dans ce village.

— Mais bien sûr, gamin, fiche le camp !

— Je veux voir ma maman, je suis un fils de Tholl ! »

Le corps de Youli commença à trembler. Thomic sentit qu'il allait se transformer, et ce serait la catastrophe. Une femme, attirée par les cris, vint vers les gardes.

« Mais, c'est Youli ! Vous ne le reconnaissez pas ? Le fils de Jalora !

— Impossible, cela fait trois ans qu'il a disparu. Il doit être mort, répondit l'un des gardes.

— Je suis vivant et je veux voir Jalora ! »

Le corps de Youli s'était calmé. Les gardes ne savaient plus quoi faire.

« Je crois que l'on devrait les amener à l'ancien !

— Oui, mais nous ne pouvons quitter notre poste. Si les autres revenaient ?

— Les autres ? Demanda Thomic.

— Des soldats de l'armée du dehors. Ils sont venus, il y a trois lunes, répondit le plus jeune des gardes.

— Je vais les emmener à l'ancien, moi !

— Toi, Tialia ? Ils sont six !

— Je peux les surveiller. Et puis, c'est le marché aujourd'hui !

— Fais-toi aider d'une patrouille, quand tu en croiseras une.

— Bien entendu ! »

La femme leur demanda de la suivre. Une fois éloignée des gardes, elle déclara :

« Il ne faut pas leur en vouloir, mais nous avons été attaqués à l'entrée est, il y a deux jours par une patrouille. Il risque d'y en avoir d'autres, alors tout le monde est nerveux ici. »

Comme chez les Petites Gens, un village s'était recréé sous la terre. Les maisons avaient été construites dans le rocher. Il y avait peu d'enfants. La natalité était détruite, comme chez les Élénians, pensa Jacob.

Youli demanda :

« Et ma maman, on va la voir ? »

La femme prit un air triste, ce qui ne rassura pas Youli.

Dans une salle aux dimensions immenses, se trouvait un trône. Là, un dragon blanc était allongé. Thomic ressentit le pouvoir de ce dragon. Il était immense, voire divin. Ce ne pouvait être que Tholl. Il fit donc signe aux autres de s'agenouiller.

Le dragon, intrigué par cet attroupement, regarda de plus près. Puis, d'une voix caverneuse, il déclara :

« Alors, les Élus sont arrivés. Je te remercie Tialia, laisse-nous ! Thomic, j'ai appris le décès de ton père, je suis désolé !

— Il a réussi à se maintenir sous forme éthérée. Il a rejoint la Toile pour revenir nous aider. Le dernier combat approche.

— Je sais, j'ai ressenti l'essence du Mal.

— Où est maman ? » Demanda Youli avec colère.

Yann ne lui lança aucun regard de désapprobation, ce qui étonna Youli.

Le dragon diminua de taille et devint un vieil homme.

« Youli, parlons d'égal à égal. Tu sais, tu es le petit-fils de Myrtha, et le fils de Brableiz et de Jalora de Maspian. »

Thomic sursauta en entendant ce nom. La lignée des Maspian avait donné des rois, des reines et, jusqu'à avant la guerre, de fidèles serviteurs à la cause de l'Équilibre. Le peuple de Tholl avait été reformé, d'ailleurs, grâce à une alliance avec les Maspian. Jalora était donc humaine.

« Oui. Et où est-elle ? Monsieur ? Demanda Youli, très inquiet.

— Mon petit, ta mère est morte, nous pensons, pour protéger ta fuite. Je suis désolé. Près d'elle, nous avons retrouvé les corps de trois bandits, couverts de griffures. »

Youli se mit à pleurer. Il espérait retrouver sa mère, il attendait ce moment. Il l'avait imaginé plein de fois dans ses rêves. Elle, l'embrassant comme il avait vu la mère de Shaïn et Pati les embrasser. Youli, lui racontant ses aventures avec papa Yann. Elle aurait été fière de lui. Mais ce moment n'arriverait pas.

Tholl indiqua à Yann un endroit où il pourrait coucher l'enfant. Celui-ci partit, emmenant son petit protégé en pleine crise de larmes.

« Merci ! Dit Thomic.

— Vous savez ? Demanda Tholl.

— Jalora était humaine, elle n'aurait pas pu se transformer et griffer les bandits. C'est Youli qui l'a fait, en se transformant en dragon. Il a tué, par accident, sa mère et s'est enfui. Quand il s'est posé, il s'est retransformé, et il a perdu la mémoire.

— C'est cela. »

Yann revint.

« Il n'arrive pas à dormir. Thomic, je sais ce que je t'ai dit mais sur ta magie, mais peux-tu…

— Bien sûr, mon ami. »

Thomic incanta.

« Il dort à présent. Votre Majesté, de combien d'hommes disposez-vous ?

— Pour la bataille, mille hommes. Peut-être quelques jeunes gens que je n'enverrais pas en temps normal au combat.

— Auriez-vous le médaillon de pouvoir de votre peuple ? demanda Thomic.

— Il est caché à la Sainte Garde, dans la statue de Myrtha.

— Nous vous quitterons demain et partirons le chercher. »

Tholl indiqua des quartiers pour chacun. Yann voulut rester près de Youli.

Le lendemain, un attroupement s'était formé devant la grande salle, Tholl rassura la population, leur disant que les hommes, arrivés depuis peu, étaient des ambassadeurs du peuple libre.

Youli se réveilla maussade. Il était toujours triste, mais il remontait la pente. Yann tenta de le dérider puis, voyant que c'était inutile, il l'envoya jouer au dehors. Youli rencontra d'autres enfants, trois garçons et une fille. Ils jouaient à un drôle de jeu. Le but étant d'attraper la queue de tissu dépassant du pantalon de chacun.

Youli se présenta et demanda s'il pouvait jouer. Les autres le regardèrent avec méfiance.

« Tu es un des étrangers ? Demanda l'un des garçons.

— Non, je suis le fils de Jalora.

— Le fils de dame Jalora, il est mort, disparu !

— Si tu es le fils de Jalora, tu dois avoir un dragon sur le dos, comme Brableiz.

— J'en ai un.

— Menteur ! Répondit la fille.

— Je ne mens pas ! Papa Yann m'a dit qu'on ne devait pas mentir ! »

Youli montra son dos et tout le monde put voir le dragon.

« Il ne ment pas. C'est le fils de dame Jalora ! »

Tous mirent un genou à terre.

« Je suis Mirto le lion.

— Je suis Kahor le tigre.

— Je suis Almira la chouette.

— Je suis Gobe le faucon. Pardonnez-nous, Maître !

Le chant de l'âme

— Je suis Youli. Et je fais punir le premier qui m'appelle encore maître !

— Bien, Youli, répondit Almira, pardon !

— Oui, oui. Bon, je peux jouer ?

— Bien sûr ! »

Le jeu recommença, mais Youli sentait bien qu'on le laissait gagner. Il ne trouva pas ça drôle.

 « Bon, on va jouer au jeu, mais on va changer les règles. Je suis le démon et si je vous attrape le tissu, alors je vous fouetterai. Celui qui ne m'aura pas attrapé, au moins une fois, sera fouetté aussi ! »

Le jeu prit alors, une autre tournure. Les gamins voulaient absolument l'attraper et lui, avait vraiment du mal à le faire. La matinée se passa dans la bonne humeur, Youli oubliait la nouvelle de la veille.

Quand les enfants furent prévenus de l'imminence du repas, Youli avait réussi à attraper Mirto et Almira, et tous l'avaient attrapé. Certains aidés des autres pour réussir.

« Bon, qui va chercher un fouet ? Demanda Kahor.

— Pourquoi faire ? Demanda Youli.

— Ben, Mirto et Almira, ils ont perdu ! Répondit Gobe.

— Mais ils m'ont attrapé, alors ça compte pas, » répondit Youli, malicieusement.

Les enfants, heureux, partirent manger. Youli aurait voulu qu'ils mangent avec lui, mais c'était impossible. Il demanderait au dragon s'ils le pourraient, pour le repas du soir. En tout cas, ils se retrouveraient pour l'après-midi. Le repas finit, Tholl prit un sac de tissu sur une des étagères et le tendit à Youli.

« Voici le sac de ta mère. Elle aurait voulu qu'il te revienne, alors prends-le !

— Merci Majesté, » répondit-il, les yeux emplis de larmes de joie.

Le sac contenait une photo de Brableiz, de Jalora et de Youli tout bébé, puis plus grand, habillé comme un petit prince. Il y avait aussi des bijoux, un couteau et un médaillon. Youli tendit le médaillon à Thomic.

« Est-ce celui-là que l'on cherche ? Demanda Youli.

— Non, et oui, répondit Thomic, surpris de la découverte.
— Oui ou non ? Demanda l'enfant.
— Ce n'est pas le médaillon des dragons, que tu as là. Mais c'est un des médaillons qu'il nous faut.
— Ah bon ! Mais, je suis un dragon ?
— Ta maman était une Humaine, de la même famille que mon arrière-grand-mère. C'est le médaillon des Humains, celui de Polinas.
— Majesté ? Déclara Youli, en s'adressant à Tholl.
— Oui ?
— J'ai vu des garçons et une fille. J'ai joué avec eux. Est-ce qu'ils peuvent venir manger avec nous, ce soir, et rester dormir avec moi ?
— Si tu es encore là, je les ferai inviter. Tu as leurs noms ?
— Oui, Gobe, Mirto, Almira et Kahor !
— Youli, dit Yann, ce soir, on ne sera plus là. On doit partir.
— Moi je reste là, je suis chez moi ici !
— Yann, nous ne sommes pas à un jour près. Partons demain matin ! proposa Thomic, voulant calmer le jeu.
— Youli, tu entends ? Nous partons demain matin. Tu devras me donner ta réponse à ce moment. »

Yann avait, pour lui, rempli sa mission. Il avait ramené Youli chez les siens. L'enfant était heureux, il avait retrouvé son foyer. Il ne restait plus à Yann qu'à sauver le monde pour que tous les enfants aient le sourire de Youli.

Tholl fit partir des invitations aux concernés qui arrivèrent, impressionnés, au palais.

Youli jouait avec eux depuis une bonne partie de l'après-midi, quand l'alarme retentit.

Aussitôt ses camarades le conduisirent dans une cachette, ou d'autres enfants les attendaient, protégés par quelques femmes.

Jacob et les autres furent armés et emmenés à l'entrée des grottes. Des Séides, en armes, essayaient de forcer le mur d'enceinte. Jacob constata l'étendue du désastre. Si quelque chose n'était pas entrepris pour les arrêter, le village serait envahi dans l'heure. Yann essaya de faire comprendre aux Tholliens que le plus important était de détruire les armes lourdes, et ensuite les fantassins. Puis il s'imposa général, tandis que Tholl partit chercher quelque chose dans la grotte.

Thomic fit de son mieux, avec les sorts dont il disposait, pour protéger le mur. Mais les Tholliens se battaient avec des armes vieilles de mille ans, tandis que les Séides avaient le dernier cri. Narlia s'était jetée dans la bataille. Jacob, en retrait, faisait de son mieux, mais les Séides gagnaient du terrain.

Le repli fut décrété. Tout le monde se replia vers le village. Yann essaya de mettre en place une ligne de défense, pour limiter l'arrivée des Séides. Le terrain leur serait défavorable. Cela ne suffit pas, les Séides brisèrent la dernière ligne de défense. Mais alors qu'il semblait avoir le dessus, soudain, ils commencèrent à se replier en paniquant. Deux dragons, un vert émeraude et un blanc, arrivaient du fond du souterrain.

Les Tholliens comprirent le signal et se transformèrent en bêtes, eux aussi, ce qui augmenta la frayeur des Séides. L'armée ennemie sonna alors la retraite. Les dragons les poursuivirent, le blanc leur crachant du feu dessus, le vert les attrapant et les griffant.

« Jacob, qui est ce dragon vert ? Demanda Yann.
— Ton fils !
— Je n'ai pas de… Youli ! Hurla Yann, ce n'est pas possible, tu as vu comme il est immense !
— Oui, et magnifique, en plus !
— Les Séides s'enfuient. On a gagné, pour l'instant, mais ils reviendront, et l'effet de surprise ne marchera pas deux fois. »

Le soir, on brûla les morts. Le pire avait été évité.

Youli fut acclamé en héros. Yann comprit que, le lendemain, il resterait parmi les siens. Youli avait retrouvé une bonne partie de sa mémoire et de ses facultés.

Par bonheur Thomic avait effacé l'attaque des bandits de ses souvenirs, comme cela Youli se sentait heureux. Ses amis, le soir, l'acclamèrent. Ils restèrent dormir, avec la bénédiction de leurs parents. La fête dura, pour eux, toute la nuit. Youli se rapprocha d'Almira.

Le lendemain, tout le monde se prépara à partir. Tholl avait décidé de protéger son peuple, ils abandonnaient le village pour le château de la Garde de Sang. Youli s'approcha de la troupe.

« Nous allons où maintenant, papa Yann ?

— Nous ? Demanda Yann, étonné.

— Je suis chez moi ici, et je ferai tout pour être heureux pour toujours, mais je ne te quitte pas, papa Yann ! Au revoir, tout le monde ! »

Youli salua ses amis, leur promettant de revenir bientôt. Discrètement, il embrassa Almira. Yann le remarqua, mais ne dit rien, pour ne pas gêner l'adolescent.

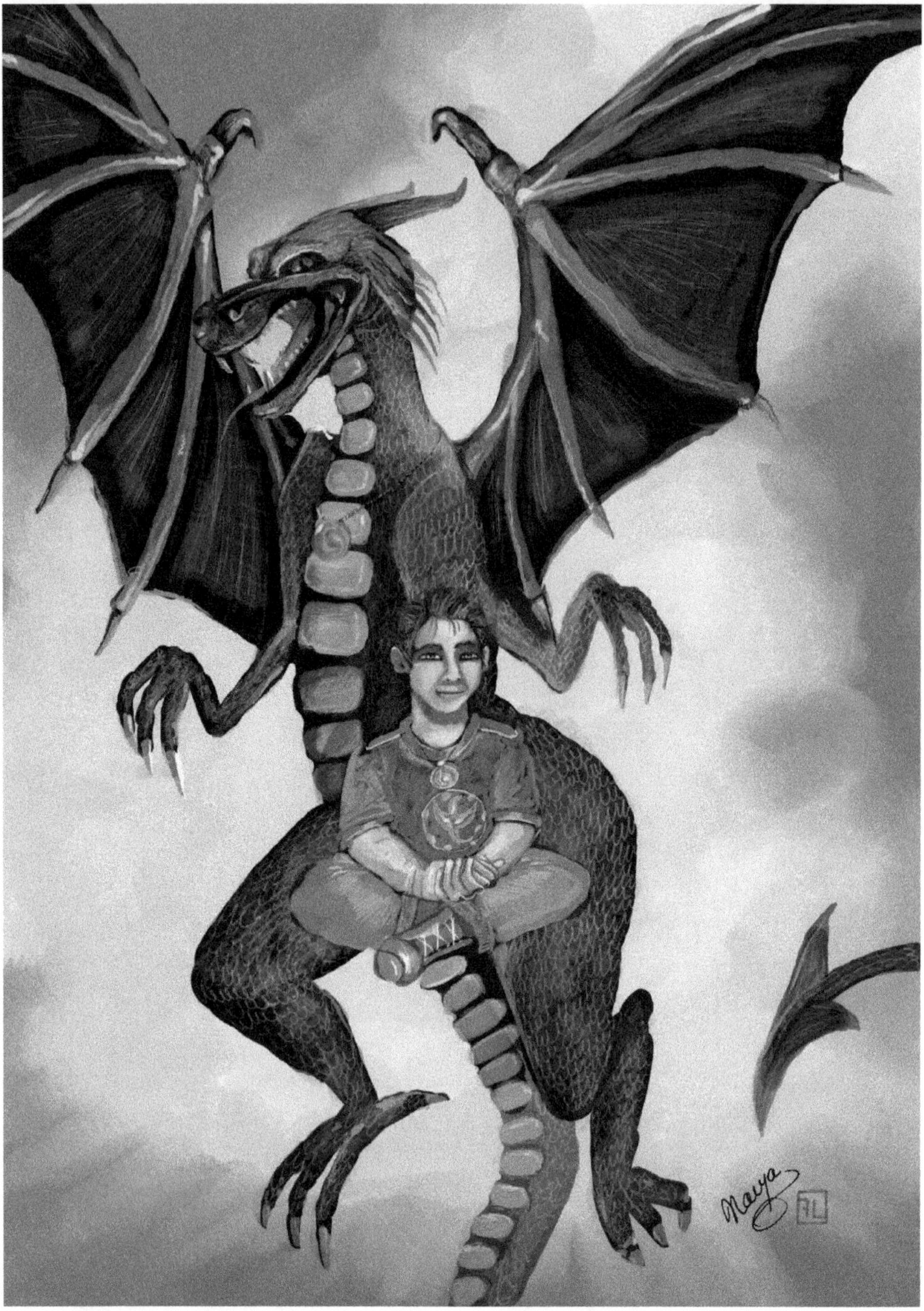
Naya

Chapitre 48

Les êtres noirs se dévoilent.

Le temple sacré de l'Unique.
À travers les époques, il était passé de lieu de culte à siège de conseils, puis, de nouveau, lieu de recueillement pour les fidèles de Myrtha. Hélas, il était devenu, depuis lors, une vaste attraction commerciale, contrôlée par les Shinjei.
Avançant prudemment, la troupe arriva en vue du monument. Ce fut rude de voir que l'ennemi avait envahi l'endroit. Il fallait faire vite. Si les Séides trouvaient le médaillon, le Mal aurait trois médaillons sur cinq, leurs pouvoirs seraient immenses.
Thomic vit la statue de Myrtha, sur la haie d'honneur, face à celle du Gardien de l'Équilibre.
« Il va falloir attendre la nuit pour agir, aller jusqu'à la statue, la briser, prendre le médaillon et revenir sans se faire repérer.
— Je pourrai me transformer en dragon. Je prends la statue dans mes griffes et je l'amène.
— Avec les Séides en prime ! Et, en plus, tu risques de te faire tuer. Si le tir à l'arme lourde est déconseillé dans une grotte, en plein jour et en pleine nature, tu feras une cible de choix.
— Ce n'est pas drôle, répondit Youli, déçu.
— J'irai avec Thomic. Tu as bien un sort pour faire exploser une statue sans faire de bruit ?
— Oui, tu demandes à Youli de monter dessus ! déclara Jacob, gentiment moqueur.
— Tu n'es pas drôle, Jacob, répondit le jeune dragon.
— Attendons la nuit. Nous surveillerons la statue à tour de rôle. »
Youli prit la première surveillance. Il avait pris de l'assurance et réussissait à parler normalement. Mais les événements l'avaient

aussi grandi. Il ressemblait maintenant à un adolescent. Yann le relaya. Leurs regards se croisèrent, il comprit ce que pensait Yann et lui dit :

« Trois ans, c'est long ! Cela ne s'oublie pas !

— Bien sûr que non ! »

Youli resta avec Yann, ils se remémorèrent les bons moments, les mauvais aussi.

« Comment était ton père, je veux dire ton vrai père ?

— Je ne l'ai pas connu. Il est mort à ma naissance, seule ma mère s'est occupée de moi. Elle était, en plus, la reine des Tholliens.

— Et le vieil homme ?

— C'est le vieux dragon. Il est apparu à la mort de ma maman et il a pris sa place. Thomic pense que c'est Tholl le divin, qui revient quand son peuple a besoin de lui.

— Encore un ?

— Oui.

— Et ta mère alors ?

— Comme toi, toujours à s'occuper de moi avant de s'occuper d'elle. Je devrai t'appeler maman Yann !

— Tu veux mon pied où je pense ?

— Non, merci !

— Quel âge tu as, réellement ?

— En âge humain, treize ans. Sinon, un peu plus que toi.

— Tu es un grand, alors ! Moi qui te considérais comme un tout petit !

— Pour un dragon, je suis encore un tout petit. Je serai toujours ton petit Youli, maman Yann !

— Tu... dieu ! Je vais t'apprendre ! Dit Yann se levant.

— D'accord... »

Yann se rassit

« ... maman ! »

Yann le coucha sur ses genoux, et fit semblant de le corriger. Youli rigola. Puis, ils réveillèrent Jacob pour prendre la garde. Il scrutait le temple depuis un quart d'heure quand il alerta les autres.

Les Séides avaient trouvé le médaillon et se regroupaient sous une tente. Au bout d'un certain temps, un premier convoi partit. Visiblement, un des Séides portait le médaillon dans une mallette. Les autres, restés dans le temple, rangeaient le camp. Ils partiraient dans la soirée.

Youli voulait se transformer en dragon, mais Narlia et Yann l'en dissuadèrent. Si aucun d'eux n'était assez fou pour tirer avec une arme lourde dans les grottes, à l'air libre ce ne serait pas pareil. Yann et Narlia se dirigèrent vers le camp. L'idée était de subtiliser un véhicule et de rattraper, au plus vite, le premier convoi.

Une fois la chose faite, sans problème, tout le monde monta dedans. On suivit la piste du convoi. Jacob trouva des armes à l'arrière du camion. Tout le monde se prépara au combat. Ils avançaient à toute vitesse, depuis une heure, sur la route menant à Benethan, sans que l'on ait vu trace du convoi. Ils commençaient à s'inquiéter. Avait-il pris trop d'avance ? Une fois proches de Benethan, des patrouilles plus importantes les empêcheraient de reprendre le médaillon.

Thomic lança un sortilège de détection de la Toile et put rassurer le groupe. Le convoi était juste devant eux, mais sur une route parallèle, dans la forêt.

Yann quitta la route principale, et s'engagea dans la forêt. Une fois le convoi repéré, il restait encore à l'arrêter. Jacob trouva des lances-boules de feu.

Yann dépassa le convoi et se rangea en travers de la route, forçant le premier camion à s'arrêter. Jacob le fit exploser. Des gardes arrivèrent du deuxième camion et ouvrirent le feu. Tout le monde s'était réfugié derrière le van. Yann fit signe à Narlia et Jacob de le couvrir. Prenant les ennemis à revers, il fit sauter le deuxième camion. La surprise permit à Thomic et aux autres de se cacher derrière les arbres. Quand les gardes reprirent leur esprit, ils firent sauter le van qui ne protégeait plus personne. Ainsi à couvert, Thomic fit tourner le groupe en tirant pour faire croire qu'ils étaient plus nombreux, que le lieu de l'embuscade était choisi d'avance.

Narlia fut touchée, Youli et Tyrilin également. Le combat semblait perdu, quand Thomic vit des hommes, qu'il ne connaissait pas, se joindre à la bataille. Ils tiraient sur les Séides. L'avantage fut décisif. Thomic regardait ces hommes. Le plus proche de lui était assez petit et n'avait pas d'oreilles. Un autre, très grand, avait ses membres supérieurs plein de poils. Ce dernier fit signe à Thomic de pousser l'assaut. La voiture qui contenait les responsables n'avait pas été touchée par l'attaque.

Celui qui tenait la valise sortit. Yann le reconnut, c'était le chef de la garde. Il ressentit son énergie puissante.

« Je vous conseille de me laisser partir. Le reste de mes hommes ne devrait pas tarder. Et qu'ai-je devant moi ? Une petite troupe et des monstres !

— Vous avez devant vous un Gardien de l'Équilibre et les Élus. Et qui êtes-vous ?

— Général Thalok, chef des armées de Kristolin l'innocent !

— Donnez-nous le médaillon, et on vous laissera partir !

— Venez le chercher ! N'oubliez pas que ce médaillon me confère des pouvoirs immenses. Rappelez-vous votre défaite de Wint Kapes !

— Je possède de nouveaux pouvoirs, et j'ai moi-même deux médaillons. Reconnaissez votre défaite, et donnez-nous le vôtre !

— Mes hommes seront là dans un petit moment. Imaginez cinq cents Séides, prêts et surarmés, contre... allez, au maximum, cinquante hommes !

— Je vous aurai tué avant.

— Alors, venez et périssez ! »

Le sinistre général fit apparaître une épée et s'avança vers Thomic. Yann voulut tirer, mais Thomic lui fit signe que c'était inutile. Lançant un sort de protection, il protégea ses amis. Le combat serait entre lui et Thalok.

Yann profita de cette protection pour aller voir Youli. L'enfant se vidait de son sang. Si on ne le sauvait pas assez vite, il allait mourir.

« Ne parle pas, Youli, ne dit rien, repose-toi ! Thomic va venir te soigner, attends un peu ! »

L'enfant regardait l'homme, qui l'avait sauvé maintes et maintes fois. S'il devait mourir, il voulait que ce soit en combattant.

Tyrilin réussit à se soigner seul, puis il aida Narlia. Ils ne pourraient pas combattre pendant un moment, mais cela irait ; ils étaient sortis d'affaire. Tyrilin se pencha alors sur Youli, qui ne disait rien et regardait le combat. Il réunit ses dernières forces pour stopper l'hémorragie. Il faudrait beaucoup de repos à Youli, pour se remettre de ses blessures, et c'était incompatible avec la vie que tous menaient en ce moment.

Le combat faisait rage. Thomic avait fait apparaître un sabre à lame recourbée. Bien que l'escrime ne soit plus à la mode depuis une centaine d'années, il s'en sortait bien, contre le démon. Aucun des deux adversaires ne laissait de répit à l'autre pour incanter. Le général était d'une force incroyable. Thomic avait du mal, il se trouva plusieurs fois en mauvaise posture. Thalok l'envoya à terre. Thomic fit ce qu'il pût pour se redresser. Quand le général le blessa à l'épaule droite, le sabre pesa au poignet de Thomic. Il tenait bon, guettant la moindre faille chez son adversaire. Mais il n'en trouvait pas. Le général devait avoir un certain âge, et pas mal d'expérience du combat. Thomic sentait la fin venir, et personne ne pouvait venir l'aider. Son sort empêchait quiconque de venir interférer. Youli regarda Tyrilin, puis le combat, et de nouveau Tyrilin.

Puis il dit, d'une voix faible :
« Tyrilin, tu as appris à Shaïn et Pati à se servir d'une épée ?
— Oui, avant de m'en aller.
— Alors, tu peux aider Thomic.
— Il s'est protégé et je n'ai plus de pouvoirs pour entrer dans le combat. En plus, je suis épuisé.
— Aide-le, s'il te plait !
— Homme, je m'appelle Oulk. Nous pouvons t'aider, nous allons te donner du pouvoir, et aussi de la force ! »

Cinq hommes arrivèrent et commencèrent une mélodie sourde et magnifique, Tyrilin sentit toute la Toile venir à lui. Il incanta, put entrer dans le champ de protection de Thomic et engager le combat immédiatement. Son adversaire et lui étaient de même force, mais le général était fatigué par son combat avec le magicien. Cela fit la différence. Tyrilin, après une dizaine d'assauts, finit par lui trancher la gorge.

Thomic mit fin à son sort. Deux des hommes qui les avaient aidés se dirigèrent vers lui et le soignèrent.

Le chef leur indiqua que leur camp n'était pas loin. La troupe se dépêcha de fuir avant l'arrivée des renforts. Le camp ressemblait au cirque que Jacob avait vu dans sa jeunesse. Son père, avant de mourir, l'y avait emmené une fois. Peu après, la Starpop avait interdit ce genre de manifestations itinérantes, qu'elle ne pouvait contrôler.

Le chef les fit entrer dans une petite tente. Epuisé, tout le monde se détendit sur les coussins.

Thomic prit la parole en premier.

« Merci beaucoup de l'aide que vous nous avez apporté. Mais, une question : qui êtes-vous et comment saviez-vous que nous serions là ?

— Nous sommes les Oubliés, les fils de la Toile. Il y a six mille ans, on chassait les gens qui s'accouplaient avec d'autres races. Je vois ici, parmi vous, au moins trois mélanges. Le jeune homme, là-bas, est un fils de Mogdolan et un Humain. Le petit est un Thollien et aussi un Humain. Et enfin vous, vous êtes issu d'un être de la Toile et d'une Thollienne, elle-même issue d'un Thollien et d'une Humaine.

— Exact.

— Nous ressentons les différentes altérations de la Toile. Le métissage se passe bien. Mais, des fois, ce n'est pas le cas, alors cela donne des êtres comme nous.

— Vous voulez dire que vous êtes issus de plusieurs des races d'Orobolan, mais que le mélange n'aurait pas fonctionné, et que…

— Nous sommes considérés comme des monstres, n'ayez pas peur des mots ! Le coupa le chef.

— Et cela fait combien de temps que vous parcourez Orobolan ?

— Depuis l'époque du prophète. Moi, j'ai une petite centaine d'années. Pour répondre à l'autre question, j'ai fait un rêve, il y a deux nuits : on devait stopper ici, sinon le camp serait arrêté par les Séides. J'ai décidé de voir si ce n'était qu'une vision ou si cela devait vraiment se passer.

— Nous allons avoir besoin de monde, pour récupérer les deux derniers médaillons.

— Nous pouvons vous aider. Notre pouvoir est lié à la Toile. Nous ne pouvons l'utiliser, mais le canaliser pour des êtres comme vous. Notre mage, s'il était encore en vie, vous aurait expliqué cela mieux que moi !

— Vous m'avez soigné, pourtant !

— Votre corps s'est soigné, je lui ai juste fourni l'énergie nécessaire.

— L'un des médaillons doit se trouver à Benethan, où il fut dérobé ; l'autre est à Wint Kapes.

— J'ai une bonne nouvelle pour vous ; le médaillon de Wint Kapes est maintenant à Benethan. Depuis combien de temps en êtes-vous partis ?

— Presque quatre mois !

— En quatre mois, il s'est passé plein de choses. La présence de ces êtres maléfiques s'est accrue dans les petits villages qui, jusqu'alors, étaient épargnés au profit des grandes villes. Parallèlement à cela, la population a commencé à prendre conscience que les Shinjei contrôlaient leur vie. Avec le massacre du cloaque d'Akilthan, des révoltes ont éclaté. Les usines de confection ont été révélées. La disparition des moyens de communications a permis à la résistance de se montrer plus souvent. Le clan de la Lune Bleue n'a été que le précurseur de la révolte. L'armée a été mise en renfort de la garde, pour endiguer les révoltes. Dans une semaine, il y aura un congrès des cinq patrons des Shinjei, à Benethan. C'est pour cela que le patron de Wint Kapes s'y est rendu.

— Il faut donc agir vite.

— Je suppose que vos visages sont connus. Il sera très dur de rentrer dans Benethan. Surtout que, maintenant, les patrouilles se sont multipliées.

— Avez-vous un véhicule qui pourrait nous emmener là-bas, d'ici trois jours ?

— On va vous trouver cela. Mais pourquoi trois jours ?

— Je veux avoir le temps de réfléchir à un plan. Et puis, mes compagnons sont épuisés. Ils méritent tous un peu de repos !

— Nous allons vous installer plus confortablement. »

Une tente leur fut dressée aux abords du campement. Youli s'endormit le premier, complètement épuisé par la bataille. Il fut bientôt rejoint par Narlia et Jacob.

« Thomic, Youli va mal. Il est épuisé par sa blessure et je ne crois pas qu'il puisse nous suivre longtemps. Je sais que j'ai dit que, quand Youli aurait retrouvé les siens, je le laisserai vivre sa vie. Mais c'est encore un enfant, et sa blessure risque de le tuer, dit Yann.

— Je suis de l'avis de Yann. Il faut forcer Youli à se reposer.

— Je suis, moi aussi, de cet avis. Nous sommes tous épuisés ! Et ta blessure, Tyrilin ?

— Je récupère assez vite, mais c'est vrai que trois jours de repos ne seront pas du luxe.

— J'admire ta science de l'escrime.

— J'ai eu d'excellents professeurs.

— L'attaque de Benethan sera décisive. Mais je ne crois pas que ce sera la dernière. Je pense à un autre combat. Les démons seront tous là. Quand mon père les a affrontés, c'était un par un. Nous aurons à en combattre quatre en même temps, et sans doute leur chef. Vous devriez allez dormir. »

Yann et Tyrilin trouvèrent difficilement le sommeil. Thomic resta éveillé toute la nuit.

Le lendemain matin, Youli se réveilla le premier, attiré par les chants venant de l'extérieur. Il vit des hommes et des femmes s'entraîner, des jongleurs, des cracheurs de feu, des équilibristes. Youli, bien que faible, admirait tout cela.

Il vit les chanteurs et, devant eux, un groupe d'enfants. Il se mit à l'écart, mais l'un des enfants l'apostropha.

« Bonjour, tu es un des guerriers d'hier ?

— Oui, je m'appelle Youli.

— Kotka. Et voici Ilio, Jofe et Hanlon !

— Salut, t'es un Thollien ? demanda Jofe.

— Oui.

— Et tu te transformes en quoi ? Demanda le dénommé Hanlon.

— En dragon, répondit Youli, d'un ton neutre.

— En dragon ? Le seul Thollien qui puisse se transformer en dragon serait le fils de Brableiz et de dame Jalora !

— C'est moi. Vous voulez voir le dragon qui est sur mon dos ? Répondit Youli, agacé.

— Non, on te croit, répondit Kotka. »

Tout en regardant ses nouveaux compagnons, Youli sentit une sorte de malaise grandir en lui. Kotka devait être plus âgé que lui. Il était grand, d'apparence humaine. S'il avait un problème physique, cela ne se voyait pas de prime abord. Ilio, lui, par contre, cela se voyait. Assez petit, l'enfant avait de longues oreilles, des canines, et ses mains étaient pourvues de griffes. Il faisait tout, d'ailleurs, pour les cacher. Jofe, quant à lui, avait le corps recouvert d'écailles de serpent. Seul, son visage était épargné. Il cachait cela sous ses vêtements, mais on voyait, aux poignets et au cou, les écailles bleues et vertes dépasser. Enfin, le plus à plaindre des trois, Hanlon, n'avait pas de pupilles, il devait être aveugle. En plus, son système pileux était ultra développé. Youli remarqua aussi la raideur de sa jambe gauche. Il se sentait mal à l'aise avec eux, et regretta d'avoir cherché leur compagnie. Pour ne pas les vexer, il chercha à rester amical.

« C'est beau comme chant, cela raconte quoi ?

— Rien de particulier, c'est une suite de sons. On ne sait plus ce que cela voulait dire. Le chant, c'est une clé vers ton esprit et la Toile. C'est aussi une partie de ton esprit, une partie qui dort, pour la plupart des gens. Et quand tu chantes, tu réveilles la Toile qui est en toi. C'est comme cela que nous pouvons canaliser la Toile pour notre mage, répondit Hanlon.

— Je ne comprends pas tout, mais cela pourra aider Thomic, il faudra que je lui répète.

— Tu veux t'entraîner au combat avec nous ? Nous pouvons te montrer des trucs de cirque, aussi ! Demanda Kotka.

— Non, je suis encore un peu faible. Hier, j'ai failli mourir.

— Excuse-moi ! »

Youli entendit Yann qui l'appelait et en fut soulagé. Il ne retournerait pas jouer avec ces enfants. Le petit déjeuner allait être servi et, au grand bonheur de Youli, il y avait du lait.

Au bout d'un moment, Thomic se décida à parler.

« J'ai un plan. Il peut marcher, si tout le monde fait ce qu'il doit faire. J'en ai discuté avec Oulk. Ils vont lever le camp et tous nous suivre à Benethan. Arrivé là-bas, nous rejoindrons la résistance humaine. Il y aura une diversion, et nous entrerons dans le bâtiment principal des Shinjei. Nous devrons tuer les démons, le plus rapidement possible. Mais il faut assurer nos arrières. C'est pourquoi, Narlia, je veux que tu te prépares, avec une équipe, dans les souterrains. Youli, j'ai une mission très importante à te confier : tu resteras avec les hommes d'Oulk, à la périphérie. Si jamais tu vois des véhicules volants approcher, alors tu te transformes en dragon, et tu me massacres ce petit monde. Tu penses pouvoir le faire ?

— Oui. Où sera Yann ?

— Yann sera avec nous. Ne t'inquiète pas, il te retrouvera très vite.

— Bon, d'accord.

— On compte tous sur toi ! »

Yann comprit que Thomic ne disait pas la vérité. Il n'y avait plus de véhicules volants depuis la guerre. Pas assez d'énergie pour les faire voler, cette même énergie qui servait aux armes. Ce mensonge permettait de laisser Youli éloigné des combats.

Pendant cette dernière journée de repos, les plus valides aidèrent les hommes d'Oulk à démonter le camp. Les autres se reposèrent. Toute l'équipe monta dans un grand camion, où un minimum de confort avait été installé. Ils pourraient se reposer pendant le trajet. Étrangement, aucune des patrouilles n'arrêta le camion.

Arrivé à la capitale, il chercha l'entrée des vieux souterrains, à l'aide du plan d'Abigaël. La disparition du cloaque avait mis à jour une bonne partie de ces souterrains, qui dataient de la construction d'Akilthan. L'un d'eux n'avait pas encore été démoli, il conduisait tout près des tours. D'après les informations recueillies par Oulk et ses hommes, la réunion aurait lieu dans la plus grande tour, celle de la Starpop.

Thomic se demandait qui seraient les êtres noirs, les démons alliés de Kristalina. Il en connaissait déjà deux, le général qu'il venait de vaincre et le patron de la scierie. Sans doute que tous les patrons des Shinjei étaient des démons.

À l'époque de son père et de son grand-père, les forces du mal étaient toutes des guerriers avides de pouvoir. Maintenant, c'étaient des hommes d'affaires. Le monde change et évolue, mais est-ce vraiment pour son bien ? Thomic commençait à en douter.

Quand ils sortirent à l'air libre, ils tombèrent sur l'armée, deux cents hommes face à cinquante. Ainsi, les Shinjei avaient tout prévu, le piège était en place et Thomic ne l'avait pas vu. Kristalina savait bien que Thomic ne s'en prendrait pas à des Humains. Il n'avait pas envoyé la garde remplie de Séides. Mais il avait envoyé l'armée et, d'après les uniformes des hommes, la plus vieille équipe, celle dont Yann avait été le général, les Ours Brisés.

Thomic fit signe aux hommes de mettre les armes à terre. Yann regardait ses anciens coéquipiers, des militaires aguerris.

Il y avait vingt ans, ils étaient partis à la guerre. Le commandant les avait envoyés à l'assaut d'un palais. Le palais était miné. Sur trois cents hommes justes trente avaient survécu. Tenant, pendant quatre jours, leur position sous le feu continu de l'ennemi, avant que l'armée se décide à envoyer du renfort pour les secourir. Ils en étaient sortis brisés et démolis, mais avec une volonté de vaincre plus grande que jamais. Dans tous les cas difficiles, c'étaient eux que l'on envoyait. C'est eux aussi que les Shinjei avaient envoyés pour arrêter une manifestation d'enfants. Yann comprenait maintenant pourquoi ils voulaient discréditer la troupe des Ours Brisés aux yeux de la population, afin qu'on ne les écoute plus. Et ces hommes avaient ployé, s'étaient rendus, pour eux c'était une guerre de trop. Yann les regardait tous, et eux aussi le regardaient. Ils ne virent pas, en lui, leur fier général, mais un vieil homme barbu et sale, ravagé par le temps et le remords.

Yann cherchait le chef de patrouille. Comme de coutume, il restait en retrait mais rien ne lui échappait. Qui, après lui, avait été nommé chef de patrouille ? Argar ? Non, il avait trois enfants. Orto le fou, fan des explosifs, non ! Yann le voyait, sa tresse autour du cou, avec une lame de rasoir au bout. Anlis, l'émetteur radio était là aussi, fidèle à lui-même. C'était le seul qui, dans toute la troupe, respectait la coiffure militaire, alors que plus personne n'avait osé leur imposer. Soudain Yann comprit. Les Shinjei avaient pris le plus jeune d'entre eux, le plus modelable, pour repende la direction de l'armée.

« Peter, je sais que tu es là. Montre-toi, devant celui qui a été ton instructeur !

— Tu mens, il est mort, il y a trois ans, tué dans l'émeute ! Dit une voix, derrière les hommes. »

Un murmure parcourut l'assistance. Tout le monde se demandait si cet homme était bien leur chef.

« Et moi, Peter, tu ne me reconnais pas ? Ton joueur de piano préféré ! dit Jacob.

— Tu es mort aussi, j'ai essayé de venir te voir en prison. Les gardiens m'ont dit que tu étais mort en détention.

— Faux ! Peter, je suis vivant. Rappelle-toi du nouveau, du concert, et du prof de sport qui t'en voulait de ne pas savoir plonger, de mon médaillon vert. »

Un homme brun, les cheveux courts et la barbe taillée, sortit du rang mais garda l'arme braquée sur Jacob.

« Jacob, c'est toi ? La dernière fois que je t'ai vu, c'était à l'enterrement de ta mère

— Tu y étais ?

— Oui, au fond de la salle. J'ai eu une permission, mais on m'avait interdit de t'approcher. Tu étais enchaîné, mon ami ! Comment ? Pourquoi ?

— Et, moi, Peter, me reconnais-tu maintenant ? Demanda Yann.

— C'est lui, Peter ! Déclara Anlis, maintenant je le reconnais !

— Général, je suis désolé ! Répondit Peter.

— Mon pied au cul, tu le veux ? La sainte règle de la patrouille ?

— Pas de grades, que des hommes soudés, que des frères !

— Alors ?

— Yann, comment vas-tu ?

— Bien, merci ! «

Puis, s'adressant aux hommes :

« Alors, bande d'aveugles ! Vous ne reconnaissez plus votre capitaine ! Je vais vous dire quelque chose : les Shinjei ont pris le contrôle de nos vies. Je fais partie d'un groupe de résistants qui veut renverser ces pourris, pour nous libérer de leur oppression. Rappelez-vous, nous qui donnions l'assaut sur des musiques, maintenant interdites ! Oknay, ne veux-tu pas ressortir ton pipe pour guider nos cœurs pendant l'assaut ? Maintenant, voici le choix qui s'offre à vous : soit vous me faites confiance, soit vous faites confiance aux Shinjei. Dans les deux cas, je respecterai votre choix.

— Et toi, Peter ? Dit Jacob, regarde-moi dans les yeux. À qui vas-tu faire confiance ? À des bureaucrates qui oppriment le monde et t'empêchent d'écouter ta musique, ou à un ami d'enfance ? »

Tous les hommes réfléchirent. Ils regardaient Peter et Peter regardait Jacob.

« Yann, les hommes sont à vos ordres !

— Bien. Alors, rentrez à la caserne et battez le rassemblement ! Que l'armée se désolidarise de la garde et la laisse combattre les émeutes qu'elle a elle-même engendrées. Et souhaitez-moi bonne chance !

— On ne souhaite jamais bonne chance, c'est interdit, Yann ! Anlis, va avec eux. Comme cela ils resteront en contact avec nous. »

Laissant son ancienne patrouille derrière lui, Yann se dirigea, avec les autres vers la tour et, peut-être, son dernier combat.

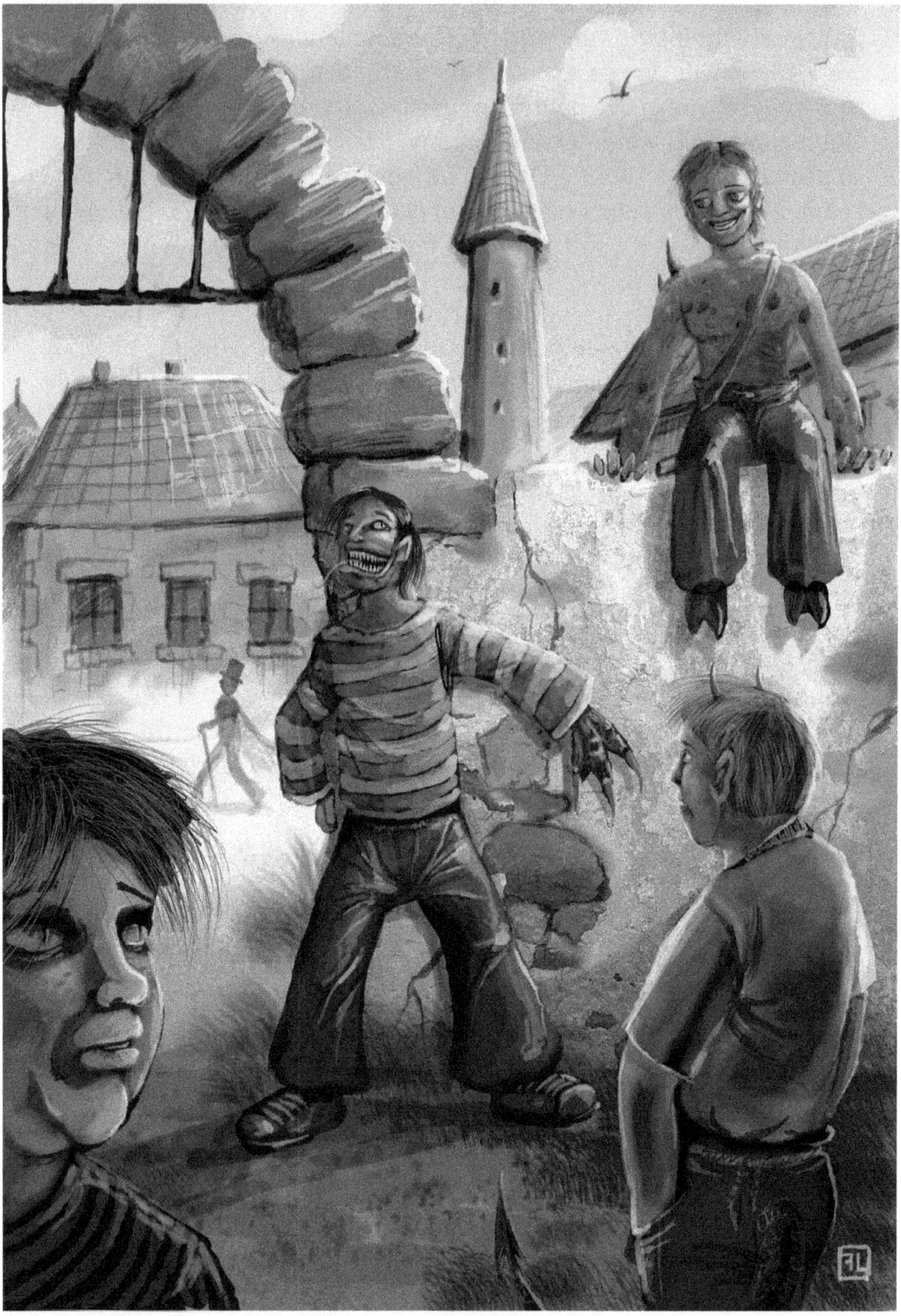

Chapitre 49

La face cachée du Mal.

Devant eux, se dressait l'immense immeuble de la Starpop. Trois hommes de la garde étaient postés à l'entrée. Il y en aurait encore plus dans les étages. Les ascenseurs seraient, bien sûr, contrôlés.

D'un seul coup, le noir se fit. Plus d'énergie dans le bâtiment. L'équipe d'Oulk avait bien fait son travail. Yann tira sur les hommes, à l'aide du fusil silencieux qu'il avait emporté. Avec rapidité et discrétion, tout le monde entra dans le bâtiment en se cachant dans les couloirs de l'entretien. Il fallait prendre le contrôle du local technique. La lumière s'était remise en marche. Il fallait faire vite. La disparition des trois gardes serait bientôt découverte. L'équipe commença à monter dans les étages. Ils ne croisèrent que trois gardes jusqu'au dixième étage. Ceux-ci n'opposèrent pas grande résistance. Jacob sentait son cœur battre la chamade. Au onzième étage, ils entendirent plusieurs voix et se méfièrent. Yann regarda plus haut et vit une demi-douzaine de gardes. Ce ne serait pas aisé de les tuer discrètement, sans que l'un deux ne donne l'alerte. Ils étaient cinq et il y avait six gardes, un de trop. Anlis tripatouilla sa radio, puis il sembla content.

Il parlait à voix basse. L'un des gardes prit son talkie-walkie puis dit :

« Un problème sur le toit. Nous devons y aller.

— Pars avec Redis. Nous, on reste là. Avec la panne, c'est plus prudent.

— Tola et Redis, on se déplace sur le toit, Roger, terminé. »

Yann regarda Anlis et lui sourit. Cette technique, c'était la sienne, disperser l'ennemi le plus possible. Tout le monde visa un des gardes restants, Anlis épaulant Jacob. En un éclair, au signal de Yann, il ne restait plus rien des Séides.

Yann regarda discrètement dans le couloir et neutralisa deux des caméras.

Le local de sécurité était en vue. L'équipe avançait prudemment. Ils neutralisèrent le seul Séide qui se trouvait dans le local. En regardant les caméras, Yann vit que le bâtiment avait été évacué. Aucun employé, autre que la sécurité, ne restait dans les étages. La garde était postée partout à l'intérieur. Il chercha un plan pour localiser la salle de réunion. Celle-ci se trouvait à l'avant dernier étage, en dessous des appartements du patron. Il faudrait grimper une vingtaine d'étages par l'escalier. Ce serait un peu long et, une fois l'alerte donnée, les Séides fouilleraient certainement cet endroit en premier. Jacob eut une idée. Il regarda le schéma des ascenseurs, puis le nombre de caméras. Il se mit à la console et là, il en brouilla une dizaine. Puis, au bout d'un moment, on vit les mêmes caméras, redevenues normales, sauf que le compteur ne tournait plus. La vidéo passait en boucle.

« Bon, nous pouvons aller un étage en dessous, sans nous faire repérer.

— Ok. Et comment tu sais faire ça ? Demanda Yann.

— Demande à Thomic. Je crois qu'il le sait.

— Bon d'accord, je plaide coupable. En prison, je t'ai ajouté quelques connaissances.

— Et le faux tract pour le concert ?

— Aussi, c'était moi.

— Cool, merci. Enfin des réponses ! »

L'équipe se dirigea vers les ascenseurs et Thomic appuya sur le bouton de l'étage voulu. Presque arrivés à destination, il ressentit le Mal, juste à temps. Il stoppa l'ascenseur et le fit redescendre d'un étage, juste avant que les séides ouvrent le feu. Arrivés à l'étage inférieur, ils sortirent et se dirigèrent vers l'escalier, en espérant jouer sur l'effet de surprise. Mais ils tombèrent nez à nez avec le patron de Wint Kapes.

« Alors, on croyait repartir tranquillement ?

— Nous sommes venus pour vous reprendre le médaillon d'Élénia, répondit Tyrilin.

— Ah bon ! Si je me rappelle bien, la dernière fois, deux d'entre vous ont perdu la tête. Vous êtes partis sans dire au revoir.

— Je possède trois médaillons, et je suis plus puissant que vous, à présent, répondit Thomic.

— Je vois. C'est vous qui avez tué notre ami Thalok. Je vais venger sa mort ! »

Child Lyvdan, le démon, fit apparaître une épée. Tyrilin ne laissa pas Thomic s'approcher, et engagea le combat directement. L'épée de Child était une épée à deux mains, des barbares du Nord. Elle conférait un désavantage quant à la rapidité des coups, mais la puissance était phénoménale. Tyrilin, qui avait une épée fine, ne ferait pas le poids longtemps. Thomic vit Child incanter. Il incanta en retour, pour qu'aucune magie ne vienne perturber le duel.

Child se sentit faiblir. Ainsi, le Gardien l'empêchait de lancer des sorts ! Il fallait qu'il fasse vite, l'Élénian était puissant

Que faisait donc Orkhan ? Il devait se douter qu'il était un étage en dessous. Pourquoi ne venait-il pas lui prêter main forte ? Il n'y avait pourtant aucune rivalité entre lui et Orkhan. Pourquoi diable tardait-il à venir ? Se passait-il quelque chose, à l'étage supérieur, qu'il ignorait ?

L'Élénian était bon escrimeur et son épée beaucoup plus rapide que la sienne. Il fallait qu'il ruse pour porter le coup fatal. Il repensa à ses années d'entraînement dans le royaume des ombres, il était alors simple Séide, tout comme Orkhan. Thalok, le général en chef des armées, les avait pris sous son aile. C'était un honneur de faire partie de sa garde. La rivalité entre lui et Morthis était impressionnante, mais c'était lui qui avait triomphé et obtenu le commandement des armées. Morthis avait, quant à lui, été envoyé préparer le terrain. Honte sur lui, il n'avait même pas réussi sa quête. Il s'était fait tuer par un Humain. Pas par un Élu, non, un simple Humain. Thalok, en apprenant la nouvelle, avait jubilé. Child aimait bien suivre son apprentissage, même s'il disait toujours que lui et Orkhan devaient agir comme s'ils étaient un, et ne pas essayer de se dépasser l'un l'autre. Alors que lui et Morthis avaient été les apprentis du Seigneur, et ils se querellaient tout le temps. Mais ni lui ni Orkhan n'auraient osé répondre cela à Thalok. Alors, leur rivalité ne se montrait pas, mais elle existait. C'est pourquoi Child pensait qu'Orkhan ne venait pas en renfort, intentionnellement.

De fait Orkhan ignorait que les autres Élus avaient sécurisé le périmètre, afin que nul ne vienne les surprendre.

L'Élénian ne laissait pas un pouce de terrain. Ce n'était qu'attaques et contre-attaques. Child, désespéré, lança une attaque suicide, à découvert, contre l'Élénian. Thalok lui avait appris cette botte puissante. Elle était décisive dans un combat, mais était dangereuse car elle rendait vulnérable face à l'adversaire.

Sa lame entra dans le corps de l'Élénian, juste une seconde avant que ce dernier ne lui transperce le cœur.

Tyrilin était gravement touché. Il ne pourrait plus combattre pendant un moment. Thomic réussit tout juste à stopper l'hémorragie. Anlis prévint Oulk qu'à l'étage il y avait un blessé à faire évacuer et décida de rester avec celui-ci en attendant les secours.

La troupe, en montant, rencontra des Séides qui criaient aux monstres. Aucun n'eut le temps de riposter. Arrivés à l'étage, quelle ne fut pas leur surprise : des corps de Séides partout et, dans un coin, un corps déchiqueté, comme si une bête l'avait découpé. Tout le monde reconnut Orkhan, patron de la Nibook.

Mais qui avait perpétré ce carnage ? Yann cherchait quelqu'un des yeux, désespérément. Se dirigeant vers le devant du bâtiment, ils virent la vitre complètement explosée. Yann devint de plus en plus nerveux, comme s'il se doutait de quelque chose. Thomic décida de monter prudemment à l'étage supérieur.

Le combat fut bref, tant les Séides étaient affolés. Thomic avait eu la bonne idée de lancer un sort de protection contre les projectiles. Ils arrivèrent dans la grande salle, laissant derrière eux les restes du massacre. Yann était de plus en plus nerveux. Il suait à grosses gouttes. Thomic le remarqua, mais il n'en comprit pas la raison.

Dans la salle, un démon les attendait. Thomic eut le souffle coupé devant tant de puissance. Mais il sentait autre chose, une autre force dans la pièce, au fond de la salle. Et celle-là, bien qu'innocente, était surpuissante.

« Bonjour, je me présente, je suis Gaoul. C'est vous qui avez tué Child et Orkhan ?

— Pour Child, oui. Pour l'autre, on ne sait pas, lui répondit Thomic.

— Alors, comme cela, vous ne savez même pas ce qui se passe dans votre propre équipe ?

— Et vous êtes le patron de quel Shinjei ? demanda Jacob.

— En fait, je suis patron d'aucun Shinjei, et Toré le Sans Pouls était sous mes ordres. Je lui ai promis la fin de sa non-vie, et cet idiot a marché. Enfin, les sorts de Morthis marchent toujours.

— Nous avons quatre médaillons, rendez-vous !

— J'ai le dernier. Et notre maître est en train d'ouvrir le Portail. Je prendrai les médaillons sur vos corps encore chauds.

— Compte là-dessus ! répliqua Yann.

— Regardez ce que je peux faire ! Répondit Gaoul. »

D'un mot de pouvoir, il incanta et leurs armes disparurent. Puis il fit apparaître des lames dans ses mains et les lança. Des milliers de poignards fondirent sur le groupe. Yann ne savait plus où donner de la tête. Thomic incanta, mais trop tardivement et Yann fut touché. Jacob reçut une lame dans la gorge et s'effondra.

Thomic réagit alors, de colère, et appela ses pouvoirs à nouveau. Il utilisa un des sorts des askaris, un sort interdit car trop dangereux. Il le lança quand même. Gaoul se tordit de douleur, puis disparut en un tas de cendres. Epuisé, Thomic s'évanouit.

Il fut bientôt réveillé par Yann, le secteur était sécurisé. Thomic se dirigea faiblement vers Jacob. Même s'il avait récupéré ses forces, il n'aurait rien pu faire. Yann était atterré, mais il cherchait encore quelqu'un, et cette porte au fond de la salle... il fallait qu'il l'ouvre !

« Thomic, j'ai échoué !

— Non, Jacob. Tu as fait de ton mieux.

— Mais l'Élu ?

— Il va bien, il est sauf.

— Ce n'était donc pas moi ?

— Non ! Répondit Thomic, des larmes lui coulant sur les joues.

— Dis à Tyrilin de planter un arbre pour moi, à côté de celui de Khiro.

— Bien sûr, endors-toi, Jacob.

— Qui est-il ? demanda Jacob, la voix plus faible.

— Le plus jeune des nôtres, lui répondit Thomic, un sourire bienveillant aux lèvres.

— Ah, lui... »

Jacob poussa un dernier râle. Après un bref instant de recueillement Thomic se releva.

« Yann, j'ai utilisé un sort très puissant pour me défaire de ce démon et, comme dans le château, j'ai brûlé toutes mes réserves. Dans la pièce du fond, il y a une force encore plus grande que le Mal que nous venons d'affronter.

— Je ne suis pas de taille contre lui.

— Attendons que j'aie récupéré.

— Dans trois jours ?

— Que crains-tu ?

— Youli. Je suis sûr que c'est lui qui a tué les hommes en dessous.

— Oui, je le crois aussi. Mais, n'oublie pas, c'est l'Élu.

— Il est inconscient. Même de nuit, on aurait pu le repérer !

— Nous réglerons cela plus tard.

— Peux-tu savoir où il est ?

— En temps normal, oui. Mais là, je n'ai plus de puissance, il me faut du temps.

— Pas sûr qu'on l'ait. Combien tomberont comme Jacob ?

— Beaucoup. La dernière fois, un seul a survécu.

— L'Élu ?

— Il est mort en fermant le Portail.

— Bon dieu ! Mais on fait quoi, maintenant ? Je me pose quand même une question : s'il est si puissant, cet homme derrière la porte, qu'est-ce qu'il attend pour nous botter les fesses ?

— Je ne sais pas. D'après Gaoul, leur chef a ouvert le Portail, mais celui-ci ne s'ouvre que dans la faille. Alors, je ne vois pas qui serait derrière cette porte.

— Alors, un seul moyen de le savoir ! Si je meurs, charge-toi bien de Youli ! »

Yann, arme au poing, se prépara à entrer dans la pièce. Thomic prit ses dernières forces pour essayer d'incanter. La porte s'ouvrit sur une chambre d'enfant. Youli couché sur un lit, un enfant assis près de lui qui soignait ses blessures.

« Chut, ne faites pas de bruit, le dragon dort.
— Et toi, qui es-tu ?
— Je suis un Gardien, les hommes en noir m'ont dit que je devais trouver les médaillons. Je suis très fort à ce jeu.
— Je suis le papa du dragon, je vais m'en occuper.
— D'accord, pourquoi y a-t-il tant de bruit ?
— Parce que les grandes personnes n'arrivent pas à se mettre d'accord. »

Yann ne comprenait pas, il se décida à emmener le garçon devant Thomic. Thomic ressentit le pouvoir immense du garçon.

« Kristalina ?
— Non, je suis Kristolin ! Pourquoi tu fais la grimace, Monsieur ?
— J'ai mal. Mais, dis-moi ce que tu sais ; nous aussi, nous jouons à un jeu. On a trouvé Thalok, Child, Gaoul et Orkhan. Mais qui est-ce qui nous manque ?
— Je le sais ! Je le sais ! Mais je ne le dirai pas !
— Si tu le dis, le dragon, il te laissera monter sur son dos.
— C'est interdit ! T'as pas le droit de monter sur les dragons !
— Oui. Mais seuls les héros ont le droit, et tu es un héros ; tu as eu deux médaillons !
— J'en ai pris un, au roi de la forêt, et un, à un garçon. Celui-là, c'était facile. J'ai juste eu une journée d'école et il l'a fait tomber. Alors, je l'ai pris.

— Tu vois, t'es un petit héros. Alors, qui est-ce qu'il nous manque ?

— Tu promets, je pourrai monter sur le dragon ?

— Oui, je te le promets.

— Le dernier c'est Kamheo. Il est drôle, c'est un clown, il me fait rire.

— Et où se trouve-t-il ?

— Il est parti chercher papa dans un Portail. »

Thomic se releva et prit Yann à part :

« C'est lui, leur chef.

— Cet enfant ?

— Oui. En réalité, ils se servent de son innocence. C'est pour l'empêcher de récupérer deux médaillons, que Tholl et Abigaël sont là. Il aurait dupé n'importe qui. Tu peux être sûr que c'est lui qui a fait attaquer Jalora. Elle a dit à Tholl qu'un enfant était attaqué par des bandits. Cet enfant devait être Kristolin. Il a fui devant la transformation de Youli, sans avoir le médaillon. Et je pense aussi que, si les démons sont aussi puissants, c'est qu'il doit leur communiquer sa force.

— Que fait-on ?

— Ce que l'on doit faire !

— Le tuer ? »

Yann était effrayé à cette idée.

« Prends Youli et descends avec Anlis. Oulk est peut-être arrivé. Je termine ici et j'arrive. »

Yann partit, emportant Youli. Il allait se sentir mal. Comment des êtres aussi abjects pouvaient se servir de la candeur d'un enfant ? Même si Kristolin était l'essence du Mal, il restait un enfant. Un enfant qui avait soigné Youli, par gentillesse, sans chercher à comprendre.

Thomic se dirigea de nouveau vers Kristolin.

« Petit, veux-tu que l'on joue à un jeu ?

— D'accord. Mais pourquoi le papa de Youli il est triste ? Il va bien Youli ?

— Oui, il va bien. Mais un autre ami à nous va mal, c'est pour lui que Yann est triste.

— Ah, d'accord ! »

Kristolin, par bien des airs, rappelait Youli à Thomic, même corps frêle, même candeur d'enfant.

« Et toi aussi, tu es triste à cause de ton ami, tu pleures ?

— Oui. Mais cela va passer. Tiens, jouons à un jeu ! Alors, tu vois, j'ai un paquet de cartes. Pour pas tricher, tu vas te mettre à genoux et de dos. Tu dois deviner la couleur de la carte, d'accord ? »

L'enfant s'exécuta. Thomic sortit une des cartes alors qu'une épée apparaissait dans sa main.

« Qu'y a-t-il sur ma carte ?

— La mort » devina l'enfant du Mal.

Kristolin avait compris, il savait, mais ne bougea pas. La lame tomba, séparant la tête du petit corps.

Attristé, Thomic rejoignit ses amis, deux étages en dessous. Oulk était arrivé.

Le dernier combat, le plus important, ne se ferait pas là, mais près de la faille. Il en était ainsi depuis Érébios.

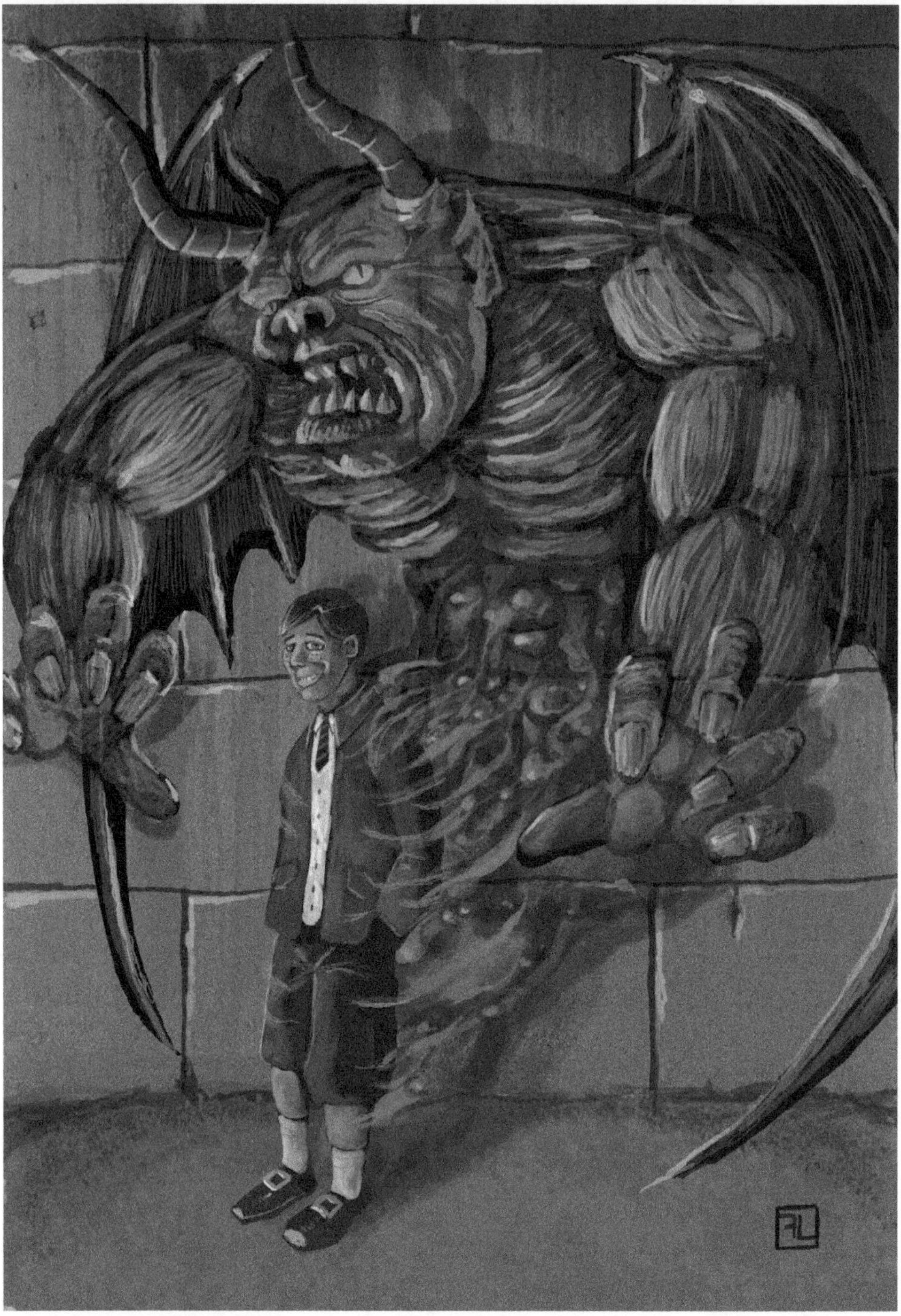

Chapitre 50

La source du Mal.

Cela faisait six heures que Thomic dormait et, pour une fois, aucun cauchemar ne vint perturber son sommeil. Le Mal, n'ayant plus de médaillons, ne pourrait ouvrir complètement le Portail. Mais, avec la puissance de Kristolin, combien de Séides avaient déjà pu passer le Portail ? Tyrilin, Narlia et Youli s'en étaient sortis. Le petit dragon s'était fait copieusement gronder par Yann, pour avoir quitté son poste. Il demanda où était l'enfant qui l'avait sauvé et amené dans une chambre par un passage dérobé. Thomic lui répondit que l'enfant avait péri de la main même de son plus grand ennemi.

« Oulk m'a informé, tout à l'heure, des événements de la nuit dernière. L'armée s'est soulevée sous la tutelle des Ours Brisés. La garde, composée uniquement de Séides, s'est repliée afin de protéger le Portail. C'est là que nous devons nous rendre. Tyrilin, as-tu joint ton père ?

— Il réserve sa réponse.

— Bien, que sa réponse vienne vite ! Un émissaire m'a prévenu que les Petites Gens sont en marche vers le gouffre. Narlia, je t'envoie au château. Ramène-nous le plus de monde possible.

— Et la fin de notre malédiction ?

— Elle est proche. Mais je préfère me concentrer sur un problème à la fois. Tu n'es plus à deux jours près ?

— Non. Comme toujours, je suis le mouvement, répondit Narlia, amère.

— L'armée de Tholl doit nous rejoindre, également, là-bas ! Messieurs, partons maintenant vers le ravin ! »

Le voyage fut long même si Oulk et ses hommes, aidés par l'armée, avaient réquisitionné tous les véhicules disponibles. La dernière bataille approchait, ils ne pouvaient la perdre. Les Petites Gens, serviables comme toujours, avaient monté un campement.

Les Tholliens arrivèrent, transformés en animaux. Dans la soirée, certains se proposèrent pour servir d'espions. Youli retrouva Almira et les autres Tholliens. Son attention se dirigeait vers la petite chouette. Ils passèrent la nuit ensemble, se dirent que c'était peut-être la dernière. Les adultes avaient décidé que l'assaut serait porté à l'aube, ils avaient donc un peu de temps. Gobe, Mirto, et Kahor formaient la garde auprès de la tente de Youli.

Thomic, tel un général, surplomba la vallée, il était accompagné de Yann. Lui aussi étudiait le terrain. Au vu des troupes de chaque camp, ils se battraient à un contre quatre. La vraie bataille se livrerait en dehors de la plaine, près de l'extrémité du gouffre, près du Portail. Thomic sentait la présence du Mal, qui devait savoir qu'il était là.

L'aube arriva. Thomic était inquiet. Les hommes avaient dû voyager précipitamment sans vraiment comprendre ce qui allait se passer. Les Ours Brisés s'étaient rassemblés auprès de Yann, dans la soirée. Peter, qui arborait l'insigne de capitaine, lui tendit les galons de général de l'armée. Il lui fit comprendre que, si un homme devait les mener à la bataille, ce ne pouvait être que lui.

Le premier assaut serait donné conjointement par les Hommes et par les Petites Gens. Il faudrait disperser et désordonner au maximum les troupes ennemies. Ensuite, attaquer et vaincre chacune des petites unités. Thomic savait qu'il y aurait beaucoup de morts.

Youli était dans sa tente, quand une voix connue se fit entendre.

« Youli, réveille-toi, on va partir ! »

Youli, encore un peu fatigué de la nuit qu'il venait de passer, sortit de la tente. Ses trois gardes s'étaient endormis. Il vit qui l'appelait ainsi. Shaïn était arrivé, il était avec son frère et d'autres enfants Élénians. Il portait un uniforme, comme s'il allait participer au combat, une épée pendait à son côté droit. Pati, quant à lui, était habillé plus simplement. Shaïn devait être le chef de cette joyeuse bande.

« Je suis arrivé avec grand-père. Nous sommes prêts au combat.

— Ah bon ! Et les adultes, ne vont rien dire ?

— Non. On aura que des petites missions, pas de grands assauts.

— Tu me laisses m'habiller et j'arrive.

— Tu te transformeras ? Nous serons plus forts avec un dragon.

— Bien sûr ! »

Almira s'était réveillée, elle était prête à en découdre. Youli comprit que tous ces enfants le suivraient coûte que coûte. Il voulait aller voir Yann pour lui dire.

« D'accord. Si on trouvait tous les enfants qui peuvent se battre dans le camp ? Et retour ici dans une heure ! »

Yann avait peu dormi. Le premier assaut serait décisif.

« Thomic, comme je t'en ai fait le serment pour les Ours Brisés, je te suivrai dans la bataille !

— Merci, Yann.

— Promets-moi de protéger Youli.

— Je ferai ce que je peux. Mais tu as vu, à Benethan...

— Je sais, c'est un sacré petit gars.

— Moi, je t'ai fait le serment d'être là, à tes côtés, pour le clan de la Lune Bleue. Et tout le clan est là, indiqua Narlia qui venait d'arriver.

— Conforme à mon serment, je suis également là. Je t'amène mon peuple, mon père, ma femme et mes fils.

— Merci, Tyrilin ! »

Thomic reprenait espoir. Cela faisait des hommes en plus, et des mages renforcés par les Oubliés, qui attireraient la Toile à eux. Il repensa son plan de bataille, aidé de ses amis.

Pendant ce temps-là, Youli et les autres enfants avaient bien travaillé. Ils étaient un petit groupe de deux cents. Youli fut heureux de retrouver Gowi, Lévian et Brathor. Avec les trois Tholliens, ils formeraient sa garde. Ils pourraient monter sur son dos.

Il se dirigea vers la tente principale, et vit Thomic en sortir.

« Thomic, comme je te l'avais dit, je suis avec toi et les enfants aussi, de partout. Nous sommes presque deux cents. Que doit-on faire ? »

Il pensa à ce qu'il avait dit à Yann, puis il écouta patiemment Youli démontrer l'utilité de chacun. Thomic, à grand regret, prit une décision. Il donna le commandement des troupes à Oulk, Tyrilin et Yann. Puis il partit avec Youli. Sa mission serait la plus importante. Le jeune dragon devrait l'emmener, lui et les enfants, au-delà des lignes ennemies, à la faveur de l'aube. Il arriverait près du Portail et le fermerait. Et ce, dès le premier assaut.

Narlia attendait seule le début de la bataille. Elle voulait combattre, pour étouffer sa rage intérieure. Elle avait dit aux siens qu'après la bataille, la malédiction serait levée. Que, pour cela, ils devaient gagner. Mais elle se sentait un pantin, dans les mains de Thomic. En fait, elle le détestait. Elle lui en voulait, pour la mort de Jacob car elle en était tombée amoureuse. De toute l'équipe, c'était lui qu'elle préférait. Lui pour qui elle ne s'était pas précipitée vers son père. Une ombre passa. Elle regarda dans les fourrés, et vit Ghan s'approcher.

« Tu viens, Narlia ? Ne reste pas seule, il faut y aller !

— J'arrive, accorde-moi un instant.

— Allez, viens, il faut s'entraîner ! Qui sait quand Thomic attaquera !

— Qui êtes-vous ? Vous n'êtes pas Ghan. Je lui ai dit qu'on attaquera à l'aube !

— Merci du renseignement ! En effet, je ne suis pas Ghan. Il est mort, et toi aussi ! »

En disant ces mots, l'inconnu, qui s'était rapproché d'elle, lui enfonça un poignard dans le cœur. Narlia mourut instantanément. Son corps fut retrouvé par un garde Élénian qui prévint Malki, ce dernier en informa Thomic. La présence d'un traître en ces lieux n'arrangeait guère leurs affaires.

Le premier assaut allait être donné. Quand le régiment Élénian se plaça en première ligne, leur chef vint voir Yann, fier d'avoir retrouvé son uniforme. Il mit un genou à terre et tendit son épée.

« Je suis le général Tanaslin, chef des armées du roi Alathor. Et si vous voulez bien de nous, je me mets sous vos ordres.

— Bien sûr, que je veux de vous. Et si vous voulez de moi, allons botter le derrière de ces démons ! »

Et le combat commença.

Yann fut ému de la reconnaissance des Élénians. Aucun ne contesta son autorité durant toute la bataille. Les Séides fuirent devant l'armée qui arrivait en masse devant eux.

Leurs chefs ne mirent pas longtemps à resserrer les rangs. Yann eut bien du mal à juste tenir leurs positions. Tyrilin, lui, s'occupait des mages. Grâce au sort de Gaoul, toutes les armes se servant de la Toile ne fonctionnaient plus. Les vieilles épées étaient ressorties, à la grande joie des Élénians, bien plus habitués à celles-ci et aux arcs. Le clan de la Lune Bleue eut, pendant la bataille eurent une grande surprise : ils ne craignaient plus le soleil. Ils redevenaient humains, peu à peu. Réjouis par cette nouvelle, ils mettaient encore plus d'ardeur dans le combat.

Pendant ce temps, Thomic œuvrait. Il se déplaçait furtivement, avec un groupe d'enfants mené par Gowi, Pati et Shaïn. Yann avait placé ses troupes de façon à avoir le soleil dans le dos. Youli était donc caché à la vue des Séides. Sur son dos, étaient montés Brathor, Lévi, Mirto, Gobe, et Kahor. Et, devant ce petit monde, se tenait Almira. Tous savaient qu'ils ne reviendraient peut-être pas.

Ce que cherchait Thomic, c'était le Portail. Il finit par le trouver, et, avec lui, le dernier des êtres noirs. Celui-ci, voulant le tromper, avait pris l'apparence de son père. Mais Thomic ressentait les auras et il ne fut pas dupe.

« Vile créature, montre ton vrai visage !

— Bien, Gardien ! Je suis en effet Kamheo. Tu es plus sage que la femme Sans Pouls. Elle est morte rapidement.

— Ainsi, le tueur, c'était toi !

— Oui, je voulais semer la zizanie dans ton camp. Mais l'autre fou n'a pas révélé que la femme avait été tuée avec un poignard de Mogdolan, et l'homme par un sabre Élénian.
— Il ne faut jamais faire confiance au fou ! »
Les enfants restaient derrière, en retrait, attendant le signal de Thomic.
Kamheo incanta.
« Et que penses-tu de mon armée de jeunes Séides ? »
Des guerriers, tout juste sortis de l'enfance apparurent ; ils avaient des airs de chérubins et n'étaient armés que de poignards.
« Tu n'oserais pas t'attaquer à des enfants, Thomic ?
— Non. Mais mon armée, si ! Shaïn ! »
Les enfants entrèrent en action, et durent subir le premier assaut des petites têtes blondes. Le combat commença entre Thomic et Kamheo.
Aucun des deux adversaires ne laissait à l'autre l'occasion de prendre l'avantage. Ce n'était qu'attaques et contre-attaques. Estocs d'un côté, parades de l'autre. Thomic regardait, en plus, comment les choses évoluaient autour de lui. Il fallait fermer le Portail.
Youli approchait de la bataille, quand une bête énorme sortit de nulle part, un monstre gigantesque. Thomic, voyant le monstre, se demandait qui cela pouvait être. Yann le vit, en même temps que le dragon. Il comprit qui c'était. Laissant le commandement à Peter, il fonça vers le lieu du combat. La bête était mi-humaine mi-animale, des ailes noires gigantesques poussaient dans son dos. Il avait quatre bras et deux étaient armés de fouets gigantesques qui laboururent les flancs du dragon. Mais Youli ne faiblissait pas et attaquait la bête sans relâche.
De son côté, Thomic était au plus mal. Acculé par Kamheo, il avait perdu son épée. Kamheo pensait le tenir quand, ne se méfiant pas, il fut surpris par Shaïn qui lui enfonça l'épée de Thomic à travers le corps. Le démon rendit l'âme. Il fallait faire vite, et récupérer les médaillons. Thomic laissa les enfants finir de combattre et se dirigea vers l'endroit où les géants s'entredéchiraient. Youli avait déjà coupé deux des bras, avec sa queue. La bête ne semblait pas souffrir.

Yann était arrivé sur le lieu du combat, quand il vit Almira et les trois autres en très mauvaise posture face à des Séides adultes. Mirto s'était transformé en lion et avait dû en griffer mortellement quelques-uns, mais il était pris au piège, Almira, elle aussi, était aux prises avec deux Séides. Les autres avaient à faire avec leurs propres adversaires.

Yann entra dans la bataille et libéra Almira, tuant les deux Séides qui la retenaient. Aidé de Brathor et Lévi, il sauva Mirto d'une mort certaine. Gobe n'eut pas cette chance, son corps gisait déjà sur le sol. Yann leur fit passer le goût de tuer un enfant. Il les décapita d'un seul coup d'épée.

Les Séides commençaient à quitter la place et Yann protégeait la fuite des enfants vers le Portail. Soudain, une troupe tira des flèches sur les enfants, Yann n'eut que le temps de s'interposer, faisant bouclier de son corps. Transpercé mortellement par plusieurs traits, il s'écroula.

Youli, voyant cela, fut pris d'une colère sans nom. La rage décupla ses forces et il tua tous les Séides restants en quelques coups de queue vengeurs.

Mal lui en prit. La bête immonde en profita pour prendre l'avantage et transpercer son poitrail draconien de part en part.

Thomic était arrivé, il incanta et foudroya la bête. Projetant le corps massif près du Portail. Sous la puissance de la magie du Gardien, la créature diminua de volume, pour reprendre une apparence humaine. Gravement blessé, Youli fut contraint de faire de même.

La bête était devenue un homme de grande taille, entièrement vêtu de noir. Dans son regard, on apercevait l'espace infini. Ce n'était qu'un corps vide Armée d'une épée il s'avança vers Youli pour en finir avec l'Elu. Youli sentait sa fin proche. Il allait rejoindre son père, sa mère et son papa Yann.

Alors que le Mal allait lui assener le dernier coup, qui trancherait sa jeune vie, un loup vint se placer devant lui et prit le coup fatal à sa place. Juste à côté de l'animal, se dressait une créature qui rappelait le loup, mais aussi le dragon. Cette créature attaqua la bête. Puis, un serpent énorme enlaça le Mal. Le loup se pencha vers Youli et commença à hurler. Mais son hurlement était mélodieux, et les blessures de Youli se refermèrent. Il était encore très faible, mais cela devrait lui permettre de marcher.

La créature fit signe à Youli de monter sur son dos. Déjà, l'homme noir se libérait du serpent et tentait de le découper avec son épée. Youli ne regarda pas en arrière. Il se tenait, pour ne pas tomber de la créature qui le menait vers le Portail. Là, il vit le désastre. Bien sûr, les Séides avaient tous été repoussés, mais des corps d'enfants gisaient à terre. Parmi eux, Youli reconnut Kahor, Gowi, ainsi que Pati. Combien d'autres encore, dont il ne connaissait même pas le nom ? Au loin, la bataille semblait se terminer.

Youli vit Thomic se faire soigner par Almira et Mirto. Il semblait très faible, il l'appela. Youli se rapprocha.

« Youli, prends mon sang et passe-le sur les médaillons. Jette-les sur le Portail, vite !

— D'accord ! »

Youli déchira un bout de la chemise de Thomic et la trempa dans le sang encore chaud. Il sortit les médaillons et commença à les frotter avec le sang.

Pendant ce temps, l'homme noir n'avait rien lâché, débarrassé de du serpent, il s'avançait vers eux. C'était le Mal absolu, pas même une part d'innocence en lui, pas la moindre, juste le Mal à l'état pur. Les derniers enfants en vie tentèrent de lui barrer la route. Mirto, de nouveau transformé en lion, y perdit la vie.

Son sacrifice ne fut pas vain, car grâce à ce de temps supplémentaire, Youli réussit à fermer le Portail qui disparut dans une puissante décharge d'énergie. L'adolescent fut projeté en arrière, assommé par la violence de l'explosion.

Le Mal hurla de rage, mais il était toujours là, surpuissant. Il avançait toujours vers Thomic et Youli. Les enfants comprirent leur défaite et se mirent devant eux, pour les protéger. Almira souffla quelque chose à Thomic.

« Tu es des nôtres. Ta mère était des nôtres, alors tu peux te transformer. Tholl nous l'a dit. »

Thomic réalisa qu'il était aussi un Thollien. Il se concentra sur sa forme animale, mais qui était-il ? Soudain, il vit l'image. Il se transforma en loup géant. Un loup noir, énorme. Le Mal ne recula pas pour autant, et continua d'avancer. Sa puissance semblait décupler. Thomic incantait toujours, pour l'empêcher de se transformer à nouveau.

Soudain, une voix parla à Thomic. Une voix ancienne, venue du fond des temps :

« Mon fils, je t'ai envoyé les Oubliés car ils sont la clé. Pardonne-toi à toi-même, et détruis le mal !

— Qui êtes-vous ?

— Je suis le père des pères. Je suis le frère de la bête. Mais il est également moi ! »

Thomic comprit à qui il avait à faire. Et, alors que le combat final s'engageait, il incanta pour parler à tout le monde. A tous ceux qui s'étaient sacrifiés depuis l'aube, pour voir arriver un monde nouveau.

Le la fut donné par les Oubliés. Chacun commença à chanter une mélopée puissante qui s'éleva au-dessus du fracas.

Pendant ce temps, le combat faisait entre le Gardien et le Mal faisait rage. Thomic mordait et griffait son adversaire, mais chaque blessure se refermait. Thomic perdait le combat.

Le chant s'élevait de plus en plus fort. Les Éléniens l'avaient repris, ils furent suivis par le clan de Lune Bleue.

Thomic, aux portes de la mort, sentit l'énergie du Mal tomber, comme si le chant le dévorait de l'intérieur. Ce n'était pas le morceau en lui-même, mais cet unisson fraternel entre toutes les créatures d'Orobolan, tous unis par un même air. Les enfants, derrière lui, le reprenaient. A présent, tous, sur le champ de bataille, chantaient ensemble, et le vent portait les notes partout sur Orobolan. Pendant un court instant, tout le monde chanta.

Thomic mourut, heureux. Sa mission était accomplie. Le Mal était vaincu.

Chapitre 51

Epilogue d'une guerre.

Cela faisait un mois. Un mois que Youli avait été ramené à Thaerith par Tyrilin. Quand il se réveilla, Almira se tenait à son chevet, ainsi que Shaïn, maussade.

De la troupe des enfants, il ne restait que peu de monde. Shaïn pleurait son frère, Almira tous ses amis. Les Petites Gens avaient péri également, Lévi et Brathor étaient morts en héros, tombés sous les coups de l'ennemi, alors qu'ils protégeaient Thomic. De l'équipe de ce dernier, il ne restait que deux personnes, l'Élu et le prince Tyrilin. Ou plutôt le roi Tyrilin. Alathor avait péri lui aussi pendant la bataille.

Les gens, aidés par l'armée, s'étaient rebellés et avaient vaincu les Séides, au prix de pertes innombrables. Mais Orobolan avait commencé à se relever, comme le phœnix qui renaît de ses cendres. Un autre monde se reconstruisait. Peut-être plus simple, moins orgueilleux.

Les Petites Gens s'étaient retirées à Thaerith, de nouveau éclatante. Les Tholliens les avaient suivis, et chacun avait refondé sa communauté, dans l'immense forêt régénérée de la Toile. Le clan de la Lune Bleue, redevenu humain, avait réussi à monter une communauté viable, au château de la Garde de Sang.

Youli se préparait. Aujourd'hui, il partait en voyage avec Almira, Shaïn et Tyrilin. Ils allaient traverser le pays.

Mais avant Tyrilin s'arrêta dans une petite clairière. Il prit une graine d'arbre et des cendres et les mêla à la terre. Puis il incanta. L'arbre grandit, ses branches se mêlèrent aux branches du chêne qui était là depuis longtemps déjà.

« C'est l'arbre de Jacob ? Demanda Youli.

— Oui, c'est le sien ! J'en ai planté un, aussi, pour Narlia, à la Garde de Sang.

— Où se trouve celui de Yann ?

— Où tu voudras. J'attendrai que tu me dises où on devra le mettre.

— Je ne sais pas encore.

— Tu as le temps, mais pas trop quand même ! »

Tous se recueillirent un instant, puis ils se dirigèrent vers le temple sacré des Cinq.

Il avait été rebâti comme à la grande époque. On avait reconstruit certaines statues et rajouté d'autres. Youli découvrit tous ceux qui avaient lutté pour vaincre le Mal.

Il vit sa grand-mère fière dans son armure. Il vit son papa Yann dans son grand uniforme de général, une peau d'ours posée sur ses épaules. Il vit Narlia, Jacob et Thomic. Il en vit d'autres, qu'il ne connaissait pas. Puis, il arriva devant un mur. Sur ce mur, était inscrit le nom de toutes les personnes qui avaient combattu contre le Mal. Le nom de ses amis était gravé dessus pour l'éternité, le sien les rejoindrait un jour.

Tyrilin amena Youli dans deux ailes du temple. Dans l'une, on trouvait une chapelle, réservée aux enfants, les noms de ses camarades étaient gravés en lettres d'or. Sa statue était prête, cachée par un drap pourpre jusqu'au jour de sa mort. Youli remarqua, à droite de la pièce, trois statues d'enfants qu'il reconnaissait : le loup, le serpent et la créature mi-loup, mi-dragon. Les enfants qui l'avaient sauvé contre le Mal, ceux qui avaient fait rempart de leur corps et ceux que Youli avait rejetés. Il ne leur avait pas donné son amitié comme aux autres, à cause de leurs apparences. Il pleura la perte d'amis qu'il aurait voulu mieux connaître. Shaïn s'arrêta devant le nom de son frère pour se recueillir.

Tyrilin les laissa à sa tristesse, il devait encore cacher la sienne. Avec tout ce qui s'était passé depuis un mois : la récupération de Wint Kapes et le reste de bataille, la succession de son père et son propre couronnement, il n'avait pas eu une minute à lui pour faire son deuil. Shaïn faisait le sien.

Dans l'autre chapelle, une statue trônait : celle de Peter, chef de la patrouille des Ours Brisés. Dans cette petite chapelle, au sol de terre battue et au ciel dégagé, reposaient les membres de la patrouille de Yann.

« Tyrilin, je veux qu'il soit parmi eux.

— Si tu viens avec nous à Thaerith, tu ne pourras plus venir ici.

— Je le sais, mais je veux qu'il soit parmi les siens. Lui, il est toujours dans mon cœur, son arbre doit être parmi sa patrouille.

— Très bien ! »

Comme il l'avait fait pour Jacob, Tyrilin planta l'arbre de Yann au centre de cette chapelle si magnifique. Après cela, chacun resta pour se recueillir près des siens.

Tyrilin resta près de son fils et, enfin, il put laisser libre cours à son chagrin.

Il le pleura pendant trois jours et deux nuits.

Almira et Youli le laissèrent à sa peine, ainsi que Shaïn. Pati était mort en héros, sa statue était déjà découverte. À sa gauche, se trouvaient celle de son père et de son frère. Comme pour Youli, un drap les cachait encore. Almira et Youli profitèrent de ce temps pour se dire leur amour et se le montrer.

Au matin du quatrième jour, Tyrilin vint les réveiller. Il était temps pour eux de partir.

Il incanta et un Portail s'ouvrit vers Thaerith, le dernier Portail que tous les quatre le franchirent.

Pour la dernière fois, Orobolan avait tourné une grande page de son histoire, et Thaerith commençait réellement la sienne.

Deux semaines plus tard, Almira et Youli se promirent, devant tous leurs peuples réunis, de ne plus jamais se quitter.

À la mort de Tyrilin, Shaïn se retira de la succession, il ne voulait pas être roi. Il laissa la place à Youli. Ce dernier, reconnaissant, en fit son premier chevalier, son ami de toujours, et son plus proche conseiller.

* * * * *

Quant à Thomic, son histoire n'était pas finie.

Le lendemain de la bataille, il se réveillait dans une petite grotte dans les montagnes.

« Je suis mort ?

— Et alors, moi aussi.

— Père, vous êtes là, hors de Thaerith.

— Bien sûr. Je suis venu te chercher.

— Mais, je suis mort !

— Oui, comme tous les Gardiens. Ton sacrifice a permis de vaincre le Mal. Le combat fut rude, cette fois.

— Que vais-je faire, maintenant ?

Le Mal est vaincu. Et, j'espère, pour de bon. Sinon, ce sera à ton fils de prendre la relève. Mais je ne pense pas que cela soit nécessaire.

— Le Mal est vaincu à jamais ?

— Hélas non, le Mal restera dans le cœur des Hommes, mais La dimension où Krystal était prisonnier est fermée désormais. Les Cinq ont brisé les médaillons.

— Et la Toile ?

La Toile est vivante, à Thaerith. Elle y restera, mais Orobolan ne la verra plus.

— Que vais-je faire, maintenant ?

— Tu vas retourner sur Orobolan et aider le nouveau gouvernement à tout reconstruire. Puis tu me rejoindras.

— C'est Kristolin qui vous a tué ?

— Oui, j'ai fait une erreur. Le Mal avait placé son infime part d'innocence dans cet enfant, et je l'ai pris pour l'Élu. Il m'a ôté la vie pendant que je dormais. Fenrir, voulant que l'Équilibre soit respecté, m'a enfermé dans le sanctuaire où tu m'as trouvé.

— J'ai eu besoin de vous tellement de fois, pourquoi si tard ?

— Il fallait que tu te débrouilles par toi-même pour acquérir puissance et sagesse. Et je vois que je ne me suis pas trompé.

— La perte de mémoire de Youli, et le fait qu'il rencontre Yann, c'était vous ?

— Oui, j'ai pu intervenir deux ou trois fois.

Thomic permit la reconstruction d'un nouveau gouvernement. Les continents détruits furent réhabilités. Il fallut trouver d'autres formes d'énergies que celle issue de la Toile pour tout faire fonctionner.

Enfin, Thomic, voyant que les Humains pouvaient agir par eux-mêmes pour régler leurs conflits, se décida à rejoindre son père. Il passa dire bonjour au petit-fils de Youli, qui commandait le royaume de Thaerith avec équité. Fils des trois races de Thaerith, il régnait sur un royaume d'harmonie. Sa mère, fille de Youli et de dame Almira, avait épousé Orthan fils de Shaïn et d'une Petite Gens appelée Yosloria.

Thomic arrivait à la fin de son voyage, car chaque histoire a une fin...

Chapitre 52

La fin des temps.

Thomic suivait avec intérêt le récit d'Érébios. Cela le rassurait de parler avec son ancêtre, le premier de la lignée. Cela faisait trois jours, qu'au saint des saints, tout le monde s'inquiétait.

Le mal se propageait jusqu'à cet endroit sacré où seuls quelques héros vivaient : les Élus.

Le mal avait pris quatre formes : celle de chacune des incarnations de Krystal, le Dieu maudit. Des hommes, ou des femmes, au cœur noir avaient été une proie facile pour Krystal. Lui permettant de revenir, ainsi, sur Orobolan et d'y faire venir le peu de séides ou de démons que lui donnaient ses pouvoirs. Ils se terraient là, quelque part, dans ce monde céleste. Le problème étant qu'ils risquaient de détruire, par leur présence, l'intégrité de la Toile.

Thaerith pourrait disparaître, ainsi qu'Orobolan. Il fallait faire très vite quelque chose.

Thomic, en plus, aimait cet endroit. Il y avait retrouvé ses amis, son père, et aussi d'autres personnes, les Élus d'avant. C'était amusant de voir comment Youli discutait avec Khiro et les autres enfants. Certains avaient plus de six mille ans de différence. Ils n'avaient pas vécu à la même époque, n'avaient pas connu les mêmes jeux, mais les enfants restent des enfants.

Aucun n'avait choisi de grandir, tous étaient contents.

La cohabitation entre adultes était plus difficile, mais fonctionnait quand même.

Thomic voulut prendre les choses en main. Il choisit de faire rentrer dans le temple les héros de jadis. Tous s'amassèrent là, les Élénians avec les Élénians, les Tholliens avec les Tholliens, Youli sur les genoux de sa grand-mère, les hommes et les petites gens entre eux. Seul, resté à l'écart, se regroupait le clan de la Lune Bleue qui, dans cette dimension, pouvait goûter aux joies du soleil.

Thomic prit la parole :

« Cela fait longtemps que certains sont ici. Et, même si le temps n'a pas la même valeur que sur Orobolan, nous ressentons tous ses effets. Le mal était vaincu et il n'est pas réapparu sur Orobolan. Le désert du Nord, ainsi que les deux royaumes, ont été repeuplés et dix mille ans d'histoires se sont déroulés. Vous ne verrez plus le monde que vous avez quitté, même vous, mes chers compagnons d'aventure. Le mal a laissé Orobolan. Mais il nous menace, ainsi que Thaerith, car il s'attaque à la Toile dont le monde de Thaerith est issu. Je sais que l'on vous a beaucoup demandé, que certains d'entre vous ont eu l'impression d'être nos pantins. Même si, tous, vous avez répondu présent à nos appels, cette fois encore, je vous demande de nous aider. Non pas à vaincre le mal, car cela nous revient, mais à le débusquer. Reformez les équipes de naguère, ne restez plus entre vous, prenez exemple sur les enfants. Pour eux, point de barrière. Et partez des abords du temple. Si jamais vous trouvez l'une des quatre réincarnations de Krystal, alors prévenez nous. Ne tentez rien. Non pas que je n'ai pas confiance en votre courage et votre force, que vous avez maintes fois prouvés. Mais ce dernier combat, c'est à nous de le mener. »

Érébios fut fier de son descendant, lui-même n'aurait pas fait mieux. Et, comme par magie, les clans se reformèrent. On vit Myrtha taper sur l'épaule de Khiro et rengainer son épée.

Tous retrouvèrent les gestes de jadis. Youli retrouva son papa Yann, Jacob embrassa Narlia et tous repartirent.

Thomic était inquiet ; aucune nouvelle des patrouilles parties depuis quatre jours.

Le récit d'Érébios avait ralenti l'attente, mais maintenant il fallait agir.

Thomic se leva, regarda ses pairs et déclara :

« Je crois que le mal veut seulement nous faire savoir qu'il est là.

— Nous le savons. Il est là, et après ? Répondit Myrdhanos.

— Je pense que le mal n'est plus ici, plus sur cette terre. Il doit choisir un lieu de combat. Orobolan ou Thaerith ?

— Il ne peut choisir Orobolan, nous y avons banni toute magie, fit remarquer Érébios.

— Alors, il est sur Thaerith, conclut Dolin.

— Le tout, c'est de savoir quelle équipe nous allons envoyer là-bas ? Demanda Myrdhanos.

— Pourquoi une seule équipe, et pas toutes les équipes ? Thaerith est une dimension très vaste, une forêt immense, fit remarquer Dolin.

— Je crois que le mal viendra à nous. Il veut ce dernier combat, il ne cherche pas à le fuir, déclara Thomic.

— Alors, qui envoyons-nous ? demanda Dolin.

— Personne, nous allons tous à Thaerith.

— Nous, les Fenrahims, allons combattre le mal directement ? S'enquit Myrdhanos.

— Oui. Mais pas pour le chasser dans une dimension démoniaque, comme sur Orobolan. Pour l'éradiquer définitivement.

— C'est contraire au principe de l'Équilibre.

— Je le sais, mais je pense qu'il n'y a pas d'autre choix. »

Un long silence suivit les dernières paroles de Thomic. Dolin réagit le premier et rappela toutes les équipes au temple. Érébios, en sa qualité de sage, commença le discours :

« Amis, nous vous remercions. Votre aide nous aura été, une fois de plus, précieuse. Le mal veut un dernier combat. Nous savons où se passera ce dernier combat. Pas ici, mais à Thaerith.

— Mon équipe a entendu les séides noirs parler de Thaerith, reprit Yann.

— Merci, Yann, de me confirmer ce que nous avions découvert.

— Alors, nous allons tous revivre à Thaerith pour éradiquer le mal ? demanda Tyridrin.

— Non, seuls les Fenrahims feront ce dernier combat.

— Mais, dit Yann, mon groupe a entendu parler d'un piège. Ce serait plus raisonnable si nous descendions à Thaerith avec vous.

— En effet. Mais nous seuls devons mener ce dernier combat »

Un à un, les mages saluèrent les équipes, puis quittèrent le temple. Érébios ouvrit un portail sur Thaerith.

Les Fenrahims s'y engouffrèrent, peu certains de ce que l'avenir leur apporterait.

Arrivés sur Thaerith, loin des quatre villages, Érébios remarqua une grotte. Elle leur servirait de quartier général. Il ressentit alors une aura, qu'il ne connaissait que trop bien :

« Entrez dans la grotte. Je vais voir si je trouve notre adversaire.

— Ce serait mieux si l'on cherchait à tour de rôle.

— Faites-moi confiance. »

Érébios leur cachait quelque chose, ils en étaient certains. Mais comme il était aussi le plus sage d'entre eux, ils n'hésitèrent pas et suivirent son conseil. Mais, une fois qu'ils furent entrés dans la grotte, Érébios lança un sort qui en condamna l'entrée et la sortie.

A peine Érébios termina son incantation que Kristin apparut derrière lui.

« Alors, nabot, comme on se retrouve...

— Je t'ai déjà battu par deux fois, tu ne me fais pas peur.

— Je suis toujours revenu, comme mes descendants. Et on reviendra toujours. Cette fois-ci, tu ne seras pas aidé par la puissance des médaillons. »

Chacun fit apparaître une épée. Le combat s'engagea entre les deux mages. Les deux adversaires se trouvaient à force égale, chacun parant les attaques de l'autre :

« Tu te débrouilles bien, petit. Tu as fait des progrès en vingt mille ans.

— Merci. Tu n'es pas trop rouillé non plus. »

A l'intérieur de la grotte, les trois autres Fenrahims tentaient de sortir :

« Nul ne pourra sortir, déclara Myrdhanos. Mais il y a plus grave. Si Érébios meurt, alors nul ne pourra plus sortir de cette grotte. Car nul autre que lui ne peut défaire son sort

— Alors, attendons et espérons, dit Dolin, soupirant de désespoir »

Érébios tomba à terre, son adversaire le désarma. En plus, pour ne pas arranger les choses, la pluie se déversait sur Thaerith. Kristin s'apprêtait à porter le coup de grâce à Érébios, mais celui-ci, se servant d'une branche près de lui, bloqua la terrible attaque de son adversaire. Il récita une incantation et récupéra son arme. Le combat reprit de plus belle, mais Kristin prenait toujours l'avantage sur Érébios. Combien de temps tiendrait-il encore ? Pas longtemps. Ses forces diminuaient de minute en minute, alors que Kristin semblait en pleine forme.

La lutte continuait désormais sous une pluie torrentielle. Le tonnerre grondait. Les combattants mettaient toute leur rage dans la bataille. Érébios perdit une nouvelle fois son épée.

Quand Kristin brandit la sienne, Érébios esquissa un sourire et un éclair, foudroya le corps de son adversaire. Érébios se releva et s'approcha du cadavre. Même un démon ne pouvait survivre à une telle décharge. Érébios ne ressentait plus son aura. Il s'approcha encore et contempla son adversaire, l'autre partie de lui-même. Il avait compris sur la montagne. Le chef noir avait commencé à devenir Kristin à la naissance même d'Érébios, son autre lui-même.

Mais, soudain, Kristin ouvrit les yeux et planta sa lame noire dans le cœur d'Érébios :

« Je te l'ai dit, nabot, je suis immortel !

— Tu te trompes, nous ne sommes pas immortels. »

Érébios, avant de succomber à sa blessure, fit apparaître son épée et transperça son adversaire. Tous deux disparurent dans un immense couloir de lumière.

A l'intérieur de la grotte, une sensation de malaise parcourut Dolin et Myrdhanos. Thomic, quant à lui, ressentit un pouvoir immense arriver en lui, puis disparaître :

« Érébios le sage n'est plus. Il a rejoint les étoiles, déclara Myrdhanos, une larme à l'œil.

— Oui. Je ne ressens plus l'aura de son adversaire, non plus. L'un des séides du mal est vaincu.

— Je l'ai ressenti. Il est venu en moi et est reparti. Pourquoi ?

— Érébios savait, je crois. Quand Fenrir est venu le voir, à la fin de sa vie, avant qu'il ne parte vers son dernier voyage, il lui a dit tout ce qui allait se passer. Érébios connaissait l'avenir, même comment il allait mourir.

— Mais pourquoi si tôt ? Orobolan a été perdue, les hommes ont cessé de croire en la Toile, et celle-ci a disparu de leur monde.

— Les hommes sont les seules créatures à ne pas être composés de magie. Polinas les a voulus ainsi, mais cela a perdu le monde d'Orobolan, et obligé toutes les créatures à fuir. Je ne comprends pas, Dolin, pourquoi, lorsque les Élénians ont fui, tu n'as pas choisi d'emmener aussi les petites gens et les dragons ?

— Le libre arbitre. Les peuples devaient décider par eux-mêmes. Telles sont et seront les règles de l'Équilibre. Les hommes ont acquis, en deux mille ans, une technologie immense qui les a pervertis. Ils ont réussi à créer des objets de destruction immenses. Myrdhanos, à ton époque, les Maspian étaient encore puissants chez les hommes. Mais, quand je suis arrivé au pouvoir, ils avaient déjà abandonné les hommes. Ma tâche n'avait rien de facile.

— Il est vrai, ta tâche était ardue. Fallait-il donner tant de technologie à l'homme ?

— Enfin, cela ne nous dit toujours pas comment sortir d'ici.

— En demandant l'aide des Élénians et du chant de l'âme. Avec vos pouvoirs et les miens, on ne peut sortir de la grotte, mais on peut se servir de la rêverie pour prévenir un mage Élénian. Les mages, grâce au chant de l'âme, pourront nous aider.

— Bonne idée. Dormons, à présent, pour regagner des forces. Demain, une longue journée nous attend. »

Chapitre 53

La mort des amants.

Les Éléniens avaient fini par secourir Myrdhanos, Dolin et Thomic de la grotte où Érébios les avait enfermés. Ils se rendirent jusqu'à Thaerith. Là, le Conseil de Thaerith les reçut. Le Conseil comprenait le Roi, la Reine et deux représentants de chaque peuple. Même les « mal aimés » avaient deux sièges au Conseil. Myrdhanos n'oubliait pas que son fils faisait partie de ces « mal aimés ».

Maltraités sur Orobolan, les petites gens s'étaient trouvé une place importante sur Thaerith, devenant les leaders du monde commercial. Les Tholliens, fidèles à leurs habitudes, étaient redevenus des artisans et les Éléniens, des artistes et des chasseurs.

Les « mal aimés » faisaient un peu de tout, mais étaient devenus de très bons cultivateurs. La vie à Thaerith était en harmonie. Si les divinités avaient échoué sur Orobolan, le monde parfait était réussi sur Thaerith. Le soir de leur arrivée, Thaerith fut en fête. Et, pour les deux plus jeunes, ce fut l'occasion de voir le premier grand vol de dragons :

« Incroyable ! Déclara Myrdhanos.

— Rien n'est aussi beau. En plus, la musique Élénianne nous donne l'impression d'être au paradis.

— Oui, sauf que, quelque part, le mal est là. Il nous attend, répondit Myrdhanos. Et je me demande pourquoi Érébios a disparu.

— Il devait avoir fini sa mission et il est retourné au temple.

— Je l'espère.

— Je n'avais pas vu de vol de dragon depuis la venue de la dernière concubine d'Alinor 1er, et cela a dû être le dernier. Le peuple dragon a été exterminé peu après. »

Au matin, Myrdhanos sentit un appel venant de l'extérieur du village. Se dirigeant vers cet endroit, il vit une femme qui se baignait.

« Veux-tu venir avec moi ?

— Si tu veux, lui répondit Myrdhanos.

— Comment t'appelles-tu, beau chevalier ?

— Mon nom est Personne.

— Je vois, le mien est Ashaïna.

— Vous me faites penser à quelqu'un que j'ai bien connu.

— Vous aussi, quelqu'un que j'ai désiré un court instant, il y a longtemps. »

Myrdhanos s'était dévêtu et commençait à rentrer dans l'eau :

« Et que s'est-il passé, avec cette personne qui me ressemble ?

— Je fus emprisonnée par de très mauvaises pensées. Mais la pensée de cet homme m'a permis de trouver mon séjour moins long dans cette prison.

— Je vois.

— Et vous, qui je vous rappelle ?

— Une femme démoniaque, responsable de milliers de morts et de l'anéantissement d'un peuple, mais d'une grande beauté. Elle devait avoir tous les démons de l'enfer à ses pieds.

— En effet, je le pense aussi. »

Myrdhanos était maintenant complètement entré dans l'eau. Il nagea vers la belle. Myrdhanos n'avait jamais aimé quiconque. Il savait qu'en tant que chef des Maspian, sa femme lui serait fournie par le clan. Et comme le clan avait disparu, il n'avait pas rencontré de femme avant sa mort humaine. Il enlaça Ashaïna qui commençait à l'embrasser. Myrdhanos ressentit une chaleur immense l'envahir, comme jamais auparavant. Et, même s'il savait qui était cette femme superbe, il se laissa aller à ce désir humain. Au bout d'un instant, leurs corps ne faisant plus qu'un, Myrdhanos ressentit une douleur à la poitrine. La reine infernale lui avait transpercé le cœur :

« Désolée, cela put être autrement. Mais je veux être fidèle au seigneur de Krystal. »

Myrdhanos ferma les yeux et les deux corps disparurent.

Au loin, cachée derrière un arbre, Kristalina ne comprit pas pourquoi la Reine des démons avait disparu avec son amant. Elle disparaîtrait, elle aussi, quand elle aurait vaincu son ennemi de toujours. Elle devait réagir. Peut-être que, si elle tuait l'autre mage, alors elle ne disparaîtrait pas. Et il ne resterait plus que Dolin, que l'enfant pourrait enfermer dans un cercueil pour toujours. Il fallait qu'elle détruise le plus jeune.

Quand Dolin et Thomic se réveillèrent, ils remarquèrent l'absence de Myrdhanos. Ainsi, lui aussi avait disparu. Une armée se prépara à Thaerith, composée d'Élénians et de Tholliens, tous prêts à partir au combat pour défendre ce qui était devenu leur paradis. Dolin prit la tête de l'armée et partit pour fouiller tout Thaerith, à la recherche de séides. Il demanda à Thomic de partir vers le marais de la peur, car au-delà, se trouvait le lac de dame Élénia et, encore au-delà, la demeure des Dieux. Eux seuls pourraient répondre à leurs questions.

Thomic s'en alla donc de son côté avec, comme garde, une troupe de « mal aimés » qui lui servirait d'escorte le plus longtemps possible. Cette aide n'était pas utile à Thomic, mais il ne pouvait la refuser. Dolin envoyait plusieurs patrouilles depuis des jours, sans succès. Les hommes commençaient à ressentir la fatigue. Les longues journées de marche les épuisaient, et la menace de tomber nez à nez avec des séides, mieux entraînés au combat, n'arrangeait rien au moral des troupes. Dolin avait beau réciter une incantation pour repérer les auras diaboliques des séides, il ne trouvait rien.

Au neuvième jour, Dolin se rendit compte qu'il avait fait fausse route. Les démons n'étaient pas là, ils étaient ailleurs. Kristalina ne le voulait pas lui, elle visait quelqu'un d'autre. Elle voulait son fils, Thomic. Dolin devint blême, Thomic était parti dans l'autre direction, vers le marais. Il aurait senti sa mort, il vivait donc encore. Mais si Kristalina dirigeait une armée de séides, Thomic ne pourrait rien, vu le peu d'hommes qu'il avait avec lui. Dolin regarda le campement, tous les soldats étaient épuisés. Certains tombaient de fatigue. Comment pouvait-il leur demander de sacrifier leur vie ? Certes, ils avaient voulu un paradis, ils devraient le défendre, mais le prix sera lourd. Les plus durs à convaincre seront les Tholliens, mais Dolin devait y arriver quoi qu'il lui en coûte.

De son côté, Thomic arriva à l'entrée des marais et, déjà, l'atmosphère se faisait plus lourde, plus oppressante. Des hommes avaient commencé à avoir des visions de leurs peurs. Thomic faisait le maximum pour les rassurer. Soudain, peu avant de quitter les hommes, Thomic repéra une énergie maléfique très forte. Il réfléchit un instant, se disant que cela devait venir du marais. Il ressentit une énergie encore plus forte qu'avant. Sans que Thomic sans rende compte, les séides les avaient encerclés. Le combat final approchait.

Les séides foncèrent sur les « mal aimés ». Thomic chercha Krystin du regard, sûr que l'enfant démoniaque était dans le coin. Il ne le vit pas. Par contre, il vit l'ennemi juré de son père, Kristalina :

« Alors, c'est toi qui a tué mon fils Kristolin ?

— Oui, c'est moi. Mais c'est vous qui l'avez envoyé à la mort.

— C'est ton point de vue, mais ce n'est pas le mien. Et tu vas mourir pour cela. »

Kristalina déchaîna, sur Thomic, toute la haine accumulée pendant ses années d'exil. Thomic eut du mal à résister. Il jeta un coup d'œil aux alentours, les « mal aimés » combattaient avec ardeur, mais ils n'étaient pas de taille contre l'armée de séides. S'il ne se débarrassait pas de Kristalina, ils seraient massacrés. Thomic récita un sortilège pour contrer celui de Kristalina.

Pendant près de deux heures, les adversaires se renvoyaient les sorts, les uns après les autres, aucun ne cédant le moindre pouce de terrain à l'autre. Les « mal aimés » déployaient leurs dernières forces et le combat touchait à sa fin.

Thomic se sentait perdu. Il pensa, un instant, se sacrifier pour sauver les « mal aimés » des séides. Il se prépara alors à lancer le sort quand, venue du lointain, une troupe d'Élénians, chevauchant des dragons, fondit sur les séides, ne leur laissant aucune chance de riposter. Ainsi, son père arrivait et avait réussi l'impossible : faire monter des Élénians sur le dos des Tholliens. Thomic tomba, épuisé.

Dolin se dirigea vers Kristalina quand cette dernière allait porter le coup fatal à Thomic.

Il récita une incantation qui repoussa au loin l'incarnation du mal. Le combat commença entre les deux ennemis jurés. Dolin avait l'avantage sur Kristalina, qui était épuisée par le combat qu'elle venait de mener. Mais elle ne lâchait pas, enchaînant les sorts les uns après les autres. Dolin commença alors à perdre son avantage, quand il eut une idée. Si un être bénéfique avait du mal à pénétrer dans ces marais, comment un être maléfique pouvait-il y survivre ?

Il comprit que Kristalina ne pouvait lancer de sorts plus puissants parce qu'elle devait se créer une barrière contre le pouvoir des marais. Ainsi, s'il mettait toutes ses forces dans un ultime sort qui briserait cette barrière, les marais feraient le reste. Les divinités avaient placé ce marais pour se protéger du mal. Dolin chercha les « mal aimés » et commença à fredonner un chant venu du fond de la nuit des temps.

Il lança alors un sort d'une terrible puissance sur Kristalina, qui ne put résister. Les marais lui ayant montré la noirceur de son âme, elle mourut après être passée par tous les stades de la folie. Dolin disparut en même temps qu'elle.

Thomic, enfin réveillé, regarda le champ de bataille. Ainsi, il était le dernier. Les séides avaient été vaincus ou ils avaient disparu. La mort de Kristalina lui importait peu. Il devait maintenant se préparer à son dernier combat. Il devait traverser les marais et connaître la vérité. Pendant toutes ces années, les Fenrahims avaient-ils été les pantins des divinités ? Il devait le savoir.

Chapitre 54

L'ultime souhait.

Thomic retraversa donc le triste marais, seul de nouveau. Il arriva près du lac. Là, une barque l'attendait. La servante de jadis était toujours là :
« Vous encore ici ? Mais nous nous sommes rencontrés il y a si longtemps.
— Vous aussi, vous êtes encore là.
— Mais je suis un mort rappelé sur Thaerith.
— Je suis morte, moi aussi. Il y a longtemps de cela, j'étais une prêtresse de dame Élénia. Et elle fut si triste de ma mort, qu'elle demanda à Polinas de me nommer gardienne du lac.
— Ne vous ennuyez-vous pas trop ? Le marécage est déjà un bon gardien.
— Les années sont des jours pour moi. Et puis, dame Élénia m'a montré les beautés de la nature. Je ne m'ennuie jamais. Je me couche, c'est le printemps, je me réveille en été, et ainsi de suite. Des fois, je suis si fatiguée que je m'endors à l'automne et ne me réveille qu'au printemps. »
Thomic ne comprenait pas comment cette superbe Élénianne pouvait être heureuse toute seule, même si elle voyait toute la population environnante du lac, tous les animaux s'y trouvant. Il lui manquait toujours le contact humain, celui d'un de ses semblables.
Thomic arriva près de la fin du lac et vit que sa conversation avait troublé la jeune Élénianne. Il s'en voulut de lui avoir montré qu'aussi dorée qu'elle soit, sa prison restait une prison.
Après l'avoir remerciée, il se dirigea vers une petite place devant un temple immense rappelant celui où les héros finissaient leurs jours. Sur cette place, cinq personnes l'attendaient. Les divinités

étaient là, mais, curieusement, il ne vit pas Fenrir, le père de tous les pères des gardiens, le père de son clan :

« Bonjour, je suis Thomic, du clan Fenrahim. Je viens vous prévenir que le mal est revenu à Thaerith. Il est même entré dans le saint des saints. Je suis venu chercher des réponses.

— Nous le savons.

— Où est Fenrir ?

— Il est mort, il y a bien longtemps.

— Je vous croyais immortels.

— Je suis mort une fois, répondit Tholl, avec un humour teinté d'amertume.

— Moi, je n'ai jamais été vivant, fit remarquer Polinas. »

Thomic ne comprenait plus rien, il était de plus en plus désemparé. Et qui était cet homme, dans le cercle ? En le regardant de plus près, Thomic remarqua que c'était un Élénian, plutôt bel homme. Il aurait pu former un couple avec Élénia, mais il contrastait avec la dame des eaux, si pleine de vie. L'homme semblait porter le poids du monde sur ses épaules :

« Vous ai-je déjà rencontré, monsieur ? Demanda Thomic.

— Votre arrière-grand-père m'a rencontré. C'était à une autre époque et votre aïeul, ici présent, m'a redonné l'espoir.

— Vous êtes Ikan ? Finit par dire Thomic, incrédule.

— Lui-même, répondit l'ancien « sans pouls ».

— Le dernier portrait que j'ai vu de vous, à la garde de sang, ne vous ressemblait pas.

— Je sais, j'ai aussi été cette créature. J'en suis désolé.

— Comment est mort mon aïeul ? Qui l'a tué ? Comment les êtres noirs sont arrivés dans notre sanctuaire ?

— Assieds-toi, répondit Mogdolan. Je vais répondre à tes questions. En fait, ton aïeul est mort il y a bien longtemps. Il a cédé sa place quand Érébios est monté au saint des saints et est devenu le nouveau gardien de l'Équilibre. Et ainsi de suite, jusqu'à ce que tu deviennes ce gardien à ton tour.

— Pourquoi ne m'ont-ils rien dit ?

— A cause d'un événement, sur Orobolan, nous ne pouvions te donner tes pouvoirs de l'Équilibre.

—Nous avons envoyé un signal, au sanctuaire, vous demandant de reprendre le flambeau. Les êtres noirs ne peuvent pas aller au sanctuaire. Polinas a créé une illusion avec Élénia, le but étant de te faire venir ici, mais toi seulement.

— Pourquoi ?

— Tu es maintenant le seul gardien de l'Équilibre et comme tu es le dernier, tu représentes l'Équilibre. Le pouvoir des tiens est à toi, désormais, comme le pouvoir de Krystal est venu dans ces créatures qui l'ont abrité pendant sa quête vers la liberté.

— Donc, Krystal est mort lui aussi ?

— Oui, son corps a été ramené en enfer, où il souhaitait reposer.

— Je vois.

— Et maintenant que tu détiens tous les pouvoirs de l'Équilibre, tu as de nouveau le choix. Fenrir avait choisi de séparer les pouvoirs et de rendre l'espoir à une créature bannie. Toi, que choisiras-tu ? Le devenir de Thaerith et du sanctuaire est entre tes mains, déclara Mogdolan d'un ton solennel.

— Et où ont disparu Érébios, Myrdhanos et mon père Dolin ?

— Tu le découvriras par toi-même.

— Non, je veux une réponse.

— Personne ne te la donnera, répondit Tholl. Chacun a un poids sur sa conscience, chacun a fait ses choix. L'heure est venue de faire le tien, et tu ne peux te dérober, tu es le gardien.

— Soit, si je suis le gardien, alors je vous maudits. Pendant toutes ces années, vous vous êtes servis de nous, ne nous offrant qu'une existence de pantins. Vous n'avez pas empêché la destruction de vos peuples par le peuple humain. Vous avez échoué et ma sentence est la mort. »

Thomic ne maîtrisait plus sa colère. Il invoqua l'épée de ses ancêtres, cette lame qui avait vaincu tant de démons, et qui devait être remise au Juste, que personne n'a jamais trouvé. Sans aucune résistance, Thomic tua Élénia et Mogdolan. Tholl brandit son marteau mais, privé de ses pouvoirs, il succomba sans opposer grande résistance.

Ikan ne lutta pas, et offrit sa gorge à la terrible épée. Polinas, quant à lui, était déjà mort. Il s'effondra, la magie qui l'animait était tarie.

Thomic, dont les traits avaient changé sous le coup de la colère, ressemblait de plus en plus à la bête qu'avait été Ikan, après que l'Unique l'ait banni. Thomic s'assit et regarda son chef d'œuvre :

« Je détruirai Orobolan. Ce monde est perdu, gangréné par le mal, de toute façon et tout Thaerith m'adorera ou finira en enfer. »

Il était l'égal de Dieu.

« Tu n'oublies personne ? Dit une petite voix enfantine.

— Qui ose ?

— Moi, tu te souviens ? La dernière fois nous avons joué aux cartes.

— Toi, tu es là ?

— Oui. »

Tout en marchant, Kristolin toucha la tête de toutes les anciennes divinités. Polinas reprit doucement des forces.

« Mais, tu es le mal ! S'exclama Thomic.

— Non, pas moi, c'est toi. Moi, je les guéris. Toi, tu les tues. Pourquoi tu m'as tué, moi aussi ? Je n'étais pas méchant, je n'ai jamais voulu faire de mal. C'était la grosse bête le Mal, moi je n'étais qu'un enfant.

— Mais tu es le dernier des êtres noirs.

— Et alors ? »

Thomic commença à se calmer et chercha à comprendre ce que voulait lui dire l'enfant :

« Moi, je voulais jouer avec toi, j'étais content que tu viennes me délivrer. On aurait pu vaincre la bête ensemble, mais toi, tu m'as assassiné. »

L'enfant, malgré le mal qu'il représentait, était resté un enfant. C'est pour cela que les généraux avaient pris le pouvoir et enfermé l'enfant. Thomic n'avait rien compris. Le mal, le vrai mal de la dernière prophétie, c'était la bête, pas l'enfant. Et là, Fenrir, l'Équilibre, avait jugé le mal sur son apparence.

« Dis-moi, petit, tu sais ce que sont devenus les autres ?

— Oui, ils ont disparu. Érébios a tué Krystin, Ashaïna a tué Myrdhanos et Dolin a tué Kristalina. Krystal a disparu quand Fenrir est mort.

— Donc, si je te tue ou si tu me tues, on mourra tous les deux ?

— Oui ! Mais ne fais plus le mal.

— Je sais. J'étais en colère, mais je crois avoir compris. Fenrir, c'est Krystal, ce sont des frères jumeaux. L'un est l'ombre de l'autre. Si l'un est le mal, l'autre est le bien ?

— Bien sûr.

— Mais l'Équilibre, alors, c'est le bien et le mal ?

— Oui. »

Thomic comprit. Il voulait devenir autre chose, un Élénian peut-être. Thomic entra dans le temple avec Kristolin. Il céda ses pouvoirs à l'enfant et l'enfant lui céda les siens.

Ils créèrent ainsi un être à l'aide de leurs deux pouvoirs, un nouveau gardien de l'Équilibre, le bien et le mal réunis. Car, dans chacun, il y a une partie de bien et une de mal. Mais cet être aura exactement la même part de bien et de mal, un équilibre parfait.

« Tu sais ce que tu veux être : un Élénian ou un dragon, un loup peut être ?

— Je ne sais pas. Un « mal aimé » peut-être, je les aime bien.

— Moi aussi, mon père en était un.

— Je sais. Je me souviens quand il m'a joué de la flûte.

— Ah, quand ?

— Quand je lui ai fait mal. Je devais le faire mourir, mais je n'ai pas voulu. Je l'ai juste enfermé et lui ai volé sa magie. Mais les cinq messieurs, ils ont été méchants avec moi après.

— Moi, je veux être un Thollien, un grand loup.

— Moi, un dragon. J'aimerai tellement voler.

— D'accord, deux Tholliens. On va leur demander.

— Tu crois que les divinités vont se fâcher, là dehors ?

— Peut-être un peu, mais les grands ne nous en voudront pas longtemps. Même mes parents ne m'ont pas grondé, pourtant j'ai été méchant, jadis, avec eux.

— Je comprends. Alors, on y va, tu es prêt ?

— Dis-moi, avant, quand nous serons transformés, tu seras encore mon ami ?

— Je crois, je l'espère. »

Nul ne sait si, une fois redevenus des créatures vivantes, les deux anciens gardiens de l'Équilibre restèrent amis. Tout ce que nous savons, c'est que ces deux êtres moururent heureux. Heureux d'avoir fait le bien.

Table des Matières

Retour aux sources
1. Conversation divine.. 11
2. Le vieux moine Érébios... 21
3. Le conseil des mages... 33
4. Le village de la bête 49
5. Le village des Maspian.. 63
6. Rencontre avec les divinités 75
7. Les mal aimés.. 85
8. La bataille de Bénézit... 93
9. Chapitre de l'ombre.. 113
10. Le retour de Krystin le noir 121
11. Entre deux mages 131

L'apogée des Maspian
12. Le garde et l'assassin... 137
13. La mort d'une divinité.. 155
14. Un traitre à la cour de Bénézit........................... 163
15. La nuit de l'aveugle.. 179
16. Égémina... 185
17. Le dévoreur d'âmes.. 201
18. Gaskell... 211
19. Le calme avant la tempête 229
20. La victoire des mal-aimés 239
21. C'était un petit homme, ce sera un héros 243
22. Ce qu'il advint pendant deux milles ans 249

La deuxième prophétie
23. L'homme en noir **257**
24. Meurtre en fuite majeure **265**
25. La ville basse **275**
26. Le peuple des invisibles......................**289**
27. Les amants maudits du lac de lune **301**
28. La prophétie d'Érébios **315**
29. En route pour Calisma **327**
30. Dans les donjons de Calisma **339**
31. Un nouveau compagnon **351**
32. Dans le château sans vie **363**
33. Le temple des dragons **373**
34. Dernier combat **385**
35. Dernières révélations **393**

Le chant de l'âme
36. Enfin libre **399**
37. Le concert interdit.............................**409**
38. L'Antenne satellite **421**
39. L'émeute sanglante **431**
40. Les cartes diaboliques.......................**437**
41. Thomic dévoile son jeu.....................**447**
42. Le bateau des damnés **455**
43. « Vacances » à la mer **463**
44. La victoire du Mal **475**
45. Thaerith..**491**
46. La traduction interdite **509**
47. La ville oublié **531**
48. Les êtres noirs se dévoilent...............**541**
49. La face cachée du Mal **555**
50. La source du Mal **565**
51. Epilogue d'une guerre **575**
52. La fin des temps................................**581**
53. La mort des amants...........................**587**
54. L'ultime souhait.................................**593**

Crédits

Couvertures :

Illustration de Michaël Bettinelli

Maquette : Virginie Brossard et SCAS Production

Illustrations intérieures :

Uriko (Le retour aux sources)
Laurence Peguy (L'apogée des Maspian)
Calcines – Karine (La deuxième prophétie)
Fabrice Landais (Le Chant de l'âme)

Mise en pages :

Frédéric Gobillot

L'Auteur

Mestr Tom :

Mestr Tom a 38 ans, il est attaché de presse et conseiller en communication. Il a fondé en 2006 l'association BMT pour promouvoir les jeunes auteurs, en 2007 le salon de rencontre fan fantasy et en 2008 le web journal fan 2 fantasy. Il adore créer des univers et coopérer avec d'autres plumes pour les faire évoluer. Il travaille actuellement sur trois univers Orobolan, Luxquest et Roi, le conteur.

Ses romans dans le monde d'Orobolan :

Le Cycle des Gardiens - 2006 à 2009.
Sourtha écrit avec Richard Mesplède - 2012.
Lune Bleue écrit avec Sklaeren Baron – 2012.
Terres Promises écrit avec Richard Mesplède – 2013.
L'épopée du Chien à trois pattes écrit avec Richard Mesplède – 2015.
Le secret de l'Ancien écrit avec Skaleren Baron – 2015.
Le retour de Pandore écrit avec Guillaume Fourtaux – 2017.
Pierre Grise, histoire de paladins écrit avec Anthony Boulanger – 2018.
La geste d'un tisserand, avec Frédéric Gobillot – 2018.
La chute des Maspian avec Richard Mesplède – 2018.

Ses romans hors collection :

Les recueils des deux comtés - 2016.
Augustin Porte écrit avec Laurence Puzenat - 2017.

Anthologies et Nouvelles :

Assassin 24h/24. « Le suicidaire » et direction de l'anthologie - 2009.
Et il est descendu par la cheminée. Direction de l'anthologie - 2010.
Hommage à Sir Terence. Direction de l'anthologie – 2011.
Le chant des grandes espérances in Souffle d'Eden n°2 – 2011.
La cloche du village in Souffle d'Eden n°3 – 2012.
Ghost Writers. Direction de l'anthologie – 2017.

Bandes dessinées Luxquest avec Niko.

Exil chez les pas-passés – 2015.
Voyage au bout de la mort – 2016.
Panique à Ok Heaven – 2017.

Retrouvez les Editions Kelach

Sur le site :

editions-kelach.e-monsite.com

Sur le blog :

kelach-editions.fr

Sur la page Facebook :

Les Lutins de Kelach

Editions Kelach
La peyrelle
6 rue de Rivaillon
16260 Chesseneuil sur Bonnieure

CPSIA information can be obtained
at www.ICGtesting.com
Printed in the USA
BVHW041358270619
552119BV00001B/7/P

9 782490 647491